Yvette Szczupak-Thomas est née en 1929 en Bourgogne. Orpheline, confiée à l'Assistance publique de l'Yonne, Yvette a un destin tout tracé de fille de ferme, jusqu'à ce beau jour où elle est remarquée par un couple de Parisiens qui décident de l'adopter. Les Zervos, éditeurs des *Cahiers d'art*, font entrer dans leur ronde fascinante et bohème ce jeune « diamant brut » qui ne rate pas une seconde les leçons de son ami Pablo Picasso, les belles histoires de Braque ou celles, plus subtiles, de Paul Éluard… Artiste peintre, Yvette Szczupak-Thomas est morte à Jérusalem en 2003.

Yvette Szczupak-Thomas

UN DIAMANT BRUT

Vézelay-Paris 1938-1950

RÉCIT

Métailié

TEXTE INTÉGRAL

ISBN 978-2-7578-1570-0
(ISBN 978-2-86424-654-1, 1re publication)

I

VAUX

… Jadis, et en ceci il faut me croire sur ma seule parole car depuis lors les temps ont changé et on a beaucoup oublié, jadis, à minuit, les océans sortaient de leur lit. Les vagues se hissaient sur le rivage et marchaient à pas lents à l'intérieur des terres. Par flux et reflux, elles baignaient les maisons des hommes et laissaient à chacun du sel en réserve. La mer déposait sur les branches des arbres des guirlandes d'écume ; leur jus donnait à l'herbe qui s'en nourrissait goût savoureux et verte couleur. La houle montante détachait les chevaux. Elle les enfourchait et galopait sur leur dos jusqu'aux sommets les plus hauts des plus hautes montagnes, en semant sur leur parcours galets, corail, mollusques et coquillages. C'est vrai : on en trouve encore aujourd'hui, transformés en pierre. Pendant ce temps, nos lutins et nos elfes descendaient dans les profondeurs. Ils faisaient le ménage dans les dédales à poissons. Ils peignaient et brossaient les algues et remontaient l'horloge des courants marins. Les anguilles, lassées de se traîner sur le ventre dans la poussière de la terre, quittaient nos champs, retournaient à la mer des Sargasses et s'y déguisaient en pieuvres. Au petit matin, leur travail terminé, les terriens chatouillaient en passant les huîtres sous le menton, pour les faire rire et admirer leurs perles. Ceci avait lieu dans les temps anciens. Puis… vint la Malédiction. La mer fut condamnée à rester couchée. Remarque, elle n'a pas perdu la mémoire et, sans avoir de cesse, elle tente de se soulever, de remonter les plages, de s'étirer dans les champs… Depuis ce temps-là, les sirènes vivent là-bas et nous ici.

Maman me raconta cette histoire un jour qu'elle répandait du sel dans un champ à l'herbe rare, sel qui devait aiguiser l'appétit de notre chèvre. Une autre fois, je lui demandai ce qu'était cette belle fourrure poudreuse s'accrochant aux murs humides, appelée salpêtre. Maman reprit : « Vois-tu, jadis, la mer… »

Elle me raconta aussi les voyages – prodigieux et mirobolants – de la comtesse de Tangrâce, du marquis de Grossouci, du valet de Toubalai, du chien Tournequeue, du chat Catimini, du perroquet « tant-pis-tant-mieux ». Un jour, je vous raconterai peut-être leurs aventures. Pour l'instant… la queue du chien fait virer le vent. Quand le vent tourne, le temps change. Le nord glisse vers le sud. La mer prend la place du ciel et, tête en bas, y vogue la galère. Les montagnes se transforment en cristal de sucre. Les anges travaillent dans les champs. Les arbres marchent, les pierres deviennent poissons. La grêle tombe sous forme de plumes. Tout ce qui s'est passé jadis ne commence que demain. Dans tant de tournants, de tournoiements, détournements et retournements, seuls les Bourguignons de Vaux à Petit-Vaux demeurent impassibles… car parmi les Bourguignons, il y a les Huns et les autres.

Maman le disait souvent : les vrais Bourguignons sont venus du fond de l'histoire et des bords de la Vistule. Descendants des Goths – Ostro et Wisi – blonds, trapus, orgueilleux, fantaisistes et fanfarons, ce sont les joyeux enfants de la Bourgogne. Les autres, minces, élancés, délicats, ardents, sont noirs de poil, mais hélas aussi de caractère. La légende veut que leurs ancêtres aient appartenu à une compagnie d'élite espagnole envoyée en des pays froids, des Pays-Bas, pour combattre un certain duc des Oranges. Ceci se passait au temps de l'espiègle manant Till Eulenspiegel. Ces magnifiques soldats traversèrent la France à pied. Ayant égaré leur boussole, ils arrivèrent fatigués, uniformes déchirés, bottes trouées, chez nous, oui, en Bourgogne, juste à la belle saison des vendanges… Ah ! Chair juteuse du raisin ! Pulpe chaleureuse des vendangeuses ! Les guerriers prirent les vignes d'assaut, s'y égaillèrent, s'y ragaillardirent, tant et si bien qu'ils refusèrent de faire un pas de plus en avant. Quels que fussent leurs ancêtres, blonds et noirs s'accordèrent au long des siècles sur un point essentiel : la joie de vivre par le jus de la treille.

Depuis la tragédie d'Alésia, le Bourguignon blond a rasé sa moustache. Le noir, indifférent à cette blessure proprement gauloise, la garde. Papa en portait une. Elle permettait de cacher son visage, de passer devant vous sans autrement attirer l'attention. Mais celui qui prenait le temps de lui parler tombait en arrêt devant ses yeux, immenses, brillants comme la houille, langoureux, angoissés et infiniment tristes. Papa pleurait souvent. Ses crises d'ivrognerie, qui le portaient souvent au bord de la folie furieuse, se terminaient par une détresse insondable et des sanglots. Papa aimait aussi pleurer pour le plaisir de pleurer. Je le revois, parfaitement sobre, affalé sur la table, la tête plongée dans les pages de *L'Yonne républicaine*, journal qui publiait des romans de cape, d'épée, d'amour, à épisodes et à l'eau de guimauve. Dans les passages tendres ou cruels, l'eau jaillissait de ses lourdes paupières, ruisselait le long de ses rides pour aller se perdre dans la forêt de sa moustache. De temps à autre, il « absorbait », asséchait son chagrin, en posant un doigt sur sa moustache, et aspirait par sa grande bouche la sève salée et un reste de soupe avec un fort bruit de succion qui tirait tout le monde de sa torpeur. Maman, désabusée, laissait tomber : « Le vieux matou, il chiale comme une pute ! » Quand la fantaisie débridée de l'auteur du roman dépassait les bornes de l'horreur, papa se délectait à nous lire et à nous relire certains passages. Je me souviens d'un épisode en particulier : un homme d'honneur et d'un certain rang, trahi par son aimée, se vengeait en lui envoyant, en cadeau de noces, des montagnes de roses blanches et de lys virginaux accompagnés de vœux de bonheur éternel. Oui, c'était là, écrit en lettres d'imprimerie ! L'amante infidèle, c'est-à-dire fidèle à un autre, mourait, empoisonnée par le parfum « exquis et démoniaque » des fleurs. Avouez qu'il y avait de quoi pleurer.

Bien avant mon temps, papa avait acquis une grande renommée dans l'art de fabriquer des tonneaux, fûts, barriques, feuillettes, demi-muids, entièrement formés à la main. Parfois, pris de honte ou de courage, il tentait de se ressaisir. Alors, il travaillait quelques semaines durant sans boire une goutte. Toute l'atmosphère familiale en était changée. Papa redevenait beau. C'était un plaisir d'être avec lui, de le voir s'activer. Il palpait les planches, châtaignier pour le rouge, chêne pour le blanc, équarrissait, rabotait, polissait, assemblait les lattes, battait le fer à froid pour le courber en cercles qui épouseraient les flancs incurvés, tournait la bonde, sculptait délicatement la canette dans la pâleur précieuse du bois de buis. Il partait livrer ses chefs-d'œuvre et revenait avec un visage couleur lie de vin. Ses légendaires tournées de caves et son caractère droit lui avaient valu d'être nommé conseiller municipal. Mais à force d'user de la bouteille, la bouteille l'usa. La qualité de son travail baissa. Puis, le monde moderne s'étendit à la campagne. L'art du tonneau tomba en désuétude, la petite famille dans la misère. Le drame de papa était de n'avoir pas de fils, d'être chargé d'une fille arriérée et d'une autre qui lui échappait.

Cécile m'était un mystère. Grande et forte comme papa, elle était incapable de faire de gros travaux. Toujours dans les jupes de maman, elle s'exprimait par des grognements incompréhensibles. Nous avions des relations de bon compagnonnage, influencées par les apparitions et disparitions de Denise, notre sœur aînée, qui suivait des cours en ville et troquait ses commérages contre le polissage parfait de sa bicyclette chromée et le cirage de ses chaussures à talons, tout l'honneur étant bien sûr pour celle qui s'occuperait du vélo. Denise en abusait ! Trépidante et joyeuse, elle restait rarement à la maison, y passant comme une comète impatiente. Son âge l'éloignait de moi, sa beauté de Cécile, sa coquetterie de maman et son impertinence souriante de papa. Par la force des choses, souvent seule avec moi, Cécile jouait à mes jeux ; par exemple, se fourrer dans le nez tout ce qui peut y entrer. Un jour, il fallut faire venir le médecin. Ce fut long, pénible et sanglant. Morceau par morceau, le nez de Cécile livra un haricot sur le point de germer. Maman me réprimanda, tentant de m'expliquer une fois de plus l'inconscience de ma sœur. Je ne compris pas, tout en moi criait : « Tirez, tiges ! Pointez, feuilles ! Forcez, racines ! »… Le plant florissant changerait Cécile en haricot ambulant. Un incident m'obligea enfin à « voir » l'ampleur de notre souci, de notre chagrin.

Cela se passait par un après-midi ensoleillé. Je devais avoir cinq-six ans. Maman et Cécile terminaient au lavoir un reste de lessive. J'avais la garde de la maison et du nourrisson que maman élevait. Des cris dans la rue me firent sortir sur le pas de la porte. « Blanche ! Blanche ! Vot'fille, al s'noye ! » Je bredouillai que maman était au lavoir. Les riverains partirent en courant.

Le tumulte semblait venir du fleuve. Soudain un hurlement… Maman ! J'abandonnai mon poste, m'engouffrai dans la ruelle qui débouchait sur le chemin de halage. Sur le fleuve, un homme luttait contre le courant en s'efforçant de maintenir une barque le plus près possible du bord. Un autre tenait la tête de Cécile au-dessus de l'eau. Quand la moitié de son corps fut tirée sur le haut du remblai, le plus trapu des sauveteurs se glissa entre les jambes de ma sœur, les fit passer par-dessus ses épaules et il se redressa d'un vigoureux coup de reins portant Cécile sur son dos, la tête en bas, les bras raclant le sol, robe rabattue. Les bas de coton souillés de boue et d'algues, les grosses cuisses découvertes, la culotte de flanelle rosâtre et rapiécée exposée à tous les regards… Spectacle répugnant. On la secouait comme un sac, la giflait, la frappait sur le ventre. On agitait ses bras dans tous les sens. Trois ou quatre personnes s'acharnaient sur elle. Celui qui la portait sautait sur place comme pour faire tomber le pesant fardeau. « C'est pour rendre plus ridicule cette forme débordante de graisse, qui nous fait honte », pensais-je.

Comment Cécile fut transportée à la maison et mise au lit, je ne m'en souviens pas. Je sais seulement que je me blottis dans mon coin – un angle abrité dans les escaliers –, incapable de dominer le tremblement qui me secouait. Le lendemain soir, papa, maman, Denise, Cécile et moi étions assis devant notre assiette de soupe. Cécile lâcha soudain sa cuillère et fondit en larmes. Pour la première fois, je l'entendis parler de façon nette et claire : « Maman, papa, pardon… J'ai chagrin… J'ai douleur… C'est trop dur, maman… Je demande pardon. »

Pendant quelques jours, la vie fut difficile. Maman ne réagissait plus à mes pitreries. Papa noyait sa peine. Les voisins montraient la maison du doigt. Devant ces dégâts terribles, maman eut le courage de me parler comme à une adulte. Cette fois, je compris et Cécile n'eut plus jamais à souffrir de mon impatience ou de mes taquineries. Ce fut lors de cette grave conversation que j'entrevis une vérité passionnante : la mort, non seulement elle arrive et soustrait les gens du nombre des vivants, mais elle vous surprend, et aussi… on l'attrape. Qui plus est, on peut se la donner. Le tête-à-tête avec maman devait se poursuivre et se transformer en véritable dialogue, un dialogue de vérité. Mais voici que je m'en rends compte : vous ne connaissez pas maman.

Maman ! On me dira que mon appréciation, à l'heure de l'enfance, fut forcément puérile. On affirmera que l'admiration d'une enfant envers une « grande » personne transforme la relation en une fascination passionnelle. On me rappellera que l'amour est le plus grand pourvoyeur de mensonges. Et pourtant… plus tard, j'ai connu et fréquenté des intellectuels, des génies dont les noms aujourd'hui remplissent les ouvrages de philosophie, les dictionnaires de peinture ou des anthologies de poésie. Il n'existe aucun ouvrage où le nom de maman puisse paraître, sinon sur les registres de mon cœur et dans la mémoire de ceux qui l'ont connue.

Maman sut me dire quand j'avais neuf ans : « Tu dois toujours décider et agir en restant fidèle au sentiment que tu as de *ta* vérité. » Maman sut me dire quand j'avais onze ans : « N'oublie jamais que personne ne peut te salir, t'abaisser, t'humilier sauf toi-même. » C'est maman qui sut m'écrire à la veille de mon mariage : « L'amour, dit-on, est un moyen de connaissance. Pourtant, trop souvent, l'homme et l'enfant pervertissent la vérité intérieure de la femme. Souvent ils la détruisent. Nous ne sommes pas du même sang : nous n'en avons pas moins beaucoup d'affinités. Je sais que ton essence, comme la mienne, est la vérité… »

Maman, que puis-je ajouter pour ne pas dénaturer tes

actes et tes paroles ? Que j'ai un grave reproche à te faire ? Oh, oui ! Tu as cultivé en moi l'idée que j'étais un être exceptionnel ! Tant de fois ton exclamation : « Tu es unique » est venue flatter mes oreilles ! Je t'ai crue sur parole, je t'ai prise au mot !

Maman, tu avais su « voir ». Oui, maman, j'avais compris ton intention. Tu misais sur ma surestimation de moi-même et l'encourageais pour me faire quitter le village, ce cadre restreint, mesquin, besogneux qui était le tien. Ce que tes deux grandes filles ne pouvaient accomplir, moi, la benjamine… Alors que te dire, maman ? Ma prétention, ce grave péché que tu as nourri, m'a trop souvent aidée pour que j'estime indigne de toi de t'en être servie.

Mais pour rester dans le concret, que dois-je à maman ?

Pour aller de la maison au jardin, il n'y a qu'à traverser le pont, le temps d'une petite conversation, afin de s'assurer que l'eau coule encore dans le même sens et qu'une péniche venue d'ailleurs attend à l'écluse, pour d'écluse en écluse aller vers ailleurs… Au retour, un crépuscule à peine sensible estompe les teintes et les formes. De timides points de clarté apparaissent dans le ciel. Maman dit : « Les étoiles montent au firmament. » Moi j'entends « fir-maman ». Fir ! Fir ! Maman ! Elle prend le temps de m'expliquer : « Le ciel s'appelle aussi voûte céleste. » Hou-là-là ! Hou-là-là ! C'est l'extase ! Car il y a une voûte dans notre cave : papa y fait vieillir ses crus les plus précieux ; elle est sombre, fraîche, profonde. Ma main ne peut en atteindre le fond, habité par un parfum troublant et des araignées. Quoi de plus logique que cette voûte gigantesque pour nous contenir, nous garder, nous, ceux de la terre, où que nous soyons, quels que soient nos voyages, voûte abritant des corps célestes comme la cave abrite des toiles d'araignée… Et celles-ci, couvertes de fine poussière, y forment des voies lactées ! Maman riait ! « Ah, disait-elle, tu es unique ! » Et des plumes de bonheur tintaient, tournoyaient et s'envolaient dans l'air. Maman m'avait fait « voir » (Intransitif !). Maman avait éclairé « un savoir supérieur… celui qui vient de plus loin que les yeux pour aller plus profond que l'entendement ». Maman, forte d'une nature sans haine et sans mièvrerie, avait goûté à la poésie en fréquentant, dans sa jeunesse, Marie-Noël.

Mais que dois-je donc à maman, demanderez-vous ? Quelque chose de réel, quelque chose que personne ne peut contester. Voici : bien avant mon entrée à l'école, saisissant au vol le bourgeon d'un talent natif, maman m'avait approvisionnée en papier et crayons. Elle achetait ces objets rares avec les sous grappillés sur la pauvreté quotidienne pour me permettre de dessiner tout mon soûl. Sa façon de faire sortait de l'ordinaire : à la campagne, on ne s'occupe que de choses utiles. Plus tard, mon goût pour le dessin changea complètement le cours de mon existence. Maman avait *vu*. Maman avait le plus beau nom du monde : elle s'appelait Blanche.

Maman Blanche n'était pas ma mère. Son mari, papa Edgar, n'était pas mon père. Denise et Cécile n'étaient pas mes sœurs. Ils étaient tous de noirs Bourguignons, j'étais blonde. Ils avaient des prénoms solides, j'avais des surnoms : « filasse », à cause de cette chevelure jaune dont je n'étais guère fière car, en plus, elle était « frisée comme des baguettes de tambour ». J'aurais tant voulu être brune, crantée et à bouclettes comme Denise, et aussi avoir un vrai-épais-long nez comme Cécile ! Autant j'étais fière de mon intelligence, autant mon physique me consternait.

La « sauterelle ». Ce second surnom blessait l'âme. Enfant malingre, avec une pointe tuberculeuse au poumon gauche, nerveuse, l'esprit toujours en alerte (car il me fallait être vigilante pour ne rien laisser passer d'intéressant), il m'était impossible de rester inactive. Mon corps me faisait souffrir. Je devais le pousser, le tirer, le contraindre, le maîtriser. Une idée vraiment géniale me vint à l'esprit : moins j'aurais de corps, mieux je me porterais. Maman combattait mon anémie par l'huile de foie de morue, mon soi-disant manque d'appétit par le quinquina, ma maigreur par la soupe. Un peu soucieux de mon état de santé, le docteur avait ordonné : boire une fois par semaine un verre de sang de bœuf. Quand ce liquide me fut présenté pour la première fois, j'eus une telle crise d'hystérie qu'il ne fut pas question de renouveler le traitement. Alors, maman me poursuivait jusqu'à l'école, apparaissant aux récréations de dix et quatre heures, me forçant à manger la panade, m'encourageant : « Yvette, mange ta soupe ! » sans se préoccuper des moqueries des gosses alentour. Des années plus tard, lorsque je revins en visite à Vaux – et j'étais alors agréablement potelée –, un copain d'école chercha à se rappeler mon vrai nom. Sans se rendre compte, il répéta en bafouillant : « Mais c'est Yvette-mange-ta-soupe ! Yvette-mange-ta-soupe ! Je ne me souviens plus comment tu t'appelles. »

Les adultes disaient souvent : « Voilà la troisième fille des Château. » Tout un chacun savait, et moi aussi, que j'avais été mise en nourrice chez maman, que ma vraie mère était morte, mon père aussi, que Blanche et Edgar s'étaient attachés à moi et m'élevaient *comme si* j'étais leur propre fille, une petite troisième tombée du ciel pour la joie de toute la famille. En effet, pour mettre « un peu de beurre dans les haricots », maman prenait en pension des nourrissons mal en point. On lui en apportait qui n'avaient que quelques jours. Elle s'était fait une règle de ne les garder que jusqu'à l'âge d'un an afin de ne pas s'y attacher. J'étais la grande exception, mais il y en avait eu d'autres : par exemple Claude, le petit garçon tendre et rêveur dont maman s'occupa jusqu'à l'âge de trois ans et pour l'amour de qui papa aurait peut-être renoncé à la boisson, ou Simone Cousin qui, sitôt séparée de maman, refusait de s'alimenter. Deux ou trois fois, on nous la ramena, petit corps pitoyable, recroquevillé sous la chape d'un refus immobile et silencieux. J'étais très attachée à Simone. Les autres bébés, je les regardais comme de gentils passants. Arrivés sales, maigres et tristes, ils repartaient vers la vie, ronds, roses et souriants.

Tout le monde savait aussi que j'avais un petit frère, un vrai, qui avait le même nom de famille (Thomas) et donc le même sang que moi : le joli-gentil Michel, mon seul parent. Comme je l'aimais ! Élancé mais musclé, lent et posé de nature, affectueux, frisant la sensiblerie, il était tout ce que je n'étais pas, il avait tout ce que je n'avais pas. Bien que les gosses du village eussent la tête rasée ou une coiffure en brosse, sa nourrice, une voisine de maman, refusait de lui couper les cheveux. Ah ! On le regardait mon petit frère ! Sa chevelure blonde, luxuriante, ondulée, encadrant un visage d'ange donnait à ses grands yeux bleus un regard d'une limpidité infinie et troublante. J'ai dit que j'aimais mon petit frère, mon Michou, Michet, Michelet, Miche, Michette... Non, je l'adorais. Mais quel croyant n'a jamais douté de son dieu ? Autant la beauté de Michel me plongeait dans l'extase, autant son caractère m'inquiétait. Mes fantaisies le laissaient de marbre, mes jeux turbulents l'ennuyaient. Il tenait à rester l'enfant-sage-comme-une-image, le chouchou de tous. Parfois, un affreux soupçon m'étreignait le cœur : ce garçon n'aurait-il aucune curiosité envers la vie, lui-même, les autres, moi ? Il se laissait donner des tapes sur le derrière en disant : « Je l'ai mérité. » Le voir aussi démuni devant l'existence me donnait un sentiment de maturité, de force, mais surtout de responsabilité. Je lui faisais des promesses : « Je te protégerai envers et contre tout. Être orphelins est déjà suffisamment dur… Je te prendrai par la main, je te montrerai le chemin… Je te guiderai de par le monde. Quand nous serons grands, nous partirons, Michel. Tous, ils nous regarderont, toi l'ange, moi le garçon manqué, la gardienne de mon frère. Nous irons d'abord déposer des fleurs sur la tombe de nos parents. Toi et moi, nous sommes les seuls à pouvoir le faire puisque nous n'avons pas de famille. Alors, alors seulement, on sera libres, on pourra partir ailleurs… » De sa voix calme, Michel demandait : « Ailleurs, c'est où ? Les autres, ils ne s'en vont pas ! » Que pouvais-je lui répondre ? « Les autres restent chez eux parce qu'ils ont père et mère, et des champs, des maisons, des vignes, des chevaux… » Je ne pouvais pas lui dire cela… parce que je voulais préserver des larmes ses yeux heureux et confiants. Je ne pouvais pas lui dire cela. Son innocence m'effrayait.

Jusqu'aux premiers jours de la maternelle, mon monde fut ceux que vous venez de connaître, mais aussi notre chèvre Chochotte, notre cheval Bijou, les coteaux et les buissons, le fleuve et le canal, les flâneries dans le jardin et les soirées sous la lampe, une vie faite de tiédeur, un brouillard chaleureux, un matériau à la fois stable et sensible. Maman avait son programme. Je serais toujours la première de la classe. Obtenant mon certificat d'études et une bourse, je poursuivrais mes études, irais à Paris, deviendrais une dame et reviendrais à Vaux couverte de diplômes, grande couturière qui n'exécuterait pas des vêtements, mais dessinerait des robes, créerait des modèles. J'épouserais, cela allait de soi, le fils de l'institutrice parce qu'il n'y avait pas de parti plus distingué alentour. Au ras de nos péniches et de nos vignobles, ceci était une ambition réellement extravagante. Maman, sentinelle vaillante et vigilante, abattrait tous les dragons qui se présenteraient sur ma route. Maman fut battue par un brin d'herbe.

Les leçons de sciences naturelles me passionnaient. Plutôt que d'aller jouer à des jeux que ma prétention naturelle trouvait par trop enfantins, je restais dans « le champ à maman » à examiner les plantes. Ce jour-là, un pied de chiendent particulièrement touffu attira mon attention, suscitant des images et des idées dont l'enchaînement, le cheminement et la résolution se gravèrent dans ma chair, dans ma mémoire, en traits de burin schématiques, maladroits mais rudes et profonds.

... Chiendent mauvaise herbe pousse toujours trop bien... L'arracher ? Non ! D'abord l'examiner... Entre la racine et les feuilles du crottin de cheval... pas étonnant que la touffe soit verte, foisonnante... Les feuilles semblent avoir une teinte particulière. Celle-ci... frappée par un rayon de soleil est vraiment tout à fait extraordinaire !!! On dirait du cristal, du cristal transparent. Du cristal vert... Ce n'est pas croyable et pourtant... Voyons au fond qu'est-ce que ça a de si « pas normal » ? L'herbe pousse sur une terre pierreuse... Alors un peu de la pierre est passée dans l'herbe. C'est ça qui change sa texture. Mais ? De la pierre dans un brin d'herbe ? Pourquoi pas ? La sève qui nourrit la plante est un liquide qui monte de la terre solide... pénètre dans les vaisseaux, transporte le parfum délicat qui se répand dans l'air et chatouille le nez. C'est simple !

Ça marche de cette façon : de la terre à l'herbe à l'air à moi. On peut même imaginer que ça part de plus loin encore. Pour aller encore plus loin de l'autre côté de la terre. Pour arriver au firmament. C'est sûr : c'est dans la voûte ! Pardi, il n'y a pas de raison pour que ce ne soit pas comme ça. La terre s'ouvre. L'herbe grandit. Le parfum monte. L'étoile reçoit. Il faut dire : pierre, chair, parfum, c'est tout la même chose. Même s'il y a des catégories, un solide est aussi un liquide, est aussi un gaz, est un matériau qui change d'apparence. Dont le mouvement va d'ici vers ailleurs. D'ailleurs vers ailleurs. Jusqu'à cette étoile que j'aime, Bételgeuse. Le mouvement va jusqu'à la Polaire, l'Axe, le point fixe autour duquel tourne tout ce qui existe. Et moi, je suis moi. *Ventre contre terre. Nez dans l'herbe. Heureuse. Je suis dans le flux. L'Axe, je le vois, j'y suis : non... je l'entrevois !*

Le même soir, incapable de formuler ce que j'avais éprouvé, je déclarai à maman : « Je viens d'ailleurs, je vais ailleurs », phrase clé que je devais répéter bien souvent. Elle allait me servir de rempart et de soutien, d'assise et de tremplin. Un simple brin d'herbe irradié par un rayon de soleil : la Rencontre ! Plus rien ne pouvait être comme avant. Désormais, je *voyais* ce qu'il y avait autour de moi et je *me* voyais, individu dans mon village, mon village sur la planète, la planète dans l'univers… Je fus prise d'une véritable fringale d'apprendre, comprendre, rechercher, faire. Aller de l'avant, aller de l'avant ! Avec le grand flux ! Ayant la certitude intuitive, violente, taraudante, inexpugnable qu'un Ailleurs m'attendait plus loin, plus haut. Très vite, j'organisai mon monde en – je n'employais pas ces mots, mais le sens y était – une « cosmogonie existentielle » parfaitement équilibrée : un Ailleurs-avant, un Ici-pendant, un Ailleurs-après. Au faîte de cette compréhension, au faîte de ce savoir si absolu, se posait la question première : « La vie, Ici-pendant, c'est quoi ? » Suffoquée par ma question, maman m'assura en soupirant qu'elle n'était ni assez instruite ni assez âgée pour me donner une réponse. À mes yeux, il n'y avait pas de personne plus savante qu'elle. Mais quelqu'un plus âgé, oui, j'avais cela sous la main. D'ailleurs, les gens l'appelaient « le Vieux ».

Parfois, on le rencontrait tous les jours. Parfois, il disparaissait toute une saison. De bonnes âmes lui laissaient des offrandes de pain rassis, fromage sec, habits usagés dans des trous de murs, cachettes par lui choisies. Il ne mendiait jamais ouvertement, ne parlait pas non plus. Maman prétendait qu'il était là déjà du temps de sa mère à elle. Il était accepté comme un fait de la nature, n'éveillant aucune curiosité, aucune méchanceté, ni, non plus, aucune bonté soucieuse d'être efficace. C'était le Vieux, c'est tout. Les gosses en avaient peur. Jacques, mon copain, affirmait qu'il l'avait vu se changer en épouvantail et rester trois jours et trois nuits parfaitement immobile au milieu d'un champ de lentilles. Jacqueline – qui n'avait aucune imagination, on le savait bien – racontait une autre histoire : son grand-père, qui avait vu grandir une citrouille siamoise, avait, semaine après semaine, arrosé, fumé, désherbé, sarclé la terre et caressé le légume merveilleux, espérant en obtenir un premier prix au concours agricole. Mais quand, armé de sa serpe, il avait voulu le cueillir, un cri terrible avait retenti… quelque chose d'énorme s'était dressé, ébroué, enfui : le Vieux, relevant son pantalon, laissait derrière lui le terrain vide.

Le Vieux m'intéressait. Pas à cause de ces contes à dormir debout, tout juste bons pour les bébés. Moi, j'avais ma question à lui poser. Comment l'aborder ? On disait qu'il avait sa tanière préférée au lieudit la Fosse-aux-Loups. La légende rattachait ce trou envahi par les broussailles à la fameuse bête Mahousse et à celle du Gévaudan, de sinistre mémoire. Maman m'avait interdit – mais alors, hein, absolument ! – d'aller seule vers cet endroit qui avalait les enfants sans jamais les rendre. Comment faire ?

Un jour d'été, vers midi, une moitié du village

occupée aux champs, l'autre faisant la sieste, je traînais dans la rue. Le Vieux était sur la place… et dansait ! Le Vieux frappait le sol à coups de talon, faisant sauter le gravier. Ses mains giflaient l'air, appuyant la cadence, accusant le brutal martèlement de ses pieds. Sa gorge produisait des sons rauques, des plaintes ou des gémissements. Puis, il se mit à faire des pas d'une délicatesse exquise, la pointe de la chaussure effleurant à peine la terre. Les mains devant le ventre imprimaient aux jambes la bonne direction. La tête accompagnait le mouvement avec des branlements d'approbation ou de reproche. Sa danse dessinait au sol une dentelle fine et fragile. Et sa gorge continuait à filer des sons, maintenant presque joyeux. Au beau milieu d'une figure, il s'immobilisa, se redressa de toute sa hauteur – ah Dieu, c'est vrai qu'il est grand ! –, regarda alentour d'un air surpris, sembla chercher un instant quelque chose. Son corps s'affaissa comme sous le poids d'un insupportable chagrin. Avec un gémissement de bête traquée, il s'enfuit en direction de la Fosse-aux-Loups. J'étais émue. Je le suivis. Mes sandales ne faisaient pas de bruit. Il ne pouvait pas m'entendre, cependant il fit volte-face et disparut par la porte du cimetière.

Notre cimetière, pas très grand, est entouré d'un haut mur. Impossible de sauter par-dessus. Donc le Vieux ne pouvait pas fuir plus loin. Pour regagner son repaire, il devrait repasser par la porte. À travers la grille, j'essayais de me rendre compte de là où il se trouvait, de ce qu'il faisait. Les coins gauche et droit m'étaient cachés. Entrer pour mieux voir ? L'idée me vint qu'il était peut-être allé prier sur une tombe chère. Honteuse d'être ainsi sur le point de commettre une aussi grave indiscrétion, je me retirai et me cachai dans le fossé. J'attendis. Longtemps. Aucun bruit. Aucun mouvement. L'anxiété me retenait. Puis la curiosité fut la plus forte. Je poussai la porte, entrai, mis le loquet. Le cimetière s'étendait là, devant moi, vide. Avec précaution, je longeai les caveaux de famille : il aurait pu s'aplatir entre deux monuments funéraires. Ça alors ! C'est trop fort ! Il n'a pas pu disparaître comme ça ! Hallucinée, furieuse, je fis le tour de toutes les tombes, fouillant jusqu'au ventre vide des vases, fourrageant derrière les couronnes, incapable d'accepter les faits… car les miracles, n'est-ce pas, il suffit d'y croire pour leur donner existence, mais à moi, on ne me la ferait pas ! Tout a une explication. Il me fallait penser, tranquillement, sans m'énerver. Je m'assis sur l'une des sépultures les plus élevées afin d'avoir tout le cimetière sous les yeux. La moindre libellule qui y passerait n'échapperait pas à mon regard ! Il faisait chaud. Il faisait beau. Tout était d'un calme serein. Insensiblement, un penchant incontrôlable, incontrôlé, fit glisser mon attention du Vieux au cimetière lui-même.

… Voici la tombe de grand-père, le père de maman, *décédé* (tiens, ça sonne comme *décidé*) d'une embolie (ça sonne comme *embellie*). Voilà la tombe de Rose-Marie, douze ans, morte d'anémie pernicieuse. Pernicieuse, c'est drôlement grave. Moi, je suis anémique, mais pas pernicieuse. Elle ne venait plus à l'école tellement elle était fatiguée. Tout le monde a donné son écu pour qu'elle ne soit pas mise à la fosse commune… car il faut acheter sa tombe. Les pauvres, on les regroupe. On a fait venir un curé d'Auxerre spécialement pour elle. Les élèves de l'école ont suivi le cortège. Le conseiller municipal a prononcé un discours, ils ont dit *oraison* (*oh, raison ?* Éloge funèbre ou funeste ?). Sa tombe est décorée d'une grande couronne de petites perles blanches et de lys en céramique. C'est du solide. Sa maman vient souvent les dépoussiérer, on dit. Et puis, là, le grand-père à la citrouille… En fin de compte, qu'est-ce qu'ils font tous, ici ? Et d'abord, un cimetière, qu'est-ce que c'est ?

… C'est là qu'on met ceux qui ont cessé de vivre. On creuse un trou, on recouvre le cercueil avec de la terre, on met une longue et grosse pierre, on inscrit *ci-gît* – ça sonne joli, *ci-gît* –, on met une photo si on peut et des fleurs. Ça fait un petit jardin… Quand tout le terrain est rempli, le cimetière change de place. La preuve ? Il y a le pré ouvert, dit « de l'ancien cimetière », et le champ à Félix. Quand il laboure trop profond, après les pluies surtout, il trouve des os qu'il dépose dans l'ossuaire, à côté de la chapelle. Alors, ça va comme ça : les vivants dans le village et les morts au cimetière. Village-cimetière ! Ça va dans ce sens-là. Le cimetière est le produit des vivants. Il en est une conséquence, la morale de l'histoire, comme dans les fables de La Fontaine ! Ça c'est une idée dont je n'ai pas entendu parler ! C'est pas bête du tout !

Quelle science ! Quel orgueil ! Vertige ! J'allais en raconter des choses à maman, à mon copain Jacques, à tout le monde ! Je suis unique ! Le soir tombait doucement dans un de ces longs crépuscules qui durent des heures et vous déposent au seuil de la nuit sans que vous vous en rendiez compte. Sur le chemin du retour, sans me presser, je poursuivais mes réflexions.

… Tous les jours, on dit bonjour-bonsoir et la santé ? Ça va ? Il a gelé, il va pleuvoir… On dit ça parce que, ce jour-là, on est comme ça, mais on pense à hier, à l'Ailleurs-hier et à l'Ailleurs-demain. C'est-à-dire, tant qu'il y a de la vie, on peut y penser. Parce qu'il y a une suite… une suite… une suite à ce que l'on fait, le travail, l'école, mange ta soupe, les chaussures qui deviennent trop petites… tant que ça marche, c'est la vie. Tout ça, bonjour-bonsoir-bonne nuit… signes exquis, marques joyeuses, comme dit la poésie… du blanc rideau, du blanc berceau au blanc linceul… de ceux qui reposent dessous. Ça gonfle le cœur d'émotion quand on a du bonheur ou du malheur… C'est comme les plumes de beauté dans le rire de maman… Comme la poussière d'or qui s'attache aux perles des couronnes… La même poussière brillante qui bouge dans les yeux de Jacques quand il s'apprête à me faire une farce…

Il faisait nuit noire. Maman m'attendait sur le pas de la porte.

– Mais enfin, où étais-tu ? On t'a cherchée partout. On est même passé le long de la rivière… Tu me feras mourir !

– J'étais au cimetière, maman.

– Au cimetière ! Tu inventes n'importe quoi pour te rendre intéressante. Tu n'as pas volé de perles au moins ?

– Oh, maman ! J'attendais le Vieux, je voulais lui parler.

– Décidément, tu ne sais plus ce que tu dis. Je ne suis pas sévère, mais tu abuses. Il est muet, le pauvre.

– Ce n'est pas vrai. Je l'ai vu sur la place à midi. Il dansait et il chantait. Je n'ai pas compris les paroles, mais il chantait.

– Allons, il faut que tu comprennes. Il est un peu comme Cécile. La gorge produit des sons mais ce sont les lèvres et la langue qui forment les mots. Et puis, de toute façon, que voulais-tu de lui ?

– Maman… Tu m'as dit… Puisqu'il est tellement vieux… il doit forcément savoir… Je voulais lui demander ce qu'est la vie.

– La vie, la vie ! Mon Dieu ! Ça te reprend !…

Me tapotant la tête et les épaules comme pour s'assurer que j'étais bien entière, émue ou attendrie, maman me dit gravement :

– Tu sais, ma petite grande fille… si tu veux savoir, je crois qu'il te faut chercher loin et longtemps. Mais je t'en prie, tu dois faire attention. On ne peut pas poser cette question à tout le monde : elle fait peur. Viens manger, va. On réfléchit mal quand on a le ventre vide.

Cette nuit-là, je rêvais du Vieux. Une pierre tombale recouvrait son corps mais ses mains et ses pieds en dépassaient, s'agitant comme en signe de connivence, entrant et sortant de dessous la terre : « Voilà ! Coucou ! Je suis là ! » Je fis part de mon aventure à Jacques qui en tira une conclusion logique : « Une des pierres tombales est fausse. » L'après-midi, ayant emporté nos goûters, nous retournâmes ensemble au cimetière. Ah ! Dieu de peine et de misère ! Nous avons examiné toutes les tombes ! Toutes ! Et deux fois plutôt qu'une. C'est un rude travail ! Essayez une fois pour voir. Il y en avait quelques-unes qui étaient descellées, laissant supposer un vide en dessous, mais les pierres étaient bien de vraies pierres, et pour nous, impossible – absolument impossible ! – de les bouger, ne fût-ce que l'ombre d'un soupçon d'un millième de millimètre. Exténués, nous avons dévoré nos tranches de pain au saindoux et bu des litres et des litres d'eau à la pompe. Je me sentais un peu idiote et légèrement vexée. Jacques, pas content du tout, se mit à faire semblant de croire que j'avais voulu lui faire une farce. Ayant compris qu'il tenait là un bon prétexte non seulement pour me rendre ridicule mais aussi pour me laisser seule avec mon problème, il s'en alla vers Hélène et Jacqueline.

Je restais au cimetière. L'endroit me plaisait. Tout y était calme, ordonné, fleuri. Tout y aidait à la réflexion. Le temps y prenait une autre dimension, une largesse, un souffle que l'on ne sentait pas dans les rues du village. Ce sentiment du temps qui prend son temps parce que rien ne le presse développait une sensation presque palpable. Ce que je voulais maintenant, c'était percevoir ce que les morts avaient à dire. J'étais persuadée qu'il suffisait d'écouter pour entendre, convaincue que ceux qui sont en dessous continuent à parler, à échanger des nouvelles, à se faire part de leur savoir respectif, de leurs impressions d'ici et d'ailleurs. Qu'auraient-ils pu faire d'autre, prisonniers de leur sépulture ? Au fil des après-midi, et ce fut un merveilleux été, je me consacrais tout entière à l'écoute des morts. Sans succès. Alors, pensai-je, leur voix est peut-être trop faible ? Je collais l'oreille à la pierre. Mais il y a toujours une base en briques ou en ciment un peu plus large que la pierre tombale elle-même. Peut-être ne savais-je pas m'y prendre ? Une fois, quelle émotion !, accroupie sur le sol, l'oreillc sur les graviers, il me sembla entendre une rumeur lointaine qui allait en s'amplifiant, gron-dement saccadé qui retentissait directement dans mon crâne... Hélas, c'était le bruit de mon sang affluant à ma tête baissée. Ces déceptions renouvelées n'entraînaient ni colère ni impatience. Fermement, je m'installai dans la conviction que ce n'était qu'une question de temps, de ténacité. De prudence ! De ruse ! Car il est possible, n'est-ce pas, que les morts ne veuillent plus causer aux vivants... Il faut donc *surprendre* leurs paroles.

J'étais parfaitement satisfaite. Je m'occupais de choses importantes, moi ! Assise ou allongée sur la tombe qui convenait le mieux à mon humeur du jour, tombe chaque fois différente car il faut multiplier les chances, je me laissais aller au soleil, aux parfums de l'été, aux mille fascinations de la lumière filtrée par les cils mi-clos, à une fluide torpeur, moelleuse comme un édredon de plumes, à peine perturbée par les passages fulgurants des guêpes, hannetons et libellules. Les fourmis et les escargots partageaient mes tartines. Mon corps, qui souvent me faisait mal, ici, sur les pierres plates et chaudes, ne se faisait plus sentir. Ma tête tourbillonnait ! Tant de choses passionnantes ! Les nuances de la richesse des morts, par exemple. Le grain, la couleur, l'épaisseur, le poli des pierres tombales. L'état des couronnes. Les vases vides ou ceux toujours fraîchement fleuris. La tombe, ce jardin intime… Autre chose encore : un fait bizarre, mais un fait : entre les tombes, il y a davantage de mouron que de pissenlits. En fait, il n'y a pas de pissenlits du tout ! Et aussi : « Pourquoi n'ai-je pas une tombe pour ma mère, pour mon père ? Il y a des familles qui vivent longtemps… Les Rapin sont cinq générations sous le toit de leur caveau. »

Je ne pensais pas à la mort comme à une chose sortant du cadre de la vie, à étudier en soi et pour elle-même. Cet été-là, mon intuition affirmait que la mort s'inscrit dans le flux qui va et vient de l'Ailleurs… à l'Ici… à l'Ailleurs. « Bien sûr, pensais-je, il doit être dur de ne plus voir quelqu'un auquel on est habitué, avec qui on s'entend bien, mais de là à ce désespoir : "À mon cher défunt", "mère adorée", "chagrin éternel", en blanc et noir et perles, en creux et en relief… c'est exagéré. Leur problème, aux vivants, c'est qu'ils ne savent pas garder le contact… »

Écouter le chant du silence, soupçonner le mouvement dans l'immobile, être solitaire dans le cimetière et solidaire du cimetière dans l'éblouissante révélation de l'herbe-cristal ! Jamais je n'avais été en proie à une telle effervescence intellectuelle. Et ma question était bien : la vie, c'est quoi ?

Les conclusions que je retirais de ces expériences se stabilisèrent assez vite. Sans parti pris envers la nature de l'objet ou du sujet qui attirait mon attention, sans préjuger non plus de la qualité des renseignements ou du savoir qu'ils m'offriraient, je portais sur le monde environnant un œil qui *savait* – du moins, en étais-je inébranlablement persuadée ! Les « ailleurs vers ailleurs » devenaient pour moi repère, témoin et mesure étalon. C'était là, je le sentais jusque dans ma chair, une vérité essentielle, grandiose, indestructible. Mais la vie de tous les jours est faite de petits actes, de petits faits : ce qui me semblait ne pas respecter cette vision globale devenait nul et non avenu. Pire : je le ressentais comme un invivable mensonge.

Dans tous les domaines, la méditation, le raisonnement, l'examen de conscience s'imposaient. Naturellement, ils entretenaient la nécessité de juger, de décider, de trancher : « Ceci est acceptable, ceci ne l'est pas. » C'est alors que s'implanta en moi, comment dire… ? : la peur du verdict. Seuls une intuition ou un instinct plus forts que la raison dirigeaient mes réactions.

Face aux futilités du quotidien, j'opérais une sorte de retrait (aujourd'hui le mot « distanciation » est plus usuel) et voyais dans ma décision de me tenir « au-dessus de la mêlée » la marque la plus probante de la supériorité de mon esprit ! Eh oui !

À six ans, sur quoi pouvait se poser mon attention inquisitrice ? À ce que j'avais sous les yeux, pardi !

Mon village ! Déjà, d'entrée, ce n'est pas simple. Mon village en comprend deux, deux qui n'en font qu'un : Vaux et Petit-Vaux. Petit-Vaux ? Vaux minuscule qui aurait dû s'appeler Vaux-le-Moindre, Vaux-de-Rien, Vaux-qui-n'existe-pas : cinq maisons, un café, c'est tout. Ses habitants sont les descendants des fainéants qui, jadis, traversèrent le fleuve pour mettre à l'abri leur fragile nature. Comment avoir de l'estime pour des gens qui s'acharnent à vivre en plaine sur une terre sablonneuse, humide, qui sent le marécage ? Des coupeurs de roseaux, c'est tout dire ! Pourtant… c'est là qu'habitent Jacques et sa famille, les êtres les plus originaux, les plus extraordinaires de Vaux et de Petit-Vaux réunis. Alors, Petit-Vaux peut se targuer de quelque chose que Vaux ne possède pas ? Voilà qui est gênant !

Vaux, auquel j'appartiens, est situé du bon côté du fleuve. Une trentaine de maisons, une mairie, une école, une église (pour le décor car le curé cracra a été chassé depuis longtemps, mais on y célèbre parfois un baptême, un mariage ou un enterrement), un pré communal, un magasin d'alimentation, un lavoir, trois cafés et une auberge. Également une écluse et un cimetière, des coteaux couverts de vignobles ou de cerisiers. Le fleuve, le canal, le pont nous appartiennent. Malgré cela, Vaux n'a jamais prétendu s'appeler Vaux-le-Grand. Parce que ici nous sommes des libres penseurs : les libres penseurs aiment la vérité par-dessus tout ! Vaux, donc, est un joli petit village. Mais rien n'est simple ! Vaux a deux sortes d'habitants : les riverains et les montagnards. Les riverains, à force de baisser la tête vers le fleuve pour augurer du temps qu'il fera, de suivre du regard vers l'amont ou vers l'aval les lentes péniches tirées par des chevaux fatigués, ont un caractère pétri d'une incertitude fluide comme l'eau, qui nous porte sur les nerfs, à nous autres, les montagnards. Nos maisons, à l'encontre des leurs, font face à la montagne, s'y agrippent, cachent dans le roc les caves les plus réputées. Nous nous tenons droits sur nos jambes, la tête haute. Nous grimpons sur les crêtes pour embrasser de l'œil le généreux pays qui est le nôtre. Pourtant… l'antique demeure du seigneur du lieu s'ouvre sur le fleuve : les nouvelles du monde entier sont transmises par les bateliers, de bouche à oreille, directement aux riverains. Sans doute aucun, ceux-ci sont mieux informés.

Mon désir d'apprendre voulait atteindre… la lune. J'escaladais les coteaux pour l'attraper, avec René, le fils unique et chéri de la voisine et cousine de maman. Placide et patient, il manquait, hélas, d'imagination. S'il se prêtait à mes fantaisies, il ne s'y donnait pas. Mais il m'avait fait une demande en mariage et j'avais besoin d'un homme car, la nuit, dans les broussailles, même quand la lune est pleine, il fait sombre, il fait peur.

Il me fallait quelqu'un qui aurait les mêmes curiosités que moi, quelqu'un qui ne reculerait devant rien pour enrichir, élargir et approfondir son savoir. Je le trouvai en première année d'école primaire. Il avait un an de plus que moi. Ce ne fut pas le coup de foudre. L'envie commune de rire de nos camarades de classe, ces péquenots « nés-natifs » du lieu, à l'esprit balourd, qui nous imposaient un rythme d'études lent et des jeux sans fantaisie, nous rapprocha, développant entre nous une exquise complicité tissée de malice. À vrai dire, Jacques et moi avions conscience d'être différents des autres gosses : moi, parce que j'étais moi ; Jacques, parce qu'il était de Petit-Vaux et que sa famille n'était pas comme toutes les autres. Le père éveillait la jalousie et de la suspicion.

Les âmes charitables disaient que M. Dugnes était forain de luxe, ne fréquentant que les foires des grandes villes. Les âmes aventureuses et romantiques suggéraient une appartenance à ces bandits de grand chemin dont le sens de l'honneur particulièrement pointilleux se racontait le soir, dans les chaumières, où l'on n'avait pas oublié le fameux Matès Falcone. Les âmes bilieuses assuraient qu'il était un romanichel. Mais a-t-on jamais entendu parler d'un roumi millionnaire qui abandonne sa roulotte pour s'enfermer dans un palais de ciment, une bâtisse avec des meurtrières pour fenêtres, une terrasse en place de toit et des balcons de pierre sculptée, le tout dissimulé derrière un très haut mur, à l'extrême bout du sentier le plus écarté ? Les âmes les plus mauvaises faisaient allusion à une dangereuse Cinquième Colonne… Quoi qu'il en soit, Jacques et moi étions faits pour nous entendre.

Manière de plaisanter, René raconta un jour la course effrénée où je l'avais entraîné pour attraper la lune. Jacques, le malin, ne réagit pas sur l'instant mais, quand la maîtresse nous libéra, il s'approcha de moi et grogna entre ses dents, faisant un geste du pouce vers le ciel : « Dis, pour la lune, je viens ce soir ? » Je secouai la tête avec enthousiasme. Il ajouta alors : « Sans René, hein ! »

Nous prîmes notre élan à l'heure qui nous sembla la plus propice, mais la lune, plus rapide que nous, nous faisait la nique sur la crête suivante. Sans nous décourager, nous y montâmes, pour nous retrouver Gros-Jean comme devant ! Le regard complice de Jacques me disait : « Ça, pour une gageure, c'est une gageure ! Oui, tu as dû en baver. Allons-y, en avant ! » La pente devant nous, fort rude, s'encombrait de broussailles épineuses ; si on ne prenait pas la bonne tangente, on tombait droit sur la Fosse-aux-Loups. Jacques improvisa une nouvelle stratégie : monter vers la gauche, atteindre le plateau de Vaux-Debout. La lune, il faut bien qu'elle se pose quelque part ! Là-haut ? Non ! Dans le paysage de nuit et d'étoiles, au bout de l'ancienne voie romaine, la ville d'Auxerre s'étendait, rutilante de lumières, de vie. Goguenarde, appuyée sur le clocher de l'église Saint-Germain aux toits verts, la lune nous regardait. Sur la droite, au creux de la plaine, l'Yonne, serpent argenté et indifférent… La sueur coulait sur le visage de Jacques. Avec le mouchoir qu'il sortit de sa poche apparut un voile arachnéen qui n'en finissait pas de se dérouler. Plus il tirait, plus il y en avait : « Jacques, qu'est-ce que c'est ? » Un peu gêné, il dit : « Un rideau. » « Un rideau ? » « Ben oui ! j'ai pensé… décrocher la lune, on n'y arrivera pas. Mettre la main dessus, ça, peut-être… mais personne ne voudra croire qu'on l'a fait. Alors le rideau, on pourrait s'en servir comme à la pêche au filet. Si on n'est pas assez forts pour la retenir, la lune, si elle nous échappe, elle traînera le rideau derrière elle. On aura une preuve. »

Si j'avais prêté attention à sa façon d'interpréter l'entreprise, je me serais peut-être évité une grosse peine de cœur. Ma quête était toute scientifique ! Lui, il voulait épater le monde !? Sur l'heure, je restais *pous-touplate* – époustouflée et aplatie. Comme disent les paysans : il m'en avait bouché un coin ! C'était formidable d'avoir un tel copain. C'était la grande aventure, mais pas encore l'amour. Nous fîmes plusieurs escapades nocturnes. Maman avait été mise dans le secret et acceptait Jacques comme elle l'avait fait de René. Des fous rires la prenaient quand nous nous mettions en route, mais le plus ample, le plus profond, nous l'eûmes tous trois ensemble lorsque la joyeuse vérité des illusions d'optique nous fut révélée. Ma sage maman avait su nous mener à bon port. Pas l'once d'une déception, pas un gramme de honte ou de regret de notre bêtise, de notre innocence : le bonheur de comprendre, de savoir. Lune, nous t'avons saluée bien bas, ce soir-là !

Chacun de notre côté, Jacques et moi nous appliquâmes à chambouler les tièdes veillées du village. Nous avions eu la même idée : aller vers les petits, suggérant que la lune, c'est peut-être quelque chose à décrocher. Les récriminations des parents nous rapprochèrent encore. Bientôt, rejetant pour toujours tout esprit de clocher, je traversai le pont.

J'avais pour cette œuvre d'art et de génie un sentiment particulier. Prenant son élan le long du flanc gauche de notre maison, joliment orné des deux côtés par des parapets hauts et arrondis en dentelle de béton blanc, réunissant sous lui le fleuve l'Yonne et le canal de Bourgogne, j'estimais qu'il nous appartenait. Je me fis la gardienne de ce bout-ci, celui de Vaux. À l'autre bout, pente non goudronnée descendant vers Petit-Vaux, Jacques venait choisir ceux à qui il ferait l'honneur de s'intéresser. Marchant sur la chaussée légèrement voûtée, je passais d'un monde à un autre.

J'accompagnais Jacques, l'aidais, le soutenais lorsque nous grimpions sur les peupliers élancés, sur les branches fragiles et penchées des saules pleureurs pour défier le déséquilibre et la pesanteur, m'échinais à presser les sombres fruits du sureau afin d'obtenir un liquide d'un noir-violet dont nous badigeonnions le pelage précieux des lapins de nos ennemis. Malgré mon horreur de la gent rampante, je chassais avec lui anguilles et orvets pour les brandir à bout de bras et faire fuir les rustres au cri de « vipères, vipères » ! Mais aussi, dans un grand élan d'amour envers maman, nous cueillions en cachette toute sa récolte de prunes encore vertes, nous privant ainsi de confitures pour l'hiver. Et parce que c'est joli de les voir s'épanouir et se renforcer avec le fruit, Jacques et moi gravions en profondeur sur la peau des citrouilles des mots magiques : merde, con, bâtard, corniaud…, qui n'avaient pour nous aucune signification mais faisaient « péter le feu de la colère » chez les adultes. Bref, pour m'attacher Jacques, je faisais tout ce qu'il me demandait. Enfin, il m'admit au saint des saints, dans sa demeure au décor magique, encombrée de merveilles bariolées, tapis et tentures, meubles en merisier ferrés de cuivre, potiches hautes comme nous en faïence bleuâtre surchargée de décors floraux ou d'entrelacs indéchiffrables, trophées de chasseur de la jungle pendus aux murs, espace énorme hanté par une sœur discrète et une mère en habits sombres. Les jeux changèrent. Jacques était chez lui. « Chez lui », en lui, c'était le théâtre et la musique.

Nous avons fait la fête, dans le sens le plus pur du mot. Recouverts de velours soyeux, de guenilles miroitantes, de rivières de strass, et avec des plumes d'autruche, et des ombrelles chinoises, et des éventails espagnols, nous avons joué les uhlans de l'an Un, le roi mage et la fée Mélusine, le dragon tendre et l'Amazone soumise, dans un jaillissement de paroles sans rime ni raison, gestes pour rire et pour pleurer, duo de clameurs pathétiques ou surprises, hurlements de victoire ou gémissements du désespoir : l'effroi, la suspicion mimés, dansés, joués dans l'accompagnement lancinant d'harmonicas, ocarinas, flûtes, sifflets… et *rantatou morvandiau*.

Jacques le triste, l'affamé de merveilleux, comment dire le plaisir que j'avais à le regarder ? Visage de faune byzantin, peau ocre pointillée de taches de rousseur, membres inquiets, mains attentives à tout objet source de sons harmonieux, bouche large, grande et rouge, qui parle, rit, chante, siffle, crache, injurie, mange. Bouche d'ogre, de clown, de troubadour. Dons innés pour la mise en scène et la mise en boîte. Malignité de diablotin solitaire et pervers ayant le courage de ne pas prendre ses chagrins au sérieux. Petit prince campagnard ayant père et mère, et pourtant orphelin. Jacques… le plus excentrique, le plus insupportable, le plus désopilant, le plus intelligent des garçons de l'école, mais aussi le plus lâche, le plus rusé, le plus menteur, le plus infidèle ! Cela, je le découvris trop tard. J'étais prise. Nous nous amusions aux dépens des copains en affirmant savoir de bonne source que Vercinge avait un jumeau nommé Torix. Nous refaisions l'histoire de France en bousculant les Le Bref, Le Chauve, Le Pieux, Le Gros, Le Jeune, Le Bel. C'est en classe que Jacques planta en moi la première banderille, la graine de l'amour. La blessure me vint au cœur… par Jeanne d'Arc. Défendant âprement son point de vue devant le maître qui, d'abord suffoqué, se joignit aux rires des élèves, Jacques prouva par A plus B que cette Jeanne adorée ne s'était jamais servie d'un arc. Historiquement parlant, il serait plus juste de l'appeler Jeanne d'Épée ou Jeanne d'Étendard. Il m'avait damé le pion ! Ce fut ma première jalousie et le départ d'un éblouissement violent, torturé et totalement insatisfaisant.

Pour entériner qu'entre nous il s'agissait d'amour, il me fit la grâce de m'initier à son jeu de touche-pipi, un jeu qui n'est pas tellement facile. L'un et l'autre accroupis, culotte baissée, il faut pisser d'un jet puissant et, en se trémoussant, faire coïncider les deux jets au même point d'arrivée. Ça fait un joli bruit, une jolie écume. Celui qui reste à court se met à la merci de l'autre. J'appris vite à retenir ma vessie pour arriver au jeu pleine et débordante. Mon point final, je le marquai le jour où je lui imposai de garder quelques hannetons entre la peau et la chemisette. Il s'avéra que mon gentil Jacques ne supportait absolument pas les chatouillements. Fameuse découverte ! Par la suite, il me suffisait d'esquisser un geste vers son corps pour qu'il fût pris de convulsions et criât : « Pouce ! » Le jeu du touche-pipi prit fin aussi brusquement qu'il avait commencé.

Un incident me fit découvrir une facette inconnue de sa belle nature. Puisque nous nous fréquentions officiellement, il me faisait l'honneur de prendre son goûter avec moi. Maman, guère riche, nous donnait une épaisse tranche de pain recouverte d'une généreuse couche de saindoux. Je n'aimais pas beaucoup le goût de cette graisse qui, à l'œil, a tout l'air d'une raclure lépreuse, mais j'y étais habituée. Un jour que maman devait s'absenter, elle chargea la voisine de nous assurer notre quatre-heures. Celle-ci nous offrit ce qu'elle avait préparé pour ses propres enfants : une délicatesse royale… des tartines beurrées saupoudrées de chocolat râpé… de quoi alerter toutes les papilles gustatives. Jacques, le petit salaud, qui remarque ma convoitise, me laisse mordre par deux fois dans la friandise pour que j'en apprécie bien le goût, puis me dit : « Si tu m'aimes, tu jettes. » Situation cornélienne mais primaire : je jetai la tartine qui atterrit dans le caniveau. Jacques termina son goûter, simplement, sans hâte, comme une chose allant de soi. Je ravalai ma salive qui gardait encore le goût merveilleux. J'avais sacrifié au Moloch. Allait-il m'en savoir gré ? Apparemment non, car il partit vers le fleuve, les deux mains dans les poches, sifflant un de ces airs chargés de trilles, roucoulements, modulations, roulades, renversements d'intervalles et reprises. « Une barcarolle », dit-il. Une barque à rôles ? Elle me fait des trous dans le cœur, dans l'eau de mes pleurs rentrés. Ah, déchirure dans le grave ! Tendresse du frisson aigu ! Petite souris de la légende, je suivis mon enchanteur. Le suivis en réfléchissant sérieusement à l'incident. Une petite idée pointa : celui qui exige des preuves en a peut-être un besoin… absolu. Il dépend peut-être de celui qui les lui fournit… Jacques para à mon chantage en reportant ostensiblement ses faveurs sur Hélène et Jacqueline. Dire que je n'étais pas un peu inquiète serait faux, mais mon exquise prétention me disait que, pour ce qui était de la fantaisie et de la souplesse blagueuse, elles ne feraient pas le poids à elles deux.

J'étais en proie à une tempête intérieure autrement périlleuse : il m'avait platement laissée tomber pour ce qui était d'écouter les morts, sujet qui, selon moi, devait passionner toute intelligence normale. Or Jacques n'en manquait pas. Alors, comment faire face à l'être qui vous éblouit et dont les actes, tout à coup, s'éparpillent dans la médiocrité ? Comment peut-on aimer, avoir au cœur le bonheur chaud et palpitant d'aimer et, en même temps, sentir poindre la pitié ? J'appréhendais cela de façon très nette : le point important, grave, n'est pas de souffrir ou de faire souffrir. Non. Dans le mal d'amour, le grand mal, c'est la pitié. « Elle déshonore celui qui la suscite », pensais-je. Ce n'était pas facile. Que voulais-je préciser quand Jacques, encore préoccupé de me rendre jalouse, affirmait : « Tu sais bien que c'est toi que j'aime », et que je lui répondais : « Oui ! Mais toi, tu m'aimes… comme ça. Moi, c'est autre chose : je t'aime par altruisme. » Que voulais-je donc lui dire ?

Il me joua un tour pendable. Le maître l'avait puni pour un manque de politesse : retenue d'une heure avec obligation de copier cent fois une phrase d'excuse. En sortant, je passai près de mon Jacques penaud et lui soufflai quelques mots d'encouragement. Le maître demanda des explications, je restai muette. Mais Jacques, l'infâme, se leva et de sa belle voix de théâtre déclama : « Elle a dit que vous êtes un fameux cochon ! » Deux heures de retenue et écrire deux cents fois : « Je ne dois pas dire que le maître est un cochon. » Le nez sur mon cahier, je m'exécutai tout en renversant la phrase : « Je dois dire que le maître est un cochon. » Où que vous mettiez l'accent, le sens demeure énorme et totalement satisfaisant si vous pensez à une autre personne. C'est alors que je commençai à rire.

La punition terminée, Jacques m'attendait. L'air grave, il me tendit mon goûter qu'il avait pris soin d'aller chercher et susurra d'une voix feutrée : « Je t'aime bien, tu sais... » Cette fois, il disait vrai. Mais moi, je riais, riais, riais et le laissai partir seul avec son remords. Vaurien, gentil brigand, tendre crapule, fripon fripé, filou filouté, menteur et traître... pour toi les épines et les regrets. Pour moi, le rire et la couronne !

Le jour du 14 juillet 1938 – il avait dix ans, j'en avais neuf – Jacques apparut tel que je l'aimais, marchant en tête du défilé, devant l'orphéon, portant un habit de soie éclatant de couleurs, brandissant un bâton fleuri qu'il lançait, rattrapait, faisait tourner autour de son poignet, marquant la mesure et sifflant le chant glorieux des alouettes. Les drapeaux, les lampions, la musique, le bruit, le mouvement... Jacques, mon baladin, ruisselant d'orgueil et de bonheur, s'était imposé à l'avant du cortège. Les cœurs fondaient devant cette image de l'audace et de la beauté. Jacques-Dyonisos, dans les flonflons de la fête nationale du village ! Je fermai les yeux bien fort sur cette vision, car demain... demain... je quitte Vaux.

Peuple de barbares selon César, les Gaulois avaient peur que le ciel leur tombe sur la tête. Aucune autre croyance, aussi bizarre soit-elle, n'a autant fait rire l'humanité. Pour tout dire, on la cite comme l'exemple le plus extrême de la plus extrême sottise. Et pourtant, il tombe.

Il tombe lorsque vous êtes confronté à la tromperie la plus éhontée ou à la vérité la plus fracassante. Cette situation se révèle dans l'instant même où elle se précise. Elle vous fige sur place. Un cri d'horreur monte dans votre gorge, s'y enfle. Votre bouche, trop étroite, est incapable d'exprimer l'ampleur de votre souffrance. C'est à cet instant que le ciel change de place. Il descend, vous encercle. Il rapproche l'un de l'autre les deux bords de votre horizon. L'air se condense en un matériau épais. Votre regard se heurte à une opacité. Une gêne contraint votre poitrine, comprime vos poumons, verrouille votre respiration… Vous avez le sens de l'honneur et de la dignité ; vous vous raccrochez à l'orgueil d'Être ; vous demeurez debout ; vous refusez de baisser la tête. Mais votre corps se tasse. Le poids vous met à genoux, à genoux pour une seconde de rémission. Puis la masse s'affirme, victorieuse : le ciel rejoint la terre. S'il reste en vous une parcelle de mémoire qui vous rattache au genre humain, un dernier soubresaut vous vide et vous renvoie au néant.

On n'en meurt pas.

… J'étais assise sur la chaise inconfortable. La voix coléreuse de la fonctionnaire me cingla : « Qu'est-ce que tu as à rester comme ça, sans bouger, sans rien dire, comme si le ciel t'était tombé sur la tête ? » Je regardai la pouffiasse, frappée par la justesse de l'expression. Du fond du supplice, une pulsion monta, fielleuse, acide, brûlante. L'atroce souffrance me fit ouvrir la bouche. La femme crut que j'allais parler. Non !... Mes dents poussaient, débordaient de mes lèvres comme des crocs de loup. Un poil rêche envahissait mon visage, cernait mes yeux, couvrait mon front. Mes ongles se transformaient en griffes. C'est comme ça quand le ciel vous tombe sur la tête.

Assise sur la chaise inconfortable, l'assistante sociale à ma gauche, le directeur de l'Assistance publique derrière son impérial bureau... Que m'avaient-ils dit, ces *autorités* ? Ils m'enlevaient à maman Blanche. Interdiction absolue de maintenir un contact quelconque avec elle. Michel et moi avions un frère et une sœur plus âgés. Notre mère était morte à Auxerre depuis longtemps. Parce qu'il n'y avait pas assez d'argent, son corps avait été mis à la fosse commune. Notre père était mort plus récemment. Le grand frère et la grande sœur avaient vécu avec lui. Je n'avais pas à faire l'orgueilleuse : pupille de l'Assistance, j'irais travailler chez les autres. Dans des fermes.

Arrachée du jour au lendemain au seul monde que je connaissais, mêlée à un troupeau de gosses elles aussi sans famille et entre deux placements, qui faisaient face à l'inconnu par des pleurs ou des plaintes, je me défendis à ma manière, par le mutisme mais en suivant un commandement : « Quoi qu'il t'arrive, tu dois toujours agir en restant fidèle au sentiment que tu as de *ta* vérité », dernière phrase dite par maman Blanche, qui dicta ma démarche avec un ajout : tout garder dans la tête et ne rien montrer au-dehors. Ma vérité ? Est-ce là une question à se poser... en ce moment... dans cette situation ? « Ma vérité ? Je sais ! C'est tout ce qu'il y a eu... L'herbe-cristal, le flux "d'ailleurs vers ailleurs", le village et son fleuve, les sons et les parfums, les climats et les textures, la violente malice de Jacques, Michel, la miche de bon pain blanc, papa, les larmes dans son vin, le Vieux, la tiédeur du cimetière, la lune se riant des voiles, le bercement juteux et palpitant affirmant qu'il faut tout voir, connaître, comprendre, essayer, dans la franchise, le courage. » « Ma vérité ?! C'est mon paquet de souvenirs d'enfance. » Passé-présent, tout s'inscrivit dans mon alerte mémoire, dans ma chair, dans mes instincts, gravure profonde, précise, sans bavures, sans reproches. Rien ne s'est effacé depuis.

… C'est aujourd'hui le jour des Morts. Les chrysanthèmes ont été déracinés, mis en pot, les dahlias liés en grosses gerbes, le cheval attelé. Germaine, ma patronne, a changé de tablier. Le patron porte casquette. En route pour le cimetière ! Tout m'est nouveau. Pour Fougilet, ce misérable village où l'Assistance m'a placée, pour les hameaux isolés, pour les fermes perdues au milieu de nulle part, la concentration des morts se fait à Sougères-en-Puisaye. Douze-quinze kilomètres, on ne peut pas dire que ce soit loin. Pourtant, c'est un autre monde, un autre patois. L'étranger, pour ainsi dire. Aller voir les morts, ici, ce n'est pas une petite affaire. On s'entasse dans les charrettes, carrioles, calèches et tombereaux, formant une procession de fleurs et d'habits endimanchés. Rien de la promenade à pied qu'on fait à Vaux, entre le goûter et le dîner… Moi, je n'ai rien à faire dans ce cimetière, mais Germaine a besoin de moi pour décharger les pots, et aussi pour me faire reluquer par tout le monde. Pensez, la fille à Thomas, fille de ferme chez elle… Une pareille merveille s'affiche… parce que ici, je suis « la fille à Thomas ». Les gens d'alentour ont connu mon père. Quand ils en parlent, leur voix baisse comme quand on se trouve devant le gendarme ou le curé… Tout à l'heure, en passant devant Pesselières, Germaine m'a dit comme ça : « Tiens, c'est le village où tu es née. Ta sœur Georgette habite encore la maison de ton père, une belle bâtisse, ma foi, seulement c'est Mme Mercier qui en est la propriétaire… et puis, il y a aussi ta marraine. » La salope, elle sait bien que c'est la première fois que je sors de Fougilet, puisqu'elle ne me permet d'aller nulle part. Elle est toujours sur mon dos, ne me laissant pas un seul instant de liberté… Mon village natal, la maison de mon père, une marraine ? Qu'en ai-je à faire ? Maman, maman Blanche, si tu voyais ta fille ! Si tu voyais la vie qu'on lui mène… Je porte des guenilles. Germaine a donné toutes mes bonnes affaires à Léone, sa petite-fille. Je marche en sabots, ils sont lourds et trop grands. Je me cogne l'os de la cheville à chaque pas ; les croûtes n'ont pas le temps de sécher, les plaies ne se referment pas. J'ai une démarche de canard. Germaine dit que je suis lente ; alors, elle me donne des coups, des coups, maman. Tout le temps. La première chose qu'elle fait, c'est de cogner avec ce qu'elle a sous la main, un sabot, un gourdin, une trique, un fouet. Le fouet, ça cingle, c'est traître, on ne sait jamais où la lanière frappera. Quand elle est fatiguée de frapper sur moi, Germaine, elle m'injurie, m'appelle « moitié-crevée », raconte partout que j'ai le mal de Pott, que je m'en vais de la poitrine. Elle veut que je l'appelle « Maman ». Ce mot, je n'arrive pas à le lui dire. Alors elle me tabasse, me donne des fessées avec des orties, hurle : « Je te briserai, je te materai. » Maman, maman Blanche, si tu me voyais, tu ne me reconnaîtrais pas. J'ai le corps plein de bleus, je suis sale. Tout est sale ici. Le purin arrive jusqu'au milieu de la cour ; on marche dans la fiente des poules, la crotte des cochons, la bouse des vaches… On a tout le temps une odeur de clapier, de fumier dans le nez. C'est dur, maman, dur. Je ne suis plus la petite fille que j'étais chez toi.

Je me sens devenir quelqu'un qui ne me plaît pas ; j'ai

peur tout le temps, de tout. J'emploie des gros mots. Ils parlent mal, se moquent de moi quand je dis « Que voulez-vous » et non pas, comme eux, « Quèque donc qu'c'est-y qu'vous voulez ». Ils sont brutaux, vulgaires, méchants. Tu te souviens, tu me disais que répondre « oui », c'est insuffisant, qu'il est plus poli de dire « volontiers ». Si je ne grogne pas « voué » ou « oui-da », Germaine m'envoie une taloche en disant que je fais ma sainte-nitouche, que « ça me fera la tête »... Alors, tu comprends, maman, dans ces conditions, mon village natal, hein, qu'en ai-je à faire ? Ma mère est morte et son corps est à la fosse commune. Ma sœur Georgette n'est pas venue me voir. Pourquoi ? Elle a toujours vécu ici, elle connaît la route, alors que moi je suis comme une étrangère. André, mon frère aîné, on l'a rencontré par hasard dans un sentier. Germaine me montrait comment mener les vaches. Un garçon est passé en bicyclette ; Germaine l'a appelé : « André, André, arrête-toi un peu. Viens dire bonjour à ta sœur. » On me dit que c'est mon frère, moi je veux bien. Je n'ai rien contre lui ; il a l'air d'un gentil garçon. Il a des veines très bleues aux poignets et sur les bras, des bras de gros travailleur, du poil tout frisé, mais, si je suis sa sœur, pourquoi n'est-il pas venu pour refaire connaissance, causer un peu ? Il sait que je suis placée ici. C'est quand même plus facile pour lui. Il a quatorze ou quinze ans au moins et une bicyclette... Bon, d'accord, en semaine il travaille, mais les dimanches... Je sais, maman, je sens qu'il y a quelque chose de trouble dans ma famille, on me cache quelque chose de laid, j'en suis certaine. Pourquoi André a-t-il pris soin de me dire, quand on s'est rencontrés cette seule et unique fois, que, moi, il m'accepte pour sœur, mais que Michel n'est pas son frère, affirmant : « Michel n'est pas un Thomas. » Mon Michel, maman, tu te rends compte ! Michel, mon seul parent, tu me l'as dit bien des fois, et que notre mère est morte à l'hôpital, de tuberculose, et notre père peu de temps après, d'un accident de moto. Ici, ils disent que mon père est mort de phtisie galopante « depuis peu de temps ». Qu'est-ce que ça veut dire « peu de temps » ? « Comme si la mort lui avait cogné sur le front », dit Germaine. Tu ne savais pas, maman ? Tu ne savais pas qu'il y avait aussi André et Georgette ?...

Tu disais que je passerais mon certificat d'études et puis... et puis... que je serais une grande dessinatrice de mode. Eh bien, tu vois, ce n'est pas du tout comme ça. Je suis quelqu'un d'autre. Je ne parle plus. Germaine me fiche des gnons quand j'essaye de m'expliquer. C'est vrai, quoi, tous ces travaux, c'est nouveau pour moi. Elle ne veut pas comprendre que je n'y connais rien.

Mener les vaches, par exemple, ça a l'air simple, mais il faut savoir. C'est la vache de tête qui dirige ; faut s'entendre avec elle ; c'est une langue spéciale. Les chevaux, c'est tout autre chose. Pas facile non plus pour les sortir de l'écurie. Si on a le malheur d'en faire reculer un dans le mauvais sens, il reste coincé, et alors c'est lui qui s'énerve. Je ne me plains pas des bêtes, maman. Elles ne font pas mal exprès. Seulement, je suis petite et elles ne m'écoutent pas ; elles voient bien que je ne suis pas au courant. Tiens, je vais te dire, même pour tirer l'eau du puits, il faut apprendre. C'est lourd. Au début, je laissais aller la chaîne au lieu de descendre le seau de façon à ce qu'il bascule en touchant la surface de l'eau, sinon il flotte. Pour remonter, il faut du rythme, autrement il ballotte, heurte la paroi, et la moitié de l'eau se renverse. Le plus dur, c'est quand le seau est en haut ; il faut retenir la chaîne d'une main, de l'autre attraper l'anse et, avec un mouvement balancé, faire atterrir le seau sur la margelle. J'ai trouvé un truc : je mets mes deux pieds sur la chaîne, la passe derrière mon dos, attrape le seau à deux mains, le coince sur la margelle et le renverse directement dans l'auge ; comme ça, je ne perds pas de temps. C'est que je dois la remplir deux fois par jour, et le matin je suis pressée. Quand je suis en retard, c'est le maître d'école qui me chauffe les oreilles, et ça je ne veux pas, parce que alors il ne s'occupe pas de moi et ça je ne peux pas le supporter. Je veux rester une bonne élève. Il faut que je réussisse parce que, maman, il ne me reste plus grand-chose, je le vois bien. Germaine me fait travailler comme une bête. Parfois, je crois que je suis une bête. Je ne veux pas perdre mon intelligence, et il n'y a qu'à l'école que je peux m'en servir. Le maître est content de moi et dit que je passerai mon certificat d'études avant quatorze ans. Lui aussi il cogne, sur les tempes, avec son doigt recourbé. Ce n'est pas qu'il soit vraiment méchant, mais il n'est pas bon non plus. Sa faiblesse, c'est d'être coléreux. Il aime bien mes rédactions. Je fais comme tu m'as appris : trois adjectifs qualificatifs, complémentaires et nuancés, par rang de force, mais jamais je ne ferai aussi bien que Jacques, mon Jacques…

Nous étions arrivés au cimetière. Plongée dans mes pensées, je n'avais rien vu du paysage. Le patron m'aida à transporter les pots de fleurs. Le curé se présenta, précédé de deux enfants de chœur chargés d'encensoirs. Tout le monde se rassembla près de la chapelle. Petite messe en plein air. Bénédiction. Puis chacun alla prier sur la tombe de ses chers défunts. « Tiens, me dit Germaine, va donc voir, voilà ton frère et ta sœur. » Suivant la direction de son bras tendu, je distinguai deux silhouettes… André, avec sa belle carrure de Bourguignon blond, oui, facile à reconnaître, et à côté de lui… ma sœur ? Je m'approchai lentement. André fit les présentations. Je regardai la tombe devant laquelle nous nous trouvions. De la terre fraîche. Un nom écrit sur un panneau de bois : Georges-Marcel Thomas. La tombe de mon père ! Deux dates sur le panneau, dont la dernière :

1938. Alors, c'est vrai ? Mon père a vécu jusqu'à il y a quelques mois ?

Dans un brouillard de chaleur glaciale, j'entendais les paroles hargneuses de ma sœur Georgette : « C'est ta faute si nos parents ont divorcé... Tu n'es pas ma sœur... Michel, oui, c'est notre frère... Je me souviens bien de lui... Un beau bébé... Mais toi, tu as semé la discorde. » Sur le chemin du retour, assise avec le patron à l'avant de la charrette, sur la planche qui relie les ridelles, j'essayais de reconstituer, d'éclaircir ce que j'avais entendu, compris. Ce n'était pas beau. Nos parents avaient eu quatre enfants : André, Georgette, Yvette et Michel. Les trois premiers étaient nés dans la maison paternelle. Tout de suite après ma naissance, ma mère était allée dans un sanatorium soigner une grave tuberculose. Elle en était revenue avec Michel. Pour ce qui est du divorce, mon père, parce qu'il était bon, avait pris sur lui une part des torts afin de laisser les deux enfants les plus jeunes à la mère qui était partie vivre ailleurs avec l'homme rencontré au sana. Les deux grands avaient vécu avec le père, dans une admiration totale de sa personnalité. Il semble qu'il avait vraiment... une très grande réputation, mon père. Tout le monde en parle avec jalousie, admiration et pitié. Sa femme, ma mère ? Une belle femme, ça oui, mais... une malade, une pas grand-chose. Alors ?... Mon père, cet homme exceptionnel, il nous a laissés tomber, Michel et moi ? Quand il a su que sa femme était morte, il ne s'est pas soucié de ce que nous devenions ? Nous n'étions plus rien pour lui ? C'est ça, l'homme que ces rustres de paysans citent en exemple ? Et ils disent tous : « Ah ça, il en avait des sous, lui ! Pensez donc, en 1936, il s'est acheté une voiture ! »

À Vaux, je m'étais promis de retrouver la tombe de mes parents, de leur ériger un beau monument funéraire. Découvrir que ma mère avait été mise à la fosse commune était déjà bien assez dur, mais apprendre le reste de l'histoire… Mue par une pulsion irrésistible, je mis ma main droite à hauteur de ma cuisse, en ayant soin de ne pas attirer l'attention de Germaine. Les doigts à l'horizontale, en un mouvement délibéré, « irrévocable », je jetai aux orties mon sentiment filial : « Mon petit papa, ta pierre tombale, tu peux te la foutre au cul. »

M'attarder sur les résonances intérieures de ces révélations serait futile. Heureusement – les voies du Seigneur sont indéchiffrables – heureusement donc, je n'eus pas le loisir de ressasser mes aigreurs familiales. La réalité quotidienne, immédiate, s'avérait trop brutale.

… Maman… de l'instant où je finis de ranger la vaisselle à celui où je recouvre les derniers tisons de cendres froides s'étend la soirée. Pas la veillée des chaumières mais deux heures de vide. Je nous observe tous les quatre : Germaine, le patron, Irène et moi, assis autour de la table dans le rond de maigre lumière. Tous les quatre ensemble, tous les quatre séparés. Personne ne cause à personne, personne ne regarde personne. Moi, j'observe parce que je veux comprendre. Le soir est le seul moment où nous pourrions échanger des nouvelles, des impressions, parler de n'importe quoi, du temps ou des voisins, mais seul le silence… Dans la journée, on se frôle ; on travaille dur ensemble, et le soir on est comme des étrangers. Ça fait quatre silences qui se heurtent. À croire qu'une seule parole ferait tomber la maison. Dis-moi, maman, pourquoi ces gens vivent-ils de cette façon ? Il faut que je comprenne parce que je ne veux pas devenir comme eux. Le patron – tout le monde l'appelle Patron ou Moreau ; même Irène qui est ici depuis des années n'utilise pas son prénom – n'est pas un méchant homme, mais pour lui tirer un mot il y faudrait le diable et son train. Il fait semblant d'être avec nous, comme ces plantes aquatiques dans notre fleuve qui, se balançant prisonnières du courant, ne sortent jamais la tête à l'air libre, ne montrent jamais ni toutes leurs feuilles ni leurs racines. Comme elles, le patron est courbé, indécis, flottant en dessous de la vie terrestre. Germaine, c'est autre chose : dans la journée, elle crie et s'agite, furie déchaînée, frappant les bêtes et même les objets. Le soir, fatiguée par sa méchanceté, elle reste muette mais je sais qu'elle se parle. C'est maintenant qu'elle dresse ses pièges. Germaine me fascine. Force m'est d'avouer que c'est une femme remarquable. Elle me régente, mais je lui tiens tête. Elle n'a pas encore réussi à me mettre à genoux, à me faire prononcer le mot « pardon » ou à me surprendre en train de pleurer. Je vais te dire ce que je crois au fond du fond : c'est la haine bien plus que les mauvais traitements qui dégrade les gens. La haine, maman, ça salit bien plus que le fumier. La haine souille l'âme ; et tu vois, quand je lutte contre la haine, mes crocs repoussent ; le poil recouvre ma peau comme une sueur piquante et raide… Comment faire ? Maman, comment faire ?

… C'est surtout le soir que s'impose à moi le sentiment d'avoir à payer pour l'air que je respire, d'avoir à payer un prix inconnu pour vivre, pour éviter de souffrir. Il faudrait être comme Germaine. Je refuse pareille indignité, mais si je ne deviens pas comme elle, je serai comme Irène et cela non plus je ne peux pas l'accepter. Je regarde Irène, Irène Granger. Un beau nom, n'est-ce pas ? Il lui vient du fait qu'elle a été trouvée, âgée de quelques heures, le jour de la sainte Irène, dans une grange. Née pupille de l'Assistance pour ainsi dire, placée de ferme en ferme, le corps déformé par les travaux, une tête d'abrutie apeurée, un regard sournois, elle ne sait ni lire ni écrire. Elle accepte son destin : être valet de ferme jusqu'à la fin de ses jours. À sa majorité, elle épousera un pupille. Qui voudrait introduire une paria dans sa maison, en faire un membre à part entière de la famille ? Irène, le mieux à quoi elle puisse prétendre, parce qu'elle est une grosse travailleuse, c'est attirer l'attention du fils arriéré d'un riche paysan, d'un « idiot du village ». On les appelle ici des « demeurés ». Le père demandera sa main au directeur de l'Assistance. Marché conclu, le fermier rentrera chez lui avec une bonne à tout faire qui a l'habitude de subir sans réagir, fort heureuse d'avoir réussi à se caser avec quelqu'un qui a du bien. Qui me convaincra d'accepter un tel sort ? Qui osera affirmer que ce sont justement les orphelins qui doivent pâtir plus que les autres…

À l'école, le maître nous a demandé d'imaginer la vie d'un « Petit Chose » de nos jours. J'ai pris Irène pour modèle, disant que la différence, c'est qu'elle n'a pas eu de Maman Blanche pour « tenir propre sa casquette », c'est-à-dire pour la pousser à aller à l'école, à étudier, à penser, pour encourager ses ambitions et ses espoirs. Le maître m'a mis « très bien » mais si j'avais à refaire la rédaction, j'ajouterais que les pupilles de l'Assistance ont le regard de ceux qui ont accepté leur opprobre… Je n'ai pas demandé à venir au monde, moi. Je n'ai rien demandé à personne. Je ne fais pas de mal. Maman, je suis prise de panique. Comment Germaine a-t-elle compris que je te parle, le soir ?

J'ai rencontré Luc, pupille de treize ans, qui ne passe pas de très beaux jours dans la ferme des Pouillot. On a décidé de s'évader ensemble. Ce n'est pas facile. Tu as remarqué, maman, qu'on nous enseigne la géographie sans jamais rien nous dire de la région où nous vivons ? La classe est décorée de belles cartes coloriées, mais ne comportant aucun détail sur ce qui nous entoure. Heureusement, Luc a une boussole et, tous les deux, nous connaissons un peu le ciel. On marchera aux étoiles vers l'ouest-sud-ouest pour arriver jusqu'à Nantes ou La Rochelle, je ne sais plus. Donc, si tout va bien, je parviendrai à la mer avant toi, maman, et pourrai voir si tu me l'as bien décrite.

Je n'ai jamais vu un hiver aussi long. Une malédiction aphone, un rétrécissement de la vie, une erreur acceptée de tous. Les gens d'ici ne s'en étonnent pas... Vaux, maman, son mouvement, sa rumeur de ruche, les commerçants et les péniches, je finirai par croire qu'ils n'existent que dans ma tête. Pourtant, je vérifie, compare, revérifie. Je suis certaine d'avoir découvert quelque chose d'important : Fougilet est un village sans bruit ! Pas de fleuve, pas de clapotis d'eau, pas de rires des rameurs et nageurs ; pas d'église, rien qui marque les heures et les fêtes, pas de baptêmes ni de mariages... Les fermes sont dispersées et personne ne dit bonjour à son voisin. Pas de café, les hommes se soûlent tout seuls à la maison ; pas de lavoir où les femmes papotent ; pas de mairie, de magasin, de journaux. RIEN. Fougilet est un village maudit.

Avant, il y avait un chemin de fer, un garde-barrière. Maintenant, sur la voie désaffectée l'herbe recouvre les rails. Parfois, je crois entendre une locomotive égarée en bas de la côte, sifflant au secours... Luc et moi, nous avons essayé de hurler sur les traverses pourries, dans le tournant de Druyes-les-Belles-Fontaines. Eh bien, c'est surprenant, Luc l'a constaté aussi, l'air de Fougilet ne porte pas les sons. Quand je serai grande, j'aurai trois postes de TSF qui seront toujours allumés. Je vais te dire, maman, on peut choisir d'écouter le silence. J'aimais le faire dans notre cimetière, mais quand le silence est partout, il peint les os en noir.

... Ces gens-là sont des êtres affreux, des outres remplies de méchanceté qui refusent tout ce qui donne le courage de vivre. Luc a raconté à son patron (ah, quel idiot, ne pouvait-il pas se taire ?) que Germaine me permet de lire en gardant les vaches. Son patron en a été tellement suffoqué qu'il est venu en parler à Germaine. Maintenant, elle m'impose de remplir un sac d'herbe pour les lapins. Tu peux imaginer, maman, ramenant le troupeau à l'étable avec un sac sur les épaules ? J'en pleure de rage, surtout quand Papouche, la nouvelle vache de tête, fait des siennes, que les bêtes s'éparpillent, s'égaillent, et je ne sais plus quoi faire en premier : courir après les vaches en abandonnant le sac ou continuer à le traîner en laissant les vaches se disperser. Alors, en moi-même, parfois, je traite Germaine de vache. Puis je me reprends parce que les vaches sont les meilleurs des animaux. Plus je m'occupe d'elles, plus je les aime. Tu vois, même envers les animaux l'injustice règne. On honore les chevaux et on méprise les vaches. Moi qui les pratique tous les deux, je peux te dire, sans l'ombre d'un doute, que les vaches, foncièrement bonnes, sont plus intelligentes, plus patientes ; n'utilisant que rarement leur force, elles voient plus loin que le bout de leur nez. Au début, comme tout le monde, je croyais qu'elles manquaient d'esprit. Personne ne comprend : elles sont simplement indulgentes et placides, peut-être pour éviter de trop pâtir… Au fond c'est l'élégance du cheval, ses mouvements harmonieux, qui expliquent la faveur dont il jouit auprès des gens. C'est ça qui influence les sentiments. Quand je serai grande, je raconterai mon expérience des vaches, des histoires vraiment vécues. Il faut tout de même que quelqu'un leur rende justice.

Je les regarde tous les trois, Germaine, le Patron, Irène, assis dans le rond de pauvre lumière, et me demande comment faire. Mes yeux ont croisé ceux de Germaine. Elle a dû croire que je me moquais d'elle car elle s'est levée et m'a giflée de toutes ses forces. Je me suis retrouvée par terre, mes livres et cahiers éparpillés autour de moi. Qu'est-ce qu'elle a donc à tellement détester l'école ? Et le Patron ? Il sait bien qu'il est obligatoire d'aller en classe ; cependant il ne dit rien, ne fait pas un geste, ne bouge pas d'un pouce. Si ça continue, je sens que je deviendrai complètement dingue, idiote, imbécile. Ils me font horreur. Dire que mon père et ma mère étaient peut-être comme eux... Je ne veux pas le savoir. Je ne suis pas de leur race.

... Ça ne va pas, maman, pas du tout. J'ai calé en classe.

M. Gallois nous avait donné comme sujet de rédaction : « Le père. » La semaine dernière, il nous avait proposé : « La mère. » Je t'ai mise tout entière dans ma composition, en concluant : c'est ça une mère, même si elle n'est pas votre mère de par le sang. Pour le père, j'ai commencé : « Le père est le mari d'une femme qui a des enfants... » et n'ai pas pu aller plus loin. « Inventez », a dit M. Gallois, furieux. Lui qui insiste toujours pour qu'on écrive « vrai » ! Je n'ai rien pu trouver. Alors il m'a mise au coin et j'ai pleuré. C'est la première fois que je pleure à l'école. M. Gallois en a été tout surpris et m'a permis de traiter un sujet libre. J'ai parlé de mon herbe-cristal. Ma rédaction avec mention « excellent » a été lue devant toute la classe... et a été reçue par une grosse rigolade ; mais le maître avait bien compris, et Carmen aussi, je crois. Si je ne pouvais pas m'accrocher à l'école, maman, je ne sais pas ce que je deviendrais. Maintenant que je repense au sujet du « père », je me rends compte qu'il me perturbe. Papa a toujours été ton mari pour moi. Si j'essaye de le voir tout seul, je ne récolte que des bribes : un homme qui boit trop, qui pleure dans son journal, qui passe un temps infini à rouler ses cigarettes, qui regarde ses trois filles avec moins d'intérêt que ses barriques. Quant au mari de Germaine, il vit dans le silence, ne pense qu'au travail. Pourtant, ils ont un fils et une fille. C'est vrai qu'ils ont quitté la ferme et que je peux pas me rendre vraiment compte, mais je sais qu'il ne fait pas du tout attention à sa petite-fille quand elle est là. Germaine est seule à s'occuper d'elle. Et mon père, les paysans ont beau dire qu'il était bel homme, intelligent, riche, bon… Moi, ce que je sais, c'est qu'il n'a pas voulu nous connaître, Michel et moi. En y repensant dans le calme, j'avoue être incapable de broder sur le sujet. Un père ne peut pas être totalement imaginaire.

… Maman, tu ne peux pas savoir… des crocs me sortent des gencives, le poil recouvre mes yeux… Un de ces jours je me jetterai sur Germaine, je la déchiquetterai de haut en bas. Tout à l'heure, après avoir rentré les vaches, elle m'a ordonné d'aller avec elle ramasser encore un petit peu de bois. Par un froid pareil ! Elle s'en fout, elle, avec ses galoches et ses gants, moi je suis pieds nus dans mes sabots et je n'ai pas de moufles. La salope, la fumier, la charognarde, elle me fait vomir. On a trouvé une chouette piégée entre deux branches, blessée mais encore vivante. Germaine a mis l'oiseau dans la poche de son tablier et je me suis dit : la bête est au chaud ; on examinera sa blessure à la maison. Je n'avais rien compris. En arrivant, Germaine est allée prendre un marteau et des clous et s'est mise à clouer la bête sur la porte de l'écurie, par les ailes, disant : « Ça porte bonheur. » Ça a été plus fort que moi. Je me suis sentie devenir folle, j'ai saisi le bras de Germaine pour lui enlever le marteau. Tout ce à quoi je suis parvenue, c'est à détacher la bête sanguinolente qui hululait. Alors, maman, j'ai couru jusqu'au bout du pré et je l'ai jetée dans les buissons. Germaine m'a rattrapée et frappée avec le marteau, droit sur la tête. Le manche lui en est resté dans la main. Alors, en plus, je suis privée de dîner parce que je n'ai pas pu retrouver la tête du marteau. J'ai mal, maman, tellement mal… Si la chouette a un pouvoir magique, elle jettera un sort à Germaine. Elle fera que sa chair souffre, que son sang se mélange à la crotte des cochons, que sa gueule soit remplie de fumier… Elle lui brisera le corps, la condamnera à rester seule au monde…

Le maître est venu demander à Germaine de me rendre le livre que j'avais emprunté à la bibliothèque de l'école. Il y en a si peu que je les ai déjà presque tous lus, et je n'ai pas envie d'en relire beaucoup car, il faut bien que je te le dise, les livres m'ont déçue. *Les Misérables*, *Sans famille*, etc., on veut nous faire croire que ce sont des histoires inventées ; mais ce n'est pas vrai ; ça se passe ici, à Fougilet, chez les Moreau. Comme il ne restait plus que des albums de Bécassine et des Pieds Nickelés, ces contes idiots pour enfants idiots, j'ai pris un très vieux livre, où certaines pages manquent et d'autres sont maculées. C'est un gros ouvrage imprimé sur du papier craquant qui me rappelle ta vieille bible et qui s'intitule *La Divine Comédie*. Je ne sais pas si j'aurai le courage de le lire jusqu'au bout : le style en est lourd, pas marrant du tout, je dirais même franchement ennuyeux ; ça a l'air d'un inventaire et ce n'est pas comique. À vrai dire, je ne comprends guère de quoi il parle, et ce que je comprends ne me plaît pas du tout. Si c'est ce à quoi il faut s'attendre… Mais ce que je veux te raconter, c'est que Germaine m'avait confisqué le livre. Je l'ai dit au maître et c'est pour cette raison qu'il est venu. J'étais fière de la manière dont il s'y est pris : « Madame Moreau, a-t-il dit, avec tout le respect qui vous est dû, les livres de lecture prêtés par l'école sont placés sous l'exclusive responsabilité des élèves. » Puis il m'a demandé : « Où en êtes-vous ? » J'ai répondu : « À la moitié de l'Enfer. » Alors, il a souri en ajoutant : « Il vous reste le Purgatoire et le Paradis, vous en avez pour un bon bout de temps ! » Là, c'est moi qui ai ri en mon for intérieur, parce que c'est justement dans cette partie du livre qu'il manque le plus de pages...

Germaine, qui n'a pas apprécié la visite du maître, a trouvé une autre punition : ne plus mettre dans mon assiette que ce dont elle ne veut pas : les morceaux coriaces, gras, brûlés. Si encore elle les découpait ; mais non, elle les sort de sa bouche. J'en ai vomi sur la table, et c'est ainsi que j'ai découvert une autre Irène... Irène cache son jeu ; il y a en elle une autre personne. Elle fréquente un monde qui n'est qu'à elle. Ce n'est pas qu'il existe vraiment, elle l'invente. Maintenant, quand elle n'est pas trop fatiguée, avant de s'endormir, elle me raconte – tu sais qu'on dort dans le même lit ; il faut te dire que je suis devenue très nerveuse : la nuit, je me débats, et Irène a besoin de sa nuit ; aussi quand je m'agite trop, elle monte sur moi, m'entoure de ses membres vigoureux, me berce. C'est assez agréable, dommage qu'elle pue tellement. Remarque que ce n'est pas sa faute : moi aussi, je pue. Je lui pince un peu les mamelons et elle commence sa litanie : « La carne, la salope, la chameau, l'ordure, la charognarde, la fumier, qu'elle crève, qu'elle crève ! » C'est sa prière pour la santé de Germaine. Puis, viennent les histoires du Petit Jean, des aventures à cœur-gonflé-cœur-crevé, corps-martyr-corps-mourir, des crimes inouïs, des tortures d'enfer sur terre avec un clair espoir au bout de la route, et un leurre à chaque tournant. Irène, la maline, je la regarde assise sous le rond de fade lumière, tissant la trame du conte « fil couleur d'horreur et fil couleur de bonheur » qu'elle me contera tout à l'heure. Plus elle a l'air abrutie, plus ça veut dire qu'elle pense à Petit Jean. N'est-ce pas formidable, maman ? Alors, je me dis qu'ailleurs, dans un autre monde, dans des conditions normales, Irène, ma pauvre Irène, bonne à tout faire, valet de ferme, exploitée et méprisée, elle aurait pu être un écrivain. Si les gens d'ici et ceux de l'Assistance publique s'imaginent que je vais suivre son chemin, ils se trompent. Plutôt ne pas vivre.

… Je me suis vengée ! J'ai reçu une belle raclée, oui, mais ça en valait la peine ! J'ai enfin eu le dessus sur cette charognarde de Germaine. Voilà : la première fois que j'ai nettoyé la grande chambre, j'ai trouvé de l'argent sous la natte. La deuxième fois que cette chose s'est produite, j'ai eu un soupçon ; la troisième, j'étais sûre de mon fait et j'ai remis l'argent à Germaine en lui disant : « Je ne suis pas une voleuse. » Si tu crois que ça a aidé à quelque chose, nenni. Chaque fois que je fais le ménage, il y a de l'argent. Tout à l'heure, j'ai pris les pièces, ai attendu que Germaine ouvre le rond de la cuisinière et les ai jetées dans le feu. Puis je me suis sauvée dehors. Ce n'est pas encore ce soir que je mangerai à ma faim. Germaine, je le sais, elle veut m'avilir.

… Ah, maman, si tu savais ! Germaine est ravie : elle m'a taillé les cheveux à la va-comme-je-te-pousse, plutôt à la va-comme-je-te-tire. Tu sais que la coquetterie n'est pas mon fort, mais lorsque j'ai vu le résultat, j'ai cru m'évanouir. Voilà que j'ai vraiment des poils sur le front. Comme une bête. J'ai volé le rasoir du patron, et maintenant je rase mes cheveux en remontant de plus en plus vers l'arrière. J'ai le plus grand front de la région, personne ne peut découvrir ce que je suis. Sur un bout de papier que je regarde de temps à autre, j'ai écrit : *ej en sius sap enu etêb, ej sius nu egna* (je ne suis pas une bête, je suis un ange). Ça m'aide. Maman, dans ces conditions de vie, *ma vérité*, c'est quoi ?

Elle est assise, bien calée, la méduse, repue et satisfaite. Elle m'a dépouillée de tous mes objets personnels. Je n'ai plus rien à moi. Le chauffe-cœur que tu m'avais tricoté, devenu bien trop petit, je le gardais en souvenir. Il y a longtemps que Germaine s'en sert comme chiffon à poussière. Ce qu'elle a fait maintenant, c'est de brûler le petit sous-main que tu m'avais acheté avant d'entrer au bureau de l'Assistance. Elle l'a détruit, tu te rends compte ? Par pure méchanceté. Il ne contenait plus ni papier ni enveloppe... Plusieurs fois, j'ai essayé de t'écrire mais il y a trop de choses que j'ignore. Personne ne m'a appris comment faire pour envoyer une lettre à la poste et il m'est impossible de demander conseil à Germaine, puisque le directeur lui a dit qu'il ne devait plus y avoir aucun contact entre toi et moi... Il faudrait aussi pouvoir acheter des timbres en cachette, or je n'ai pas un sou et jamais, jamais, depuis que je suis ici, je n'ai rencontré le facteur. Il y a bien une boîte scellée dans un mur marquée « Poste », mais elle ne m'inspire pas confiance. Comment une lettre jetée dans une fente pourrait-elle te parvenir ? Et puis, ce que j'ai sur le cœur, ce n'est pas à écrire. Ce n'est pas à écrire à quelqu'un qu'on aime. Je n'ai vraiment pas cherché ce qui m'arrive, maman, mais ma peine, il vaut mieux que je la porte toute seule...

Je m'arrête, car si subir le mal à longueur de semaines est épuisant, le raconter est insupportable. Je m'arrête, car il m'est plus naturel de faire le compte de mes bonheurs, ce qu'un esprit poète pourrait appeler « les heures de charme » – charme au sens fort : une manifestation magique qui bouleverse l'horreur du quotidien.

Mon bonheur de Ramone.

Ramone, pelage noir et brillant, marquée sous le menton et entre les cornes de deux doubles médaillons blancs, de caractère modeste, facile à traire, une vache au maintien effacé.

Le troupeau paissait dans un champ criblé de touffes de chiendent. De touffe en touffe, je quêtais un nouveau miracle d'herbe-cristal. Tête baissée, je me cognai contre Ramone. D'un brusque mouvement du museau, elle m'envoya choir, jambes en l'air, sabots par-dessus tête. Un tantinet surprise, je me relevai lentement, évitant des gestes trop brusques. La bête me regardait sans montrer aucun signe d'agressivité. M'approchant d'elle, je l'ai caressée de la voix, en essayant de la contourner, par devant, par derrière. Sans succès. Elle se plaçait toujours entre moi et la touffe de chiendent que je voulais examiner. Je décidai d'aller chercher mon bâton, car, enfin quoi, quand même, une vache doit savoir qui est le maître ! Revenant, bien décidée à lui donner une leçon, j'ai vu son corps agité de tremblements. Sa tête montait et descendait dans un mouvement insolite. Ses naseaux se couvraient de glaires. La bave coulait de son museau : « Vingt dieux, j'ai pensé, elle est malade. Elle va mourir sur place. » Abandonnant mon bâton, je m'approchai : plantée devant un nid de vipères, Ramone me protégeait du danger.

Mon bonheur de l'alouette.

C'était jeudi. Luc et moi préparions notre évasion. Nous ne connaissions le pays que jusqu'aux derniers champs de ses patrons et des miens. Mais plus loin, derrière la colline ? Y avait-il des forêts, des rivières, des précipices, des marécages ? La géographie apprise à l'école ne nous en disait rien. Debout sur le plateau dit « de la voie romaine », Luc délibérait sur la direction à prendre. Un bruit furtif nous fit lever la tête. À dix mètres de nous, au-dessus des épis de blé, un oiseau prenait son essor, tournant sur lui-même en cercles restreints. Chantant, tournant, s'élevant vers le ciel. Colonne de plumes et de trilles. Spirale de chair ivre.

Chapelet de grelots ascendants. Vol de vertige incessant, soulevant un chant incessant. Se haussant toujours plus haut. Va. Monte. Vrille. Disparaît. Le chant, lui, habite encore la hauteur, grille nos tympans de sa précise ardeur, tinte dans l'immensité du rêve, ponctue le miracle de l'oiseau accueilli à bras ouverts par le soleil levant. Luc s'exclama : « L'alouette est montée ! » Au même instant, un trait apparut dans le ciel, filant sa coulée noire dans le bleu intense. L'alouette tombe ! Raide comme une flèche. Tête en bas. Muette.

Arrête ! Arrête ! Tu vas te casser la tête !

Dieu ou diable, arrête là !

Au ras des épis, furieux battements d'ailes, queue rabattue vers le bas, l'alouette fit une glissade chuintante, se posa délicatement entre les tiges, portant « à pied » la becquée à ses petits. Alouette, gentille alouette, quel est l'oiseau qui n'a pas chanté plus haut qu'il n'a volé ?

Mon bonheur de Chapée.

Chapée était vache de tête. Chez les bovidés comme chez les hommes, l'ordre règne. Les fortes personnalités se portent en avant, montrent le chemin. Les indifférentes, les négligentes, les rêveuses traînent. Aux médiocres, qui forment la masse, il n'importe guère de respirer l'odeur des autres, de ne rien voir de l'horizon. La vache de tête est celle qui, par son intelligence et sa mémoire, impose sa loi à ses compagnes. Vache de tête depuis belle lurette, Chapée connaissait les champs des patrons mieux que moi. Apprentie vachère, sans chien pour m'aider, je devais lui faire confiance. Heureusement, elle m'avait acceptée sans faire de difficultés.

Chapée était une très belle vache. Son pelage boursouflé de pustules avait des reflets d'incendie. C'était la meilleure laitière du troupeau. Chapée, nature ferme et franche ! Elle avait bien rempli sa vie et les poches des patrons. Maintenant qu'elle était vieille, ils avaient décidé de la vendre au boucher de Pesselières, à qui il fallait la livrer.

Le patron devant, moi derrière, Chapée marche, tranquille, jusqu'au sentier qui mène à notre dernier champ et s'y précipite. Le maître la rattrape, lui met le licol, la ramène à coups de trique sur la route. Il a beau tirer, moi frapper, elle refuse d'avancer en direction de Pesselières. Vieille mais encore forte, d'un mouvement de la tête, elle projette le patron dans le fossé, se libère du licol et, queue en l'air, d'un trot égal et soutenu, regagne l'étable. Le lendemain, le patron attelle le cheval à la charrette et attache Chapée à l'arrière. En route pour Pesselières. Elle suit tranquillement jusqu'au même sentier qu'elle sait être le dernier du domaine puis, s'arc-boutant sur ses pattes, refuse d'aller plus avant. L'arrière-train de Chapée racle le sol. Le licol l'étrangle. Yeux fous. Mugissements. Du liquide sur ses joues. De temps à autre, il faut s'arrêter : une de ses pattes, s'enfonçant dans un trou de la route, risque de se casser. Le cuir de ses cuisses se fissure et saigne.

Chapée ne fut livrée au boucher que tard dans la soirée. Celui-ci, pas content, maugrée qu'il va perdre sur la peau, puis décide de mettre la bête « au vert » pour qu'elle reprenne meilleure allure. Quatre jours plus tard, il débarque chez nous, furieux comme un diable trompé, et nous raconte qu'il a réussi à traîner Chapée dans un pré d'herbe tendre arrosé par un frais ruisseau mais que, campée sur ses quatre pattes, quatre jours et quatre nuits durant, Chapée a refusé de boire, manger et dormir. Contraint de l'abattre avant qu'elle ne s'effondre, il vient demander aux patrons le remboursement d'une partie du prix payé. La bête ne faisait plus son poids de chair utile.

Mon bonheur des jambons.

Dans certaines fermes très pauvres, la cheminée sert non seulement à chauffer mais encore à cuire, à éclairer et à fumer les jambons, mais pas chez les Moreau où le progrès a introduit la cuisinière à bois. Il y a aussi des grands-mères dont les masures succombent sous le poids du lierre. Sourde et muette, la grand-mère Éponine garde la blanche bonnette de nuit toute la journée. Chez Carmen aussi, il y a une cheminée et une grand-mère.

Les jours de grand soleil, on installe les grands-mères dehors, dans des fauteuils éventrés. Un bâton entre les jambes, un chat sur les épaules, elles jouent les gardiennes. Leurs bouches pincées tétant sans cesse des gencives édentées effrayent les enfants qui réagissent en leur tirant la langue, en leur faisant les cornes, en sifflant « kisskisskiss, va-t'en Satan », le tout à distance respectueuse et derrière leur dos. En hiver, les grands-mères se tiennent près de la cheminée, piquant et tassant les braises du bout de leurs bras secs armés du tisonnier, sans pitié qu'elles sont pour les vieilles flammes. À côté, pelotonné, yeux papillotants, le chat.

La nuit, quand la maison dort, quand les tisons recouverts de cendres attendent le lendemain, à l'heure où le hibou jette son cri, les grands-mères se lèvent de leur lit, se réunissent dans le pré communal, y font la sarabande, dansent et sautent, arrachent la lune au ciel pour s'en faire un visage. Parfois, avant de regagner leur lit, elles se dressent sur la pointe des pieds et, avec leurs mâchoires en forme de piège à loup, mordent dans les jambons mis à fumer pendus dans la cheminée. Parfois, une grand-mère tombe dans le brasier, entraînant dans sa chute un jambon entier. Le matin, on la retrouve carbonisée. Quant au chat, il tire jambon et grand-mère pour les cacher sous la table ou sous l'évier. On nettoie les traces du désastre, on fait briller les sabots avec la couenne brûlée, on va à l'enterrement. Au retour, on s'attable pour le repas funéraire, on cause, on raconte des histoires rappelant tous les jambons qui furent ainsi mangés tôt dans la saison. Les morceaux de tendons mâchouillés sont jetés au chat. On lui envoie aussi quelques coups de pied, car il faut ce qu'il faut, n'est-ce pas.

Mon bonheur de Blanchine.

L'histoire de sainte Blandine me trottait dans la tête. Maman s'appelait Blanche ; je baptisai donc Blanchine ma vache préférée. Le pelage neigeux, elle avait une odeur de bébé d'homme et provoquait plus souvent qu'à son tour la colère de Germaine. Rien ne pouvait assombrir sa joie de vivre, heureuse qu'elle était d'avoir un veau, de donner son lait, de porter une impressionnante paire de cornes. Elle aimait courir dans les hautes herbes, offrir son jeune corps à la caresse du vent. Un jour, elle détala à toute allure, portant la queue haute ; je me précipitais derrière elle, essayant de la rejoindre au plus vite, avant qu'elle ne mette à sac les petits pois du père Firmin dont l'odeur affriolante avait attiré sa convoitise. Tout en courant, j'admirais essoufflée la rose pâleur de ses fesses, me disant que chez le cheval, c'est plutôt le poitrail – cœur vibrant et chaud planté sur deux jambes – qui est remarquable, alors que chez la vache, c'est le cul qui est beau. Plongée dans ma profonde analyse des anatomies particulières aux uns et aux autres, je ne prêtai pas attention aux derniers mouvements de Blanchine qui, faisant volte-face, me présentait ses cornes et raclait le sol d'un sabot impatient.

Ceux qui se sont occupés de vaches savent ce que ça veut dire : la bête passe à l'attaque et cinq cents kilos de viande qui chargent, ce n'est pas une plaisanterie. Moi, j'étais novice dans le métier ; aussi, tout naturellement, je la félicitai de sa noblesse… car je trouvais admirable qu'elle se présente de face. Ignorante du danger, je lui offris mes mains ouvertes, titillai son museau, ses babines, lui flattai le flanchet et la longe, avec reprise mélodique au berceau de la corne… gratouillis-chatouillis entre les yeux, papouilles délicates derrière les beaux méplats. La bête apprécia mes caresses, tant et si bien que cela devint notre jeu préféré. Je n'étais pas peu fière d'entendre les paysans commenter le fait par des : « Vingt dieux de bon Dieu, c'est-y pas qu'al s'amuse, la vèche ! », compliment qui allait à la vache autant qu'à la vachère.

Un soir, je crus ma dernière heure venue. J'avais mené le troupeau dans un champ clôturé ; le patron se chargeait de le ramener. Ayant fini de bichonner la Nare qui venait de vêler, je fis mes exercices de culture physique, ces tours de clown-voltigeur que Jacques m'avait enseignés. J'en étais à la partie la plus périlleuse, pendue au râtelier, tête en bas, bras ballants, retenue par la force des talons, quand j'entendis une galopade furieuse : le troupeau ! Pas le temps de faire un geste. Blanchine entrait, lancée à fond de train, les cornes à hauteur de mon ventre. Comment parvint-elle à arrêter court son élan ? Je n'en sais rien, mais elle le fit… Dérapant de l'arrière-train, se collant à la mangeoire, elle me protégea de son corps tandis qu'elle-même, flanc à découvert, recevait les coups et le poids des vaches affolées. Le patron arriva, mit de l'ordre dans la mêlée, attacha chaque vache à sa place et me découvrit pendue par un pied, pleurant à chaudes larmes tandis que la bête, attirée par le sel de ma peur, me léchait les joues.

Le bonheur des hameaux.

On raconte qu'après la reddition de Vercingétorix, aux temps reculés de l'Empire romain, les Jeannot, les

Julot, les Pierreux comptaient déjà parmi les grandes familles de la région. On dit aussi que pour expier les péchés de leurs aïeux, ils prirent part aux lointaines croisades. Car, à l'origine, il y eut les jumeaux : Jean et Jeannette, Jules et Julie, Pierre et Pierrette, enfants innocents qui s'aimèrent d'un amour tendre et pur, mais défendu. Leurs descendants changèrent de nom.

Dispersés dans la campagne tranquille de Puisaye, des hameaux témoignent d'une fidélité exemplaire en préservant leurs patronymes d'antan. « Les Jeannot », « Les Julot », « Les Pierreux ». Il existe aussi un hameau appelé « Les Thomas » : il n'a pas d'histoire.

Mon bonheur de Papouche.

Papouche, un nom particulièrement insolite pour une vache ! Un excès de poils autour du museau m'avait d'abord donné envie de la nommer Papa, mais son pis énorme, ses tétines que mes mains pouvaient à peine tenir, son penchant à retenir son lait qui m'obligeait à l'encourager par des « pousse-pousse » en prononçant les *s* à la façon auvergnate firent que « Papa-pouche-pouche » devint Papouche.

Papouche n'avait pas bon caractère. Autoritaire, indépendante, se servant de ses cornes et de sa malice, elle s'imposa en tête du troupeau lorsque Chapée nous fut enlevée. Cela ne faisait pas mon affaire. Ah, Papouche, on est démuni quand on est une petite fille de onze ans, quand on n'a pas de chien pour vous aider et une Germaine toujours sur votre dos… Papouche, quand, dans ces conditions, il faut « servir » un troupeau de seize vaches avec toi pour vache de tête, on est bien obligé de te mater, te dresser, te briser.

Le « plon », morceau de bois long et lourd attaché à une chaîne, elle-même reliée à un licol, est pendu entre les jambes de la vache indisciplinée. Chaque mouvement la frappe durement au ventre et aux pattes. Papouche n'aimait pas ça. Moi non plus. Je pris donc l'habitude de le lui enlever sitôt arrivées au pâturage pour qu'elle puisse goûter l'herbe sans traîner sous elle le signe de son esclavage. Je le lui remettais avant de rentrer. Un jour, Papouche me prit de vitesse. La traîtresse fonça en avant, une partie des vaches la suivant avec enthousiasme, les autres regardant cette manifestation intempestive d'indépendance d'un œil indifférent. Incapable de rassembler les bêtes, je laissais filer les ardentes pour pousser les placides. Bien sûr, quand j'arrivai à la ferme avec la moitié du troupeau, Papouche et les autres étaient en train de saccager la basse-cour, poursuivant poules, canards, oies et dindons. Germaine aussi m'attendait. Je n'osai avouer ma faute. Le lendemain, Germaine m'accompagna au champ et trouva le plon, avec sa chaîne intacte, et non, comme j'avais essayé de le lui faire croire, cassée. L'occasion était trop belle. Germaine me frappa avec le bout de bois, puis elle alla vers Papouche pour lui remettre l'infâme objet au cou. La vache regimbait, Germaine insistait, l'autre présentait les cornes. Visiblement, Germaine s'énervait. Si je n'avais pas eu si peur d'elle, j'aurais ri de la scène. Je pensais : « Ça va me retomber sur le dos. » Enfin, à bout de souffle, défaite, Germaine me laissa me débrouiller seule ; mais gare à la dégelée si Papouche s'échappe, si le troupeau se disperse…

J'allai vers Papouche, l'implorai, la suppliai d'être sage. Elle finit par se laisser mettre le plon au col. Prise d'une idée subite, je le lui enlevai et le lui replaçai plusieurs fois, puis rassemblant le troupeau, donnai l'ordre du départ, me tenant cette fois à l'avant, le plon en travers de mes épaules. De temps à autre, tout en parlant doucement, je mettais le plon devant le nez de Papouche afin qu'elle le renifle, le reconnaisse, le lui attachai autour du cou pour pousser les retardataires et le lui enlevai enfin, accompagnant mon geste d'un grand discours où il était question de liberté et de servitude, de lucidité et de coopération. Papouche comprit. Le plon sur les épaules, je regagnai ma place, à la queue des vaches.

Mon bonheur de Mirabelle.

Mirabelle la belle. Mirabelle la bête. Mirabelle l'innocente. Mirabelle, une des nombreuses filles de la tribu Champoix. Mirabelle, rousse à la peau laiteuse, infatigable travailleuse, vêtue d'habits crasseux et déchirés laissant voir qu'elle ne portait rien en dessous. Mirabelle, bégayante et zozotante comme une enfant de trois ans, s'épuçant, s'épouillant au vu et au su de tous. Les femmes la chassaient. Les hommes parlaient d'elle avec des voix grasses.

Une fois, par hasard, elle m'aida à remplir et à transporter mon sac d'herbe. Ce fut notre seule et unique conversation. J'appris ainsi que Jean, cinq ans, n'était pas son petit frère, mais son fils et celui de son père ; Sandrine, vingt mois, pas sa petite sœur, mais sa fille et celle de son père ou de son grand frère Marcel, ou du voisin Jolivet ou de… Rien de tout cela ne me parut extraordinaire. Ce qui me stupéfia, quelques bons mois plus tard, c'est qu'elle mit au monde un petit garçon, exactement vingt et un jours après son mariage. Je ne savais pas que les femmes sont comme les poules… qu'il leur suffit de couver l'œuf pendant vingt et un jours pour qu'il en sorte un enfant.

Une autre Chapée.

Ravelot, être dégénéré, grossier, sournois, particulièrement cruel lorsqu'il était ivre – et cela n'arrivait pas que la semaine des quatre jeudis –, était le plus infâme bonhomme du village, dégoûtant même les autres paysans. Ses jeux les plus innocents étaient d'exciter le sexe des chiens pour jeter l'animal dans les jambes des filles, de pendre les chats par les reins pour les fouetter jusqu'à la mort, de piéger les poules des voisins pour, les saisissant par la tête, les fracasser contre un mur.

Une de ses vaches, Chapée, mit bas un veau malingre ayant une patte plus faible que les autres. Ce fut pour Ravelot une injure personnelle faite à lui par ce sacré nom de Dieu de bordel de merde, ou comme une manifestation de la diablerie. Un après-midi qu'il menait le troupeau au champ, impatienté par le veau qui traînait la patte et sa mère qui restait près de lui, Ravelot courut à sa ferme, fit démarrer son petit tracteur, y attacha le veau et partit à fond de train, tirant le pauvre animal tombé sur le flanc. Arrivé au pré, tout fier de lui, il descendit de son tracteur… pour se trouver face à face avec Chapée.

Ravelot fut retrouvé au bout du champ, proprement déchiqueté. On tua Chapée. Son veau mourut.

… *Et aussi Chapé, un bœuf.*

Chapé, énorme bête au pelage blanc, était illustre dans notre région où il y avait surtout des vaches et des chevaux. La légende voulait que, jadis, un piqueur de bœufs, compagnon du Tour de France, fut arrivé dans nos parages ivre mort, perdu et sans un sou vaillant. Il vendit bœuf et basterne au plus pauvre des paysans. Doué d'une patience infinie, l'animal travaillait avec lenteur mais obstination. Les gosses se battaient pour avoir l'honneur de faire quelques pas de promenade sur son dos. Lorsqu'il fut perclus de vieillesse et devenu aveugle, son propriétaire, désolé, se décida à le faire abattre – non pas, pour quelque raison obscure, par le boucher de Pesselières, mais par le maréchal-ferrant de Fougilet.

Je vis surgir Chapé, roc sanglant en mouvement, la gorge ouverte. Il avança avec précaution jusqu'au milieu de la cour, suivi par des paysans qui murmuraient : « Il faut l'achever. » La bête fit quelques pas, puis ses pattes avant se plièrent comme dans un mouvement de génuflexion. Sa tête chut sur le sol, le museau raclant la poussière, les yeux pleins de larmes. Les pattes arrière restaient tendues pour faire encore un pas en avant. Le sang, atroce chuintement, se déversait, s'étalait, formait une flaque cramoisie et fumante. Le chœur chantait : « Il faudrait l'achever, il faudrait l'achever. » Soudain, j'eus devant les yeux le verre de sang que m'avait présenté maman Blanche, revécus mon effort pour boire le vivant médicament et la crise de nerfs qui avait suivi. Là, face à Chapé, remonta en moi le souvenir de la texture et du goût… Chapé ! Ton sang dans mes veines !

L'arrière-train s'effondra. Personne n'eut le temps d'échapper au sanglant baptême. Lorsque l'animal ferma les paupières, les hommes osèrent s'approcher pour achever la besogne.

Le bonheur de Philomène.

J'allais chez la vieille Philomène qui, bonne écolière jadis, se présentait de la façon suivante : « Pé-ach-i-fi-el-o-lo-émè-mè-éneu-neu. » Philomène ? On en racontait des choses. Le bouillon de onze heures n'avait pour elle aucun secret. À minuit sonnant, le fléché rendait l'âme. Elle trouvait les terribles plantes à venin au clair de la lune, allant vers elles en marchant à reculons. Les femmes la protégeaient parce que… c'était quoi ? Elle réparait des zinnias ou des z-hymens défleuris avec de la purée d'escargot !

Elle vivait dans un gourbi incroyablement sale et

délabré. Sa richesse paysanne se résumait en deux animaux de haute race : un taureau et un étalon. Les saillies se payaient fort cher.

Philomène, outrée de mon méchant patois, se mit tout aussitôt à jacasser en français. À jacasser ! À jacter d'abondance comme si de quelque source secrète jaillissaient des gouttelettes miroitantes, des bulles irisées plus papillonnantes que des papillons ! Plus gracieuses que des libellules, elles claquaient et éclataient dans l'air. Attrape qui veut, qui peut ! Elle parla de l'aube et de l'épine qui font l'aubépine, de l'écharde « qui – eh ! – dans le chardon », de la peine et de l'ombre (pénombre) qui règnent dans sa demeure. J'en restai abasourdie, stupéfaite. Quand d'un ton grave et doux, mettant sa main sur mes cheveux, elle dit : « Tiens, toi, Yvette, Cosette, Cosivette... », je me réveillai. Décidant de faire confiance à tant de finesse, j'osai me hausser à sa hauteur pour lui poser ma question : « La vie, c'est quoi ?... », ce qui lui coupa le souffle et l'inspiration. Enfin, elle ouvrit la bouche, me montrant un énorme chicot jaune. D'un ton qui me sembla plein d'autorité, elle affirma : « Je ne peux pas te répondre. Ce que je sais, c'est que, quand ma dent tombera, je mourrai. »

Pendant des années, en rêve, j'appelais-épelais : « Péach-i-fi-el-o-lo... » Chaque mouvement de ma langue me coûtait une dent.

Le bonheur de la herse.

Tout m'envahissait puis se retirait, laissant un dépôt brumeux, noirâtre, le remords d'une chose perdue, le regret d'une chose trouvée, écœurante. Il me fallait entendre quelque chose, un bruit, une parole, pendant une seconde de grâce, ne serait-ce qu'un carillon de fer-blanc qui résonnerait dans mes oreilles frappées de surdité.

S'appelait-il Pierre, Marcel ou Étienne ? Peu importe.

Nous ne nous connaissions pas. Je menais le troupeau. Lui, sur le chemin du retour, arrêta ses deux chevaux, qui tiraient une herse. S'appelait-il Marcel, Firmin ou Anatole ? Peu importe. Nous étions pleinement conscients. Il posa sa main sur mon front, sa bouche à la naissance de mon cou.

Plus tard, sur le chemin pierreux, appuyée sur une vache lambine, je marchais, enveloppée d'un tintement estompé, écoutant un écho subtil et aimable. Je n'ai pas senti mon enfance craquer ou gémir sous mes pieds. En filigrane du violent parfum de la vache, je recréais, à loisir-à plaisir, la tache laiteuse de nos deux ventres qui n'avaient pas trouvé la porte de la grange. S'appelait-il Firmin, Pierre ou José ? Peu importe. Tous deux étions sûrs que les enfants se font par le nombril.

La campagne bourdonnait de rumeurs. Dans un monde lointain, il se décidait s'il fallait mourir pour Dantzig. Nous autres, les enfants, nous entendions parler de *fâchistes* (pour fascistes), de *fureur* (pour Führer), de *mousse à lini* (pour Mussolini), de murs qui ont des oreilles… alors que nous savions parfaitement que ce sont les oreilles qui ont des murs, en particulier celles des grandes personnes qui n'entendaient pas nos questions angoissées.

Soudain, au bout du village, un roulement retentit, explosa, déflagration après déflagration, fracassant la platitude ambiante. L'air se mit à vibrer, à palpiter, à vivre enfin ! Voici le crieur public avec son tambour ! Il marchait sur notre route de terre comme un semeur de blé, s'arrêtait tous les cent pas, exécutait un brillant solo, glissait les baguettes entre une oreille et le béret et, de sa voix éraillée et guillerette, répétait la formidable nouvelle : « Avis à la population ! Mobilisation générale ! Appel aux drapeaux ! Vive la France ! Vive la République ! »

Panique ? Désespoir ? Nenni et nonda ! Ce fut la foire, la kermesse. Jamais on ne vit couler autant de bon vin, autant de gnôle de derrière les fagots. Jamais on n'apprêta autant de victuailles, abondantes et raffinées. Jamais il n'y eut un tel déchaînement de paillardise, car tous les fils prodigues qui avaient fui les fermes pour chercher ailleurs une vie plus amène reparurent, le temps de folâtres bonjours et de glorieux adieux à toute la parenté, et deux fois plutôt qu'une. C'est ainsi que j'entrevis le fils Moreau. Un beau garçon, ma foi, sur qui s'attardait le regard nostalgique d'Irène. Quant à moi, j'étais furieuse ! Pensez donc ! Une guerre, ça doit se sentir d'avance... Je n'avais rien vu venir ! Par la suite, je sus que la majorité des Français, ceux qui maniaient les rênes du gouvernement comme ceux qui tenaient les manchons de la charrue, s'étaient laissés surprendre. Je me fis de très graves reproches, me promettant de rester sur le qui-vive.

Notre maître d'école, mobilisé, fut remplacé par un petit jeune homme d'une nonchalance extrême. Dès la première leçon, il nous baptisa baiseurs de glèbe, pourriture du terroir, plébéiens, aborigènes. Ah, qu'ils étaient dépassés, les traditionnels : ploucs, péquenots, culs-terreux, pedzouilles, pouilleux et puants de M. Gallois ! Et nous de penser : si c'est ça la guerre, vive la guerre ! Mais quand ce nouveau maître nous pria de lui dire « tu » et de l'appeler « oh, bof, Gavroche fera l'affaire », ce fut le coup de foudre. Peut-on imaginer un très jeune maître d'école qui tente de garder son sérieux face à de pauvres gosses effarés mais rigolards qui demandent poliment : « Gavroche, tu permets que j'aille pisser ? » Pisser était toute une affaire. Sur le modèle de nos fermes, les *vécés*, sorte de guérite discrète à la porte marquée d'un vide en forme de cœur, se trouvaient à quelque cinq minutes de marche, sous un superbe platane. Une vraie petite promenade champêtre. Du temps de M. Gallois, il fallait lever le bras et dire : « Monsieur Gallois, j'ai besoin. » Et il lui appartenait de décider si cette envie était justifiée. Je revois encore Robert, garçon maladif et timide, à qui, par deux fois, M. Gallois avait refusé le droit de sortir ; ses lourds sanglots ajoutaient, goutte à goutte, un peu d'eau fraîche à celle qui fumait légèrement entre ses sabots. Gavroche nous permettait de pisser autant et aussi longtemps qu'il nous plaisait.

Gavroche était le dernier rejeton d'une famille aristocratique tombée dans la misère. Son ironie pince-sans-rire un peu acide allait bien avec sa silhouette famélique. Gavroche, très jeune encore mais déjà vieux... C'est bien parce qu'il savait plaisanter de tout, et de lui-même en premier, qu'il nous transforma en disciples indisciplinés mais joyeux et satisfaits. À travers le théâtre, la poésie, dans le désordre et l'enthousiasme, il nous fit un cadeau sans pareil : la langue française, élue entre toutes pour exprimer la finesse du savoir et le poids de la sagesse. Gavroche déclamait les beaux textes en acteur imbu de lui-même, puis s'amusait à les relire en mêlant les accents... « la chom'mbre clâr'rté qui tom'mbe des zétouèles... » Si nous avions un certain mal à « entendre la musique des mots », nous participions à ces jeux avec une ardeur mêlée de tendresse et d'étonnement. Par exemple, faire rimer : je m'en balance avec allégeance, ou décortiquer les mots syllabe par syllabe, puis lettre par lettre.

J'adorais ces exercices et suivais sa démarche avec une telle ferveur que la catastrophe faillit me terrasser. Un matin, en dictée, je fus prise d'un... vertige cosmique. Table = TABLE ! = TBALE ? = TELBA ? = BT... Je *vis* le vide. Empoignant le pupitre à deux mains, je hurlai : table ! table ! pour sentir la réalité de l'objet et celle du mot qui le désigne. Un tant soit peu effaré, Gavroche me raccompagna à la ferme et expliqua à Germaine que je souffrais, sans aucun doute, de surmenage physique et intellectuel, qu'il me faudrait du repos et un peu plus de lait et de viande.

Gavroche nous commentait la guerre avec un sens réjouissant de la grandeur de la France : « On les aura… Nous vaincrons parce que nous sommes les plus forts… La ligne Maginot, mes loupiots, l'Allemand s'y cassera les dents… » Mais… purée de merde ! C'est vraiment la guerre ? Maman, qu'est-ce qu'elle fait ? Et Michel, ma miche… tout seul. Minet-Michet, je t'avais promis… Ils disent aussi que c'est une « drôle de guerre », une guerre drôle ?

Ce ne fut pas drôle longtemps. On nous enleva nos chevaux – pour la cavalerie d'abord, ce qui est normal, quoique nos puissantes et lentes bêtes de labour n'étaient guère des destriers, puis pour l'intendance. Sans autre information que celle de l'unique poste de TSF du village, nous n'avons jamais su si nos chevaux traînaient la marmite du soldat jusqu'aux tranchées, ou bien si, débités en morceaux, ils servaient à bonifier le contenu de la marmite. Cela nous souciait. Puis les haridelles répudiées aux sélections précédentes furent décrétées bonnes pour le service… dans l'aviation. Il semble que nos bombardiers, cachés dans des abris souterrains, s'étaient trouvés à court de carburant et qu'il avait fallu utiliser des chevaux pour tirer les oiseaux de fer vers les pompes à essence. Que l'Histoire confirme ou infirme ce fait, ce furent là les rumeurs rapportées à Fougilet.

Ce ne fut plus drôle du tout. Le travail dut se faire à la main. Les vaches, attelées aux charrues et charrettes, s'avérèrent plus encombrantes qu'utiles. Surmenées, leur lait tarit. La « guerre éclair » frappait la campagne comme une foudre. Pourtant, aucune plainte, aucun murmure, aucun signe d'angoisse non plus ne se faisait jour. La Patrie veut. La Patrie exige. La Patrie mobilise... pour mieux assurer l'inévitable victoire ! L'effort de guerre s'appuyait sur les bonnes traditions françaises : l'ancestrale misère du paysan, l'immémoriale impuissance du serf. « Labourage et pâturage sont les deux mamelles de la France... et qui donc les tète, ces mamelles ? » demandai-je à Gavroche après avoir récité cette leçon. « Tssi ! Tssi ! répondit-il. Ce ne sont pas des questions à poser en ce moment. »

Dans tout ce tohu-bohu, j'eus la petite joie de revoir mon frère André qui servait l'un des derniers troupeaux de carnes montant au front. Il prit le temps de causer une petite heure, le temps de me faire comprendre qu'il existait un sentiment de lui à moi, mais que dans cette vie il y avait des choses plus urgentes que de l'exprimer. Il me parla de Georgette, affirmant qu'elle avait beaucoup souffert de l'abandon de *sa*, de *notre* mère, que je devais comprendre sa nature, fière et orgueilleuse comme la mienne. Il me fut possible de revoir l'histoire de notre famille par les yeux de mes aînés et je me promis qu'à la première occasion je ferais un geste d'amitié envers Georgette.

Le printemps s'installait : journées plus claires et plus longues, odorantes tiédeurs, bleuets et coquelicots, joli-joli mois de mai. Nous étions éblouis par la lumière, la sève montante. L'Exode s'abattit sur Fougilet, violent comme un orage d'été, destructeur comme un raz-de-marée. Les premiers réfugiés furent accueillis avec compassion ; blé, orge, avoine, poules, œufs, lapins partagés. Mais, vague après vague, de plus en plus dépouillés, de plus en plus blessés, de plus en plus forcenés, les individus devinrent une foule, une multitude anonyme. Les vivres se payèrent en espèces sonnantes et trébuchantes, puis furent dissimulées. Les réfugiés pillèrent les récoltes, épuisèrent les réserves. Nos mares n'étaient plus que d'impraticables fosses boueuses. Les puits des cours s'asséchaient. Selon nos informations, huit à douze millions d'êtres humains se répandirent ainsi sur les routes de France. Pour aller où, me demandais-je, en Navarre ?

Luc, Carmen et moi, dans un état de transe somnambulique, regardions cette humanité en marche. Une phrase de notre livre d'histoire de France nous servait de référence : « Le pauvre peuple fuyait devant les hordes d'Attila. » Cette horde-ci, était-elle française ? Ce pauvre peuple-là, était-il français ? Nous ne comprenions pas leur patois ! Charbonniers des forêts d'Alsace, fondeurs d'acier des rives de la Sambre, cultivateurs des plaines de Picardie, maraîchers des terres plates, cotonniers de Beauvais, marins du Pas-de-Calais qui, dans leur désespoir, tanguaient, tanguaient sur terre. Français, oui, ces bébés venus au monde à l'instant où l'ennemi déferlait sur le pays, ces femmes saignant de fausses couches arrivées pendant la fuite, ces blessés par des bombes qui ne pouvaient être soignés, ces vieillards qu'on poussait dans des landaus, ces fous échappés des hôpitaux, ces enfants dont le regard fixait une vision indéchiffrable ; ces unijambistes, ces aveugles, ces chiens absurdement fidèles s'acharnant à être gardiens-vachers, gardiens-bergers de la meute humaine… L'ampleur du désastre, de notre impuissance, nous mettait les larmes aux yeux. Nous étions outrés par la falsification systématique des informations données par la radio. Confrontés aux commentaires trompeurs – au Grand Mensonge français – nos petits cœurs d'enfants aspiraient à être remplis d'amour et de respect pour la Patrie. Nous savions qu'il était impérieux de nous porter au secours de la Liberté, de l'Égalité, de la Fraternité, de les sauver, ou de mourir pour elles. Qui saurait faire usage de notre grand courage ?

Une famille se présenta devant notre portail, accompagnée d'une bande de soldats dépenaillés, affamés, muets de fatigue et de honte. Germaine montait la garde : que personne n'entre ! Une grande femme blonde la bouscula et força la porte. Débordée, Germaine permit aux soldats d'entrer dans la maison. La femme, elle, alla droit au puits, tirant derrière elle un jeune cheval blessé. Un instant je restai suffoquée. Cette femme ! Quelle allure ! Quelle audace ! Crénom… C'est la République française, celle qu'on voit en buste dans les mairies ! Droite, bien en chair, crasseuse maintenant, le regard farouche, la bouche pincée dans un rictus amer. À toute vitesse, je versai deux seaux d'eau dans l'auge. Le poulain et la femme s'abreuvèrent. Puis je me penchai pour laver les paturons de l'animal. La femme m'arracha l'écuelle des mains et s'aspergea le visage, les cheveux, le cou, la poitrine, d'eau qui coula sur ses guenilles. Comme si elle éteignait un incendie ! Je balbutiai : « Le puits est à sec » – ce qui signifiait : espèce d'idiote, tu n'as pas honte de gâcher toute cette eau précieuse pour nettoyer ta poussière, alors que ta monture a besoin d'être soignée… Elle comprit mon reproche, examina les jambes de la bête. Quelle pitié. Les sabots depuis longtemps sans fers étaient rongés presque jusqu'à l'os. La femme mit sa tête dans l'encolure du cheval et se laissa aller à de violents sanglots. Je regardai son étrange chevelure : une crinière d'or pâle pleine de foin et de paille coiffée en nid de cigogne. Vingt dieux, non seulement elle boit avec son cheval, mais elle dort avec lui ! Elle releva la masse de ses jupes pour s'essuyer les joues et, sans avoir prononcé un seul mot, s'en retourna sur la route, reprit sa marche, seule. Sa famille ne l'avait pas attendue. Le poulain restait chez nous.

Jamais nous n'avions vu de cheval de si haute race. On le soigna, on le cajola. Sa noblesse rejaillissait sur nous, illuminait ces temps perturbés d'un éclat de tendresse. Pour moi, ce furent les « beaux jours du poulain des Ardennes ». Il était avec nous quand le dernier soldat français passa par le village, le cul coincé dans les coussins soyeux d'un antique cabriolet de maître, veste bâillant sur le torse nu, et, tendue en l'air, une baïonnette sans fusil... La fringante pouliche maintenait un trot élégant et rapide. Le soldat nous criait en riant : « On se regroupe derrière la Loire ! Ils ne passeront pas ! On les aura ! Vive la France ! » S'il se reconnaît ici, qu'il sache avoir fait beaucoup de peine à une petite fille française, qui a eu honte de lui – et par lui.

Le silence le plus épais recouvrit ce passage fulgurant de l'Armée française. Selon les informations, les pupilles de l'Assistance allaient être évacuées. Luc, Micheline, Andréa, Faridou, Berlingot, Signoret, moi, nous nous retrouvions matin après matin près du passage à niveau, de petits sacs contenant nos papiers pendus au cou, attendant le fameux autobus qui devait nous prendre, nous, les gosses de moins de quatorze ans. Nos patrons respectifs regagnaient leurs fermes et leurs travaux, nous laissant seuls face à cette nouvelle aventure. La pèlerine soigneusement pliée, le masque à gaz coincé entre nos jambes, nous restions sagement assis sur nos mallettes en osier. Pas de cris, pas de jeux. À voix basse, Luc et moi discutions la possibilité de quitter l'autobus pour « disparaître dans la nature »... Nous n'étions pas très convaincus que cette chance nous serait donnée. C'était faire des plans sur la comète : l'autobus ne vint pas.

L'ennemi approchait. Le village se retrouvait totalement abandonné à lui-même. La radio restait muette pendant des heures ou bien divertissait le peuple en diffusant trois chansons d'une bêtise aussi gigantesque qu'insolente. L'une d'elles parlait d'une « cucurbitacée qu'a les côtes sur le côté », une autre d'un truc qu'il fallait coller « pour que ça tienne en attendant, ça valait mieux que d'attraper la scarlatine »... Dans la troisième, on aimait les « babanes, parce qu'il n'y a pas d'os dedans ». Germaine grommelait : « Mais c'est-y pas qu'y s'foutent de not'gueule ! Comme qui dirait qu'on est des cons ! » En l'absence d'un quelconque fonctionnaire de l'État – et, au ras de nos pâturages, un simple garde-champêtre aurait fait l'affaire –, enfants et adultes prirent conseil des ancêtres. Comme chacun sait, leur voix est celle de l'expérience et de la sagesse... Pour ce qui est de l'expérience, il y avait Firmin et Benoît, tous deux des rescapés de la « Grande Guerre », la der des ders. Il y avait aussi Népomène, dit Mémène, dont les souvenirs remontaient à 1870, du moins c'est ce qu'il affirmait. Pour ce qui est de la sagesse, aucun problème : le Français naît sage parce que français.

De quel tréfonds héroïque le Français tient-il ce don inné pour la pompe et la mascarade ? De quelle antique grandeur, sa superbe ? Seul, le Français est capable de se sentir supérieur, de droit divin, à tout le reste de l'humanité, en invoquant la phrase célèbre : « Tout est perdu fors l'honneur. » Ici, à Fougilet, tout était perdu. Aussi, nos ancêtres décidèrent-ils de ne pas mettre l'honneur en danger. Tout le monde fut prié d'enterrer les fusils de chasse ; comme l'expliquait le père Pouillot : « Qu'un con de patriote ne nous foute pas la pagaille. » Ils repoussèrent l'idée d'un drapeau blanc flottant en haut d'un mât, et pour cause ! N'ayant pas combattu, nous n'étions pas vaincus. La raison étant la qualité la mieux partagée parmi les Français, nos sages annoncèrent à voix haute et ferme que Fougilet, hameau fort de cinquante âmes pensantes, se déclarait « hameau ouvert ». Chouette ! Seulement y'avait un hic, comme on dit vulgairement : c'était là une prise de position unilatérale. Comment faire part de cette décision aux Allemands ? Alors, à toutes fins utiles, on prépara une passation des pouvoirs.

Le drapeau national fut sorti du placard de l'école. Armande, riche d'une machine à *cocoricoudre* fabriqua une écharpe tricolore et quelques cocardes. Ceci à toute vitesse car le bruit de la guerre approchait, franchissait déjà la colline de Druyes-les-Belles-Fontaines. Dignement postés des deux côtés de nos Champs-Élysées (un chemin de terre, notre « rue » unique), les femmes en tablier propre, les hommes en béret, Gavroche au milieu de ses élèves, nous attendions. Enfin, Luc, posté au sommet de la colline la plus haute, s'écria : « Je vois la poussière qui poudroie… » De Druyes à Fougilet, l'ennemi avait six kilomètres à parcourir sur une route non goudronnée, serpentant entre les prés, les vignes et les bosquets.

L'apparition d'Éloi, le rétameur ambulant, bonhomme farfelu qui n'aurait pas fait de mal à un moustique et avait l'habitude d'annoncer son passage à coups de clairon désaccordé, fut une preuve, s'il en fallait une, de la bonté divine. Drapeau, écharpe, cocardes, clairon, que pouvait-on imaginer de mieux ?

Nous, les gosses, nous trépignions d'énervement et d'impatience. En fait, nous ne savions pas très bien ce que nous attendions. Les Allemands ? Des Fridolins ? Des Fritz ? Des Schleus, comme les appelaient les ancêtres ? Des casques à pointes, comme disait Mémène ? De pauvres diables affamés, terrifiés de s'être égarés si loin en terre française, à qui l'on faisait accroire qu'ils étaient victorieux pour mieux les tromper, comme l'affirmait la radio française ?

L'ennemi ne semblait pas pressé. À moins… qu'il n'osât pas ! L'air de Fougilet, je l'ai dit, ne portait pas les sons. Pourtant, petit à petit, un ronron tranquille de moteurs parfaitement graissés monta jusqu'à nous. L'ennemi surgit au bas de la côte : cinquante ou soixante motocyclistes, une colonne lente s'avançant dans un ordre parfait comme pour la parade d'un 14 juillet qui n'avait rien de français. Soldats et motocyclistes d'un autre monde, d'une stature impressionnante, vêtus d'uniformes rutilants, décorés d'une multitude de croix, aigles, rubans, chaussés de bottes luxueuses, coiffés de casques sans pointe, plutôt lourds et plats mais brillants de peinture fraîche. Dieu qu'il était riche, qu'il semblait beau, l'ennemi !… L'ennemi, c'est quoi ? Des gens qui tuent, pillent, violent ? Ceux-ci qui avaient les deux mains occupées à tenir le guidon de leurs élégants engins, le fusil négligemment pendu au dos, canon pointé vers le ciel, un ciel d'été bleu-France.

Ce qui était gênant, c'est que ces anges portaient des lunettes noires qui les rendaient… aveugles. Le convoi se déroula tout au long du village sans rien changer à son allure ni à sa formation. Sans regarder à gauche ou à droite, allant imperturbable au-delà de l'horizon, vers un destin lointain, la colonne motorisée glissa comme un serpent dans l'huile, laissant le village et ses habitants, cocardes, drapeau, clairon, stupéfaits, meurtris, humiliés de leur triviale déchéance. C'est ainsi que Fougilet fut vaincu sans avoir baissé son drapeau et occupé sans s'être rendu.

Les Teutons revinrent le lendemain pour installer un camp. Ils avaient raté leur chance. Le précieux drapeau avait regagné sa cachette, les vieux de la vieille remis dans leur poche la main qui, hier encore, était prête à saluer les couleurs étrangères. Carmen la vive se fit appeler Jeanne d'Arc, moi Jeanne Hachette et Luc, Robin des Bois, ce qui témoigne de son désarroi extrême puisque ce gentil hors-la-loi est anglais. Dans un élan patriotique exemplaire « croix de bois-croix de fer-sang mêlé », nous fîmes le serment de ne rien accepter d'une main allemande. Jamais, au grand jamais, quelles que furent nos privations, nos envies, gourmandises ou faiblesses, nous n'acceptâmes de l'ennemi bonbons, chocolats ou autres douceurs. Il y fallait du mérite car, tout le monde s'en souvient, l'ennemi se montrait courtois et généreux – « correct », disait-on.

M'étant juré de demeurer sur le qui-vive, j'entraînais Luc et Carmen dans des conversations interminables. Il n'était, hélas, plus question de nous évader. Si la voix du Maréchal proclamait : « Travail, Famille, Patrie, faire le don de sa personne à la France », un colonel affirmait : « La France n'a pas perdu la guerre, mais seulement une bataille. Le combat continue. » France déchue, France à deux têtes, comme nous t'aimions ! Attention ! Pas tes dirigeants, ton armée, ton Assistance publique, mais la France de nos rêves, patrie, mère et déesse.

Les travaux des champs reprirent, travail ardu, épuisant, machines et chevaux manquant. Avec un peu de retard, l'école allait ouvrir ses portes. Tout le monde courbait la tête. Ma solitude grandissait. André n'était pas repassé me voir, Georgette n'avait pas donné signe de vie. Maman Blanche, Michel me semblaient perdus dans un passé à peine réel. Germaine, elle, gardait toute sa vigueur. Un jour, je demandais à Irène pour quelle raison les Moreau refusaient d'avoir un chien, si utile pour la garde des vaches. Elle me répondit d'une voix toute naturelle : « Pour quoi faire ? Ils nous ont, nous. »

J'allais me réfugier auprès de Poulain, me rafraîchir à sa chaleur, m'alléger le cœur de ses orgueilleuses cabrades, laissant le coquin éternuer dans mon cou. Beau, intelligent, malicieux, il était guéri. Poulain le brave ! Je l'accompagnais dans ses efforts d'ambler. Il s'énervait et quoaillait furieusement. Ses pas de côté, ses courbettes, sa gourmandise, son esprit d'indépendance me ravissaient. Impossible de le tenir enfermé. À vrai dire, il était arrivé chez nous dans un état si lamentable qu'au début, le patron avait préféré lui laisser la liberté. Maintenant, il était trop tard.

Il arrivait à ouvrir ou à défoncer l'un des battants de la porte de l'écurie. Pour franchir les clôtures des prés, il prenait un court élan, planait un instant en l'air, atterrissait de l'autre côté et recommençait en sens inverse quand le cœur lui en disait. Nous lui avions cherché un nom, mais Gentil, Joli, Bijou ne lui convenaient guère. Il resta donc « le poulain des Ardennes », ou simplement : Poulain. Né pour les grandes compétitions ou pour la haute voltige, Poulain faisait tout ce qu'il pouvait pour ne pas oublier ce qu'on lui avait jadis appris.

Gavroche nous demanda d'écrire une rédaction sur le sujet : « Ceux que nous aimons », en utilisant le vocabulaire marqué sur le tableau noir. Pauvre de nous ! Dire ce que l'on aime et comment est un exercice périlleux ! Carmen n'aimait pas les mots. Son caractère simple, droit et légèrement cavalier lui permit de trouver une formule que je lui envie jusqu'aujourd'hui. Elle écrivit : « J'aime maman +. J'aime papa –. J'aime mon frère = ma sœur… » etc., employant les signes arithmétiques et algébriques qu'elle connaissait. Luc, toujours honnête et plein de bonne volonté, commença sa page par : « J'aime tout le monde pas tellement. Ce que je préfère le moins… » Moi, je voulais me servir de tous les termes indiqués, tous !, mettant un acharnement exemplaire à être originale, utilisant des adjectifs qualificatifs, délicats et délirants qui ne seront jamais inclus dans le Petit Larousse. Et pourtant ! Un cœur qui *pilpate*, palpite très fort, je le sais. Une tendresse *adorantique*… est plus souriante. Mon corps près du corps *frémissurant* de Jacques affirme une certitude qui n'anéantit pas le trouble ou le doute…

Dresser la carte complète des ruisseaux affectifs qui

forment le grand fleuve de l'amour, est-ce une fête ? Non ! Quels que soient l'inspiration et le génie de la pirouette, ces beaux mots, il faut les accrocher à quelqu'un. Sans l'ombre d'une hésitation, je mélangeai les noms de ma famille de Vaux, de Michel, ceux de mes vaches et Poulain.

Poulain ! Le patron voulait en faire une bête de somme. Penser à Poulain, châtré, le mors aux dents, entre les brancards d'un tombereau ou tirant la charrue, m'affolait… *Que dire de leur démence… Ces rustres détruisent toute beauté, brisent même ce qu'ils aiment… La guerre nous a pris nos chevaux, mais ce n'est pas une raison pour faire de Poulain un galérien… Un jour, ils m'obligeront à me servir de mes crocs…*

Le patron arriva à lui faire supporter le poids d'un lien autour du cou en le « domptant » avec des morceaux de sucre. Un frais matin de novembre, alors qu'il folâtrait dans la cour avec sur l'encolure un licol déjà plus épais et plus serré, Poulain s'arrêta brusquement comme s'il avait senti dans l'air une présence invisible et effrayante. Le lendemain, il était mort, emporté par la terrible « fièvre de cheval ».

On creusa une grande fosse au bout du pré et des voisins vinrent nous aider à y traîner sa grande et lourde carcasse. Parce qu'on l'avait vraiment beaucoup aimé, on planta sur sa tombe un cerisier. Je m'acharnais à ratisser autour du petit tronc, faisant la chasse à chaque brin d'herbe, chaque plante qui aurait pu faire oublier que là, sous le jeune cerisier… Poulain ! Poulain ! Ce n'est pas bon d'avoir tant de chagrin.

Je décidai de réaliser la promesse formulée au fond de moi-même : voir ma sœur Georgette, en tête-à-tête, à Noël. Seulement voilà, ce n'est pas si simple ! On ne va pas chez sa sœur, pour la première fois, les mains vides. Je ne possédais rien, absolument rien. « Si j'ai pas d'cadeau, j'y vais pas », répétais-je. Carmen et Luc m'entendirent. L'un et l'autre fouillèrent dans leurs trésors : patte desséchée de lapin, sifflet à roulette, boucles de harnais… Ce fut Carmen qui pensa aux fleurs et cueillit avec moi les rares chardons au cœur sec et poilu d'un beau bronze doré et les tiges sèches d'avoine des fossés. On entoure la balle en forme d'aile d'hirondelle de papiers argentés. Ça fait comme des clochettes qui bougent et qui brillent. Avoine et chardon, c'est le « bouquet d'hiver » du paysan de Puisaye. Seulement, encore un problème : nous n'avions pas de papier argenté. Ce fut Luc, l'homme, qui eut le courage, l'audace, la grandeur d'âme d'aller tendre la main en passant devant le camp allemand, d'accepter bonbons et chocolats emballés de papiers miroitants, d'ouvrir les emballages et de jeter à terre le contenu pour m'apporter la parure de l'avoine. Nous cachâmes le bouquet d'hiver, vraiment royal, dans une grange désaffectée : j'avais trop peur que Germaine ne le confisque.

Noël, était-ce hier ? Est-ce aujourd'hui ? Aucune importance ! La neige craque et s'enfonce, empêchant tout dérapage. Ma pèlerine noire sur les épaules, le capuchon rabattu sur les cheveux… Martelant la route déserte de mes sabots devenus légers, chauds et doux aux pieds, j'essaye de calmer les battements de mon cœur. Une bonne heure de marche… Une bonne heure pour laisser s'évanouir avec la buée de ma respiration les peurs, les rancunes, les rancœurs.

… Le front dégagé, le visage bien lavé, je vais chez ma sœur ! Elle va être contente. Elle va aimer ce bouquet d'hiver, le plus gros qu'on ait jamais vu ! Je vais chez ma sœur… parce qu'elle est ma sœur… parce que je suis sa sœur.

J'arrivai à la maison de Mme Mercier, une belle demeure de maître. Ni fumier, ni purin, ni volailles. La demeure de mon père, celle de ma mère, quand mes parents vivaient encore ensemble, riches et vivants. La maison où je suis née quand je suis née. La maison où vit Georgette… Mme Mercier m'ouvrit la porte. Fort surprise par ma visite, elle m'accueillit avec toutes les démonstrations d'usage et appela Georgette. Au premier étage, une porte s'ouvrit, laissant échapper un brouhaha de cris et de rires de filles et de garçons. Georgette sortit sur le pas de la porte, s'approcha de la balustrade et, me montrant les escaliers d'un geste de la main, me dit : « Eh bien, Yvette, puisque tu es là, monte ! Monte donc ! » Je ne bougeais pas, la tête me tournait. Mille pensées brouillaient ma vue : « Je veux que ma sœur descende vers moi. Je veux l'embrasser sur les deux joues, lui tendre mon bouquet… Mais pas devant des étrangers… » En haut, Georgette s'impatientait : « Bin alors, quoi, tu montes, oui ou non ?… » Je jetai le bouquet sur le sol carrelé et m'enfuis.

Pas après pas, dans la buée de ma respiration, resurgissaient les rancœurs, les rancunes, les tourments et cette tristesse qui déchire le ventre. Arrivée à la mare du haut, je me blottis sous les noisetiers. Ce fut une minute de vérité qui me chamboula de fond en comble. L'honnêteté la plus élémentaire m'obligeait à le constater, à en être horrifiée : en voyant paraître Georgette, j'avais senti mes crocs pousser, le poil soulever ma pèlerine. Ce qui m'avait fait fuir, c'était le violent désir de lui « foutre des gnons, de la tabasser, de la massacrer ». Ce monstre caché en moi… Je me vis telle que j'étais devenue, bête frénétique, férocement méchante. Honteuse de l'être. Un écœurement qui venait de loin me projeta vers la mare glacée. Faire un trou ! Me glisser dans l'eau… Que tout ça finisse. Sous les sabots et le bâton, la glace se lézarda mais na-na-na, bisque, bisque, rage !, refusa de s'ouvrir. Le soir tombait. Il gelait à pierre fendre.

… Allongée. Où ? Depuis quand ?

Des couches de torpeur engluent ma mémoire. Mes paupières pèsent, coquilles fossilisées. Je n'ai pas envie de les soulever.

Je suis dans un lit, c'est sûr… Tâter les draps. Écarter les membres. Tendre le corps aussi loin qu'il peut aller. Donner aux oreilles de comprendre les sons. Le nez se parle à lui tout seul : éther, camphre, iode, eau de javel, Lysol, encaustique, des parfums pas de chez nous. Et une fragrance. Elle passe, tourne, glisse… réglisse ! Non ! Ne pas ouvrir les yeux ! J'ai déjà été trompée.

Comme un chien aveugle suivant une piste, de relais en relais, de relent en relent, mes narines cherchent ce qu'elles haïssent : la pestilence du clapier, les remugles de la bauge, les senteurs du fumier, la sueur fatiguée d'Irène. Rien de tout cela n'existe ici. Prudence, prudence ! Écoute ! Roues caoutchoutées sur les lattes d'un plancher. Froissement de tissus. Paroles qui se touchent… Une pelote de voix basses m'enveloppe et s'inquiète sans me brusquer… Je ne crois pas aux miracles. Je me dois de savoir. J'entrouvre les yeux, regarde entre mes cils.

Une salle immense. Des murs roides, propres, blancs. Des lits côte à côte et, dedans, des vieillards, hommes et femmes, bien rangés comme des salsifis pour l'hiver. Des gens s'occupent autour. Ici, là, le bruissement s'arrête et fait des poches de silence… Il faut me redresser pour mieux voir. J'ai mal, du côté gauche. Le bandage, jusqu'au coude, c'est quoi ? Pourquoi ? Et cette chemise de nuit ? Où sont mes habits ? Leurs questions voltigent, « Ton nom ! Ton âge ! Qui t'a fait ça ? », et entrent en langues de feu dans ma tête. Quelque chose m'est arrivé. S'est effacé. Tombé en cendres sous la braise qu'on écrase, là-haut, sous mon crâne, derrière les paupières. Ils disent « Chut !, un peu de silence, voyons ! » mais le murmure du silence percute mes oreilles, me persécute… tambour battant.

En face, dans le lit, un très vieux vieillard, la bouche grande ouverte. Plus aucune dent dans ses gencives !… Oh, Philomène ! Il me regarde, sourit, cligne de l'œil, se contorsionne. Son bras attrape quelque chose, je ne vois pas quoi, des gens qui passent me gâchent la vue… Ça par exemple ! Le vieux a retrouvé des dents ! En haut, en bas. Plein ! C'est malin, ça ! Philomène… tu ne savais pas ? *À la dernière dent, la mort nous prend. Devant un dentier, la mort attend !*

Dans quel monde réel, palpable, une belle dame habillée de bleu jusqu'aux doigts de pied crie en riant : « Debout, les morts ! À la toilette ! » ? Sur terre, personne, j'en suis certaine, j'en mettrais ma main au feu… Voyons, ma main gauche : blessée… doigts abîmés, le souvenir se reconstruit, presque.

Fatigue, émotions ou influence de médicaments ? Espérance démesurée, lecture mal digérée ou fantaisie pathologique ? Qu'importe ! Deux jours durant, je me suis crue être sortie du purgatoire, en attente dans un lieu où des anges s'affairaient pour rendre présentables les candidats acceptés au paradis. J'ai traqué les halos, sans doute déposés dans un vestiaire, et les ailes repliées-cachées sous des blouses blanches ou des vêtements bleus de bonnes sœurs et petites sœurs. Fallait se « toiletter » le corps soir et matin, les anges-infirmières vous aidaient en faisant très attention, évitant les plaies, les égratignures, les traces de coup. La mienne, pommadant mes doigts de pied, fait : « Tssi ! Tssi ! J'ai rien vu de pareil. Oh doux Jésus ! », mais elle ne sait pas combien elle me fait mal en me répétant la même question : « Alors, tu vas mieux ? Tu reprends tes esprits ? »

… Voilà. C'est dur. Je ne savais pas que j'avais plusieurs esprits et que je les ai donnés ou perdus, comme des billes. C'est dur parce que si je ne les récupère pas… C'est le matin que ça se passe. Je cours après. Avec mes sabots, vite debout !

Courir à l'étable, traire cinq, six, sept vaches. Vite remplir de lait les bidons. Vite tirer les pots près du portail. Vite remplir l'auge, seau après seau, vingt en tout. Vite détacher les bêtes. Vite les mener au clos. En rentrant, revoir la leçon de sciences. Vite préparer la pâtée aux cochons. Vite jeter sur le fumier le vase de nuit des patrons. Vite débarrasser la table à laquelle je ne me suis pas assise depuis des semaines parce que cela n'en vaut pas la peine. Je n'ai pas faim. Je n'ai jamais faim aux repas : il y a le lait tout chaud du pis de la vache ; il y a les œufs que je vole et gobe crus ; il y a les betteraves, dégueulasses, mais un peu sucrées… comme ça, je peux me permettre de ne pas me mettre à table… Vite attraper mon cartable… Je me réveille en hurlant : « Je vais être en retard à l'école. » L'ange petit-déjeuner, la voisine de droite, la voisine de gauche sont là à me tenir par les pieds, me rassurant : « Allons, allons, c'est fini, calme-toi, c'est fini… » Elles sont vraiment là à m'encourager : « Il faut manger, ma petite, il faut manger. » Alors je me force à le faire, sinon la salle disparaîtra, le vieux d'en face s'évanouira. Je me force parce que c'est la gentillesse qui règne dans ce monde-ci et que la gentillesse, c'est d'être gentil avec tout le monde.

… Maintenant, je me souviens. J'ai retrouvé mes esprits mais je garde ça pour moi. J'ai pas confiance. C'est pas l'antichambre du paradis, ici. C'est un hôpital. C'est presque pareil sauf que je me rappelle pourquoi j'y suis – enfin, presque. Des détails m'échappent. C'était en fin d'après-midi… J'ai retiré ma main gauche de la concasseuse en faisant tourner très lentement la manivelle à l'envers, parce que c'est quand même une sensation bizarre que d'avoir deux doigts pris dans des rouleaux broyeurs. J'ai pensé : « Chouette ! Un accident du travail ! » Je ne suis pas une mauviette. J'ai regardé les gouttes de sang une à une perler, grossir, tomber dans la pâtée aux cochons. Et puis, mes jambes deviennent molles. J'ai dû m'asseoir sur un seau renversé. La douleur est montée jusque derrière l'oreille. Faut dire, ça a belle allure. Le bout du médius escrabouillé, à plat, purée rosâtre avec des fragments d'os et des grains concassés incrustés. L'annulaire, touché mais moins défait. Je ne vais pas tomber dans les pommes, quand même ! Germaine m'appelle. Si je bouge, je tombe… Elle entre dans la grange, s'affole immédiatement. M'aide à marcher jusqu'à la maison en me soutenant le coude… Puis, flou, le docteur de Sougères, sa voiture… J'ai vomi. Ça cahotait dur. Après ? On est quel jour ?

… « Debout, les morts ! À la toilette ! » « Oh, ça va, la bonne sœur, on ne me la fait plus, je me lève ! » Pourquoi tant de gens autour de mon lit ? Ils rigolent de quoi ? « Bonne année ! Tous nos vœux ! On te la souhaite bonne et heureuse ! » Le Premier de l'an ?! Vrai !? Ces paquets qu'ils empilent sur mon lit, des étrennes ?

La tête et le cœur en plein chambard, j'ai ouvert paquet après paquet, en commençant par le plus petit – une paire de mitaines à revers, fraîchement tricotées… Le dernier, un métier à tisser montable-démontable avec navettes, contrepoids et laines de couleur, gigantesque, grand comme moi… Les personnes… Je connais leur visage… Elles guettent mais, si je suis capable de faire des gestes, il y a à l'intérieur de moi un paralytique. Dans mon cerveau, un œil voit très bien ce qui ne veut pas sortir de ma bouche. Si je pouvais, je dirais… devant la méchanceté, on se demande « Pourquoi ? ». Devant la gentillesse, on étouffe tout pareil car c'est encore « Pourquoi ? ».

En ce temps-là – début 1941 –, en campagne, le mot Hôpital signifiait Mort. Seules les personnes de mon âge peuvent revivre et confirmer cette réalité d'alors, devenue aujourd'hui inconcevable – un matériau ethnographique. Encagée dans les superstitions, dans une vie miséreuse depuis des générations, la paysannerie de la Bourgogne pouilleuse, de la Puisaye, restait esclave de son isolement et tributaire des besoins primordiaux du bétail, des travaux des champs. On se soignait, on se rétablissait ou on mourait sans quitter sa maison. Envoyer un vieux finir ses jours à l'hôpital constituait une honte familiale tenace pour laquelle on vous montrait du doigt. Par ailleurs, les hôpitaux, situés dans les villes, accueillaient les gueux solitaires, les accidentés de la route, les citadins nantis et quelques rares paysans, gros propriétaires respectueusement appelés Agriculteurs, à qui l'argent ne manquait pas et qui, peut-être, s'étaient servis d'un téléphone de la région pour la première fois de leur vie. Leur famille restait coincée à la ferme. Qui possédait une automobile ? Qui pouvait envisager d'aller voir le malade, fatiguer le cheval rejeté par l'armée pour faire un trajet de quarante ou soixante kilomètres, toute une journée à baguenauder sur la route ? Quel fils possédait une bicyclette ? L'Occupation avait encore réduit l'existence. La réquisition par les Allemands de l'hôpital d'Auxerre amplifiait les réticences, la méfiance.

Je ne saurais dire dans quelle mesure la mainmise des Allemands sur une grande partie de l'hôpital perturba le personnel soignant travaillant dans ce qui restait réservé aux civils français, ni non plus si c'est bien la guerre qui avait rendu les hommes jeunes aussi rares. J'entendis des plaintes – l'obligation de mélanger les sexes et les âges ; des sous-entendus paillards concernant la maternité rebaptisée « poulailler » ; des récriminations sourdes devant le manque de gaze, d'alcool. En quatre ou cinq semaines, je n'ai vu que deux docteurs, âgés, lents, blasés ; quelques infirmiers aux visages peu avenants, visiblement incapables d'être soldats, assez musclés pour déplacer les lits, servir de portefaix. Chez nous, dans notre salle de dix-neuf lits, les femmes régnaient : des infirmières en blouse blanche, rudes parfois, exténuées souvent ; une flopée de stagiaires ou aides-soignantes sans diplômes mais sachant par cœur les vertus du camphre et de l'arnica ; et « mes anges »... dames en bleu dites bonnes sœurs ou petites sœurs (je n'ai jamais pu faire la différence). Nombreuses, présentes partout, elles assuraient des services essentiels qui donnaient à la salle une atmosphère ouatée, digne, bruissante comme une ruche parfumée à la réglisse, panacée divine ancrée dans le terroir, qu'elles distribuaient à tour de bras sous le moindre prétexte. Elles seules avaient la patience et le temps de donner la becquée aux grabataires ; savaient comment relever les oreillers ou désembrouiller les draps des handicapés ; prenaient du plaisir à jouer aux gens de la famille, aux copines d'école, auprès des allongés les plus solitaires, les plus abandonnés. Je les avais prises pour des anges... Elles l'étaient ! Même celles qui gueulaient comme des charretiers ! Celles qui trafiquaient avec les cigarettes et allaient se cacher dans les cabinets pour manger goulûment la dernière pomme à peine entamée par le défunt ! M'ont-elles gâtée...

Il me fallut quelque temps pour découvrir que j'étais dotée de trois grands-mères, mères poules, gardiennes et cerbères pour tout ce qui me concernait. Ici, ma voisine de droite, Mame Rosine, petit animal sauvage des haies et des bosquets... la peau sur les os, myope comme une chouette, cervelle de linotte, bavarde comme une pie. Adorable de vanité féminine. Son cadeau du Premier de l'an : un trousseau de toilette complet en écaille et à dorures. Je ne comprenais pas comment elle avait pu avaler sans s'en rendre compte un crabe entier et vivant. Depuis lors, il lui rongeait le ventre.

À ma droite, Mme Prudence, la bien nommée. Impérieuse par sa stature et son port de tête, elle regardait la vie de ses yeux charbonneux bordés d'écarlate avec componction, mépris et un dégoût acidement exprimé envers la bêtise, l'ignorance, la prétention. Son cadeau de Premier de l'an : un volume relié et illustré sur les encyclopédistes. Jaune de la racine des cheveux jusqu'au bout des orteils, Mme Prudence m'expliquait comment une *scie rose* (cirrhose) lui coupait le foie en deux.

Plus loin, Mme Boironne, vieille fille revêche et confite en religion dont l'arme la plus terrible se résumait à l'exclamation « Jésus-Marie-Joseph ! ». Ancienne majordome d'un aristocrate de province, elle évoquait la beauté, la force et le pouvoir de son maître – Nout' Baron – qu'elle avait élevé, qui allait venir la chercher, baron qui tardait à lui donner des nouvelles, à qui elle trouvait des excuses, qui ne vint même pas quand il fut trop tard. Son cadeau de Premier de l'an : une accumulation de ceintures en tresses de velours et boucles de nacre, parures d'un autre âge, décoratives, délicieuses. C'est en lui glissant le bassin sous les reins, en la lavant là où il le fallait, en calant des langes de bébé dans son entre-deux, que je fis connaissance avec la chair déchue des corps vieillis, à bout de course, de route, de danses et de gigotements. Le vieux d'en face n'eut pas le temps de devenir mon grand-père.

Pour cadeau de Premier de l'an, Bardaloup, le peu causeur, m'avait donné un agenda d'avant-guerre dont il ne s'était pas servi, un stylo au capuchon doré-rouillé et sans encre, objets de citadin que je voyais pour la première fois, accompagnés d'un buvard de bureau – une monture en demi-cercle surmontée d'un bouton-poignée vissable-dévissable, vite transformée en petite balançoire… un objet vivant ! Puis le vieux évita de bouger, fixa plus obstinément le plafond de ses yeux aux pupilles blanchies, garda sans honte sa bouche ouverte et sa langue grenue, couleur de semoule, pendante sur son dentier. Un matin, personne ne s'occupa de le réveiller pour le petit-déjeuner. Quand l'infirmière en chef et sa troupe passèrent, une fille de salle entoura le lit de Bardaloup d'un paravent blanc et Mame Rosine, la myope, s'exclama : « Déjà qu'il n'aimait pas la salade de pissenlits. Les racines, alors, ça va pas lui plaire ! » Quand le corps de Bardaloup fut déposé sur une civière, le temps que deux infirmiers-garçons à tout faire viennent, j'ai bien regardé. Un bout de gaze passé sous le menton et noué sur le haut du crâne tenait fermement sa bouche fermée mais, j'en suis certaine, j'ai vu ses cheveux s'agiter.

Le lendemain, une infirmière me reprocha d'être restée muette toute la journée, d'avoir refusé de manger, de quitter mon lit – elle appelait cela « faire mon absente ». Mme Prudence intervint : « Bin voyons. Al a eu le mort sous les yeux pendant des heures, c'te pov'gosse. Ça l'a retournée. » Ma mémoire a oblitéré le désarroi… par contre, je me souviens fort bien de ce qui me porta en avant : une sensation colérique d'escamotage, de fraude. Mon for intérieur l'affirmait : on ne se laisserait plus avoir !

Il y eut M. Armand Anselme Anatole de Poiry, la comète, qui passa chez nous une courte semaine. Tant de vigueur dans ce corps de cinquante ans, mince et bronzé. Tant de douleurs. Tant de blasphèmes contre la parenté – il voulait crever à la maison – et tant d'injures contre un cheval qui lui avait défoncé le bas-ventre… Valide de mes deux jambes et d'un bras, je courais à son appel : « Eh, la mioche, ma mie, cornebleu, passe-moi mes pantoufles ou je te fais des cornes au cul. » Il soulevait son arrière-train pour que je puisse glisser plus facilement le bassin… Ah, misère ! Les veines gonflées, les dents serrées, les muscles tordus… Je voulais lui dire : « Armand-Anselme, tu es intelligent. Tu es sur le seuil de la porte. Laisse-toi faire. » Retombé comme une chiffe, il agrippait ma main, me faisant confiance pour que je remette entre ses jambes les bouts de viande. La gangrène fit vite son œuvre purulente. La bonne sœur qui le veilla jusqu'au bout du coma refusa mon assistance.

Il y eut l'inconnue de la nuit, une de ces étoiles filantes destinées au lit numéro 19, juste à l'entrée, où s'échouaient les urgences, les accidentés, les suicidés.

Un martèlement de bottes et toutes les lumières allumées d'un seul coup nous tirent du sommeil. Un Allemand avec collier de métal autour du cou ouvre la voie à quatre soldats portant une femme évanouie, à la chevelure remarquable, les habits déchirés et ensanglantés. Panique ! Docteur introuvable. Infirmiers et infirmières hystériques. Ils attaquent par le haut – lavage d'estomac ; par le bas – lavement ; par le milieu et les côtés, à califourchon aussi, à six mains, à coups de poing – massage du cœur ; par la tête – respiration artificielle ; par les jambes – mouvements forcés ; par les fesses – piqûres. Ça hurle, déborde, s'acharne puis, d'un seul coup tranché dans le temps, rien, silence, immobilité, repos.

Un « responsable » français était apparu, imperméable sur pyjama. Il hurle en menaçant l'officier allemand : « Vous l'avez amenée, vous la remporterez. C'est votre œuvre. Elle est à vous. » Une jeune stagiaire en larmes tire un drap sur le corps somptueux, gonflé de suc. Cache la tête martyre en arrangeant la chevelure autour d'un visage affreusement tuméfié.

Il y eut une mère et son enfant… Une femme affolée qui baragouine dans une langue inconnue. Elle tient sous les aisselles un gosse de quatre-cinq ans, pantin mou, sans vie. Une infirmière arrache l'enfant, l'emporte en courant. La mère veut suivre. Des petites sœurs s'en saisissent. Elle échappe à leurs bras en tombant de tout son long sur le sol. Gifles, eau fraîche, sels, elle revient à elle, bafouille, implore de ses deux mains ouvertes tendues. Personne ne comprend son langage. Elle accepte de s'asseoir, boit un verre de réglisse, reste là des heures, prostrée puis jaillissante mais retenue et cajolée par les sœurs et les malades qui ont pu descendre de leur lit. La rumeur dit : « Une femme du Nord… Elle est ivre… Son gosse si bien habillé, c'est pas des gueux. »

Un médecin jamais vu passe la porte. Ses bras en plateau soutiennent le pantin à la mâchoire inférieure bleuie. Pliant les jambes, il dépose la charge sur les genoux de la maman. Il y a dans les cris des malades une stridence épouvantable. Il y a le ronron étrange d'une femme égarée qui chantonne, en se balançant, une berceuse, une comptine, une barcarolle.

Quelques jours plus tard, une fille de salle plus dégourdie que les autres nous raconte : l'enfant a été étouffé par plusieurs noyaux de dattes. La maman n'avait pas pu expliquer. Elle était flamande, femme d'un marinier de péniche marchande. Un soldat allemand correct a fait le traducteur, trop tard.

Il y eut ceux qui ne durèrent que quelques heures ou quelques jours, qui nous laissèrent le souvenir brumeux de ce qui les avait fait chuter vers l'ailleurs. La mort accordait un répit à certains alités qu'elle avait déjà cassés, déchiquetés, à moitié rongés. Le « transport au cerveau », l'étouffement dans le vomi, l'hémorragie interne, les agonies douces ou agitées parachevaient son œuvre. L'estomac ulcéré de grand-mère Boironne éclata. Sa main crispée sur le drap s'agitait en un mouvement nerveux et inconscient de minimes va-et-vient que j'appris à reconnaître ; les masques raidis aux narines pincées, qui jaunissent et se figent, aussi. Bizarre de se retrouver face à face avec un visage ennobli, doux, maternel, ou celui de Mme Martinez, pétrifié dans le cri, les yeux grands ouverts.

Aucune morbidité maladive ne me poussa vers les agonisants : ils étaient là, tout simplement. En quantité. Le passage de la vie à la mort perdit la qualité abstraite, magique un peu, que je lui avais accordée dans le cimetière de Vaux. Il me fallut accepter l'image d'un itinéraire vers… le non-retour absolu, pavé, hélas, de lenteurs, de souffrances, de déchéances inhumaines. La « fatale coupure » de la respiration – le dernier soupir – n'entraîna chez moi qu'un soupir de soulagement, et la réflexion : « Le cœur tient toujours. Le cœur est bon ! », répétée tous les jours devant dix-douze lits, me devint un cauchemar. La mort de l'enfant et celle de l'inconnue de la nuit me bouleversèrent – l'incommensurable injustice de leur mort, d'abord – mais j'ai versé pour eux deux fois moins de larmes que pour Poulain. Grand-mère Prudence fut d'accord avec moi : la mort, il ne faut pas l'attendre. Il est de l'honneur de l'être humain de se la choisir.

Le premier médecin qui examina vraiment mes doigts me fit respirer quelque chose (éther ? chloroforme ?) sans me prévenir, travailla du bistouri, mit des agrafes et disparut le lendemain. J'étais là au moins depuis quinze jours… Il laissait des ordres clairs et nets : plus de badigeonnage à l'iode ! – torture à faire crever le plafond. Plus de sparadrap qui décollait ce qui commençait à se cicatriser ! Plus de pansements serrés ! Plonger ma main pansée dans une décoction de fleur d'oranger jusqu'à ce que le sang coagulé lâche prise et rende le soin moins douloureux. Puis, tremper longtemps mes doigts dépiautés, aux ongles tombés, dans de l'eau savonneuse. Laisser sécher à l'air. Envelopper de gaze sans appuyer : tout simple et efficace !

Dans mon monde intérieur, une mare et une sœur noyée s'agglutinaient à un accident du travail mais le détail des heures, des jours, des nuits entre Noël et le Premier de l'an restait prisonnier d'un brouillard impénétrable. Le choc des étrennes avait installé en moi un paralytique. Lorsque, soudain, revenue d'un ailleurs déjà oublié, je recommençai à déchiffrer les images de mon nouveau monde et constatai l'ampleur de ma première erreur : l'hôpital ne constituait pas le passage entre le purgatoire et le paradis, il était pour moi le paradis lui-même et je décidai d'y rester toute ma vie. L'idée qu'un jour on me déclarerait guérie déclenchait une panique si forte qu'en quatre ou cinq semaines, je n'ai passé la porte de la salle qu'une seule fois, contrainte et forcée par le manque de personnel et une urgence chez un voisin de lit. Sitôt revenue, cachée sous mes draps, je m'enfouis en entier dans une « absence ».

Les bonnes et les petites sœurs, sans lesquelles l'hôpital serait allé à vau-l'eau, avaient d'abord soigné ce que je compris être un « dépérissement » dont je n'avais nulle conscience. Ah, leur tisane de réglisse, les gâteries ! J'ai prié pour que le monde extérieur m'oublie. J'ai prié pour qu'un miracle me rende invisible dans la salle même : réduite à la taille d'une mouche, je pourrais y grandir et, petit à petit, me glisser sans heurt dans le troupeau des filles de salle, qui représentait le premier pas dans mon intégration au personnel soignant…

Les sœurs et mes grand-mères m'ennuyaient parfois à cause de leur curiosité tenace, soupçonneuse parfois, envers mon histoire : « D'où viens-tu ? Qui t'a fait ça ? Où est ta famille ? Raconte. »

Je suis dans un jour où je ne veux rien voir, rien entendre, rien faire. Hier, on m'a encore inondée de questions : « Qui donc t'a déposée à l'hôpital ? Où sont tes papiers, tes habits de rechange ? Pourquoi personne ne vient te voir ? Où habites-tu ? » Peux pas répondre. J'ai beaucoup oublié. Ce dont je me souviens est dangereux. L'Assistance me retrouvera. Veux pas ! Veux pas… plutôt disparaître.

Bourdonnements. Chuchotements. Marmonnements.

Qui cause avec Mame Rosine et Mame Prudence ? Pas Mame Boironne. Elle a passé la porte. Elle est dans l'Ailleurs-après. Elle m'a laissé une grande tristesse au cœur et un châle en laine violette, ses peignes de nacre brune, des boutons dorés et plein de rubans de velours, plus très frais, mais je peux m'en servir pour border la tapisserie que je tisse sur mon métier pour remercier les gens de l'hôpital, leur montrer que je suis une fille bien. Que la reconnaissance, je sais ce que c'est… Ceux qui causent, là, en catimini, ils s'imaginent que je dors ? Veulent pas me réveiller ? Dans ce monde, c'est la gentillesse et la gentillesse, c'est d'être gentil avec tout le monde, je me le répète tous les jours…

Hachuré par mes cils, un visage prend forme. Petit nez, menton rond. Boucles d'oreilles en émail bleu ciel. Cheveux gris épais tirés, chignon ? La voix, cassée, qui pleure… maman Blanche ???

Maman s'abat sur moi de tout son corps replet. Ma main reconnaît sa taille corsetée, gerbe et amphore, et mon nez son parfum de vanille. Maman !! Ah, ciel de misère, je suis perdue.

Le personnel soignant, les filles de salle, les malades valides se rameutent autour de mon lit. La cohue. Le brouhaha. Les bouches racontent par morceaux confus-mêlés mon histoire, que j'apprends au fur et à mesure en attrapant des blâmes, des plaintes, des menaces. Tout cela fait un chaos d'horreurs que j'ai rejeté au Premier de l'an.

Une seule chose m'importe : ne pas revenir dans ce que j'ai connu. Il me faut disparaître.

J'ai tant haï maman Blanche que je l'ai poussée hors de mon lit : qu'elle tombe, se casse la tête. Qu'elle ne renoue plus les fils qu'en moi j'ai cassés. J'ai crié : « Va-t'en, maman ! Oublie-moi ! Je ne suis plus ta fille. » Sous le coup de l'offense, maman m'a presque giflée.

De ses deux mains appuyées sur mes épaules, elle m'enfonce dans le matelas. Ses yeux en larmes jettent des éclairs. Sa bouche tordue dit avec rage : « Personne ne peut te salir, t'abaisser, t'abrutir, te changer en animal, sauf toi-même. » C'est trop fort, je ne comprends pas mais c'est tellement maman que le paralytique me quitte.

Une stratégie fut mise au point, sur-le-champ et dans l'élan : on m'aiderait à faire une lettre décrivant les actions de Germaine ; maman irait voir le directeur de l'Assistance ; je retournerais chez elle, à Vaux. La lettre fut écrite et expédiée.

Pour mettre toutes les chances de mon côté, je fis une lâcheté. Avant que le docteur de Sougères ne me porte à sa voiture, Germaine m'avait suggéré : dis que c'est à cause des Allemands (il s'agissait peut-être, pour elle, de se mettre à l'abri d'une enquête). C'était un gros mensonge mais j'y vis un ultime recours : si mon malheur privé s'inscrivait dans celui de la patrie, celle-ci me protégerait de l'Assistance publique.

Une bonne sœur se précipite : « Petite ! On te demande à la conciergerie. Vite ! » Une autre ajoute : « Tu t'en vas. Ramasse tes affaires. Vite ! » Mame Rosine se lève, enquête. Quelqu'un de l'Assistance est venu me chercher. Je reste figée. On m'enlève ma chemise. On m'habille de vêtements trop larges, trop courts, trop lourds. Pas de chaussures. Mame Prudence tend ses pantoufles à agrafes. Une aide-soignante attrape une taie d'oreiller, y jette pêle-mêle tout ce que j'ai accumulé, tout ce qu'on m'a donné, en vrac, mes étrennes du Premier de l'an, mes souvenirs de souffles qui se sont arrêtés, de mains que j'ai lâchées, et les regards qui m'ont appelée, et les gémissements étouffés, et les silences pétrifiés, et la dentelle des amitiés, et le sang du refus… On me pousse hors de la salle, hors de l'hôpital. Une auto m'emporte sur des chemins inconnus. Les cahots me font vomir. Ma main encore bandée projette une vibration douloureuse le long du bras et des côtes. Où m'emmène-t-elle, cette assistante sociale au joli visage, au regard fermé, à la bouche pincée ? Pourquoi semble-t-elle furieuse ? Dehors, la nuit est tombée : impossible de voir les noms des villages par lesquels nous passons. Enfin l'automobile s'arrête près d'un bâtiment dont une seule fenêtre est faiblement éclairée. Immobile, assis sur un banc, le mari de Germaine.

Dix kilomètres (plus ou moins, je n'ai jamais voulu contrôler) séparent Lain de Fougilet. C'est pourtant le plus long voyage que j'aie fait de ma vie.

Le pas cadencé du cheval, son rythme obstiné, ses trébuchements et le frottis crissant des roues de la charrette sur la route givrée introduisent en moi l'image vue dans un livre, celle d'un char funèbre chargé de ramasser les débris ultimes laissés par le fulgurant passage des Chevaux de l'Apocalypse. Mon corps n'a pas besoin de chercher les mots pour comprendre ce qu'il ressent et formuler ce qu'il sait… Inutile de rêver d'attraper les rênes pour arrêter la marche du cheval car nous sommes sur une route nommée Styx, la charrette est ma barque, le cheval le courant… Pas la peine de solliciter le patron avec son capuchon rabattu sur la tête. Il est Charon condamné à exécuter les basses œuvres de mon destin.

Il est encagé par le sien mais, moi, « Yvette-Marie-Thomas-moi », je me ressaisis, me redresse et m'élève haut et loin… Je ferai la nique à Germaine, Cerbère-charognarde… Je serai plus forte qu'elle en la privant de sa joie la meilleure. Là, maintenant, dans ce cauchemar, je dis adieu aux sentiments et aux émotions. Là, maintenant, je me défais de ce que je possède, je renonce à tout ce qui est dans la taie d'oreiller.

Lorsque, agissant comme je l'avais prévu, Germaine m'arracha mon bagage pour me le confisquer, elle ne me prit RIEN. Je m'étais dépouillée de l'appétit de posséder mieux que quiconque ne saurait le faire. (J'en ai gardé seulement, tout au long de ma vie, une réticence tenace à accepter des cadeaux).

Dix ou douze kilomètres séparaient Lain de Fougilet. Le voyage commencé dans la nuit de la haine devait durer longtemps. La nature foncièrement méprisable des gens de Fougilet se précisa : ces culs-terreux grandis sur le fumier, dont les racines plongeaient dans le purin, souillés jusqu'à l'âme, au sang puant, ils portaient en eux le microbe de l'abrutissement, de la bestialité… Or, moi, je possédais la « faculté de penser ». Plus ! Qui, ici, avait vécu autant que moi ? Qui avait engrangé dans des mondes différents des savoirs aussi amples, diversifiés autant ?

Il me fallait échapper au microbe qui produisait des paysans sans intelligence et des corps tarés. Me protéger ! « Les éviter. Faire du bon travail à l'école. Réfléchir. Ne rien oublier de ce que je sais… » L'injonction s'imposa avec la force d'un ordre supérieur. Cependant, pratiquement, comment l'appliquer, au jour le jour, pour être efficace ? Problème ardu car… quand on dort, on cesse de penser ; l'intelligence ne travaille plus ; les méninges sont prises par le noir. Quand on dort, on ne sait pas ce qu'on fait, j'ai vu ça à l'hôpital. C'est un coma.

Des jours à exécuter les ordres en essayant de ne pas côtoyer Germaine ; à éviter Irène. Lutte contre la trappe où s'effondre le corps plombé malgré la farouche révolte. Constater à l'aube que le flux de la réflexion s'est dilué ; qu'il faut courir un marathon dans la tête pour renouer les fils ; remettre la barque dans le courant ; replacer un gouvernail, retrouver ses esprits… Le sommeil ? Une malédiction. Et, dans la journée, tirer les tiroirs aux souvenirs, sentir les crocs sortir, les poils pousser, la rage m'envahir et le désir de briser, de casser. Je *ressassais*, disaient les abrutis de Fougilet.

Des choses avaient changé.

Immergée dans un premier amour, Carmen marchait sur des nuages ; sa passion excessive me la rendit étrangère. Fier d'avoir passé le cap des quatorze ans, Luc parlait d'un maquis mythique. « Croix de fer, croix de bois, croix de pierre, sang mêlé, je te le jure, j'ai appris à faire les pansements. Je connais le nom des médicaments. Les blessures les plus graves ne me font pas peur. Partons ensemble », lui ai-je dit et redit. Le pleutre n'aurait pas dû se moquer. Moi, une mioche ?

Les plus jeunes soldats de la petite garnison allemande, désœuvrés, organisaient des feux de joie avec nos cartes géographiques dans la cour de l'école et fêtaient une victoire lointaine. « Londone, kapoutte, boum-boum ! » *Kaputt*, mot clé du vocabulaire de l'Ordre nouveau, fut vite intégré et appliqué au lapin proprement égorgé pour ne pas abîmer la peau déversant son sang dans un bol et au vieil Anselme, décidément décédé. On fit connaissance avec les ersatz. On rechercha au prix d'un jambon de porc ou d'un cuisseau de sanglier une mystérieuse « pierre à galène » supposée capter des ondes sonores émises à Londres. Là-bas, de l'autre côté de la mer, en la perfide Albion, s'agitait un militaire assez roublard pour cacher son vrai nom de famille sous le pseudonyme De Gaulle. « Les Gaulois parlent aux Gaulois. Entends-tu, Vercingétorix ? » Aurions-nous des nouvelles de Fortuné, parti rejoindre cet hurluberlu pour que son père, le finaud, puisse un jour retourner sa veste ? En attendant, il couvait des yeux son petit dernier, Désiré, remarquable dans son uniforme de la Milice.

Nous avons moissonné les fougères coupées à grands coups de faucille pour économiser la paille et récolté des baies, des glands, des racines qu'on traita selon des recettes antiques pour en tirer des mixtures âcres, ersatz de pâté ou de confiture, le gland se partageant entre fabrication de savon et farine à cochon. On tira des greniers les pièges et les appeaux des grands-pères pour traquer la faune menue des champs et des bois. Elle offrait une viande osseuse aux saveurs déconcertantes et des pelages précieux.

Démobilisé, M. Gallois avait repris son poste. Amaigri, la chevelure blanchie, ce n'était plus le même homme. Avant la guerre, M. Gallois nous avait éperonné vers l'ambition ultime de tout élève campagnard : le certificat d'études. Il avait su sourire à nos curiosités, encourageant ceux qui faisaient preuve de ténacité, incitant les esprits les plus alertes à réfléchir, à approfondir les choses. Il avait défendu mes droits auprès de Germaine, fait de moi le modèle de la classe, m'avait inculqué que l'école était « le haut-lieu de la pensée, le foyer de l'intelligence, le berceau de toutes les libertés ». J'avais bu ses paroles et, sans doute, les avais amplifiées. M. Gallois n'était médiocre en rien : voilà que, reniant son passé, il entreprit, avec une vigueur accrue, de nous inculquer sa nouvelle mystique : « Travail, Famille, Patrie. » La métamorphose de M. Gallois me laissa abasourdie.

Ses discours enflammés exprimaient quelque chose qui allait plus loin que les paroles, comme si, venu du tréfonds de lui-même, un élément inhumain l'envahissait pour le dévorer. Dans une dissertation sur l'Ordre nouveau, ne sachant quoi penser de cette nouvelle proposition sociale, j'empruntai à Mme Prudence un de ses leitmotiv : le Maréchal, patriote et imbu de la dignité française, avait effacé de nos frontons la devise Liberté-Égalité-Fraternité pour que les Allemands ne la souillent pas. La volée de gifles qu'il m'appliqua ne suffisant pas à éponger sa colère, M. Gallois m'imposa le nettoyage de la classe. Il ne s'agissait pas de l'honneur fait à la meilleure élève, celui de tenir propre le lieu où elle est reine... Le M. Gallois « d'avant », connaissant la vie que me faisait mener Germaine, m'avait toujours dispensée de cette tâche, la confiant, en toute logique, aux cancres finis. Désormais, il me tutoyait, il fallait que je cesse de « faire l'intelligente », que je reconnaisse et accepte mon rang au bas de l'échelle, à la queue des vaches, dans le fumier paysan, pour le retour à la terre cher au Maréchal. Une jouissance bestiale s'étalait sur son rude visage quand il avait réussi à me réduire aux larmes. M. Gallois, dont le côtoiement faisait monter en moi une irrépressible sensation de salissure, désintégra la confiance que je portais aux études et au Savoir. L'instituteur venait de m'apprendre à reconnaître entre mille le regard d'un fanatique.

Au début du mois de mai, la petite-fille de Germaine vint en vacances à la ferme. Un jour, elle sortit un jeu géographique, des cartes en couleur comprenant tous les départements et les richesses de la patrie. Notre France y apparaissait si grande, si belle, si riante ! Je m'accroupis devant le miracle et dis sans y penser : « Je joue la Résistance. »

Qu'est-ce qui fit tiquer Germaine ? Le fait que je ne travaillais pas ou le mot « Résistance » ? Elle m'attrapa par la peau du cou et s'abattit sur moi comme un vautour enragé. Je ne comprenais rien à la démesure de sa colère. Par une réaction d'amour-propre un peu bêtasse, je ne criai pas, ne hurlai pas, restai passive sous les coups, ce qui déclencha chez elle une violence accrue. Enfonçant ses ongles dans mes épaules, elle me traîna jusqu'à l'étable et me jeta sur la litière des vaches. Un plon lui servit de matraque. Je ne pouvais que me recroqueviller sur moi-même. M'avoir mise dans le fumier, roulée dans la saleté, rouée de coups ne lui suffit pas. Possédée d'une autre idée géniale, elle me tira en direction de la mangeoire, renversa ma tête vers l'arrière, passa autour de mon cou une des chaînes qui servaient à attacher les vaches, fixa le pêne au maillon le plus court et s'en alla. Petit à petit, je repris mes esprits, me retournai et me mis à quatre pattes.

L'étable était obscure et fraîche. Dehors, l'éclatante lumière de midi transformait la cour en un théâtre éblouissant dont Germaine se fit l'aboyeur : « V'nez vouère ! J'on un viau qu'à-c-t'heûre y vient d'naître. » Voisins et passants s'approchèrent. Certains apprécièrent la farce, d'autres s'en furent très vite. Les enfants s'attardèrent.

Combien de temps restai-je enchaînée ? Je ne saurais le dire. Le patron vint me détacher et m'apporta mes sabots perdus dans la cour. Irène, qui me mit au lit, fit de son mieux pour me calmer, essayant de me faire remuer les membres pour alléger leur raideur. Mais je ne pouvais plus supporter son contact. Je ne pouvais plus supporter son affection apeurée ni ma peur servile. Je ne pouvais plus. Je ne *voulais* plus.

Des jours durant, j'amassai des graines rouges qu'on disait empoisonnées et les cachai dans un coin du jardin. Puis je cherchai l'endroit propice à mon dessein, me décidant pour la pente du pré, sous le cerisier de Poulain. Avec le sentiment de lui rendre un grand service, j'essayai d'entraîner Carmen, malade de son amour bafoué, mais elle se récusa. Une nuit, je m'installai sous le cerisier. Les premières graines, je les avalai. Puis, à court de salive, les machouillai. Un goût fin, légèrement acide, une texture farineuse… « Les graines desséchées sont-elles encore efficaces ? Où se trouve le poison ? Dans la peau, la chair, les grumeaux qui roulent sous la langue comme du blé ? »… D'abord assise, puis allongée, je fixai une étoile après l'autre, à travers les branchages feuillus du cerisier, et laissai aller mes pensées…

… Me voilà tranquille. Depuis une semaine déjà je dors dehors. Je connais tous les bruits de la nuit et les mouvements du Fir-maman. La nuit tiède répète l'écho d'une autre nuit martelée par le sabot d'un Cavalier de l'Apocalypse. Je ne possède ni famille, ni bien, ni maison, ni terre, ni amis. Je prends congé de tout sans avoir à dire adieu… L'aimant de la Polaire m'attire comme de la limaille. Je vais dans l'espace des astres où règnent les joies et le bonheur parfait… Il n'y aura plus de demain matin…

Fut-ce par l'effet des graines avalées ou à cause d'une pulsion de satisfaction intense, débordante ? Fut-ce un cadeau fantasmatique de mon imagination ou une osmose avec des présences occultes ? D'où vint le tintamarre et l'éblouissement ? Le rire craché et en grelot de Poulain éclata dans ma tête, pulvérisa tout résidu de morosité ou d'aigreur dans un jaillissement conquérant, fort et soutenu, *exhilarant*. Sous le coup d'une pensée incrédule, j'ai ouvert les yeux et j'ai *vu* ce que j'entendais : les feuilles du jeune cerisier riaient ! Arrivée à bon port, j'ai laissé aller mes poumons.

J'avais avalé les graines à la mi-mai… Les deux mois qui suivirent furent un télescopage de mondes contradictoires. Deux mois pour boire la mer… Deux mois pour me promener en aveugle dans un site archéologique, me souvenant sourdement d'avoir posé, ici ou là, une pierre de mon édifice, ne comprenant pas comment mon geste « gentil » s'était mué en ruine. J'allais vers des tombeaux, des calvaires. Ceux que je parvenais à déchiffrer se mettaient à tournoyer sur eux-mêmes, toupies de l'absurde qui m'entraînaient dans leur tourbillon et m'envoyaient m'écraser contre un mur dressé sur l'horizon… J'ai couru le long d'un rempart qui m'encerclait, ou dans un labyrinthe fermé de partout, où que je me trouve… Une seconde de lucidité me procurait un éblouissement de compréhension : hors de mon corps et de mon crâne, je me voyais aplatie contre le mur, cancrelat écrasé, laissant suinter chair-sang-os et glaires.

Un jour, je déchiffrai dans mes mains tremblantes les cadavres de quatre mésanges dont je venais de tordre le cou. Un jour, ce furent des lapins nouveau-nés dans la fosse à purin : ma main armée d'un bâton les frappait pour qu'ils s'abîment encore plus vite dans la putrescence. Un jour, je déchiffrai mes bras souillés par la bave verte de plantes pour qui j'avais eu de la tendresse.

Les oisillons étaient encore chauds. Je les remis au nid. La mère voltigeait au-dessus d'eux et ses piaillements tragiques augmentaient ma fureur… *Je suis, moi qui me raconte, petite comme l'herbe des prés. Petite et courbée comme l'herbe des prés, j'ai eu peur d'une mère mésange outragée.*

Les lapereaux se débattaient, tentaient de surnager, buvaient l'immonde breuvage… *Votre mère vous a créés sans savoir nager ? Ah-ah, c'est comme ça ! Ma mère m'a jetée au purin… Et toi, tabac à la feuille épaisse, à la pulpe généreuse, et toi, pavot discret qui sait si bien pleurer des larmes blanches, on ne vous a pas accordé le droit de fuir ? À moi non plus. Je ne suis plus assez digne pour avoir le droit de passer la porte…*

Un jour, à tâtons, les yeux ouverts mais ne retrouvant ni son nom ni sa fonction, je tentai de « déchiffrer » un objet dans ma main. Fermer les paupières, espérer que la cécité aura le pouvoir d'éclairer ma mémoire… Le miracle dura un instant : c'était une fourchette. « Fourchette… on s'en sert pour manger. » Je partis à la recherche de l'ustensile.

Un liquide sombre pénétrait dans les interstices de mon corps. J'étais tenue de monter la garde pour que cette lave ne m'envahisse pas en entier. Lorsqu'en éclairs fulgurants la raison me revenait, une bénéfique stupeur me sauvait du hurlement sauvage qui inondait mon corps. Ne pouvant s'écouler au dehors, le cri grimpait dans mon crâne, cube noir aux coins incandescents. Ce qui me restait de raison me soufflait que l'aberration ne pouvait pas, *ne devait pas* faire partie du monde, de la vie, et certainement pas de moi.

Deux incidents surnagent de la vallée de cendres… Ils s'inscrivirent dans ma mémoire sans que je comprenne leur signification. Le premier eut lieu au temps de la moisson. Les rares faucheuses-lieuses motorisées, privées de carburant, restèrent dans les granges. On ressortit un engin mécanique à double scie, les faux et les faucilles. Pas question d'aller à l'école. Le travail commençait aux premières lueurs de l'aube et se terminait au crépuscule. Assommée par la fatigue, la faiblesse, le poids de la poussière, que sais-je, je m'étais effondrée sur un tas de ficelles à nouer. Quelqu'un placé dans mon dos me mit debout en me soulevant par les épaules, me secoua sans aucune animosité et décréta : « La carcasse est encore bonne », puis me lâcha. Je retombai par terre sans avoir ouvert les yeux. Cependant, sans vraiment les écouter, j'avais entendu les paroles, flèches d'acier dans mes os.

Le second incident entra dans mon cœur et dans ma mémoire comme une pépite ou un joyau égaré sur terre. Des années plus tard, un conte fantastique de E.T. Amadeus Hoffmann confirma la mystique splendeur de la vision.

Le patron m'avais prise sous les aisselles et installée dans la charrette. Les grognements de Germaine tirèrent de lui une insulte jamais entendue. Il fit partir le cheval au trot, comme si la lourde charrette devait bientôt se transformer en calèche. Depuis trois ans à Fougilet et pour la première fois… le patron et moi, seuls aux champs ? La chose était tellement insolite que je me réveillai, me concentrai.

En ce jour d'été aveuglant de chaleur et de lumière, le crissement des bourdons vrillait mes oreilles et la paille jaunie des chaumes frémissait sous les ondes d'un vent courant au ras de la terre. Il me fallut quelque temps pour me rendre compte que cheval et charrette s'étaient arrêtés en bordure… d'un morceau de ciel tombé sur terre, d'un champ d'azur, une tapisserie de fleurs minuscules d'un bleu plus soutenu que le bleu de la pervenche, plus pâle que celui du myosotis ; tiges droites et frêles, feuilles étroites… bleu de yeux bleus, bleu électrique, bleu-de-foudre, vraiment « translumineux-transhumain ». Le patron se tourna vers moi et, pour la première fois depuis trois ans, m'adressa la parole en une phrase compréhensible : « C'est mon champ de lin. » J'essayai frénétiquement de provoquer une réaction de mon cerveau. Et voici que s'inscrivit sur ma rétine, en relief, lisiblement, la phrase : « Le patron entend te faire un cadeau. »

Ai-je emprunté ses yeux, ou lui les miens ? L'obscurité naissante a nappé de ouate et de rosée le bleu-crépuscule. Au bleu clair-de-lune-montante vers le Fir-maman, patron, cheval, charrette, moi, nous n'avons pas bougé jusqu'à l'obscurité. La nuit a-t-elle duré deux mois ?

Le jardin carré du foyer

Un jour, je déchiffrai un âge : douze ans et deux mois ; un poids : vingt-trois kilos.

Je me cramponne à un banc de pierre dans un petit jardin carré entouré de hauts murs. Dans un coin, un arbre s'étiole. J'essaye d'imaginer des fleurs, de la verdure, ne serait-ce qu'un pied de chiendent. N'est-ce pas le goulot d'une cheminée en haut de laquelle des nuages s'amoncellent et posent un bouchon là où je respire ? N'est-ce pas une cuve par laquelle montent les inondations ? L'eau s'élève en un formidable bouillon où Cécile tournoie, et aussi Mame Boironne, ma grand-mère de l'hôpital. Elles s'accrochent à moi, me traînent sur le toboggan liquide.

C'était une hallucination.

La réalité ? Coincée dans une douche, l'eau glacée giclante m'explique avec nervosité : « C'est bon pour les nerfs. T'as la peau plus tavelée qu'un pavé de rue ! J'vais pas t'noyer ! T'es au foyer. »

… *Au foyer ? Dans la braise où fument les jambons et les sorcières aux dents en piège à loups ? Le feu m'étouffe. Il brûle mes touffes. Touffes ou gerbes ? Les étincelles ? Flammeroles ou gerbes en moyettes, tête contre tête, contre le mur. « C'est nous qui moissonnons et c'est nous qui glanons, et si tu en oublies, tu vois la faucille, je te tranche le poignet avec », dit Germaine. Le baiser de la faucille met entre mes joues une bouche sanguine.*

C'était l'hallucination.

La réalité ? Mme Falesse m'entraînait à marcher dans le jardinet carré du foyer des pupilles de l'Assistance. Elle grondait : « Avance-avance. Respire-respire. » Aux quatre coins, je reprochais de ne pas tourner-toupie comme moi. Le mot *émaciée* souffla un son d'accordéon : aime assez, aime à scier, aime l'acier. Amnésie offrit le radeau d'amenez-y la malade. Dans un autrefois lointain, les paroles avaient eu des jambes. Mme Falesse martelait, répétait : « Vas-y ! Euh ! Beuh ! Meuh ! » L'effort tendait mon corps. Dans ma tête, un cube culbutait d'un coin sur l'autre. Dans un verre de sang de bœuf, le sang s'appelle grain-gredin-gredine-grenadine.

Quand je l'ai vue, je n'ai pas été tellement étonnée.

Elle avait ma taille ; et un crâne rasé comme le mien ; et la peau livide avec des marbrures, des cals et des lacérations. Elle avait connu les coups et le fouet, pas besoin de le lui demander. Elle était moi, j'étais elle. Nous étions deux et une, à volonté. Quand même… ressemblante ou semblable ? À sa main gauche, un doigt escrabouillé. Elle est là, à portée de mes bras.

Petite-Sœur regardait droit. Elle accolait ensemble images et idées, brisait les miroirs aux reflets décalés, déviés ou viciés dans lesquels je me perdais. Elle me tendit les livres de classe que Germaine m'avait confisqués.

Je dus répéter mes leçons à voix haute : je, tu, il/elle, nous, vous, ils/elles… Je, tu, je tue, j'ai tué des mésanges, des lapins, des plantes. *J'ai tué* maman Blanche et mon frère parce que… *parce que je les ai oubliés…*

Nous avons commis le crime le plus épouvantable.

Détruire en soi ce à quoi on tient le plus, on ne peut pas se le pardonner, jamais. Mais c'est une affaire entre eux et nous. Non. Entre nous et nous. Nous avons en nous le poinçon de la honte mais nous ne sommes pas coupables. On n'a pas demandé à naître et la vie qu'on nous fait mener, nous la subissons sans pouvoir y échapper. Le cerisier de Poulain m'a repoussée parce que je n'étais pas digne d'aller dans le repos…

Petite-Sœur et moi avons décidé d'être imbattables,

elle vif-argent et malicieuse, moi plus lourde et portée aux soucis.

À l'hôpital, la tisane de réglisse constituait la panacée universelle. Au foyer de l'Assistance publique d'Auxerre, ce fut la grenadine. Parole intérieure et « paquets de souvenirs » plus ou moins récupérés, je commençais à trouver un certain équilibre entre ma haine envers le monde, les gens, les autorités et mes rêves fantasmagoriques de justice implacable et précise appliquée selon les lois de l'équité : œil pour œil, dent pour dent. Confortée par Petite-Sœur, la fillette vite essoufflée, vite épuisée, que j'étais abordait une plage vivable, où elle pouvait commencer à prendre ses aises.

Le 6 septembre, les mamours de Mme Falesse abattirent le rideau : « Le directeur a dit que tu tiens sur tes jambes. On te place. Pas chez maman Blanche. Non, je ne sais pas où. Sois forte, je le veux. » Elle bafouille, la bonne dame au grand cœur qui m'a soignée, encouragée, protégée, dont le courage et la révolte se résument à de larmoyants « je n'en peux plus, c'est trop dur, demain je démissionne ». Sois forte, elle en a de bonnes, elle…

Alors, nous autres pupilles, on nous place, on nous déplace, on nous replace. C'est notre sort. On ne peut rien dire, ni rien y faire. On ne s'y habitue pas mais, à l'extérieur, on fait semblant. Qu'on ne nous croie pas des mauviettes.

Pour l'heure, je m'écrase contre la banquette – blottie contre mon corps et la portière, Petite-Sœur ne tient pas de place.

Le capot de la guimbarde fend par le milieu des prés labourés, des champs de luzerne en andains, frôle des vaches attardées sur un talus, fait péter leur bouse… Un mois dans les murs du foyer, à ne sortir que dans la cour carrée… j'en ai oublié combien c'est bon d'être à l'air, combien la campagne c'est beau. Mes yeux savants déchiffrent la silhouette des attelages les plus lointains et devinent à quoi ils sont occupés. Mon nez se nettoie des odeurs lourdes du dortoir, du réfectoire, du vestiaire puant. Mes oreilles s'élargissent pour capter le crissement des roues sur la poussière et le frémissement des branches quand la guimbarde les frôle de près. Le ciel est posé sur la terre. Dans sa voûte s'effiloche une ouate immaculée. Ce bleu, ce blanc, j'y ai droit !

Mais qui conduit la vieille camionnette, qui empeste le fromage ? Mon patron ? Ici commence l'angoisse. Faut que je regarde. Crevain vieux de chiasse ! Le large pantalon, le gilet ouvert sur la panse, le paletot boudiné, la cravate de lacet, le chapeau noir à larges bords : un Auvergnat ! Le credo bourguignon dit : *un seul Dieu, tu adoreras ; d'un Auvergnat, tu te méfieras*… Alors, mon bide se retourne et je dégobille, là. J'ai tout éclaboussé. Il a arrêté net la guimbarde. Il descend, arrache de l'herbe et nettoie. Debout près de la voiture, j'attends la gifle, les gnons, les injures. Il se tourne vers moi, se redresse. Oh mes aïeux ! Il est gigantesque. Je couvre ma tête de mes deux bras et hurle : « Non ! Non ! J'l'ai pas fait exprès. » Il ne me tape pas mais empoigne mes bras, les ouvre, les fait descendre. Il s'y accroche pour s'accroupir. Ses yeux à la hauteur des miens, je vois bien qu'il s'étonne, pour de vrai. « Bin ma loupiote… j'ai pas l'habitude de cogner. Fallait dire qu't'avais mal au cœur… J'vais pas te manger, ni t'mornifler… » Je suis raide de fureur, le poil hérissé, les crocs prêts à mordre mais il se détourne, pas croyable, et là, à deux pas de moi, se met à pisser. Il sifflote, il chantonne. Les dernières gouttes ne veulent pas tomber. Il sautille sur place. Son falzar glisse… L'entrejambe des hommes et des femmes, la raie des fesses, j'ai vu ça à l'hôpital mais montrer son cul au bord de la route ? Il se bat avec les pans de sa chemise, avec les boutons de sa braguette, trouve ça drôle, parce qu'il rit. Il rit ! Depuis combien de temps n'ai-je pas entendu le son de la gaîté ? La dernière fois, c'était sous le cerisier de Poulain. Remarquant mon visage sans doute terriblement sérieux, l'Auvergnat s'approche. Tout en faisant quelques pas, sa main en forme de louche met au nid les bijoux de famille. Il m'examine de bas en haut, de haut en bas. « La piau chûr les ôches. Ma pov'loupiote ! Des comme toi, j'en ai pas vu. On t'choufflerai d'chus que l'vent t'empor-t'rait. » Petite-Sœur me souffle dans le tympan : « T'as vu ? L'est drôle ! L'est pas méchant. » Moi, j'ai bu aux biberons de la méfiance ; le fiel de mes pensées englue ma gorge… « Loupiote ! Loupiote ! Qu'est-ce que tu en sais, face de rat. J'suis pas belle, hein ? T'es comme les autres. Cric-crac et faudrait que j'arrache la chaîne qu'on m'a mise au cou. Cric-crac et faudrait que je fasse des risettes… »

Pas de risettes mais… il ne m'a pas giflée, pas bousculée, pas même grondée. Résolue, tout à trac, je lui dis merci. À voir son sursaut, la politesse, il a pas l'habitude. La glace est brisée.

Volant en main – des paluches ! Noires de poils jusqu'aux ongles ! – l'Auvergnat commence à causer, à jacasser. « … Les couvre-feux, c'est la merdasse. Les fromiaux, moi, j'les ramassais le chouêre. Pas moyen de moyenner. Ma bourgeoise, des jours, elle fieusse… C'est que même le pain est rationné. J'vais t'dire, ma loupiote, le Maréchal, il est flagada du cerveau et l'autre perche, le De Gaulle, qu'on va avec gauler les noués, j'l'ai vu en portrait. Raide comme un coup de trique et un nez à trouer les mouchoirs… charmeur comme une pète de curé… » Il jacte ! La moitié de son patois m'échappe mais c'est bon ! Il me raconte la vie ! « Les frisés et les maquisards, pour la bouffe, c'est kif-

kif-bourricot, y nous prennent tout. Dis donc, t'as pas souèf ? »

La voiture piqua du nez et s'arrêta au ras d'un mur couvert de lierre. Sans perdre de temps à des simagrées superflues, mon compagnon cria, s'adressant à quelqu'un à l'intérieur du bâtiment : « Deux bières et qu'ça saute ! » J'en restai figée sur place ! Boire de la bière, en Bourgogne ?! Seul un Auvergnat inculte pouvait se déshonorer de telle façon ! Assise à ses côtés sur une chaise en fer forgé dont les fioritures m'entraient dans le maigre des fesses, je réfléchissais intensément à l'épineux problème qui se présentait : allais-je trahir papa Edgar et le jus de nos treilles pour goûter à un breuvage dont tout le monde, à Vaux, affirmait qu'il avait le goût de la pisse de chat ? Quand je décidai de goûter à la nouveauté, c'était trop tard. Sur la petite table, les deux grands verres ne contenaient plus qu'un voile d'écume.

Miracle de la boisson ! L'Auvergnat et la camionnette se montrèrent plus gais, plus enjoués, avec une nette tendance à tenir toute la route. Oh, cornebleu de pute ! Les talus effleurés, les caniveaux pris de travers, les poules éparpillées ! Tous les sens en éveil, j'appris que la joie de vivre a besoin d'être souvent abreuvée et que la bière exige hélas d'être intempestivement évacuée. De village en village, l'impayable luron but à chaque fois nos deux bières et, dans les courts intervalles, pissa pour nous deux. « Ça, c'est du voyage ! Ça nous transporte ailleurs, non ?! » s'exclamait Petite-Sœur. « Certes, pensais-je en moi-même. L'Auvergnat n'est pas Charon. »

Emportée par l'enthousiasme, par une allégresse jamais ressentie, ivre par osmose pour ainsi dire, je crus pouvoir aider notre vaillant chauffeur à mieux diriger notre destrier. J'ai manié le volant en hurlant « À hue ! À dia ! À dret ! » et joué du claque-chon qui, étant d'un fromager, klakchonnait « Beûrre-Beûrre ! ».

Quelle foire ! L'Auvergnat s'agrippe au volant, je me colle à sa poitrine, il crie « Tu m'bouches la vue », y va de ses jurons, et moi des miens. Il me complimente : « Bin, ma loupiote, t'as du répondant ! » Il pouffe de toute sa panse ; et rote par les narines, j'en suis certaine. On pleure de rire et je vais en faire pipi dans ma culotte.

Je perdis les pédales lorsque la fourgonnette piqua du nez dans un tas de sable, et redevins ver de terre quand mes oreilles entendirent : « J'sont arrivé. J't'dépose et j'continue. »

Ah trahison ! Horreur et putréfaction ! Abomination de la désolation. Saleté de salopard. À ma question choquée, il répond : « Bin non, j'chuis pas ton patron. Tu vas chez mes cousins. Tu verras, tu y s'ras bien. Y-z-ont le cœur sur la main. Tu m'plais bien. Je viendrai te voir quand je serai dans les parages, foi de Colas ! » Colas ?! Colas Breugnon ? L'histoire lue dans un des livres de Mme Falesse est donc une histoire vraie ? Du coup, je me pends au bras de Colas, pour le tirer en arrière, pour qu'on retourne à la voiture, qu'on continue le voyage... Il me soulève, m'enlace alors que je refoule un désespoir à faire pleurer. Il pénètre à l'intérieur d'une maison, me décroche de son cou, me dépose, comme ça, le cul sur une table, et s'en va... Oh Colas, jamais revu, jamais oublié, je n'en avais pas fini, de me remémorer la fête que tu m'avais donnée...

Les Chaumots

Cul sur la table, jambes pendantes, corps vacillant... Tout ce que j'avais oublié en cinq heures de route resurgit, eau boueuse qui monte, m'investit, me laisse le temps de penser... « C'est bizarre, nous autres, pupilles de l'Assistance, on espère toujours... On n'a pas l'amour exclusif. Les parents d'occasion, on s'en accommode pourvu qu'ils soient un tant soit peu gentils. Colas, c'était un piège… Qu'est-ce qui m'attend ici ? » « Ah, bindidon, gronda Petite-Sœur d'une voix sourde, bindidon, c'est pas reluisant. C'est la dèche, la mouise, la misêrrre… On doit sucer trois fois les peaux des pommes de terre avant de les refiler aux cochons. »

Carrelage *dégoncé*, murs brunis par la fumée, plafond de poutres convexes soutenu, pour qu'il ne s'effondre pas, par un fût d'arbre mal dégrossi luisant de graisse et de crasse, la table sur laquelle je suis assise, longue, bordée de bancs sans dossier, deux chaises en tout et pour tout, pas de cuisinière. On cuit dans la cheminée… Il y a de la place assez pour y rôtir un veau entier. La hotte commence à deux doigts du plafond. Pas de robinet d'eau – il y en avait un mais il faisait si sombre que je ne l'ai pas vu –, un évier carré de pierre épaisse encastré dans le mur avec le trou d'évacuation, comme on en voit dans les plus vieilles masures dans lesquelles ne vivent plus que les plus pauvres des pauvres. « Bindidon, Petite-Sœur, ça sent le cochon, ça sent les vaches… Va falloir tirer l'eau du puits, seau après seau… Si ça recommence comme à Fougilet, j'irai pas loin pour en finir : le puits est dans l'entrée. » Les odeurs fortes, l'obscurité ambiante, le silence immobile font ressortir deux éléments incongrus. Sur le mur d'en face, le plus long de la chambre, des étagères avec des pots, des conserves… et des livres !, et puis, vers la droite, un petit tableau fait sur une plaque de bois taillée en biais dont on voit encore une partie de l'écorce… Des bruits venus du dehors coupèrent le fil de mes réflexions. Incapable de faire face, je plongeai en ce tréfonds de moi-même où je savais ne plus exister et ne rien *voir*. Comme à l'habitude, le nez et les oreilles ont persévéré dans leur travail. Ici, la sueur musquée d'un travailleur qui vient de se servir de savon de Marseille, là une fragrance proche du lait avec des rondelles d'oignon et de l'herbe fraîchement coupée. Une voix épaisse qui avale des syllabes et en double d'autres, traînant les *a* et roulant les *r*… « La pour-renfant, c'est-y pas Dieu possib'. C'te malheûr, tout'd'même. Qu'on l'verrait pas qu'on l'croirait pas. » Ça m'endort. La brume dans laquelle je flotte me permet de sentir qu'on pousse une cuillère entre mes dents pour me forcer à avaler quelque chose, qu'on me soulève et m'installe en équilibre sur une épaule ; qu'on sort dehors, qu'on marche et marche ; qu'on entre dans une autre maison, qu'on monte des escaliers, longtemps… On m'allonge entre des draps, me couvre de lainages et d'un édredon en relevant ma tête par un grand oreiller pour qu'elle reste à l'air libre. Le parfum d'herbe et de lait coule avec des paroles marmonnées, chuchotées, étranges : « Je vous salue Marie pleine de grâce. Pardonnez-nous nos offenses, notre Père qui-z-êtes z-aux cieux. » Oh cieux !

Le lendemain ou le jour d'après ? Non. Trois matins plus tard, le cocon de refus dans lequel je m'étais enfouie s'ouvre. La conscience et *la vue* me reviennent pour un laps de temps plus long. Je sais déjà dans quelle maison aller pour y recevoir le petit-déjeuner. Par éclipses, l'image de mes nouveaux parents nourriciers se reforme… « des patrons qu'ont l'air pas méchants. Mais qui sait, hein. Y sont quand même bizarres, à vivre ainsi dans la masure, entre l'étable et le coin aux cochons, sans point d'eau courante, dans une obscurité que seuls le feu dans la cheminée et la porte, quand elle reste ouverte, éclairent, alors qu'on dort dans une belle maison, à deux étages, avec une pompe à eau à l'intérieur… Ils ont aussi une troisième maison, de l'autre côté du chemin, avec des volets peints. Y sont quoi ? Des miséreux qui cachent leur fortune amassée sou à sou, ou des gros propriétaires qui font semblant d'avoir besoin de la pension d'une pupille de l'Assistance pour mettre du saindoux dans la soupe ? C'est ma troisième place, un autre monde. »

Mme Euphrasie Guerrault, dite Phrasie, ne perd pas une seconde. De tout son gros corps, elle se précipite vers moi pour me *bicher* sur les deux joues en m'attrapant aux épaules. J'en suffoque à chaque fois. J'aime pas qu'on touche mon corps, j'aime pas non plus les papouilles, les mamours, j'y suis pas habituée mais je lui pardonne de plus en plus parce que, si je recule trop fort, elle se met à chialer comme une Madeleine ; et aussi parce que, ça me paralyse, j'ai encore jamais rencontré quelqu'un qu'a autant le chagrin au bord des yeux. Rien à voir avec la grosse tristesse en face du parent qu'a passé la porte, à l'hôpital. Chez Mme Phrasie, il y a un tourment constant et j'ai pas de quoi lui rétorquer. Maman Blanche ne m'a jamais demandé de faire la gentille. Avec Germaine, pas question. Oh, Petite-Sœur, aide-moi ! Faut que je fasse une bonne impression. Une voix grave, lente, posée, répondit dans ma tête : « Domine ta peur. Mange. »

Ce matin-là, à moins que ce ne fût le lendemain, j'ai calé mon derrière jusqu'au dossier de la chaise que Mme Phrasie a mise en bout de table en disant : « C'est la chaise à nout' fils. Elle est à toi maintenant. » J'ai posé mes avant-bras bien à plat sur la table, le nez à hauteur du bol de lait et des morceaux de pain qui y trempaient. Cuillère dans le poing, mécaniquement, sans difficulté, j'ai mangé mon petit-déjeuner, sans lamper, sans faire de bruit avec la bouche, en regardant vraiment qui était ma nouvelle patronne.

Elle porte le sarrau nivernais par-dessus plusieurs hauteurs de jupes et un tablier à fleurs où, selon le fil ou la pièce de raccommodage utilisés, se dessinent des paysages de champs labourés ou de prairies fauchées. Ses grosses chevilles débordent du foin des sabots de bois brut ; la courroie du coup de pied entre dans la graisse enflée. Le visage haut, large, arrondi en bas par des bajoues tremblantes, exhibe une peau jaunie piquée de comédons. Aux coins de la bouche tombante, des poils. Tout cela vit, vibre, frémit grâce aux yeux… ronds, noir profond comme ceux de ma vache Papouche, bordés de cils droits, abondants, un regard triste, quémandeur, en alerte mais patient. Mme Phrasie prépare la soupe. Ses bras et ses mains ne travaillent pas, ils dansent. Elle parle aux légumes. « Cheux en morcheaux vont dans la marmite, les hachés dans l'écuelle. Cha va chauffer dans la chendre et chuer du jus. Faut pas les brusquer. » Des navets, avec pulpe et feuilles, les tiges les plus vertes d'un poireau, de grosses gousses d'ail, une poignée d'oseille, la moitié d'un chou, un verre rempli de haricots blancs, ça se trémousse, roule, prend des teintes humides que le feu flambant de la cheminée rosit, rougit. D'un mouvement parfaitement maîtrisé, elle ôte la marmite de la crémaillère, la pose sur l'espace libre entre les chenets, place à côté l'écuelle en grès.

Lentement, comme si elle les pesait ou les remerciait, elle fit le partage de ce qui devait bouillir longtemps ou à peine. Décrochant de dessous la hotte un morceau de lard fumé, elle le plongea dans la marmite en l'accrochant à une des « oreillères », au bout de l'anse, et m'expliqua : « Va pas che noyer. Y va teinter le fond du bouillon, toute la chemaine. Dimanche, le jour du Chégnieur, y s'ra à point. Les peaux de l'oignon, je l'ajoute aussi. Tu verras, elles se transforment en pétales de rose. Ma choupe, Gustave dit qu'elle tient la vie. » Phrasie arrêta soudain son discours pour me demander d'une voix changée : « Tu comprends ce que je te dis ? Ça t'intéresse, ce que je te raconte ? », et c'était presque du français. J'aurais tant aimé lui répondre tout uniment, tout honnêtement : « Oh, madame Phrasie, causez encore dans votre patois nivernais perchillé d'auvergnat, ça m'amollit », mais comment faire tomber mon rempart intérieur, mon terrible, mon douloureux manque de confiance ? L'hôpital m'avait fait goûter à la douceur mais depuis ? « Je ne suis pas une mouche, on ne m'attrape pas avec du miel, moi », confirma Petite-Sœur. Fatiguée d'attendre ma réponse, Phrasie reprit son activité et son bavardage. Avec une timbale en fer-blanc, elle versait maintenant de l'eau froide sur le couvercle aux bords relevés de la marmite. « Tu vois, remarqua-t-elle, Gustave dit que ça fait… euh… sensation ! » Cette fois, je n'y tins plus et m'exclamai : « Oui, madame Phrasie, oui ! Quand du liquide chaud rencontre du froid, il y a condensation ! » Elle laissa tomber la timbale, m'arracha à ma chaise en me serrant sur sa large et molle poitrine, bafouillant : « Ma pour-renfant, j'ons cru que t'étais une demeurée, qu't'as pas dit un mot depuis qu't'es cheû nous. Ah poûr sûr, t'as pas mangé ton pain blanc l'premier. » Ses yeux déversaient leurs larmes sur mes joues, son corps allait avaler le mien, je me débattis. Son expression désolée, humble, me fit mal à voir mais les mots qui auraient pu adoucir ma brutalité ne voulurent pas sortir.

La soupe est sur le feu. Elle va prendre soin d'elle-même. Mme Phrasie m'invite à descendre au jardin. Je fais un geste pour la soulager de la bêche, de la binette, du panier, mais elle s'offusque : « À c't'heûre, Yeyette ! J't'avons point fait v'nir pou'qu'tu travailles, j'sons pas des chauvages… », ce qui alimenta mon marasme intérieur en se traduisant par : « Tu vois, tu es tellement déglinguée qu'on te croit plus bonne à rien. » Comment lui dire, là, sur le chemin : « Vous savez, j'ai été une petite fille très bien, jadis » ? J'ai suivi Mme Phrasie en cachant sous mes aisselles mes mains vides, inutiles, déshonorées à jamais… et attrapai enfin les mots d'un monologue dont je n'avais pas entendu le début.

« … Alors, Gustave a décidé de construire une maison pour nout' fille, Marie-Louise, afin qu'elle reste au hameau, afin qu'elle ne nous quitte pas. Tu vois, là, de l'autre côté du chemin, dans la pente, les volets peints. Il a beaucoup travaillé avec les maçons. Une belle bâtisse, non ? On s'était dit, quand elle trouvera un gars, il y verra son intérêt, une maison neuve pour le couple et nos terres. Ça ne se trouve pas tous les jours, ça. Marie-Louise s'est choisi un promis à Domecy, un beau gars, faut pas dire, avec des propriétés, et courageux. Elle nous a quittés… Un beau mariage dans une famille qu'a du répondant, faut avouer, mais ça a vidé la maison. Gustave, il a commencé à décliner. Alors, il a pensé à nout' fils Maurice… Momo, c'est l'épine dans le cœur. Je m'en remets pas. Momo, j'l'ai trop gâté ; c'était mon rayon de soleil, la malice, la fantaisie. Il fonçait dans les portes ouvertes et se heurtait à Gustave… Y'avait des scènes. Quand Momo a mis le poing sur la table, a dit : « Moi je serai jamais un péquenot », on a su qu'on le perdait. Il est parti à Lyon apprendre le dessin industriel ; il a le talent, c'est sûr. Le dessin, c'était sa marotte… La maison où on dort, on l'a construite pour Maurice. Quand il est parti, Gustave a baissé les bras. Y continue à travailler par habitude, parce qu'il ne sait pas rester sans rien faire, mais la vigueur n'est plus là, ni chez lui ni chez moi. Un jour, Gustave m'a dit : "Phrasie, ta soupe tient plus la vie." Alors, on a causé, et patati et patata, p'tê'êt-bin qu'on pourrait prendre un pov' gosse de l'Assistance, pour avoir de la compagnie… Yeyette, Gustave, c'est un tendre. Il préfère les filles. Si tu pouvais être un peu gentille avec lui… » L'ampleur de l'arrière-train de Mme Phrasie fixait mon attention avec la force d'un pendule… un rythme de berceuse, un tournis-roulis à gauche à droite de graisse et de jupes, des frémissements remontant le long du dos, des vibrations autour de la taille épaisse libre de corset. Cette abondance mouvante s'incrusta en moi, image d'un nid maternel, de la beauté des corps pleins, à manger des yeux, sans s'y accoler, sans s'y fondre… parce qu'il y aurait eu là un bien-être d'emprunt.

Assise en bout de table, Phrasie à ma gauche, le dos à la cheminée, M. Gustave à ma droite, face à sa femme et au feu, je me sentais devenir molle et prête à m'endormir, retenue seulement par une constatation bizarre dont je partageais la teneur avec Petite-Sœur : « Phrasie et Gustave ne se dépêchent jamais. Ils ont les mêmes gestes lents, sûrs, économes, comme s'ils réfléchissaient à ce qu'ils font. C'est harmonieux, ça donne le temps de respirer, de voir venir… » M. Gustave poussait devant moi un pot de grès couleur miel vers le haut, dont le bas laissait suinter de l'eau. Avec un litron de vin rouge en main, les yeux souriants, il me demandait : « Ta boisson, je te la blanchis ou je te la rosis ? » La question me plongea dans l'imbécillité la plus totale. Mes muscles, mes nerfs menaient une sarabande à laquelle j'assistais impuissante. Mes os ne soutenaient plus mon corps. À l'autre bout de la table, dans un affreux nuage de cendres, je vis resurgir le mur contre lequel j'allais m'écraser, comme avant… « Petite-Sœur, au secours ! » Ayant récupéré le mot « boisson » qui m'avait échappé, elle répondit pour moi :

– Je la voudrais un p'tit rougie, un p'tit blanchie.
– Plus rougie que blanchie ?
– Oh, non ! Rougie comme blanchie !
– Alors, tu la veux rosie ?
– Rosie, mais « gentil »…

Rougi, blanchi, rosi, joli, gentil, les mots m'avaient épuisée.

Mon patron, Gustave Guerrault, ne ressemblait pas aux paysans que j'avais connus. Pas grand, peu musclé mais non osseux, ses habits rappelaient ceux des bourgs ou des villes. Du coutil noir pour le pantalon, des chaussures à lacets (sans lacets) en place de sabots ; sa chemise blanche – de celles portées seulement aux mariages, aux baptêmes ou aux enterrements – détonnait par son ébauche de faux col et les manches retenues à mi-bras par des élastiques… « qu'on voit aux fonctionnaires de l'Assistance, pensais-je. De quoi dire : un accoutrement. » À table, il tenait le buste droit, la tête haute, levait le petit doigt en tenant son verre et buvait lentement du bout des lèvres. La tête rougeâtre ronde comme un ballon, le cou long et maigrelet… « Un bilboquet », pouffa Petite-Sœur. Avec les cheveux blanchis, et la calvitie, je trouvais l'ensemble « gentil », mot fade que je n'aimais pas employer mais qui, ici, trouvait une place naturelle et un sens qui incluait *« bon »* et *« beau »*. En outre, il avait des manières, puisque, en posant son derrière sur le banc, il avait dit : « Bon appétit, les femmes. » « Lui et elle… même si je les quitte demain, je les aurai déjà un peu aimés… » Cette pensée fugace mais précise me fit monter les larmes derrière les paupières.

J'ai entendu papa Gustave annoncer d'une voix guillerette : « Phrasie, je t'emprunte Vévette. » J'ai décidé de rester avec Mme Phrasie. Je n'ai pas quitté ma chaise et pourtant j'étais déjà dans la cour. Par la porte ouverte, j'ai vu Mme Phrasie remettre la marmite à la crémaillère et moi à côté d'elle, accompagnant son effort. Pourtant, me tenant par la main, papa Gustave m'entraînait vers l'ancienne écurie. J'ai senti mon corps vouloir rejoindre ce qu'il laissait derrière lui. Petite-Sœur m'a soufflé : « Je te suis. » Donc… l'autre là-bas ? Qui était-ce ?

Grande-Sœur venait de naître ! Donc, dans la grange, j'ai laissé papa Gustave me peser, inscrire mon nom à côté de ceux de ses enfants sur le crépi du mur dans lequel il fit une entaille pour marquer ma hauteur tandis que mon autre moi plongeait là-bas les assiettes dans la bassine et savonnait.

Fut-ce un combat pour récupérer mes deux sœurs ou les marches de la grange soudain devenues plus hautes que moi qui me firent tomber ? Je m'affalai par terre, puis me relevai en me sentant à nouveau entière avec, dans l'œil, l'image des marques faites pour Marie-Louise et Maurice, ces inconnus, présents dans le crépi, forts comme des tuteurs.

Papa Gustave m'avait aidée à me remettre debout en murmurant d'un ton éploré : « Mais qu'est-ce qu'on t'a fait… t'as l'air d'un zombi. Ma petite fille… » tout en caressant mon crâne sur lequel un duvet repoussait. Pouvais-je ajouter à son chagrin visible et dire : « J'ai été une petite fille acceptable, autrefois » ? Non, mais lui saisir la main, oui, et le suivre. Aller avec lui. L'écouter.

« … Tu vois la maison dans la pente, c'était pour Marie-Louise. Elle s'est trouvé un promis au diable vauvert. Un beau gars, avec des terres meilleures qu'ici. Elle s'entendait pas trop avec Phrasie. Elle nous a quittés, censément pour être plus libre, en laissant un grand vide. Là, la maison où on dort, je l'ai pas finie. Elle était pour Maurice. Il y a un an, il a dit : "Veux pas être un cul-terreux. Veux plus vivre dans une tanière." Maurice, c'est un quidam pas facile, avec des euphories, des humeurs et une idée fixe : le dessin… Phrasie n'a pas supporté son départ. C'était une belle femme, tu sais, vaillante, rieuse. Elle a périclité, elle a commencé à négliger la soupe ; et moi, depuis le départ de Marie-Louise j'avais plus le courage… On a gardé seulement deux vaches, un dernier cheval, c'était la misère du cœur. Alors j'ai pensé : "Faudrait qu'on ait avec nous une gosse qui bouge, qui fasse du bruit." J'ai causé à Phrasie, et patati et patata, un gosse de l'Assistance, pour la compagnie. Elle a dit une gosse parce qu'elle sait que je préfère les filles. J'ai pas eu la main heureuse avec Maurice... Si tu pouvais être un peu câline avec elle, elle en a tellement besoin. Tu resteras chez nous longtemps, n'est-ce pas ? On s'entend bien quoique t'es pas causeuse. Tu resteras. Maurice reviendra. Avec le dessin, il ne fera pas son sillon. Il reviendra. Tu pourras choisir ta maison. Tu permets que je t'appelle Vévette ? »

Je compris fort bien ce que Gustave et Phrasie Guerrault attendaient de moi et quelle place ils m'offraient dans leur existence mais comment me débarrasser de ma peau desséchée, meurtrie ? Comment me transformer en pinson ? Comment me laisser aller à la candeur de deux vieilles gens orphelins de leurs enfants qui n'avaient plus où placer leur amour parental et se berçaient de rêves ? Il était trop tard. J'eus l'impression qu'ils ne connaissaient rien à la vie, que je savais mieux qu'eux les coups infâmes qu'elle vous réserve. Mais aussi, comment ne pas dévoiler ma vulnérabilité devant leur gentillesse qui m'amollissait, me désarmait ? Mon orgueil me disait de puiser ma force en moi seulement.

La journée n'était pas terminée, il s'en fallait de beaucoup. Réfugiée sous une haie de noisetiers, arrangeant en petits groupes les enveloppes cornées et vides des aoûtats, des doryphores, des bousiers qui avaient cherché l'ombre pour se faire sucer vivants par de plus forts ou de plus malins qu'eux, je me sentis descendre à leur niveau, avec une sensation de vacance et de sécurité : personne ne viendrait ici me décortiquer. Commença alors cette période étrange et fertile, intensément vécue, des retours sur soi-même pratiqués au quotidien.

Passer la journée au filtre de la réflexion. Analyser.

Constater l'existence d'un fil brisé qui aurait dû lier des réactions spontanées (méfiantes, agressives) à des pensées plus droites, plus respectables, qui auraient haussé d'un cran l'estime (passablement défaite) que je voulais avoir envers moi-même... La décantation s'imposa. Elle s'opéra à tâtons mais de façon têtue et établit nettement l'existence de deux mondes : au fin fond de mon tréfonds « très au fond », une part intime, cachée, brûlante, jamais désaltérée, tumultueuse, où Grande-Sœur, la sentencieuse, savait mettre de l'ordre ; l'autre part, celle donnée à voir à l'extérieur, radeau d'orgueil ancré sur une ligne de conduite rigoureuse, juste, claire où Petite-Sœur ajoutait le sel de la moquerie et le poivre des clowneries. Cette double base faisait de moi un individu entier... quand je m'y introduisais sous l'image d'un pivot de balance capable de trouver son équilibre entre ma part noire, fielleuse et haineuse, et l'autre, blanche, facilement divertie.

Maman Phrasie, papa Gustave... je me promis de les rendre heureux sans, toutefois, prendre totalement mes aises dans le nid qu'ils m'offraient (qui n'appartenait qu'à leurs enfants) et sans les leurrer (personne ne prendrait dans mon cœur la place de ma famille de Vaux). Certaines faiblesses déséquilibraient ma « ligne de conduite ». Comment ne pas me laisser ramollir par leur bonté, par la confiance qui s'élaborait entre eux et moi ? Comment rester fidèle à l'idée de l'Ailleurs réveillée par la pensée de Michel, mon Michel disparu, alors que, parfois, j'acceptais les Chaumots pour dernière station ? Toutes proportions gardées, à ma hauteur, il s'agissait d'un conflit... cornélien (!). Par chance, la Providence avait planté mes chers parents nourriciers dans un cadre idyllique.

Les Chaumots, étaient-ce bien les Chaumes Hauts ?

Loin des routes, le dos tourné au monde, riche à peine

d'une dizaine de bâtisses, d'une vingtaine de personnes en tout et pour tout, où s'étiolaient dans une infinie lenteur des survivants d'un autre âge gardant un quant-à-soi distant quand ils ne se regardaient pas en chiens de faïence à cause d'arrière-arrière-grands-pères qui avaient confisqué un mur mitoyen ou enjambé frauduleusement une haie, le hameau Les Chaumots ressemblait à une touffe de cheveux grisâtres et broussailleux posés sur le crâne menu d'une petite hauteur enlacée, enrobée, protégée par la forêt bourguignonne dans sa richesse antique de chênes séculaires, d'hêtres, de frênes, de châtaigniers opulents et généreux en fruits, de marronniers d'Inde, plus frêles mais pourvoyeurs de pâtées aux cochons ; et, sur les bords, les charmes, les ormes, de rares bouleaux, des sapins solitaires, les néfliers, les arrogants sureaux, un fouillis admirable de formes, de couleurs, de senteurs, de pépiements, les prunelliers, les noisetiers, les ronces folles, le houx, le fusain et l'aubépine mêlés. Dans la terre travaillée, à deux sillons de charrue, les remblais, les noyers, les pommiers, les poiriers aux troncs tordus et moussus, les cerisiers, les abricotiers et les rangs de vignes ponctués de leurs pêchers. Sans prévenir mais sans qu'on s'en étonne, le robuste chevreuil ou le sanglier, l'engoulevent tombé de sa branche ou le rouge-gorge, le lièvre, la marte ou la fouine, la sauterelle ou le taon vous passait au ras du nez ou entre les jambes. Mes oreilles captaient des bruissements, des feulements, des piaillements, des roucoulades jamais entendues et mon nez des fragrances moelleuses ou poivrées, fraîches ou acides, embaumant les alentours ou secrètes, cachées dans la pulpe froissée sous les doigts.

Les maisons les plus anciennes, depuis longtemps enfoncées dans le sol sous le poids des lierres et des glycines, offraient à tout vent leur ventre crevé, des amas de pierres plates rongées par des lichens gris, des viornes tortueuses, des giroflées sauvages et de petites plantes grasses rampantes fort vivaces. La flore et la faune assuraient à chaque famille l'essentiel, et du superflu parfois sur l'ordinaire, pour une année, en circuit fermé.

Maman Phrasie m'entraînait dans son jardin qu'elle soignait comme si chaque légume avait la rareté d'une orchidée et admirait combien vite j'apprenais à *pincer* ou émonder les tiges de tomate, avec quel soin méticuleux je choisissais les feuilles de radis, de céleri-rave, de cerfeuil ou de sarriette précieuse qui agrémenteraient « la soupe à Phrasie », connue dans tout le canton. La soupe, l'axe de notre vie !

Je voulais bien faire plaisir à Phrasie en la laissant essuyer ma sueur avec le pan de son tablier ou passer sa main terreuse sur la paille raide et courte de mes cheveux à condition qu'elle n'en profite pas à chaque fois pour s'exclamer « Ma pour-renfant » et qu'elle ne se mette pas à chialer quand je faisais ma revêche. Sa compassion commençait à me taper sur les nerfs. Ma fierté – mon honnêteté foncière, dirais-je – m'empêchait de jouer à ce qu'elle voyait en moi, une victime désarmée et sans répondant qui s'effondrerait dans son giron.

Papa Gustave, parce qu'il avait de l'éducation, des idées et, pensais-je, du goût pour la réflexion et la méditation, me permettait d'exposer à voix ferme maintenant mon savoir dans le domaine des vaches et dans la culture (frauduleuse) du tabac et du pavot, ces plantes superbes que j'avais massacrées, jadis. Grand lecteur de fascicules envoyés par les pépiniéristes de Lyon ou de Nevers, il m'expliquait la délicatesse précise et à long terme nécessaire aux arbres fruitiers cultivés en espalier ; serpe et couteau et raphia en main, ambidextre qu'il était, il me faisait m'exercer à un travail de dentellière : la taille et la greffe. Un jour, me montrant comment traiter des sarments de vigne pour en faire des

« chapons » (terme inexact, me semble-t-il, mais c'est celui-là qui lui plaisait ou que mon oreille ignorante capta), il me chuchota de sa voix d'oiseau légèrement enrhumé : « C'est pour *ta* vigne. On la plantera derrière la maison de Marie-Louise… J'ai choisi du raisin de table… Tu n'auras pas à faire du chemin pour t'en occuper… » Était-ce l'attente que je lui saute au cou pour le remercier qui l'obligeait à parler de plus en plus lentement, ou pour donner le temps de réagir à la gosse renfermée et glacée que je redevenais sitôt les sentiments touchés ? Je n'ai pas pu faire un geste vers lui ni même murmurer un merci honteux. Honteuse, je l'étais. Honteuse de ne pas avoir été capable d'accomplir le début d'un élan spontané qui me portait vers ses joues roses pour y déposer deux gros baisers claquants, en le faisant chavirer de sa position accroupie pour le chatouiller comme se chatouillent des copains. Honteuse aussi d'entrevoir dans le cadeau une dette, une obligation et une perte. Honteuse de constater que sa bonté discrète ressuscitait mes crocs : moi, le souvenir de cadeaux dans une taie d'oreiller me faisait monter la haine. J'en avais du chagrin, et le remords de ne plus savoir comment « être gentille ».

Aux Chaumots, rien ne fut anodin.

Un soir, remontant ses lunettes sur son front et mettant à nu ses yeux virevoltants, papa Gustave déclara d'un air sérieux : « Demain, nous descendrons aux Bois-de-la-Madeleine, pour te présenter à la maîtresse d'école… » Je faillis tomber de ma chaise : j'avais oublié l'école.

Nous étions déjà mi-octobre ou début novembre, qui sait ? Des explications entrèrent dans mon crâne, épines et lames de couteau… « Arrivée dans un état trop lamentable pour avoir la force de faire le trajet à pied, à travers champs, ce n'est pas loin, mais, au retour, la montée est rude. Avons utilisé l'argent de ta pension pour acheter cartable, cahiers, plumier… » Ils m'avaient « fortifiée » mais, ne faisant ni mon âge ni mon poids ni ma taille, les gosses des Bois allaient me prendre pour souffre-douleur. À ce propos, dans ma place précédente, on m'avait maltraitée, non ? M'étais-je défendue ? Et pendant mon séjour au foyer, avais-je réclamé mon trousseau ? Gustave insistait : « As-tu réclamé ce qui te revenait de droit ? Des chaussures, des vêtements ? Personne ne t'a appris à faire valoir tes droits ? » Abasourdie par l'idée sidérante de « se défendre », je regardais, coite et époustouflée, un Gustave frémissant rédiger une lettre de plaintes et de réclamation aux services de l'Assistance publique d'Auxerre pour qu'ils daignent me faire parvenir le trousseau que la loi octroie à toute pupille… et, sinon, il se réservait le droit d'attirer l'attention d'autorités supérieures, etc., etc. Un domaine tout nouveau venait de s'ouvrir devant moi ! « Se défendre ? Faut y penser sérieusement », confirma Grande-Sœur qui ne laissait jamais échapper l'occasion de me plonger dans la gravité.

Papa Gustave aimait raconter des histoires. Il me présenta les Bois-de-la-Madeleine de façon si imagée que j'eus peur d'avoir à y mettre les pieds. Aux temps reculés des Gaulois, trois familles de bandits poursuivis par des esprits vengeurs s'étaient réfugiés au plus profond de la forêt, y avaient trouvé une source et un bout de terrain plat qu'elles défrichèrent aussitôt. Le site, difficile d'accès, protégé donc des justiciers et des petits seigneurs de la région, fertile aussi, leur assura subsistance, et les arbres du charbon pour se chauffer, et du bois pour construire des maisons. Quelques masures se transformèrent en hameau puis en village. Un druide les découvrit, en fit son royaume. Hélas, l'Église s'abattit sur le lieu, brûla le druide après lui avoir coupé le cou avec sa serpe d'or. Les arbres à gui furent abattus, des chemins furent tracés dans la forêt pour conduire plus vite les âmes en peine vers Vézelay, ce Montjoie d'importance sur la route de Compostelle. Les adorateurs de la Croix éloignèrent le diable, les elfes et les farfadets, en construisant des calvaires à chaque croisement de routes et de sentiers. Puis, la rébellion des Huguenots s'abattit, ravageant les fermes et les esprits. On pilla, on occit à tour de bras. Toute la région, Vézelay y comprise, ne s'en était jamais relevée. Les Bois-de-la-Madeleine, en cul-de-sac, s'étaient repliés sur eux-mêmes, chassant les étrangers, dévalisant les passants, s'épousant seulement entre eux. Dégénérés depuis des siècles, ses habitants étaient maintenant connus à la ronde pour leur brutalité, leur saleté et par le nombre impressionnant de demeurés, de mal faits, de malades du corps, de la tête et du goitre. Certains de ces « menteux » et « voleux » appliquaient les pouvoirs magiques de la Sylve originelle, jetaient des sorts avec des hiboux vivants cloués aux portes des granges où le blé tombait en poussière et des étables où les vaches, comme des loups, mouraient en hurlant à la lune. On disait, il ne l'avait pas vu mais il y croyait... il y avait encore parmi eux des survivants des Temps Anciens ; leur peau se couvrait d'écorce à certains « pleins-de-lune » ; leurs bras se transformaient en branches ; leurs cheveux en feuillage. La hache qui les blessait avant qu'ils aient le temps de reprendre forme humaine laissait couler un sang vert. Ah, mais que je ne m'en fasse pas ! L'école et Mame Contant, la mère de Phrasie, se trouvaient au bon bout du village ; je n'aurais pas à le traverser.

En cet automne de 1941, l'école des Bois-de-la-Madeleine servait une quinzaine de gosses totalement dénués de convivialité. Les plus laids, les plus sales, les plus cancres, natifs du lieu, menaient une guerre quotidienne contre les « étrangers », majoritaires pourtant, mais qui n'arrivaient pas à faire front commun. Les plus anciens, les Ruggieri – victimes de *fâchistes* dans une décennie précédente, me semblait-il –, sans hommes à la maison, criaient fort dans leur langue chantante et à grand renfort de gestes et d'appels à Dieu ; ils ne supportaient pas les Lopez – expulsés par des *franquouistes* – dont la trop jeune douleur se cachait derrière le silence, des expressions farouches, des yeux noirs agrandis, sombres et accusateurs. Ces familles et le village tout entier méprisaient les derniers arrivés, les Fischer – des Alsaciens ou des Lorrains, allez savoir ! Ils avaient l'air chafouins, les yeux trop bleus, et parlaient comme des Allemands. Des rattachés à la Cinquième Colonne, p'têt bin ? Les gosses de ces familles anciennement citadines portaient avec orgueil des vêtements d'allure bizarre, d'un autre monde, trop étroits souvent, rapiécés avec soin et, provocation suprême, impeccablement propres… au début de la journée. Ils m'attiraient car, comme moi, ils étaient venus d'Ailleurs.

Mon livret scolaire s'étant perdu entre Fougilet, le foyer et Les Chaumots, la maîtresse, me jugeant sur ma taille, ma mine et mon silence, me fit une place en classe moyenne. Trois semaines plus tard, elle m'installa en terminale, la classe préparatoire pour le certificat d'études. Merveille ! J'y brillais et régnais par le seul fait que j'y étais seule, désolée cependant de répéter les leçons apprises au temps de Gavroche en effaçant tout ce qu'elles avaient de drôle parce que la maîtresse n'avait aucun sens de l'humour. Décidée à ne pas créer de remous, j'ai chanté avec les autres le quotidien « Maréchal, nous voilà », saluant le portrait du sauveur de la patrie ornant le mur de la classe, accroché à côté du tableau noir… jusqu'au jour où un couteau en brisa la vitre, couteau lancé par quelqu'un derrière moi qui criait : « Mort aux Boches ! Vive la République ! » Aïe aïe aïe ! Qui était ce révolté ? Un nouvel élève ? Sorti des bois, à en juger par son apparence ! Rouquin de partout comme les arbres en automne. Une fois, deux fois, la maîtresse fit replacer la vitre par – on se le disait en douce sans vraiment savoir de quoi il retournait – un « collaborateur ». La troisième fois, la maîtresse renonça. Le lendemain, à nouveau, couteau dans le portrait ! En plein au milieu du nez ! Cette fois, le rouquin ne prit pas la fuite mais s'avança tranquillement entre les pupitres, retira son couteau, le plia, le glissa dans sa poche, salua l'assemblée sous les applaudissements, les bravos, les hourras, en agitant jusqu'à terre un fantomatique chapeau à plumes et, reculant vers la porte, leva le poing pour crier : « À bas le Boche ! Vive le parti des travailleurs ! » Emportée par une pulsion enthousiaste, je me levai de mon banc et, poing levé, ajoutai mon petit grain de sel : « Vive la Résistance ! » La première fois que j'avais prononcé ce mot miracle, violent, on m'avais mis une chaîne au cou. Maintenant, sans autre réprimande, la maîtresse m'envoyait dehors respirer l'air frais. Décidément, la vie s'améliorait.

Assis sur les bûches qui encombraient le préau, le garçon et moi découvrîmes que, tous deux, nous habitions les Chaumots. Il est un fait que des semaines durant les Guerrault ne m'avaient pas lâchée d'une semelle, me menant là où ils voulaient, et qu'ils ne fréquentaient pas les voisins mais, tout de même, quel tour de force ! Roland Forgeard et moi étions les seuls enfants du hameau. Roland, mousquetaire du terroir, tout près de ses quatorze ans, en paraissait seize.

Il ne se fit pas faute de me déclarer, tout de go, qu'il était infréquentable, qu'il n'aimait pas les filles, ces pécores à gnangnans qui n'avaient rien dans la tête, et me remercia d'avoir mis pour lui ma réputation en danger, moi la chouchoute de la maîtresse. Il ne mit pas en doute une seule seconde ma déclaration solennelle : « Moi, j'en ai dans la tête. Peut-être plus que toi, hein. » Son regard appréciateur venu de haut me brûla le corps jusqu'aux doigts de pieds, et son commentaire réfléchi, « P'têt bin qu'oui. Avec la dégaine qu't'as... », piqua mon orgueil et réveilla ma prétention. Ce fut immédiat, presque tangible ! Nous étions copains, frères d'armes en des combats supérieurs dépassant de loin les toits de l'école et de nos maisons ! Lui et moi, des travailleurs de la matière grise, nous ne nous occuperions pas de peccadilles – de foutaises, dit-il ! Une poignée de main scella notre entente. Seulement, moi, en politique, j'étais novice. Il se fit mon Mentor. L'Internationale communiste, celles de *Prolétaires de tous les pays, donnez-vous la main*, celle du *Un pour tous et tous pour un* (ou quelque chose d'approchant, je m'y perdais) et celle qui dit : *À chacun selon ses besoins*, quelle ouverture ! Cancre confirmé à l'école, Roland avait lu d'autres textes, en savait des morceaux entiers par cœur qu'il citait avec une ferveur irrésistible. Béni soit le maréchal Pétain, cette pétasse, ce péteux, il m'avait donné un ami ! Et pas n'importe lequel. Roland manquait l'école pour braconner et apporter un peu de nourriture à un maquis de francs-tireurs et partisans : nous étions à l'automne 1941, je le rappelle. Il planifiait un coup personnel, l'incendie d'un dépôt d'essence tenu par les Allemands, situé à deux pas de l'école. Il m'y associa en me décrivant la façon dont il pensait s'y prendre... mimant le râle effrayant de l'essence qui glougloute dans la noire solitude de la nuit avant la formidable explosion et le feu pétant de toutes parts, tout cela pour abattre l'ennemi et sauver la patrie au nom d'un petit Père des Peuples. Ses paroles, vivantes, colorées, me pénétrèrent si bien que, plus tard, je crus avoir vécu cet acte patriotique. Si, à cette époque, je ne suis pas devenue la Passionaria des Chaumots, c'est que j'étais encore très fatiguée.

Les foins étaient rentrés. On préparait les semailles de l'hiver. Dans le ciel, les vols en V des oiseaux migrateurs – oies, canards sauvages, grues, hérons, m'expliquait Gustave – semblaient tracer des géométries héroïques sur la ouate assombrie des nuages. Par les jours de grande touffeur, les hirondelles volaient au ras de mes cheveux. Dévalant le terrain pentu qui faisait des Chaumots un hameau de montagne et des Bois-de-la-Madeleine un village de plaine, je me récitais les vieilles leçons de Gavroche inscrites-photographiées dans ma mémoire visuelle qui récupérait des forces. Il m'était possible de courir les coléoptères déjà engourdis par la fraîcheur et de laisser l'empreinte, vite remplie d'eau, de ma chaussure sur la terre molle bordant une source sournoise, trop timide pour se montrer, disait-on. Parfois, je me cognais contre un mur ou une troupe de mères mésanges furieuses qui, pour une nanoseconde, passaient à l'attaque. Je n'ai jamais dit un mot de ces fantômes-fantasmes à mes chers parents nourriciers.

Aux Chaumots, chez les Guerrault, le matin, en allant à l'école, ma pèlerine prit le temps de boire la rosée tombant de la forêt serpentant entre nos jachères, nos champs de pommes de terre et quelques rares cépages oubliés par le phylloxéra. Des croûtes de pain moisi soustraites aux cochons m'assurèrent l'escorte de corbeaux et de merles protecteurs. J'arrivais chez mère Contant assez tôt pour entamer une causette. Je pouvais être présente aux classes de l'après-midi et rentrer à la nuit tombée pour m'installer devant la « soupe à Phrasie »… La voracité que je mettais à attraper tout le bon qui se présentait – toujours fouettée par des « Ça ne va pas durer » – réactivait l'appétit de voir, de faire, et me redonnait aussi un bien, impalpable mais présent, celui d'avoir un Temps après lequel je ne devais plus courir.

Le prestige de mère Contant, doyenne du village, reposait sur son état de veuve d'un fonctionnaire de l'État français. Aux jours lointains de sa jeunesse, devenir la femme d'un homme qui « fait des écritures » était une promotion sociale d'importance qu'elle ne laissa jamais oublier. Le père Contant, garde forestier assermenté, avait perdu la vie dans la fleur de sa jeunesse, au service de la patrie. On l'avait retrouvé, raide mort, flottant dans les eaux d'un marécage, au sombre cœur de la forêt, tenant encore fermement dans la main son litron de vin rouge. Il avait fallu lui casser les doigts pour faire disparaître la preuve de son péché et pouvoir l'enterrer en chrétien. Un jour qu'elle manquait de papier (un des petits désagréments de l'Occupation), elle me pria de monter au grenier, d'ouvrir une certaine malle et d'y prendre une bonne dizaine de cahiers. Les « écritures » du père Contant !

Je lisais à toute vitesse, bousculée par la vieille dame qui m'arrachait les pages des mains, les mouillait, les malaxait pour en faire des boules, les déposant, en attendant de s'en servir, autour du bel autel consacré au défunt – un méli-mélo de photos, croix, médailles, diplômes, fleurs sèches, rubans et racines bizarres décorant le manteau de la large cheminée. Agitée, la vieille femme grommelait : « Espèce de corniaud, foutu malandrin… tu m'as fait mère de deux bouffe-cendres et rendue veuve alors que j'étais à peine sortie des langes… Tu peux te retourner et pocher dans le vin brûlant du diable… affreux bonhomme mort en état d'ivresse, sans recevoir les saints sacrements… Je ne me plains pas : tu m'as laissé un bel héritage… »

Je lisais à toute vitesse… « Oh, mère Contant, écoutez : le loup a le sens de l'honneur et de la famille. Il est fidèle à sa femelle et à sa horde. Il ne tue que pour se nourrir… Les blanches colombes sont les plus sanguinaires des oiseaux. À la saison des amours, elles se déchirent à coups de bec et de griffes et s'acharnent sur les cadavres de leurs frères, sœurs, pères ou mères… » « Oh, mère Contant ! Un instant ! Écoutez ! Dans les jours les plus terribles de l'hiver, pris de pitié envers sa femelle affamée et affaiblie, le renard entoure de sa longue queue le cou de sa compagne et, mettant son nez contre le sien, la nourrit de sa salive… » Et encore : « Entre l'arbre qui nourrit le gui et le mur qui soutient le lierre, il y a comme un pacte d'amour : la sève et les minéraux échangés sont, pour l'un comme pour l'autre, gages de vie et de survie… » Ces radotages impatientaient mère Contant qui s'emparait des pages avant que j'aie pu les lire jusqu'au bout.

Retranchée dans une seule et unique chambre qui lui servait de cuisine, de cave, de salon et de chambre à coucher, la mère Contant vivait de ses terres louées et de ses bois mis en affouage, percevant les paiements en nature plus qu'en piécettes. À l'heure des comptes, les paysans se tenaient devant elle casquette à la main, silencieux et déférents, vaincus d'avance par son allure hautaine et le brio avec lequel elle jouait de l'antique boulier.

Derrière sa basse et longue maison aux sols dénivelés, enfoui profond dans une couche de végétation spontanée jamais taillée, s'étendait son jardin « sur le penchant du soleil et du ru », disait-elle. Elle n'y travaillait plus depuis longtemps. D'anciens plants d'artichauts, d'asperges, des choux retournés à l'état sauvage, des framboisiers ou des groseilliers dégénérés mais généreux jouaient à la jungle avec des treilles et des rosiers grimpants tombés à terre. mère Contant n'y prélevait que le strict nécessaire, me faisant participer aux mystères de sa « bectance, tambouille, popote, frichti », aux succulences de ses salades et de ses panades onctueuses. Laissant la soupe au commun des mortels (la grande réputation de la « soupe à Phrasie » l'agaçait un tant soit peu), elle mettait au service de la fabrication de douceurs tout son savoir et toute son imagination. La tête fourrée dans la cheminée, entourée de pots, marmites, écuelles, treillis, pilons, la gourmande et aimable sorcière officiait : mise au feu, ébullition, distillation, fusion, décantation, réduction, sublimation, elle créait…

Ses extraits de fougère, ses vins de cassis, ses sirops de groseilles, ses gelées de tomates vertes, ses confitures de pommes au thym, ses ratafias divers où entraient la mûre, la prunelle, le genévrier, l'érable et l'églantier… recettes ancestrales, passées de mère en fille, connues de tous mais jamais imitées, dont je recueillis quelques miettes, étaient célèbres à la ronde. Bien sûr, en femme avisée qu'elle était, ses belles friandises lui rapportaient de « gros petits sous ».

Se sentant depuis longtemps solitaire et malmenée par la vie, éloignée sentimentalement de ses deux filles pour lesquelles elle ne ressentait nulle tendresse (leur présence avait fait fuir tout potentiel second époux), mère Contant m'accueillit en confidente ou en déversoir capable d'avaler et digérer ses bouillonnants bavardages. Haïssant la gent humaine presque autant que moi, elle m'expliqua le raffinement et l'intelligence des « affûtiaux » (les habits) des paysannes d'autrefois, de quand elle était belle, de quand « les gars lui couraient l'train ». Le beau linge, quelle découverte !

À même la peau, une liquette, sorte de gilet de corps en lin grenu l'été, en flanelle l'hiver, à manches courtes, s'arrêtant à la naissance des cuisses – ses cuisses à elle… deux demi-cerceaux de barrique se touchant aux genoux avec courant d'air au milieu ! Par-dessus, la chemise à encolure carrée et larges bretelles ornées de dentelles solides, pincée à la taille et descendant jusqu'au ras des genoux. Elle insistait sur ces deux pièces de base de la modestie féminine, et pour cause ! Quand un homme égrillard disait : « Elle s'est présentée en chemise », il n'avait rien vu du tout mais s'il affirmait : « Elle était en liquette », tout laissait supposer que recto ou verso, il en avait vu de quoi loucher ! Liquette et chemise tenaient en place sous l'étreinte du caraco, justaucorps de tissu riche, épais, aux manches étroites allant jusqu'à mi-bras mais très largement ouvertes sous les aisselles – on n'enferme pas la sueur, elle rancit. Des pinces en arrondi relevaient la poitrine – la sienne, qui avait fait à peine « de l'usage », réduite à deux poires tavelées et fripées ! Pour le bas du corps, ô mânes de l'âge d'or !, un, deux jupons de travail, pour ainsi dire, et le troisième, de fête, froufroutant, odorant, ramolli par les lessives, un peu déchiré mais splendide encore par ses rangées de volants, ses rubans étroits passés dans des trou-trous, satin rose, bleu, un nid-d'abeilles vers la taille, des « jours », de la broderie en bas. Tout ça, de la gnognote en regard de la culotte, objet d'art outrageusement féminin et réponse cartésienne aux besoins des campagnardes. Froncée et fendue de l'entrejambe jusqu'à mi-cuisses, elle fermait aux genoux par des rubans nichés dans des dentelles. Une fois mise en place le matin, on la gardait jusqu'au soir. A-t-on besoin de faire pipi ? On relève les couches de tissu en les maintenant fermement sur les hanches. Il y faut le coup de main ! Debout, droite, fière, l'oreille aux aguets, on fixe l'horizon en écoutant la mélodie libératrice du ruissellement vaporeux qui coule entre les jambes écartées… C'est ainsi qu'on arrose les coccinelles, elles aiment le sel ! Pour « le gros » ? Rien de plus simple : derrière un taillis, une haie, dans un fossé ou un creux de terrain, les richesses de l'arrière-train retroussées par-dessus la tête, le reste étendu par devant, ni vu ni connu ! Quelques feuilles de mouron ou un bouchon de trèfle pour la propreté, et on recouvre de terre ou d'un peu d'herbe ce qu'on a fait en examinant la consistance, la couleur, le foie surchargé ou la bonne santé. Pour les galipettes du jeune âge… la simplicité même ! Dans le lit d'un sillon ou entre deux rangs de haricots, les dentelles familières calées sous les fesses, un seul « coup de pied des deux jambes » vers le soleil ou vers la lune, le bonheur s'offrait, ouvert, caché tout aussitôt si nécessaire. Les éclaboussures, les odeurs ? mère Contant me le disait : « C'est à la fragrance qu'on reconnaît la bête. »

Malgré son rigoureux bon sens, mère Contant, soir après soir, vivait… une Tentation satanique. Cet hiver-là, quand le froid extrême poussait vieilles gens et bêtes âgées à regagner tôt leurs repaires, je l'aidais à s'allonger dans son lit, mettais une croix et son chapelet dans sa main gauche, dans sa main droite un litron de vin rouge, et un autre de réserve sur sa table de nuit. Son intention précise et tenace était d'entrer au paradis « sainte et soûle », opérant ainsi un miracle unique dans les annales de la chrétienté. Avant de boire la première gorgée au goulot, elle se confessait à haute voix et se donnait l'absolution. Hélas, sans mettre en doute l'intensité de la foi, on n'entre pas en ivresse comme en religion : le traître vin l'endormait pour la rendre au petit matin, gaillarde, lucide et frustrée. Il ne me vint jamais à l'idée d'appeler mère Contant grand-mère, bien qu'elle me le demandât : j'avais eu trois grands-mères à l'hôpital et n'en aurais jamais d'autres.

La gentille, patiente et très débordée maîtresse d'école me permit de rapporter à maman Phrasie et papa

Gustave un tableau d'honneur avec des mentions Très Bien. Leur fierté me rendit heureuse mais mal à l'aise : constater leur touchant enthousiasme m'empêchait en fait de leur raconter que je n'apprenais rien de neuf. Ce mensonge par omission me tarabustait l'esprit. Phrasie ne cessait de vouloir réentendre la séance de distribution. J'en fis et refis le récit avec un ennui grandissant quand Gustave entra, se joignit à la fête alors qu'un incident me revenait en mémoire.

Âgée de treize ans mais simple d'esprit, une « demeurée », Bénédicte ne pouvait plus glisser ses attributs féminins débordants entre le banc et le pupitre. La maîtresse l'avait installée à une table, juste devant moi. Quand la maîtresse m'avait embrassée sur les deux joues en me félicitant, Bénédicte s'était exclamée : « Ah, ça pour ça, al'a du mérite ! Al'a copié sur moi ! », réflexion qui avait fait éclater de rire la maîtresse et l'entourage. La bonne blague !

Gustave vit l'incident d'un œil tout différent. « Comment ! Tu ne t'es pas défendue ? Tu n'as pas obligé Bénédicte à s'excuser ? Elle t'a insultée devant tout le monde ! Y en a qui croiront ce qu'elle a dit. Médisez, médisez, il en restera toujours quelque chose… Tu dois riposter… Personne ne te respectera… Demander justice ! » Ce n'était pas la première fois que Gustave revenait sur ce sujet épineux. Ce jour-là, forte de mon magnifique prix d'excellence qui aurait eu tout son sens chez Gavroche mais était ici le produit du ressassement, un mécontentement monta d'un puits obscur, rameuta de vieux souvenirs, de vieilles rancœurs, me mit le froid métallique d'une chaîne autour de la gorge. « Me défendre ? C'est-à-dire attaquer ? » Attaquer ! Frapper ! Forcer ! Je me suis élancée dans la pente, ai traversé pour la première fois tout le village pour atteindre la maison de Bénédicte. En proie maintenant à une fureur qui se nourrissait d'elle-même, j'ai fait le chambard dans la cour. C'était l'heure de la sieste. En haut des escaliers, la mère, un valet, puis Bénédicte se présentèrent. « Viens ici, salope, menteuse ! » « Bindidon, t'en fais un raffut ! Tu m'cherches noise ? J't'ai rin fait. » « Tu as dit que j'ai copié sur toi. Dis devant ta mère que tu es une menteuse ! » « Bin quoi, on a rigolé. » Me haussant sur la pointe des pieds pour bien toiser la petite géante, je la giflai trois fois. Son visage d'abrutie tout juste sortie du sommeil fit gicler ma fureur et un crachat, qui se mit à suinter le long de la joue rebondie… Bénédicte chancela un peu, bras ballants, les yeux agrandis par la stupéfaction. Courir ! Fuir ! Cacher la bête animale au poil hérissé, aux crocs saillants, aux griffes qui lacèrent la poitrine, le cou, les jambes, et se tord tout entière sur un hurlement qui ne veut pas sortir…

Il me fallut m'accrocher aux herbes pour remonter la pente de ma tanière, sous les noisetiers du jardin de Phrasie. Le visage boursouflé de Bénédicte ne quittait pas mes yeux. Son regard débile exprimait une vérité insupportable : je venais de commettre une ignominie.

J'ai fait mon compte avec la vengeance. Au niveau des idées, une seule justice avait le pouvoir d'établir… l'équité : œil pour œil, dent pour dent, la loi du talion. Sur le plan de la réalité physique, hélas, maman Blanche me l'avait dit à l'hôpital sans que je comprenne la profondeur de ses paroles : c'est ce qu'on fait soi-même qui vous salit, vous abaisse, « et non ce que les autres vous infligent ». Il y avait en moi cette violence noire qui avait étranglé des mésanges, noyé des lapins, saccagé du tabac et du pavot, à Fougilet, et, maintenant, battait et souillait une gosse idiote… Caché au fond de moi, dans mon tréfonds le plus vrai, il y avait un *assassin*. Oui, j'avais tué… Non, je ne le referais plus jamais.

Résolue, rigide, glacée, j'ai dit à Gustave, à Phrasie : « Plus jamais de ma vie je ne ferai le coup de poing. Je resterai toujours du côté de ceux qui reçoivent les coups parce que c'est à eux que j'appartiens. » Maman Phrasie résuma l'incident à sa façon : « J't'avais prévenu, Gustave. Yéyette et Maurice, ça vit des émotions ; c'est des écorchés vifs. C'est pas eux qui vont bousculer les gens pour transformer leur pain nouère en pain blanc. Si c'est l'pain nouère qu'est à leur goût, il est à leur goût. »

Son rêve d'une fillette batailleuse évanoui, papa Gustave passa à autre chose : « J'ai épluché tes notes. En histoire, géographie, sciences naturelles, grammaire, rédaction, bien, bien… dessin : très bien. Pourquoi ne nous as-tu rien dit ? C'est la passion de Maurice. On a encore du matériel qui lui appartient. Il est à toi. Peut-être que, toi, tu pourras en faire ton sillon sur terre. »

Le dessin ? Crayonner, gribouiller, colorier ? Mes derniers efforts dans ces jeux dataient de l'hôpital et je n'y avais pas pensé une seule seconde depuis. Alors, comme maman Blanche, ils m'encourageaient ? Mettre à plat sur le papier de jolies choses à regarder, qui embellissent la vie comme le petit tableau sur bois de Maurice ? Oh oui, j'aimerais bien ! Ce fut une frénésie !

Un dimanche après-midi, je m'attaquais à une tige de rosier portant fleur, boutons, épines et feuilles en dents de scie. Avec la même volonté opiniâtre qui m'obligeait à revivre tous les soirs les faits et les gestes de la journée afin de n'en rien oublier, soutenue par cette angoisse de mal saisir un détail infime mais déterminant, j'ai compté une à une les dents des feuilles et suivi une à une les nervures qui leur donnaient leur individualité, tant et si bien que mes yeux me lâchèrent – pour ainsi dire – ne m'offrant plus qu'une vision brouillée de marron, de vert et de rose. Il semble que le dépit me plongea dans une petite crise de colère ou de nerfs qui alerta Gustave. Il me pria d'aller me laver le visage à l'eau froide et disparut. Rentrant tout essoufflé, il me tendit… une loupe. Miracle ! Sous le verre bombé s'étalait l'image mouvante d'un microcosme beau, riche à ravir ! Cette fois-là, j'ai *biché* Gustave autant que j'ai pu ! Quelques semaines plus tard, maman Phrasie ordonna sévèrement à papa de faire moins de bruit parce que sa Yéyette, crayon dans une main et loupe dans l'autre, transcrivait sur le papier l'extraordinaire enchevêtrement des radicelles d'une pelure de navet et que, donc, je *travaillais*... Le mot *travail* appliqué au dessin me laissa stupéfaite. Très vite, cependant, ma prétention naturelle (ma conviction d'être *unique*, comme disait maman Blanche) me fit *comprendre* pourquoi Maurice avait fui des parents si gentils : ils étaient faits pour besogner, leur fils et moi pour *travailler*. Candeur de l'enfance !

J'avais grossi de quatre kilos et grandi de deux centimètres. « Nous avons fait du bon travail, tous les trois », s'exclama Gustave le visage tout rosi de plaisir. Vrai, je sentais leur suc me nourrir.

Noël approchait. Cette fête me restait mystérieuse. À Vaux, à l'école, la maîtresse nous avait distribué quelques bonbons et une orange. À Fougilet, rien, pour cause de temps de guerre, sans doute. Il y avait eu un seul Noël, celui du bouquet d'hiver fait pour ma sœur Georgette et, tout de suite après, l'hôpital. Dans des livres, j'avais vu des illustrations montrant, en noir et blanc, un sapin qui paraissait scintiller et des familles réjouies autour. Quelques contes m'avaient fait réfléchir au fait bizarre que, pour cette fête, il fallait d'abord tuer un arbre. Des paysans ne feraient jamais une chose pareille, n'est-ce pas ?! De fait, chez Phrasie et Gustave, pas d'arbre mais maman descendit le grand crucifix de notre chambre à coucher et l'installa dans la masure où nous passions nos journées. Elle sacrifia un lapin. Papa ouvrit le four. On allait cuire le pain pour le reste de l'hiver.

On cassa le grain, tamisa la farine, y ajouta le levain, recouvrit la pâte de couvertures. On pétrit la masse grise qui collait aux poils des bras, on forma des miches rondes et les saupoudra de gros sel, agrémentant les petites de sucre brun. On attisa le feu, on enfourna… deux, trois, quatre fournées, puis vint le tour des pâtés et des tourtes. Papa, un mouchoir rouge autour du cou, travaillait torse nu. Maman, ébouriffée, rattrapait du bout de la langue les gouttelettes de sueur qui glissaient de son nez. Pour une fois, il faisait chaud ! Assoiffée, affamée, déléguant mes sœurs là où je ne pouvais être – qu'elles observent et retiennent pour moi cette richesse ! –, j'aidai maman à repasser la belle chemise de papa et assistai papa au moulage des fromages pour que maman se consacre tout entière à la préparation du lapin. Envahie, submergée par un désir enfantin de « faire la fête » une bonne fois, je me laissai emporter par l'émotion. Un incident vint me rappeler que je n'étais pas « comme tout le monde ».

Sur mon insistance, papa m'avait permis de nettoyer à fond la baratte électrique que j'avais déjà fait fonctionner mais sans jamais la démonter. Quelle ne fut pas mon épouvante lorsqu'en dévissant les rouages je découvris un petit gobelet rempli… de sang. Un hurlement jaillit de ma gorge, le gobelet tomba, papa se précipita, essaya de voir ce que je voyais, un verre de sang mis sous mon nez, entre mes lèvres, jadis, et, sur le carrelage du sol, Chapé le bœuf, sa vie rouge qui le quittait. Avec soin, avec patience, papa me fit voir que j'avais la berlue… La couleur rouge n'était que de la caséine concentrée ; s'ensuivit un cours sur la transformation du lait en crème, en beurre. Mais, moi, j'étais partie ailleurs, dans le lait blanc de blanc qui sort d'une vache qui mange du vert dans la prairie, avec le bleu-violet de la luzerne, le jaune des pissenlits, le rose du trèfle… dans un lait couleur d'arc-en-ciel qui, si l'on y pense bien, secrètement, cache aussi le vermillon-carmin du sang. Hasard de Noël : cadeau fascinant !

Le feu dans la cheminée éclairait la pièce bien mieux que la petite ampoule électrique enfouie dans un bouquet où le gui se mêlait de houx et de papillotes de papier argenté. La table resplendissait d'une nappe ancienne à grosses broderies passablement effilochées. Maman avait sorti un vieux service en porcelaine dont les restes ébréchés avaient fort belle allure. Les flammes dansantes se miraient dans la glace verte et blanche des bouteilles de vin, cassis, ratafias et le pot de grès verni garni à ras bord de lamelles de truffes grises ramassées dans la forêt et marinées. Les carottes fraîches coupées en long, les pois chiches à l'écorce diaphane éclatée, les épaisses tranches de jambon fumé, la miche faite avec de la fleur de farine dont la croûte avait été badigeonnée de jaune d'œuf et qui, par un miracle du feu, révélait la cicatrice d'une croix profonde, le parfum alléchant du lapin cuisant dans son sang… Noël ! Papa passa sa belle chemise toute raide d'amidon, maman ajouta à son sarrau propre un col de passementerie blanche, je me glissai dans l'une des deux robes et dans les hauts brodequins à œillères de métal que l'Assistance avait envoyés en réponse à la lettre de protestation écrite par Gustave.

Respectant les bienséances, on se lava le bombé du front, l'arrondi des joues, la pointe du nez, le tour du menton et le bout des doigts. Quelques gouttes d'esprit de rose adoucirent les effluves corporels dus au rude labeur et à la chaleur ambiante. Dehors, la tempête battait son plein, le vent hurlait. Ses grondements ne se turent que lorsque papa eut bouché le trou de l'évier avec une lavette. Tout était prêt pour accueillir l'invité… mais aurait-il le courage de braver un temps si peu chrétien ?

Enfin, la porte s'ouvrit, laissant entrer avec la bourrasque et les flocons tournoyants un être enveloppé de la tête aux pieds de la houppelande en peau de mouton des bergers d'Auvergne. Le temps qu'il s'ébroue, se débarrasse de sa peau de bête, de son passe-montagne, de sa veste de chasseur, de ses bottes de caoutchouc, papa était allé chercher la bouteille de vin blanc mise à rafraîchir à la fenêtre et maman avait groupé nos quatre verres à pied. L'homme n'avait pas prononcé un seul mot. Il sortit d'une poche intérieure une paire de pantoufles et les passa à ses pieds qui, à en juger par les superpositions de trous formant des dessins bizarres, étaient protégés par trois ou quatre paires de chaussettes. Ses gestes réveillaient un souvenir. Le Vieux de Vaux ? Ici ? Était-ce possible ?

L'homme ouvrit son gilet rapiécé et sa chemise sans boutons et sortit un morceau de fourrure plaqué à même la peau, qui s'avéra être une renarde bien vivante, bien en chair et parfaitement apprivoisée ! Il posa la bête sur la table, la caressant d'un geste affectueux : elle s'aplatit en fixant le feu d'un regard peu rassuré. Mais le bonhomme n'avait pas fini : avec d'incroyables contorsions, mettant ses mains par-dessus sa tête, il tira de derrière ses épaules, dans son dos, un énorme jambon qu'il présenta à Phrasie en déclarant : « Les tiens sont bons, mais les miens sont meilleurs ! À la bonne vôtre, les amis ! », et hop, il avale un verre de vin blanc. Et Phrasie et Gustave de s'exclamer : « Catholico, t'es brave ! À la bonne tienne et joyeux Noël ! »

Bombance, quand tu nous arrives, tu nous fais péter la panse ! Quand un feu de cheminée peint des éclats jaunes et roses sur des trognes réjouies, quand la graisse brille fort autour des lèvres, quand on se lèche les doigts parce qu'on garde son pain pour la sauce, quand un invité, pas tellement vieux ma foi, entonne *« Il est né le divine-n'enfant »*, il fait bon être aux Chaumots, entre

Phrasie qui pleure et Gustave qui hoquette. Quel que soit l'enfant à naître, ou celui qui a déjà vécu, quelle que soit la vie qui lui sera menée, à cet instant-là, c'est un Noël. Aussi, quand maman Phrasie et papa Gustave me prirent dans leurs bras pour me faire part de leur vœu le plus cher, je répondis dans l'élan : « Oui. J'irai au catéchisme. Oui, je ferai ma communion solennelle. Je vous le promets. »

J'avais étouffé un mouvement de recul et un *non* instinctifs. Comment ne pas avoir honte de sentir leur amour pour moi me piéger ? Comment ne pas avoir honte d'avoir tant besoin de leur faire plaisir ? Comment avouer que l'homme en croix, pendu d'habitude dans notre chambre à coucher, qui luisait maintenant dans l'ombre, à côté du four à pain, je ne *pouvais pas* le regarder. Son agonie cauchemardesque me révulsait le corps et l'esprit. « Seuls des malades du cerveau peuvent adorer l'idée ou l'image d'une torture », avais-je décidé en détournant les yeux. L'heure était grave. Mes sœurs et moi avons décidé de tenir une réunion au sommet.

Nous estimions que, chez maman Phrasie et papa Gustave, nous menions une vie (presque) normale. Ils tenaient avec constance leur rôle de parents de substitution, et nous, celui d'une fille radoucie et ramollie. Hélas, le *presque* ne s'effaçait pas par un coup de gomme. Quelque chose de pas gentil faisait exprès de nous replonger dans les tourments alors que se présentait la possibilité de prendre enfin nos aises. Consulté, Roland ajouta la faucille et le marteau, l'opium du peuple, les balivernes pour cerveaux abrutis. Le caractère du dilemme s'avérait plus insidieux que la trique, le fouet ou le poing. Le catéchisme et son train, c'était parti du mauvais pied.

La petite histoire de Joseph, Marie, Jésus m'enchanta par sa familiarité même. La méchanceté des hommes, la bonté des animaux, qui ne les connaît pas ? Mais comprendre le dogme ? Nonda ! Mais avoir la foi ? Nenni ! Je suivis d'abord la recommandation de Mlle de Domecy, notre instructrice, qui m'exhorta à tout apprendre par (le) cœur. L'idée me ravit car n'est-il pas dit en premier : « Le cœur de l'homme est le temple de Dieu » ?… Donc, réciter la leçon « de mémoire » ou la savoir par cœur m'apparurent être deux choses complètement différentes. Car si la mémoire, on la perd parfois – j'étais payée pour le savoir –, le cœur, lui, n'oublie jamais, même quand il ne retrouve plus les mots. Mais… « comment intégrer dans le cœur quelqu'un dont on ne sait même pas le vrai nom ? Mlle de Domecy dit tantôt Jésus, tantôt le Christ. Regarde ! Sur les illustrations, cloué sur le haut de la croix, le nom ressemble à Henri », disais-je à Ruggiero Ruggieri, dit Rudgi, mon copain de catéchisme. Rudgi ! Je m'accrochais à lui ! Il avait, de naissance, le don de la foi. Mes questions le déséquilibraient : « Dis donc, la messe en latin, Dieu ne sait pas le français ? Tu as entendu ?! Mlle de Domecy a dit que ceux qui sont venus au monde avant Sa Révélation ont été jetés en enfer. Tu trouves ça juste, dis ? Écoute, réfléchis, y'a un hic : notre Dieu qu'est dans les cieux, c'est un pur esprit omniprésent-omnipotent. Hein ? Tu sais : présent partout et tout-puissant. Si c'est vrai, pourquoi a-t-Il besoin d'une femme pour se faire un fils… ? Bin, mon vieux, tu avales tout ce qu'on te dit comme parole d'évangile. Moi, je peux pas. Faut que je contrôle. J'ai trop peur des menteries. » Bref, plus j'avançais dans les finesses du catéchisme, plus montait en moi l'irrépressible soupçon qu'on me prenait pour une imbécile, qu'on insultait sciemment ma matière grise. Le concept du Péché originel me mit purement et simplement hors de moi : « Rudgi ! Réfléchis une seconde ! Un nouveau-né serait déjà impur ? Il aurait déjà péché ? Impossible ! Tu n'as pas demandé à naître ! Moi non plus. Le nouveau-né n'est pas responsable du fait qu'il vient au monde, t'es d'accord ? Donc, tous les enfants sont innocents de la vie qu'on leur a donnée, n'est-ce pas ? Et ils sont innocents de la vie qu'on leur mène, toi hors de ton pays, moi sans parents… » Ce postulat fondamental, aucune eau de bénitier, aucun « ointement » ne put l'ébranler.

Le jour de la communion solennelle arrivait. Il nous fallait aller à Vézelay pour passer des examens plus approfondis. Par le fait de la bonté divine et d'une élève au catéchisme tombée malade, Rudgi devint mon frère de communion. Ceci était contraire à la coutume mais, par ces temps de guerre, le ciel comprendrait.

Venant des Bois-de-la-Madeleine, Rudgi passait me prendre. Pour gagner le haut de Vézelay, cœurs vaillants mais jambes d'enfants, nous en avions pour une bonne heure, à travers champs, vignes, broussailles et forêt. Rudgi se signait à chaque croisée de piste ou de sentier et, pour éloigner le Malin, faisait le geste symbolique de disperser de l'eau bénite. Je l'imitais, donnant ainsi une chance à sa conviction : un geste fait à temps et à l'heure peut ouvrir grande la porte de la foi. Au retour, au lieudit le Croc, petit rocher (impressionnant pour nous) surplombant une coulée d'argile, nous avions notre chapelle. Une vierge en plâtre haute comme la main, quelques plants fleuris arrachés en chemin, des morceaux de papier argenté servant de coupelles pour des bougies en bout de course qu'il volait à sa mère ou à l'église (ce n'était pas du vol puisque c'était pour un bon motif…), à genoux, coude à coude, il y avait si peu de place sous le ventre du rocher protecteur, « Je vous salue Marie, Notre Père… », le sombre sous-bois, les senteurs, les bruits infimes de la faune « lillipute » grouillant entre les fougères et les bruyères, le tapage estompé des cris jetés et des plumes secouées des oiseaux… quelque chose traversait mon corps, opérait la jonction avec un vieux pied de chiendent, chevauchait le même flux entrevu jadis et touchait à l'axe, vers Bételgeuse, vers la Polaire… Qu'il s'agisse du même élan symbolisé par les gens de l'Église sous la forme d'une colombe appelée Esprit saint ou Saint-Esprit, pourquoi pas ? N'avais-je pas saisi l'essentiel, à Vaux, quand j'avais six ans et des poussières ? Pourquoi y ajouter la Trinité ? Les images ou les sculptures qui la représentaient lui donnaient une réalité physique qui me gênait. Le catéchisme parlait d'un Dieu un et indivisible, et on me le représentait en trois morceaux… « C'est superfétatoire », disait mon bon sens. En outre, que faire avec Petite-Sœur qui, chaque fois qu'elle entendait *symbole*, écrivait sur ma paupière… « *saint bol* à faire avaler n'importe quoi. » La honte de ne pas pouvoir me glisser dans le dogme me donnait des sueurs froides et de terribles colères rentrées.

La première communion, nous la fîmes la veille de la solennelle. Après la confession (je passe sur ce qui fut un gigantesque quiproquo !) s'agenouiller devant l'autel, recevoir sur la langue tendue la rondelle, fermer la bouche, se dire que c'est un corps symbolique… Combien de temps faut-il tenir ça entre la langue et le palais ? La salive s'accumule autour de ça qui ne fond pas vraiment. Faut avaler. Au secours, je ne peux pas ! C'est en des instants pareils qu'on apprend la *solitude*.

La solennelle… Vêtus de leurs plus beaux atours, mes chers parents nourriciers allaient de groupe en groupe. Ils suaient l'orgueil. Oubliant leur rang social, ils se mêlaient des conversations des bourgeois du lieu. La voix rocailleuse de maman et les pépiements étranglés de papa dominaient le tumulte : « Nout' petite, v'oui, c't'pour-renfant, une gosse de l'Assistance qu'en a dans la tête, qu'a fait son catéchisme en cinq mois, pensez [1]… Al a tout appris par cœur, le latin itou, à c't'point

1. À l'époque, l'enseignement du catéchisme durait trois ans. *(NdA)*

qu'Mam'zelle de Domecy a dit : “Vot' p'tite reine, j'vous la prépare en deux mois, voui, j'vous dis, pour une confirmation privée par devant l'évêque de Sens.” » L'énormité du mensonge qui s'était installé entre l'Église, eux et moi, me tordit les entrailles. J'ai appelé un miracle en une prière catholique qui fut la seule authentique dont je fus jamais capable. Mais quand il s'agit de « mal-nés », Dieu, s'il existe, confisque les rémissions.

Les orgues brassaient l'air. La basilique ouvrait plus grand son ventre de baleine. Rudgi arriva en traînant les pieds et avec sur le visage une expression jamais vue. Avec son costume noir et son brassard, il avait l'air d'un joli petit mari mais quelque chose clochait. C'est moi qui pris sa main pour l'obliger à avancer. Nous, les péquenots, les étrangers, les pauvres, nous étions en fin de file… À peine avions-nous fait quelques pas que mon compagnon en chrétienté jette par-dessus les têtes missel et chapelet, avec une violence inouïe s'arrache à mon bras et s'enfuit.

Il se cache derrière un pilier, un autre. Sa mère et une tante, toutes deux voilées de noir, essayent de le rattraper. Un, deux curés et des gens de bonne volonté le poursuivent. Comme tous les enfants tristes, sérieux et qui ne mangent pas à leur faim, Rudgi est malin, agile, têtu. La meute gagne sur lui. Il fait face, montre les dents, crache : « J'y crois plus ! J'vous dis merde ! » Profitant de la stupeur générale, il bondit, s'engouffre dans la chapelle romane et disparaît.

Je repris mes esprits dans l'après-midi lorsque nous étions revenus aux Chaumots. Je portais toujours la belle robe blanche de « petite fiancée de Jésus », robe que mes parents nourriciers avaient louée, qu'il me fallait garder, selon la tradition du terroir, jusqu'à l'apparition de la première étoile, et rendre aussi impeccable que je l'avais reçue. Maman exposait encore sa parure de fête, une peau de renard dont la forme restait visible et troublante par la fixité de ses yeux de verre. Maman et papa tenaient maison ouverte. Les voisins ou tout inconnu passant par hasard pouvaient entrer dans leur *carrée*, grignoter, s'abreuver et féliciter. Le cousin Colas – faux Auvergnat – s'était déplacé pour l'occasion. Malgré ma joie de revoir le bon bonhomme, je m'éloignai sans me faire remarquer.

Ma première idée fut de courir jusqu'au Croc. Sans doute, pensais-je, Rudgi y faisait pénitence. Fossés, taillis, ronces, branches, la forêt me repoussa, moi et ma robe. Sur la route d'Asquins, un cerisier avait gardé quelques griottes. Trois taches rouge sang sur la triple épaisseur de l'organdi furent la punition de mon péché capital. Dépit, rage ou frustration, j'éclatai en sanglots, déversant en cataracte toutes les larmes que je n'avais pas pu pleurer depuis mon séjour à l'hôpital. Les nerfs liquéfiés, je suçai l'étoffe souillée pour « avaler » les taches et repassai le tissu en l'étirant sur mes cuisses. Dure et frémissante d'épuisement, je regagnai la maison, pour apprendre que je n'étais en rien responsable de la révolte et des blasphèmes de Rudgi. Une Croix-Rouge avait informé la famille du décès glorieux au champ d'honneur de son papa. Où et sous quel uniforme ? Personne n'était d'accord. Sa mère avait insisté : communion solennelle quand même. Le chagrin expliquait... Rudgi resterait dans le sein de l'Église.

La nuit venue, après la soupe, me regardant de ses yeux humides mais sans dire un mot, maman Phrasie étala sur la table un vieux châle, y posa avec soin l'image pieuse affreusement décorée, portant tampon, certifiant que j'avais fait ma communion solennelle le 7 juin 1942, en la basilique de Vézelay. Elle y ajouta le cadeau de Noël (une bible de sa grand-mère au papier craquant jauni et troué par des vers), mon psautier, mon chapelet et un bouquet blanc de fleurs de tissu offert par mère Contant. Elle enterrait ainsi toute idée de confirmation. Papa prit la relève : « On s'est doutés que tu avais des ennuis avec le catéchisme le soir où tu es rentrée furieuse en clamant : "Aimer son prochain comme soi-même ! Alors, faut donc aimer les Allemands ? Et leur tendre l'autre joue ! Faut pas cogner, d'accord, mais quand on vous cogne, on se protège un peu, non ?" Et puis, quand tu es restée des heures à écrire cinquante Pater Noster et cinquante Je vous Salue Marie sans vouloir nous expliquer la cause de ta punition. Phrasie et moi, on a causé avec Mlle de Domecy. Elle nous a enchantés. Tu étais sa meilleure élève. Elle a dit : "Yvette est trop raisonneuse. Avec le temps, ça lui passera." C'était quoi, la punition ? » « J'avais dit : "Ève, créée à partir d'une côte d'Adam, est censément plus… supérieure. Adam a été fait de terre, comme les pots." C'est vrai, quoi ! Ève est la toute dernière création de Dieu. Elle est forcément sa meilleure. En sept jours de travail, Il s'est fait la main, Il a fait de plus en plus fin… Papa ! Toi et Phrasie, vous êtes comme Philémon et Baucis, et Dieu vous remercie en faisant fuir vos enfants ! Moi, je ne peux pas accepter ça ! Papa ! Dans tes vieilles brochures… » C'était le sujet à ne pas aborder dans un tel contexte ! Les sourcils levés de papa m'imposèrent le silence. Maman plaça le paquet sacré dans le coin le plus sombre de l'étagère aux confitures, disant avec un gros soupir : « Si tu en as besoin un jour, tu sauras où le trouver. »

Les brochures, les revues de papa ! Bienfait du hasard ou malice de la providence, les textes du catéchisme et des Évangiles s'étaient mêlés à d'autres, lus à la lumière du crépuscule, sous les noisetiers francs de Phrasie. Quelle merveille, ces vieux fascicules datant d'avant la jeunesse de Gustave ! Le maître à penser de ces feuilles intelligentes s'appelant Saint-Simon, j'avais cru ce qu'il ne fallait pas croire… Ce saint n'avait-il pas été jeté dans la fosse aux lions, tout comme Daniel dont Mlle de Domecy nous rabattait les oreilles ? Cher Claude Henri de Rouvray, un disciple de Proudhon me parla de vous, des années plus tard, à Tel-Aviv… Phrasie avait mis ce fatras au rancart. Ce qui en survivait constituait encore un sujet de discorde, Gustave ne voulait pas s'en défaire, se contentant seulement d'en fourrer les restes là où ils gênaient le moins, en dernier recours, entre le plateau de travail et le pédalier d'une machine à coudre hors d'usage. Cet amas de publications aux dos minces avait attiré mon œil le jour même de mon arrivée. Avec le petit tableau de Maurice, leur présence avait ponctué de surprise l'obscurité et la misère ambiantes.

Dans les brochures sérieuses (par ou autour de Saint-Simon), des idées trop complexes et un langage trop érudit m'empêchaient d'en faire mon pain quotidien mais certains sujets débattus faisaient écho à d'obscures et indéracinables intuitions. Je laissais Grande-Sœur se débrouiller. Les recueils de morceaux choisis, eux, furent notre gâteau à Petite-Sœur et moi. Histoires de Spartacus, de Vikings, de Blandine, de chats noirs incarnant le Malin égorgés, étripés, brûlés, mais surtout des Olympe multiples habitées par des dieux qui ressemblaient aux gens qui y croyaient – yeux bridés en Asie, têtes emplumées chez les Indiens d'Amérique, noirs de partout et sauvages en Afrique… Les illustrations, jolies comme de la dentelle, avec des flores et des faunes bizarres, en disaient autant que les textes. J'y avais trouvé la ville d'Ys, les îles Galapagos, celles de Chypre aux parfums ensorceleurs, Candie et surtout l'Arcadie, où moi aussi j'irais !…

Aux Chaumots, l'hiver 1941-1942 laissa un mauvais souvenir. La neige était tombée plusieurs fois. Passant et repassant derrière elle, le gel impitoyable l'avait glacée, figée, durcie. Elle craquait sous les sabots comme des éclats de verre. Quand le soir arrivait – et la nuit tombe de bonne heure, en hiver, à la campagne – les portes se fermaient à double tour pour ne plus s'ouvrir que si l'on frappait contre le battant selon un rythme convenu. En effet, si l'Allemand n'avait pas jugé utile de stationner des troupes dans nos coteaux boisés, il multipliait les réquisitions de grain, vivres, bois de chauffage ainsi que les perquisitions à domicile, cherchant à piéger les résistants qui se cachaient dans nos forêts. Ces « combattants de l'ombre », tout comme les oiseaux et les bêtes sauvages, ne savaient plus faire face au froid et à la faim. Des maraudeurs bipèdes et quadrupèdes pillaient poulaillers, porcheries, greniers, granges et caves. Les fusils de chasse, tellement dérisoires à l'époque des mitrailleuses, généralement suspendus derrière la porte d'entrée, à portée de la main, demeuraient chargés. Aux Chaumots, alors que certains Allemands et miliciens surent se montrer patients et polis, bien des maquisards se conduisirent comme des bandits. Chez Phrasie et Gustave, ni radio ni journal. Les nouvelles se transmettaient par ouï-dire. Catholico restait notre source d'information la plus fiable. Il arrivait chez nous très tard, en traînant derrière lui une odeur d'ozone venue, nous assurait-il, directement de la Sibérie. La table nettoyée, un vieil atlas en noir et blanc et mon livre de géographie ouverts, nous cherchions les empreintes du crabe nazi. Le fait de ne pas trouver un port américain (*Peurle à r'bourre*) nous fut une défaite personnelle. Par contre, quand la pointe d'un crayon tenu par je ne sais quelle main, semblable au pendule d'un médium, s'arrêta sur un nom que nous ne savions pas prononcer – Dniepropetrovsk –, ce fut la victoire qui, en chantant, nous ouvre la barrière. Gustave s'exclama : « Jusque-là ? Jusque-là ! Eh bien, moi, je vous l'dis, le Boche est fichu ! » et, de chic, nous fit une description imagée des souffrances des grognards de Napoléon. Ses paroles s'affermissaient au fur et à mesure qu'il avançait dans son récit. Surprise toujours de voir resurgir en lui ce fond batailleur frustré, je l'écoutais, trompette de minuit, monter à l'assaut, abattre des remparts, tirer des coups de canon. Beaucoup plus calme, Catholico se préoccupait des pauvres gens pris dans la tourmente, victimes de la folie de dirigeants qui, quels qu'ils soient, « ne lui revenaient pas ». Il rappelait sans cesse sa plus grande désillusion : un Front populaire avait honteusement voté une non-intervention et, lui, quand il avait décidé de rejoindre des Brigades internationales, c'était trop tard, la guerre mondiale dévastait déjà l'Europe. Depuis, il ne faisait plus confiance à personne. Phrasie se mêlait peu des débats. Ce que j'entendais des actes des hommes à la guerre se mêlait au catéchisme, aux convictions plus contemporaines de Roland, et je préférais de beaucoup les plaidoyers de Catholico en faveur des petites gens. Il voulait des fermes riches « où le nombre des chevaux dépasse celui des hommes, où le bétail occupe toutes les femmes. Ah, j'en vois aujourd'hui qu'ont remplacé leur dernière vache par deux chèvres après que l'armée leur a pris les chevaux… Des chèvres ! C'est ça, la misère, Gustave. Alors, la guerre par-dessus, on n'a qu'à crever tout de suite ». L'arithmétique de Catholico déclencha en moi un calcul : chez Phrasie et Gustave, deux vaches et un cheval d'emprunt, appelé Frompopu, appartenant à notre ami. À Vaux, plus de cheval, une chèvre. À Fougilet, deux chevaux pour un patron, quinze à dix-huit vaches pour Germaine, Irène et moi.

Un soir, tard, des coups forts ébranlèrent notre porte. Une voix haletante criait : « Ouvrez ! C'est moi ! »

« Qui ? » s'enquit Gustave, l'oreille collée à la porte, la main posée sur la crosse du fusil. « Moi ! Maurice ! » Maman laissa tomber son ouvrage, bafouilla en salivant d'émotion : « Momo ! Riri ! » Clic-clac-tirons-poussons… La bourrasque de vent et de neige précipita à l'intérieur de la pièce un jeune garçon barbu visiblement à bout de forces. Cris, pleurs, charivari. Papa Gustave, le souffle coupé. Maman Phrasie devenue toute molle, à qui il faut passer les sels sous le nez. Ce soir-là, Catholico a pris les choses en main. Il a régné en maître des lieux. Sous l'œil des parents trop pris par l'émotion pour être capables de faire un seul geste utile, Catholico a « épluché » le jeune homme paralysé lui aussi par le brouhaha, le froid, l'épuisement. D'abord, la couverture raidie par la neige gelée, puis le manteau dont les manches ne voulaient pas quitter les bras figés par l'impuissance ; puis, une veste, un chandail, une chemise et, contre la ceinture tenant un pantalon passé sur un autre pantalon, sur le ventre et contre le dos, des paquets de journaux. Retirer les chaussures, les chaussettes… un travail patient pour mettre à nu un corps terrifiant de maigreur, de marbrures bizarres, de plaques jaunâtres où le sang ne coulait plus. Le feu de la cheminée, enrichi par une nouvelle souche, met en relief des creux, agrandit des bosses, fait briller les yeux du garçon, comme si la chaleur les dégelait. Maurice ! Le fils de mes patrons ! Un Jésus !

Afin d'éviter l'enrôlement dans le STO ou la Milice, de nombreux étudiants avaient quitté leurs écoles pour « se perdre dans la nature ». Sans être des maquisards (certains les qualifiaient de resquilleurs) ils pouvaient, pour le moins, prétendre au titre de « Réfractaires ». Si l'été il fait bon vivre dans les champs, l'hiver venu, ces très jeunes gens non aguerris, non encadrés, durent se réfugier qui en zone libre, qui dans leurs foyers, en zone occupée. C'est ce qu'avait fait Maurice, parcourant à pied plus de trois cents kilomètres, zigzaguant dans les prés et les bois, sans carte ni boussole, se nourrissant de gibier piégé, de baies sauvages ou de rapines dans les cours des fermes. Sur sept partants, seuls deux compagnons étaient arrivés à bon port. Trois s'étaient faits prendre par la gendarmerie, un autre avait été abattu par un paysan qui défendait ses poules. Bouleversé par cette mort, Maurice avait mis trois semaines pour faire la dernière partie du trajet. Dans son récit, les silences tenaient plus de place que les paroles, et les mouvements instinctifs qu'il faisait pour se réchauffer en disaient autant sur ses malheurs que sa façon de lamper la soupe.

Le retour inespéré de Maurice décida Phrasie et Gustave d'accumuler joie sur joie et d'aller, enfin !, revoir leur fille, Marie-Louise, malade, alitée depuis longtemps après un accouchement difficile. En cette saison, avec tous les dangers imaginables, il ne s'agissait pas d'une flânerie pastorale mais d'une aventure. Pensez ! Aller par-delà Vézelay, vers Avallon, à travers notre forêt qui, au loin, rejoint celle de Domecy-sur-le-Vault ! Autant dire aller en pays étranger...

Phrasie et Gustave partagèrent les vivres – ce qui devait suffire à Maurice et à moi le temps de leur absence (une semaine ou deux) ; ce qui alimenterait nos quatre bouches jusqu'au retour du printemps et servirait à faire la soudure entre les grandes semailles, la moisson et les récoltes de l'automne. Ici et là, ils prélevèrent quelques offrandes, une bouteille d'huile de noix, quelques kilos de lentilles, des confitures – peu de chose en vérité. Catholico reprit Frompopu pour prêter Spartacus, cheval de labour, peu fait pour les randonnées mais qui « tirait la charge » et ne ruait pas dans les brancards.

Papa vérifia son fusil, Maman remplit son brasero de

tisons rougeoyants, l'installa sous ses jupes. Maurice leur passa le grand parapluie bleu des vendangeurs. Catholico accrocha une lampe-tempête à l'avant et une autre à l'arrière. Le vent emporta les mots d'adieu. « Partir, c'est mourir un peu… pour ceux qui restent », pensa Grande-Sœur tandis que Petite-Sœur – elle n'en ratait pas une, celle-là ! – bougonnait : « On patauge dans la *sentimentalité* ! » Je m'inquiétais car : « Maurice et moi, seuls à la maison, comment ça va être ? »

En cette fin de janvier 1942, aux Chaumots, Maurice et moi, comment ce fut ? Nous nous revîmes dix-huit ans plus tard, à Paris, dans un café miteux près de la gare du Nord, Maurice venant d'une banlieue zonarde, moi de Jérusalem. Des lettres, des suppliques avaient forcé une réticence incompréhensible.

Quelles puissances sournoises avaient-elles donné à un enfant né jadis aux Chaumots l'agilité de la pensée, l'élan inventif, l'instinct de la magnificence ? Était-ce pour que sa naissance au bas de l'échelle sociale lui colle à la peau comme une tunique de Némésis ? Était-ce pour lui faire entrevoir un bonheur personnel et l'enfoncer tout aussitôt dans des sillons étrangers et l'enfouir, vidé de ses sucs, dans la glèbe originelle dont il est interdit de s'enfuir ? La sueur ruisselait sur son visage bouffi d'alcoolique. La graisse et les glaires faisaient ronfler ses poumons. Ses mains pataudes s'agitaient en soubresauts spasmodiques. Comment faire la jonction avec le souvenir ? Comment superposer sur ce corps déjà défait la silhouette famélique de l'adolescent agité, ardent, joyeux, malin, fou de dessin, ouvert aux rêves, aux fantaisies, et courageux ?

Malgré qu'il fût parisien depuis longtemps, Maurice n'avait pu se défaire de ses manières paysannes ni de son lourd parler mi-nivernais mi-auvergnat. On l'aurait cru débarqué à l'instant d'une France profonde oubliée par le temps. C'est par des *a* à longs accents circonflexes, des *s* chuintants, des *r* roulés-culbutés, des *ain* en place de *en*, par des claques sur les cuisses et des bourrades dans le dos, que le présent fit place au passé. Les rasades de vin blanc aidèrent.

– Ah vingt dieux, sacrée Yvette. Toi, alors. C'est pas Dieu possib'. T'en as fait des choses. Partie d'si bas pour aller si loin. Si on l'avait dit, j'l'aurais pas cru. Quelle langue qu'tu causes là-bas ? L'hébreu ? Tu t'rends compte ! Tu t'rends compte ! P'pa, il a planté ta vigne…

À la manière des personnes qui sont restées longtemps dans l'isolement ou parce qu'il essayait lui aussi de remonter en arrière, Maurice passait du coq à l'âne sans pouvoir retenir le flot de ses paroles.

– Dans l'dessin, t'avais de l'habileté. T'as pu creuser ton sillon ? Sacrée Yvette, t'étais maline aussi, avec tes idées d'aller lécher une île en sucre…

– Candie, Maurice ! Candie ! En route vers l'Arcadie. Tu te souviens ? Tu étais prêt à faire le voyage… Momo, tu permets que je t'appelle Momo ? Momo, tu te souviens du feu de cheminée ?

– Oh, voué ! On a failli brûler la carrée. C'était une bonne idée de mettre nos matelas devant le feu. Quelle foire on a fait… Tu préférais avoir les pieds près du feu, et moi la tête. Tu m'disais : « Ta cervelle va cuire. Déjà qu't'en as pas tellement ! » Ça pour ça, la nuit où la suie a flambé, on a frôlé la catastrophe. Nus comme des vers et enfumés, les couvertures brûlées… T'avais quel âge ?

– J'allais sur mes treize ans. Et toi ?

– Dix-neuf. C'était après Lyon…

– Dis-moi, entre Lyon et Les Chaumots, par les sentiers, il n'y a pas trois cents kilomètres. Qu'est-ce que tu as fait en route ?

– Quand on a déguerpi de Lyon, j'avais pas l'intention de revenir, tu penses. Les Chaumots, j'avais fait une croix dessus. Mes copains… y'avait un autre paysan. Y's'débrouillait bien. Les autres… On a logé un temps chez le cousin de quelqu'un… J'ai plus pensé à cette équipée depuis longtemps. Ç'a été le mauvais tournant…

– Dis, Momo, tu te rappelles le bain dans le tonneau coupé ?

– C'que t'as pu faire d'histoires ! Tu criais : « La pluie, c'est assez pour se laver. » Non ! Tu disais comme les gens de Puisaye : « C'est assez *bin bon* pour se laver ! » Tu t'es débattue presque jusqu'au bout ! Moi, les odeurs de vache et de cochon, je pouvais plus supporter.

– Maurice, ce que je veux dire… on était nus, on avait bu, on se frictionnait comme ça venait, on s'épuçait… Tu aurais pu… tu me comprends ?

– … Bindidon, t'en as des idées ! Je suis né con et mou mais je m' serais pas permis ! T'étais une gosse, quoi ! Ça ? Tu m'offenses…

– Momo, souviens-toi… Tu me faisais chercher un morpion dans les poils… tu sais… Toi et moi, ça aurait pu arriver. Non ?

– Non ! Mais si on nous avait vus… Nos quinze jours ensemble, je n'ai plus vécu quelque chose d'aussi bon. J'étais un garçon bien à l'époque. J'avais ma vie en main, j'avais un but…

– Maurice ! Tu voulais syndicaliser les étudiants, tu voulais peinturlurer les murs des églises, tu avais fait l'esquisse d'une fresque… Tu étais doué. Où en es-tu ?

– …

– Qu'est-ce qui t'est arrivé ? Tu étais tenace, obstiné même.

– J'ai souvent pensé… Si j'avais pas fait le con, si j'avais pas fait tant de dégâts… Quand papa a dit : « Trois bouches à nourrir, en se serrant la ceinture, on y arrivera. À quatre, non », je n'ai même pas fait le calcul que c'était toi ou moi. L'idée… non, je n'y ai pas pensé. Vivre à petit feu, je ne pouvais plus, ça datait d'avant toi. Fallait que je m'en aille. Ce n'est pas qu'un copain m'attendait ailleurs comme je l'ai prétendu… J'suis monté à Paris… les Boches, les restrictions, le STO qui emballait les jeunes… J'ai vécu à la débrouille, dans la mouise, au jour le jour… les femmes… Je n'ai même pas rejoint un groupe de combattants… À la Libération, l'armée, un toit et la bouffe assurés. On m'a dirigé vers un bureau du génie, des plans de construction. J'en savais assez pour me débrouiller… La bombance… j'ai fait le con avec la femme d'un officier… L'art, j'y pensais plus… J'ai pas pu sortir de ma gangue de cul-terreux. J'ai été généreux avec le bien des autres…

– Maman m'a raconté un peu. J'ai voulu te revoir. Viens chez moi, en Israël, à Jérusalem. Un bon mois au soleil, tu te referas une santé. Je t'offre le billet… Maurice ! Écoute-moi ! Coupe les ponts. Ne dis rien à personne. Tu disparais et on donne de tes nouvelles quand tu seras chez moi… Si ! Tu peux prendre un nouveau départ !

– Ma pour-Ryvette, c'est trop tard. J'ai tout épuisé, tout raté, tout trahi. Ça n'a plus d'importance. Je n'en ai pas pour longtemps. Ce sera un bon débarras pour tout le monde, et moi en premier. Je t'assure : pour moi en premier[1].

En fin janvier 1942, Phrasie et Gustave rentrèrent fatigués mais heureux de pouvoir se taquiner en se reprochant l'un l'autre d'être mariés à de vieilles gens… « Ah, c'est toi, ma femme ! Mais tu es une grand-mère ! » ou « Le v'là, mon Gustave, ce cachottier. Un grand-père, dites donc ! »… Ils déchantèrent le lendemain.

1. Maurice est mort quatre mois plus tard. *(NdA)*

Maman fondit en larmes devant le saloir plus qu'à moitié vide. Faisant le compte de ce qu'il restait des provisions solides et liquides devant nous permettre de subsister jusqu'aux primeurs, papa s'effondra en découvrant que Maurice et moi avions mangé une grande partie des semences. Sa silhouette tassée, ses mains retournées vers le plafond, ses yeux arrondis et fixes, son silence têtu exprimaient l'ampleur du désastre. Il retrouva la parole pour parler de l'avenir. « À quatre, on ne pourra pas tenir le coup. À trois, en se serrant la ceinture… Nout' fils, faut que tu partes. Vévette, on avait juré de ne pas toucher à ta pension, de la garder pour te faire des gâteries. Si tu acceptes, on s'en servira pour acheter des semences. Pour l'appoint, faudra peut-être vendre nos vaches, acheter une chèvre, qu'on ait du lait… Avec une bonne récolte, ça nous mènera jusqu'en mai de l'année prochaine. T'auras quatorze ans… On ne pourra pas te garder. » On ne pourra pas… On ne pourra pas, on ne pourra pas, au rythme de ses sanglots, derrière le rideau noir qui s'abattit sur ma tête, avec les coups de poing sur la table de maman.

Maurice et moi n'avions pas touché aux carottes – nous n'avions pas de goût pour ce légume douceâtre qui, de toute façon, ne tient pas au corps. Trois mois durant, Phrasie fit des carottes, midi et soir. La soupe à la farine contint plus de son. La couenne de porc, fumée-salée, bouillie et rebouillie, nous fit croire, le jour du Seigneur, que nous mangions quand même de la viande. Nous avons attaqué le « pain de noix » au marteau. On suçait et mastiquait les morceaux, les éclats, jouissant de la délicatesse un peu rance mais finement huileuse sous le pilon des dents. Le dimanche, Phrasie ouvrait l'avant-dernier pot de confitures. Armée d'une cuillère à thé, elle en prélevait la moitié d'un soupçon pour elle et pour papa, un peu plus pour moi. Des tickets d'alimentation introduisirent les œufs en poudre. Le pain cuit à Noël, dur maintenant comme un plomb, suffit jusqu'à Pâques. On fêta la fête par une énorme panade, tous croûtons et miettes réunis. Le premier à maigrir fut notre cochon.

Mes parents nourriciers acceptaient maintenant ma participation aux gros travaux. Je redécouvris l'odeur d'une étable, le cul de nos vaches, deux bêtes à qui je n'avais pas rendu visite, leurs pis, mon front en confiance contre la peau de leur ventre, ma main qui caresse immédiatement la grosse veine, le jet joyeux du lait qui fait tinter le pot en zinc, la splendide fragrance de la litière – bouquet de pisse et de bouse qui nourrit le nez de son ammoniac vaporeux –, les autres devoirs : les poules, les lapins, l'écurie du cheval solitaire, le fourbissement des outils agraires qu'on porte sur l'épaule, les cuirs à graisser, à recoudre à coups de deux aiguilles alternées passant dans le trou du poinçon, le fil épais enrobé de cire, tout ce savoir engrangé de force à Fougilet, travaux durs qui ne le sont pas lorsqu'on s'y adonne volontairement.

Papa s'activa à refaire notre provision de bois d'hiver, Maurice et moi n'ayant pas compté les bûches... Le jeudi après-midi et le dimanche matin, je l'accompagnais dans la forêt et revenais portant mes deux fagots sur le dos. Puis, ayant trouvé dans un livre l'image d'un traîneau à l'indienne (deux longues branches droites et parallèles maintenues par une claie transversale), papa l'adapta à nos besoins en utilisant la courroie d'une hotte de vendangeur. Passée sur le front, les deux mains soutenant les brancards, à chaque voyage nous transportions une quantité respectable de bûchettes. Le bois humide, la mousse et les lichens répandaient en brûlant une fumée épaisse à l'odeur à la fois fraîche, acide et âcre. « La soupe à Phrasie » en tira une saveur à nulle autre pareille. Gustave me fit « voir » les arbres...

Regarde l'arbre. On doit l'approcher avec le respect dû à une personne humaine. Il y faut de la curiosité et de la modestie. Un arbre, c'est la terre dressée vers le ciel. Considère l'enchaînement de la vie… Le terreau, la bruyère, les buissons, la ronce et le houx au ras du sol, puis le gaulis, le taillis, la futaie et, s'élançant vers le firmament, le tronc, la charpente, la ramure, la ramille. De l'un à l'autre, les racines, les fleurs, les fruits et les parasites qui s'imbriquent. Ils s'épaulent, se soutiennent. Ils échangent leurs sèves, leurs sucs, leur sagesse. C'est une symbiose.

Parfois, l'arbre a toutes les qualités de sa race, parfois il n'en a que les défauts. On peut lire un arbre et, par lui, connaître le sol. Vois celui-ci : le roc souterrain l'affame. Celui-là, à travers les rochers, il a atteint une poche de terre et, qui sait, peut-être même une « sourcette ».

Regarde bien les branches : elles sont l'image inversée des racines. Fais éclater l'écorce de ta peau. Laisse vibrer tes sèves. Écoute en toi le murmure de la Sylve originelle.

Arbre, ta chair est mon bois.

Certains sont timides, d'autres sournois. Certains ont un pouvoir magique, d'autres parlent le langage des hommes. D'autres encore marchent. Il en est de susceptibles. Le moindre frôlement provoque une clameur offensée. Ils ont les nerfs à vif. On ne peut pas les amadouer. Ils n'aiment pas la main brutale des hommes. Ils s'effondrent au premier coup de hache. C'est dans leur tronc que le hibou fait son nid et sous ses racines il protège la marmotte. Certains arbres sont nés effarouchés, angoissés. Ils se souviennent du passé : ils pressentent l'avenir, ils annoncent les calamités. Toujours aux aguets ils ne dorment jamais. Ils cherchent et trouvent toujours de quoi s'alarmer. On dit qu'ils entendent une plume d'oiseau voler. On ne rencontre ces arbres qu'après avoir traversé douze ceintures de futaies épineuses. Ce sont eux qui, cent ans durant, ont veillé sur le sommeil de la Belle au Bois dormant. Moi, je sais qu'ils ont le cœur tendre et qu'ils apprécient les cajoleries. Frotte ta joue contre l'écorce et elle pleure de joie sa résine. Flatte-le : « Allons, tout beau, tout doux. » Tu entends ses fibres se relâcher ? Il s'alanguit.

Il en est qui haïssent le genre humain et passent leur vie à se venger. Ils ont été taillés, ébranchés, tronqués, amputés, scalpés par les Croisés qui se servirent de leur chair pour en faire les hampes de leurs glorieux-orgueilleux étendards, et les piques, et les flèches. Réduits à l'ombre d'eux-mêmes, et leur dernière branche frappe au front le promeneur imprudent. Attention, sa racine va te faire un croc-en-jambe !

Il en est de torturés. Leurs larmes sont épaisses et rouges. Ils sont inconsolables. Papa dit : « C'est du bois de ces arbres qu'on fit jadis la Croix. Ils ne s'en remettent pas. » Roland assure que son écorce distille de la rouille. Quoi qu'il en soit, les traces qu'ils laissent sur nos habits doivent être lavées à l'eau froide sinon, comme les taches de sang, elles demeurent.

Il en est de royaux. Il faut plusieurs paires de bras pour en faire le tour. Ils portent en eux, inscrite rond par rond, l'histoire de la terre, si bien que lorsqu'on y porte la cognée c'est l'épée de Roland qui répond, ou celle de Jeanne d'Arc, ou tu entends tomber sur les pavés la couronne de Louis XVI… Les descendants des hommes des bois se rappellent en naissant l'hymne du druide à la serpe d'or. Eux seuls sont capables de reconnaître les arbres aux fées… Ces *châgnes* (chênes) sont rares. On ne les rencontre pas comme ça, au détour du chemin. Qu'on soit brave ou timoré, ignorant ou averti, on ne les trouve que s'ils vous ont appelé. Un son vous intime : « Allez ! Traversez le taillis, reniflez la piste, suivez la trace, contournez les roches, glissez dans les éboulis, raccrochez-vous aux genêts. Une fatigue immense s'abat sur vous, votre regard se brouille mais la voix persiste. Vous devez poursuivre… » Couverte de feuilles, de brindilles et de mousse, j'étais ivre. Des choses invisibles effleuraient ma peau. Je débouchai sur une clairière inconnue, ronde, plate. Au milieu, l'œil d'Holopherne, ou son nombril. Autour, de la végétation courte, rampante. « Un pansement à une grande blessure », pensai-je. Alors, je l'ai vue. Du tronc antique, depuis longtemps pétrifié, une branche – oh, pas grande, à peine assez vaillante pour porter trois bourgeons dont un commençait à s'ouvrir – se dressait vers le ciel. C'est elle qui m'avait appelée… On a causé. Toute jeune, il lui fallait apprendre. Je lui ai raconté les canons, les avions, la TSF, l'Allemand, les gens, les bons et les méchants, la peur et la faim, tout quoi.

Il en est de malicieux, aux brusques éclats de rire. On jouait à cache-cache. Ils faisaient exprès d'imiter la voix « Hou-Hou » de Roland. Pendant que je comptais un, deux, trois jusqu'à dix sans regarder, l'hêtre, le frêne et le charme changeaient de place. Ils trichaient…

Gustave d'un côté et Roland de l'autre !

Le fils de la forêt, braconnier rusé, ouvrait la page de la faune. Il posait pièges, collets et gluaux dans les tortilles et les cavées. Nous rampions entre fougères, houx et genévriers à la recherche d'un poil de renard ou de fouine. Sur la mousse ou le gravier, Roland déchiffrait la crotte du chevreuil ou l'empreinte pointue du sanglier. La piste du blaireau, elle, suivait en parallèle celle du lapin de garenne. Assommer à coups de bâton sur la tête un renard ou un petit marcassin, patte prise dans un piège à dents ou dans un collet, qui ne veulent pas mourir tranquillement, qui bondissent et se débattent, hurlent, crachent et geignent jusqu'au dernier instant, faut aimer. Les premières fois, j'ai rechigné. Puis, j'ai frappé autant que je le pouvais, qu'on en termine vite, vite. Décrocher des rouges-gorges, des grands-ducs ou un pivert pris au gluau, ce n'est pas non plus une fête. Lorsque le verdict « à tes quatorze ans, on ne pourra pas te garder. L'Assistance te placera dans une vraie ferme. On n'est pas assez riche pour payer un salaire. Tu devras gagner ton pain » me revenait impromptu en mémoire, je sortais du cauchemar en m'enfonçant dans la forêt. Je pourrais m'y débrouiller car il y avait aussi les sources.

Au lieudit le Vert-Chenu, la source suinte sans hâte le long d'un rocher blanc. Son eau est salée. Aux jours de pleine lune, elle devient folle. Elle dégorge de partout dans un bruit de galets qui roulent. On dit, mais c'est une vieille histoire et seules de très vieilles gens en parlent, on dit au temps de l'antan, une sirène est montée pour se faire un bouquet de perce-neiges. Le froid l'a saisie et endormie à l'instant même où s'abattait sur terre la terrible Malédiction. En Auvergne, de jeunes montagnes s'étaient soulevées, avaient craché un feu d'enfer. Chez nous, elles s'étaient renversées, emprisonnant sous leur masse des trésors insoupçonnés et la sirène. On dit : l'eau qui suinte, c'est sa chevelure. D'autres affirment : ce sont ses larmes. Une seule chose est certaine : c'est là qu'on trouve toujours du sable et les premiers perce-neiges. Je les ai vus, de mes yeux vus.

Sur le sentier de la Bréda – si on le suit jusqu'au bout, à plusieurs jours de marche, on débouche sur la forêt de Clamecy – il y a la source pétrifiante. Gustave dit : « Elle vient d'un lit de chaux, et elle va mourir bientôt. La roche dont elle s'égoutte par un trou fripé comme un cul de poule, c'est son œuvre. Elle s'est tracé une gorge en forme de S qui se remplit de calcaire. Mets ton oreille ici, sur le flanc sec. Écoute. *Boung-chil !* La goutte est au coude d'en haut. *Ding-jon !* Elle remplit le tournant d'en bas. L'eau en mouvement bat la cloche de l'air qui remonte. Il n'y a plus assez de place pour toutes les deux ensemble. La grosse bêtasse ! Elle se bouche la bouche ! Elle n'en a plus pour longtemps... » J'ai déposé dans la petite vasque la boucle cassée d'une ceinture. Un mois plus tard, engobée de craie blanche, on aurait pu croire à un cadeau pour une mariée. Moi, la terre dure qui produit la sève liquide du chiendent et de l'eau qui se transforme en pierre solide, je connais et ça me plaît.

La source la plus mystérieuse ne se révèle qu'aux initiés. Pour découvrir son eau, il faut savoir reconnaître les repères placés là pour guider l'assoiffé. À cent mètres, incongru, se dresse un tremble ou un peuplier. Vous vous demandez : « Que fait ici cet arbre ? Il a une telle préférence pour le bord des rivières... » Vous passez par des prunelliers, des sorbiers, des églantiers, des néfliers, des coudriers, ces arbustes dont les fruits sont friands d'humus. Persévérez. Voilà la ramure d'un saule. Attention ! Ne mettez pas le pied sur le tapis de mousses rampantes et de filaments verdâtres où s'étalent des feuilles rondes ! Vous y perdrez pied et boirez une tasse dont on ne connaît pas le fond ! C'est une eau de résurgence, dit papa. Elle vient de loin de dessous la terre, d'on ne sait où. Elle s'infiltre par paliers et maintient le niveau par grottes communicantes. Elle ne coule pas vraiment mais s'étale. C'est la source des marais, grands ou petits. Papa sait : « Celle-ci, où on a trouvé le père Contant, entre les Bois-de-la-Madeleine et Châtel-Censoir, date du temps de Prométhée, le frère aîné de Jésus. En des endroits pareils, les fils du peuple de la forêt ont construit les cités lacustres dont on parle dans les livres d'école. C'est à eux que Prométhée a donné le feu. C'est dans ces eaux sans mouvement que les druides trempaient la serpe aux étincelles. Les hommes avaient déjà le sang rouge. Aujourd'hui, le feu antique fait tonner le canon et éclater des bombes. Pourtant, je porte toujours sur moi une boîte d'allumettes, en souvenir de Prométhée. Vois-tu, murmure papa qui parle en rêvant, nous autres, les Bourguignons, nous gardons un peu de la Sylve originelle dans notre chair, un peu de nonchalance pastorale dans nos veines, un peu de fluidité dans notre caractère et du vin de malice dans nos artères. Je parle des Bourguignons blonds, bien sûr. »

Avril avait déversé sur nous ses giboulées. On sortait les charrues, les herses et les rouleaux. Malgré les belles éclaircies, on ne se découvrait pas d'un fil.

Je m'étais fâchée avec Roland après qu'il eut piégé et tué une chatte sauvage. Il m'avait amadouée en m'entraînant dans un coup « contre les Allemands ». Le ratage, total et comique, avait sérieusement rabattu son caquet. Un matin, à la blanche lueur de l'aube, ouvrant les volets, surprise ! À l'extérieur, contre l'encoignure de la fenêtre, un bouquet bien fourni de muguet se tenait en équilibre au bout d'une gaule longue de quatre mètres ! L'ancienne tradition m'était vaguement connue mais, ne l'ayant jamais vue mise en pratique, j'avais cru à un conte caduc. Voilà que… Bon sang d'bon sang, qu'est-ce à dire ? Roland se déclare ? Emportée par une vaillance insoupçonnée, j'ai couru chercher mon chevalier, mon damoiseau. Il se cache, pardi ! Il a sa fierté, et c'est là qu'il ne faut pas le chatouiller. Le salaud ! Il a pris ma place sous les noisetiers de Phrasie. Tout à trac, je le *biche* sur les deux joues avant qu'il bouge. « Oh là ! s'exclame-t-il en se débattant. Faut pas déborder. On a dit : entre nous, pas de foutaises, non ?! Moi, j'ai Marie-Rose. Aux Saints-Pères. Je la fréquente pour le bon motif. Toi, t'es la seule femelle regardable du hameau – regardable, enfin presque. » « Bindidon ! » « Ben quoi ! T'as pas de lolos et rien de ce qui sert à s'asseoir. » Les douches froides, ça remet les émotions en place, y'a pas à dire. Pas le temps d'élaborer. Roland m'entraîne dans une marche de Sioux, mains à terre, jambes en crapaud, tête tendue vers l'avant, rasant les murets de pierres sèches où pointent les premières giroflées de muraille, jusqu'au triangle en jachère qui jouxte son jardin. Là, un amas aérien de charrettes, chariots, herses, tombereaux, rouleaux, moissonneuses et autres outils plus menus, pioches, râteaux, binettes… imbriqués les uns dans les autres. Dans les cours, derrière nous, des cris retentissent. Retraite, préparée à l'avance par Roland, à l'abri d'une grange désaffectée. Il a fait cela tout seul, cette nuit ? Mais pourquoi ? Parce qu'il veut… parce que sa patrie, avec sa liberté, doit retrouver ses traditions, toutes celles rattachées au prolétariat, qu'il soit le serf de la terre ou de l'usine ! Il semble que, jadis, le jour du 1er Mai, après avoir déposé un muguet à la fenêtre de la fille convoitée ou des branches d'ortie pour celles qu'on détestait, les jeunes des villages emmêlaient les outils de leur esclavage sur le champ communal, où surgissaient les propriétaires, les barons, les seigneurs et leur troupe de valets. Les premiers, ne se salissant pas les mains, gueulaient, frappaient tandis que les seconds, dans le brouhaha et le désordre, ne se pressaient pas de récupérer le bien du maître. Dans certaines régions, affirmait Roland, ces confiscations avaient déclenché des révoltes spontanées, des jacqueries, étaient cause du soulèvement d'un certain Mandrin contre des fermiers généraux. Le gavroche espiègle des Chaumots relevait le flambeau au nom des damnés de la terre avec, pour emblèmes, la faucille et le marteau. Pour l'heure, il enfournait des sacs vides pliés à l'intérieur de son pantalon et sous sa chemise, manière discrète de protéger sa peau. Son père, une brute que tout le monde fuyait et qui tapait fort, n'y verrait que du feu. Façon de changer les idées de mon héros, je m'enquis : « Que fais-tu des bêtes piégées qui sont immangeables ? » « Dépiautées, elles me servent d'appât. Les peaux ou les plumes, je les vends pour m'acheter un accordéon. » Oui, semblable à mon Jacques, de Vaux, Roland Forgeard portait en lui l'amour inné de la musique et il n'en perdait pas une once en se disant « Je vise trop haut ».

Sous la feuillure des noisetiers, haussées au rang d'anges gardiens tout à fait catholiques (catéchisme oblige !), mes sœurs et moi reprenions la lecture de notre Livre de Vie. Mes « paquets de souvenirs » constituaient mon bien le plus cher, le plus authentique, le plus individuel : j'en avais une conscience précise. Parfois, un infime détail retrouvé me laissait au bord d'un vertige. Quel que fût le degré de ma fatigue physique mon cerveau poursuivait son but personnel. Je n'ai pas cherché à revoir des scènes oubliées de ma prime enfance. Les mots *transe* ou *vision* catégorisent des phénomènes spontanés ou induits, ils ne les expliquent pas. En ce qui me concerne, les images se présentèrent sans avoir été sollicitées.

… J'étais sur une route de terre mal entretenue, strictement rectiligne, fendant avec une rigueur forcée l'étendue d'un plateau dénudé. Plus je marchais contre ma volonté, plus je rapetissais. Derrière moi vibraient les éclats à peine estompés d'un verdict d'abandon ou de fuite. Devant moi, au bout ultime de l'horizon, une chose vers laquelle je ne voulais pas aller. À ma droite, me tenant par la main et me tirant, une femme que le soleil levant transformait en une découpe noire au ventre bombé. À côté d'elle, senti plus que vu, un homme élancé, maigre, voûté un peu, qui poussait un landau à la capuche rabattue. Dedans, invisible, un bébé hurlait… Je me suis vue hors de moi, fillette de deux ou trois ans, refusant d'aller vers quoi on la menait. Tirant en arrière la main de ma mère, je me suis entendue crier : « Yvette-Marie-Thomas-Moi ! Yvette-Marie-Thomas-Moi ! », affirmation désespérée d'une identité à laquelle on m'arrachait. Dans le landau, pleurant déjà sans savoir, mon frère Michel. À côté de ma mère, son ami, la cause de la sentence inique. Ma mère elle-même ? Ayant mes yeux à hauteur de ses cuisses, je crus le contre-jour et la perspective responsables de son ventre arrondi. La route ? La voie romaine qui par la Loire, la Sologne, la Puisaye, gagne en droite ligne les territoires nordiques…

… À Vaux, debout devant la porte ouverte de notre maison, l'homme qui poussait le landau. Le contre-jour accentue sa maigreur et ses épaules tombantes. Il vient pour moi, j'en suis certaine, mais je recule au fur et à mesure qu'il avance. Dans la chambre, la lumière restée sur ma rétine met sur les choses et les gens un voile jaunâtre. L'homme s'est accroupi. Allongé, blafard, son visage au long nez se met à la hauteur du mien. La blondeur des cheveux raides et de la barbe courte chichement semée sur ses joues creuses enrobe un regard bleu, pâle, translucide, des yeux bordés de rouge d'où s'épanche du liquide, goutte à goutte. Il pleure sans faire de bruit. Je sais qu'il est allé voir mon frère avant moi. Il lui a dit que sa mère est morte.

… Sur la toile cirée trouée et craquelée où nous prenons nos repas, mettons vin et gâteaux pour les visiteurs, le journal du jour et les petits travaux de couture à faire le soir, à l'aplomb des deux rouleaux de papier tue-mouche tire-bouchonnés, deux objets incongrus. Ici, un parapluie de fillette, flambant neuf, bariolé, frangé, avec une poignée recourbée en corne blanche. À côté, un flacon mordoré relié par un tuyau à une poire entourée d'une résille couleur beige-miel. Mes doigts « reconnaissent » la texture des fils mais le nom et l'usage de l'objet m'échappent. Lentement, maman Blanche groupe, attache ensemble, enveloppe, ficelle et, me disant quelque chose que je n'entends pas, dépose le paquet sur l'armoire adossée au mur de l'entrée. Je suis descendue de ma chaise et l'ai suivie jusque-là. Sa main pousse le paquet dans l'obscurité. Ses yeux disent : « Tu sauras où le trouver. »

... À Vaux encore mais dehors, cette fois. J'ai grandi assez pour pouvoir poser mon coude sur le rebord de la fenêtre. Le monsieur musclé, trapu, fortement hâlé, referme la porte de sa voiture, démarre en faisant un geste d'adieu. Il porte une moustache, ses épais cheveux noirs sont frisés, me semble-t-il. Maman Blanche me prend aux épaules, me serre contre son corset et soupire : « C'est ton père, ton père. » Sortie du mirage, j'interroge le poil courbé qui, depuis peu, a surgi à la base de mon pouce droit. Il fait une vrille sur ma peau blanche. Il a du corps. Je l'arrache, il repousse. Il est noir.

Le mois de mai reverdit les champs, les haies et les cœurs. Cailles, perdrix, faisans, poules d'eau, coqs de bruyère, sarcelles épuisées par leur migration et les sempiternels garennes enrichissent nos menus de saveurs exotiques. Une faune toute différente jaillit hors de la forêt, opère une forme d'occupation à la fois française et étrangère, en un mouvement de raz-de-marée. Leurs véhicules à essence ou gazogène nous apportent le bruit, la fumée mais aussi la modernité, le progrès et, pour les enfants des paysans jamais sortis de leur trou, une jalousie curieuse envers les us et coutumes citadins.

Ils encombraient d'office nos chemins trop étroits pour que deux voitures ou deux charrettes y cheminent de concert sans que l'une ou l'autre soit obligée de glisser, sans verser, du talus au fossé. Un privilège divin leur avait accordé à la naissance le droit absolu de priorité, une supériorité évidente et des natures délicates. Les plus amicaux osaient poser leurs pieds magnifiquement chaussés (c'est-à-dire n'importe quoi qui n'était pas un sabot) sur le sol de nos cours riches de bouse, crottin, pisse et purin. Ils se prévalaient d'un ancêtre oublié retrouvé au fond de mémoires fouaillées par la faim et recherchaient un cousin de cousin, au vingt-cinquième degré et de la main gauche, agriculteur par chance, qui ferait montre d'un reste d'honneur familial en leur vendant sans trop les flouer de quoi moins souffrir des restrictions alimentaires (réellement graves en ville). Marché conclu, restait l'appoint, qui n'avait pas de prix pour les gosses : le tour du village dans leurs engins pétaradants.

D'autres, des Parisiens qui depuis « avant la guerre » avaient trouvé, acheté, retapé des fermes désaffectées, rappliquaient maintenant avec des flopées d'amis, tous plus extravagants les uns que les autres. Ils étaient pleins aux as. Notre notable le plus distingué, le maire de Vézelay lui-même, se tenait devant eux, déférent, la casquette à la main. Voilà maintenant que, superbe mise en veilleuse, ils se rapprochaient du petit peuple. Quand maman se flatta d'avoir « mis la main sur les gens de La Goulotte », elle ne faisait pas allusion à la poignée de natifs du lieu qui y survivaient, mais à un couple mi-français mi-grec, de grande réputation, installé dans le hameau situé entre Les Chaumots et Vézelay, en contrebas de notre forêt. Devenue leur fournisseur principal, juste tribut de l'excellence des produits de son jardin, maman touillait les ragots en prélevant sur notre ordinaire le lait, la crème, les œufs et les primeurs dont ils étaient friands. Quand, tout émoustillée, elle annonça les avoir « ferrés », je tendis l'oreille. Plus trace chez elle de cette lourde placidité, de cet abattement mal caché qui lui ternissaient les yeux, lui ramollissaient la bouche. Ragaillardie, rajeunie presque, redressant le buste et se frottant les mains comme après une affaire délicate parfaitement réussie, elle raconta en jetant des coups d'œil à la fois inquiets et malicieux vers son Gustave : « J'ai pris sur moi de leur louer notre champ de La Goulotte. T'es trop vieux pour y porter la charrue. Nos deux vaches, elles ont assez à brouter ici. Je veux dire… j'ai amorcé la vente. Ils sont intéressés. Tu comprends, Gustave ? On le vend et on garde nout' petite reine. » Oui, Gustave et moi avons saisi la finesse et l'importance du plan. Mes Philémon et Baucis s'amputeraient d'une part de leur terre, renfloueraient leur escarcelle, pourraient payer à l'Assistance le salaire que j'étais tenue de gagner au lendemain de mon quatorzième anniversaire. Oui, je pourrais rester chez eux ! Ils mettaient fin à mes tribulations. Papa retrouva son sourire et ses illusions… « Maurice reviendrait. Deux hommes à la ferme… un tracteur… plus besoin de penser à vendre nos vaches pour acheter une chèvre, ce signe de désolation. Et puis, moi installée dans la maison de Marie-Louise… Maurice et moi, hein, ce serait si bien. » Je ne peux pas dire si j'y ai vraiment cru ou si j'ai voulu y croire mais j'en ai rêvé, car, bien sûr, il y aurait de la place pour mon frère Michel…

La communion solennelle se conjuguant maintenant au passé et le prix du champ au futur proche, la fin de l'année scolaire m'envoya un rappel cinglant de mon statut de pupille de l'Assistance afin, sans doute, que je garde l'esprit clair. Une nouvelle élève s'était présentée, en haillons, couverte de croûtes et de salissures. Occupée par une rédaction, je n'y avais pas fait attention. Quelques jours plus tard, elle arrive le tablier déchiré, les bras bleuis, les cheveux embroussaillés. Choquée, notre maîtresse entreprend de nettoyer la gosse, qui reste apathique. Une entaille de dix centimètres se fait jour sur son cuir chevelu. Sous les cheveux rejetés maintenant en arrière, je reconnais… ce n'est pas possible… une de ces pupilles fragiles que l'Assistance envoyait à maman Blanche pour qu'elle les remette sur pied. Simone Cousin ! Tant de fois revenue chez nous, maigre comme un clou, l'esprit égaré, que l'Assistance venait nous reprendre sitôt les joues un peu rosies… Simone ?! Presque ma petite sœur de lait, âgée, quoi ?, de douze-treize ans ? Oh, mes aïeux… Notre maîtresse leva la classe pour accompagner Simone chez ses patrons et… de quoi les adultes débattirent, je n'en sus rien, sauf que Simone ne revint pas en classe. Inquiète, voulant savoir, voulant qu'elle sache – elle ne m'avait pas reconnue –, j'allai une fois jusqu'au milieu du village pour la chercher, la retrouver, et m'arrêtai devant une cour atrocement souillée. À une dizaine de mètres, en bas des escaliers, un rustaud pansu, débraillé, poitrail velu et ventre dégoulinant, profitant du soleil… Devant lui, réduite à un petit tas de quelque chose qui bougeait, Simone lui lavait les mollets.

En vendant un champ, maman Phrasie tentait un coup contre le destin qui lui avait enlevé sa fille et son fils. Sa « pour-renfant », sa « petite reine », elle la garderait, c'était devenu une obsession. Quoique déjà opérée de calculs à la vésicule biliaire, elle fit monter en elle un sang mauvais qui l'obligea à s'aliter, pas au premier étage de la maison de Maurice mais ici, dans la masure, à une enjambée de la cheminée une fois le pétrin et la maie changés de place. Ses clients de La Goulotte, « des gens civils, faut pas dire », vinrent saluer la malade.

Je les avais aperçus plusieurs fois et même croisés mais en courant à mes petits travaux, sans m'arrêter. De près, maintenant qu'ils étaient assis et que, moi non plus, je ne bougeais pas… deux personnes de la haute, j'en louchais. Mme Zervos, toute menue (pour être polie – et, sinon, franchement maigre) avec sa robe à rayures bayadères fluide, si bien collée au corps, ses enfilades de perles coulant plus bas que le nombril, ses mains fines aux ongles étroits et longs couleur rouge vermillon exactement comme ses lèvres, ses cheveux sombres et épais coupés à la garçonne, son long fume-cigarette, la fumée qui lui sortait des narines… un bibelot qui, c'était fort, ça !, reprenait de l'eau-de-vie. M. Zervos, beaucoup plus âgé, au corps imposant, sa tête large et haute enrobée par une crinière blanche, son costume trois pièces, cravate et chaussures de même couleur alors que la chemise, dans l'obscurité ambiante, prenait des tons lie-de-vin, ses doigts bagués… une gravure de mode impossible à trouver dans les catalogues de *La Redoute* ou de *Modes et Travaux* que Mame Rosine empilait sous son lit, à l'hôpital. Leur beau parler amplifiait la distance entre nous autres, laids, humbles, serviles, et ces Seigneurs… Si, selon ce que maman en disait hors de leur présence, ces gens-là étaient « mondains, parvenus, "excentristes" et sans religion », ah, mes aïeux, moi, j'étais plutôt pour.

Maman « incapacitée » – sauf pour faire la soupe –, papa parant aux urgences, c'était maintenant à moi de faire les livraisons, deux ou trois fois par semaine, utilisant parfois un de ces landaus d'autrefois, profonds et hauts sur roues, que j'avais vus, poussés sur une route déserte, plate et droite. Ces Parisiens et leurs nombreux amis aimaient faire la fête, bien boire et bien manger. Fière de ma tâche, longeant nos champs, traversant la forêt, seule comme une grande personne même après la nuit tombée, j'établis sur le parcours une frontière invisible : à ce tournant marqué par un arbre encroué, deux mondes se touchaient sans se pénétrer. Quand Mme Zervos versa une partie du lait que je venais d'amener dans trois grands verres à anse, et qu'elle et son mari m'encouragèrent à boire en l'honneur de nos bonnes santés réciproques, je trouvai la chose charmante, flatteuse, mais plongeai tout aussitôt dans un dilemme rabat-joie. Avais-je le droit de boire ce lait dont nous nous privions à la maison, que nous leur vendions pour ramasser des petits sous ? N'était-ce pas malhonnête ?

M. Zervos me faisait regarder des reproductions ou des photos (les premières se trouvent dans les livres, les autres brillent et sont sur des feuilles volantes, ça, il faut l'apprendre !) de peintures ou de sculptures rattachées à des civilisations et à des temps inconnus. Dans ce domaine fascinant qui mettait dans ma matière grise des pétillements de poivre et des étincelles, mes connaissances avaient atteint le niveau des illustrations de l'almanach Vermot, des boîtes de bonbons décorées que toutes les paysannes transforment en réserve à boutons, bouts de dentelle, ficelle ou chandelle, et, exception, les planches anatomiques souvent copiées, à l'hôpital. Ces dernières m'aidèrent à regarder sans broncher les nus grecs, les Vénus, les Nymphes, les Olympia. Mes commentaires eurent l'heur de faire rire aux éclats le souvent ombrageux monsieur. Ses réactions joyeuses m'enorgueillissaient, me flattaient par les « Tu as raison, petite », les « Tu as trouvé cela toute seule ?! » qui les suivaient.

Les vivres rangées, Mme Zervos, alerte, remuante, s'asseyait un instant, verre de liquide transparent à la main. Son élégance à manier le poudrier d'une seule main, ses gestes du bout de l'ongle du petit doigt pour retirer un peu de la pâte grise-bleue accumulée au coin des yeux me fascinaient, plus encore le regard d'en haut et de biais qu'elle portait sur elle-même dans le petit miroir. Les prunelles sombres brillaient d'un éclat satisfait et malin puis se brouillaient dans une sorte d'incertitude qu'elle ne regardait plus. Mignonne, la dame, et simple aussi quand elle le voulait, mais avec peu de tête, pensais-je, car elle se trompait souvent sur mon nom, m'appelant Cosette – ce que j'aimais – ou Perrette – ce qui me tapait sur les nerfs car, moi, je ne dansais pas en chemin et livrais les œufs sans les casser.

Leur joli parler me laissait souvent égarée tant par l'intonation pointue, rétrécie, sans chuintements ni accents circonflexes aggravés, que par le vocabulaire. Pour une Vénus ou un Apollon, ou un autre personnage en marbre de leur cour, la désignation d'Éphèse se transforma en F et deux SS plus un (*des fesses*) qui, à mon entendement, signalait bien la superbe de leur arrière-train. Se plaignant du père Rousseau, le seul vrai paysan de leur hameau, Mme Zervos s'écria : « Il est odieux », que j'entendis : « Il est aux dieux. » Qu'est-ce à dire ? Il appartient à des dieux ou il est parti au ciel où ceux-ci habitent ? Le plomb de la honte faillit m'étrangler lorsque je vis écrit le titre de l'ouvrage sur lequel le monsieur travaillait, *L'Art en Grèce*. Quelle horreur ! Mes oreilles, fidèles aux sons, m'avaient transmis *Lard Engraisse*. Je ne sais quelle réaction un peu fielleuse de ma part avait déclenché chez eux un haut-le-cœur amusé et un « compliment » – « Elle est pugnace, la petite ». J'accordai le sens global du mot à sa première syllabe et partis dans un laïus sur les bonnes odeurs, des vaches en particulier. Le monsieur tenta de m'expliquer, vit que je ne lui faisais pas confiance, ouvrit un gros livre à couverture verte, me faisant découvrir… un dictionnaire ! Quoi, pendant toutes ces années, on m'avait caché un outil pareil ?! Tous les mots de la langue, par ordre alphabétique, avec des explications sur les différentes significations et les modèles, comment les utiliser ?! Il semble que ma colère jaillit comme un venin et que ma fureur les toucha. Ma façon de voir les choses sur un plan plus général aussi… car la petite furie qu'ils découvraient revendiquait un dictionnaire gratuit offert par les autorités à chaque enfant qui naît : « Pas des hochets, pas des dragées, pas de baptême idiot ! Un dictionnaire ! » Nos relations prirent une autre tournure.

M. Zervos me présenta les livres dans lesquels lui, le Grec, trouvait son français : des encyclopédies, des glossaires (quel mot magnifique), des lexiques (plus roides), des « concordances » (?) à loucher du cerveau, à se coucher entre les pages pour que la peau absorbe le Savoir ! Aimerais-je pouvoir étudier ? me demandèrent-ils. Étudier ? Le sens précis et pratique du mot m'échappait : en campagne, à l'école, on « apprend », bien ou non, mais avoir le nez dans les livres ?! Pardi, quelle question !

Sans que je m'en rende compte (au moins au début) ils me firent passer des tests… « Choisis le mot qui te semble le plus important : justice, liberté, dignité. » « Faut que je réfléchisse. » Deux jours plus tard : « Alors ? » « Dignité. » « Pourquoi ? » Le souvenir de Bénédicte m'avait mise sur la voie. « Si je ne salis pas la dignité d'autrui, je ne lui fais pas d'injustice. On ne salit pas ma dignité lorsqu'on me laisse libre d'être comme je suis. » La grande transformation s'opéra chez moi par le face-à-face avec l'art, pas celui des almanachs Vermot, l'art tel qu'il était chez eux : de vrais tableaux, de vraies sculptures qui, d'évidence, représentaient un monde insoupçonné, gigantesque par les émotions violentes ou charmeuses qu'il provoquait, dans le corps d'abord, avant que la réflexion, l'analyse et la critique n'interviennent. Ce n'est pas rien de se trouver tout à coup en face d'un portrait de Dora Maar, à la peinture encore fraîche pour ainsi dire, d'un mètre et plus de hauteur et de largeur, avec ses coloris grinçants, volontairement désaccordés, la tête déglinguée comme passée sous un laminoir qui a mis le profil dans la face et les deux yeux en sens inverse. Et ces larmes qui tombent sur la joue ? Des clous de Jésus. Et ces doigts en forme de poignard aux jointures de serres de vautour ? « C'est le portrait terrifiant de la terreur. C'est plus atroce qu'un crucifix parce que la femme n'en est qu'au début de son agonie. » « Et cette sculpture de notre ami Laurens, qu'en dis-tu ? Tu peux toucher, c'est permis. » Rien à voir avec une vierge Marie au tombeau et pourtant, dans le marbre immaculé, une femme au bord… d'un bord. Quelque chose a fermenté dans la pierre, a gonflé et distordu les mollets, a bouffi les bras, a dilaté les hanches et le buste où se devine encore une taille ronde et ferme. La femme dans la roche polie appelle la main. En fermant les yeux, le rebondi des enflures transmet le doux relief des cuisses, du ventre. Sous la main, en aveugle, il n'a rien en trop, rien n'est exagéré… mais « M. Laurens a une maladie de la tendresse ». « Qu'est-ce que tu dis ?! » « Je ne sais pas. C'est un homme très malheureux. » Et ce Braque ? Et Kandinsky ? Et González ? Et Léger ? Et… Il semble que je sus répondre intuitivement de manière accordée à leurs goûts : j'en ai crédité Grande-Sœur. L'art ? À cette époque, c'était quelque chose qui attaquait ma chair, mes nerfs, et m'ouvrait dans la boîte crânienne des percussions, des sensations brutes, passionnantes, à décortiquer a posteriori mais, sur l'instant, terriblement fatigantes. En effet, j'eus vite la sensation bizarre que « comprendre » une œuvre exigeait de moi un tribut, un don qui, pour les toiles d'un nommé Picasso en particulier, se transformait en arrachement. Mes commentaires intempestifs et parfois drôles à leurs yeux en raison de mes références à ma « culture » terre à terre firent le tour de leur petit monde, ce qui ne me déséquilibra aucunement car, s'ils étaient très forts dans leur « culture », moi j'étais forte dans la mienne… Par exemple, ils ne savaient pas distinguer la pâquerette de la fleur de camomille ; ils ignoraient les trois plantes dont il faut mélanger le suc pour traiter la brûlure de l'ortie et la piqûre du moustique ; ils ne savaient pas deviner à leur forme les nids pourtant si différents du bouvreuil et de la pie. Si je reconnaissais volontiers mon ignorance des choses de l'art et des lettres et faisais tout pour apprendre bien et vite, je trouvais indigne d'eux de se désintéresser totalement de l'arbre encroué qui marquait la frontière entre eux et moi. Cet arbre, il aurait pu être cadrané ou écuissé ou abrouti, non ?

Les Parisiens passèrent un soir, sans s'être annoncés, photo de cadastre en main et problème à surmonter : le sentier entre leur jardin et notre champ. La dame discutait, le monsieur louvoyait. L'esprit matois du paysan régalait la ruse sophistiquée des citadins. Assise sur la « chaise à Maurice », plongée dans mes dessins, j'enjoignis Petite-Sœur de suivre les finesses des pourparlers, commentant en mon for intérieur : « Un point pour toi, maman. Un point pour vous, les Parigots. » Soudain, les mondains se penchent sur mon travail.

N'en croyant pas mes yeux, je les regardai saisir délicatement les feuilles, l'une après l'autre, entre le pouce et l'index comme si elles étaient d'or friable, les manipuler pour les mettre à bonne hauteur, à bonne distance, s'exclamer… À partir de là, ce fut une bourrasque dont seuls les Parisiens maîtrisèrent la direction et la force.

Maman Phrasie m'attire contre elle et pousse un de ces soupirs venus du fond des lombes, annonciateurs de larmes et de gros sanglots. « Ma pour'petite… Ce s'rait pour ton bien, pour ton bien… Les Zervos s'intéressent à toi ; y m'ont dit : "Votre petite reine, c'est un joyau brut…" Y pensent te prendre avec eux, à Paris… Y t'en ont pas causé ? Gustave, il est aux cent coups. Mais ce s'rait pour ton bien… C'est la chance qui te tombe dessus. Nous, on peut rien faire de pareil. » J'ai senti mes jambes flageoler.

En courant, j'ai fait ma Perrette : « Adieu sabots, adieu fumier. Je vais à Paris jouer du balai et du plumeau ! Phrasie, Gustave ? Je les verrai aux vacances… » Les verres à anse attendent déjà sur la table. M. Zervos dit : « Assieds-toi. Écoute. Ma femme et moi, nous pensons que tu as un don naturel pour l'art, et l'art est la chose la plus importante de notre vie. Par ailleurs, Mme Guerrault nous a montré tes cahiers d'école. Tu te débrouilles bien. Tu as des idées qui t'appartiennent.

Si tu nous dis que tu aimerais aller au lycée et progresser dans le dessin, manier les couleurs, nous pouvons t'aider. Nous en avons les moyens et cela nous ferait plaisir… On doit monter à Paris pour une semaine, on passera par Auxerre voir le directeur de l'Assistance… Dis-nous seulement oui. » Mme Zervos tentait de nettoyer son mascara dilué par les larmes. « Dis-nous oui, Cosette. Dis-nous oui, Yvette », murmure-t-elle d'une voix étranglée en posant une main sur mon bras.

Sur le chemin du retour, l'arbre encroué m'oblige à reprendre souffle, m'asseoir, réfléchir. L'arbre effondré sur l'autre m'a toujours fait pitié. Tout ce qu'il demande c'est de tomber à terre de tout son long pour se reposer, j'aimerais pouvoir en faire autant… M. Zervos a présenté sa proposition tout de go, sans chichi, comme un marché qui doit se sceller par une poignée de main, d'égal à égal, sans même avoir besoin de dire « Parole d'honneur »… Mme Zervos, ses larmes, sa supplique, son attouchement, c'était de la sentimentalité ? Elle n'a jamais essayé de m'embrasser…

Phrasie m'écoute et n'y tient plus : « J'voulais pas t'le dire avant, j'leur avais promis… C'qu'ils ont en tête, c'est de faire de toi leur fille. De t'adopter, tu comprends ? C'est une chance à saisir des deux mains… » La stupeur pétrifie mon corps, et ma tête s'enfonce dans une spirale qui va en se distendant et va bientôt m'éparpiller en morceaux. Gustave saisit le gouvernail : « Être adoptée, à ton âge, ça n'arrive pas tous les jours… Les parents sans enfant demandent des bébés et ils s'adressent surtout à des organisations catholiques… Aux bébés, sensément, on ne leur demande pas leur avis. D'après ce que j'ai entendu, c'est différent pour les enfants plus âgés. Toi, tu auras bientôt quatorze ans. Je suis certain qu'on fait une enquête sur les demandeurs et, probablement, un fonctionnaire de l'Assistance viendra chez nous pour te poser à toi aussi des questions. Une adoption ne se fait pas du jour au lendemain. Nous avons le temps de voir venir. »

Sous les noisetiers, mes sœurs et moi avons battu nos cartes, débattu de nos options, avons établi une « ligne de conduite » droite et ferme, au plus proche de notre « vérité ».

Pendant l'absence des Zervos, je fis la connaissance de membres de la famille venus à La Goulotte en vacances : Mamitte, la mère de Mme Zervos, et Gaby, sa sœur aînée, superbement vêtues et coiffées mais aussi communicatives que des punaises de bénitier rancies. Puis, M. Stamos, frère cadet de M. Zervos, gros bonhomme suant se protégeant le crâne chauve avec un mouchoir humide, ne mettant pas le pied dans le jardin à cause des « sales bêtes ». Toutes les portes sont closes, y compris celle de l'entrée, contre laquelle je dois tambouriner et attendre avant qu'une ou l'autre femelle daigne ouvrir, me fasse la grâce de transvaser les victuailles dans leurs cageots sans m'inviter à l'intérieur ni m'offrir un verre d'eau. Ces faces de carême appartenaient-elles au même monde ? Les avoir dans ma vicinité ? Décidément, il me fallait faire et refaire le compte de ce qui m'attirait et de ce qui m'empêchait de me laisser aller à l'euphorie.

M. et Mme Zervos reviennent une semaine et demie plus tard. Nous sommes au mois d'août. Leur cabriolet-décapotable-traction-avant-gris-métallisé encombre le chemin. Mon landau ne passe pas. Marche arrière, marche avant, tournant, Mme Zervos enfonce le cul de sa voiture dans le mur du cantonnier. Elle rit si fort qu'on voit sa luette trembler. Elle s'abat sur moi, me *biche* partout, salive et rouge à lèvres mélangés. Elle cause et cause et cause ! Si ce n'était pas Mme Zervos, je dirais qu'elle dégoise comme une femme soûle.

Maintenant que leur famille est là, on s'enferme à trois dans la salle à manger. « Faudrait-y qu'y-z-entendent pas, les z-autres ? » remarque Petite-Sœur. Voilà, nous sommes installés en bout de la longue table. L'heure n'est plus à trinquer avec du lait. M. Zervos fait son exposé : « Nous sommes passés par Auxerre. Avec le directeur de l'Assistance, nous avons parlé… d'adoption… Mame Guerrault t'en a causé ? Bon. Nous pouvons avoir tes papiers dans une semaine et tu pourras venir ici directement des Chaumots. Par ces temps de guerre, Auxerre ne s'amuse pas à faire venir les pupilles au foyer ; trop de restrictions, bouffe, essence, tu comprends. C'est maintenant qu'il faut nous donner ta réponse. » Mme Zervos, je ne peux pas la regarder. Elle vacille et gémit. Mes sœurs et moi avons tout préparé. Alors, je me lance. « Je dis oui, à une seule condition… que vous adoptiez aussi mon frère Michel. » Le silence qui s'installe aplatit les meubles. Le paquebot mirifique sur lequel je pouvais m'embarquer passe entre les deux rouleaux d'un laminoir. M. Zervos réagit le premier : « Eh bien, dis donc, tu en as, du nerf… Ton frère, ton frère… tu en causes tout le temps. On dirait que tu n'envisages pas la vie sans lui. » Oh, la belle formule ! Je la lui retourne : « Je n'envisage pas ma vie chez vous sans lui. » Ils me raccompagnent jusqu'au bout de la terrasse avec beaucoup de gentillesse.

Aux Chaumots, Phrasie et Gustave bleuissent de colère. « On t'offre le petit doigt et tu avales le bras…

Lâcher la proie pour l'ombre, vendre la peau de l'ours, un tiens vaut mieux que deux tu l'auras… » Tous les clichés y passent. J'explique : à mon avis, on ne transforme pas en fille de la famille une pupille cul-terreuse simplement parce qu'elle « en a dans la tête ». On ne l'adopte pas parce qu'elle a même « un beau coup de crayon ». On l'adopte parce qu'on l'aime. Et si on l'aime, TOUT est possible, comme de la réunir avec son petit frère. « Mais qu'est-ce que tu fais de ton frère et de ta sœur aînés ? » « On n'a pas le même lien. J'en parlerai plus tard. » « Et s'ils te disent non pour Michel ?! » « J'ai pensé à tout. On vend le champ, en faisant un petit rabais. Papa, tu peux promettre d'y porter la charrue au printemps prochain, gratis, non ? Je reste chez vous et, à mes quatorze ans, je commence à mettre des sous de côté. Quand j'en aurai assez, je ferai un voyage pour retrouver mon frère et je le ramènerai ici, avec nous. Je me suis dit : Les Chaumots, ça lui plairait. » Mes chers parents nourriciers se prirent à rêver, eux aussi. Avec six bras à la ferme, nous allions faire des merveilles. La conscience d'avoir joué un terrible coup de poker ne me vint que lorsque l'amour parental et l'amour fraternel s'avérèrent être des pièges. L'incroyable avait eu lieu.

Une semaine à peine s'était écoulée que les Parisiens arrêtaient leur cabriolet près du champ où nous retournions des andains de luzerne. Debout dans leur voiture, ils souriaient, gesticulaient. Appuyée sur le manche du râteau, incapable de faire un pas ou un geste, j'attendis le verdict. Il résonna dans l'air, lapidaire, mais totalement satisfaisant : « Oui ! Pour tout ! Mais pas en même temps ! » – textuellement –, puis : « Tu peux venir avec nous tout de suite ! Ton frère arrivera l'année prochaine. » Si j'esquissai une pirouette, je m'arrêtai immédiatement. En effet, j'avais une autre requête à présenter à mes parents adoptifs…

Papa Gustave juge élégant de fêter mon adoption immédiatement en allant retrouver Phrasie, toujours fragile, restée à la maison, et boire ensemble comme il se doit une « petite goutte ». Pour cela, alors que le soir n'est pas venu, il faut mettre la faneuse à l'abri d'une haie, il faut dételer le cheval. Pendant la nuit, les andains vont se gorger de rosée ; demain, il faudra les retourner un à un, à la fourche, une fois, deux fois, pour qu'ils sèchent. Catholico a trop à faire chez lui pour nous aider. Les Parisiens ne peuvent pas comprendre la grandeur du geste de papa. Je vais vers eux, raconte courtement le saccage que Maurice et moi avons fait. Il me faut réparer. Me permettraient-ils de rester chez mes parents nourriciers jusqu'à la fin de la fenaison ? Ah, Providence ! C'est trop beau ! Le jour anniversaire de Mme Zervos tombe le 6 septembre ! Ils organiseront une partie, un ramdam, une boum, une fête pour deux !

Ma mallette en osier est sur la table. Maman y place les pièces de mon maigre trousseau, ajoute un châle tricoté jadis pour sa fille et quelques gâteries pour mes parents adoptifs. Je la regarde faire sans bouger, sans l'aider. Le tourbillon des émotions vécues ces derniers mois me laisse sans force ; rencontres et décisions ont évolué à une telle vitesse… J'ai frôlé un monde inconnu comme un galet bien lancé ricochette à la surface de l'eau. Aujourd'hui, c'est le plongeon. Maintenant, à trois heures de l'après-midi, je suis une pupille de l'Assistance placée chez des paysans ; à cinq heures, je serai la fille adoptée de parents adoptifs. Aucune autorité n'est venue. Un télégramme de M. le directeur a donné des instructions. Papa l'agite sous mon nez en disant : « Je vais le mettre sous cadre, ce bout d'offense », et s'en va cacher ailleurs son chagrin. Un à un, maman dépose dans ma mallette mes livres d'école, mes cahiers, mes feuilles illustrées. Ses soupirs annoncent une lamentation, un reproche ou une confidence. Quelque chose lui pèse sur le cœur, je le sais, je le sens… que les Parisiens lui ont fait l'affront de confirmer qu'elle et Gustave ne sont pas invités à la fête ? Que leurs relations ne sont plus ce qu'elles étaient ? Je le sais, je l'ai deviné. Maman déclare : « Vivette, faut que je t'avoue… Quand les Zervos ont admiré tes dessins, j'ai tout compris : eux, gens de la haute, nous, des péquenots… Le pot de terre et le pot de fer. Nout' champ ne pouvait plus rien sauver. J'ai vu ta chance et, pour aider, j'ai fait un gros mensonge. Je leur ai dit, Dieu me pardonne, j'ai dit que le tableau de Maurice, c'est toi qui l'as fait… S'il te plaît, ne me démens pas. Dis que tu nous le laisses en cadeau, parce que je ne peux pas te le donner, je ne peux pas. » Ses yeux n'ont pas fini de parler. Ils forcent les miens à regarder le paquet sacré qu'elle a descendu de l'étagère aux trésors où, toutes les confitures mangées, reluit, seul maintenant, le bocal contenant ses calculs biliaires. Les chapelet, missel et psautier ? Ma tête fait non ! Non. Tout est bouclé. Dernière recommandation : « Sois serviable mais non servile. » Dernière embrassade. Deux pas pour m'accompagner jusqu'à la porte… Voilà, je suis seule.

Seule à faire le trajet, portant-traînant, bras brisés-jambes cassées, la mallette aux résidus du temps présent-passé, allant seule vers ma vie au futur d'aujourd'hui, de tout-à-l'heure-dans-un-instant, marchant vers le monde dont le portail s'ouvre par un sentier enherbé, entre forêt et champ abandonné.

II

CHEZ LES ZERVOS

En bordure du jardin, sept personnes dansent, se trémoussent, piaillent comme des Sioux écervelés. Devant mon père adoptif assis en tailleur qui se balance en avant, en arrière, ma mère adoptive, tournoyant sur elle-même et braillant « Ravajà, à la mouquère » retrousse sa belle robe orange et montre son cul nu. Ils s'abattent sur moi d'un seul coup, m'entraînent dans une chevauchée folle. Saute à droite, petite ! Saute à gauche ! On fête ton arrivée et l'anniversaire d'Yvonne.

On me fait boire du vin mousseux, on m'enfourne dans la bouche des anchois ou des œufs de poisson sur des canapés de pain blanc, des olives, des amandes épluchées et salées, des bâtonnets de gingembre et de pâte d'abricot. La gorge affolée par les luxueuses saveurs, les larmes retenues à l'intérieur des paupières, je dédie ce pique-nique qui inaugure mon adoption à ceux que je laisse derrière moi.

Sept personnes de la haute société parisienne en pleine soûlerie, et démontées, et devenues sauvages, chancellent sans tomber, vomissent sans se salir, emploient des « gros mots » sans perdre leur distinction. Ils m'enveloppent, me font tourner la tête avec leurs bécots, avec leurs vœux, leur façon de me palper les côtes ou le fessier en me faisant passer de main en main sans cesser de me bousculer. Ils courent en m'entraînant, s'arrêtent net, hilares, devant une « ânesse qui assurera le lait à ma jeunesse », qui est un âne, auquel se rattache une histoire de naïveté citadine et de malhonnêteté paysanne, et poursuivent jusqu'au tournant du pré en bordure duquel une vache, ma vraie nourrice, rumine paisiblement. Ils s'écroulent, tous en chœur, devant le véritable cadeau : une bicyclette de rêve, rouge vermillon avec des filets bleus et blancs, des chromes rutilants et des pneus demi-ballon roses comme des peaux de bébé. Je bondis sur Pégase, pour me souvenir que je ne sais pas le monter. C'est donc fermement tenue en selle par mes parents adoptifs que je fais mon entrée officielle au château, les courtisans suivant derrière au petit trot.

Sans me prévenir, Mamitte et Gaby m'arrachent à mes vêtements, me poussent dans une salle de bains immense, toute blanche et, me transformant en paquet de linge sale, me jettent cul par-dessus tête dans une baignoire. Horreur ! Moi, l'eau, j'en ai peur et, sauf les infirmières à l'hôpital et Maurice, personne ne m'a vue nue. Nue ! Aveuglée par le savon, je me raccroche à ce qui me tombe sous la main : le pendentif de Mme Gaby dont la chaîne se casse. Les deux chipies me tabassent en m'étrillant avec un gant de crin. Au secours ! Elles veulent me noyer. Je me débats et cogne comme un chat enragé. Le tumulte fait surgir mes parents adoptifs. M. Zervos expédie dehors les « foutues *fumelles* ». Mme Zervos me sèche, passe de l'eau oxygénée sur les blessures de mes pieds (les sabots, c'est fini maintenant ?), étale de la pommade sur mes écorchures, piqûres et égratignures, entre les cuisses et sous les bras. Je l'enlace autant que je peux en m'excusant, en expliquant… Cécile, jadis. Depuis, l'eau, moi, du bout des doigts… Ils me revêtent d'un joli peignoir, de chaussons à pompon, tout ça beaucoup trop grand. Riant aux éclats, ils me coiffent, me dépeignent, recommencent. C'est le moment. Je me répète la phrase préparée et la jette au rythme de mon cœur battant : « Je voudrais vous appeler papa-maman. Je n'ai pas d'autre cadeau à vous faire. »

Quels mots employèrent-ils pour refuser ce que je leur offrais ? Leurs explications, affirmations et négations n'allégèrent pas le brouillard épais et noir qui envahit mon esprit. Pourquoi « papa-maman », les qualificatifs les plus beaux de la vie, se trouvaient-ils chez eux nuls et non avenus, privés de valeur, choquants presque. Interdits !? Pas possible ! Dépouillée d'un seul coup de ce qui m'avait paru essentiel, secouée jusqu'au tréfonds par l'offense qui m'était faite, je rétorquai, pour me venger : « Eh bien, monsieur-madame, je ne vous tutoierai jamais. » Mme Zervos prononça alors la phrase qui, chaque fois qu'elle la dira, éteindra en moi fureur et rancœur : « M'Yvette ! M'Yvette, fais-moi un sourire de printemps ! » Amadouée en dépit de moi et n'étant pas boudeuse de nature, je la laissai m'entraîner vers la table où s'étalaient les restes du pique-nique. Quoi, pas de soupe, ce manger qui tient l'estomac au chaud jusqu'au milieu de la nuit ? Pour saisir mécaniquement une olive, j'eus à ouvrir mon poing droit. Le crucifix miniature de Mme Gaby s'était incrusté dans ma paume.

Les Parisiens, les gens de la haute ou les artistes (comment savoir ?) dorment sur des tables aux pieds coupés à 40 cm du sol. Pas de sommier. Un matelas peu épais qui laisse passer à travers la roideur du plateau. Pas de traversin, pas d'édredon, un seul oreiller. Une bonne senteur dans les draps ; elle ne m'empêche pas de grelotter. « Moins nous nous étonnerons devant ce qui est nouveau, moins nous passerons pour une ignare péquenaude. Adoptées, il faut nous adapter. Bonne nuit à nous quand même », dit Grande-Sœur.

Le lendemain matin, grand calme. Installé sur la terrasse, M. Zervos a ouvert un livre mais, regardant le panorama, Vézelay, ses coteaux, ses collines, il médite ou il pense. Je sais : il cogite, c'est le mot à employer ici. On le prononce en souriant et avec un clin d'œil. C'est chouette. C'est ça la Vraie Vie. « Alors, vous cogitez ? » dis-je. Réjoui, il me fait de la place sur la banquette. Il me faut remplir ma mission, tenir ma promesse. Après avoir répété mes remerciements pour l'adoption de Michel, je fonce : « Vous ne savez pas mais j'ai aussi un frère et une sœur aînés. J'aimerais… » J'aurais pas dû. Il explose. « Ça suffit, ton bon cœur. Tu ne vas pas rameuter ici tes familles imaginaires ou occasionnelles. Tu dois tirer un trait sur ton passé. Couper les ponts. Entrer dans ta vie nouvelle… Ton frère Michel, on dirait que tu le portes comme un jumeau. On t'a promis de vous réunir. Nous tiendrons parole mais toi seule nous intéresses. On veut aussi que tu t'éloignes de Roland, Phrasie, Gustave. Compris ? »

D'emblée, il me fallut m'adapter à des parents adoptifs ne s'occupant de choses pratiques que contraints et forcés. De toute façon, ils obtenaient ce qu'ils voulaient, totalement et tout de suite. Pour le reste, pour l'important, au cœur palpitant de leur vie, ils s'adonnaient à des travaux immatériels soutenus par d'interminables conversations-discussions avec des amis, des oiseaux de passage, de beau plumage et de subtil ramage, qui passaient à La Goulotte deux ou trois jours. Mme Zervos lançait à tout un chacun : « Un invité, c'est comme un poisson. Au bout de trois jours, il pue de la tête ! » Personne ne se vexait. Le soir, merveille des merveilles, tout le monde devenait disponible pour tout le monde, sauf les deux *fumelles* retirées dans leurs chambres dès la vaisselle faite. Stamos, né fatigué, s'accrochait parfois. On montait à l'étage de l'ancien grenier transformé en salle de jeu à deux paliers. Au plan intermédiaire, le billard, les fléchettes, la roulette, un « chèche-bèche ». Au plan supérieur, sur une table ancienne, papier, stylos, crayons. Les cerveaux pensants plongeaient dans le « cadavre exquis ». C'est d'un drôle ! Des coq-à-l'âne, du pataquès sans grammaire, du hasard chanceux ou marrant et, parfois, une collision d'arc-en-ciel ou de plomb ! On m'y donna ma place et, glissant de la luzerne à des *prés socratiques*, je la tins haut la main. J'eus plus de difficultés avec l'« écriture automatique » jusqu'au moment où mon père adoptif suggéra « le même sujet pour tous » : l'écriture automatique sur thème, ça coule de source. Presque. Ça dépend des jours… Ce plaisir intellectuel, plus enivrant qu'une platée de lentilles, m'aida à surmonter la fatigue de journées remplies et pas toujours aimables. Il me devint normal de déclarer avec prétention : « Moi, je suis en pleine forme entre onze heures du soir et deux heures du matin. » Ces veillées éveillées constituèrent, deux mois durant, le lieu et le point de contact avec mes parents ; elles permirent de confirmer (?), pour eux, ma nature de « diamant brut » et, pour moi, de voir sourdre l'élaboration d'une connivence à la hauteur qui leur importait. En ces heures-là et en ces jeux-là, nous devenions des compagnons de route mais je n'étais pas satisfaite. Dans la journée, mes parents m'échappaient ; des travaux urgents ou des « amis » me les confisquaient. Impossible de nous lier ensemble, nous trois, parents adoptifs et fille adoptée ; impossible de faire de nous l'Unité indivisible qui m'aurait rendue sûre d'eux et de moi. Il y avait un manque ; je le mis au débit de ma crasseuse ignorance. Plus tard, Yvonne Zervos me reprocha d'avoir été, dès le début, revêche et crispée. Vrai. Ses cajoleries excessives s'abattant sur moi après toute une journée de totale indifférence, ses mignardises brouillonnes à bisous et papouilles me tapèrent sur les nerfs. Pour son mari, à l'époque, quelques marches pour gagner l'autre grenier transformé en bureau-établi-atelier, un index pointé vers l'étagère aux trésors, tous les dictionnaires à ma disposition, pour dix minutes ou une heure avant que je ne retourne à mes devoirs, sans un bruit, sans une parole, parfois un clin d'œil, un sourire esquissé, c'était simple, c'était clair. Mon programme d'études transformait les journées en aventure. Apprentissage du pastel avec Jean Castagnier, un réfugié espagnol langoureux et poussif, ami à demeure et homme à tout faire, à qui je dois un saut immense vers les hauteurs en déchiffrant et récitant par cœur, en les « sentant » sans vraiment les comprendre, des passages du livre *Du spirituel dans l'art*, de Wassily Kandinsky et, assez vite, la géométrie avec le magnifique Bado, le feu d'artifice spatial, des projections en trois dimensions, en dessin coté ou en subjectivité artistique, la fantaisie des points de fuite (ou de rencontre), une fête ! À côté, le revers de la médaille.

Mamitte et Gaby s'appliquèrent à me transformer en fille présentable en ville. J'appris que j'étais une plouc et que tous les ploucs sont des malodorants, des malappris, des mal embouchés, des rustres frustes, quoi. J'appris que seuls les gens du vulgaire mangent de la soupe. Nous autres, nous dégustons du potage, nous consommons du consommé. À Paris, le dîner aura lieu après le spectacle, le soir nous pratiquerons une légère collation. J'appris que le tube digestif, à son entrée et à sa sortie, est muni de muscles annulaires appelés sphincters. Crisper la gorge et le trou du… pour couper le passage des rots et des pets me sembla être une atteinte à la nature des choses mais j'appris.

J'appris qu'il était interdit de siffler sous peine de faire pleurer la Sainte Vierge et que les interjections « À c't'heure, v'là t'y pas, crévain vieux, bougre, fouchtra » et même l'anodin « Ah bin, ça alors » étaient les moyens les plus sûrs pour révéler ma basse extraction. J'appris à manier fourchette et couteau grâce à deux livres coincés sous les aisselles et à marcher la tête haute avec une gamelle remplie d'eau en équilibre dessus. La révérence aux dames n'offrit aucune difficulté : pour elles et le curé, c'est la même chose. Par contre, le baisemain me laissa dans l'égarement le plus complet. « Sers-toi de ta féminité, que diantre, grondait Gaby. La main molle à partir du poignet, ça lui donne de l'élégance. » Tantôt mise à l'amende, ou pincée sournoisement ou même giflée, je n'osais me rebiffer, en cherchant la frontière qui sépare le serviable du servile. Je sus reconnaître le déshabillé de l'habillé, la petite robe sombre passe-partout, l'ensemble de cocktail et les époustouflantes tenues de soirée. Au bout d'une semaine ou deux, je ressortis mes deux robes de l'Assistance mises de côté pour « nos pauvres » et en fis mes uniformes. Alertée, Yvonne Zervos soupira : Paris me forcerait à devenir une dame. J'appris que si son mari ne fumait pas et s'enivrait rarement, elle s'acharnait à rallumer des mégots et buvait outre mesure, du vin ou des alcools blancs uniquement. On m'expliqua qu'en face d'une bouteille ou d'un verre de vin rouge, elle s'évanouissait.

Quelle famille étrange ! Christian Zervos était allergique à Mamitte et Gaby, et Yvonne snobait Stamos. Du matin au soir, une entente prudente faisait place à des prises de bec, des injures, parfois des attaques à main armée de rouleau à pâte ou de bûche, un poêlon de fonte haut levé par mon père adoptif courant sus à sa belle-mère se défendant avec une queue de billard. Les premiers jours, affolée par ces manières de faire jamais vues en campagne, je suivais ces sautes d'humeur comme s'il s'agissait de combats véritables et en sortais épuisée. Assez vite, le style cyclique du répugnant spectacle s'imposant à moi, je me réfugiai dans mes livres, dans mes dessins.

La dernière bisbille mémorable jaillit quand mes

parents adoptifs évoquèrent mon programme pour l'année : un an durant, Princesse n'irait pas à l'école. Un précepteur la préparerait pour son entrée au lycée. Anglais, latin ? On verrait. D'abord, progresser en dessin et peinture. Mamitte ergotait : éducation pour métèques prétentieux, gâchis, c'est la dauphine mais quand même... Gaby ajoutait son vinaigre : pôve môman, saignée aux quatre veines, elle va manger le pain de ta vieillesse... Christian Zervos, dit Taky, se saisit du prétexte. Bras levé comme pour frapper, les traitant de canailles bourgeoises, il chassa les deux *fumelles*. Purement et simplement ! La passivité d'Yvonne me stupéfia. Quoi ? Pas même un baroud d'honneur ? Tout était réglé comme du papier à musique : trois jours plus tard, Stamos faisait ses valises. Le départ des larrons allait-il me permettre de me rapprocher de mes parents ? Allaient-ils contrôler de plus près mes études, ne plus se contenter des résultats mais m'accompagner et créer une intimité digne d'une « vraie bonne » famille ? Allaient-ils comprendre que paraître devant eux, le soir, en fille sentencieuse et qui ne s'en laisse pas conter ne me suffisait pas, quels que fussent leurs rires et leurs louanges ? Auraient-ils le temps de sentir ou de deviner mon tourment : ils ne me donnaient pas les preuves qu'ils m'auraient aimée même si je n'avais eu aucun talent pour l'art ou la littérature ou les clowneries. Mamitte partie, Mme Yvonne se mit à la cuisine, de style ouvre-boîte. M. Christian, remarquant mon manque d'appétit, posa des questions auxquelles je répondais par des haussements d'épaules. Dans ma tête défilait une recette : un tiers de farine à peine tamisée, un tiers de pommes de terre, la moitié d'un tiers en haricots, l'autre en navets, une louche de saindoux et, sinon, un morceau de couenne salée-fumée, un hachis fin de persil-ail-civette, du lait quand on en a et sinon de l'eau, pas beaucoup, et toute la fumée avec ses parfums forestiers, qu'on mange avec du pain rassis mais fait dans notre four, ça tient l'estomac au chaud jusqu'au milieu de la nuit…

À La Goulotte, septembre, octobre, début novembre, dans mon nouveau monde… j'ai de ces confusions ! Le morvandiau remonte malgré moi. J'ai parlé de la chauve-souris trouvée morte en disant *chaouéchi*. Mme Yvonne a sursauté : « Tu n'es pas en patoisie ici. » J'ai fait le dos rond. Puis, comme on longeait la clôture, j'ai coupé de la vieille viorne avec encore ses fleurs de duvet. Mme Yvonne trouve ça joli : « C'est quoi ? Tu sais ? » Y'avait déjà les autres qui rappliquaient. Je dis : « Bin, c'est du *brou de bigue.* » Ils en ont fait un raffut ! De la moquerie à grands cris. Je me suis tant vexée que j'ai éclaté : « M'sieurs-dames, si on prend les choses de mon bout, c'est vous qui ne savez pas ce que je sais. À Paris, c'est peut-être du chèvrefeuille, ici c'est du *brou de bigue* parce que seules les *bigues*, les chèvres, quoi, sont capables de le brouter. » Bizarre, ça les a amadoués.

Ils ont des habitudes… Le jeudi, purge générale, avec du mica pilé ; ils disent « du sel anglais ». Terrible à avaler et ça râpe fort dans les tournis du ventre. Quand la chiasse vient, faut courir. On en cause, « Tu t'es vidée ? », ça me laisse perplexe. Entre les purges, ils vont « à la selle » pendant des heures, ils n'ont pas de « sortie », c'est une préoccupation. Je comprends pourquoi les Parisiens ont des vécés à tous les étages et encore dans les salles de bains, c'est pas du luxe.

Les bains d'eau, ça va. Surtout quand Mme Yvonne et M. Christian m'invitent dans leur salle d'eau, au moins, on est ensemble. Maintenant, ce sont les bains de soleil. J'ai mes doutes. Débraillés de partout, ils s'étalent sur la terrasse, à poil c'est le cas de le dire parce que trois messieurs en ont, faut voir, des pelages de singe, pas beau, pas ragoûtant. Et les dames, des sacs à os, à faire pitié. Je les imite mais j'hésite.

Un inconnu est venu nous rejoindre ce matin. Assise, j'ai d'abord vu son fessier, menu-menu, deux pommes d'api, pas plus, sans rien dessus. On fait les présentations, il se tourne pour une poignée de main. Mon nez frôle une coquille verte, arachnéenne, plantée là, à la hauteur de sa masculinité. Mes yeux encore baissés voient, tout en longueur, des jambes de gazelle, ça se dit dans les livres. Levant la main pour le saluer et les paupières pour le regarder, le contre-jour brumeux me laisse voir des yeux clairs en amande et une couronne diaphane de cheveux roses. Dans ma tête, ma machine à photographier et ma machine à me rappeler ont vu, avalé, engrangé. C'est un corps bellissime. Une merveille vivante car, en outre, sur sa peau piquée de sueur aurifère, pas l'ombre d'un poil ! *Woof!* Ce monsieur-là, c'est pas du pipeau.

Au jour le jour, jour après jour, tout au long de la journée et jusque tard dans la nuit, je découvre mon professeur de géométrie. J'ai su tout de suite… la rosée dans ses cheveux, la brume devant ses yeux étirés où brille une flammèche, cette façon qu'il a de tendre l'oreille à des sons inaudibles que seul un gibier entend… Papa Gustave m'a confié ses secrets sur le peuple de la forêt primordiale, les druides pourchassés, les elfes piégés, l'extinction des feux follets. Je me suis dit : Bado, c'est un farfadet des temps anciens. Il se souvient de quand on lui a enlevé sa peau d'écorce… Je suis forte quand même ! Je viens d'entendre : il est né loin à l'Est, au fin fond de la Transylvanie ! Un fils caché de la Sylve !

Je surveille ce que les autres en disent. Il a une dame, sa mère ; un défaut de libido, on ne veut pas m'expliquer ; il ne porte pas de veste pour ne pas avoir « à la retourner, non, il n'est pas net ». Ils l'asticotent, veulent le coincer mais il ne répond pas, il se détourne, joue l'esprit cavalier. Il n'est pas totalement avec eux. Ces Parisiens… c'est l'Occupation qui les réunit ici. Ils se regroupent autant qu'ils peuvent, autrement ils s'ennuient, mais Bado est de « la périphérie », comme dit Mme Yvonne.

J'ai fait un grand pas en avant dans l'étude de l'art grec, chez M. Christian, dans un livre si lourd que je suis incapable de le soulever. J'ai découvert… Bado, c'est aussi Hermès réincarné, sorti de la gangue du bronze antique, à moins que… Ses jambes si longues et fines et agiles, sa tête de lutin vif-argent, sa peau sans poil, nue, où s'accroche avec la sueur la poudre d'or de la parfaite beauté, il en a peut-être été le modèle. Et mieux ! Ce n'est pas un hasard ! Hermès aux pieds ailés, messager des dieux et protecteur des navigateurs, c'est Jean Badovici, ingénieur maritime, architecte naval… Il passe ses nuits devant sa table de dessin à cogiter sur les plans d'un navire insubmersible ! Il a eu le tort d'en parler. On se moque, dit « idée fixe », « petite folie ». Il laisse aller. Il est totalement bienveillant.

Bado a déboulé en courant, à bout de souffle. Les larmes lui descendaient dans le cou. La nuit l'a transporté… Il a aperçu sa mère telle qu'il l'a laissée jadis. Un flot de boue, des hurlements ont tout effacé. Il a *vu* la mort de sa mère, il a pris le deuil. Depuis mon adoption, Bado est la meilleure chose, la plus belle, la plus douce qui me soit arrivée. Quand j'ai confié à M. Christian les deux natures de Bado, il a pouffé : « Tu *fantastises* juste, moineau. » Maintenant, ils attendent que j'explique qui est qui à l'intérieur. Ça les amuse. Ça me renforce… ça m'épuise.

Avec opiniâtreté, j'ai revécu tous les soirs les faits, les gestes, les dires de la journée, pour les engranger dans mes tiroirs intérieurs, pour les intégrer à mes « paquets » de souvenirs. Avec angoisse, j'ai traqué le détail qui éclairerait cet univers d'artistes et de lettrés, jamais rencontré, jamais imaginé, et la broutille primordiale qui m'apporterait la connaissance, le savoir d'eux.

J'ai conjugué « être adoptée » et « s'adapter » en comparant l'ancien avec le nouveau. Où aurais-je pu trouver d'autres références sinon dans ce que j'avais déjà éprouvé, ressenti, compris, jugé ?

Jadis, un mur souillé avait annulé mon horizon, après les graines rouges, sous le cerisier ; maintenant, c'est le sol qui se dérobait... Ici ou là-bas, le réel imposait de se battre.

Septembre, octobre, début novembre, deux mois et quelques jours mais si remplis, si longs. Paris ! On y monte ! Je suis présentable ! J'en saute sur place et Yvonne sourit, indulgente, devant ma spontanéité.

C'est la première fois que je vois un train de près, la première fois que j'y monte ! J'essaye de prendre le paysage à bras-le-corps en me penchant hors des vitres baissées des fenêtres dans l'excitation d'une gosse de la campagne dépassée par l'événement que constituent ces boîtes roulantes, boas avaleurs de gens, subjuguée par l'effet de la vitesse et le martèlement cadencé du passage sur des rails solides « faits pour aller plus vite que le temps ». Pour me calmer, Yvonne me prend contre elle et m'enlace. Son lourd parfum mouille mes yeux. En face de nous, pour une fois sans livre entre les mains, Taky sourit. Ah, le bonheur ! Mes deux parents sont ensemble, avec moi. Je les ai à ma disposition !

D'une voix basse, avec un débit inhabituellement lent, de complainte ou de berceuse, Yvonne évoque l'emploi du temps des semaines à venir : coiffeur, couturier, médecin, Picasso, Comédie française, cirque, précepteur et Noël, à La Goulotte, avec un sapin. « Que voudrais-tu que le père Noël t'apporte, M'Yvette ? »

M'Yvette ? Elle m'a donné ce surnom le soir de mon

arrivée… Tout mon corps s'écroule sous l'effet de sa caresse, en pensant : « Oh, oui, j'ai eu raison d'être patiente… je *savais* que, ensemble et seuls avec moi, mes parents adoptifs peuvent être de vrais parents. Tous ces gens qui les entourent, ils me bousillent la vie. »

– J'aimerais avoir le Larousse universel en six volumes. Il y a peut-être dix volumes, ça fait beaucoup…

– Tu sais que tu es trop sérieuse ?! Tu veux t'instruire, c'est bien, mais maintenant il t'est permis de t'amuser, tu sais…

M'amuser ? La signification exacte de ce terme m'a toujours laissée perplexe. « Tout ce que je fais, ou ai fait, comme essayer d'attraper la lune, découle du besoin ancré en moi de savoir plus ou de faire mieux. Alors, maintenant, chez les Zervos, s'amuser, ça veut dire quoi ? » pensais-je. C'est dur de rester réticente en face d'une friandise offerte !

« Tu ne voudrais pas… une poupée, par exemple ? » Je réponds : « Je n'en ai jamais eu », sans oser ajouter : « Je ne saurais pas quoi en faire. » L'idée lancée, Yvonne poursuit son rêve. « Tu en auras une grande. Qui marche. Tu lui coudras des habits… Je lui construirai une maison. Nous lui chanterons des chansons… » Et voilà Taky qui s'y met ! Lui ? Chanter ? J'en reste soufflée.

Taky explique : « Une berceuse grecque… une chanson d'amour. Répète après moi : *Mati-tossé-li-im'mana'assou*, deux fois ! *Affoué-hîmé-sto-spi-iti-iti…* » J'attrape au vol les syllabes enchanteresses venues de l'antique Hellade : « *Tini*-Non ! Écoute ! *Tinich-tatofenga-ari*, deux fois ! Tu l'as ! Vas-y ! On t'aide : *Affouéhîmé…* » Ah, mes aïeux, on chante en cœur, à tue-tête !

J'en aurais pleuré si une joie intense ne criait pas à l'intérieur de moi : « C'est arrivé ! Mes parents jouent à papa-maman ! Nous sommes une vraie famille ! Si seulement nous pouvions être seuls plus souvent, nous pourrions… Nous pourrions… c'est possible ! Dommage que Michel n'est pas là ! » Ce moment de communion au cours duquel chacun tint sa place – eux, en adultes chaleureux descendus de l'Olympe pour se mettre à la hauteur des besoins de leur fille adoptive et moi, gosse éperdue de reconnaissance, prête à se fondre dans tout amour qui se présenterait –, les Zervos me l'ont donné, dans un train, pendant quelques heures.

Ils m'avaient souvent dit, l'air de me réserver une surprise : « Quand tu verras ta chambre, à Paris… » C'était tout un entresol ! Trois chambres, trois entrées, trois escaliers ! Des cheminées en marbre blanc, des parquets luisants, des miroirs, des œuvres d'art, des meubles rares. J'en restais *poustouplate* (époustouflée et aplatie), saisie, estomaquée mais pas longtemps. Mon lutin intérieur (n'était-ce pas Petite-Sœur qui faisait encore des siennes ?) ne se laissa pas acheter, disant : « Voyons, tout ça, y compris les deux chambres pour Michel, représente moins du quart de ce que mes parents adoptifs appellent leur espace vital. L'équité universelle veut que des orphelins y trouvent leur toit. » Les choses ayant repris leurs justes proportions (!), j'osai exprimer mon souci pour ce qui était de ma chambre à coucher. En effet, si les murs de mon atelier étaient blancs et ceux de mon salon d'une ravissante couleur bouton d'or, la chambre à coucher, elle, était tapissée de satin rouge hémoglobine, plafond y compris. C'était trop sanglant pour moi. Yvonne ne m'expliqua pas son obsession, son attirance, sa répulsion envers la couleur rouge, mais promit de blanchir le plafond « pour commencer. Ensuite, on verra », ce qui fut fait. En moins d'une semaine, j'avais pris possession de mon appartement, bernard-l'ermite passé par Vaux, Fougilet, Les Chaumots, trouvant enfin ma coquille, ma demeure. Désormais, pour tout le monde, mon lieu de vie s'appela « l'étage d'Yvette ». J'étais devenue impudente et prétentieuse… perturbée aussi. Où étaient donc passés les autres membres de ma famille, Mamitte, Gaby et Stamos ? Ils vivaient à Paris mais Stamos venait très rarement et les deux femmes semblaient avoir été effacées par un grand coup de gomme. Ils ne m'avaient pas souhaité la bienvenue dans la capitale, ni invitée chez eux, pour un petit goûter par exemple. Était-ce à cause de la guerre, ou bien avaient-ils quelque chose contre moi ? Ah, refouler le chagrin, ne pas y penser.

J'avais fait de grands progrès dans l'étude et la compréhension des arts et des lettres. Ce fut le temps des premières rencontres.

Georges Braque, le maçon « qui regrette sa truelle », avais-je dit, fort bourgeoisement installé, n'était plus à l'avant-garde. Son combat orgueilleux pour découvrir et imposer un cubisme universel s'était fixé en des modulations, très belles certes mais, à mon sens, paradoxalement figées. Le fait que Georges employât le blanc pour cerner des masses plâtreuses à peine colorées me choqua car j'y vis une facilité indigne du novateur qu'il avait été.

L'atelier, propre à en être stérile, les pinceaux groupés par grandeur, épaisseur et qualité de poils, la palette organisée témoignaient d'une parfaite compétence professionnelle, mais aussi d'un manque de spontanéité. Déçue, insolente, j'osai dire à haute voix : « Tout ça, ça fait bon genre-bonne mine », ce qui fit éclater de rire Marcelle, la femme du peintre.

Debout, elle s'épanchait tellement en largeur qu'il m'était malaisé de comprendre comment elle pouvait encore se déplacer. Assise, elle avait tout d'une gigantesque grenouille. Mais quels yeux ! Quel sourire ouvert, malicieux et chaleureux ! Une grande dame.

Autour du pot-au-feu, riche en viandes diverses malgré les restrictions, mes parents et les Braque remontaient le cours du temps pour revenir à un dîner pris en commun, aux jours lointains de Montmartre, de la mouise, de l'étroite collaboration avec Picasso. Il semble que Mme Braque, alors une très jeune femme, émue à l'idée de recevoir un important éditeur, avait fait de son mieux pour concocter un potage faramineux. Hélas, la louche plongée dans la marmite avait remonté le chiffon avec lequel son mari nettoyait ses pinceaux... Jetant des coups d'œil rêveurs sur les beaux meubles classiques qui l'entouraient et la vaisselle bourgeoise, raffinée, ornant la table, Marcelle riait aux éclats et affirmait qu'elle gardait le meilleur souvenir de cette soirée où tout le monde était resté sur sa faim.

En rentrant, Yvonne et Taky me parlèrent de leur longue amitié avec le couple Braque, amitié maintenue en dépit de la jalousie aigre et revancharde de Pablo Picasso. Les Zervos leur reprochèrent pourtant d'avoir clos leur porte, leur cœur et leur porte-monnaie aux tragédies contemporaines et de ne manifester aucune conscience politique ou humanitaire. Accordant à Georges le titre de « faiseur émérite », mon père adoptif expliquait cette réserve par une réaction d'autodéfense contre Picasso qui, dès le début, aurait usé sans vergogne de l'esprit cartésien du Français pour formuler les principes du cubisme, poussant Braque au-delà de ses dons, de ses sentiments et de ses intentions. Le mot fameux du bouillonnant Espagnol : « Braque, c'est ma femme », confirmait la manière dont une association intellectuelle devait être, plus tard, « consommée » sur le plan psychologique. Depuis, m'assura-t-on, Braque s'était gardé de toute amitié masculine, vivait et travaillait recroquevillé sur lui-même.

Picasso ! Picasso ! J'en avais les oreilles rebattues. Le roi, le seigneur, le prophète, le grand prêtre, l'oracle de l'Élite ! Chacune de ses phrases brillaient des feux du rubis le plus rare, chacune des lignes qu'il traçait, des points qu'il posait, des formes qu'il modelait, des couleurs qu'il étalait, créait un univers ou le détruisait ou le renouvelait. Ah, glisser dans la conversation : « Picasso me disait, hier, quand j'étais chez lui... » ; les regards, les gestes, les souffles se figeaient ! Tous se tournaient vers l'élu pour recueillir un peu de la manne divine. Tant de combats sournois pour garder sa faveur ou la lui arracher ! Tant de fidélités voraces autour de ce Pan triomphant ! Tant de vénérations sincères aussi ! Lui seul, cela allait de soi, avait le pouvoir de sceller, de couronner mon entrée dans le monde exquis et exclusif des arts et des lettres.

Comment allais-je m'habiller ? Quoique la directrice de Schiaparelli m'eût dotée d'un fastueux ensemble en velours noir à col, jabot et poignets de dentelle « à la Lord Fauntleroy, ma chère petite », accompagné d'une adorable redingote d'un rose shocking *adouci de mandarine, qui me transformaient en un Chaperon rouge princier, Yvonne décida que, pour cette fois-ci, ma robe de l'Assistance ferait l'affaire : soudain elle trouvait sa coupe et sa teinte (un violet demi-deuil pisseux) touchantes par leur air sobre et vieillot. Quant à la pèlerine, ce signe d'infamie qui poursuit les pupilles de l'Assistance jusque dans leurs rêves, elle avait, semble-t-il, un cachet inouï... Au loin, mon lutin Petite-Sœur pouffa : « J'nous r'voilà pour-renfant ! »*

Une fureur noire me saisit lorsque Picasso, m'installant sur un tabouret de piano, me tira le portrait, sans me prévenir et en cinq exemplaires : un avec l'esthétique capuchon rabattu sur le haut de mon front, un avec l'esthétique capuchon largement étalé sur mes épaules, puis de face, puis de trois quarts, sans capuchon. Je fulminais. Comment ?! Un artiste me portraiturait et je n'avais pas revêtu mes plus beaux atours ? Je poussai un juron à faire rougir un charretier. Remarquant : « C'est pour elle, je les lui signerai quand elle aura vingt et un ans », Picasso avait tendu les cinq feuilles à Yvonne qui s'en saisit comme s'il s'agissait de lingots d'or. Puis, il se glissa vers moi d'un mouvement félin, tint mon regard prisonnier du sien, me souffla sur le front comme pour en faire partir une poussière et, d'un ton intime, me jeta ce mot prodigieux : « Assassin ! »

Ce qualificatif d'assassin décida sur-le-champ de la couleur personnelle de ma relation avec le grand, l'époustouflant personnage. Pablo Picasso fut, pour moi, dès la première rencontre, l'homme qui avait mis le doigt sur la lie haineuse accumulée « au fond de mon tréfonds » – donc, par déduction logique quand on a treize ans et des poussières, quelqu'un à qui on ne *ment pas*.

C'était bien la tendresse et la fragilité physique qui personnifiaient Laurens, et la bonté qui transfigurait sa femme.

Aller chez eux, c'était s'oublier pour entrer dans un microcosme reposant sur le respect réciproque, où l'accueil était à la fois réservé et ouvert. Désespérément pauvres, le verre d'eau et les biscuits partagés avec eux rassasiaient la faim, apaisaient les nerfs, étaient un viatique.

Laurens parlait peu, elle confirmait ses silences. Le jour de ma première visite, discrètement effleuré par la clarté du jour, un jeune homme barbu travaillait la pierre dans l'arrière-cour. Entre ces trois êtres, un fil de ferveur et de sollicitude tissait des liens subtils.

Laurens se coiffait d'un béret basque informe. Pour moi, c'était une auréole.

Un coin de campagne caché dans le ventre de Paris ? La tanière d'un bûcheron, peut-être, à juger d'après les fûts de bois en grume ou pelard qui jonchent la cour-jardin, ces corps tronqués-grossiers contre lesquels se lovent ceux des fins écuissés dont les branches lèvent les bras au ciel en un sursaut d'espérance ou, si l'on regarde par le bout opposé, offrent des jambes aux pieds décapités. Abattus, ils se meurent dans le val du mal. Arbre, ma chair est dans ton bois, disait Gustave, aux Chaumots… Mais aussi les pierres équarries-écornées, les ruisseaux hasardeux de plâtre gâché et de bitume boursouflé, les tôles désondulées-déchiquetées-tailladées-refrisées, les brocs troués, les cafetières encrassées couvercles perdus et les pommes d'arrosoir rouillées qui font les fleurs dans les creux, sur les bosses, sur le manche de binettes cassées, n'est-ce pas le trésor pillé d'un brocanteur en faillite ? À moins qu'il ne s'agisse d'un forgeron qui se cache depuis le temps où Paris roulait en calèche ?

Dans la demeure au sol incertain de limaille, copeaux, escarbilles et mégots, un relent de tanin avec le poivre du métal brûlé, des établis, des étaux et un fauteuil. La couverture cendreuse qui le recouvre fait écrin à un ancêtre barbu blanc, épais, qui s'y rencoigne. *Pas le temps de faire des politesses. Une luminescence phosphorique me tire vers la droite, vers une haute et large salle… Une église ? Une jungle ? J'en ai les jambes coupées et, malgré l'appel, n'avance qu'à pas comptés. Des choses dans l'espace ouvert m'attaquent le corps à coups de poing intérieurs. Ah, je sais ! Respirer avec précaution. Ne pas porter la main mais caresser du regard… les choses ont une chair en gésine. Un coup d'œil indifférent ou une mauvaise pensée les feront avorter.*

Avec la lenteur élégante d'une plume qui n'en finit pas de tomber en planant sans se presser, une exclamation s'inscrit dans ma tête, en zigzag, après méandres et tournoiements : quin-tes-sence-pureté-per-fec-tion. Ici, un geste séculaire a posé-réuni-accolé deux extrêmes : l'absolu archaïque, primaire et sans gêne, de sculptures faites à la hache ou au silex dans le bois et la pierre (elles avalent la lumière dans leur puits sans fond) et, en ponctuation, le raffinement évocateur de la stylisation dans des marbres, des cuivres, des bronzes polis jusqu'à l'obsession. Ces formes allusives, splendeur stricte des ovales !, reçoivent et renvoient plus loin la clarté du jour où s'inscrit le mirage changeant du monde... Allégresse, euphorie ? Oh combien ! Mais aussi déférence et épuisement. L'extase déséquilibre.

« C'est si beau que ça m'affole », expliquai-je plus tard, ravie au sens fort du mot, à mes parents adoptifs qui m'avaient crue en proie à une de mes « absences ».

Afin d'emporter avec moi une parcelle de ce que les doigts de Brancusi avaient touché, je volai sur son établi un clou dont je fis mon porte-bonheur. Ce n'était là qu'un simple clou de charpentier, mais ce petit coin allongé, renforcé par une oreillette eut, pendant longtemps, le pouvoir de faire renaître en moi le bonheur – unique – de la beauté affolante dont l'artiste m'avait fait don.

Yvonne Zervos croyait aux rêves, aux tarots, aux diseuses de bonne aventure et aux esprits frappeurs. À La Goulotte, alors que mon esprit marchait encore en sabots, elle m'avait fait participer à des séances, et j'aimais assez m'associer à ces assemblées cocasses pour sentir les ondes d'une connivence chaleureuse passer et frémir à travers nos mains unies. Une visite chez l'étrange Georges Bataille m'avait imposé la vision d'un œil fléché, sanguinolent, à la surface de l'eau, au fond de son puits. J'avais frôlé une horreur invivable semblable à celle subie à l'école de Fougilet, quand les lettres du mot *table* s'étaient effondrées dans un vide... cosmique. Pour rien au monde, je ne permettrais à moi-même de revivre ce genre d'expérience (j'y voyais une manifestation de la folie). Yvonne et ses disciples m'avaient sacrée médium. Leur respect inquiet m'avait flattée un peu mais, Yvonne voulant me transformer en sibylle capable d'émettre des oracles à toute heure du jour et des soirées, j'opposais désormais des refus cinglants ou me défilais, ce qui, hélas avait instauré entre elle et moi une précise et pesante mésentente. À Paris, poussée par la volonté de me réconcilier, mue aussi par une fascination inavouée, j'acceptai de suivre ma mère adoptive chez Mme Yémima. Cette sorcière-là fut à mon goût et son souvenir ne me quitte pas.

Dans un sous-sol immense et sombre transformé en antre à sortilèges, elle faisait cuire simultanément un sempiternel goulasch aux arômes douteux et des décoctions servant à fabriquer des filtres, des charmes ou d'étranges petites sculptures. Les senteurs tenaces de la poix, de la cire et de l'asphalte recuites, mêlées à la térébenthine, l'encens et le patchouli dont elle s'aspergeait, rendaient l'air irrespirable. Derrière ces relents épais flottait encore une autre odeur, incongrue en ces lieux et ce cadre, que mon nez de paysanne reconnut d'emblée : celle de la crotte de poule.

Ce mystère au moins n'avait rien d'occulte ! Il apparut en effet que des clients désargentés avaient payé d'un poussin le prix d'une consultation. Mme Yémima, à moitié aveugle, s'était prise d'amitié pour la bête dont les piaillements lui avaient semblé présager la victoire et une époque où elle retrouverait les pâtisseries à la crème fouettée, les valses lentes et les amourettes qu'elle avait chéries, jadis, à Vienne. Mme Yémima cachait sa poule, la montrant parfois, de loin, à ses amis les plus intimes qui, dans l'obscurité ambiante, distinguait dans une forme vague faite de lainage et de plumes, un œil rond et noir, et un bec agressif.

Un jour, Yvonne m'envoya porter des sardines et des pommes de terre prises sur nos réserves. Le concierge m'arrêta dans l'escalier et me dit que les Allemands avaient pris Mme Yémima. Sans réfléchir, je demandai : « Et la poule ? » La poule, effrayée par le bruit des bottes et les cris de sa maîtresse, avait sauté sur le rebord du vasistas ouvert, déployant pour la première fois de sa vie ses ailes, ses pattes, son cou, sa queue, sa crête, se reconnaissant enfin pour ce qu'elle était : un coq dodu et fier. « Depuis, il loge sur les toits. Chaque matin, à cinq heures vingt pile, il réveille le quartier. C'est un vrai Gaulois. Il chante la victoire, pour sûr ! » commenta le concierge, avec un sourire plein de soleil.

Existe-t-il encore, rue Campagne-Première, des habitants qui se souviennent de ce coq ? Il nargua longtemps l'occupant et ceux qui voulaient l'attraper pour s'en faire un pot-au-feu.

Taky avait commenté « l'enlèvement » de Mme Yémima par un lapidaire « Eh oui, elle est juive. Les Allemands les attrapent tous ». Engoncée dans mon carcan de petite provinciale inculte, je ne demandai pas d'explications supplémentaires. Radio Paris, les journaux, les conversations avec des « amis sûrs » m'avaient convaincue que le fait même d'être né hors de France vous rattachait à la Résistance. Malgré l'endoctrinement de Roland, les grandes contingences historiques me restaient obscures. J'étais certaine seulement de la valeur de mon patriotisme, né pendant les jours de la Débâcle, de l'Exode. Ensuite, le sort contraire m'avait fait passer les malheurs du monde après les miens.

Un gros chat noir était passé entre Christian Zervos et Romain Rolland. Aux heures désolées de l'Occupation, le premier tenta de reprendre contact avec le second, établi à Vézelay. À La Goulotte, M. Christian m'avait un jour priée d'apporter un dossier au vieil écrivain, m'expliquant : « … une étude de l'iconographie dans l'œuvre d'Anatole France. Ils se sont connus. Ça peut l'intéresser malgré son état. » Souffrant d'analphabétisme culturel, j'avais demandé : « L'icoconographie, c'est quoi, dites ? » Pouffant de rire, mon père adoptif m'avait poussée vers ma bicyclette. Moi, je savais de quoi je voulais causer avec l'illustre auteur. Je voulais lui dire : « J'ai rencontré Colas Breugnon. On a fait un bout de chemin ensemble. D'Auxerre aux Chaumots. Il était fromager… »

Une lourde pénombre, un silence compact, rien qui bouge. Mes premiers pas dans l'antre lugubre, dans ma tête, je les fais à reculons. Les caveaux, j'aime pas.

Fantomatique, vissé dans un fauteuil dont le dossier en ogive ajoute à l'obscurité une noirceur aveuglante, un très vieil homme qui tend un bras lent trop fatigué pour donner une poignée de main et dont la main s'abat sur la table comme une énorme araignée. De lui, pas un mot. D'une dame en vêtements de deuil, une soucoupe avec cinq biscuits de guerre arrangés en quinconce. J'ai peut-être, en entrant, crié bonjour trop fort ? Je dis « Au revoir monsieur, madame » du fond de la gorge, doucement-doucement. J'ai dérangé, c'est sûr.

Depuis me restait dans les yeux l'image d'un mort-vivant au milieu d'une bibliothèque impressionnante couvrant tous les murs du sol jusqu'au plafond, une abondance de grands livres reliés mis là à l'ombre, au rancart, objets définitivement fermés.

À Paris, Taky me confia le soin de reprendre le

dossier, Romain Rolland étant venu dans la capitale pour ses affaires personnelles. « Tu y vas à pied. C'est au coin Raspail-Montparnasse. Ne t'inquiète pas, Castagnier t'accompagne pour l'aller. Tu pourras rentrer seule. »

Devant l'hôtel Lutétia, brouhaha, barrage, papiers… Castagnier transpire ; moi, j'ai froid. À la hauteur de Vavin, ça grouille, hurle, siffle et, là-haut, vers la Coupole, voitures, sirènes, cris. Déjà Castagnier se faufile ; je le suis. Arrive en retard.

Romain Rolland a laissé sa porte entrouverte. Sa silhouette décharnée, magnifiée par un effet de contre-jour, se découpe derrière le rideau d'une fenêtre. J'entre, ferme la porte avec précaution, m'approche de lui ; des « Raus », *des* « Schnell », *des « Nom de Dieu », des aboiements de chien et de frayeur. Il me sent près de lui, met sa main décharnée sur mon épaule, me tire un peu à lui ou s'appuie sur moi, il me semble, car son bras pèse, pèse, pèse.*

En bas, les écarts entre les arbres permettent d'entrevoir un petit bout du boulevard Montparnasse et l'étendue de riches propriétés avec leurs jolis jardins citadins. Des soldats allemands et des miliciens français se déploient en éventail. Des lycéens s'égaillent dans tous les sens ; renversent les tables aux terrasses des cafés ; bousculent de vieilles gens ; les entraînent parfois derrière le maigre abri des arbres. Des mères s'abattent sur le corps de leur enfant dont les mains se raccrochent à des cartables vomissant livres et cahiers qui se mêlent à des cabas abandonnés à la hâte. Puis, les mitraillettes crépitent… Des vitres volent en éclats… Regarder ; ne pouvoir rien faire contre la peur. Réfugiée dans le coin le plus lointain de la chambre, mains sur les oreilles, je fixe des yeux la silhouette de Romain Rolland, ses deux bras accrochés au rideau qui tremble.

À force de le regarder, longtemps, longtemps, il a disparu.

Le soir tombé, le calme revenu, me tenant par la main, sans mot dire, il m'en souvient, il me raccompagne à petits pas jusqu'à un débouché, vers Raspail.

Au cours de sa retraite, l'armée française avait organisé au Bois-de-la-Madeleine un petit dépôt de fûts d'essence (ou de pétrole), y laissant se débrouiller cinq ou six zouaves, ou des spahis d'infanterie. Les braves Africains, plus au courant des règles de l'honneur que leurs collègues à peau claire, s'étaient fait massacrer sur place plutôt que de lever l'infamant drapeau blanc devant l'ennemi qui récupéra le bien. Dans ce qui suivit, fantaisie et vision mentale s'associèrent…

Par une nuit de quart de lune brouillée à peine par de minces nuages, le rouge Roland me précéda avec, au poing, un tournevis et, dans la poche, des allumettes. Chasseur averti, il me plaquait contre lui puis nous deux par terre au bruit le plus infime. Vive la guerre ! Elle me donnait un protecteur musclé, qui me préparait à l'ouvrage… « Y'a trois Boches, un dans la guérite, un qui dort et un qui fait la ronde… Y'a bien cent barils. À la première flamme, tu t'catapultes vers la source plate. » Oui. Bon. J'étais raide d'excitation et totalement à ma tâche. Seulement… mon copain communiste avait tout prévu sauf qu'un baril, ça ne se dévisse pas, ça se crève. Les bons généraux se reconnaissent à leur puissance d'improvisation, n'est-ce pas. Je tiens le tournevis à deux mains pour retenir sa glissade sur l'arrondi du métal. Une pierre remplace le marteau, Roland frappe.

« Y'a toujours un reste d'air, en haut. Ça fait comme un tambour quand on tape… » m'explique mon héros, aussi essoufflé que moi. Le bruit du martelage, amplifié par la sérénité nocturne, nous a fait déguerpir comme des lapins au son d'un cor de chasse. L'éventrement raté des barils avait chatouillé en moi un côté guerrier inconnu et jubilatoire. Ma Résistance à moi serait physique, violente, explosive, j'en fus certaine. En fait, à Paris, j'ouvris les yeux sur l'ennemi. Comment faire autrement ? Il posait partout les marques de son omnipotence. Les oriflammes (*horribles flammes*) à croix gammée sur fond de croix catholique, dans leurs couleurs barbares, défiguraient la ville. Une soldatesque lourdaude se promenait en touriste, les autres s'activaient autour de camions bâchés et de pièces d'artillerie. Les « souris grises », toujours à deux ou trois, nous faisaient descendre du trottoir ; les gendarmes à plaque métallique autour du cou précédaient ceux en uniforme noir ; les miliciens, sinistres avec leur béret sur l'oreille ; partout, les stigmates de la défaite et le bleu-camouflage aveuglant vitrines, phares et visages ; le petit peuple de Paris gagnant sa vie à la force des mollets en promenant le beau monde et l'occupant dans de ridicules vélos-taxis et tricycles ; le claquètement de castagnettes des semelles de bois et le rouleau compresseur des bottes cloutées ; les alertes, les courses en catastrophe dans les escaliers des abris ; le pétement sourd de la défense antiaérienne ; le gigantesque grondement de cent, deux cents, trois cents bombardiers et avions de chasse portant la mort dans leur ventre. À deux pas de chez nous, à l'hôtel Lutétia, la « Field » gendarmerie et l'écho des rafles avec ses moissons humaines déversées à la prison du Cherche-Midi ; un dimanche de couvre-feu et de terreur pour une exécution massive... jusqu'à huit heures du soir derrière nos fenêtres à écouter et compter les salves meurtrières dont un zéphyr nous apportait l'écho court, strict... Cent vingt otages fusillés ce jour-là ; la suspicion faite loi envers la concierge, le voisin, le portier de l'hôtel Port-Royal, l'ami qui avait encore une boutique ou une exposition ; les queues à engueulades et bousculades pour le pois chiche ou le rutabaga…

Avant que le Boche puisse faire le tour complet de l'Arc de triomphe, les Zervos avaient dévalisé Hédiard et d'autres magasins exotiques. Mettant en application ce qu'elle avait appris chez Le Corbusier et Paul Nelson sur la valeur optique de l'espace et des volumes, Yvonne avait créé des cachettes. Un faux plafond n'avait jamais l'air de ce qu'il était, un solide plancher pour grotte d'Ali Baba. Déguster du thon norvégien, des olives grecques, du gingembre des Indes, de la pâte d'abricot turque, des éclats de sucre Candi, c'était aussi faire de la Résistance, n'en déplaise à De Gaulle !

J'avais encore peur de sortir, de m'aventurer même au bout de la venelle qui desservait notre porte cochère privée. Les Zervos me mirent à l'aise. Les cours de peinture à l'huile, de pastel et de préparation pour le lycée auraient lieu à domicile. Le soir, en promenant notre chien, ils me feraient connaître les rues autour de notre pâté d'immeubles, en élargissant nos trajets petit à petit. Les pointes extrêmes de nos itinéraires pédestres ne dépassèrent pas le triangle place Saint-Michel, Montparnasse et, rarement, le musée de l'Homme. Après la Libération, ils furent trop occupés pour me faire découvrir les autres beautés de Paris. J'étais en train d'investir mon appartement quand ils décidèrent de me faire plonger dans le bain. Ce soir, j'allais rencontrer les fugitifs qui se cachaient chez eux.

J'ai tout de suite aimé Nusch et Paul Éluard, qui firent jaillir de source entre nous trois le tutoiement le plus naturel. Nusch, belle comme une pharaonne de cirque et de cafés enfumés, close sur un passé de cendres, la timidité téméraire, la violence et le dégoût dominés, la tendresse maternelle piétinée… *maternelle mais n'ayant pas d'enfant, maladive mais possédant des nerfs d'acier, une bouche violette et longue, des yeux de faïence verte, « des cils en bâton d'écriture d'enfant, une chevelure en nid d'hirondelle », Nusch personnifia pour moi l'Éternel féminin.*

Si les dessous de mère Contant m'avaient amusée, ceux de Nusch m'enivraient : culotte rarement enfilée, combinaison, soutien-gorge aux bouts coupés pour laisser les tétons libres, le tout en satin, en soie, en crêpe rose, violet, géranium ! Quant à ses porte-jarretelles ! Bonté divine ! Mousseux comme des œufs à la neige, évanescents comme un duvet de séraphin, harnais impondérables qui voilaient en découvrant, enserraient en révélant. Je piquais dans l'ourlet de ses bas soyeux des fleurs séchées, des feuillesde fougère, des rubans effilés qui dessinaient sur ses cuisses d'admirables toiles d'araignée nuschiennes – nous, chiennes…

Nusch chantait pour ceux qu'elle aimait. Ses bras d'allumette entouraient mon buste. Sa voix montait, s'enroulait, serpentait, tournoyait, frappait, implorait, glissait, tombait, s'épuisait dans un tintement de fer-blanc pour mieux reprendre force, rejaillir, envelopper, étreindre nos deux corps nus étroitement enlacés, se poser comme un baiser sur ma chair vibrante, allant porter un baume à cette part de moi-même pour laquelle je n'avais pas de nom…

Je sus plus tard qu'elle s'inspirait de Marlène Dietrich.

Nusch me fit vivre les affres d'une femme de quarante ans. En ai-je passé des heures à arracher un à un les cheveux blancs que la teinture ne parvenait pas à dissimuler, à masser son corps de pierre roulée et de craie mouillée, pendant que refroidissait la décoction d'alun censée raffermir les muqueuses de son glaïeul rasé… Un jour, discernant sur le dos de ses mains quelques petites taches brunes, je laissai tomber, idiote que j'étais : « Nous, en campagne, nous les appelons "marguerites des cimetières". » Qu'avais-je déclenché ! Éplorée, elle se mordait la peau, se blessait volontairement, préférant faire croire à des égratignures d'épines ou des griffures de chat plutôt que de subir les questions de Paul qui, sans lyrisme aucun, parlait souvent de son dégoût envers les vieilles femmes. Un mouvement de révolte, un élan de solidarité me fit dire à mon amie : « Moi, je ne deviendrai pas vieille : je me suiciderai à trente-six ans. » Nusch ne démentait en rien l'adage *La vie, c'est l'amour.* Elle écoutait sans broncher Paul déclarer devant témoins : « Si Gala me demande de venir à elle à genoux, j'irai à elle à genoux. »

Paul, la beauté d'un Orphée bourgeois, la spiritualité dissociée, la fragilité pleurnicheuse, l'agressivité mal domestiquée, la tendresse d'un père permissif…

Était-ce les proportions sculpturales de la tête, la très particulière asymétrie du visage, le front large, haut et arrondi, la racine du nez exagérément large et comme lacérée par un coup vertical de burin, la bouche molle crispée par la raillerie ou la colère, le méplat des joues longues creusées par une lassitude immense, ou bien la voix, « poncée », feutrée, soutenue ? Était-ce parce que sa fille s'appelait Cécile, comme la fille de maman Blanche ? Était-ce de rencontrer mon premier poète ?… Un poète à la santé fragile dont les mains aristocratiques tremblaient comme feuilles à l'automne ?

Il venait dans ma chambre pour se taire. J'allais sous les toits pour leur parler. Il me prêtait des rimes, je les payais en rires, en leur confiant mes effarements envers le langage en usage dans nos étages : dadaïsme = c'est déjà si laid d'appeler bidet un cheval. Espace vital = ne pas être gêné aux entournures. « Peindre sur la pointe des pieds » pour pointillisme. Il fallait que je me les traduise dans ma langue pour en comprendre la signification. Paul fut d'accord pour mettre mon « Ailleurs-avant, Ici-pendant, Ailleurs-après » au rang du « Tout coule » héraclitéen, notre philosophe favori. Il m'acheta pour dix francs de Pétain mon premier tableau à l'huile, une pie dans son nid. Paul sut me faire partager la détresse de son va-et-vient entre... « le lit la table ». Il me rendit audible le gémissement de l'homme trahi qui fuit la capitale de sa douleur et, comme Ulysse, de station en station, fait l'épreuve du dur désir de durer.

Je crus Nusch et Paul quand ils me confièrent à l'oreille : « Si on t'avait rencontrée avant les Zervos, on t'aurait prise avec nous. Si jamais ça ne va pas, nous sommes là. » Ces parents adoptifs de réserve avaient deux éléments cardinaux pesant en leur faveur : la tendresse lumineuse de leur amour qui réchauffait tout autour d'eux et la non-obligation de leur prouver ma valeur intellectuelle ou artistique. En public, je me retenais afin de ne pas rendre trop évident la qualité intime de notre relation. Déjà, le *tu* avait poussé mes parents à me demander de cesser mon vouvoiement qui, maintenant, les blessait. Leur interdit, brandi le soir même de mon arrivée chez eux, resterait pour toujours un rempart. Par ailleurs, un élément incompris me perturbait : pourquoi Yvonne et Taky ne s'intéressaient-ils qu'aux résultats que j'obtenais dans mes diverses études alors que Nusch et Paul aimaient « m'écouter penser » à haute voix, nonobstant les approximations et les digressions ? Cette question posée à mes amis reçut une réponse dont la noblesse me fit fondre : « Entre nous cinq, personne ne mettra en doute la vertu de l'autre. » Avec cette injonction écourtée écrite sur le mur de ma chambre, dans un espace qui me servait de pense-bête, je pensais que, décidément, se sentir adoptée ne va pas de soi, que l'apprentissage offrait des inconnues graves où je perdais pied et des obstacles contre lesquels je chutais.

À Paris, le petit-déjeuner se prenait au gré de chacun, après une toilette rafraîchissante qu'on pratiquait vite et dans le nudisme intégral. Le premier levé allumait la cuisinière, buvait et grignotait debout, les fesses coincées sur un coin de table, préparait un plateau pour son conjoint resté au lit, laissant sur le feu, pour les autres, une bouilloire chantante. À midi, Yvonne et moi mangions au fur et à mesure que nous préparions le repas de Taky qui, lui, mangeait dans la salle du même nom, en tête-à-tête avec lui-même. Le soir, vers les six-sept heures, c'était le moment de la grande toilette du jour. Une joie maintenant : bain, douche, savonnage complet, eau chaude, tiède ou froide à volonté, rinçage, frottage, coiffure soignée pour les dames et rasage second pour les messieurs. Les Éluard descendaient des combles furtivement, chaussés de pantoufles mais, pour mes yeux en friche, en habit de gala, Paul impeccable en costume trois pièces, cravate et chemise blanche, Nusch drapée en tanagra, volantée en gitane ou en poupée de vitrine, et mes parents adoptifs tout aussi jolis.

C'était le grand réveil ! Le début de la Vraie Vie ! Rien à voir avec la veillée des chaumières en hiver. Des amis venaient nous rejoindre (Pablo, Braque, ces deux-là ensemble seulement quand les Éluard étaient présents), Valentine, Cécile et d'autres plus dans la périphérie. Commençaient les débats entre intelligences supérieures, les péroraisons combattantes, le « banquet intellectuel » en sourdine par prudence, en attendant le moment religieux de quatre notes symphoniques perçant un brouillage lancinant et la phrase forte : « Les Français parlent aux Français. » Puis, le suc des nouvelles épuisé, Paul sortait de sa poche des feuilles, lisait les strophes écrites d'un long poème : en vérité, l'ode amoureuse dédiée à sa femme, sa muse… *« Sur mes cahiers d'écolier… par le pouvoir d'un mot / je recommence ma vie / je suis né pour te connaître… »*, poème fameux qui, récité alors par Paul au fur et à mesure de son inspiration, se terminait par : *« Je suis né pour te connaître / et pour t'aimer / Nusch ma mie. »* Il y eut aussi des soirées consacrées à *« Que voulez-vous... la ville était cernée... nous étions affamés... Que voulez-vous nous nous sommes aimés. »* qui, invariablement, me fit pleurer. Personne ne coupait mon élan dans le jeu du « cadavre exquis » écrit ou dessiné, ni dans les séances d'écriture automatique sur thème choisi à l'avance.

J'aimais mieux les soirées à couvre-feu précoce. Nusch et Yvonne sans maquillage, en vieux pyjama d'intérieur Chanel, les hommes nettement plus frileux, en burnou ou kimono chatoyant. Pas de défis intellectuels, pas de batailles d'idées. Les femmes torsadant des tissus pour les turbans du lendemain, les hommes sérieusement occupés à trier des lentilles ou à écosser des haricots secs, mon cerveau pouvait se reposer. Les bras sur la table, la tête sur les bras, j'écoutais mon estomac ronronner et, entre mes cils, examinais mes parents adoptifs officiels, mes parents adoptifs de réserve, absorbais les manifestations de leur entente cordiale en supputant de quoi serait faite leur prochaine engueulade. Somnolentes un peu, mes méninges allaient à l'aventure en revoyant les quatre présents photographiés, avant la guerre, nus dans le même lit. À cinq personnes coincées par un couvre-feu, nous étions une famille. Seul, mon petit frère me manquait.

Plongée avec délices dans les contes de la mythologie grecque et persuadée de frôler les marches du Parnasse, je traquais avec fascination les sortilèges étranges qui métamorphosaient Zeus, Héra, Apollon et Athénée en cerbères et méduses.

Nusch et Paul se faisaient des mamours à longueur de journée et en public se disputaient comme des chats pris par la rage mais se rabibochaient dans une profusion d'excuses et de serments. Entre Yvonne et Taky, pas de contacts physiques, des attouchements involontaires parfois qui provoquaient chez l'un et l'autre une gêne visible. Il y avait des colères jupitériennes chez un Taky capable de casser les assiettes ou de brandir un couteau, et chez Yvonne, en réponse, après avoir provoqué l'éclat, une sorte d'allégresse avec sourire en coin. Puis, ils revenaient à une relation de bon aloi, à une connivence tacite. Les deux couples s'aimaient assez pour qu'un couple confie sa sécurité à l'autre qui, lui, se mettait en danger. Alors, pourquoi les disputes, les insultes, les mensonges ? Un jour, les Zervos reprochèrent aux Éluard d'avoir « bâfré » tout notre sucre. Nusch en sanglots expliqua : « Cela fait une semaine qu'on vit d'eau sucrée et d'un peu de pain. » Taky rétorqua : « On vous loge, on vous nourrit, y'en a marre. Vous nous mettez sur la paille. » Officiellement, nous vivions à cinq sur trois cartes d'alimentation, la mienne préférentielle pour cause de poumon gauche voilé. C'est vrai, les temps étaient durs mais avec nos réserves capables de nourrir un bataillon, le sucre en morceaux, cristallisé, en poudre, à la vanille, de canne et de Candi, que nous avions caché là-haut, quoi donc les Zervos voulaient-ils faire accroire à leurs amis ?

Je déclenchai une échauffourée en surprenant Nusch occupée à transvaser en douce la laque à ongles particulière d'Yvonne dans un de ses flacons personnels. Stupéfaite, je crie un peu trop fort : « Nusch ! Tu exagères, quand même. » Taky et Yvonne se précipitent dans la salle de bains. Paul les suit. Ils se battent à coups de brosses à cheveux, à coups de serviettes volantes et voltigeantes, avec les savons, les babouches. Les bouteilles d'eau de lavande Yardley et les flacons de parfum volent en éclats. Le papier hygiénique y passe, feuilles blanches hésitant à se poser au sol. Moi, dans ces cas-là, mon estomac ou mes intestins me lâchent. Eux, cette fois-là, ils ont fini dans le rire, avec un air de dire : « Ah, ça nous a fait du bien. » Le doute me prit à la gorge. Ces gens-là, se chamaillant pire que des gosses, pouvaient-ils être des résistants ?

« Peut-être me cachent-ils l'endroit où ils entreposent leurs armes parce qu'ils n'ont pas confiance dans ma détermination ? » Je leur raconte l'acte patriotique de Roland et comment je l'ai aidé. C'est un ratage, d'accord, mais le cœur y était, bien avant que je les rencontre ! Ils m'expliquent : leur combat se situe au niveau des idées, des professions de foi politiques, dans un langage capable de faire naître la révolte des peuples. Moi, j'ai treize ans et des poussières, j'ai tété la méfiance avec les biberons de l'Assistance publique. Paul veut me faire croire que sa tête a été mise à prix pour un poème qui n'a pas plu à la Gestapo ou à Pétain ? Faut pas charrier, quand même. Et pourtant... l'ode à *Nusch ma mie j'écris ton nom* avec toutes ses strophes bien cadencées se termine maintenant par *Liberté, j'écris ton nom*. C'est maintenant l'hymne des *éféfel* et des *éféfi*, et on dit qu'il va être parachuté sur les maquis... Ma mémoire m'offrit un écho, enfantin peut-être, mais de poids pour ma logique intellectuelle et émotive. Au catéchisme, on m'avait dit : *« Au commencement était le Verbe... »* Un seul mot posé sur le vide stellaire ou dans la vie des hommes et on te baptise ou on te fusille ? J'ai beaucoup vieilli d'un seul coup.

Les Éluard quittèrent les Zervos après une scène plus laide que les autres. Paul insultait Taky avec des adjectifs surprenants... lâche, faux frère, déserteur, traître, vantard, félon, pleutre, baudruche, et traitait Yvonne de rusée, exploitatrice, diablesse, calculatrice, profiteuse, parvenue, vipère matoise et dépravée. Pour une fois, la douce Nusch sortait les griffes et Yvonne faisait front ouvertement avec son mari. Entre les demandes d'explication et les invectives, la cause du tohu-bohu se fit jour : les Éluard, prévenus en pleine nuit, avaient dû courir pour évacuer d'urgence un entrepôt « brûlé ». Ils avaient violé les bureaux des *Cahiers d'art*, fermés depuis l'exode. En vitesse, par un vasistas du premier étage donnant sur l'escalier de service, ils avaient jeté à l'intérieur des sacs contenant des parutions clandestines. Yvonne aux Éluard : « Vous nous condamnez au peloton d'exécution. La gosse aussi. » Paul à Taky : « Toi, sale métèque, et ta femelle, je ferai de vous des résistants. En dépit de vous et de vos faux-semblants. Un jour, vous vous targuerez… Un jour, je raconterai vos manœuvres… » Taky prit sur lui de m'expliquer la conjoncture avec, à côté de lui, une Yvonne dévastée.

Avant la guerre, l'éditeur Christian Zervos s'était permis d'inclure dans un des numéros de sa revue *Cahiers d'art* un article acide accompagné de photos sur l'œuvre avortée d'un peintre petit-bourgeois, Adolf Hitler. Quand les Allemands pénétrèrent en Belgique pour mieux contourner la Ligne Maginot, sous prétexte d'innombrables errata, Taky et Yvonne avaient récupéré les exemplaires vendus par abonnement, ceux déposés chez des libraires spécialisés, et avaient tout passé au pilon, matrice de texte et clichés compris. Seulement, Yvonne avait eu un rêve envoyé par les puissances occultes qui prenaient d'elle un soin individuel. Elle avait vu un exemplaire maudit surgir dans la caisse d'un bouquiniste des quais… une arrestation, une prison, une condamnation. Ce danger-là était précis. Un autre existait, plus diffus. Les éditions et la galerie Cahiers d'art avaient toujours soutenu l'art moderne et les artistes novateurs dont un grand nombre affichaient des convictions procommunistes et même une carte d'appartenance au parti. Depuis longtemps, les nazis avaient qualifié les œuvres de Pablo, Léger, Corbu… d'« art dégénéré », à détruire, brûler, éradiquer, et ses amateurs avec. La mort dans l'âme mais résolus, Yvonne et Taky avaient décidé de saborder toutes leurs entreprises : la publication *Cahiers d'art*, la galerie du même nom… « la galerie MAY. Oui, Yvonne y a des intérêts, passons. » Tirer les rideaux de fer, ne pas relever le courrier s'amoncelant entre les grilles et la porte d'entrée, vivre à La Goulotte le plus possible, hiberner quoi, aussi longtemps que nécessaire. Et voilà Paul l'enculé porteur de couilles à bretelles qui nous abuse… Me montrant un paquet frappé du sigle de la Croix-Rouge, Taky ajouta : « Il mendie de tous les côtés. Regarde ce que Gala lui envoie. » Du matériel littéraire et artistique, oui. Des victuailles aussi !

Certains matins, on me confia le soin de répondre aux coups de sonnette de notre entrée via l'escalier de service, trajet emprunté (en principe) par nos familiers les plus nécessairement discrets. Un jour j'ouvre, entrevois dans la pénombre un uniforme noir. Je referme à toute volée en enclenchant le loquet et, entre deux hoquets, informe mes parents : « Y'a les Boches à la porte. » Peu après, ils accueillent le visiteur à bras ouverts : « Fran'zi ! Yvonne ! Mayer ! Christian ! » Un ami SS ?! Cela aussi pouvait arriver, chez nous. Alors, le soir, dans mon lit…

On dit « tomber de sommeil » au lieu de « tomber dans le sommeil » lorsque le sommeil tend sous votre corps alangui une couche dans laquelle vous vous enfoncez. Mais, quand on a des raisons de s'inquiéter, le sommeil joue au plus malin. Il vous recroqueville dans une position de fœtus, ou fait pédaler vos jambes nerveusement entre les draps qui s'échauffent et vous brûlent la peau. On a beau retourner vingt fois l'oreiller, essayer alternativement le plat-ventre, le plat-dos, les bras en croix, par-dessus la tête, ce qu'on vous a dit, ce que vous avez entendu fait le tambour dans vos oreilles, s'inscrit à l'intérieur de vos paupières en phrases pulsantes à la manière des images saccadées des lanternes magiques : « Tes parents adoptifs sont en danger de mort. Toi aussi... C'est normal, tu es leur fille... On va les fusiller. Toi aussi, c'est normal. » Je me réveillais en sursaut, allumais ma lampe-liseuse au rayon étroit, ne supportais plus de rester dans le noir, replongeais dans l'abysse, en ressortais pour recommencer une autre sarabande. Je n'ai jamais autant aimé mes parents adoptifs que pendant ces nuits de cauchemar car, vers le matin, une brise émolliente affirmait dans l'épuisement qu'il est bien et bon et beau que parents et enfant meurent ensemble.

Ceux qui ont vécu dans le quartier de Saint-Germain-des-Prés pendant l'occupation allemande et ont côtoyé ou fait partie de ce cénacle d'intellectuels devenus célèbres après la Libération sous l'appellation générique (inexacte, du reste) d'existentialistes ne peuvent oublier l'atmosphère de paix profonde qui y régnait. Au flair, tout comme un chien, je m'aperçus très vite que deux populations s'y frôlaient sans se mêler, se regardant vivre mais refusant de se connaître. Tout d'abord, je ne le perçus qu'à travers les amis de mes parents adoptifs, cette faune éblouissante, sophistiquée, excentrique, d'artistes en tout genre, d'apatrides, de fils de bonne famille, antifascistes virulents ou débonnaires, riches ou fauchés – l'élite « cosmopolite et mondiale » s'enorgueillissait Yvonne.

Pourfendeurs de vérités transcendantales, traqueurs de beautés insignes, piégeurs d'ivresses et d'artifices, ils me semblaient être affranchis de toute loi. D'un copinage facile, ils vouaient aux enfers de la mémoire tout soupçon de bourgeoisie ou de médiocrité, pratiquaient une solidarité remarquable et ne manquaient aucune occasion de prouver leur amour de la vie. Je les voyais comme une nuée d'oiseaux migrateurs bruyants, bariolés, exotiques qui, après avoir délaissé Montmartre, s'étaient posés sur le quartier, l'éveillant de sa torpeur, animant ses cafés, ses restaurants, ses bars, le temps de pondre quelques chefs-d'œuvre universels pour reprendre leur envol une fois les œufs éclos. Remarquablement, ils ne se laissaient pas aller à faire des enfants en veux-tu en voilà comme les ploucs. Cette singularité renforçait ma solitude d'enfant unique parmi des personnes âgées. Cependant, ils conversaient avec moi comme avec leurs copains, m'accueillant dans leurs débats en adulte précoce et à l'esprit vif. Je sus vite jouer le singe sage et futé. J'en tirais une fierté immense, et une sensation de protection. Par ricochet, privée hors public de contacts réellement personnels-intimes avec mes parents, en ces soirées du Bac devenues fameuses et recherchées, je sentais mon adoption se justifier un peu mieux. Mais j'avais souvent du mal à surnager.

Courir sus à toutes les nouveautés, à tous les défis en activant les machines à photographier, à penser et faire, et se souvenir, sans jamais plus m'exclamer : « Ah, j'suis moulue, j'suis claquée », parce que, chez mes parents adoptifs, être fatigué veut dire s'ennuyer et c'est pour eux la pire des offenses… Leur agitation, je la compare avec ce que je sais, le temps d'autrefois, la cadence lente, rotative, des saisons, des journées réglées sur le pas des chevaux… À Paris, plus de soleil présent au lever, vous disant adieu au coucher. Dans les rues de la ville une grisaille injustifiée en automne, une froidure souillée indigne en hiver. Les jours plaqués sur les jours comme des cataplasmes et les nuits de sommeil mutilées, sans « soupe à Phrasie » pour tenir au chaud le ventre et les rêves.

La mythologie m'avait fait connaître Chronos, le moloch dévorant ses enfants. Était-il revenu ? Mon esprit s'engouffra dans une réflexion inexpérimentée, surhumaine. Dalí avait su voir un temps de caramel mou ou de pus dégoulinant hors des horloges et on criait au génie. Existait-il un temps vertical – *vlaf!*, couperet de guillotine ? Un temps de balancier, en allers et retours sur une et seule ligne du cosmos ? Un temps liquide se déversant à flot ou mourant de sécheresse, se dispersant dans la brume ou la vapeur. Un temps de mes parents et un temps à moi allant de concert ?

Intéressé par mon œuvre « d'imagination », Christian Zervos me reprocha cependant d'être « toujours trop en avance pour ne pas être en retard » et de rester une primitive incapable de conceptualiser des perspectives éphémères par nature autant qu'intemporelles... Bien après avoir quitté mes parents adoptifs, il me fallut des années et des documents à l'appui pour, forcée, comprendre que les quatre premiers mois de ma vie à Paris m'avaient paru durer *plus d'un an*.

Je vivais avec les dieux de l'Olympe (les Zervos, les Éluard, Picasso), avec ses génies (les Zervos, les Éluard, Picasso), avec ses clowns (les Zervos, les Éluard, Picasso), mais les prises de bec entre les Éluard et les Zervos avaient désagrégé ma compréhension des relations entre amis. Le côté commedia dell'arte m'avait échappé. Soudain, Pablo Picasso ajouta son effervescence et sa démesure.

Il s'était replié sur son atelier et ses appartements de la rue des Grands-Augustins, Marcel, Inès et Sabartés assurant les services quotidiens. Leur présence constante lui fut vite difficile à supporter. Il venait souvent chez nous pour y retrouver des interlocuteurs valables : les Éluard. J'avais admiré l'artiste polyvalent qui, au milieu de ces êtres vivant sur les nerfs, se montrait calme, retenu, fort par son corps robuste, discret dans ses paroles autant qu'un paysan. Je l'avais cru à l'abri d'imprévisibles sautes d'humeur. Je l'avais cru être « en bonne santé », c'est-à-dire net de ces démons intérieurs qui avaient la force de démonter mes compagnons. Le départ des Éluard pour un refuge plus sûr fit surgir un diable.

Pablo Picasso se présenta chez nous, sans prévenir, presque tous les jours, martela nos planchers en criant à la trahison, parcourut nos étages sur un élan de rouleau compresseur en traquant une ombre fantomatique, celle de Georges Braque. J'en restais *poustouplate* car les deux artistes s'étaient rencontrés chez nous aux heures convenues pour rendre visite aux Éluard. Il me fallut quelques jours pour comprendre la revendication impérieuse de Picasso : que les Zervos mettent fin à leur relation avec Braque sous peine d'être gravement punis. Reniés et ruinés !

Bizarrement, Picasso n'avait pas grand-chose à reprocher à Braque, il lui permettait même « de faire carrière, mais ailleurs ». Mes parents adoptifs ne semblaient pas perturbés outre mesure par les reproches de leur ami numéro un. Moi, je le fus.

Ils m'avaient chargée d'une fonction importante dont dépendait notre tranquillité d'esprit, d'après ce qu'ils en disaient : suivre pas à pas Pablo sur le chemin « *a dextra* ou *a senestra* » qu'il aurait choisi, ne jamais me proposer pour lui ouvrir une porte mais bien refermer celle par laquelle il passerait. Il ne s'agissait pas d'éviter au Maître de sournois courants d'air mais de compartimenter l'espace, de couper la perspective de nos appartements construits en enfilade, de protéger la présence possible de Braque et d'assurer la fuite de ce dernier en cas de nécessité. Un jour, Pablo traversa le bureau de Taky au pas de course et s'engouffra dans un couloir dérobé. Un signe de tête d'Yvonne me fit comprendre qu'il n'y avait pas lieu de s'émouvoir. Sans nous presser, Yvonne, Taky et moi allâmes attendre Pablo là où il devait forcément déboucher, dans l'antichambre de mon appartement, un étage plus bas, au pied de mon escalier intérieur. Le voir surgir essoufflé et fulminant valait le spectacle. Nous regardâmes le Minotaure monter l'escalier sans nous permettre le moindre sourire. Des bouts de toile d'araignée mettaient sur son crâne les cheveux qui lui manquaient.

Un autre jour, Pablo se dirigea *a dextra* puis fit volte-face et bifurqua *a senestra*, en direction de la chambre à coucher de mes parents adoptifs. Yvonne le suivit, sans pouvoir le dépasser pour fermer une porte fatidique. Il y avait péril en la demeure ! Derrière cette porte donnant sur nos cuisines et l'office, Braque s'occupait à casser des noix ramenées de La Goulotte… Taky et moi laissâmes Yvonne et Pablo se débrouiller dans le couloir à chicanes pour emprunter une voie beaucoup plus courte, celle du petit salon. Sans beaucoup de précautions, Taky tira Braque de sa chaise, le poussa dans notre escalier d'honneur en lui jetant son imperméable sur les épaules et referma la porte, hélas, en la claquant. Picasso déboucha de l'office alors que Braque faisait retentir le bois craquant des marches de ses pas de fuyard. Jubilant, la victoire en poche, pensait-il, car il allait maintenant réaliser sa menace (prendre mes parents en flagrant délit d'adultère !), Pablo se précipita pour rouvrir la porte d'entrée. Mon père adoptif joua son va-tout. Crinière blanche électrisée, yeux exorbités, visage violacé, Taky se colla à la porte dans l'image frappante d'un Christ en croix. Picasso stoppa net son élan, pétrifié devant l'image du crucifié. Jaillie de l'office ébouriffée, Yvonne resta elle aussi paralysée par le spectacle. Puis, reprenant son sang-froid avant tout le monde, elle proposa de sa voix la plus flûtée : « Messieurs, si on soufflait un peu ? » Un jet d'eau glacée n'aurait pas mieux cassé les deux hommes transformés en statues. Ils s'ébrouèrent, se donnèrent l'accolade, à l'espagnole, étreintes et grands coups de claque dans le dos… À ce petit jeu-là, mon père adoptif gagnait toujours. Plus grand et plus large que Picasso, il obligeait celui-ci à lever haut la tête pour ne pas avoir le nez écrasé par l'aisselle de son embrasseur. Il y eut des sourires gênés, des gestes d'apaisement esquissés, retenus, refusés, le départ de l'ami encore une fois frustré et le silence des Zervos conscients d'avoir trop tenté le diable. Moi, mouillée par la transpiration et l'angoisse, je pensais à une douche revigorante lorsque notre escalier résonna sous le pas lourd de quelqu'un qui montait en courant. Était-ce Braque qui revenait ? Sur le palier, au bord de l'apoplexie, Picasso crachait, éructait : il avait entrevu, tout au bout de notre venelle, sous l'arche de la porte cochère principale, l'imperméable flottant de l'insaisissable fantôme.

Le mot *jalousie* m'était connu… à la hauteur d'un préau d'école primaire provinciale. J'y avais entendu des histoires de galipettes dans la luzerne, dans les foins. Impossible pour moi d'introduire les silhouettes de mes parents adoptifs et de leurs magnifiques amis sur la scène des méli-mélo bucoliques ! Une formule me plongeait dans l'angoisse : constat d'adultère ! Pablo la brandissait comme Zeus son faisceau d'éclairs, augurant d'un *Dies irae* ravageur.

Les dictionnaires de Taky m'offrirent des données juridiques absconses mais rien sur les émotions motrices. Encore me fallait-il trouver les mots Amour, Passion, Obsession, ce qui ne m'expliqua aucunement pourquoi mes compagnons se déchiraient sans que les pires débordements ne mettent en péril leur pérenne camaraderie. Les colères d'un cœur amoureux, excessif et déçu, ne suffisaient pas pour justifier, à mes yeux, la souffrance de Picasso, souffrance réelle, mon intuition l'affirmait, qui constituait le mystère que j'avais à décortiquer et l'essentiel de ce qu'il me fallait comprendre. Je fis plus attention à ce qu'il répétait à satiété.

Il affirmait remplir auprès de nous un Devoir supérieur, dans l'accomplissement duquel il mettait son Cœur, son Âme, son Savoir, sa Fantaisie, sa Vie en entier. Il se privait même de Création pour nous fournir la nourriture spirituelle et intellectuelle dont nous avions tant besoin, l'aliment exquis que lui seul avait le pouvoir de susciter, de semer et de distribuer. Il accusait mes parents d'aller récolter chez Braque un minable supplément. Il nous faisait don d'un Amour absolu ; mes parents le transformaient en petite monnaie pour petites gens. Ils se rendaient coupables d'adultère, il en ferait le constat…

Un jour, je *vis* prendre corps l'ombre infâme de la trahison dont Picasso parlait. Pablo incarna soudain cet animal qui, après une longue traque, épuisé, aveuglé par la fatigue, rentre à son logis pour nourrir ses petits et, horreur, découvre qu'un autre y pourvoit et occupe son terrain. La gravité du tourment m'alla droit au cœur et je me sentis fière de n'avoir jamais mis les excès du magnifique personnage au rang des joyeusetés conjugales. Que faire avec mes émotions ? Comment ne pas préférer cet homme-animal étouffant sous le poids de son cadeau méprisé ? Le manque d'intelligence de mes parents adoptifs m'étonna. Derrière son dos, ils se gaussaient de son besoin de possession, de sa volonté de puissance. Pourquoi ne voyaient-ils pas ce qu'il était : un Père nourricier tutélaire ? Moi, je lui aurais accordé l'exclusivité. Et, cependant, une phrase dite jadis par Pablo et souvent rapportée : « Braque, c'est ma femme », frappait à la vitre opaque de ma logique affective. Braque et Picasso, un couple ? Je pétrissais des *si… donc… et alors…* Arrivé à ce carrefour du probable et de l'impossible, mon cerveau tombait toujours en panne.

Parmi les amis des Zervos, seul Picasso avait décelé le bouillonnement fielleux intérieur de la pupille de l'Assistance, haine et fureur vite volcaniques escamotées maintenant derrière des manières citadines, policées. Le qualificatif « Assassin » qu'il m'avait jeté au front m'empêchait de mentir… parce qu'il savait *qui* j'étais. Des spécialistes argumenteront sur la validité de ma conviction : elle eut le pouvoir de m'ôter tout complexe ! J'ai aimé l'homme et l'ai jugé à l'aune de mes treize ans.

Les Zervos ne lui avaient rien demandé. Ils furent tout aussi stupéfaits que moi lorsque l'effervescent Espagnol s'imposa dans mon atelier et décida de se charger de mon éducation artistique. L'honneur qu'il me faisait m'échappant totalement, je fus plutôt indisposée par le fait qu'il me faudrait partager avec lui un temps déjà rempli d'études diverses. En effet, en dehors des heures mobilisées par mes parents, j'avais mon ineffable précepteur (pour me préparer à la classe de sixième), Luis Fernandez pour la peinture à l'huile et Jean Castagnier pour le pastel. Je dormais très peu et souffrais souvent d'incompréhensibles nausées. Loin de moi l'idée de critiquer Picasso en quoi que ce soit ! On ne s'oppose pas à un fait de nature. Et puis, il s'agissait d'un Père nourricier, n'est-ce pas…

Tout de suite, Pablo exigea le noir et le blanc, uniquement et exclusivement. À sa demande, je lui promis sans rechigner de ne pas toucher aux couleurs mais sans l'informer que Luis Fernandez et Jean Castagnier me transmettaient leurs spécialités. Pendant quelques bonnes semaines, je mentis à Picasso jusqu'au jour où, par la faute d'une boîte de pastels mal dissimulée, le Minotaure fumant-fulminant me fit jurer (solennellement, debout et à main levée !) d'utiliser les couleurs seulement après mes vingt et un ans. Je jurai, étant bien satisfaite de n'avoir plus que lui pour mentor, non pas parce que je préférais son enseignement à celui des deux autres mais parce que je croyais avoir enfin la possibilité de ne plus me disperser dans des activités artistiques approximatives parce que faites dans l'urgence.

Je n'avais jamais été paresseuse mais Picasso me fit mettre en pratique une de ses maximes, adaptée à mes oreilles : « L'Art, c'est quatre-vingt-dix-huit pour cent de labeur, un pour cent d'on ne sait quoi et un pour cent d'incompréhensible pour tout le monde. Deux cents pour cent de bonheur sont accordés aux travailleurs. »

Mes plus grands dessins avaient couvert les pages doubles de mes cahiers d'école. J'y avais organisé des cimetières de mésanges et de lapins dans une jungle de feuilles de tabac ; des Cécile flottant sur les algues de la ville d'Ys ; des choses plus joyeuses parfois, en m'acharnant à rendre visibles les plus petits des détails, accumulés avec la volonté de faire exact, précis. Complet ! Pablo Picasso doucha ma prétention à l'hyperréalisme photographique en me demandant d'un air sucré : « Alors, tu fais dans la dentelle ? » Impérieusement, sans prendre en considération la longueur de mes bras, il m'imposa de travailler sur des feuilles gigantesques pour moi, en 50 × 70 cm.

Ne sachant pas discerner entre le langage des « artistes professionnels » (n'en était-il pas un ?, ma question le fit rugir de rire !) et des locutions lui appartenant personnellement, je restai pétrifiée comme une buse à qui on vient de crever les yeux devant l'interjection jupitérienne : « Arrive à l'épure ! » L'Épure, vraiment ! Allez voir ce que les Larousse et les Littré en disent… Une technique pour architecte, un plan réduit à sa plus simple expression, mais rien qui permette de voir « visuellement » les distances qui la séparent de l'esquisse ou du croquis. Ah mes aïeux dépassés par la situation, quel problème !

Comprendre (plus ou moins mais tout est relatif, n'est-ce pas) me plongea dans des affres dignes de Darwin, mon auteur préféré du moment, qui prouvait d'abondance la complexité grandissante des créatures, les millénaires du temps leur accordant des éléments de plus en plus nombreux, de plus en plus efficaces, de plus en plus raffinés. La vie, l'évolution elle-même procédant par ajouts, qui donc s'arrogeait le droit de prétendre que le Créateur artistique, lui, devait faire la route inverse ?! Le mentor Pablo prit sur lui de se transformer en saint Georges pour chasser un dragon : ma cérébralité.

Il m'a rendue furibarde en me privant de gomme toute une semaine. Allez donc « sortir la lumière » dans un pan noirci au charbon sans l'aide de cet outil !

Il m'a sortie de mes gonds en repoussant mes avis : « L'art, c'est pour faire plus beau que la vie. L'art, c'est forcément artificiel… Une carcasse de Soutine, moi, je ne la pendrais pas dans mon salon. On l'y met parce qu'elle représente du fric… Vous, les cubistes, vous vous êtes pris les pinceaux dans les triangles. » Parole d'honneur, juré craché, main droite sur le cœur, il me provoquait !

Il me frustrait ! Chaque dessin passa l'examen de son œil implacable. Il m'indiqua les morceaux à retravailler, ceux qui lui donnaient satisfaction, sans jamais prendre le crayon ou le fusain pour me montrer, sur le papier, quel résultat il voulait obtenir, agitant seulement en l'air son index surexcité. Il ne me demanda jamais de l'imiter, et je n'en avais aucune intention : « On ne copie pas de l'art déstructuré », pensais-je. Mais faire « à la manière de… », c'est permis, pour s'amuser, pour affermir la technique, *sa* technique du dessin au trait, par exemple.

Génial Picasso ! Il ne cherchait pas, il trouvait. Le hasard d'un carreau cassé et d'un vent qui agitait les feuilles sur ma table de travail le fit me mettre à l'œuvre debout, devant un chevalet ayant jusque-là rempli une fonction purement décorative. Il rameuta Yvonne, l'aida à transporter des feuilles de bristol en 100 × 70 cm, les punaisa sur un contreplaqué et, manivelle tourne !, descendit le portant à ma hauteur.

« Vas-y ! Bras tendu ! À l'escrime ! » Imitant des gestes vus dans des films de cape et d'épée, un crayon Conté au bout des doigts, je fais des moulinets, en grands mouvements circulaires, dans un sens et dans l'autre, voyant avec surprise des spirales inversées se transformer en tornade. Et vlan !, une balafre, de haut en bas, et d'autres, entraînées dans le même élan sur la même route aérienne. Le vent ! Pablo se colle à mon allégresse, entre dans ma danse, index pointé et jeu de jambes approprié. Je mets sur le support du papier ce que son bras et son index écrivent, découpent sur l'air. Zigzags pointus, arrondis, pressés les uns sur les autres en un vol incertain de papillon ivre. Accents qui s'éparpillent ! Des points… le Conté casse. Je sue, lui aussi. Nos sourires sont si larges qu'ils laissent suinter de la salive hors des lèvres paralysées par un éclat de rire silencieux.

Sur le bristol, un maelström. Des fétus emportés par le vent. Les bâtons raides d'un chaume haut coupé. Des anguilles qui s'y faufilent. Une raie rayée, océanique. Ah, malheur ! Je vois *figuratif*, je ne sors pas de *l'illustratif*. « Non, martèle-t-il. Non ! Tes spirales du début, c'est ton désir de vengeance. Faut le faire éclater. Le trait, là, en diagonale, te souviens-tu que ta haine l'a posé ? » Je ne suis pas mûre pour aborder les Champs-Élysées de l'expression brute.

À l'image d'un chien blessé qu'un inconnu ramasse, caresse, réconforte, qui sent la laisse de la méfiance s'éloigner de son cou, mon cœur seul réagit à la violente sensation du bonheur étalé sur le bristol. Brûlures multiples, des cloques d'ortie, des épines, des lacérations de fouet, des griffures de pattes de mésange s'ébranlent, se détachent, se déprennent de ma chair. En cette fin d'hiver 1942, une parcelle de mon esprit pensa : « Pablo me donne le temps d'être ce que je suis. » Le regard désormais à un mètre et plus du papier, je découvris la mobilisation du corps entièrement présent dans une joie ludique, onirique, inconnue précédemment. Un bienfait ne venant pas tout seul, je n'eus plus à chercher désespérément des « sujets de dessins » : les coins de mes chambres m'introduisirent à la géométrie artistique.

Pablo, l'inoubliable. Rigoureux avec une gosse parce qu'elle est honnête… Pablo, sa simplicité offerte… Il est là et son corps et ses yeux et ses paroles vous happent à l'intérieur d'une bulle de confiance… Il parle et il m'écoute ! *Mon Pablo* est pour moi toute seule. Deux en un ! Ma chatte Mi-Nusch et mon corbeau, le croquant Jacquou, encombrants, nous avaient entraînés vers un autre domaine.

Après une leçon d'une demi-heure ou de quarante-cinq minutes, selon son humeur, Pablo procédait à la récréation. Enfin, je comprenais le sens jouissif de ce mot banal : surseoir à la création ! Nous passions alors dans mon petit salon, décoré à l'époque de tirages d'essais et hors commerce du *Songe et mensonge de Franco* et de quelques photos faites par Man Ray des mains élégantes d'Yvonne sur lesquelles Picasso avait peint des zébrures fluides. Dans ce cadre fait pour les mignardises d'un autre âge, Picasso, semble-t-il, se sentait parfaitement à l'aise quoiqu'il dût imposer à son corps robuste une prudence de gestes peu habituelle.

Recroquevillé dans un de mes minuscules fauteuils crapaud, bas du cul et capitonnés de velours mordoré, Pablo faisait l'œuf. Il y prenait l'air d'un vieux gamin, genoux sous le menton, mains sur des chevilles nues et passablement crasseuses. Assise en face de lui sur une petite chaise droite à *freluches* (franges et pompons), je scrutais sa tête compacte, ses épaules musculeuses, photographiais son nez pâteux du bout, notais la faiblesse de son menton légèrement agnathe, guettant l'instant où il lèverait la tête, où les deux yeux noirs charbon se laisseraient regarder. J'étais prête, s'il le fallait, pour mieux le connaître, pour mieux me l'approprier, à compter un à un les cheveux de son crâne dégarni.

Son monde animal se résumait aux taureaux, aux chevaux, aux chiens et à certains oiseaux. Il avait besoin de les toucher, de les palper, aimant sentir la soie ou la brosse des pelages, le muscle tendu sous le plumage. Son oreille suivait les piaillements, les grognements meublant de loin sa solitude face à une toile blanche. Son nez savait apprécier les odeurs ammoniaquées de la pisse et de la crotte, les effluves poivrées ou acides des glandes sudoripares, tout ce musc épais et enivrant que portent les animaux à l'état nature.

L'immobilité tendue des hiboux, les mouvements en biais de leur tête, leur regard se dérobant fascinaient l'Espagnol. S'entourant de pigeons et de colombes, il n'aimait pas leur caractère. Je fus surprise d'entendre qu'en fait il les haïssait. Comment ces volatiles particulièrement imbéciles et cruels pouvaient-ils avoir été choisis pour incarner, ici, le Saint-Esprit et là, la Paix ? « Je garde ces bestioles sous les yeux pour ne pas oublier la déchéance artistique de mon père. Que cela ne m'arrive jamais », assura-t-il.

Comme je le baratinais un peu trop avec mes hôtes des champs, des ruisseaux et des granges (campagnols, musaraignes, loirs, mulots), il commença à parler d'une randonnée qu'il avait faite, jadis, dans une province de son pays, avec un garçon de son âge. Ils avaient couru à travers des sillons, tombant l'un sur l'autre, parmi des cigales, ou des criquets, ou des sauterelles, il ne savait pas bien et s'énerva lorsque je lui demandai de préciser.

Ils avaient arraché des têtes, des ailes, des cuisses tressautantes qu'ils avaient sucées et grignotées. Avec des hésitations sensibles, ou une précaution que je ne comprenais pas, il parla d'oliviers cuits par le soleil, à l'ombre trouée de lumière, où ils s'étaient endormis après avoir retourné des pierres à scorpions pour s'en faire des oreillers et, sinon, le bras de l'un soutenait la nuque de l'autre. Près d'un bosquet de chênes-lièges, aux glands de grandeur héroïque – mais il s'agissait peut-être d'arbres différents et cela avait pu avoir lieu dans un fossé à découvert ou dans un creux de terrain à buissons épineux –, ils avaient cherché à quatre yeux la silhouette planante d'un oiseau de proie dont ils entendaient le cri et dont l'ombre sur la terre filait plus vite que leurs regards associés.

L'un et l'autre, à moins que ce fut l'ami seulement, cela non plus ne fut pas clair, portaient autour des reins un large et long bandeau de flanelle rouge merveilleusement humide ou raidi par une sueur piquante et salée. La pose et l'enlèvement de cette banderole semblaient suivre les règles strictes d'une liturgie secrète. Il m'en fit la démonstration dans une pantomime pleine de rires mais avec une précision têtue. L'interminable tissu devait enserrer le haut d'un pantalon noir en laissant apparents les boutons de la braguette et le bas d'une chemise blanche laissée entrouverte. Non, les pans de la chemise à l'intérieur du pantalon, avec un peu du tissu blanc retombant sur la flanelle rouge, oui, de façon lâche et artiste, afin de voir un buste et une poitrine imberbes… Je fus vexée de l'avoir vexé en lui disant que papa Edgar, mon premier père nourricier, tonnelier de village, portait aussi une longue flanelle enroulée à la taille, pour se protéger des tours de reins. Mon équivalent paysan, terre à terre, prosaïque, n'avait rien à voir avec… avec quoi en fait ? Je n'ai pas compris. L'aventure champêtre, il ne la qualifiait pas d'idyllique. Elle s'était diluée, éparpillée, sans qu'il y eût accident ou incident. Simplement, quelqu'un était parti, quelqu'un n'était pas revenu.

Son amour violent pour les férocités de la corrida n'avait rien d'un mirage informe. Je n'étais pas du tout d'accord avec lui sur les beautés cachées d'une chair chevaline encornée, encore moins sur la mise à mort artistique prolongée d'un bovin qui n'avait rien demandé à personne. Nous en arrivâmes à une véritable dispute, lui fulminant contre ma sensiblerie, ce sucre trompeur jeté sur ma haine native qui, sans aucun doute, aimait elle aussi le sang qui coule, moi au bord des larmes et refoulant au fond de moi des images de meurtre et de sang bu. Comme pour procéder à une estocade finale, il quitta le fauteuil et, pour se faire de la place, repoussa contre les murs tout ce qui pouvait gêner sa démonstration.

Comment put-il soudain devenir si grand, élancé, élégant ? Corps redressé, jambes allongées raidies jusqu'au bout des étriers, la pique coincée sous l'aisselle, il est le picador. Tête asservie par un chanfrein invisible, il se cabre, rue, hennit, les jambes progressant à l'amble, il est le cheval caparaçonné ou un centaure. Une seconde plus tard, il s'effile vers le haut, se dresse sur la pointe des pieds, offre au milieu le ventre plat d'un danseur de flamenco. Les bras s'arquent au-dessus de la tête, les mains suggèrent un profil de vautour, elles poussent la banderille – l'épingle, me dit-il – dans la bosse du cou, jusqu'au tendon de l'épaule. Puis, saut de côté, Picasso, totalement lui-même en son corps trapu de taureau, gratte d'un soulier rageur le plancher de mon salon comme un sabot fendu le sable d'une arène. Avec les bras moulinant, il mime la danse de la muleta, et le regard de côté du matador, et le mufle aux narines exaspérées du taureau. Sans prévenir, dans un instant immobile, il prend l'angle parfait ; avant-bras et coude dans le prolongement d'une épée, il va trouer un cœur. Il

« accorde » la mort comme on accorde une guitare, il faut que le son en soit net. Estocade propre, halètement qui s'estompe. Le taureau mourant, visage violâtre aux yeux extasiés, plie devant moi le genou et salue.

Les deux mains crispées sur le rebord du siège, mon corps a fait sien la raideur de la chaise et ma chair s'est transformée en bois. Le cœur palpite en un accéléré désordonné et mes poumons travaillent dans la forge de mes côtes. Pablo, lui, reprend souffle, les fesses au bord du fauteuil. Il y prend, oui, la forme d'un batracien aux yeux exorbités dans une face gonflée rouge brique. Ses yeux percent les miens, fouillent et revendiquent une réponse.

Dieu ou diable, permettez-moi d'échapper à l'Inquisiteur, permettez-moi de m'évanouir ! Mais c'est plus fort que moi, je parle. Oui, j'ai été acculée au désespoir et je me suis vengée sur des mésanges que j'ai étranglées, sur des lapins que j'ai noyés dans la fosse au purin ; sur un champ de tabac, sur des pavots que j'ai ravagés. Oui, j'ai voulu mettre fin à mes jours et me hais pour m'être ratée. Ça, je ne me le pardonne pas. Oui, le bœuf Chapé m'a éclaboussé de son sang et, à cette époque déjà, j'en connaissais le goût. À Vaux, quand j'avais six ans, le docteur m'a fait boire un verre de sang frais pour me redonner une santé… Pablo frotte mes bras raidis, détache mes mains du siège, les masse lentement en faisant le tour de chaque doigt. Il s'acharne plus longtemps sur mes pouces jusqu'à leur rendre leur souplesse. Son regard m'informe qu'il va partir, que je ne dois pas l'accompagner. En marche vers la porte, il se retourne et demande : « Les Zervos ? » C'est suffisant, je comprends ce qu'il veut dire et j'agite la tête dans un signe de négation. Suivant de l'oreille l'écho de son pas lourd montant mon escalier intérieur, une pulsion violente me fit vouloir me transformer en petit chien minuscule, en ombre de chien vraiment, pour pouvoir suivre Pablo jusqu'au bout du monde, jusqu'à la fin de ma vie. Un incident particulier me retint définitivement sur le chemin de la totale idolâtrie.

J'aidais parfois Taky qui n'aimait pas se coltiner avec notre échelle branlante pour chercher, sur le haut des étagères, des clichés de dessins anciens restés inédits qu'il destinait à une parution éventuelle pour un volume spécial à ajouter au déjà monumental Catalogue des Œuvres de Pablo Picasso, un des projets chers à mon père adoptif et qu'on appelait *Les Pour Quand*... la guerre serait finie. Du haut des échelons, je le vis tourner et retourner un cliché portant à son dos une épreuve grisâtre. « Tiens, s'exclama-t-il, la fille adoptive de Picasso ! Je l'avais oubliée, celle-là ! Ce serait intéressant de savoir ce qu'elle est devenue... » La surprise me rendit muette mais envoya ma curiosité faire des galipettes. Quoi, une gosse a été adoptée par le Minotaure ? Quand ? Pourquoi ? Avalée par le gouffre de l'oubli ? Pas possible ! Il me fallait savoir.

L'histoire remontait au temps de la vie de bohème. Pablo avait aimé une femme belle, maline et indolente, Fernande, qu'il avait beaucoup dessinée et peinte. Fernande, grande odalisque amoureuse, avait vaillamment partagé avec le jeune artiste des jours de misère. Elle l'avait soutenu sans défaillance et sans avoir un sou pour faire bouillir le pot-au-feu. Enfin, le peintre était sorti d'une bataille avec des... amazones, me sembla-t-il, car le tableau qui établissait sans doute aucun la puissance de son génie, et sa guérison d'un état proche de la folie, me dit-on, s'intitulait *Les Demoiselles d'Avignon*, œuvre dont j'ignorais tout. Les Demoiselles d'Avignon vaincues avaient ouvert à Pablo et Fernande la voie royale de la renommée internationale et de la fortune. Cependant des esprits très attentifs, ou particulièrement jaloux, avaient discerné chez l'artiste couronné un début de fléchissement dans son inspiration et comme des lenteurs dans sa production. Le créateur du cubisme, qui avait si bien renouvelé son art en y intégrant des influences statuaires catalanes ou africaines, aurait-il brûlé tous ses dons ? Fernande s'inquiéta. Fine mouche et intuitive, sa relation amoureuse prenant aussi des teintes de grisaille sans qu'il en soit de sa faute, elle décida de s'occuper du problème. Elle avait découvert avant tout le monde le moteur intérieur qui faisait marcher l'homme et l'artiste, ce qui enrichissait le cœur du premier et projetait le second dans un jaillissement créateur de formes et de couleurs nouvelles. Elle imagina de porter à son comble le bonheur de Pablo en le faisant père. Hélas, une prime jeunesse pétulante l'avait transformée en femme stérile. Seule son ingéniosité n'avait jamais fait de fausses couches. Un beau soir, Pablo se trouva nez à nez avec une gosse de dix ou onze ans que son amante lui présenta comme leur fille adoptive. Estomaqué, paralysé, l'artiste accepta *nolens volens* le fait accompli. Il accueillit la gosse avec gentillesse, fit d'elle quelques portraits, joua au papa quand il en eut le temps ou l'envie.

Devenir père d'une façon aussi bizarre n'encouragea aucunement l'artiste à sublimer dans son œuvre un espoir authentique de paternité, ni ne ragaillardit l'aiguillon de son désir envers sa maîtresse dépitée. Au bout de cinq à six mois, une Fernande « fatiguée » se défit de la fillette. Sans en informer Picasso.

Découvrant le pot aux roses, on me dit qu'il tabassa Fernande, mit le bordel dans les chambres en cassant quelques meubles. Le même soir, il avait pris ses cliques, ses claques et son porte-monnaie, avait déménagé, mettant fin sur-le-champ à ce qui avait été un véritable amour. Sa nationalité espagnole le privait de tout poids auprès des autorités françaises. Le couple, non marié, n'avait pas d'existence légale. Un avocat conseilla à l'homme berné de ne pas mêler son nom à une affaire concernant une mineure surgie de nulle part, puis escamotée. Il avait appliqué la seule sanction dont il disposait – abandonner la traîtresse, aller chercher ailleurs un lit qui ne se transformerait pas en traquenard.

J'aurais pu me laisser aller à une admiration entière si mes parents ne m'avaient pas signalé la malchance du coureur de jupons. Revenu d'une chasse infructueuse, il avait regagné les draps chauds de Fernande à la fin de la même année.

Cette petite affaire privée dont plus personne ne parlait ajouta un chapitre au dossier de mes haines. Pablo avait-il dessiné ma tête et mon capuchon si vite et si bien parce que le visage et le capuchon d'une autre fille adoptée s'étaient superposés aux miens ? M'avait-il baptisée Assassin parce qu'il savait depuis longtemps de quoi les pupilles de l'Assistance sont faites ? Les Zervos m'avaient-ils adoptée à la façon de Fernande ? L'autre adoptée, en âge d'être grand-mère si elle avait survécu, avait-elle pu faire taire dans sa tête le carillon des *Pourquoi* qui résonnait dans la mienne ? Les autorités de mon pays chargées du sort des orphelins auraient-elles encore longtemps le droit de prêter des gosses aux gens riches et célèbres pour que ceux-ci puissent jouer un peu aux papa-maman ?

Comment ne pas me souvenir de Germaine, la fermière inculte ? Sa vie de miséreuse trouvait-elle un exutoire dans une brutalité directe, frontale ? Mes beaux amis d'aujourd'hui, incarnant le summum de la spiritualité humaine, pratiquaient-ils une sauvagerie bien plus subtile, autrement perverse ? Je fis mes comptes personnels, établissant les degrés de mes attachements, accordant à chacun un tiroir privé où s'empilèrent les acceptations et les refus. En haut, Pablo Picasso Imperator : lui aussi pouvait être victime de manœuvres retorses et d'entourloupettes honteuses pratiquées par des personnes se réchauffant l'âme à la lumière de sa gloire tout en l'utilisant pour remplir leur escarcelle. Après lui, Nusch et Paul Éluard : parce qu'ils m'avaient fait connaître la tendresse. Mes parents adoptifs venaient en troisième position. J'ai pleuré sous mes draps en appelant au secours mon petit frère Michel, qui ne venait pas et dont on ne parlait plus, et combattu à l'aveuglette ce qui désagrégeait petit à petit l'élan affectif au bout duquel j'avais rêvé d'enlacer une maman, un papa. Quelque chose avait été bâclé, mais quoi ?, par qui ? Pour moi, impossible de faire marche arrière : Yvonne et Taky étaient des amis extravagants de générosité, éblouissants par leur savoir, magnifiques en eux-mêmes et pilier central de l'élite cosmopolite, mais pas des parents. Ma reconnaissance, ma gratitude, ma fascination envers eux créaient la passerelle par laquelle je pouvais les rejoindre. Ceci était clair, il s'agissait de *mon* côté, intime, privé et caché, de la conjoncture. Mais eux, les Zervos, à quoi avaient-ils rêvé ? Que s'étaient-ils imaginé ? Les avais-je déçus dès le premier soir ?

Mes sœurs et moi filions un mauvais coton car, logiquement, si mes parents adoptifs n'avaient pas trouvé en moi la fille souhaitée-espérée, ils allaient se défaire de nous, nous chasser, nous réexpédier. Nous renvoyer au fumier paysan ? Je ne pouvais pas l'accepter. C'est peut-être à ce moment-là que la peur consciente de l'échec, pour moi et pour mon frère, me fit glisser dans une servilité inconsciente. Peut-être… « peut-être attendent-ils mon quatorzième anniversaire pour m'annoncer le verdict », pensais-je. C'était un cauchemar.

De mon temps, les pupilles de l'Assistance placées dans des fermes voyaient approcher avec angoisse leur quatorzième anniversaire. Elles quittaient leur statut d'enfant pour entrer dans celui de la main-d'œuvre rurale. Restant sous la tutelle de l'Assistance publique jusqu'à l'âge de vingt et un ans, elles débutaient une carrière à vie de valets, vachers, laboureurs, tâcherons, bonnes à tout faire. La majorité les rendait indépendantes et maîtresses d'un minable pécule. Les pupilles douées pour l'étude qui, grâce à un talent natif soutenu par une ténacité hors pair, avaient réussi miraculeusement à décrocher leur certificat d'études n'échappaient pas au destin : tout au plus, si elles présentaient bien physiquement, elles seraient placées comme domestiques chez de riches propriétaires terriens ou chez des bourgeois de la ville, des familles religieuses avec beaucoup d'enfants, sans quitter le cadre rural. Personne ne m'avait dit si l'adoption rendait ces lois caduques.

Mes parents adoptifs semblaient vivre en dehors de toute considération terre à terre. Devais-je leur parler de mon inquiétude, exposant ainsi mon manque de confiance ? Déclencherais-je moi-même un processus irréversible qui me ramènerait au fumier paysan en attirant l'attention sur ce que le monde entier avait peut-être oublié ? Mes nuits passaient dans des rêves terrifiants mais, dans la journée, avec ruse pensais-je, je pratiquais la politique de l'autruche tout en gardant un œil et une oreille aux aguets.

Une dizaine de jours avant la date fatidique, Yvonne et Taky me prièrent de les rejoindre dans le petit salon, lieu des conférences au sommet, des rappels à l'ordre solennels ou des débats communautaires pour l'établissement de nos activités réciproques et de leurs horaires. Notre loi interne était, à cette époque de l'Occupation, de laisser toujours nos étages sous la garde d'un adulte.

Je montai avec l'enthousiasme d'un condamné et la première phrase qui frappa mes oreilles : « Voilà ce que nous avons prévu pour ton quatorzième anniversaire », me fit plier les genoux. Ma mère adoptive enchaîna par le récitatif guilleret d'achats, de visites, d'une soirée au théâtre, d'une tournée en bateau-mouche, d'un déjeuner en famille, d'un dîner avec nos amis… Elle avait l'air aux anges et tanguait sur place. En neuf mois d'existence chez mes parents adoptifs, il ne m'était pas venu une seule fois à l'idée d'imaginer Yvonne sous les traits d'une ivrogne invétérée. Bien au contraire, je trouvais aimable que la Normande se fût réchauffée au contact des Bourguignons pour qui le jus de la treille sous toutes ses formes est un soutien dans les rudes travaux champêtres et forestiers, un prétexte de faire ami-ami en trinquant avec un passant et une occasion de dire merde à la chienne de vie en prenant une cuite. S'il m'était arrivé de penser avec surprise « Bindidon ! Elle est pompette ! », ma réflexion intérieure s'était accompagnée d'un sourire amusé et admiratif. Les crises éthyliques de papa Edgar, à Vaux, et les beuveries des gens de la campagne ne m'avaient aucunement introduite à l'alcoolisme des femmes. Autant j'avais de l'indulgence envers une Yvonne « un peu grise », flottant à hauteur des nuages et brassant d'invisibles zéphyrs, autant je fus choquée de la découvrir déjà soûle alors que j'étais moi-même au bord de la crise de nerfs. Un coup d'œil vers mon père adoptif me fit sursauter. Son visage réjoui (un spectacle des plus rares, franchement) indiquait que, lui aussi, avait bu. Le contraste entre leur monde et mes angoisses secrètes, la distance « abyssimale » séparant nos vies firent sauter en moi, dans mes douves, la bonde de la fureur.

Comme sous l'effet d'une offense gravissime, en proie à une pulsion féroce, je me mis à trépigner, à frapper des poings l'air, la table, mon front. Qu'il s'ouvre, et se brise le gouffre qui nous sépare !, hurlant : « Moi, je n'ai pas demandé à naître. Moi, si j'avais pu choisir, je ne serais jamais née. Alors, mes quatorze ans, je n'en suis pas fière. Vous pouvez pavoiser. Crévain vieux de purée de… je n'y participerai pas et je vous emmerde. »

Yvonne fondit en larmes, ce qui ne me fit ni chaud ni

froid, blasée déjà de la voir si souvent quitter ses hauteurs éthyliques pour plonger dans des gémissements de pleureuse avertie. Mais ses mains griffant le vide, la salive teintée de rouge à lèvres moussant aux commissures de sa bouche, ses yeux papillonnant-roulant vers le haut me précipitèrent vers elle pour l'embrasser, pour lui demander pardon, pour ne plus avoir devant mes yeux son visage ravagé. D'un mouvement sauvage, elle attrapa ma tête pour la coller, la frotter contre sa poitrine, tandis qu'elle glissait vers le sol en m'entraînant avec elle. Les bras de Taky, accroupi près de nous, nous enlacèrent, nous bercèrent, longtemps, longtemps. Nous étions tous les trois sur le parquet, corps imbriqués, mains et chevelures confondues, presque comme dans le train. Yvonne balbutiait des bouts de phrases, des paroles mouillées surgies d'un monde de l'au-delà auxquelles Taky faisait écho par des mots doux… « Oui, ma chatoune, mon chat écorché, oui ma nonette… »

Yvonne se parlait à elle-même, en leitmotiv répétitifs, en rengaine têtue, obscure… *« L'avait fait un calcul. L'avait contrôlé. Juste, pile-poil… Une grâce gracieuse… méritée. Son dû, pour sa peine… Justement neuf mois, le temps d'une gestation. À terme, pour sa fille blonde, adoptée… Pas sa fille arrachée à son ventre. Ses cheveux noirs… »*

À ces derniers mots, Taky m'avait brutalement écartée, avait relevé le buste d'Yvonne et giflé, giflé, giflé la tête ballottante en me criant : « Amène de l'eau froide. Dans un grand pot. Vite. » Quelques secondes plus tard, Yvonne s'était ébrouée, relevée en éparpillant autour d'elle l'eau de ses vêtements et, n'exprimant ni étonnement ni gêne, avait gloussé dans une sorte de hoquet : « J'étais partie, hein ? »

Le soir, au dîner, mes parents m'informèrent : « Yvette, l'affaire est close. Tu choisiras le cadeau que tu veux, jusqu'à concurrence de… (la somme me parut astronomique). Nous fêterons ton anniversaire au Catalan avec tous nos amis. » Avaient-ils mal à la tête autant que moi ? Chacun mastiqua ses rutabagas le plus silencieusement possible en fixant son assiette. Quand la table fut desservie et que chacun allait se retirer dans son coin pour vaquer à ses affaires, Taky ajouta : « Tu peux nous poser toutes les questions que tu veux. Nous y répondrons. Chacun de notre côté. Séparément, tu comprends. Préviens-nous. Ça risque de prendre du temps. »

Yvonne m'accorda audience dès le lendemain, habillée en gitane de luxe. Avec ce sourire étiré sur la droite de sa bouche indiquant qu'elle avait déjà bu, elle s'engouffra immédiatement sur son chemin personnel.

Entre « la bauge aux cochons et la litière de l'écurie », dans la cour boueuse de maman Phrasie, avais-je personnalisé pour elle des souvenirs de son enfance, Cendrillon, Perrette ou Cosette ? Ma maigreur, ma crasse, mes haillons, mes cheveux tailladés, les croûtes sur la peau de mon crâne… cette enveloppe extérieure s'était-elle vraiment effacée grâce à l'ardeur de mon regard bleu grand ouvert sur elle, la dame de Paris, mal à l'aise soudain dans ses beaux habits ? Mon port de tête orgueilleux lui avait-il lancé un défi ? Ce coup au cœur sous la violence duquel son cœur avait chancelé, mon air crâneur l'avait-il aggravé ? Sur l'instant, en un éclair, elle avait vu ma vaillance, ma nature droite… son flair, n'est-ce pas ! Mirage ou fantasme, avant de réfléchir, elle avait *su* : j'étais née pour elle !…

Une pause lui permet d'accorder son regard au temps présent, de reprendre souffle, d'éponger son front, de me sourire avec, sur son visage lumineux, une expression malicieuse. « Tu te souviens ? Tu nous apportais du lait, des œufs, du fromage. Tu étais ma Perrette. J'ai prié pour que tu ne casses pas le pot au lait. Je t'assure que j'ai prié… » Ce souvenir aimable me fit sourire. Lors de mes premières livraisons, Yvonne avait rempli de lait trois grandes chopes à bière. Elle, Taky et moi, tous les trois ensemble, nous avions crié d'une seule voix : « À votre santé ! », inaugurant ainsi une tradition qui dura jusqu'à la veille de mon adoption. Le bruit fraternel des verres entrechoqués sonnait encore à mes oreilles mais, le temps du lait partagé étant fini, je ne voyais pas où ma mère adoptive voulait en venir.

Et, pourtant, je pouvais tirer un fil de signification dans son évocation désordonnée en séparant dans ses paroles confuses des éléments lui appartenant en propre (son désir de me prendre tout de suite avec elle, l'obligation qu'elle avait eue de procéder avec délicatesse) des arguments dépendant de son mari : l'art est toute sa vie, il ne peut rester indifférent à un talent… « mais M. Zervos, les enfants, il n'en veut pas. C'est une maladie, chez lui… »

Enfin, elle s'arrêta de papoter avec elle-même et me demanda de lui apporter à boire. Le verre d'alcool sembla la calmer, la réchauffer, lui donner du courage. M'attirant vers elle, elle emprisonna mes mains entre les siennes et posa son front moite contre le mien. « J'ai été enceinte, une fois, balbutia-t-elle. J'ai subi une opération. Quand j'y pense, je perds pied, je deviens folle… J'ai promis à Taky de raconter mon côté de notre histoire… Je ne peux pas, je n'en ai pas la force. Va-t'en, va-t'en. »

Taky me réserva tout l'après-midi du lendemain. Basée sur mon usage fréquent de ses dictionnaires, notre relation possédait sa qualité propre, qui alliait l'amour des idées à l'amour du langage. Je fondais d'orgueil lorsque, complimentant mon agilité mentale, il m'appelait « son petit moineau » et caressait ma nuque, mes cheveux. J'attendais beaucoup de cette entrevue. Elle dura plus de trois heures. Ce que j'entendis eut l'avantage d'être précis, logique et sans fioritures.

J'ai tenté bien des fois de transcrire les deux monologues de mon père adoptif sans parvenir à en exposer la teneur compacte et nuancée, ni à transmettre l'ampleur de ce qui fut évoqué et détaillé. Prisonnière de ce que mon esprit simpliste d'enfant comprit sur l'instant et de ce qui fermenta durant des semaines, j'ai amalgamé parfois les résonances du fait divers, tragique à mes yeux, avec les réflexions cyniques ou férocement sarcastiques de l'homme qui parlait en oubliant soudain ma présence. J'ai essayé aussi de réduire la complexité de l'ensemble pour en faire une épure linéaire, désincarnée, objective… mais les chagrins ne peuvent se réduire à des schémas factuels. Le seul fait de poser sur le papier les mots les plus ordinaires (le Lit, la Table) suffit à rameuter les émotions, un vécu enfoui ou des images de rêve. Qui peut entrer dans mes oreilles ? S'y s'égarent encore un clapotis sanglant, le craquement des maillons d'une chaîne autour de mon cou, le son de fer-blanc battu de mon père adoptif exprimant une vérité, au-delà de lui-même.

Mon père adoptif vient d'avoir trente-cinq ans à peu près, il a obtenu son doctorat ès lettres sur une influence de quelque chose sur des *prés-socratiques*… Il prend un congé dans cette France profonde qu'il ne connaît pas, en Normandie. Farniente-repos dans une pension de famille très chic, fréquentée par des universitaires fatigués… Yvonne, fille de la patronne-propriétaire, y travaille.

Fraîche, mignonne à croquer, rieuse, provinciale mais vive d'esprit, comment ne pas la remarquer. Elle lui plaît et la façon qu'elle a de flirter avec les clients laisse croire à une nature aguicheuse attirée par les aventures. Yvonne lui est tombée dans les bras. Normal, les femmes se pâmaient devant lui, elles s'offraient pour qu'il se penche sur elles, les relève, ce qu'il ne faisait pas toujours. Yvonne, jeunette, drôlette, pétillante, oui, il l'avait soulevée du sol (enfin, disons : presque) pour rester stupide, catastrophé, le lendemain, en découvrant avoir défloré une vierge. Elle s'était donnée par amour. La foudre. Il se traita d'imbécile mais ne put surmonter son trouble, son émotion. Une vierge, Jésus-Marie-Joseph ! Malgré son expérience, c'était la première fois et il en restait bouleversé jusqu'au tréfonds de lui-même. Mais…

Taky informa Yvonne de son manque d'enthousiasme pour le mariage (dans les années 20, *« fille effleurée, fille casée »*, question d'honneur familial, très strict en province) et, afin de couper court à toute illusion chez la jeune amoureuse, il lui certifia sa décision, prise depuis longtemps, de ne jamais procréer. Pas d'enfant. Jamais. Il maintiendrait ce serment fait à lui-même contre vents et marées, quoi qu'il arrive. Il avait fui comme un lapin dératé en entendant parler de nausées matinales.

C'est peut-être à ce moment-là que mon père adoptif oublia pour qui il parlait en évoquant un *bis repetita*, une autre *fumelle* qui lui avait pondu une fille, jadis, en Italie, revivant à voix haute sa fureur devant le piège infâme qui l'avait forcé à quitter en urgence un pays qu'il aimait. La police aux trousses, il avait passé la frontière française illégalement. Son statut de réfugié grec débarqué à Marseille ne résisterait pas à un examen approfondi. Pendant des années, il avait fui les photographes par peur que son Italienne au sang chaud le rattrape et lui impose réparation ou, pour le moins, obtienne une reconnaissance de paternité.

Pour Yvonne, brouillant sa piste, il avait changé deux fois de logement mais Mamitte (la mère d'Yvonne) l'avait débusqué. Forte de son bon droit et soutenue par deux avocats retors, elle avait mis au pied du mur l'ignoble séducteur : mariage immédiat ou poursuite judiciaire pour détournement de mineure, avec pour résultat escompté prison ou expulsion hors des frontières de France.

Pour faciliter l'obtention de la nationalité française, Christian Zervos avait, de toute façon, l'intention d'épouser une native du pays, alors pourquoi pas Yvonne ? Elle lui plaisait vraiment. Il était son premier homme, ça compte. Mais pas d'enfant. Ça, jamais. Un engagement réciproque fut établi et certifié par un notaire : Yvonne se ferait « passer » l'enfant d'abord. Elle en était au sixième mois de sa grossesse, donc pas question d'improviser. Christian Zervos avait choisi la meilleure clinique de Paris et un chirurgien de la haute société pratiquant à prix d'or ces opérations illégales et dangereuses. Celui-ci, dégoûté soudain, avait retourné un ultime remords contre sa patiente, attendant qu'elle sorte de l'anesthésie pour lui mettre sous les yeux un plateau sur lequel tremblotait une masse visqueuse ensanglantée, en précisant : « C'était votre fille, madame. » Yvonne avait discerné une touffe de cheveux noirs avant de s'évanouir.

Mon père adoptif arrêta là son premier monologue comme pour recouvrer son souffle, faire le point ou attraper dans l'air un invisible fil d'Ariane. En marmonnant d'abord, puis d'une voix raffermie, par bribes, il extirpa de lui-même une de ses diversions-digressions dont il était coutumier. Étions-nous passés par une catharsis ? N'était-ce pas plus justement une banale catalyse ?…

Me suis-je exclamée idiotement « Hein ? » ou l'expression stupide de mon visage suffit-elle à le tirer de son égarement ? Son « Ah, bon, tu es là ! Trêve de plaisanterie » me fit sursauter. Calmement, il reprit son récit. « … Depuis, Yvonne ne supporte plus les liquides rouges, tu le sais. Depuis, elle boit. Des alcools blancs seulement, tu le sais. Aujourd'hui, pas facile de s'en procurer. Elle boit de l'eau de Cologne, des mixtures.

Cela provoque des réactions, elle en devient cataleptique, je n'y peux rien… Elle ne supporte pas… Elle est frigide, tu comprends. Nous avons fait un mariage blanc… J'ai rempli mon contrat, le nôtre et le mien. Nous ne sommes pas malheureux, elle n'est pas malheureuse. Mariée, riche, elle vit dans la société la meilleure du monde, elle y est enviée, j'ai pu lui donner cela… Nous n'avons pas voulu… Nous ne pouvons faire rien de mieux l'un pour l'autre. Nous ne nous séparerons jamais. Nos souffrances nous ont cimentés… »

(Ce ciment qui maintiendrait ensemble le couple Zervos jusqu'à sa mort contre vents et marées, un poète solaire piégé s'y référa plus tard dans son style succinct : « … *J'ai sauvegardé la fortune du couple. Je l'ai suivi dans son obscure loyauté* "quoiqu'il fût parvenu" *à bout de clémence.* »)

En mai 1943, je collai dans un coin de ma tête des notions inconnues, à chercher dans les dictionnaires (catharsis, catalyse, cataleptique, frigide, mariage blanc) et posai une question agressivement triviale : « Votre famille, Taky ? Vous n'en parlez jamais. Stamos non plus. » Oh, mes aïeux ! Épaules, tête, crinière tressautent. Les bras triturent l'espace. La bouche suce le vide. Des méandres violets pulsent le long de son cou et sur ses tempes. Qu'ai-je fait ?

Le visage de mon père adoptif, homme âgé aux traits puissants, burinés, je le regarde… subir par échelons une sidérante métamorphose. La gangue impérieuse et brutale s'écaille ; des pans de masque se dissolvent. Jaillit un visage de jeune enfant, peau tendue, fraiche, nue.

Le second monologue ouvre devant moi les pages d'un passeport. Abêtie par les cierges et l'encens des popes, sa famille pue le suint des chèvres et la graisse des moutons. Le soleil, ce Grand Incinérateur, a tari la source du village qui s'effondre, mur après mur. Dans ses gravats s'estompent le pas des bergers, les ruades des boucs et le bruit du travail. Tout se tait pour l'éternité.

Le jeune Christian, aux yeux de « prince oriental », a pris le départ avec les derniers gueux et les dernières chèvres. Il faut marcher. L'exode est au quotidien, la fuite éperdue dans un pays ravagé par des conflits gréco-grecs, par les exactions, les spoliations, les souillures, les massacres des soldatesques gréco-turco-russo-ottomanes. Repoussée par les gens des villes, pourchassée en campagne, la meute nomade se disperse dans les forêts, dans les montagnes, passe en fraude les frontières d'Albanie. Expulsés, les derniers traînards, des chanceux, s'échappent, se sauvent en Bulgarie, autre station sur un chemin de croix balkanico-européen.

Ses oncles, ses tantes et toute leur descendance, Taky les éparpille autour de lui de ce mouvement de l'index particulier au fumeur dispersant au vent la cendre de sa cigarette. Sa déroute intime prend la forme d'une marguerite invisible. Il en arrache des pétales nommés Alexis, Hilèna, Ditos, Sandro... Dans ses deux mains, ses dix doigts incarnent les sépultures de ses dix sœurs et frères morts au long de la longue marche, au cours des années. Lui, l'aîné, a porté leurs corps enveloppés de haillons pour des funérailles de masse, dans des fosses communes ouvertes et refermées à la hâte. La chaux épandue gratifie de blancheur virginale le voyage immobile de la vie dans la mort.

Sa sœur la plus jeune, réduite à un sac d'os... *Je l'ai tenue à deux bras contre ma poitrine. J'ai prié, imploré, pour que des seins me poussent... Mon moineau est mort de faim... Pour elle, j'ai fait une tombe sous un arbre, au coin d'un champ... J'ai pleuré sur elle les dernières larmes qui me restaient dans le corps. Sur la terre fraîche, j'ai juré de ne jamais mettre au monde une once de chair humaine. Et juré de ne plus jamais souffrir de pauvreté : rester correct si possible, sinon par le mensonge ou par la ruse,* by hook and by crook, *tant pis... Quand mes parents, ces fournisseurs de la mort, se sont permis de pondre Stamos, je les ai maudits, et l'Église aussi, et aussi mon pays. Je suis parti.*

Sagace, simulateur, haineux, à moitié analphabète mais sachant marchander et mendier en trois langues, l'adolescent étique mais beau gosse gravit l'échelon social qui sépare l'ouvrier logé, miséreux mais propre, du clochard impuissant et pouilleux. Il soigne sa mise, étudie la nuit. La Grèce ravagée, dévastée, n'offre aucun avenir.

En Égypte, il devient marchand de tapis à la criée, écume les quartiers commerçants, puis « ratisse » plus haut, chez les bourgeois, accumule les bonnes fortunes et le *flouze*, avec des femmes et avec des hommes. La hyène masquée se transforme en dandy, s'affuble de snobisme, atteint le palier heureux à partir duquel il peut choisir ses clients et ses mécènes. Croit-il avoir moissonné à fond les vanités, les perversions d'une société cairote décadente dans ses jouissances et ses prétentions cosmopolites ? Le jeune homme bien mis, bien nourri, bien abreuvé, va tenter sa chance à Alexandrie, séjour profitable qui le transforme en fils de bonne famille faisant ses humanités. Dans la société des gros marchands épris de culture européenne, il fait le traducteur, bénévole de jour, rétribué autrement ailleurs, en passant facilement du grec à l'arabe, de l'albanais au français, du bulgare au langage codé des dockers, et devient « conseiller » pour des contrats épineux. Le voici, opulent, recherché, choyé, établi presque. Le hasard d'une croisière en Italie, d'un seul regard sur et dans l'église Saint-Marc, et Christian Zervos sent son monde s'effondrer. Se reconstruire en entier.

Giotto, Michel-Ange, Raphaël, Botticelli, Donatello, les mosaïques de Ravenne, les fresques de Fra Angelico et « compagnie » transpercent la noirceur de son âme, déchirant son cœur, le mettent à genoux. C'est une véritable révélation, profonde, lumineuse, réparatrice… *« J'ai quitté sur l'instant mon enfance de fossoyeur. Avant de me le dire à moi-même, j'ai su avoir atteint mon but. L'art, c'est la transcendance spirituelle ultime, la sublimation des instincts, le dépassement des contingences réelles, charnelles, matérielles. À un niveau plus bas, c'est une activité humaine qui ne fait de mal à personne. J'ai commencé à vivre, tu comprends. J'avais trouvé ma vraie demeure, où qu'elle soit sur terre… Ne pas engendrer, ne plus jamais être pauvre, consacrer le meilleur de moi-même à l'Art et à ses domaines adjacents… j'avais en poche mes trois règles personnelles pour confronter l'existence, pour y bâtir ma vie, pour faire mon destin. Toi, ne me bassine pas avec tes malheurs, le directeur nous en a dit assez. Tu n'as rien vu, tu n'as rien subi. Voir mourir ceux qu'on aime quand on s'offre pour mourir à leur place… Survivre, c'est le pire. »*

Que faire avec les détresses tirées de la poubelle du temps et déversées, étalées dans l'aujourd'hui ? Trouver les mots de compassion, de solidarité ? Seul le silence respecte la souffrance… La douleur ressemble à une source pétrifiante : à force de porter en elle son flux de calcaire, elle se bouche la bouche et pierre elle devient, source de cris inaudibles. Impossible de redresser le temps de mes parents. Eux non plus ne peuvent détruire l'engobe durci de mes années. Nous sommes trois pierres réunies par hasard dans la paume d'une Parque ou d'un gigantesque Petit Poucet. Alors, pour le moins, en faisant des étincelles dans toutes mes études, je peux les rendre fiers de m'avoir adoptée. Et moi ? Qui fera barrage à mes déchirements ? C'est fin mai 1943. J'ai quatorze ans.

Luis et Esther Fernandez ont, un temps, remplacé Nusch et Paul. Bado n'étant visible qu'à La Goulotte, Castagnier prit la place d'un oncle ou d'un cousin. Pablo ponctua l'actualité par des visites quotidiennes, par les leçons, par des allées et venues entre le Bac et les Grands-Augustins au gré des alertes et des couvre-feux. Il y avait aussi Valsamidès, dit Valsa, mon précepteur.

Il affirmait ne jamais se regarder dans une glace « parce que deux personnes, c'est déjà une foule et c'est insupportable ». Il s'habillait en dandy du début du siècle, cravate lavallière au cou et, aux pieds, des bottines protégées par un rabat d'épais tissu à boutonnage de côté, « mon faux col », affirmait-il. À Yvonne qui se croyait tenue de l'appeler « Cher Maître », il répondait par un retentissant « Chère Maîtresse ». Il commençait chacune de nos leçons par un « Ave César » à son goût, la parole d'Héraclite « Panta Rhei » renforcée par un salut troyen, un bras d'honneur. Docteur en maths et licencié en histoire de l'art, il s'était fait graver une carte de visite où il se présentait sous le titre d'« Érudit dilettante ». Cher provocateur, vous en remettiez ! Comment parler de vous avec sérieux ?

Il m'avait mise en confiance. Je lui tartinais des pages et des pages dans une fantaisie débridée pour, vers la fin, parce qu'il aimait ça, freiner à mort et clore le robinet des épanchements par un accord final répétant ou répondant à celui du début : oui, j'ai oublié... Valsa maniait le piano en maître et se spécialisait dans des improvisations du style jazz schubertien.

À la mi-juin, mes parents se souvinrent soudain que je devais entrer au lycée, en septembre. Étais-je prête ? Valsa m'avait introduite à Platon, Lao-Tseu, T. Paine, A. Comte, mais s'était-il inquiété du programme officiel ? Non ! Avec un sens inouï de l'efficacité, Yvonne et Taky achetèrent des livres, dégotèrent à Vézelay un prof d'anglais et décrétèrent la tenue d'un séminaire, long de huit semaines, qui, dans le cadre bucolique de La Goulotte, me mettrait au niveau requis par le lycée Fénelon. Tout le monde y participerait. Aussitôt dit, aussitôt fait.

Ne pas perdre une minute ! Engranger le savoir ! Il n'y avait pas de joie plus forte. Je retrouvais un peu de ma campagne par les chemins forestiers et de traverse que je parcourais en courant, en sautant, pour me rendre à Vézelay, chez mon professeur d'anglais. Le reste du temps, livres et cahiers sous la main et le cul sur une chaise, béate envers des parents adoptifs qui faisaient tout pour *m'élever* dans les deux sens que je connaissais du mot. Tout le monde mit la main à la pâte.

Ronchonnant fort mais mise au pas d'une façon ou d'une autre, Mamitte me libéra du nettoyage et épluchage des légumes. Yvonne prit sur elle la lessive. Castagnier me fit piocher l'Histoire. Bado quitta à nouveau ses tables de travail où s'éternisaient les plans de son navire insubmersible pour m'enseigner les fleuves et les océans. Gaby s'essaya aux maths. Elle avait été la comptable de la pension de famille Marion et pratiquait le calcul mental, hélas intransmissible. On rameuta le fidèle Valsa, resté à Paris, qui m'envoya un matériel superbe. En une dizaine de pages écrites recto verso en une calligraphie de libellule ivre, à déchiffrer à la loupe, le gentil érudit dilettante me révélait l'architecture inversée de la racine carrée et l'humanité des A + B = B = les Amis de mes ennemis (B) sont mes ennemis. Les maths ? Avec Valsa, c'était du bonbon. Mon professeur d'anglais, un vrai celui-là, avait l'accent superbe d'un spécialiste en phonétique. En huit semaines et des poussières, il me rendit imbattable en anglais jusqu'à la fin de la quatrième. Je lui dois beaucoup et n'ai pas oublié les clés de sa mnémotechnique.

Restait le latin. Stamos sembla ragaillardi à l'idée de replonger dans une matière qui lui avait plu, assurait-on. Hélas, quelques jours de travail suffirent à essouffler le dodu et dolent bonhomme. Taky prit la relève. Sans rien y connaître lui-même, il me fit réciter ce que j'apprenais par cœur en « photographiant » les pages. Ma mémoire visuelle les restituait nettes, lisibles dans ma tête et sous mes paupières fermées. Ce petit tour de passe-passe enchanta mon père adoptif. Ses compliments, ses bécots, ses flatteries le long de mon corps, c'était sa façon de me donner des bons points. Je trouvais cela normal et justifié. Quand sa main s'égara-t-elle entre mes cuisses ? Je ne m'en souviens pas, mais je me rappelle fort bien lui avoir dit que son doigt, fouillant par là, dans mon entrejambe, je n'aimais pas, et sais qu'à ce moment-là il n'insista pas. Puis il me demanda de « lui faire plaisir » (le verbe masturber fit partie de mon vocabulaire bien plus tard). C'était furtif. Cela devait rester notre secret. En mon for intérieur, je ne trouvais rien de suspect dans le fait d'aider mon père adoptif à « moucher » son tuyau à pipi. Il s'agissait bien de *moucher* puisqu'il employait son mouchoir pour éponger la morve.

J'avais un tourment. Les filles du lycée Fénelon, des Parisiennes du cru, plus intelligentes et plus au courant de tout que le reste des filles de France, à quoi s'intéressaient-elles ? J'imaginais bien qu'elles n'avaient pas pour conversation des histoires d'arrachage de pommes de terre, qu'elles ne s'amusaient pas à faire les trappeuses sur la piste des renards, en forêt. Entre Vaux, Fougilet et Les Chaumots, j'avais eu en comptant large quatre ou cinq copines ou copains et, chaque fois, de façon provisoire. Depuis mon adoption, rien. Je n'avais rencontré aucun petit Parigot. Cette nouvelle *terra incognita* m'inquiéta plus que les maths et le latin réunis.

Et puis… quelque chose perturba l'atmosphère festive du séminaire. Castagnier semblait être en danger, fallait lui trouver un refuge… On fit allusion à une réunion nocturne avec des gens du maquis, des passeurs égarés… Ceux dirigés vers Clamecy ? Oui. Non. Presque. Quelque chose du genre. Nécessité fait loi. Mes parents attendraient à La Goulotte une conjoncture meilleure pour regagner Paris. Moi, j'irais au lycée laïque d'Avallon. Se séparer. C'était mieux pour tout le monde.

L'internat du lycée s'avéra complet, et les chambres à louer chez l'habitant prises toutes par des familles du nord de la France laissées sur le bord de la route par l'Exode, qui vivotaient dans les bourgades et les hameaux d'alentour. Alors ? Existait-il un problème que mes parents ne sauraient pas régler immédiatement, dans l'élégance ? Ils me trouvèrent une « école libre ». Comment aurais-je pu savoir que ce titre alléchant cachait en fait les écoles religieuses ?

Ébahie au-delà de tout geste et de toute parole, debout entre mes malles en cuir rouge clouté, frappées des lettres Y et Z (hélas inversé) en or frais, raidie dans mon ensemble écossais de chez Schiaparelli, je regardais mes nouveaux professeurs, des bonnes sœurs en long habit gris-bleu, avec voile à bandeau sur la tête, une classique cornette pointue et d'un blanc immaculé pour la mère supérieure, rosaires et trousseaux de clés pendus aux ceintures, les pieds nus dans des sandales de cuir brun.

Je n'allais pas laisser passer la chose sans affirmer, tout de suite, haut et fort, mes convictions religieuses-anti-religieuses. Qu'avaient raconté mes parents adoptifs pour que les petites sœurs m'acceptent dans leur école-couvent surpeuplé ? Sur-le-champ, j'obtins de ne pas paraître aux offices religieux, de ne pas aller à confesse, et je ne sais plus quoi encore.

Pendant les sempiternelles prières qui ouvraient et clôturaient les heures de classe, j'attendais que le temps passe en me tenant debout, les bras croisés, signe emblématique de déférence que j'étais fière d'avoir trouvé toute seule. À l'intérieur, je bouillonnais. L'époque imposant son vocabulaire, j'accusai mes parents de *collaborer* avec cette fatalité qui, depuis ma naissance, me culbutait du jour au lendemain dans des mondes inconnus. Moi, j'étais Réfractaire, sans arme pour faire péter la cervelle des méchants, seule contre tous, poil dressé et griffes sorties.

De quoi furent faites nos heures d'études ? Je ne m'en souviens pas, sauf que les travaux manuels laissent le cerveau libre de penser à ce qu'il veut et qu'on me décerna un très prisé et très inattendu premier prix de couture. J'étais totalement investie dans le décryptage d'un mystère : pourquoi la vie du couvent faisait de moi une résistante de plus en plus molle.

Le va-et-vient de fourmis des bonnes sœurs me fascinait. La pauvreté du couvent les forçait à exécuter les travaux domestiques les plus rebutants et pourtant elles paraissaient en tirer satisfaction ou contentement et ne se salissaient pas. Elles se déplaçaient sur le pavement grossier de la cour ou sur les parquets des dortoirs sans rien déran-ger dans l'ordonnance de leur habit. Elles me parurent incarner ici-bas, sur terre, un monde invisible, impalpable, où tout allait de soi, où tout « coulait ». Frappée par ce qu'il y avait de commun entre le Panta Rhei d'Héraclite et la marche « immatérielle » des bonnes sœurs, j'en marquai l'idée naissante dans un de mes petits carnets et m'appliquai à imiter leur façon de marcher en retenant les élans angulaires de mon corps maigre.

Je voulais aussi coller sur mon visage l'expression détachée et sereine des bonnes sœurs. Elles possédaient des joues diaphanes et immobiles, et deux outils coordonnés : les yeux et la bouche. Rencontrer le regard d'une bonne sœur, le voir en entier, avoir le temps d'en faire le tour tenait du miracle. Elles soulevaient si rarement leurs paupières ! C'était pour moi un combat d'en confronter l'ouverture, de saisir au vol les ondes vibrantes projetées par les pupilles. Passant au-dessus de ma tête, elles communiquaient avec quelque chose que, faute de mieux, j'appelais « un horizon occulte ». Le regard à lui seul ne suffisait pas pour enrober le visage d'une luminescence heureuse. Il y fallait le sourire. Des lèvres closes mais non serrées. Des muscles retenus alliés à des muscles détendus. Une ébauche d'élongation sur les côtés, si menue qu'il fallait la traquer pour la débusquer. Il donnait aux novices des visages de madones et aux plus vieilles, ridées et poilues, des airs de Mona Lisa. Dans un petit carnet, je notai avec soin cette idée d'yeux qui projettent des ondes et d'yeux qui sont des bouches dévorantes (oui, Taky m'avait fait lire Georges Bataille. Je n'y avais rien compris mais découvert l'œil dont l'auteur parlait, dans l'eau de son puits, vision d'extralucide dont le souvenir m'effrayait encore).

À Fougilet, le silence m'avait projetée dans l'absence, disons pour aller plus vite : dans une sorte de non-existence. Dans le couvent d'Avallon, miséreux et encombré, *le silence parlait. J'entendais* ce qui y était pleuré, chanté, espéré, effleuré, approfondi. Je me suis mise à pratiquer le motus-bouche-cousue, le tourne-sept-fois-ta-langue…, le mutisme quoi. Faire la muette, c'est beaucoup plus facile que dominer son regard.

À petits coups de crayon, je dessinais la trajectoire de la vie intellectuelle, forcément spirituelle. Elle prenait son envol sur l'aile royale du silence et de l'aigle, quittait la terre sans la bouleverser par aucun bruit, gagnait son royaume dans les Espaces infinis dont tout un chacun savait qu'ils sont silencieux et, là-bas, ensemençait le vide interstellaire jusqu'à faire ronronner la peau de l'Univers, ce vide engrossé que Brancusi avait figé dans le marbre et cloîtré dans le bronze. Pourquoi un avatar mal incarné y avait-il posé son Verbe, cette Parole pour laquelle on vous baptise ou vous fusille ? Je classais mes réflexions dans mes petits carnets, dissimulés dans la doublure de mes bottes. Mes dessins ravissaient mes compagnes et les novices gardiennes de dortoir. Elles n'y comprenaient rien, les pauvres bêtasses !

Septembre, octobre 1943. Les mois passèrent dans la lenteur et dans une douceur auxquelles je prenais goût et qui me changeaient. Deux ou trois fois, j'eus l'occasion de passer des jours fériés ou une fin de semaine à La Goulotte, faisant le chemin à bicyclette, dans un paysage escarpé, venteux souvent, où je me permettais de crier, chanter, hurler à gorge déployée. Il n'y avait pas de contradiction. À Rome, on se conduit en romain. En route vers les Zervos, on se défoule, on prend des forces, on calcule pour trier le bon grain capable de les distraire et on refoule l'ivraie qui n'appartient qu'à soi seul. On réfléchit aussi en se demandant : le confort du couvent vaut-il une messe ? La question n'était pas réglée.

Mes parents passaient par une période frénétique de voyages, de déménagements, de transports de biens d'origine mystérieuse. On m'informait dans l'effervescence de la situation sur le front russe, en Afrique du Nord, en Asie. Castagnier était toujours là. On était sans nouvelles des Éluard, on en était content, la Gestapo ne les avait pas rattrapés. Pablo s'était rasé le crâne, signe qu'il y avait anguille sous roche, affirmait Yvonne. Bado et Maud arrivaient, repartaient. Des étrangers aux vêtements étriqués s'asseyaient par terre en serrant contre eux des ballots, puis disparaissaient. Mamitte, Gaby, Stamos, les pères Shoeller et Rousseau, portefaix bénévoles, croulaient sous le poids de caisses lourdes sous l'œil impérieux de Taky qui, comme une arme sur l'épaule, portait de longs balanciers ou des contrepoids d'horloges à l'ancienne. J'allais faire mes amitiés à

Jeanjean, notre âne, à Sçabalah, notre vache, mais eux aussi semblaient perturbés par des angoisses personnelles. Les va-et-vient, le bruit constant, les bousculades, la vaisselle fragile qu'on me demandait de ranger dans des placards qui n'en avaient jamais vu autant ou l'argenterie à blason inconnu à huiler, envelopper et coincer derrière la baignoire dans une déclivité insoupçonnable où passait un tuyau amovible, j'aimais ça. Et pour cause !

Personne n'avait le temps de s'adonner à une conversation suivie. Tard le soir, après un repas fait de rondelles de pommes de terre avec leur peau, agrémentées d'un peu d'ail, cuites au four « à sec » – c'est-à-dire sans un cube de beurre, sans une larme d'huile ou de lait – qu'on arrosait seulement avec un peu d'eau, plat unique en ces jours de graves restrictions, tout le monde tombait de fatigue. Je pouvais rengranger mes petites histoires de couventine préparées pour égayer mes parents, les garder pour le lendemain matin, à l'heure du petit-déjeuner. Chacun y arrivait à l'heure qu'il voulait, les conversations s'engageaient immédiatement sur les travaux à faire dans la journée. Ma mère adoptive avait troqué l'ersatz de café par une version bien à elle du thé chinois : de l'eau bouillante, sans thé mais avec une bonne ration d'alcool blanc. J'en eus mille étoiles craquantes au plafond de mon crâne et des mollets de mollasse. La maisonnée étant gravement à court de légumes, on me laissa aller chez maman Phrasie pour lui acheter ce qu'elle voudrait bien nous vendre… « Sois rentrée dans une heure. Les péquenots, tu ne fréquentes plus. »

Je fis la faute de parler de mes bonnes sœurs en exagérant les faiblesses de l'une ou le caractère malin de l'autre, persuadée d'avoir choisi des travers anodins et un matériau fait pour déclencher le rire chez des gens qui en avaient besoin, l'essentiel étant pour moi, à l'époque, de ne pas laisser soupçonner ce par quoi j'étais occupée : une tentation religieuse. Je révélai donc l'existence d'un livre sacré.

Notre sœur tourière, sœur Aubade, nous en fournissait en cachette les feuilles arrachées. En haut de la page, le titre *La Bible folichonne* aurait laissé prévoir à des esprits moins encagés que les nôtres des joyeusetés perverses. Nous, on trouvait ça drôle, sans vraiment comprendre de quoi il retournait entre le roi David et Jonathan, ou entre Amnon et Tamar. Personnellement, les illustrations au trait, qui n'avaient rien à voir avec celles de Gustave Doré, me plaisaient beaucoup. Yvonne retrouva en elle son fond de catholique provinciale bon ton bon teint et s'effaroucha. Elle fut plus effarée encore lorsque je livrai la cause de la disparition mystérieuse de cette lavande Yardley qu'elle buvait lorsqu'elle n'avait pas pu renouveler son stock d'alcools blancs. J'avais senti l'honneur qu'elle me faisait en m'en confiant une grande bouteille. Je m'en servais au compte-gouttes. Hélas ! Le niveau baissait à vue d'œil. Une nuit, croyant prendre en flagrant délit l'une ou l'autre de mes compagnes de dortoir, je fis semblant de dormir et surpris sœur Marie, la plus effarouchée de nos novices, en train de relever chemise et cilice pour s'embaumer le bas-ventre, l'entrejambe et la raie des fesses. Ah mes aïeux, que c'était beau à voir ! Désormais, je laissais ma bouteille de Yardley bien en vue sur ma table de nuit, heureuse de pouvoir associer ma grande bonté d'âme au spectacle de ses cuisses plus roses, plus pleines que celles de Nusch. La bouteille vide rendit Yvonne furieuse.

Au milieu du mois de novembre, la mère supérieure me manda à son bureau. Sans m'inviter à m'asseoir, elle poussa dans ma direction les quelque cinq ou six carnets que je cachais dans la doublure de mes bottes, examina ma nouvelle bouteille de Yardley, plus petite que la précédente, et, d'une voix fataliste, exprima une constatation : « Vous n'avez pas l'esprit de corps, mademoiselle. » Avec un soin appuyé, elle arrangea bouteille et carnets dans une de ces corbeilles en roseau tressé recouvertes de tissu brodé au point de croix sur lesquelles mes compagnes et moi avions passé nos heures les plus studieuses et me dit en soulevant les paupières : « Je ne sais pas qui vous êtes, mademoiselle. Je ne suis même pas certaine de connaître votre nom. Que signifie la deuxième initiale gravée sur votre bagage ? » Trop triste pour me mettre à raconter l'histoire triviale du z inversé, je haussai les épaules. Mes parents vinrent me chercher quelques jours plus tard. Sœur Aubade occupait toujours la loge mais ne répondait plus à mon bonjour. Une de mes compagnes affirma avoir vu sœur Marie, à plat ventre, dans la chapelle. On l'avait peut-être obligée à se repentir. Cette pensée me chiffonne encore aujourd'hui.

La maison de La Goulotte s'était transformée en un de ces cabinets de curiosités dont j'avais vu des photos, avec la différence appréciable qu'il s'agissait chez nous d'art moderne, un Ozenfant côtoyant un Matisse de la période fauve ou un rigide Kandinsky en noir et blanc, un Gleize parfaitement anodin, le tout mélangé avec des horloges murales de toute beauté, des estampes anciennes, dans un désordre artistement contrôlé. Deux tableaux pendus dans un recoin sombre attirèrent mon attention, un superbe Matisse représentant un guéridon rose et une tête de très jeune fille peinte par Renoir. Dans les coins de ces œuvres remarquables, à droite, une minuscule étiquette marquée d'un point d'interrogation. Yvonne répondit à ma question par un court : « C'est peut-être des faux. »

En décembre 1943, les Allemands se repliaient sur des positions préparées à l'avance qui s'effondraient les unes après les autres. Les Américains préparaient l'offensive à partir de la Côte d'Azur. Les Zervos prévoyaient un déluge de feu et de sang. Une nervosité grandissante agitait les troupes en vert-de-gris, les gens de la Gestapo et ceux de la Milice. En ex-zone « nono », des maquis sortaient de l'ombre et passaient à l'action. Dans ma région, les valets de ferme et les patrons quittaient les champs, laissant aux femmes et aux enfants le soin de pourvoir aux bêtes et aux récoltes. Cependant, malgré nos bois et nos forêts, je n'apercevais aucun feu de camp, n'entendais aucun coup de feu dans la nuit. Roland Forgeard ne se montrant pas, je crus qu'il ne faisait plus confiance à la Parisienne distinguée que j'étais devenue. Un incident me fit basculer dans l'horreur, un accident de bicyclette, rencontre brutale front à front avec un autre cycliste qui me laissa sur le bord de la route ensanglantée, amnésique.

Je ne me souviens ni de l'accident ni des deux ou trois jours qui le suivirent mais garde en mémoire le hurlement strident de mon cerveau quand… quoi ? lui échappait. Un labeur de titan sur une tapisserie de Pénélope aux pans effacés dont le blanc s'imprime sur la rétine, des implosions de couleurs, d'odeurs et de mouvements saccadés jaillissant à travers un brouillard filandreux, lambeaux épars sur les silhouettes de Vaux, de Fougilet, des Chaumots, et retrouver sur ce long chemin la trame chronologique de ce qui avait fait de moi *moi*. Comment réenclencher la machine à photographier, à penser juste ? Redevenir soi ?

Je ne sais quelle logique intérieure avait réorganisé les souvenirs de ma vie de pupille de l'Assistance et ceux de ma vie d'enfant adoptée sous forme de deux canaux situés à des hauteurs différentes. Je n'arrivais pas à combler l'écart qui les séparait. Une image prit le relais, m'offrit le souvenir de l'écluse de Vaux qui unit et sépare l'Yonne du canal de Bourgogne. Moi, péniche encagée entre les parois et les vannes, je monte avec le flot de l'eau jusqu'au palier supérieur, au niveau du fleuve dont les eaux vont vers la mer. Quelle que soit la hauteur de la dénivellation, l'écluse me permet de me « promener » en moi-même, vers l'amont ou vers l'aval, sans subir une coupure dans la continuité. La pause entre les deux niveaux m'offre, chaque fois, le temps de dire adieu au courant que je quitte et bonjour à celui qui va me porter. Cette logique de mon Panta Rhei personnel m'apporta la guérison, suivie par la hantise d'un nouveau relâchement cérébral qui me ferait perdre ce que j'avais regagné (et, jusqu'à la fin de mes jours, la phobie de l'hypnose et des anesthésies !).

Les Zervos opéraient des déménagements de Paris vers La Goulotte dans des camions loués et grâce à des bons d'essence fournis par un alter ego de Doriot qui, en sa jeunesse, avait fréquenté des artistes surréalistes, eux-mêmes côtoyant le parti communiste. Le patron du parti populaire français était un sentimental. Les laissez-passer ne furent jamais une difficulté. Il y eut une nouvelle sarabande d'allées et venues amalgamées, d'emballages urgents, de cahotements sur des routes vicinales, de déballages brouillons. Y croasse le corbeau d'une injonction proférée sans relâche par ma mère adoptive : « Je t'ai déjà dit. Pousse ! Là où tu peux glisser ta main, tu peux glisser un drap », qui resurgit encore dans mes rêves où une peur inexpliquée m'oblige à fuir. Elle et moi, nous ne nous disions plus grand-chose. Taky me réservait des moments de tête-à-tête studieux, de « mouchage » aussi. Ce fut lui qui, en l'absence d'Yvonne, s'inquiéta de savoir ce qu'il en était de mes « règles ». Grande retardataire en beaucoup de domaines pratiques, ses explications passèrent par ma tête pour en sortir aussitôt. (Les décalages humoresques interviennent de façon fort inattendue, dans la vie. Il est permis d'en jouir rétrospectivement. Mon père adoptif n'employa pas l'expression usuelle des femmes de paysans, ce « je suis/elle est indisposée », maladie étrange et répétitive dont j'avais entendu parler chez maman Blanche mais la formule subliminale des femmes de sa société : « Les Anglais ont débarqué. » Dans le contexte palpable de la guerre, comment aurais-je pu relier le débarquement des Alliés, tant espéré, tant débattu, avec une blessure dans mon corps ? Je l'ai dit à une autre occasion : parfois, l'esprit s'écarquille plus que les yeux.)

Soudain, ce fut l'effervescence, la précipitation. On me délogea de mon coin-sommeil pour fourbir une chambre accolée à une ancienne grange dans un bâtiment modernisé longeant un des côtés de notre jardin, utilisée parfois par des amis. C'est seulement quand on transporta un deuxième lit, semblable au mien, qu'Yvonne me dit en passant : « Ton frère arrive. » J'en restai clouée sur place.

J'ai vu arriver Michel par la route d'Asquins, assis dans la carriole légère tirée par notre âne, Yvonne tenant les rênes, à la mi-décembre de 1943. J'insiste : ma mémoire a placé dans ses dossiers ce jour inoubliable *après* mon séjour au couvent. Or, il y a huit ou neuf ans, avec documents à l'appui, mon frère m'a prouvé sa venue chez les Zervos à la mi-décembre 1942.

Si mon frère fut présent chez les Zervos dès la fin de 1942, pourquoi n'en ai-je pas le moindre souvenir ? Dois-je incriminer, rétrospectivement, l'obsession des temps multiples fluides, verticaux, en spirale, par laquelle j'étais passée ? L'amnésie provoquée par l'accident de bicyclette a-t-elle annihilé les souvenirs consacrés à mon frère, ces souvenirs-là seulement ?

Mon temps personnel a-t-il été subjectif au point de m'imposer la conviction inébranlable d'avoir attendu mon frère pendant plus d'une année, au point de désespérer de jamais le revoir, au point de croire que mes parents adoptifs ne tenaient pas leur parole ? Que mon frère et moi ayons été séparés durant quatre ans précisément, chronomètre en main, ou pendant plus de cinq ans ne change rien à la réalité de nos retrouvailles. N'est-ce pas le choc de notre réunion qui força ma raison à oblitérer l'affreuse réalité ?

Je ne l'avais pas reconnu. Il m'avait oubliée.

Usant de la formule : « C'est pour ton bien », et sans rien expliquer, l'Assistance publique l'avait soudainement retiré d'une ferme dont les patrons lui montraient de la gentillesse et dont le fils lui était devenu un compagnon, un frère presque. La nuit, appelant son Jeannot, son Jean-Jean, il se débattait comme un fauve pris dans un filet, cognant ses os protubérants contre le mur, contre le châssis du lit. Je tentais de remettre ses jambes sous les couvertures. Le moindre attouchement provoquait chez lui le sursaut d'horreur d'un enfant à terre que l'on bat, ses bras cherchant sur son corps quelle part de lui-même protéger. Dans la journée, il me haïssait ouvertement et s'exprimait à coups de pied, à coups de poing et avec les ongles. Au cours d'une bataille, Michel profita de ma distraction pour me faire trébucher. Son corps s'abattit sur le mien. Ses poings frappaient à l'aveuglette, durement, sèchement, de façon presque mécanique. Envahie par une joie obscure, je le laissai faire. Quand il vit le sang couler de ma main gauche, il se figea, se redressa, puis s'excusa. Ce jour-là, nous regagnâmes la maison la main dans la main. Par la suite, les brutales et imprévisibles réactions de mon frère s'espacèrent et il sut me prévenir d'une exclamation (« Ça *fieusse* ») d'avoir à me préparer aux fureurs qu'il était incapable de maîtriser.

Un midi, le regardant ingurgiter gloutonnement ce qu'il avait dans son assiette, des forces ténébreuses me firent frissonner. Deux visions successives s'imprimèrent sur ma rétine : celle de l'homme aux épaules courbées dont j'avais « reconnu » la silhouette au cours d'une de mes transes/plongées pour faire remonter en moi les souvenirs de ma prime enfance, sous les noisetiers de maman Phrasie, puis celle que j'avais gardée de mon ange aux yeux affectueux et francs, à la main douce et confiante. La première image m'emplit de la certitude que si Michel et moi étions nés de la même mère, nos pères, eux, étaient différents. La seconde me força à accepter une évidence autre mais tout aussi pernicieuse : l'être rébarbatif, disgracieux, au regard chafouin qui venait d'entrer dans ma vie était le Caliban qui avait dévoré mon vrai petit frère, celui d'autrefois, l'ange Ariel, celui qui m'aimait, celui que j'aimais, celui qui vivait en moi et dont je n'étais pas capable de faire le deuil. Par un effort conscient, je replantais sur le crâne rasé de la bête la luxuriante chevelure d'antan, substituais à son appendice nasal désespérément long la trompette menue de l'enfance, remplaçais les tonalités barbares sortant de sa gorge par des babillements tendres et incertains. C'est cette image d'Épinal que j'évoquais pour me dominer lorsque mon frère me poussait à bout.

Caliban avait gardé de la prime enfance d'Ariel deux grands défauts : une sensiblerie fondante devant les chouchouteries et une indifférence totale envers le touillage des idées alliée à une manière « morne, tiède et molle » (selon moi) de réagir au monde, aux gens et aux choses. Son manque d'intérêt envers mes activités me privait de sujets de conversation. Cependant, je l'ai indiqué, il tentait bravement de dominer son agressivité ; le partage de nos silences respectifs laissait poindre un début de relâche, une sorte de familiarité, un bourgeon peut-être de camaraderie si le temps de fleurir lui était accordé. Trois semaines après nos retrouvailles, Michel fut envoyé en pension chez des amis, à Lyon, pour « s'y refaire une santé » et moi…

L'amour, c'est comme une paire de chaussures trop jolies. À en faire usage, on attrape des cors au cœur. Ça fait des cals vicieux. On ne peut pas passer le cœur à la pommade… L'amour pour un frère, pour des parents-amis, ça me ferait vomir si je n'avais pas appris… Vous nous avez adoptés, Michel et moi, vous l'éloignez à nouveau, vous me laissez ici. J'accepte sans broncher, j'ai mis mon cœur de côté. Je suis forte et je vous hais.

Les Zervos venaient de me déposer dans un hôtel, à Avallon. Du perron, je regardais s'éloigner leur élégant cabriolet. Moi, dans un hôtel ? Comment doit-on s'y conduire ? Qu'est-ce qui est permis ou défendu ? J'avais compris le système, pratique pour les voyageurs de commerce ou pour les vacanciers, mais aucun livre et aucun film ne m'avaient indiqué qu'une fille âgée de quatorze ans et des poussières puisse y vivre en cliente.

L'endroit était joli. Le petit hôtel dominait le champ de foire, esplanade large et surélevée, bordée par de beaux platanes. À côté, un ancien pré communal, asphalté, autour duquel se rejoignaient routes nationales et routes départementales. La pénurie d'essence avait retiré de la circulation les voitures privées mais les Allemands et la Milice française, eux, ne se privaient pas de montrer le nombre et la puissance de leur matériel roulant, créant de risibles encombrements avec des carrioles ou des tombereaux tirés par des chevaux, parfois même par des bœufs, dans les cris mêlés de *Hue-Dia-Raus*, dans l'odeur du kérosène et celui du crottin.

Le rez-de-chaussée de l'hôtel s'ouvrait sur une salle de café remarquable par son encombrement, ses deux jeux de fléchettes, son billard, son phono à pavillon, son bar à vins et œufs durs. Les lois du black-out l'exigeant, tous les globes des lustres et les verres protecteurs de l'éclairage mural avaient été passés au bleu légal. Ces loupiotes ponctuaient l'espace enfumé en donnant aux clients des visages couleur d'ultramarine. C'était, sur terre et dans un lieu clos, l'équivalent du tableau pendu dans le bureau de Taky, *La Pêche de nuit à Antibes* (de Pablo Picasso), y compris les espaces d'ombre profonde où la moitié des corps disparaissaient. Je trouvais cela ravissant. Le maquignon monté d'Auvergne côtoyait le notable du coin, l'officier allemand, le charbonnier. Pendant les jours fériés, les zazous du lycée prenaient soin du phono. Le soir, les portes se refermaient sur le dos courbé de gens en veste de cuir portant casquette ou béret au ras des yeux. La vieille Mme Angèle veillait au grain, subissait sans broncher les crises de nerfs de la patronne, « grande dame » toujours sur son trente et un, les cols montants de ses robes noires écrasant dans la distinction les rides de son cou. En fait, elles étaient sœurs mais Angèle, une laissée-pour-compte, non mariée, non mariable, pour cause de pied-bot. Mme Angèle prit goût à ma politesse, à mon sérieux d'enfant solitaire et studieuse, me le fit savoir en dégustant avec moi, en cachette et en vitesse, du Picon. Logée, nourrie, blanchie, pouvant faire ce que je voulais sans avoir personne pour me surveiller ou me titiller les émotions !?! La providence venait de m'offrir un nid à ma taille et à mon goût.

Ma chambre, celle d'une aïeule, spacieuse et largement éclairée par trois fenêtres, devint mon royaume. J'y ai trouvé beauté, luxe, sérénité. J'ai aimé ses boiseries fendues et tordues, ses pans de mur tapissés de toile de Jouy, ses rideaux amples partant du plafond pour *requinquer* sur un plancher brunâtre ciré à outrance, ma table de travail plus longue que mes deux bras écartés et surtout mon lit, à sommier (ainsi nommé parce qu'on y fait des sommes), à matelas épais, traversin, édredon et trois oreillers, sur lequel je pouvais m'étendre en travers sans que mes pieds ou ma tête ne dépassent. En face du lit, sur un mur laissé blanc, un panneau de décorations militaires datant de la guerre de 1870. Au-dessus, sur une petite étagère, un antique bouquet de mariée sous une cloche en forme de mitre. Je me jurai de rendre ma présence aussi légère que possible dans ce lieu habité par une mémoire vivante et décidai tout de suite de ne pas laisser à une femme de ménage le soin de faire mon lit. Voilà ! J'étais la fille adoptive de gens riches et mystérieux qui avaient trouvé pour moi un cadre magnifique afin que je puisse continuer mes études, dans ce même lycée laïque où j'aurais dû commencer l'année scolaire.

N'ayant aucun don pour la paresse ou l'oisiveté, j'ai travaillé sans jamais flâner à travers les rues de la ville, ne connaissant d'elle, en fait, que ce qui se trouvait sur le trajet de l'hôtel au lycée et retour. La patronne de l'hôtel s'en tint à son rôle de pourvoyeuse de services envers une cliente toujours à l'heure pour le repas du soir et qui regagnait sa chambre avant l'extinction des feux. Le directeur du lycée me tendit personnellement ma carte de lycéenne et je ne le revis plus. Les élèves de sixième, généralement plus âgés que moi, s'amusaient à des jeux infantiles auxquels je ne participais pas. Une copine de banc délurée m'entraîna dans un essai d'école buissonnière… une seule fois ! De temps à autre, les Zervos m'envoyaient leur bonjour par le truchement du téléphone, pour confirmer encore et encore qu'ils ne viendraient pas ce dimanche, ni le dimanche en quinze. On me foutait une paix royale et j'étais très occupée.

N'en déplaise à Rodin, il y a deux positions qui facilitent la pensée : le coude gauche sur la table, le front posé sur la paume, les yeux fermés. Ou le menton dans le poing, les yeux grand ouverts qui ne voient rien mais fouillent l'espace, devant, légèrement vers le haut. C'est là que s'ouvrait ma fenêtre préférée, juste en face de ma table de travail, à quatre ou cinq mètres devant moi. Une glycine précoce en longeait le bas. Ses sarments bruissaient au moindre vent. Plus loin, la cime d'arbres encore dénudés m'offrait un alphabet à déchiffrer. Mes pensées naviguaient vers un ciel souvent blanc et vide. Par temps d'orage, les corbeaux y volaient à reculons. J'y ai salué Jonas dans le ventre de Moby Dick, flatté la crinière de Poulain. J'y ai vu dériver le bocal où flottaient les calculs biliaires de maman Phrasie. J'ai plongé dans la ville d'Ys pour caresser au fond le visage noyé de Cécile. Petite-Sœur m'a tendu un nid de mésanges ; maman Blanche m'a répété : « Reste fidèle à ta vérité. » Jacques, avec sa tête de mouton astrakan et ses habits dorés, dirigeait l'orphéon et jouait sur son ocarina la lancinante barcarolle d'antan. J'ai décroché la lune, ai posé ma main sur un pied de chiendent. J'étais chez moi dans l'Ici-Pendant, tel que je pouvais l'aimer.

Écrire ce qui demandait à être dit en mots, mettre en forme et en couleur ce qui demandait à être visualisé, illustrer ce que j'écrivais, mettre des légendes à ce que je dessinais… La logique du stylo n'étant pas celle du pinceau, j'ai passé des heures inoubliables et je me suis penchée sur des problèmes passionnants. Comment dans un dessin introduire une digression ? Un poème peut-il être comparé à une épure ? Ici, la marée des mots recouvre quinze pages. Là, une phrase : « Quel est l'oiseau qui n'a pas chanté plus haut qu'il n'a volé ? », reste seule et rien ne vient après… Comment mettre le contentement en image ? Ces exercices constituaient un échauffement, une mise en bouche, en vue d'un combat autrement ambitieux.

Selon les jours ou les humeurs, ma chambre accueillait en elle le flux unifiant le chiendent à Bételgeuse, ce fleuve torrentiel à cataractes, à petits lacs paisibles, à tournoiements de maelström, qui avait porté-emporté ma barque de sa puissance indomptable. Après mille épreuves victorieusement surmontées, les puissances occultes maîtresses de mon destin me laissaient aborder à un quai pour, enfin, y trouver le repos éternel... Tantôt coquille, m'offrant ses dieux lares antiques et bienveillants restés dans ses murs, qui enrobaient mon corps et mon esprit de bernard-l'ermite privé de carapace et me protégeaient. Chargée de mon chez-moi sur le dos, j'irais découvrir l'Ailleurs qui, s'avérait-il de façon irréversible, ne se trouvait pas dans l'élite cosmopolite de mes parents adoptifs. La pratique trop précoce de l'écriture automatique ne m'avait pas libérée d'un thème central fixé à l'avance, orné de fioritures plus ou moins adaptées mais tenues ferme par un fil d'Ariane émotivement logique ! Ces variations suffirent à m'offrir une formule : « Je suis le pivot et le tremplin de moi-même », qui me ravit par sa vérité première et par sa concision. Oui, j'étais fière de moi ! Je possédais désormais les forces pour me mettre à l'œuvre, pour attaquer de partout la gigantesque question : *la vie, c'est quoi ?*, et, en cours de route, élucider à moi seule les mystères humains et cosmiques... rien de moins : la bravoure est naturelle aux enfants. Alors, au travail ! Sans flâner, sans partir dans des digressions car... « Je n'ai pas le temps d'être moins que ce que je suis », diktat écrit à l'en-tête de mes cahiers et de mes carnets. Mais comment être efficace ? Simple ! « Je ne me marierai jamais. Je n'aurai pas d'enfant. Je vivrai en solitaire dans une ville, en bordure de la campagne... N'importe quel métier m'assurera une existence sobre et assez de sous pour acheter des livres, le papier, les crayons, les plumes, les toiles et les couleurs... Je ne ferai pas d'argent avec mes tableaux : un talent natif ne doit pas devenir mercantile... Je mourrai à trente-six ans. Ne l'avais-je pas promis à Nusch ? Mais si par malheur j'arrive à soixante ans, je me retire dans un couvent laïque ou dans un hôtel… » J'allais sur mes quinze ans, je tenais en main les lois de ma vie.

Mon professeur de français me donnait des sujets de dissertation qui n'avaient rien à voir avec ceux du programme. Je n'y fis guère attention, prête comme je l'étais à lui fournir une dissertation par jour puisqu'il me donnait de bonnes notes. Je tiquai lorsque Mme Angèle m'invita à l'accompagner à une fête familiale, commentant : « Vous travaillez tellement. Vous ne savez pas vous distraire. Vous êtes taciturne. » Travailler, c'était ma joie et ma distraction. Taciturne, moi ? Que non !

En ce temps-là de l'Occupation (février 1944) chaque petit Français doté d'une carte J2 ou J3 avait droit à un pain d'épices, une fois par mois. Le maréchal Pétain, sauveur de la France, en avait appelé à notre jeune patriotisme en nous imposant d'envoyer le gâteau à un « filleul », soldat français prisonnier en Allemagne. Transformée en brique grumeleuse à cause du manque de denrées adéquates, la friandise n'intéressait plus que ceux qui souffraient de la faim, l'envoyer à un soldat inconnu ne constituait pas un grand sacrifice. Cependant, il fallait pouvoir l'obtenir. L'aventure tenait de la foire d'empoigne. Garçons et filles de tout âge mélangés, on pataugeait dans une arrière-cour battue par les vents, les pieds dans la neige tassée ou fondue par le piétinement. On se donnait des coups, vos voisins essayaient de vous arracher vos tickets. Tout était permis, sauf perdre sa place dans la queue.

Cette fois-là, deux filles se chamaillèrent. Des grands frères vinrent à la rescousse. Quelqu'un fit le coup de poing. Une jeune fille tomba par terre, le visage dans une mare de neige fondue, mise knock-out, pensai-je, car elle ne bougeait pas. J'eus le tort de faire un pas vers elle. Un coup venu de derrière m'envoya valdinguer dans la mare, par-dessus la fille. Elle, nabote et obèse, d'allure bohémienne, et moi en rutilant costume de Schiaparelli ! Nous deux boueuses de la tête aux pieds… On se relève en gardant nos distances, on glisse, on s'effondre à nouveau dans la gadoue glacée. On s'ébroue en s'aidant, en se regardant. On s'éloigne de quelques pas. Tordue par le rire, elle soulève ses jupes frangées-collées laissant voir des jambes arquées-boudinées et pisse dru sur la neige. Moi, c'est foutu. La pisse est descendue dans mes bottes. Deux gars hilares nous rejoignent, félicitent la grosse fille qui, me regardant mieux, s'esclaffe : « Bindidon ! D'où ça sort, ça ? C'est pas de la roupie de sansonnet ! » Avec un sourire à dents nues elle fait les présentations : « Moi, c'est Paupiette. Seize ans et j't'emmerde. » L'un des garçons est son frère, l'autre un cousin. Leur butin du jour, huit pains d'épices.

Le coup de foudre, les livres m'en avaient parlé, sans rien expliquer. Ça vous tombe dessus dans une tendresse si intense qu'elle vous ramollit le corps et vous vide de toute prétention. Un appel venu de vos entrailles projette à travers vous des ondes d'or liquide qui vous tirent en avant et vous plaquent contre l'autre, même quand elle s'éloigne. Je la suis comme de la limaille de fer un aimant. Elle se retourne de temps à autre, reprend sa marche accélérée. Elle me donne le temps de la détailler, de réfléchir, j'en suis sûre. Puis, elle s'arrête, comme pour dire : « Attention, tu entres dans mon territoire. » L'instant est grave. Son attitude affirme : « Tu peux déguerpir, il ne se sera rien passé. »

Tourner le dos à son corps bancal, à ses fesses trépidantes, à ses seins débordant des oripeaux, à sa chevelure cuivrée en forme de nid de cigogne affaissé, à son cou plus court, plus frêle, plus blanc que celui d'un bébé, à son regard implacable qui me dissèque, me jauge, me juge ? Je la vois telle qu'elle est… erreur de la nature… chimère humaine… monstrueuse mais nimbée de claire lumière. Un « Bindidon, t'es pas causeuse, toi » me sort de la fascination. Ah mes aïeux, qu'elle est belle ! Elle m'accepte ! Elle veut bien me donner ce qu'elle a à donner parce que je l'ai suivie jusque-là pour le lui demander. Mais ce sera entre nous, elle et moi seulement, sans personne à côté, elle hors de son campement et moi hors du mien, sa paume chaude appuyée sur ma poitrine qui me repousse doucement le dit. Elle articule lentement : « Demain ? Près du calvaire ? Quatre heures ? » Mes yeux photographient les lignes divines de cils incroyablement fournis qui dessinent un lit noir autour de ses pupilles de grenouille.

Paupiette et moi avions sur la planète Terre le même statut : nous étions des « sans terre » et, par rapport à nos sociétés respectives, nous menions un combat personnel de façon à ne pas être englouties par le « troupeau grégaire », au risque de rester à jamais des « excentristes » (des marginales). « Paupiette met en mots les idées mieux que moi. Nous sommes des compagnons d'armes », pensais-je, éblouie.

Sans aucun respect envers les lois de la propriété privée ni de la morale en général, j'ai fait le guet pour aider mon amie à régler ses comptes avec la faim et la misère devant des boutiques, au poids d'une paire de galoches à semelles de bois ou d'une veste de cuir élimé. Près d'un canal d'évacuation d'un abattoir, pour qu'elle y fasse moisson d'un salmigondis de tendons coupés, d'os broyés et de sang perdu. Dans la cour d'une ferme isolée, pour une brouettée de betteraves gelées.

La justice, fallait pas lui en causer. Paupiette revendiquait l'équité : tripe pour tripe, baiser pour baiser. En des heures de mélancolie, elle se laissait choir dans le caniveau, se payait une bonne crise de larmes, se relevait en déclarant : « Toutes les flaques d'eau de la vie sont pour moi. »

Se servant de son handicap physique, elle laissa sur le carreau des gens de bien et des gens de loi éberlués par la petitesse de sa stature et la grosseur de ses attributs féminins. Même le gendarme le plus furibard hésitait un instant à prendre à bras-le-corps une poitrine aussi énorme. Cela suffisait pour que Paupiette, agile malgré sa graisse, prenne la tangente. Tout ceci n'était que peccadille, façon de combattre la sordide réalité. C'était, selon sa formule, « la pratique du pratique » et il n'y avait pas de quoi en faire un plat. En cela, elle faisait écho à ce que mon père adoptif avait dit de lui-même : rester honnête si c'est possible et sinon, *by hook and by crook*. L'important, l'essentiel, c'est que Paupiette vivait *ailleurs*. Au-dessus. Très haut. Proche de *lui*.

Selon ce qu'elle savait de la Bible, Dieu avait créé un monde parfait, donc imperfectible. Mais avait-Il vraiment pu tout prévoir ? Avait-Il engrangé assez d'âmes pour suffire jusqu'à la fin finale des temps ? Elle envisageait... C'était probable... C'était devenu une certitude. Dieu, pour parer au manque, avait été obligé de remettre en fonction des âmes usagées, fournies par les pestes, les famines, les guerres, les catastrophes naturelles et autres joyeusetés de ce genre. Cela n'avait pas suffi. Les humains se multipliant plus vite que les lapins, les mouches à vermine et les rats associés, Il distribuait, depuis longtemps déjà, à un nouveau-né une moitié d'âme, à son frère un tiers, à la petite sœur pas d'âme du tout. Balançant son corps dans un mouvement d'aller et retour têtu de bête sauvage, elle se frappait du poing l'arrière du crâne en gémissant : « C'est vide. Tu entends, c'est vide. »

La guerre, les restrictions, les collaborateurs, les maquisards, nous en parlions sans faire aucun projet d'avenir, en suivant ce que nos personnalités différentes nous suggéraient, y ajoutant la haine de nos enfances et de nos sociétés respectives. Paupiette savait penser et dire…

Dès le premier coup de pouce pour faire tourner la toupie de l'univers, Dieu avait créé les abus, les conflits. Que je ne vienne pas lui baratiner la cervelle avec le combat sacré des Fils de la Lumière contre les Forces des Ténèbres, ce miroir aux alouettes fait par *lui*, auquel le genre humain s'accroche pour se prendre au sérieux, pour se sentir bon et important, ou malin et supérieur. Fallait pas non plus que je me leurre… personne ne va jamais totalement et définitivement à l'encontre, à l'envers, de sa nature. Chacun suit la pente de son caractère en essayant de souffrir le moins possible. La bonne sœur qui pratique la miséricorde est bien contente de trouver un bon paquet de miséreux. Et celle qui s'abîme dans les mortifications, c'est qu'elle aime ça. « Alors, Paupiette, le libre arbitre ? », demandai-je. Elle agita devant mes yeux son mouchoir sale : « Bon pour *le* torcher. »

Le calvaire au pied duquel nous menions nos débats intellectuels aurait dû rougir ! Ou verdir ! Se tortiller, nous faire un signe avec ses bras de sémaphore, faire quelque chose, quoi !, pour nous retenir sur la pente où nous glissions. Les pierres savaient-elles que, sous la peau des jeunes cyniques, pleurent des innocences perdues ?

Contrairement à ce que l'on dit, l'innocence ne se perd pas comme des clés ou des billes. On vous l'arrache. Paupiette me révéla un détail du monde pratique qui me fit tomber de haut. Tomber ? C'est peu dire ! Tomber et m'écraser la figure sur une croyance qui crève et pète comme une vesse-de-loup, oui, cela correspond mieux au choc qui me secoua de fond en comble. Alors donc, les êtres humains procréent en utilisant les outils à faire pipi ? Comme les animaux !? Ils en sont, des animaux, pov' conne. Moi, depuis ma rencontre avec le meneur de herse, je croyais que les enfants s'engendraient par un frotti-frotta gentil de nombril à nombril. Ce genre d'erreur redressée peut bousiller pour la vie le peu de respect envers le genre humain qui survit en vous.

Paupiette décida de me « mettre au courant ». En paroles d'abord. Ça se fait la nuit, « dans l'obscurité. En plus, on ferme les yeux. À tâtons, va comme j'te pousse. Ils appellent ça faire l'amour. C'est de l'entourloupette. » « Alors, Paupiette, ce qui sort du machin du monsieur, c'est pas de la morve ? » « Bindidon, t'en tiens une couche… » Nous allions passer à un examen plus approfondi des données physiques lorsque la guerre intervint.

Occupée corps et esprit par ma tendre, ma douce, ma si savante amie, je n'avais rien entendu de ce qui se passait autour de nous. Pas trouvé bizarre le nombre de cours annulés pour cause d'absence des professeurs. Pas réagi au silence des récréations où ne participaient plus les élèves des classes terminales. Un coup de téléphone des Zervos me réveilla : les troupes américaines ayant commencé une grande offensive du sud vers le nord, valait mieux que nous soyons ensemble pour en subir le choc. Ils viendraient me chercher après-demain, dans la matinée. Je fus prise de panique parce que je n'aurais pas le temps de dire adieu à ma roumi nabote et obèse qui était devenue l'être que je chérissais le plus au monde.

Aux heures de grande détresse, les grandes décisions : puisque la providence inversait la vapeur, je me vengerais en pratiquant la terre brûlée, détruisant tout ce que j'avais écrit, tout ce que j'avais dessiné, ne ramenant dans mon monde adoptif que ce avec quoi j'en étais partie. Je trouvais ça… propre.

Mon frère Michel resterait à Lyon aussi longtemps que la situation le permettrait, m'informa-t-on.

Mes parents adoptifs eurent le temps d'organiser deux voyages à Paris, pour déménager tout et n'importe quoi.

Les voix de Petite-Sœur et de Grande-Sœur ne se faisaient plus entendre. « Elles m'ont crue assez forte pour aller seule de l'avant », pensais-je sans conviction, essayant de suppléer à leur désertion en m'efforçant de devenir elles autant que moi. Se savoir abandonnée, se sentir solitaire tout en portant en soi trois personnes, c'est lourd.

Sur ce terrain dévasté, le *« C'est la guerre »* brandi nuit et jour balaya toute tentative de mettre les choses au point. Le pilonnage des usines Renault me valut une molaire cassée pour cause de mâchoire serrée trop brutalement et, chez le docteur Tzank, dentiste de l'élite, l'arrachage de ce qui branlait, sans anesthésie. Des combats du Sud, le nom d'Oradour nous parvint avant le son des canons. Les sanglantes échauffourées en Normandie multiplièrent le grouillement de la soldatesque allemande, les sursauts patriotiques dictés par la peur au ventre de la milice, le salmigondis de Résistances sorties du néant et le frétillement de magouilleurs facilement détrousseurs de cadavres qui font leur beurre du désordre par rapines et fraudes. Pétain, la LVF d'un côté, De Gaulle, Leclerc, l'escadrille Normandie-Niemen de l'autre, les rafles, les exécutions… comment ne pas se sentir rapetissée par des peines de cœur personnelles et des chagrins familiaux ? Yvonne, occupée ailleurs, laissait vide notre garde-manger. Elle réservait ce que contenait encore notre caverne d'Ali Baba pour le « siège »…, ses conseillers occultes lui ayant prédit qu'on se battrait à Paris comme à Stalingrad. J'ai chapardé sur le comptoir du boulanger un ticket donnant droit à cinquante grammes de pain, cinquante grammes… à peine trois bouchées, parce que j'avais faim.

Combien avons-nous fait de sauts à Paris entre les déménagements, j'en ai perdu le compte. Quelques incidents restent gravés dans ma mémoire.

Oscar Dominguès, « fils de bananier », surréaliste en tout, mélange de magnificence impériale et de brutalité incontrôlée, avait-il vraiment crevé un œil à Victor Brauner, cassé une jambe à Giacometti et frappé notre Zeus (Pablo) à coups de poing ? Celui-ci lui avait-il fait l'aumône pour qu'il puisse s'acheter un revolver et se suicider ? Pourquoi le bouillant Minotaure, qui ne s'embarrassait pas de mignardises, montrait-il de la tendresse envers ce confrère insupportable ? Oscar ! Oscar, passé à tabac dans un commissariat de police et dents de devant réparées par le docteur Tzank, avait-il payé le dentiste en faux Dalí et faux Ernst ? Ce bateleur spécialiste des caniveaux avait-il eu, ou allait-il avoir, une exposition chez Carré, lui, ce représentant de l'art « dégénéré » honni par les Allemands ? Il avait produit une des œuvres maîtresses du surréalisme, une femme avalée par le pavillon d'un phonographe. Étant occupée le matin par Luis Fernandez ou Castagnier, je n'avais pas rencontré l'artiste : ni éduqué ni décoratif, les Zervos ne l'invitaient pas à participer à nos soirées. Il venait chez nous à l'heure où Yvonne accueillait des nécessiteux obligés de vendre pour subsister et des intermédiaires ou des acheteurs nantis-parvenus peu soucieux des sources.

Christian Zervos, expert professionnel en art moderne, souvent sollicité, m'envoyait déposer dans les mains de Sabartés ou de Marcel des toiles douteuses (signées ou non) quand les proportions de celles-ci les rendaient facilement transportables. J'allais les récupérer un ou deux jours plus tard. Emballer et déballer ces peintures m'était devenu automatique. Un jour, me voyant à l'œuvre et, comme toujours, tenté de mettre à l'épreuve la valeur de mon œil, mon père adoptif me demanda mon avis. « Bin, c'est du salmigondis picassien-picassiste, de l'emprunt de pic-assiette quoi ! » répondis-je, ce qui le fit éclater de rire en s'exclamant sans y penser : « Tu as raison. C'est de l'Oscar tout craché. » Rapportant l'œuvre, j'enlevai le papier de l'emballage pour y découvrir le tableau nettement et clairement signé Pablo Picasso. « Sacré vain vieux de *merte*, qu'est-ce que c'est que ce micmac », pensais-je *in petto* tandis que Taky constatait ma surprise. M'arrachant la toile des mains, il s'éloigna en me jetant : « On t'expliquera. » Peu de temps après, Yvonne et Taky me prièrent d'être prête « à sortir de bonne heure demain matin. On prendra notre petit-déjeuner au Flore ». Voilà qui était nouveau, pas du tout dans nos habitudes.

Nous étions là, à faire le pied de grue, à huit heures du matin, dans un Saint-Germain-des-Prés affreusement silencieux, désert et encore humide de la nuit, Pablo avec Kazbek, Yvonne avec Trimm, son insupportable roquet, Taky et moi. De l'autre côté de la place, quelques personnes lentes et lourdes sortaient de la bouche du métro. Taky lança un retentissant « Oscar ! » en posant sa main sur mon épaule. Il ne fallait pas avoir une intuition sortant de l'ordinaire pour sentir une mise en scène doublée d'une mise en garde.

Très grand mais déjà voûté malgré son jeune âge, dépenaillé mais élégant à cause d'une écharpe blanche descendant jusqu'à ses genoux, des yeux de charbon éteints sous des paupières rougies, une barbe de trois jours sur des joues émaciées, l'attitude soumise d'un ouvrier agricole devant des patrons… ce déchet du monde surréaliste, ce gueux penaud, ce quidam pitoyable qu'un vent un peu fort ferait tomber ? Oscar ?

Dans la grande salle du premier étage entièrement à notre disposition, m'occupant ostensiblement du beau Kazbek, je scrutais le pauvre hère pris en sandwich, bras rabattus entre les cuisses, entre une Yvonne jouant les évaporées avec son toutou et un Pablo étrangement benoît. De temps à autre, une question faussement anodine tombait comme une pierre dans un puits profond. Oscar semblait la recevoir en pleins boyaux. Il bougeait un peu, grognait puis semblait se perdre dans la contemplation du plafond le temps que toute une troupe d'anges passe et, dégoûtée, se détourne. Les trois adultes dominateurs s'exclamaient dans un langage codé ponctué de « Il comprend… Maintenant, la situation change… Il sait que c'est nécessaire, sinon… », auquel le quatrième répondait par « Oui… D'accord… Bon », avec un visage de saint du Greco au comble de l'exaspération, de la lassitude ou du mépris. Yvonne, Taky, Pablo ? Des serpents à sonnettes. Le fameux Oscar ? Un corbeau déplumé.

Le soir venu, à table, Taky prit le temps de m'expliquer tandis qu'Yvonne confirmait des détails. Pablo Picasso avait lui-même enclenché le processus et une dynamique rayonnante le jour où, pour faire une farce à Oscar, il avait apposé sa signature au bas d'un « bon faux » de son collègue, une petite toile, envoyée par Christian Zervos aux fins d'authentification définitive… Ah, la bonne blague ! Par jeu aussi, Yvonne avait refilé le tableau à un dilettante prétentieux. Depuis, une fois tous les six mois, pas plus, Oscar apportait chez nous un faux Picasso, de petites dimensions, non signé, ce à quoi Pablo remédiait, ravi et exultant : il mettait sur le marché de quoi donner des migraines aux meilleurs connaisseurs de son œuvre, et cela pour des siècles ; il aidait en cachette de son entourage et sans bourse délier un collègue suicidaire qu'au fond il aimait bien et Oscar s'abstenait désormais de venir le relancer. Taky pouvait délivrer un certificat d'authentification de la signature tout en usant d'une formulation prudente sur la facture générale de l'œuvre et s'assurer d'un pourcentage en cas de vente, toujours faite par Oscar. Ce dernier gagnait plus que tout le monde dans cette remarquable astuce : la signature de Pablo le mettait à l'abri des poursuites judiciaires, ses clients continuaient à le croire détenteur de richesses et mettaient ses déboires et ses violences publiques sur le compte de sa nature d'artiste ombrageux ; n'ayant pas perdu la face, Oscar tirait de quoi vivre un peu plus humainement pendant quelque temps, un temps trop court hélas car, sitôt l'argent dans sa poche, il rameutait les copains pour de très réputées bombances.

Après la libération de Paris, Oscar a vendu par poignées des dessins (non signés) à des GI's naïfs et euphoriques. Les plus experts, ou les plus soûls, se précipitèrent en foule chez The Most Famous Artist in the World qui, tenant alors « atelier ouvert » et soulevé au-dessus de terre par l'admiration clamée des libérateurs de la France, signa à tour de bras des centaines de faux devenus vrais. (Oscar Dominguès s'est suicidé en 1957. Il n'avait que cinquante ans.)

Valentine Hugo. Pilier de nos soirées du Bac au temps où les alertes et les couvre-feux restaient espacés, cette grande dame téléphona pour réclamer en urgence un photographe sérieux. Taky me fit confiance pour mener le travail. N'ayant pas vu Valentine pour cause de couvent et d'hôtel, j'étais heureuse de la retrouver et de replonger dans l'atmosphère théâtrale de son appartement débordant de souvenirs de haute qualité auxquels se rattachaient des histoires personnelles.

Le photographe, un vieux bonhomme lent, bougon et poussiéreux, pratiquait son art à l'ancienne, avec des plaques de verre émulsionné, usant sans agilité de ce plateau à phosphore (ou autre poudre ?) qui fut l'ancêtre du flash. Son barda pesait lourd et son humeur baissa de dix degrés en découvrant l'encombrement du salon, le manque d'air, le silence sépulcral, l'obscurité presque complète et une Valentine en habits dignes de Sarah Bernhardt qui, grippée, nous interdit de tirer les rideaux, d'ouvrir fenêtres ou volets. Son accueil minaudant m'avait surprise. Cette survivante de la Belle Époque, au corps bien charpenté, meneuse de bals masqués restés dans les annales du Tout-Paris des Années folles, inspiratrice et soutien de musiciens, illustratrice raffinée, pouvait-elle avoir tant changé ? Ses mains et les bouts de bras qui me tendaient le trésor à photographier affichaient des os sous une peau flétrie couleur brou de noix… « Le client se cache là-bas », murmura-t-elle en me montrant un coin du salon où un ancien dais de lit, rond, chargé de tentures, dessinait la forme d'une tente. « Moi, je vais me coucher. En partant, tu tires la porte. C'est tout. »

Son trésor ? Six dessins d'une beauté et d'une originalité bouleversantes. Au temps des ballets russes, maniant pour la première fois une plume à cinq becs, outil indispensable aux copieurs de musique, le génial Picasso, spontanément, avait tiré du rigide instrument des lignes miraculeusement fluides, aériennes et dansantes comme jamais aucun autre artiste ne fit ni ne fera. Devenus feuilles volantes, ces dessins changeaient en portée tremblante des années d'éloignement, de solitude grandissante, d'amitiés inversées depuis longtemps privées d'écho, sauf pour mon imagination et pour l'acheteur vers qui le photographe et moi ne jetâmes que de rares coups d'œil, étant entendu que la personne tenait à un anonymat absolu.

Photographier dans l'obscurité ambiante du papier blanc réverbérant à l'excès tout éclairage un tant soit peu important, recouvrer la vue après l'explosion éblouissante-aveuglante du phosphore (ou du magnésium ?) ne fut pas une petite affaire. En mon for intérieur, je maudis la capricieuse ancêtre. Travail achevé, le matériel déposé sur le palier, un remords me poussa à aller souhaiter bonne santé à la vieille. Mais, avant, boire un verre d'eau ! J'aimais sa spacieuse cuisine, meublée antique et changée en jungle de ficus, bambous, plantes exotiques dont la luxuriance touchait le plafond… Porte ouverte, je restai paralysée. La pièce, totalement vidée, offrait au regard une table en bois blanc et quelques chaises éparses, points d'orgue dans l'espace de la déshérence. L'idée de faire résonner sous mon pied le parquet décati me fit reculer. Alors, c'était ça ? Valentine avait tant vieilli parce qu'elle ne mangeait plus à sa faim et qu'elle était obligée de vendre ses plus belles possessions ? Des paroles sans conséquence apparente me revinrent en mémoire et le profil à peine discernable du client impatient se redessina sur l'ombre du dais. Crinière, nez bulbeux… Taky ?

Quatre ou cinq jours plus tard, je retournai chez Valentine pour lui apporter les épreuves des photos. Un fleuriste avenue Victor Hugo et mes petits sous me permirent d'acheter une rose, une seule et qui n'avait rien d'orgueilleux. La dame dans ses tulles bleu pâle qui m'ouvrit la porte ressemblait à un morceau de ciel descendu sur terre. Ragaillardie, bien coiffée, se déplaçant dans le grand salon comme si elle avait des patins à glace aux pieds, Valentine, dans toute son élégance, dans toute sa splendeur et jouant à la perfection son rôle d'évaporée à tête de linotte…

Les duplicata des photos devaient être rangés. Suivant à la lettre ses ordres précis, j'ouvris un immense registre boursouflé sur les pages duquel avaient été collés des articles de presse, des tirages d'essai de petites gravures sur bois, des échantillons de tissu, des croquis pour costumes de bal ou robes de soirée, des fragments de papier à musique avec des ébauches de mélodies dédicacées, des cartons d'invitation frappés de couronnes royales, de sigles aristocratiques, écussons et emblèmes, des cartes de visite écornées, des lettres manuscrites… de quoi rendre fou les amateurs de la Belle Époque, les collectionneurs d'autographes et les obsédés de la Petite Histoire cachée des Grands de ce monde. Tout entière adonnée à la revisitation de son passé, elle citait les noms des amis de sa jeunesse, « des épis verts d'hier, héros d'aujourd'hui, dont la pulpe s'ajoute aux strates de la culture française. Regarde, c'est Auric… C'est Malraux… C'est Saint-Exupéry… C'est Cocteau… ».

Pour la première fois, je vis sous toutes les coutures et dans tous ses états le très beau Jean Hugo, ce grand absent qui, dit-elle, « m'a arraché l'âme. Il a été appelé par Dieu, tu comprends, par Dieu ! Sans rien perdre de sa dévotion envers les culs féminins de France et d'ailleurs. Un Sybarite confit en religion ! Que pouvais-je faire ?… Ce registre, il contient trois mois de ma vie d'alors, trois mois ! Un seul registre me suffit maintenant pour couvrir trois ou quatre ans… Si on ne me vole pas, si je ne suis pas obligée de vendre, je veux qu'on enterre mes registres avec moi. Il y faudra au moins quinze cercueils. Mais ce n'est pas pour demain », assura-t-elle d'une voix calme et sans sourire. C'est vrai que l'« ancêtre » n'avait que quarante ans et des poussières.

Notre dernier déménagement s'effectua alors que les Alliés et les soldats de la France libre investissaient le territoire à l'ouest de Paris. Poussée par la vision d'un siège à la Stalingrad et décidant de ne pas le subir, Yvonne faisait feu de tout bois dans un désordre contraire à sa nature. Au début, je ne compris rien au sens de son leitmotiv : « Faut faire le vide », alors qu'elle remplaçait les tableaux et les sculptures à emballer par d'autres œuvres moins remarquables. D'où sortait cet art jamais vu ? Une très grande toile de Picasso protégeait, côté mur, entre les lattes renforcées du châssis, quatre toiles d'artistes à peine moins connus ; des sculptures (de l'art catalan, en particulier, une découverte pour moi) attendaient sans broncher dans la voussure d'une arche de soutènement de notre escalier d'honneur à laquelle mes parents n'avaient jamais fait allusion, dont il fallut arracher ce qui la rendait invisible, un treillis d'osier serré enduit du côté exposé d'une épaisse couche de plâtre peint. « Chapeau, Yvonne ! » pensai-je avec une admiration sincère. Taky, comme à son habitude, planait ailleurs et posait sur les caisses, les valises, les tas de ficelle, un regard de philosophe. Hors de ce qu'il était nécessaire de dire pour la parfaite exécution du transport, Yvonne et moi semblions avoir épuisé les sujets de conversation.

La descente vers la Bourgogne se fit en zigzaguant entre les véhicules de contingent léger de l'armée allemande évacuant les territoires du Sud où les libérateurs américains faisaient merveille. Midi approchant, on décida de déjeuner en évoquant les mirifiques produits de la campagne, introuvables à Paris. On gara notre camion dans une ruelle et descendit la rue principale jusqu'à un tournant. Un barrage nous arrêta, en face d'un hôtel rustique. La Gestapo s'intéressa immédiatement à Castagnier et à son ami (Fons ?). Yvonne, Taky et moi fûmes pris en charge par la Milice pour un contrôle de papiers d'identité, puis par la gendarmerie, dans le hall de l'hôtel.

Une cinquantaine de personnes silencieuses, passants, ouvriers et paysans attendaient une fouille corporelle destinée à débusquer les trafiquants du marché noir. La conjoncture obligeait l'occupant et ses collaborateurs à des coups de filet ratissant large. Les gendarmes, eux, travaillaient avec nonchalance. L'allure distinguée de nos vêtements (Schiaparelli pour Yvonne et moi, costume trois pièces fait sur mesure dans un tissu rare pour Taky) attira l'attention d'un gradé qui nous sortit de la foule et nous conseilla d'attendre notre tour de façon confortable, un peu plus loin, dans un recoin ombreux du restaurant adjacent.

Nous aurions pu nous glisser derrière un rideau cachant l'entrée d'une officine et, par l'arrière-cour, regagner notre camion et partir. Mes parents ne perdirent rien de leur superbe en commandant des apéritifs et en s'intéressant au menu. Nous en étions à discuter du choix des hors-d'œuvre quand trois Allemands, un en uniforme noir et deux en vert-de-gris, entrèrent précipitamment. Ils nous repérèrent tout de suite. Un ordre fut donné et les deux soldats vinrent se placer des deux côtés de notre table, jambes écartées, fusil à hauteur du nombril. La Gestapo retenait nos amis espagnols. Pour nous, interdiction de bouger.

Comme à chacun de nos déplacements, les Zervos m'avaient montré la petite valise parfaitement anonyme qui pouvait présenter un danger pour nous et pour l'entourage. Cette fois, elle contenait ce que nous n'avions pas pu plaquer contre nos corps : le reste de nos pièces en or et des tracts. Mon patriotisme m'imposa de déguster très lentement un bifteck de viande fraîche, merveille gastronomique qui avait disparu de nos assiettes depuis longtemps. N'en déplaise à De Gaulle, manger bien sous l'œil de deux gardes allemands, c'est aussi faire de la résistance ! (Beaucoup plus tard, j'ai comparé cet instant de faim sauvage égarée par la fatigue et l'angoisse au biblique plat de lentilles…) Les *Halte !* les *Schnell !* atteignaient mon esprit sans éveiller une peur précise. Ils donnaient réalité et substance à mes rêves et les réaffirmaient, mais manger d'abord ! Ensuite il sera bien, beau, bon que parents et enfants meurent ensemble.

Une question d'Yvonne : « Tu n'as pas terriblement besoin de faire pipi ? » avec accent sur *terriblement*… C'est le signal. D'accord. Faire la malade. Se tortiller, éternuer, me lever de ma chaise, le garde de mon côté ne réagit pas, me pencher par-dessus la table comme si je n'avais pas appris à me moucher toute seule. Yvonne se lève, le garde de son côté lui met une main sur l'épaule et la fait se rasseoir. Le regard exprimant l'impuissance, elle me nettoie le nez. La clé cachée dans le mouchoir m'écorche la narine. Ce n'est pas dans le programme, mais un filet de sang, ça fait vrai. J'attrape le mouchoir, le colle sur ma bouche, passe devant mon garde qui ne bronche pas, me dirige vers l'escalier, monte vers le premier étage… Le cœur battant la chamade dans un espace hivernal qui ne charriait plus les sons, dans un temps de début d'éternité, j'ai fait ce que j'ai pu faire. Yvonne acheva la tâche un peu plus tard. On me félicita pour une ingéniosité que je n'avais pas eue alors que tout mon être se délitait sous la pensée atroce que mes parents allaient mourir à cause d'une défaillance qui m'avait montré combien j'étais petite, impuissante, et, aussi, combien je les aimais.

Vers neuf heures du soir, dans la lumière bleutée des lumignons, alors que, dehors, les aboiements et les ordres secs perduraient et que, dans l'hôtel, les gendarmes dolents appliquaient la loi avec une lenteur réfléchie, la porte d'entrée s'ouvrit avec fracas sous la poussée de Castagnier bras dessus, bras dessous avec un Allemand en uniforme noir. Ils se chamaillaient en espagnol et titubaient. Mon esprit en pleine confusion enregistra une phrase de Castagnier, soufflée plus que murmurée : « Je ne suis pas soûl », et le nom de Gaudí, personnage mystérieux qui sembla créer entre les quatre adultes une entente remarquablement cordiale, renforcée par des toasts à la santé de l'Espagne, de l'architecture et des lendemains de paix. Puis, branlant du corps mais digne, l'Allemand se leva, s'excusa en un français parfait de retenir notre autre ami, ajoutant : « La route de Sens vous est ouverte jusqu'à minuit. Demain, je ne serai plus ici. » Le temps que Castagnier l'accompagne jusqu'à la porte, nous avions ramassé nos affaires, prêts à déguerpir. Un barrage nous arrêta à l'entrée de Sens. Nos laissez-passer furent validés sans histoire, après un examen assez détaillé de nos personnes. Yvonne, l'intuitive, avait eu raison. On s'était disputés, Taky et Castagnier plaidant pour quitter la route nationale afin de gagner au plus vite les pistes campagnardes, Yvonne affirmant que l'officier avait certainement signalé notre passage à Sens. Ne pas nous y présenter pouvait éveiller les soupçons.

Raconté par les Zervos, l'épisode de Villeneuve-La-Guyard se métamorphosa en un conte mythologique dans lequel je tenais le rôle d'une Iris ingénieuse et téméraire alors que celui de Castagnier se raccourcit et s'estompa au fil des jours. Plus personne ne fit allusion à son ami resté aux mains de la Gestapo, pas même Castagnier, ce Maître Jacques « servile » (à mes yeux) qui dépendait de mes parents pour la matérielle. La petite peste que j'étais, pointilleuse à l'excès et grande gueule au nom de la Vérité, trouva à redire. On crédita ma modestie systématiquement, on incrimina le contrecoup d'une peur mal surmontée… Les fausses plumes de paon sans cesse agitées sous mon nez me firent virer au rouge.

Déjà, les Américains fonçaient en avant, forçaient l'Histoire et les routes vers la Libération à la vitesse des blindés, des escarmouches meurtrières, de bombardements précis commandés à la carte, à la lueur aussi d'une arme hallucinatoire : le napalm, les lance-flammes chargés de brûler vifs les plus vaillants des combattants.

Radio-France et Radio-Londres s'accordaient sur l'importance stratégique de l'antique Lugdunum où mon frère restait coincé et seul. Mes parents m'avaient promis… « Nous serons ensemble pour résister. » L'angoisse et la rancœur travaillaient mon corps. En outre, à Vézelay, nous ne verrions pas la guerre et j'en étais furieuse.

Un jour, quelqu'un trouva sur la margelle d'un de nos puits un paquet caché sous le lierre. Dans le papier journal abîmé par les rosées, sali par les limaces, un béret de chasseur alpin flambant neuf et un message gribouillé : « *Petite Âme* », sans signature. J'ai perdu le béret quatorze ans plus tard, à Beersheba, en Israël. J'étais mariée et j'avais un enfant.

… Paupiette ! Deux mois et demi que nous étions séparées, des jours si longs, un temps si lourd.

Des mesures prises à cause de la guerre ? Leur chambre à coucher me fut interdite et nous ne ferions plus nos ablutions matinales ensemble. Par ailleurs, déposant sur ma table de travail une batterie de dictionnaires, Yvonne affirma : « Il ne faut plus déranger Taky. » « La guerre, la guerre… » pensais-je sans fouiller plus loin.

Ne voulant pas perdre des journées maussades et soucieuses à ne rien faire, je me remis au pastel avec Castagnier. Taky reprit sa fonction de répétiteur de latin. Je lui « fis plaisir » quand il le demanda sans y voir rien d'inconvenant mais en sachant, Paupiette m'en ayant parlé, que ce nez-là pouvait aussi faire des enfants. Deux ou trois fois par semaine, je montais à Vézelay pour continuer l'anglais avec M. Kuhn…

Ce matin-là, sur la petite esplanade qui sépare l'Auberge de la Poste et du Lion d'or (très chic) de l'Hôtel du Cheval blanc (pour la piétaille), au milieu d'une foule bruyante qui agite des drapeaux bleu, blanc, rouge encore marqués par les pliures, quelques rustauds ventrus aidés de commères bien en chair rasent le crâne d'une femme jeune, nettement plus appétissante mais en larmes. « Eh, ouais, la p'tiote ! Y'a l'colonel Le Loup qu'a libéré Véd'lâ c'te nuit », exulte un des ineffables tondeurs. C'est à peine s'il a le temps de passer son mouchoir à carreaux sur sa trogne rubiconde et suante qu'un jeune gars arrive en courant et lance une nouvelle à glacer le sang : les Allemands arrivent, ils vont reconquérir Vézelay libérée… Qu'est-ce à dire ? Il y aura la guerre à Vézelay ? Demi-tour en vitesse, il me faut prévenir ma famille. Courbée sur mon Pégase à pédales, j'ai l'intention de faire mieux qu'à Marathon. Dans un tournant pris à la corde, nom de Dieu !, le son grave d'une cloche me rattrape, me pousse dans le dos. Le bourdon ? Le tocsin ? Le glas ! De l'action, enfin ! C'est un abcès qui crève et me porte au summum de l'euphorie. Instantanément, je sais ce que je vais faire : cacher mon vélo dans la haie du sentier qui monte au Croc, courir à travers le champ de maman Phrasie, passer dans celui du père Rousseau, dire ce que j'ai à dire, puis, en douce, redescendre la pente, reprendre mon vélo et remonter à Vézelay. La bataille, moi, je veux y être.

Au début du raidillon qui mène au Croc, une silhouette bondit hors de la haie, me barre le passage. Un fifi ! Bouclé-blond-séraphin, revolver au poing et cordon Bickford autour du cou ! Apparition divine ! Lumière dans la lumière ! Il me toise, respire avec soulagement et décide de me faire confiance. « Bin, mon yieu ! » me serais-je exclamée autrefois, ce qu'il a à dire est suffocant ! Son maquis, celui de Le Loup, attend une colonne boche forte de deux à trois mille hommes, avec de l'artillerie, des canons antiaériens. Montant de la Loire en pleine retraite parce que les Amerloques lui collent au cul, le Boche a choisi de sauver son matériel en utilisant la petite route départementale engoncée entre coteaux et vallons protégés par la forêt. Il passera par Clamecy, Vézelay, Avallon. De là, par la route nationale, il gagnera Lyon… mais Le Loup en a décidé autrement. Il fera sauter le pont, oui, celui-là, on le voit d'ici. À l'orée des prairies, il enjambe la saignée étroite et profonde d'un torrent depuis longtemps tari. Alors donc, la colonne bloquée, les gars de Le Loup et d'un maquis FTP, derrière les arbres… On les aura ! Son colonel a prévu : quelques vert-de-gris, ces doryphores, risquent de s'éparpiller. Lui, mon lumineux fifi, a été chargé de prévenir les habitants des hameaux… danger, otages, Oradour, retranchement… mais, ne connaissant pas la région et sans carte pour se diriger, il s'est perdu.

« Alors, vas-y, toi. Comme ça, je pourrai rejoindre mes camarades. Seulement, apporte-moi à boire, à manger, à fumer. Depuis deux jours que je suis sur pied, je suis crevé », ajouta-t-il d'un air gêné.

L'instinct prédateur de la guerre m'envahit. L'odeur imaginaire de la poudre dilata mes narines, coula dans ma gorge assoiffée. Des déflagrations inouïes me soulevèrent du sol, projetant des éclats d'airain aux étincellements fabuleux. Déjà, les arbres de la forêt courbaient leur chef sous le souffle de clairons apocalyptiques. Déjà le rouge sang du drapeau français montait à l'horizon, dévorant le bleu fade du ciel. Durcies, mes jambes acquirent une endurance têtue et me propulsèrent en avant, vers ma maison, ma famille, ma patrie.

Taky, en descendant d'Ulysse qu'il était, avait envisagé qu'un incident de ce genre pouvait avoir lieu et avait tenté d'enseigner aux paysans d'alentour quelques mots d'allemand censés rassurer l'ennemi : *H'ire froïnde eï*, etc. De plus, Georges, le frère cadet d'Yvonne, revenu de captivité au moment de la Relève, était là. Je le croyais au fait de toutes les finesses de l'art militaire et j'avais une grande confiance dans ses talents de chef, d'organisateur, parce qu'il était batteur de jazz ! Je transmis les ordres reçus, y ajoutant mon appréciation de stratège dilettante mais géniale : à mon sens, notre hameau devait se replier sur Les Chaumots, puis sur les Bois-de-la-Madeleine, situés à l'écart des routes importantes, y réunir les habitants des fermes isolées et s'enfoncer dans la forêt de mère Contant, riche en cachettes protégées par des sous-bois épineux. Tout le monde semblait être d'accord avec mon plan. Rassurée, je m'attelai à la deuxième partie de ma tâche, dont je n'avais soufflé mot à personne.

Glissant dans un cabas deux litrons de rouge, du pain, du fromage, des cigarettes et des allumettes, je sautai par-dessus la barrière séparant notre jardin des prés du père Rousseau. En proie à une exaltation qui transfigurait le paysage et l'espace, je courus vers mon fifi. Les cris affolés de mes parents atteignirent mes oreilles mais la voix de la sagesse se perdit dans la houle qui m'emportait.

Comme il était beau, aimable, gracieux, mon fifi ! J'admirais la puissance et la détermination avec lesquelles son adorable pomme d'Adam faisait descendre les goulées et les bouchées. Pourtant… son parler et sa manière de voir les choses me désorientèrent quelque peu. Qualifiant de « plus que conne » mon intention de remonter à Vézelay, il déclara : « Si on n'arrive pas à contenir les Boches dans la forêt, mon maquis se repliera sur la ville, y soutiendra un siège et ça, j'ai la chiasse rien que d'y penser. » Décidément, il ne jouait pas les gros bras. Pourtant… pourtant, c'est bien un baiser de chevalier disant adieu à sa dame qu'il déposa sur mon front tandis que mon regard empli de ferveur lui infusait la vaillance qui le changerait en héros de légende. On me dira ce qu'on voudra : nul ne reçut jamais de baiser plus délicat, plus éthéré et plus glorieux ! À cet instant-là, tout n'était que générosité, bravoure et pureté.

Vézelay ne pavoisait plus. Un drapeau bleu, blanc,

rouge solitaire que même le vent avait oublié pendouillait dans l'embrasure d'une fenêtre. Les rustauds, fatigués de raser gratis des tignasses féminines, cherchaient maintenant avis et conseils auprès du « Libérateur » sans se priver de le tutoyer et, assez vite, de le rudoyer. Qu'était-il venu faire « cheû nous » ? Le colonel Le Loup, réduit au rang de Môssieur, affichait sa distinction native par l'élégance de son costume de cavalier professionnel (la bombe exceptée, remplacée par un béret de prolétaire), costume qui valait autant que tout autre uniforme plus réglementaire de l'armée, qu'elle fût chiquement bottée pour aller à pied, à cheval ou sur roues puisque sa fonction principale était de « foutre le bordel ». Il se fit jour que ce Loup-là ne sortait pas de nos forêts, qu'il ne possédait aucune carte détaillée de la région et, donc, ne connaissait rien de la topographie complexe de Vézelay ni des tournants particulièrement vicieux de nos routes départementales et vicinales. Pire ! Son armement comptait deux mitrailleuses, trois mitraillettes, des revolvers en veux-tu en voilà mais peu de munitions, des kilomètres de cordon Bickford et dix kilos de TNT dont quatre avaient été utilisés pour miner le pont. Quant à sa troupe, deux cents adolescents, disait-on sans savoir exactement, des scouts catholiques, cœurs vaillants sans aucun doute, se préparant à la guerre comme à un jamboree, dont ce serait le baptême du feu. Il ne fallait pas descendre de Clausewitz pour se rendre compte de la disproportion entre les forces de l'ennemi et les nôtres. L'air mêlait l'effarement au découragement, à la panique, aux soupçons, tournés contre Le Loup. Déjà des esprits échauffés levaient le poing.

Comme dans les récits qui font justice au don d'improvisation inné et grandiose des Français, et aussi parce que certains êtres possèdent en eux des réserves insoupçonnables de sang-froid, de détermination et d'altruisme, notre maréchal-ferrant sortit de la foule et imposa le silence. Homme mûr, bâti en force, tanné, notre Vulcain portait en emblème les armes de sa puissance – des mains sales jusqu'aux coudes et le long tablier de cuir coupé en biais qui laisse libre le bras droit, celui qui abat le marteau sur l'enclume et fait jaillir les étincelles sonores, tablier miraculeux qui laisse glisser sur lui l'eau, l'acide et le feu. En une seconde devenu plus maréchal que ferrant, il régla son compte au représentant des autorités, notre maire, invisible, introuvable. Puis, de chic, il nous confronta à une analyse franche et claire de la périlleuse conjoncture en mettant en avant, bien sûr, notre invincibilité...

Talonné au cul par les Américains, l'ennemi en déroute, qui cherchait à évacuer au plus vite ses hommes et son matériel précieux pour regagner l'Allemagne et y conduire, là-bas, un combat d'arrière-garde, foncerait en avant, brûlerait les étapes, ne s'arrêterait nulle part, éviterait donc les escarmouches à moins que des jean-foutre s'amusent à tirer des flèches contre des blindages. Il ordonna à Môssieur Le Loup de quitter notre territoire, d'aller porter ailleurs sa guéguerre, en amont du pont, dans les bois de Nevers dont il n'aurait jamais dû sortir.

Quant à nous, gens du lieu, six cents personnes environ, avions-nous oublié notre histoire ? Vézelay ? Une place-forte, voyons ! Protégée par les remparts de Vauban tant de fois attaqués, toujours debout, enserrant la pente montante, étroite et sans issue de notre piton-promontoire rocheux. Nous allions renforcer nos fortifications en nous regroupant derrière nos murs, en obstruant nos portes... celle d'en-bas, hélas, juste en bordure de la route départementale que la colonne blindée devait suivre obligatoirement. L'autre porte, au bout du chemin de ronde, sur notre flanc gauche, dérobée et à chicane, elle nous protégerait, bouchée jusqu'aux créneaux par des sacs de sable, par le seul fait que saint Bernard y avait fait passer les preux chevaliers de la Seconde Croisade. Il laissa libre tout un chacun de s'organiser pour un combat de rue, en cas de catastrophe, et rappela la possibilité de fuir du côté d'Asquins, à l'opposé de la direction qui intéressait l'Allemand, en pratiquant une descente d'alpinistes de la falaise située sous l'esplanade de notre basilique. Tous ceux connaissant la topographie du lieu acquiescèrent d'un seul cœur, d'un courage retrouvé. Restait le problème de la ville basse, construite sur la droite de la départementale, comportant l'auberge, l'hôtel, la forge et quelques rares maisons. Cette partie-là, il la déclarait « ville ouverte » ; il resterait seul, sur la route, afin d'en informer la première estafette allemande. Ah, mes aïeux descendant de Vercingétorix ! « Ville ouverte », j'avais déjà entendu cela, à Fougilet, quand l'envahisseur envahissait. Il fuyait maintenant mais, en fait, pas grand-chose ne changeait pour la population laissée à l'abandon, aux seules ressources de sa vaillance naturelle, à son sens de l'honneur et du beau geste.

Le garde-champêtre qui avait annoncé la Libération pour la récuser trois heures plus tard reprit son tambour et transmit les avis à la population jusqu'au fond des venelles.

Comment ne pas évoquer Carmen, Luc et Roland ? Allais-je pouvoir faire le coup de feu ? Montant lentement la rue principale (et unique !) de notre citadelle, je rencontrai l'ouvrier espagnol à qui je devais l'accident de bicyclette et l'amnésie, l'aidai un instant à consolider sa barricade, prête à rester avec lui pour subir l'épreuve du feu, mais il ne possédait qu'un seul fusil, une pétoire en vérité, bonne à faire peur à des merles dans les cerisiers. D'autre part, lui et les autres, en dépit d'eux-mêmes, mettaient leur confiance dans la destruction du pont, miné par Le Loup, qui exploserait au juste moment et cantonnerait les Fritz dans l'épaisse forêt, à deux kilomètres de nous. Des malins réduisirent mon courage à une boule de papier froissé en affirmant que les canons antiaériens, généralement dressés vers le ciel, pouvaient se baisser assez pour atteindre de loin le magnifique promontoire de Vézelay, visible, disait-on, par temps clair jusqu'à Lyon… Dans ce brassage d'idées noires, quelqu'un me tendit un petit lumignon de joie réparatrice. « Voyons, dit un fortiche en géographie, la colonne ne cherche pas à gagner Lyon, beaucoup trop au sud, mais l'Alsace ou la Lorraine ! » Michel, pensai-je, ne verrait pas la guerre.

Brusquement ce fut le tonnerre de la canonnade. Les explosions posaient leur fulgurance à hauteur des toits, entre les cheminées, roulant-basculant-secouant-culbutant l'air, ondes de choc qui coupaient le souffle ; et, avec chaque seconde, cette cacophonie dantesque s'enflait.

Dans le plus infernal des tintamarres, des rythmes se créent, des cadences se précisent. Déjà, le tir des armes automatiques lourdes ajoutait sur la portée guerrière des croches aux blanches des obus. Déjà, les balles traçantes opéraient des legato félins, nauséeux et interminables. Déjà, le staccato des revolvers à six coups se rapprochait. La grande déflagration de la destruction du pont ne vint pas.

Tout comme moi, Castagnier et Bado jouaient aux capitaines de navire en détresse quand, soudain, ce dernier bondit et me passa ses lunettes d'approche. Ma vessie se déversa : mes parents tentaient de gagner Vézelay… non par le sentier du haut, protégé par la forêt d'Asquins, ni par celui du bas, que j'avais suivi, mais par la sente à flanc de coteau se trouvant à découvert et en ligne directe du tir allemand.

Les jumelles magnifiaient la scène grotesque qui illustrait parfaitement les caractères des protagonistes :

Taky en avant, sautant, courant, se courbant, reprenant sa course avec une agilité surprenante pour son âge et son embonpoint. Sa crinière blanche avait des éclats de cristal. Georges, le rattrapant parfois et montrant le haut ou le bas du ravin sans parvenir à convaincre Taky de changer d'itinéraire. Sa tignasse, abondante, rouquine, lumineuse, agitée, faisait penser au chapeau magique d'un farfadet. Yvonne, vêtue d'une robe rose *shocking* visible à vingt lieues, portait ses mains baguées à son bas-ventre : l'or, appesantissant sa culotte, freinait son élan. Stamos sautillait, boitillait, s'affalait, tendait les bras en un geste de supplique auquel personne ne prêtait attention. Son visage rond couvert de sueur brillait comme un miroir.

Mon corps se mit en marche en exécutant aveuglément des ordres impérieux venus d'un fond inconnu de moi-même. « Pas le temps de changer ta culotte et tes chaussettes mouillées… Saute par-dessus le parapet de la terrasse de Bado… File en biais par le jardin du notaire… Grimpe au rempart… Coule-toi dans la lézarde laissée par le lierre arraché… À l'aplomb de l'abrupte déclivité sur la plaine d'Asquins, fais un vol plané, sans l'ombre d'une crainte ou d'une hésitation car… » car, je le savais, mon cœur et mon esprit me le disaient, mon corps le sentait, le bruit de la bataille tendait dans l'espace un arc dur comme le fer qui m'amènerait à deux pas de mes parents, sur le versant opposé ; cinquante mètres plus loin, vers la gauche, un repli du terrain connu des seuls vachers et de ceux qui ont traîné en faisant leur catéchisme me permettrait de les mettre à l'abri. Je m'élançai…

Était-ce bien le moment ? Toujours est-il que, aiguillonnée sans doute par la référence à Vauban faite par notre maître de forge, la part inasservie de mon cerveau me remit en mémoire une description de Vézelay : *« Le païs y est par tout bossillé, arreneux et pierreux, en partie couvert de bois, genêts, ronces, fougères et autres méchantes espines…* » Y eut-il au même instant une seconde d'accalmie dans le bombardement ? Je ne me souviens que de l'effroyable silence. La chaussée mythique se désagrégea, le vide m'avala. Je roulais, boulais en bas du ravin et m'y affalais, assommée. Mes parents s'abattirent sur moi alors que, rampant à quatre pattes pour me tirer du buisson épineux sur lequel j'avais chu, j'essayais en vain de remettre mes idées en place.

Jamais nous ne nous sommes tant embrassés, tant étreints. Riant aux éclats, Yvonne faisait admirer la sacoche mouillée, polluée. Taky, qui avait vu mon saut et ma chute, et cru qu'une balle m'avait atteinte, affirmait avoir retrouvé son agilité d'ancien berger capable de dépasser à la course les cabris les plus vifs. Stamos était trop secoué pour mot dire (*me maudire*) mais Georges m'envoya une belle paire de gifles puis, s'excusant, roula à terre agité d'un tremblement incoercible.

Le Loup n'a pas fait sauter le pont. Son outrecuidance égalant son incompétence, il a dispersé ses combattants novices le long de la route « serpentante », les exposant directement au feu de l'ennemi en un face-à-face de moustiques contre une horde d'éléphants. À cause des tournants en épingle, des groupes entiers furent pris à revers. Les Allemands stationnèrent quelques heures dans la « ville ouverte », sans rien tenter contre la citadelle. Ils prirent le temps de ramasser leurs blessés, d'incendier quelques maisons à l'aplomb de la route de Saint-Pères et fusillèrent notre maréchal-ferrant. La colonne se remit en marche à la lueur d'une lune hésitante. Nous regagnâmes La Goulotte, le lendemain, vers la fin de la matinée.

C'est un fait : quelle que soit la saison, sur un

champ de bataille, un brouillard épais plane à hauteur d'homme. La poudre de canon pulvérisée teinte de gris la rosée qui n'ose plus se poser. Son odeur vous introduit à celle de la mort violente.

C'est un fait : avec précaution, cherchant les corps de gens qui ont vécu, vous marchez parmi des chaussures vides de pieds.

C'est un fait : un zéphyr à peine perceptible agite la mèche blonde d'un soldat adolescent qui, par la bouche, les narines, les oreilles, a vomi son sang et sa cervelle. Là, un souffle léger gonfle et soulève un pan de jaquette pour vous leurrer, pour vous faire croire qu'il y a là quelqu'un qui respire encore. Les viscères noircis étalés sur les cuisses se moquent de vous. Les morts allemands sont en position de combat, derrière les pare-brise des chenillettes, sur le siège à découvert des canons antiaériens, effondrés comme des lavettes à l'embouchure d'une tourelle. Le vent chuchoteur les frôle, vieux et jeunes, pour… « faire se lever de terre les âmes écrasées, pour les soulever avec compassion et les élever, lentement, vers le ciel », pensais-je, en vomissant tripes et boyaux.

C'est un fait aussi : les oiseaux n'ont rien vu, rien entendu, ou, d'hier à aujourd'hui, ils ont oublié. Ils chantent. Et des araignées ont eu le temps de tresser leur dentelle entre une tête au casque percé et le viseur de la mitrailleuse.

La moisson de vaillance, de gloire et de pureté incarnée par mon fifi s'avérait abjecte.

À leur arrivée à Avallon, sans s'arrêter plus qu'il ne fallait, les Allemands fusillèrent une dizaine de gendarmes qui, ne voulant pas s'amuser à un combat inutile, avaient laissé leurs armes au râtelier. La colonne blindée fut disloquée par un bombardement anglais, fait sur commande, sur la route menant à Mulhouse. C'était en août 1944. J'avais quinze ans et deux mois. La violence de l'expérience, non le combat en lui-même mais la façon dont il avait été mené, les gentils gars du criminel Le Loup presque tous décimés, les morts allemands firent mûrir et éclater en moi un furoncle attardé : son pus coula avec mes premières menstrues. Quoi que je fasse, tout en accordant au hasard l'espace qui lui revient, pour moi, entre la bataille de Vézelay et mes premières règles, il y eut un lien de cause à effet.

Les Américains nous « re-libérèrent », avec nonchalance, trois jours après la bataille. Les habitants de Vézelay, de leur propre chef, gardèrent le silence sur la honteuse passe d'armes qui avait fait tant de victimes françaises.

Le fait que mes parents aient bravé l'enfer guerrier uniquement pour me rejoindre balaya mes doutes : *ils m'aimaient !*, j'en étais certaine maintenant. Je ne remis jamais en question leur attachement, leurs bonnes intentions.

Notre remontée vers Paris libéré prit des allures d'envol triomphal. Les habitudes prises durant l'Occupation changèrent du jour au lendemain, révélant des inconnues, des désordres camouflés, des flottements aussi entre demi-mensonges et vérités prouvées… et une formidable allégresse annihilant les anciennes zizanies, les suspicions sournoises, dans un élan de réconciliation nationale, chacun semblant vouloir rattraper sa vie telle qu'il l'avait laissée avant-guerre.

Au 40 de la rue du Bac, il y eut le quotidien intense, surexcité, des froideurs pragmatiques et des engouements. Yvonne se laissa aller à la fascination du grand nombre et du Petit Père des Peuples. Me faisant complice de son nouveau coup de cœur, elle m'entraîna dans les réunions de la cellule du VIIe arrondissement. Une hilarité intérieure un peu stupéfaite me secouait en la voyant dominer son agacement dans les poignées de main « prolétaires », fortes à disloquer la clavicule, en l'entendant, au début, dire d'une voix d'écolière : « Camarade, je demande la parole. » Son don de caméléon paré de sobres habits, son charme naturel et son entregent lui valurent sa carte de membre du parti et le titre de préposée aux activités culturelles de la cellule dans les délais les plus courts. Le rondouillet et gentil Langlois prêta les bobines de vieux films russes qu'elle projetait gratis dans une grande salle située en face du Bon Marché. Par ailleurs, ressemblant plus à elle-même, elle s'affairait à remettre la galerie en état. Je l'ai suivie ; nous avions enfin de quoi reprendre un dialogue stoppé net depuis mon séjour à Avallon. De son côté, donnant le meilleur de lui-même pour relancer le grand paquebot de ses éditions, Christian Zervos répondait à des appels urgents. Des rejetons des Cent familles ou de hauts fonctionnaires de l'État redevenu République, encanaillés et possesseurs d'œuvres d'origine douteuse ou franchement inavouable, tentaient de tirer leurs marrons du feu de l'Épuration. Nommée secrétaire-stagiaire, j'ai admiré sa façon jupitérienne de traverser les immenses salons, ses courbettes plongeantes devant les comtesses, son geste précieux pour relever les pans de sa crinière. Ici, les hautes sphères ; là-bas, la base : de quoi loucher des idées. Ni l'un ni l'autre ne se préoccupaient volontiers de mes journées au lycée. Un accord tacite prévoyait que j'y fasse des merveilles.

Je n'ai rien compris aux élèves du lycée Fénelon, n'ai pas su rêver de leurs idoles (Cary Grant ou Jean Marais), trouvant ridiculement puérils les monômes pro-Lop ou anti-Lop, certaine d'être unique au monde et anormale pour ne souffrir ni de faiblesses, ni d'angoisses, ni de vapeurs rattachées à des menstrues dont elles souffraient une semaine avant, pendant et deux fois par mois, me semblait-il. La componction des enseignants, leur parler figé dans la naphtaline académique d'avant la guerre me tapèrent sur les nerfs. La République décida de porter en terre Paul Valéry en des funérailles nationales et notre classe fut choisie pour y incarner dans la dignité l'adolescence aux acnés prometteuses. Le jour fatidique, quand toutes les copines furent installées sur les marches de notre escalier d'honneur pour répéter, avant le départ, un poème évanescent transformé en hachis de Bossuet, je montai en douce au troisième étage et déversai par-dessus la rampe, sur les têtes permanentées de frais, quatre kilos de confettis. Quelque temps auparavant, fiers de leur fille il faut le dire, les deux Zervos s'étaient déplacés, avaient amadoué Mme la proviseur qui me menaçait d'expulsion : une dissertation sur le sujet « La valeur intrinsèque de l'Ordre nouveau » avait fait couler de ma plume des pyjamas rayés qui rayaient du genre humain les gens de l'Église, l'armée, les fonctionnaires, les directeurs de l'Assistance publique, les justiciers de l'Épuration et les profs. À vrai dire, j'aimais bien aller au lycée. Après mes activités entre la base et le sommet, je pouvais dormir.

Nos libérateurs, les GI's, les Yankees, couleur d'ébène, aux rires, à la générosité et aux appétits gargantuesques, nous racolaient à la sortie. Ils introduisirent un dicton made in USA qui eut l'heur de nous offenser, de nous réunir et de nous unir, Lydia, Pia et moi : « *If you can't beat them, join them* », la loi des rhinocéros qui, plus tard, fit les beaux jours de Ionesco.

Lydia, fille un peu bancale de corps et d'esprit d'un couple grec marchand de timbres en chambre, mal habillée, jamais peignée, portait avec orgueil sa besace de métèque pauvre et je-m'en-foutiste. Mignonne, fragile, intègre, née avec une âme parfumée à la rose assombrie hélas par son dilemme religieux, Pia m'avait déjà entraînée au Lutétia, le centre de rassemblement des survivants des camps, ces pyjamas rayés devenus pour elle et moi une torture, une obsession, un déchirement, une maladie. Lydia et Pia ensemble me donnaient un peu de ma Paupiette.

À la maison, il y avait eu Michel.

Revenu de Lyon avec le caractère fixé dans la grogne, il usait d'un langage populo de petit mec débrouillard, remontant sans cesse son pantalon long de plante trop vite montée en graine. Sa tête disgracieuse servit de sujet à caricatures à un Pablo goguenard et me fit honte. La nuit, j'implorais : « Mon frère, mon demi-frère, qu'importe, tu me fais mal, je ne te fais pas de bien. Partons, veux-tu. » Dans la journée, je détournais les yeux pour ne pas voir le manque d'esthétisme de son apparence physique et accablais de piques méchantes le Caliban qui ne se plaignait pas mais cognait. L'aimer bien n'estompait pas la haine : Michel incarnait un piège. Si, un beau jour, je me laissais aller à mes pulsions et partais, disparaissais, les Zervos cesseraient de s'occuper de lui, de l'habiller, de le nourrir, c'était certain. Un dernier traitement « médical » devait décider de son sort. Michel ingurgita calcium et phosphore. Des électrodes posées sur son crâne partiellement rasé devaient fixer ces éléments nutritifs dans sa cervelle débilitée. Je mis de l'espoir dans ce traitement ultra avant-gardiste. L'échec le jetterait « dans la périphérie », selon la formule adaptée à nos salons. Entre-temps, Michel passait ses journées à Pigalle où des filles dites « de joie » lui offraient des girons accueillants.

Comment deviner que Michel avait été maté, brisé ? Nous avions quitté depuis longtemps le monde des Zervos lorsqu'il trouva assez de confiance en lui et en moi pour me faire une confidence dont l'évocation, tant d'années après, me fait trembler. À l'âge de neuf ans (neuf ans !) mon frère avait voulu cesser de vivre, utilisant ce qu'il avait sous la main : un seau. Il avait tenu sa tête sous l'eau aussi longtemps qu'il avait pu, une fois, deux fois, trois fois, en luttant contre les sursauts de son corps. Michel, devenu un adulte quelque peu macho, répétait à travers ses larmes : « Je voulais. J'ai pas pu. Ma tête ressortait de l'eau. »

Notre pays natal ne rachètera jamais le mal qu'il nous a fait.

J'ajoute : un enfant qui jette son appel au secours vers la mort et continue de vivre ne récupérera pas les forces qu'il a brûlées pour accomplir son geste. Je le sais : je suis passée par là, à l'âge de onze ans. Il reste un vivant privé du dernier recours, puisqu'il l'a raté. Il est persuadé d'avoir démérité du repos qu'il demandait. N'attendez pas qu'il s'apitoie sur lui-même ni sur personne au monde.

Il y avait les heures de charme et de fascination apportées par les amis des Zervos revenant de leur exil. Le grand Léger, bonhomme et simpliste au premier contact mais matois et solide comme un rempart de pierres sèches en ses conceptions picturales et architecturales. Le riant Calder qui me sculpta en deux heures de travail et en fils de fer un fiancé presque à ma taille. Mary Callery, jument un peu fripée par l'âge mais poussant devant elle une largesse de poitrine très américaine qui englobait dans le même accueil les amis et les amis des amis. Le jeune Berggruen, Rastignac tendu et prude, qui m'offrit une caméra de l'armée américaine. L'inquiétant Balthus au regard d'acier, avare de chair sur les joues et de paroles, distingué jusqu'à pétrifier l'espace qu'il occupait. Jacques Villon aux sourires lents et longs… et tous les autres, artistes, écrivains, poètes, musiciens, gens du spectacle dont je parlerai plus loin. Plus notre cercle s'élargit en se nourrissant de l'extérieur, plus notre foyer familial plongea dans des à-peu-près douteux exsudant des poisons subtils et me devint cellule, prison dorée mais prison tout de même.

J'ai commencé à écrire ces souvenirs en 1980. L'embarras a débuté lorsque j'ai voulu rendre un compte complet et précis de notre vie après la Libération. Le tourment affectif qui désagrégea mon adolescence me fit classer les pages couvrant les années 1944 à 1949 dans un dossier marqué d'un point d'interrogation. Aujourd'hui, à l'été 1999, je reprends ici et là le texte de 1980 et offre en introduction des extraits de trois lettres.

Lettre d'Édouard Loeb, datée du 7 mai 1980.

« *... La maison des Zervos était pour moi le temple de l'amitié et de l'intelligence. Entre ces deux êtres, les Zervos, si peu faits pour aller ensemble, jusqu'au bout, sur le chemin de la vie, Yvonne était l'intelligence du cœur, Christian était le savoir.*

« *Sans Yvonne, je ne pense pas que Zervos aurait, sinon réussi, du moins gardé toujours le contact profond avec tous ceux qui venaient rue du Bac. Et sans Zervos, Yvonne n'aurait jamais connu ces illustres et moins illustres visiteurs.*

« *Je n'ai réellement connu les Zervos qu'après la guerre, quand le riche foyer de la rue du Bac s'éteignait petit à petit.*

« *Hélas, il ne reste plus de témoins de cette époque exceptionnelle, de ce lieu de rencontres unique alimenté par la grâce d'Yvonne et le savoir de Christian.*

« *PS : Oui, c'est vrai, les Zervos ont protégé la collection de Pierre pendant la guerre. Et Pierre, à son retour, les a fort généreusement remerciés.* »

Lettre de Jean Hélion, 9 décembre 1979.

« *... Yvonne et Taky. Comment les séparer des* Cahiers d'art *?, cela comblait toute leur vie.*

« Christian m'est apparu lors de ma première exposition, chez Pierre Loeb, en 1932. Prodigieusement sage et savant, attentif cependant aux idées neuves qui couraient par le monde. Ils recevaient chez eux des poètes, des peintres, des architectes, ceux qui brillaient à ce moment-là, mais jamais les plus populaires – disons des gens un peu à "rebrousse-poil" représentant une tendance opposée en contradiction à la mode et au pouvoir. La seule exception était Picasso qui, quoi qu'il fît, était toujours dans le courant et que aussi bien Christian qu'Yvonne vénéraient. Les idées politiques demeuraient à gauche mais se firent antistaliniennes.

« Je n'ai jamais su comment ils avaient vécu la guerre. Moi, après deux ans de captivité en Poméranie, j'avais gagné les USA dont je ne suis revenu qu'en 1946. Je revis alors les Zervos, lui plus grave – apparemment –, un peu retenu désormais par une maladie de cœur qui commençait, toujours élégant et bien coiffé.

« Elle, de menue et fort jolie que je l'avais connue auparavant, était devenue grosse, empâtée mais toujours enthousiaste. On passait des soirées autour de la longue table, à quelques-uns, Yvonne buvant des alcools blancs, trop certainement. Christian, réservé, semblait ne rien voir.

« Elle avait des élans passionnés animés par une émotion qui ne se révélait pas tout à fait. Elle était comme gonflée d'un secret qu'elle taisait. Son enthousiasme allait aux généreux projets qu'elle faisait pour nous tous : Victor Brauner, Luis Fernandez, Wilfredo Lam, Pierre Charbonnier, moi-même, les habitués enfin…

« Il y eut le grand choc de votre disparition qu'on ne nous expliqua que beaucoup plus tard ; confusément ;

mais qui les avait profondément secoués tous les deux, quel qu'ait été le rôle qu'ils y avaient joué.

« Zervos s'enfonça dans cette série de gros livres sur la Grèce. Yvonne entreprit de nous faire illustrer des manuscrits de René Char et, vraiment, c'est pour elle que nous l'avons fait ; pour l'assister dans un trouble secret qui la poussait à l'alcool et à un délire aggravé qui n'explosait jamais qu'à moitié.

« Zervos avait toujours été taquin, conteur de commérages qu'il racontait bien, sinon avec rigueur. En vieillissant, il devenait plus grave.

« Il y avait entre eux une curieuse relation faite de chaleur et pourtant de distance. Ils étaient liés et participaient aux mêmes projets ; pourtant ils n'étaient pas tout à fait ensemble.

« Zervos nous achetait des tableaux, de temps en temps, disons avec économie. Yvonne avait ensuite des élans de générosité et complétait les sommes plutôt restreintes que nous avançait Christian. Il ne pensait bien sûr qu'à faire naviguer son grand vaisseau, les Cahiers d'art, *et nous l'admirions en cela aussi.*

« Pendant trente ou quarante ans, les Cahiers d'art *avaient été la meilleure publication du monde, et la galerie un des lieux les plus choisis. Tout cela est disparu sans secousses au-dehors, ébranlant seulement le cœur des vieux compagnons, ceux qui, tels que moi, leur devaient beaucoup à l'un comme à l'autre, mais bien qu'intimes n'avaient jamais pénétré le fond de leur être et leur drame essentiel. »*

Lettre de mon frère Michel, juin 1979.

« … Je te souhaite une vie avec beaucoup de compensations. Des gens comme nous en avons besoin. Aidons-nous et tout ira très bien… Je suis heureux de voir que tu "croches" toujours dans le "scribe". Et, comme cela

tu penses écrire tes mémoires ? Alors, tu as de quoi t'y mettre.

« N'invente rien. Pas trop d'insistance sur le mauvais, puisque nous ne sommes pas mauvais nous-mêmes. Il ne faut (pas) oublier mais il ne faut (pas) non plus trop remuer la merde : ça renifle...

« De Vaux, aucun souvenir, sinon revoir vaguement des carrières de sable et Raymond, présumé mon parrain... De Vizaux, mauvais souvenir. La brimade, la faim, le désespoir. Trois fois la tête dans le seau d'eau mais pas assez de courage pour aller jusqu'au bout. Je veux ignorer tout cela maintenant. De Souilly... meilleure période. Travail à la ferme avec patron. Des parents d'occasion mais combien honnêtes en sentiments. Âgés certainement, donc connaissance de la vie. Quant aux causes de mon arrivée chez les Zervos, tu les connais. À vrai dire, je n'ai pas été tellement à ma place. Cependant, nous devons avouer que nous n'y avons rien perdu, n'est-ce pas...

« Par ailleurs, nous avons subi des épreuves auxquelles nous avons su résister. Cela est à notre avantage. Cela nous a appris à vivre, à juger, à comprendre, à déduire, à supporter, à apprécier... à aimer la vie par comparaison avec notre début... aimer ceux que notre cœur et notre sentiment jugent bons.

« Je suis à une étape de ma vie où je ne demande qu'à donner le meilleur de moi-même, rester serein, rendre heureux mon petit monde, par moi-même. J'espère que de ta part je serai entièrement compris : ne garde pas de rancune... »

À la Libération, le couple Zervos sembla devoir montrer qu'il avait été « du bon côté » malgré l'aide apportée à Nusch et à Paul Éluard, malgré le sabordage volontaire de l'édition et de la galerie, malgré le fameux numéro de la revue qui s'était moqué du peintre dilettante Adolf Hitler, dont aucun exemplaire ne fut retrouvé en dépit des plus sérieuses recherches. Un beau jour, Yvonne m'embrassa goulûment et me mit sous le nez une carte à mon nom, avec photo et cachet, certifiant mon appartenance… à un maquis du Vaucluse. Suffoquée, je fixai le paragraphe « Fonction » : le mot *courrier*, tapé à la machine, avait été barré et remplacé par celui de *messagère*, écrit à la main. Sentant descendre sur ma mémoire une chape de soupçons, je demandai : « C'est pour Villeneuve-La-Guyard ? » « Mais non ! Nous avons envoyé des messages… que tu as transportés dans ton cartable… à Vézelay. Tu le sais, non ? », répondit-elle lentement, calmement. Ses yeux agrandis, sa voix rêche appuyant le *Non ?* me clouèrent le bec. Elle me fit admirer sa carte, toute aussi impressionnante que la mienne. À deux reprises, des inspecteurs de police vinrent nous rendre visite. Dans une réunion festive du parti donnée en l'honneur du retour de Nusch et de Paul, mes oreilles enregistrèrent un chuchotement de personnes qui débattaient dans mon dos… « Et alors, de quoi ont-ils vécu, pendant la guerre ? » « Oh, ils avaient une belle collection. » « Moi, je vous le dis : ils sont intouchables. Pensez ! Ils ont adopté deux gosses de l'Assistance. »

Bado ne venait plus. Maud nous ignorait. Trop d'étrangers prenaient notre grand salon pour une salle des pas perdus. Ils épuisaient mes parents… Ces quidams réputés, glorieux, ils me gâchaient la vie. L'un d'entre eux commençait déjà à prendre ses aises dans un foyer qui ne lui appartenait pas. Tout le monde l'adorait et le portait aux nues. Moi, j'avais des doutes.

Comme toujours, ne semblant voir que ses maquettes et ses clichés, Taky montrait une indifférence narquoise envers la brouillonne activité politique d'Yvonne qui, par ailleurs, tria sur le volet les responsables dignes de venir dans nos salons où ils ne firent pas long feu, sauf pour un sombre personnage qui trouva chez nous le lieu propice pour rencontrer un autre personnage à qui Christian tenait beaucoup. Je ne savais pas qui décidait du jeu, qui battait les cartes, excepté qu'il y avait des marchés dans l'air. Je décidai de me débarrasser du document qui faisait de moi une résistante officielle. Je ne sais quelle gêne intérieure m'interdit de le brûler. Ma main refusa également de faire semblant de le laisser tomber « comme par erreur » dans l'eau sale de ma lessive. Je l'ai proprement coupé en fines lamelles et, cérémonieusement, les ai enterrées entre les interstices de mon plancher, sous ma fenêtre, dans ma chambre à coucher. Au crépuscule, le soleil éclairait cette partie de mon territoire. Des reflets me faisaient voir des plumes de paon et l'idée qu'on avait voulu m'acheter. J'ai réduit un peu la « vertu » que Paul m'avait demandé de ne pas mettre en doute.

Pia et moi nous tenions par la main pour aller dans une société adjacente. Dans un dépotoir de l'enfer. Au début, nous eûmes assez de sang-froid, l'effet du choc, peut-être, pour dépiauter les pyjamas rayés, les laver, les coucher, les nourrir à la becquée. Secouristes improvisées, puis mobilisées quand les pleurs nous submergèrent, Pia et moi remplîmes des registres : Dachau, Ravensbrück, Mauthausen, Auschwitz, Dora, Sobibor, Auschwitz, Buchenwald, Treblinka, Bergen-Belsen, Auschwitz, Terezin, Auschwitz… Nous fîmes connaissance avec Ilse Koch, avec le docteur Mengele, avec les termes : transfert, sonder commando, sélection, coyas, canada, musulman…

Nos caractères différents ne nous permettaient pas de nous secourir l'une l'autre. Pia courait aux toilettes y déverser ses nausées. Sur le pavement de l'église Saint-Sulpice, rebaptisée Impie-Supplice, elle crachait sa foi gangrenée. Près d'elle, raidie mais prête à redresser son corps quand une trop intense suffocation pétrifiait ses poumons d'asthmatique, je refusais les lamentations. Son tourment s'amplifiait sous l'effet de mes maximes : *« J'aime la vengeance. C'est la justice sans charité »* ou *« La loi du talion, c'est l'équité »*. Ses appels à la Croix, au crucifié que je n'avais jamais pu regarder (dont elle me révéla que son nom procédait d'une raillerie, HENRI étant en grec les initiales de « roi des Juifs ») crispaient l'indulgence et la tendresse que j'avais pour elle, ma « petite sœur de douleur ». Un jour où ses bruyants mea-culpa me parurent ressembler à une extase, je la giflai, la cognai en criant : « Nous ne sommes pas du même bord, nous ne serons jamais du même côté, toi et moi ! Les Juifs et tous ceux à qui les Allemands se sont attaqués, ce n'est pas *eux*, *ils*… c'est nous. C'est moi. Toi, tu es en dehors et ta pitié, on n'en veut pas. »

Oh oui, j'étais concernée… Le mal fait « aux autres » m'atteignait directement, jusqu'au tréfonds de mon tréfonds. Mon coup de poing contre Bénédicte m'avait fait comprendre la phrase de maman Blanche, prononcée à l'hôpital : « Seul ce que tu fais a le pouvoir de t'abaisser, et non ce que l'on te fait subir. » Ma petite tête perturbée avait aussi comparé l'existence cruelle imposée à ses pupilles par l'Assistance publique et y avait vu une communauté de nature. En vérité, ce fut un traumatisme largement insurmontable qui, aujourd'hui encore, reste le pivot central de mon existence.

Mon leitmotiv : « Ce qui a été fait aux Juifs m'a été fait à moi… en tant que personne humaine », se transforma vite en une déclaration compacte et cristallisée : « Moi aussi, je suis juive », affirmation clamée, revendiquée, devant laquelle mes parents courbèrent le dos puis réagirent en déclarant, soucieux : « Elle dérive. » La mise à mort des Juifs, organisée, systématique, constituait pour moi la « damnation *ad eternam* du genre humain, et qu'on ne vienne pas me dire de faire la part des choses ». Je ne comprenais pas comment tout un chacun retournait à ses occupations en gratouillant sur les cendres des morts des éclats de rire, comment on pouvait encore se préoccuper d'accorder des mots et des couleurs, comment les filles de Fénelon trouvaient de quoi être joyeuses au fond de caves enfumées, dans le son de trompettes hallucinées, dans des danses frénétiques. Ne savaient-elles pas qu'elles étaient des Stucks, du savon, de l'engrais potentiel ?

Au 40 de la rue du Bac, la commedia dell'arte assurait à Pablo un rôle prépondérant.

Les braves, les braillards, les puérils, les superbes noirs américains libérateurs de la France avaient élevé Pablo Picasso au statut de *The Most Famous Artist in the World*, entourant le petit grand homme d'une vénération digne de leur nature et de leur stature. Pendant quelques semaines Pablo tint porte ouverte. Son atelier se transforma en champ de foire et en bordel (à cette époque, pour moi, *bordel* voulait dire *désordre*). Se mélangeaient dans une fraternité toute neuve et dans le culte du génie les gens de la presse internationale, des radios, des photographes-paparazzi avant la lettre, des amazones gardant en poche un brassard FFI, FFL ou FTPF, particulièrement appréciées, les juments des corps militaires féminins des USA et du Canada, des GI's avec leurs petites *frenchies* au bras, des filles filiformes portant les stigmates des restrictions, des étudiantes en socquettes blanches et pull-over noir ex-zazous converties au be-bop, des comtesses descendues du XVIe arrondissement, des déchues du Lido en boa à onze heures du matin, une *aristocraque* (*dixit* Pablo) italienne qui sut défendre son terrain plus longtemps que les autres, une Mata Hari en costume d'Isadora Duncan… Il y avait de quoi réchauffer le cœur d'un misanthrope, ce que Pablo n'était pas, je veux dire, pas tous les jours. Le coq dans son poulailler prenait avec bonheur des bains de foule en glissant dans l'oreille de ses plus anciens amis perturbés par l'excès d'idolâtrie : « Ils m'aiment ! »

Chez nous, on ramassait les ragots, on faisait la cour à Marcel, à Sabartés et Inès, tous les trois muets. On interrogeait les camarades qui assiégeaient Pablo pour obtenir de lui un don pour une vente ou une adhésion officielle au parti. On m'envoyait avec des épreuves d'articles ou de clichés pour des bons à tirer pas tellement urgents afin que je voie de plus près et raconte. Yvonne avait rêvé à une femme nouvelle, déjà installée dans le lit de notre ami.

Un jour, quelqu'un croisa dans la rue une Dora Maar affolée, au visage violacé, dont les yeux avaient pris la forme et la couleur de ses portraits, carrés et jaunes. On sut qu'elle courait chez Lacan. Nusch s'y rendit : Françoise Gilot nous était passée sous le nez !

Mes parents baissèrent la tête en se remémorant des jours anciens et oubliés. Jadis, Picasso avait employé les mêmes ruses pour protéger son amour naissant, peu sûr encore, pour une très belle jeune fille vivant loin du monde des arts et des lettres (Marie-Thérèse Walter). Avec sa spontanéité habituelle, Yvonne décréta que « celle-là » venait de la périphérie de notre cercle. Taky parla du démon de midi tant et si bien que, plus tard, découvrant les premiers faunes nés de l'amour de Pablo pour Françoise, je crus le voir, ce démon, portraituré sous un jour parfaitement aimable et drôle.

Françoise Gilot aurait probablement sursauté en entendant l'appréciation de Christian Zervos lorsqu'il l'aperçut pour la première fois : « Elle est dangereuse. C'est une chèvre bourgeoise. » Il avait couru plus vite que les cabris, dans son enfance. Dans sa bouche, c'était un compliment. Plus : une preuve d'admiration et de respect.

Portés par une gloire devenue internationale, Paul et Nusch réoccupaient leur territoire, Paul vieilli, courbé un peu, affectant des allures de proconsul romain entouré par une cohorte de gentils admirateurs du parti. En concurrence avec Aragon, il glissait insensiblement vers une poésie « engagée », dans la ligne. Dans le brouhaha de la Libération, dans l'effervescence de l'Épuration, visiblement fatiguée et souffrant de haute tension artérielle, Nusch resta à l'écart, sa main accrochée plus qu'avant à sa discrète bouteille d'éther. Elle transformait notre relation première de maman putative à fillette conquise en relation de filles de joie en goguette, elle descendant soit avec une femme, soit avec un soldat américain hilare dans les W-C des cafés de la place Victor Hugo, moi l'attendant, comprenant petit à petit, dans une désolation égarée, qu'elle agissait en accord avec Paul, me creusant la cervelle pour imaginer ce qu'elle voulait dire par : « Il aime quand je rentre mouillée. »

Les lendemains déchantaient dans la fièvre de l'Épuration, la radio, les journaux parlaient de règlements de comptes suspects. On signalait des travaux nocturnes d'enfouissement, des œuvres d'art trouvées dans les dépotoirs des villes ou de villages. Il ne faisait pas bon faire montre de richesse. Taky opposa furieusement son veto lorsque Yvonne fut choisie par le parti pour devenir membre du jury dans un procès en collaboration. Tous deux ensemble pleurèrent sur un soudain malaise monétaire. Je pris au sérieux les termes « faillite » et « dépôt de bilan » devenus quotidiens et fus donc secouée lorsque Yvonne décida de renouveler nos garde-robes, chez Schiaparelli bien sûr, en entrant par la porte de derrière… Avec cette frénésie qui la possédait lorsqu'elle avait trop bu ou lorsqu'elle pensait être tombée sur une idée géniale demandant à être mise en œuvre dans l'instant même, elle me « promit » à la sérieuse gérante : je serais le mannequin de la nouvelle collection « jeune » à laquelle elle travaillait dans sa tête. Aux essayages, Yvonne bascula dans le délire. « Si tu savais comme tu es mignonne. Une vraie petite fille. Exactement comme je t'ai vue… avec des cheveux noirs. » Perdue dans sa vision intime, elle laissait glisser sur son menton un filet de salive.

Une nuit, réveillée par un de mes habituels cauchemars de membres de bois qui, à travers le tissu rayé, se cassaient dans ma main, des bruits venus de l'étage me firent me lever, monter discrètement et coller un œil au trou d'une serrure. Au petit-déjeuner, j'accusai mes parents d'escroquerie. Une bombe sous leurs pieds ne les aurait pas autant suffoqués. Blêmes, ils tentèrent de se justifier : ils s'étaient efforcés, j'en étais témoin, de protéger les biens d'amis qui avaient fui devant l'invasion nazie. Les revenants se montraient généralement satisfaits et reconnaissants de récupérer ce qui restait de leurs possessions, acceptant qu'il eût fallu vendre ou donner certains objets pour acheter des connivences et des laissez-passer ou pour assurer des frais de déménagement. Or, malgré tout, voilà que certains ingrats criaient maintenant : « Au voleur ! » En outre, alertée par d'anciens associés ou des héritiers, la police recherchait les collections dispersées de « disparus » ou d'« absents ». Ils avaient fait de leur mieux… Malgré tout, une toile devenait gênante. Étions-nous des compagnons solidaires dans nos joies et nos tourments ? Serait-ce si terrible d'aller tous trois ensemble l'égarer dans des buissons, au bois de Boulogne ?

Un soir, répétant mon leitmotiv (« Moi aussi, je suis juive »), je vis mon père adoptif sortir de ses gonds. Me saisissant à deux mains par la taille comme pour redresser une poupée chancelante, il détailla devant notre petit public les preuves de mon imposture : ma peau claire, mes yeux bleus, mes cheveux blonds, mes épaules droites, mon buste long. Mieux, relevant ma jupe, il fit admirer mes jambes : « Tu as l'intérieur des cuisses concave. Chez les femmes sémites, elles sont collées l'une contre l'autre. C'est un trait typique de leur morphologie. Dis-moi, dis-nous, qu'est-ce que tu sais du peuple juif, hein, Bécassine ? Tu dérives ! » Médusée par sa brusquerie, fort inhabituelle vis-à-vis de moi, échaudée par la véracité de son reproche, sortie un peu de mon fantasme, je me promis d'aller voir ce qu'être juif veut dire.

Il était beau et sentait bon le parfum des garrigues provençales dont il égrenait l'accent d'une voix posée, réfléchie. Bâti en Hercule, il habitait tout l'espace lumineux qui enrobait son corps et ses oracles. Par ses gestes et par ses paroles, il nous laissait entrevoir le glaive avec lequel il trancherait les mensonges les plus grands, afin de nous les rendre transparents.

Impossible d'oublier ses faits d'armes, les deux parachutes ouverts pour qu'il ne s'écrase pas au sol au-dessus d'Alger, la soupe goûteuse offerte par une pauvre paysanne, soupe avalée en vitesse une nuit noire quand il fuyait la traque allemande et vomie en apprenant que le breuvage délicieux avait été fait de la chair d'un serpent. C'était lui, ce géant viril qui, plaqué contre un mur avec un peloton d'exécution dans le dos, avait dit adieu à la vie en appelant madame la mouche posée près de sa main. Poète partout et avant tout, il avait rallié les cœurs vaillants autour de lui en les haranguant « réfractaires, mes frères », laissant à d'autres le banal, le restrictif « résistants ». Maniant avec force et discernement la puissance allusive des mots, il avait installé le QG de son maquis dans un petit village appelé Céreste. Nous trouvions cela céleste… Orphée moderne, il joue sur sa lyre des ondes de l'imaginaire. Il baptise « messagère » un courrier qui n'a pas existé. Petite peste que je suis avec mon rigorisme, la troublante complaisance entretient mes doutes.

Par sa stature, il écrase les génies de notre cercle, tous hélas de gabarit réduit. Il toise sans surprise les femmes qui le supplient de leur faire un enfant et on débat ensemble des pour et des contre tandis qu'il déroule et réenroule avec les maris des écharpes d'amitié couleur d'arc-en-ciel. Apparu chez nous en treillis de maquisard avec sur l'épaule une mitraillette cabossée et, dans les mains, des feuillets de combat arrachés à la nuit, revenu plusieurs fois dans des uniformes de plus en plus réglementaires, il avait laissé dans nos salons une poudre stellaire. Puis, décoré et démobilisé, vêtu de flanelle et de velours provinciaux, il s'était installé chez nous. À demeure.

Échevelée, Yvonne titube, se raccroche à mon cou parce qu'elle n'a rien d'autre sous la main. Ravalant sa salive, elle bredouille : « Mary Callery m'apporte un manteau de vision… un manteau de vison… Il paye, il paye. J'ai déjà eu le collier de perles, des vraies de vraies. Et le cabriolet décapotable Citroën… Je le voulais avec des portes claquantes. Mary… » Le soir, un instant de tête-à-tête me le permettant, je demande à Taky : « Mary Callery, c'est qui ? » À voir son sursaut, ma question le pique au vif. « Je l'ai aimée, cette grande conne », jette-t-il en faisant sur son buste un geste rond et large qui dessine une grosse poitrine. Le lendemain, soûle au point de s'être déguisée en femme de ménage, Yvonne lâche son balai, me tire vers la porte d'entrée, m'informe : « Il a couché avec elle, la Mary, dans notre lit… Y m'avait mise à la porte… J'ai dormi sur le paillasson, tu vois, ici, contre la porte… Il lui a dédicacé une édition… mais il paye, tu sais pas. J'aurai mon manteau. »

Christian Zervos, l'éditeur, tenait à inaugurer en fanfare la renaissance de ses éditions par un premier numéro d'après-guerre de la revue *Cahiers d'art* particulièrement éblouissant. Il comptait beaucoup sur la couverture double promise par Pablo, qui ne se pressait pas de nous en montrer les premiers jets. Nous ne le pressions pas, supputant que l'amour y inscrivait l'élan d'un style nouveau, envisageant aussi que, peut-être, le créateur de *Guernica* passait par les douleurs de l'enfantement pour échafauder une fresque digne de l'écrasement du nazisme et du fascisme, quelque chose qui « donnerait à voir » les Forces de la Lumière en nos Liberté, Égalité, et Fraternité retrouvées. Nous en débattions le soir et la secrétaire-stagiaire que j'étais suivait les débats avec passion. Hélas, une bisbille tenace avec l'Espagnol gâchait l'air (une question concernant un procès et Olga).

Le corps de la revue fut imprimé. On attendait encore la couverture pour procéder au brochage. Il fallut relancer, reprocher, supplier, menacer. Enfin, Sabartés prit rendez-vous pour son patron et ami, non à la rue du Bac, non rue des Grands-Augustins mais à la galerie Cahiers d'Art, 14, rue du Dragon, ce qui signifiait tacitement : nous, le Maître, nous sommes de mauvaise humeur.

Il y eut un Grec au corps puissant, dressé sur la pointe de ses chaussures bicolores, qui, visage levé pour regarder de plus haut, agita ses armes : une crinière blanche tressautante dont les mèches fouettaient l'alpaga bleu roi d'un costume trois pièces fait sur mesure et, en face de lui, un homme petit de stature habillé en vagabond, le crâne nu comme un œuf, qui laissa glisser sur lui les « compliments »… « Machin à qui il manquera toujours trente centimètres pour avoir l'air d'un homme…

Milliardaire grippe-sou qui se déguise en *tartiste*... » et autres mignonnes indécences. À première vue, un rastaquouère maltraitant un clochard. Pour les initiés, un je-m'en-foutiste revanchard et un homme profondément outragé devant l'œuvre que son idole lui apportait.

Un verre triangulaire sur un pied carré sur un coin de table, l'ébauche d'une assiette ou d'un plat et, au second plan, quelque chose d'incertain, le profil d'un poireau ou d'un rideau, le tout agrémenté d'aplats de couleurs primaires, œuvre banale, au style caduc, visiblement sortie d'un fonds d'invendus... Pablo cloua le bec, « coupa la chique » de mon père adoptif sidéré : « Ah, *puta* ! Tu ne comprends rien. Je donne à boire et à manger. C'est ce qui nous a le plus manqué, non ? »

Les relations entre Picasso et Christian Zervos ressemblaient aux vases communicants dont se servaient les maîtres d'école dans les campagnes, avant la guerre, le niveau d'eau de l'un des vases montant ou descendant selon que, dans l'autre, l'air adverse pouvait ou non s'échapper.

Le soir même, j'appris comment Taky avait forcé la main de Pablo : en le menaçant d'imprimer sur la couverture de sa revue un texte disant pour l'essentiel et sur fond blanc « Ici gît une couverture signée Pablo Picasso ». *Le Boire et le Manger* fut reproduit en zincographie et glissé en encart à l'intérieur des volumes. Yvonne vit dans le lâchage de Pablo l'influence néfaste d'une femme n'appartenant pas à notre cercle – ce qui, vraiment, n'avait rien à voir avec la réalité.

Quand Yvonne m'avait dit : « Réunion demain après-midi, six heures », j'avais cru à une de nos rencontres mensuelles destinées à faire le point sur la progression du travail pour les éditions et la galerie et étais montée à l'étage dans mes habits de travail, pour y trouver l'aigle à trois têtes, mes trois compagnons, vêtus comme pour sortir en ville. Sans me donner le temps de m'excuser, Yvonne me poussa vers la chaise réservée à Taky tandis qu'un chantonnement discret attaquait mes oreilles : « Bon anniversaire ! *Happy Birthday* ! » Ah mes aïeux, ces traîtres ! J'étais piégée.

Un grand jour… Avoir seize ans, c'est important… Nous t'offrons… Un tableau de dimensions modestes, mais superbe… Cette toile, vue au temps de nos déménagements, pendue dans un coin ombreux à côté d'une autre plus grande représentant un guéridon rose, toutes deux marquées d'un point d'interrogation, sur une petite étiquette… À l'époque, Yvonne m'avait dit : « Peut-être des faux. » Maintenant, en pleine lumière, j'en mets mes deux mains au feu, c'est un authentique Renoir. Un bon. D'avant sa dernière période, tout juste digne d'orner des boîtes de chocolat. « Ce machin vaut une fortune », pensais-je, estomaquée.

Sans hésitation, sans retenue, le tableau entre en moi, nectar féerique, caresse lumineuse dans le flot du sang. Il infiltre ses teintes suaves, son dessin rigoureux, son aura de fragilité charnelle dans le creuset de bonheur un peu torturant où se lovent les beautés qui me font monter les larmes aux yeux et qui désagrègent mes remparts. Il trouve sa place entre Brancusi et Paupiette, les arbres de papa Gustave et les sculptures cycladiques, les nus de Cranach et les cuisses de sœur Marie. Dans le même temps, mes oreilles captent l'écho du pas cadencé d'un cheval, mes bras enlacent une taie d'oreiller où s'entassent les souvenirs de l'hôpital-paradis… « Je ne descendrai pas le tableau chez moi ; je le laisserai à l'étage de mes parents. Mon cœur le possède, personne ne peut me le reprendre », pensais-je, en proie à un étrange chagrin. Le « petit » Renoir m'appartenait-il ? Nous avions « égaré » le grand, ensemble, au bois de Boulogne, quelques mois auparavant…

M'exclamer ? Me confondre en remerciements ? Faire la folle confuse débordée par la gratitude ? L'instant de spontanéité passé-brûlé, il est trop tard pour l'émotion ou les clowneries. Le troisième larron, de tout son grand corps transformé en arbitre des bontés et des manières, me gêne. Comment pourrais-je, devant cet étranger, évoquer pour mes parents les réminiscences qui agitent et assombrissent mon esprit ? Il bousille le peu d'intimité que nous avions avant Avallon, que j'essaye de recréer en faisant « preuve de mes dons », avec le piano et le solfège en plus maintenant. Cela me fatigue tant de leur montrer… de justifier… de tenir ma place… de « faire don de mes preuves », m'a fait dire un lapsus. Leur indifférence grandissante, et lui qui fait écran…

La voix flûtée d'Yvonne lézarde le silence de plomb qui a envahi la pièce : « Nous t'offrons aussi de prendre notre nom, que tu deviennes Yvette Zervos, officiellement et légalement. » J'entends parfaitement ses paroles, enregistre leur signification, m'avoue à moi-même ne pas aimer les trois T d'Yvette Thomas mais… un regard suffit. La réponse claque : « Non, ton frère n'est pas concerné. Il ne le sera jamais. » Elle efface le « Merci » qui prenait forme, m'oblige à dire : « Alors, il faut que je réfléchisse. »

Lui, le poète combattant fourbu, il rameute autour de lui les mots les plus rares et les plus exquis du vocabulaire. Un rayon de soleil le précède, une aura séraphique l'enveloppe, m'assure Yvonne… Je vois un monsieur qui tournaille chez nous en coucou qui prend ses aises dans un foyer familial qui n'est pas le sien. Je vois ses yeux de maquisard qui regardent dans les coins, ses oreilles qui écoutent derrière les portes et sa démarche silencieuse contre laquelle je me cogne. Il tient trop de place. Je ne l'aime pas.

Lui, la figure de légende, l'hercule défenseur de la « promesse juvénile », le capitaine Alexandre, alias René Char, il est touchant à voir quand il se ronge les ongles jusqu'au sang. Pourquoi cache-t-il son regard derrière les paupières ? Pourquoi suis-je incapable de tirer de lui une phrase personnelle ? Je ne suis pas *juvénile*, moi ? Il cogite et se réfère avec hauteur aux mots lourds de Vérité, de Justice. Ses écrits et son dire arment sa main de l'épée qui tranchera dans les laideurs de l'existence et, libérés, nous nous hausserons à la transparence transcendantale des hauteurs, j'entends ça tous les jours. Les hauteurs, c'est une obsession chez lui.

Pourrai-je jamais lui raconter comment le surnom de Bellerophon s'est imposé à moi ? C'est un don de Michel. Pris loin de Paris par son apprentissage de la menuiserie, mon frère est passé un jour. Il rencontre le quidam, se rend compte de ce qui a changé chez nous. Après examen et réflexion, il me dit en confidence : « Il a bel air au fond. » Mon oreille en a fait des étincelles. Un descendant de l'Olympe, copain avec Hypnos, chevauchant Pégase, affrontant la Méduse, roi sur terre ? Divine mythologie ! Le capitaine Alexandre, alias René Char, fils de Glaucos, Bellerophon, c'est aussi une chimère.

… Je sais. Il a pris ma place d'enfant adoptée. Il me vole mes parents. Ils l'installent *chez moi*, dans mon salon, dans mon atelier. Va, ouste ! Monte tes trucs dans la chambre de bonne, « c'est un honneur d'héberger le poète désargenté si seul à Paris ». « Ah oui ? Et pourquoi pas là-haut ? Nusch et Paul y ont bien vécu, pendant la guerre ! » « C'est plus commode pour tout le monde. » Vlan. Je garde ma chambre à coucher, par laquelle il passera le temps de rouvrir la sortie sur le grand escalier, close-dérobée-cachée depuis l'exode. Yvonne agit, décide, accomplit. Taky laisse faire. Ils me rejettent à la périphérie. Lui, au quotidien, c'est une anguille.

Il s'installe. Yvonne a retiré les clés des trois portes qui donnent sur ma chambre à coucher. Ça me fait des courants d'air dans le corps rien que d'y penser. Pour m'habiller, je me cache sur le palier de la chambre de Michel. Dans notre salon, il règne. C'est un défilé d'admirateurs qui lui apportent des offrandes, un projet d'illustrations, une participation à une manifestation du Comité pour la Paix, une déclamation à la radio. Il a arraché la sagesse à Hadès et, embrumé par la terrifiante expérience, absorbe les louanges en prétendant faire son pain dans les champs des pauvres. Je fais tout pour l'éviter, ne pas me cogner à son grand corps, pas le frôler même. C'est périlleux. Il déjeune et dîne avec nous. Tous les jours.

Du côté de chez Yvonne, galerie remise à neuf, on y pend nos surplus. De plus en plus, elle fait confiance à mon « sens de l'espace ». L'action politique devient une corvée. Je me défile.

Du côté de chez Christian Zervos, c'est la bourrasque de la mise à flot de nos navires imprimés. Robert, le frère cadet d'Yvonne, éphèbe style danseur de tango argentin aux yeux de velours, courbe l'échine sous les coups du ressac, des vagues et de l'écume. Sans le vouloir, il m'abrite. Nommé directeur ou je ne sais quoi d'approchant, il boit la tasse plus souvent qu'à son tour.

Faut réveiller le public français, remettre à jour le dossier des anciens abonnés, aller titiller l'intérêt des Américains et de nos vieux clients d'Europe, collectionneurs privés, musées, bibliothèques, écoles d'art qui n'en ont pas fini de nettoyer les cendres et de lécher leurs blessures. Taky me demande si je connais quelque chose à la sténographie. Pas de problème : un manuel, des pictogrammes de mon cru, quelques trucs honorant Carmen, je gribouille déjà aussi vite qu'il dicte et corrige dans la lancée quand il s'égare dans des digressions. « L'intelligentsia, juive en majorité, a été décimée. Le public socialo-communiste manque de *flouze*. Nous ne sommes pas sortis du port », estime-t-il. Pour le travail, Yvonne, Taky et moi, ça fonctionne. Je peux parfois faire preuve de bon sens, d'ingéniosité, confirmer mes dons, mon adaptation à ma vie d'adoptée. Pour le reste, de parents à enfant, rien. Ils ont baissé le rideau. Étouffée par les incertitudes, je rechigne. Valsa a lancé un accord de mots qui me salit l'esprit : âge ingrat. Âge ingrat, ça veut dire quoi ? Tout le monde ricane mais personne n'explique.

… J'en ai marre d'avoir mes parents toujours sur le dos. Il y a des peaux de serpent qui frétillent dans la limpidité prétendue. Quelqu'un a mélangé des torchons au linge de table à juger d'après l'éclat entre Yvonne et Taky, en l'absence du poète solaire. Je n'arrive pas à coller ensemble les bouts de phrase de leur langage codé, des accusations comportant une vulgarité ou un abus de confiance devant provoquer un proche retour de manivelle. Taky avait sa voix basse et lente d'œil de cyclone. Yvonne a accumulé des fleurs de rhétorique avec un sourire malicieux, l'air de dire : cause toujours, je te tiens. Qui, de l'aigle à trois têtes, détient le bec le plus précis, l'ergot le plus acéré ? Qui a le dos qui sait le mieux se courber ? Moi, parce que je deviens servile.

Bon, j'ai compris. Pour porter à Taky le courrier, les clichés, les épreuves, ou pour consulter les dictionnaires, je passerai désormais par le corridor dérobé et plus jamais par le petit salon. Ça m'évitera de surprendre des conciliabules à genoux entre le poète pouette-pouette et sa Muse, sa Dame, sa Mie. Je ne sais plus reconnaître son état d'ivrogne normal et me préparer à ses réactions de louve piégée quand l'abus d'alcool lui a noyé l'esprit. Elle m'a traitée de choléra.

J'ai dit à Taky : « Vos clichés en noir et blanc, ça fait vieillot. Faudrait des reproductions en couleur. » Alors, c'est dit, je ne comprends rien au classicisme, à la pureté photographique, au suggéré laissant place à l'imagination. Depuis Bellerophon, on nage dans l'allusif.

Quelle soirée ! On a eu Tzara, l'âme en peine professionnelle ; Léger, faux lourdaud, faux populo, mais si plein de joie de vivre et gourmand ; Prévert, son mégot coincé et la fumée qui lui ferme les yeux. J'aime sa lenteur, sa bonhomie, son attachement aux copains. C'est lui qui a recommandé la femme de Kosma pour prof de piano et je lui en suis reconnaissante, elle est douce... Georges Hugnet, qui venait parfois au temps de l'Occupation, qui s'est éloigné, qui revient et ouvre les oreilles et collectionne les petites histoires de la petite Histoire. Érudit en surréalisme, il se tient dans l'ombre, pourquoi ? Bellerophon-phon-font les marionnettes nous a parlé d'un ami, déporté, je crois, au beau nom de Louis-Francis Curel de la Sorgue. On dirait un cheval qui bronche et quoaille sur un rythme à quatre temps, comme Poulain savait le faire. Yvonne m'a demandé pourquoi j'étais si « indolente ». L'important, c'est Bado. Il a surgi soudain, avec la même rosée dans les cheveux, la même flammèche dans ses yeux de faune des bois et cet air d'adolescent primesautier qu'il gardera sans doute jusqu'à son dernier jour. Il est venu spécialement, de retour de Roumanie où les services du ministère de la Marine française l'ont envoyé en mission, pour une installation portuaire fluviale... Oui oui, la France lui a acheté des brevets, il est en passe d'être décoré, ses trouvailles pour un navire insubmersible sont patentées… Son idée fixe, sa petite folie sont sur le marché, « on reconstruit partout, voyages, commerce ». Il s'arrête, éponge son visage rougi. Sa sueur me paraît être encore un rideau de larmes. Il ajoute : « Ma mère est morte la nuit de mon rêve, emportée par une inondation. Je voulais que vous le sachiez. » Voilà ! Une transmission de pensée. Irréfutable. Ça existe, alors ? Je n'en reviens pas. Bado-farfadet, Bado-Hermès… j'étais jeune en ce temps-là. Les gens… je n'ai plus le goût de voir ce qu'ils sont. Les grands chocs des premières rencontres, avec Brancusi, Pablo, c'est fini. J'ai perdu ma machine à fantaisie. Aujourd'hui, Bado me ferait penser à un vieux beau trop malin. Valsa dit : « À l'âge ingrat, on souffre de désaffection. »

… Le réfectoire de Sainte-Anne bourdonnait ! Que de belles dames en gants, chapeaux et voilettes ! Des messieurs en smoking et haut-de-forme ! Les malades « normaux » (qui ne sont pas méchants) qui nous servaient pendant le travail participaient à la fête. Un journaliste venu avec un photographe a voulu une photo de nous tous et des explications. Bien sûr, Oscar a fait un numéro. Luis, Castagnier, Maurice Henri et Eyrolle ou Cayrol ou Dérolle, je n'ai jamais vu son nom en bas d'un tableau, et moi, on s'est mis à part. On a agité des souvenirs de cette soirée d'orgie de pois chiches et d'alcool, sous l'Occupation. Ça me paraît si loin. Ils étaient douze et se terraient, Luis bien sûr à cause d'Esther. Deux ans durant, elle s'est cachée dans l'appartement, sans jamais en sortir. Luis a fait croire aux voisins qu'elle l'avait quitté pour un autre homme quand les Juifs ont dû se déclarer à la préfecture. Ils ont vécu avec une seule carte d'alimentation. Les copains ont aidé… Une exécution d'otages, ceux de l'affiche rouge ?, leur avait peint en noir la vaillance et l'humour.

Pour faire la nique au sort, ils ont mimé le Dernier Repas, la Cène de Vinci. Celui qui a pris la pose de Judas représentait Breton, il agonisait sous les insultes, ce pape peureux réfugié aux USA. Jésus, au milieu, leur manquait. C'est pourquoi ils m'ont cooptée, ils en voulaient un « petit ». À la fin, tous soûls – et j'avais bu aussi – on a décidé de ressusciter sous le nom des « Surréalistes clandestins », c'était plus sobre que « les Écervelés du bouquet de Bambou ». Ils sont fous, narcissiques mais fidèles. Ils ont voulu que je participe à la fresque… Quelle déception. On leur donne une cimaise gigantesque, la liberté totale, l'occasion unique de concurrencer Michel-Ange. Ils se sabordent eux-mêmes. Le travail en groupe, ils ne comprennent pas… Les malades « normaux » n'auraient pas fait pire. J'ai eu honte… Mes petites fleurs, bien réalistes, en trompe-l'œil, c'était pour me moquer d'eux. Le ciel aimable qui, vers le haut, rejoint la fenêtre, je voulais une idée d'enchaînement avec le palpable mais ça n'a pas bonne mine non plus…

… Je pénètre dans mon ancien salon et mon ancien atelier uniquement pour apporter ce qu'il demande et n'y reste que le temps nécessaire. Son grand corps, ses yeux toujours ailleurs à regarder à l'intérieur le feu caché de son Inspiration, la pesanteur de ses poses immobiles annihilent ce que Pablo m'avait donné, à moi seule, dans ce morceau de coquille qu'il m'a volé. J'entre, je pose, je sors et ferme la porte qui donne sur ma chambre à coucher, qu'il laisse ouverte pour avoir plus d'air sauf quand un de ses mignons ou Guy Lévis Mano lui rendent visite. Cependant, et cela me passionne, je peux comparer sa façon de travailler, « d'arriver au poème », avec celle de Paul, que j'ai vu faire, un mois durant, pendant l'Occupation… Il en fallait du souffle pour projeter dans l'espace les strophes de

Liberté, j'écris ton nom ! Quelle détermination dans la fluidité ! Avec quelle force Paul tenait le fil d'Ariane de sa pensée et de ses émotions pour chevaucher si longuement sur les crêtes de souvenirs désolés et rebondir dans l'espoir, dans une ampleur accomplie, et asséner l'ultime profession de foi, l'irréversible dernier soupir : *« Je suis né pour te connaître / Pour te nommer / Liberté » !* Et aussi, quelle puissance rageuse, dense et imbue de fragile tendresse dans *« Que voulez-vous... ? »* ! Des mots usuels, du parler de tous les jours. *« Que voulez-vous / Nous nous sommes aimés. »* Personne n'a fait ni ne fera mieux... Aragon dont Yvonne me tanne la cervelle : *« Camarade, camarade ! »*, il verse dans la logorrhée alexandrine, le chatouillis gnangnan et la posture. Bellerophon, c'est autre chose... sa façon de manipuler son matériau en dit autant que ses textes temporairement achevés.

... Depuis plus d'un an, je le vois, comme un ajusteur, mesurer le poids et l'aura de chaque mot par rapport à son voisin. Il place, accole, décolle, replace, en fait un pan de phrase, sans syntaxe. Puis il groupe, aère avec un verbe ou un adjectif, parvient à une sentence qui en appelle une autre, sécrétion après sécrétion, pépite après pépite petite. Alors, il devient dentellière, il croise les fuseaux, les lie, les délie, les fait glisser vers des biais créateurs de résonances subtiles... sophistiquées, dans le sens où le résultat suggère un savoir supérieur arraché aux Espaces infinis. Sa gestion obsessive des mots et sa façon de se ronger les ongles, il doit y avoir un point commun... J'exagère mais... sa manière d'éradiquer ce qui, au début, se rattache à quelqu'un en particulier me laisse indécise. Travaillant dans le temps, il prend ce qui venait de... disons Zoé et le donne à Julie, pour l'intégrer ensuite à Martine, et ainsi de suite. Il se cache derrière des pistes brouillées pour parvenir à « l'essence » du poème ?

… Je lis, relis, admire ses *Feuillets d'Hypnos* ; ils ne m'obligent pas au gratouillage de méninges dont je me fatigue de plus en plus… Quand même, je suis une peste. J'ai chicané le poète à haute voix lorsque nous étions en tête-à-tête, c'est-à-dire en présence d'Yvonne et de Taky, bien forcée car il ne me parle pas et, le soir, la cour l'entoure. De toute façon, je ne me permettrais jamais de le contrer en public.

J'ai dit : « Comment pouvez-vous écrire *"Aucun oiseau n'a le cœur de chanter dans un buisson d'épines" ?* N'importe quel paysan vous dira que certains oiseaux recherchent justement les épineux pour y bâtir leur nid. Ils y font des petits et y chantent autant que les autres. » Taky a répondu au vol : « C'est une image. » Je rétorque : « Une image pour citadins qui ne connaissent rien à la nature. » On a parlé oiseaux, alors j'ai avancé ma phrase, écrite à Avallon : *« Quel est l'oiseau qui n'a pas chanté plus haut qu'il n'a volé ? »* Yvonne a dit : « Oh, c'est joli. » Lui, rien. Taky a souri et m'a caressé les cheveux, en me complimentant : « C'est bien, petit moineau, c'est bien », et je ne sais pas pourquoi, ses paroles m'ont fichu la frousse, elles sonnaient comme… quelque chose pour me calmer. Une boule de bile épaisse est montée dans ma gorge. J'ai failli vomir, là, sur la table.

… Relu Renan sur la révolution. Paupiette m'est apparue en rêve : elle partait. Relu aussi l'opuscule de R. Rolland, publié en 1935-1936, où il révélait déjà l'existence des camps de concentration, en Allemagne. Relu *Le Silence de la mer* et *La Marche à l'étoile*. Ai pensé au dieu des armées. Chez Éluard, j'ai trouvé ce que je ne sais pas dire. Tout cela, c'est comme *« regarder travailler des bâtisseurs de ruines qui sont au bord de l'homme et le comblent d'horreurs »*. Sur le mur qui fait face à mon lit, j'ai écrit au fusain : *« La vie ne va pas de soi.* » La honte m'a prise. Avoir tant vécu, tant réfléchi et pondre un cliché pareil… Je ne vaux plus ce que je valais.

… Quand il s'agit de nous, je perds la tête. Je les admire ; ils me font honte. C'est pas la félicité, à l'heure actuelle. Hier au soir, il y avait tous nos familiers, Luis, Castagnier, Charbonnier, Fénossa, Valentine, la foule quoi, Yvonne a présenté Mary et le manteau de « vision ». Elle était soûle. Elle aussi reste coincée sur des choses du passé qui lui retombent sur la tête et dont elle ne peut pas parler mais, ici, tout le monde étant déjà au courant du roman Mary-Taky, il y a eu un malaise. Le Bellerophon s'est lancé dans le récit d'une histoire de soldats allemands et de garrigue. Gros soulagement. Tous, ils ferment les yeux avec une telle facilité !

… Jacquou, mon gentil corbeau, il n'est plus. Il s'est brûlé sur une plaque de notre nouvelle cuisinière, électrique, qui remplace l'ancienne, à gaz. Ne voyant pas de flammes, il ne s'est pas méfié. La terrible douleur lui a fait ouvrir le bec. Il est mort sans avoir eu le temps de le refermer. Mi-Nusch a reniflé son corps immobile et s'est enfuie. Je l'entends miauler dans les escaliers des voisins. La nuit, j'ai repris Jacquou de la poubelle où Yvonne l'avait jeté pour aller l'enterrer au jardin du Luxembourg mais la porte derrière l'Odéon et celle de Saint-Michel étaient fermées. J'ai passé son corps derrière les barreaux, près d'un buisson, qu'il serve de nourriture aux fourmis, aux petites bêtes. J'ai du chagrin. « Toi, je ne te savais pas sentimentale à ce point », a dit Yvonne d'un ton moqueur. Faut dire que… il y a quelque temps, elle m'a fait lire une histoire de Dickens, un truc de misère, de neige et de mort, et je lui ai affirmé ne pas avoir pleuré. Cette faiblesse, je ne la montrerai jamais. À personne. Surtout pas à elle. Elle m'a donné le livre pour que je me souvienne d'où je viens et à quoi j'échappe.

… Un nouveau au salon, un M. Georges Mounin qui a publié un opuscule édifiant intitulé *Avez-vous lu Char ?* Je n'ai pas immédiatement compris la finesse de Taky : il en parle en disant « ce maître d'école » pour ne pas dire « maître de chapelle »… Ce maître de la messe encensoir décrypte les paroles de notre démiurge-oraclissimiste, nourri d'Héraclite, Hypnos, Empédocle, subtilement classique et génialement novateur.

… Mi-Nusch n'est pas revenue. Je l'ai cherchée dans les immeubles de la ruelle. Scap, ce gros idiot de chien, a essayé de s'installer dans sa corbeille. Il se conduit comme s'il devait la défendre. Je lui ai expliqué… Jacquou ne picotera plus jamais le dos de personne et Mi-Nusch noie son chagrin chez des étrangers… Ça ne lui suffit pas. Je ne lui suffis pas. Il a raison. Je cours tout le temps.

… Soirée intime. Avec Valentine et un tableau – portraits des surréalistes fondateurs à restaurer. Avec Mounin, l'annonciateur, et son messie. Avec les jeunes disciples : Jacques Charpier, bien en cour, avec derrière lui un papa communiste maire de la ville d'Avignon ; Albert Béguin, dont la famille « fait dans le sucre », me souffle Yvonne ; Yves Battistini, le plus intellectuel et qui sait s'organiser des tête-à-tête avec son idole ; Jacques Dupin, retenu, pas vraiment gai ni ébouriffé des idées. Il est le plus jeune, je crois. À côté d'eux, je fais gamine. Pour dire quelque chose d'original, de personnel, de bien ressenti, faudrait que je parle de mes expériences de pupille de l'Assistance, et alors, dans la hauteur spirituelle et la rutilance du salon, ça ferait sale. Ils me tuent.

Taky, l'éditeur, est bien content de les avoir tous sous la main, en leur accordant des pages fraîches dans sa revue. Ça la rajeunit. Qu'aurait-il inscrit aux sommaires ? Breton aux lauriers papaux un peu rassis ? Pas Aragon, parce qu'il se fait payer. Pas Cocteau, ce versatile « cheval léger ». Même plus Paul, devenu « poète engagé » pondeur de crottes dans *La Ligne.* Entre les grands articles sur Pablo, Mondrian, Van Gogh, Matisse ou Bonnard dont il a écrit l'essentiel pendant la guerre, Taky persille ses pages de l'apport Char et compagnie. Pour le domaine artistique, le rafraîchissement reste tout aussi difficile.

… Par mesure de précaution, je décale de deux lettres les initiales, au cas où. Je cache mes petits carnets derrière… Quelque chose ne tourne pas rond. L'aigle à trois têtes ébouriffe ses plumes. Y'a de l'orage dans l'air. À la galerie, je me fais traiter de « choléra », c'est plus original que « petite peste ». Au bureau, des impatiences noires projettent des ombres jusque sur *La Pêche de nuit à Antibes.* Ce tableau, je l'aime. J'ai beau le connaître par cœur, chaque fois que je peux le regarder tranquillement, il me donne quelque chose. Non : il tire de moi quelque chose et, souvent, je le quitte le corps et l'esprit complètement essorés. L'autre toile de Pablo, bien plus grande, un dessin gigantesque à l'huile plaqué de blanc et de gris, au sujet indéchiffrable à première vue, rien à voir. C'est un postulat, le début d'une démonstration mathématique. Le mécanisme du théorème compris, c'en est fini des vibrations et de la curiosité… Je digresse… Revenons en arrière : y'a un malaise entre les trois compères. C'est vrai qu'il est installé chez nous depuis plus d'un an. Le « tout nouveau-tout beau » se fatigue ?

Quelqu'un appuie sur la sonnette de l'entrée et ne retire pas son doigt. Je cours ouvrir en hurlant : « Crévain vieux de merde, l'a pas l'feu, non ? » Sur le palier, Roland ! Avec un accordéon sur le ventre. Il entre d'un pas conquérant en jouant un air de foire, qui remonte les escaliers brisés de ma mémoire. *« Dans la cave, oui-oui-oui ; dans la cave, non-non-non. »* C'était dans un autre temps, dans un autre siècle. Et, sans doute, ce n'était pas moi.

Sa chevelure incendiaire, sa gueule rubiconde, ses yeux gris-vert de malice, il est pansu un peu mais magnifique ! Beau et convaincant dans son bleu d'ouvrier. Par exemple ! Il a quitté ses parents, ses terres, pour vivre son communisme dans le seul cadre approprié : les usines Renault ! Il est cégétiste actif. Slogans. Poing levé. Gare aux fauteurs de troubles, le prolétariat passe à l'attaque.

Une image s'impose à moi : un arbre vigoureux de la forêt de Bourgogne se déracine lui-même et fait à pied le trajet Chaumots-Paris, pour vivre sa foi, grandir en elle. Par elle, pour le bien des damnés de la terre… Je rigole, dis un peu de ce que j'en pense, on s'engueule. Alors, parlons musique.

Il apprend et joue à l'oreille mais faut pas parler de Bach ou de Mozart. Ce qui va plus loin que l'accordéon et les piziques populo, ce n'est pas inclus dans son dogme. Les Zervos ont raison : les péq'naux, j'ne fréquente plus. Les meilleurs restent bornés. Et moi ? *« N'ai-je pas aussi atteint mes limites ? »*

… Quelle soirée ! Revigoré par le retour de Jean Hélion, la présence de Brauner et de Giacometti, Taky a fait des étincelles. On a brassé des idées, les déployant à travers le temps, l'Histoire, en établissant les valeurs sûres du passé, en tâtonnant vers les perspectives de l'avenir. C'était gigantesque ! Un secouage de méninges pour en faire sortir les pommes mûres ! J'ai tout vécu avec eux. L'Impressionnisme un peu cucul et chocolatesque mais libérateur ; l'Expressionnisme allemand, démonstrateur premier de la lutte des classes, de l'individu broyé par l'industrie et la bourgeoisie ; l'envol de Cézanne vers l'espace compris en tant que plans sur plans, dans le parcellement d'une vision globale ; l'originalité du cubisme qui a tenté de « donner à voir » *tous* les côtés de la réalité en fusion, sa mort avec la guerre de 1914 ; le cri d'horreur nihiliste de Dada récupéré par le surréalisme… et maintenant, quoi ? Le réalisme socialiste ou l'art abstrait ? Se mettre au service du peuple ou faire confiance à l'éradication totale du langage pictural basé sur les sujets-composition-perspective-couleurs ?

L'examen des « vieux » a fait pousser des hauts cris et a provoqué des éclats de rire. Nicole Védrès, la première je crois, et Mary s'y sont mises, et Duff Cooper aussi, et un nouveau mignon de notre poète, un Xavier de… ?, son patronyme m'échappe mais, celui-là, je le tiens à l'œil, il manie le scalpel et l'acide avec un regard d'enfant triste et une distinction d'aristocrate. D'après leurs autopsies, Dalí produit pour des dollars. Braque compte un à un les grains de sable qu'il mêlera à sa pâte. Matisse colorie des intérieurs amoureux. Rouault peint sur de la toile des vitraux romans. Picasso ? À chaque nouvel amour un style et des sujets nouveaux, d'accord, mais depuis le cubisme, mort-né pour ainsi dire, rien qui puisse faire école. Et Léger, alors ? Léger, oui, tout le monde y pense avec respect. Il est le seul à représenter le peuple dans ses travaux et ses fêtes, sans trop dégrader son style hau-tement personnel. Mais on le sait, c'est encore trop moderne pour le parti. Cicero Dias et Poliakof sont restés songeurs.

… Aujourd'hui, il y avait de la nostalgie dans l'air. Le regard insistant d'une femme m'a mise mal à l'aise. Elle est la sœur ou a été la femme de Penrose, je n'ai pas compris. Elle vient de rentrer du Tibet où elle a séjourné pendant longtemps et s'y est totalement transformée. Ses prunelles intenses fouillaient les miennes, paraissaient dire : « Je te comprends. J'ai fui, moi. » Avant de partir, elle a collé son corps au mien, a posé un doigt sur ma bouche, a dit : « *You are a real beauty* (en appuyant sur *Real*). *Don't ever forget it.* » Plus tard, Yvonne a fait sa ravie : la dame m'a invitée chez elle, à Londres.

Notre salon s'est enrichi d'un religieux, un père, un dominicain je pense. Il veut faire entrer l'art moderne dans l'Église. Bellerophon a introduit un nouveau disciple, nommé Hubert Juin, qui est aussi joli que Norbert Juillet ou Rupert Ahoût. Il fait Rastignac format bibelot.

… Mi-Nusch, la salope, la traînée, elle est revenue ! Avec un gros ventre. Scap en aurait pleuré s'il avait pu. Il gémit en lui léchant le ventre et pousse ma main avec le bout de son nez quand je veux caresser ma nouche. Ma nouche manouche !

Faut quand même que j'en parle. Que je résume. C'est un choc. J'ai mis le nez dans le livre sacré des Juifs : la religion et moi n'irons jamais de pair, c'est définitif.

Dans cette bible achetée en cachette et que j'ai lue à la sauvette après les travaux, le salon, avec l'idée d'entrer en contact avec les ancêtres des pyjamas rayés, j'ai trouvé d'abord un Dieu double, à deux noms : Jéhovah et Elohim. Des jumeaux ? Un autre Janus ? Un avatar de Shiva ? L'un deux souffle dans le nez de son Adam d'argile pour lui ouvrir les poumons, le faire homme vivant, l'autre pas. Chassés du paradis, Adam et Ève font des enfants. Bon. Un frère tue l'autre. Chouette. Le meurtrier s'enfuit chez des étrangers. Qui les a créés, ceux-là ? Des explications ? Bernique. Passons. La suite, avec les multicentenaires, c'est d'un confus ! Le Déluge... Les frères siamois divins éradiquent aussi les animaux sauf un couple... Que font-ils avec les poissons ?

La Première Alliance, d'accord : un arc-en-ciel après l'orage, un lien entre la vallée des larmes et les espaces célestes et infinis, l'image est jolie. On peut en rêver mais la seconde ? Couper un morceau de chair du kiki des bébés mâles ? On appelle ça « circoncision ». Pourquoi cette blessure dans la chair, à cet endroit-là ? Ce marquage caché, pourquoi pas une entaille derrière l'oreille, par exemple ? Ce signe, important, indispensable, me met autant mal à l'aise que Jésus sur la croix. Mais c'est pas tout. Ça ne s'améliore pas, loin de là. Jéhova-Elohim devient Seigneur des armées. C'est le comble du comble.

Pour donner à son peuple une terre qui *ne lui appartient pas*, sur laquelle d'autres gens vivent depuis longtemps, ce Dieu des armées ordonne aux Hébreux-Israélites de détruire jusqu'en leurs fondations villes et villages. De passer à l'épée femmes, enfants et vieillards sans oublier aucun de ceux qui urinent contre les murs, c'est écrit en toutes lettres. D'exterminer le bétail. De répandre du sel sur le sol pour le rendre stérile. Et pire. Pour les chevaux, il a un traitement spécial : couper les jarrets des pattes arrière. J'en ai vu un comme ça dans une reproduction de *Guernica*, et aussi sur les photos d'Oradour-sur-Glane. J'ai pas pu continuer. J'ai envoyé valdinguer le livre à travers la pièce.

Je me dis : les Hébreux, les Juifs d'alors, simples bergers nomades, sans culture, étaient-ils bêtes au point de ne pas voir le marché de dupes ? Leur divinité les a-t-elle hypnotisés, rendus aveugles ? Ils étaient rustres, des péquenots, d'accord. Mais depuis ? L'entourloupette m'est sautée au visage. Un dieu, ou deux, ou trois, pratiquant un « Ôte-toi de là que je m'y mette » aussi féroce en faisant faire le travail par des pauvres diables, c'est inacceptable. C'est répugnant. C'est ça que les Juifs expient à travers les âges ?

Les pyjamas rayés… il y a sans doute quelque chose que je ne comprends pas. Ça m'affole. Je suis trop seule.

… Triple merde. Yvonne a fait installer un fil électrique entre mon réduit, sous les toits, et la cuisine. Deux coups, elle a besoin de moi. Trois longs, c'est Taky. Quand ça grésille, il y a urgence. Rapplique et magne-toi !

Mi-Nusch a accouché. Dans mon lit, trois chatons. Un seul a survécu. Installée dans sa corbeille, elle fait la dame du monde qui reçoit. Scap monte la garde. Il a montré les crocs au poète qui s'est arrêté un instant et a voulu tendre la main vers la tête de la maman. Scap et lui, c'est comme lui et moi, ça n'a jamais marché.

La sonnette a grésillé.

Il faut d'urgence inventorier nos clichés faits en cuivre. Nos livres de référence n'indiquent pas quand les clicheurs ont commencé à utiliser un alliage de zinc. Faut chercher tout en haut des étagères. Sous le plafond. Taky ne peut plus monter à l'échelle. Robert est absent, Yvonne occupée avec la cour, à faire une ronde de joie autour d'un titre pulvérisé autant que l'ont été Hiroshima et Nagasaki il n'y a pas longtemps.

Je fulmine parce qu'il s'agit d'un travail de manutention fastidieux mais, bon, faut y passer. De toute façon, ce n'est pas dangereux de plonger sa tête dans des toiles d'araignée datant du père Noah ou de Mathusalem. Elles ne risquent pas de me vitrifier. On dit que les Russes ont la Bombe.

Les travaux pratiques encouragent et soutiennent le travail de l'esprit. On peut se causer à soi-même sans gêne aucune, et dériver, et s'échapper… J'écris mon journal dans ma tête puisque l'urgence m'empêche de l'écrire sur le papier. Je dis : « Paupiette avait raison. Sa "Seigneurie" s'est fait encore un bon paquet de réserve d'âmes et les Jap's ne connaissent pas leur bonheur. Ils auront des photos-souvenirs des gens juste à l'endroit où ils ont cramé, sur les murs. D'autres n'en ont pas eu autant. L'atome, c'est propre… Ces araignées ont dû se bouffer entre elles. Ne reste que l'enveloppe écailleuse, blanchâtre. La dernière est morte de faim… Le cuivre vaut cher aujourd'hui. Va-t-on vendre ces vieux clichés ? On a des problèmes de liquide, je sais. »

De temps à autre, je cours à ma salle d'eau pour nettoyer mes bras et mes mains sur lesquels les toiles d'araignée me mettent des gants de gaze poisseuse. Ça transforme mes petites serviettes de toilette en chiffons noirâtres qui font un joli motif pour un dessin au fusain, faudra que j'y pense. Je retourne à l'ouvrage en courant et, dans le tournant du couloir, me cogne à Taky, le bouscule. Il m'apporte une grande serviette de bain et, dans un petit bol, des olives mêlées à des bouts de pâte d'abricot. Il sait que j'aime. Je mets la friandise sur le rebord du plateau de l'ancien monte-charge. Lui, il fait le Romain en rabattant comme une toge la serviette par-dessus son épaule. Il me pousse contre le mur arrondi, me demande de lui faire plaisir.

J'ai la tête tellement ailleurs et il ne m'a pas sollicitée depuis si longtemps que, sur l'instant, ne comprenant pas le sens exact de sa demande, j'hésite, le temps pour lui de voir ma surprise et de me mettre la main à l'ouvrage. Sa respiration bruyante, son visage gonflé et luisant m'alertent. De quoi souffre-t-il ? Le docteur Legendre a dit insuffisance respiratoire ?, ou insuffisance cardiaque ? Les potées de légumes l'ont fait maigrir mais quelque chose ne va pas… Je fais ce que j'ai à faire. Il faut le faire, et il se sentira mieux.

Mouchoir rempoché, il déplie la grande serviette, en fait un châle qu'il dépose sur ma tête en me relevant le menton et me plaque à pleine bouche une pelle de mollusque suceur. J'aime pas. Pas du tout. Ses yeux dans les miens, voyant mon dégoût, il dit : « Une bise de temps à autre, ce n'est pas la mer à boire, non ? Si tu n'aimes pas, on s'en passera. » Je veux partir. Il me retient, ajoute, affirme : « Nous sommes un quatuor maintenant, moineau », et me quitte en montant les escaliers presque au pas de course, me laissant en plan, égarée par la stupéfaction. Par la peur.

Je ne sais plus où j'en suis. Mes idées pèsent des tonnes. Le mot *quatuor* me fait un buisson d'épines dans le corps. Et puis, je suis inquiète. Angoissée même. Quand donc les problèmes de santé ont-ils débuté ? J'avais écrit quelque chose quelque part. Sur une feuille volante parce que je n'avais pas le temps de tirer le carnet de sa cachette. Les papiers, je ne m'y retrouve jamais… Voilà ! Mes lunettes ! Oui, c'est ça !

Yvonne avait eu un haut-le-corps et avait poussé un haut cri : « Yvette, tu louches ! » Dare-dare chez le docteur, en compagnie de l'ami, faire coup double et forcer sa résistance. Bon, moi, au loin, parfait. C'est ce que j'ai sous le nez que je ne vois pas. Du flou artistique. De là sans doute mes maux de tête et mes nausées. Verres correcteurs, pas de problèmes. Mais Bellerophon, c'est autre chose. Voilà, j'ai trouvé la feuille… : « Déficience de l'hypophyse, travaille trop, lui a donné dès sa vie d'embryon une tête de cheval, un nez protubérant, une mâchoire prognathe, un buste surdimensionné, des membres étirés… Rétrécissement progressif du champ visuel, déjà amorcé hélas. La cécité à plus ou moins longue échéance. » Ce n'est pas une maladie mais une manifestation de la nature. Ça porte un nom mais je ne l'ai pas compris, *acro* quelque chose. Oui, c'était le début.

Yvonne a suivi. Des remontées d'estomac, le matin. C'était pendant la période où je sentais l'aigle à trois têtes s'ébouriffer des plumes. Un gastrologue a dit : pituite. Legendre a traduit : gastrite alcoolique. Maintenant, je comprends. Taky l'avait crue enceinte et il a commencé à aller mal. Étouffements, vertiges, palpitations. Legendre, je le déteste celui-là, comme toujours hésite : cœur ou poumons ? D'abord maigrir. Légumes à l'eau sans sel. Maintenant, il est au lit, prend des médicaments qui rendent son urine phosphorescente ; on admire en chœur en baissant les lumières. Le quatuor, c'était un peu avant qu'il s'alite. Garder la chambre lui donne le goût de revenez-y. Je fuis mais comment savoir s'il n'en a pas besoin pour se remettre plus vite ? Les malades que j'ai bien connus, à l'hôpital, ils « passaient la porte » souvent.

Les trois, ils me font la vie impossible mais je n'ai qu'eux. Je ne veux pas les perdre. C'est le désarroi parce que leur façon d'être malade me semble bizarre. Yvonne continue de boire, Taky de gueuler et Bellerophon va de l'un à l'autre en traînant maintenant un problème intestinal. Alors, ce sont légumes et pruneaux pour tout le monde et, le soir, tout le monde fait salon, on n'y coupe pas. Alors, je vis ailleurs mon intérieur.

… Pia m'a fait rire. J'ai pas pu me retenir. On comparait nos seins. Les miens inexistants, les siens plus présents mais pas jojos non plus, en fait. Elle me déclare : « Je les garde pour Jésus », et j'ai eu une vision. Une vraie ! Cloué encore par les pieds, le crucifié se penchait sur elle en dessinant avec son corps un bel arc descendant et lui attrapait les tétons. Pia ne s'est pas offusquée, au contraire ; elle y a vu un signe. Elle va se faire nonne. Elle veut payer pour les pyjamas rayés.

En un mois, Taky a perdu cinq kilos. Yvonne a trouvé son meilleur médicament pour apéritif et digestif : du genièvre Bols. J'y ai goûté. Du flou dans les yeux, du flou dans les idées, ça me fait rire.

… On a eu une séance, un brassage de cerveaux sur le langage, la poésie. Pompette un peu, je crois, je n'ai pas dit un seul mot parce que, dans ma tête, une pulsion mécanique transformait pontifes et poncifs en œufs brouillés. Mais après je ne pouvais pas dormir, j'ai ouvert le dictionnaire analogique. Je l'adore, celui-là. Il n'arrête pas les glissades. On va de *naturel* à *dénaturé* en moins de rien. Alors, j'ai enfilé des bouts sur… les *« affinités fusionnelles et alchimiques »*. J'ai opéré une transmutation lyrique exceptionnelle, suave comme la réglisse mêlée à la menthe et à l'anis. Activant le feu de la pierre philosophale, j'ai ausculté le régule dans sa plus totale dessiccation, ah-ah !, pour parvenir à « l'essence du poème », celui du bel-air-au-fond. Et là, j'ai dû m'arrêter car, après l'essence, existe encore la quintessence. Je me suis perdue dans le volatile ! Maintenant, je sais comment traduire *abscons* : abstiens-toi d'être con. Je vais m'acheter une bouteille de Bols. Quand je saurai où bien la cacher. Je réfléchis : si le poème est l'amour réalisé du désir demeuré désir, la désaffection douloureuse est-elle le summum couronné de la haine restée haine ? Faudrait…

… On parle déjà vacances et l'aigle à trois têtes, patraque ou pas, met les bouchées doubles. Je suis épuisée mais eux ne s'effondrent pas. Je n'ai pas l'élan qu'il faut pour vivre vite.

Elle est devenue si belle ! Aguichante ! Serpentine dans sa nouvelle garde-robe. Des tissus vaporeux aux tons de « phare bleu » comme l'écrit l'ami, ses seins offerts, haut plantés, nus et drus, « des seins de femme qui n'a pas allaité », dit la concierge d'en face qui fait maintenant le ménage chez nous. Yvonne, c'est ma mère adoptive. Elle est maintenant ma grande sœur. Vrai. Je suis une chenille, elle un papillon qui vient de sortir de sa chrysalide. J'ai fait remarquer à Valsa son gazouillis de piccolo. « C'est pas d'hier », dit-il. Ah bon ? C'est vrai, je ne vois rien de ce que j'ai sous le nez.

… Passé par Paris pour livrer une commande, Michel s'est présenté devant la porte sans prévenir. Par chance, les Zervos étaient absents. On s'est réfugiés sous les toits pour pouvoir causer hors des oreilles du bel air. Eh bien, Michel file le bon coton : grandi encore, il me dépasse de la tête et des épaules ; ses cheveux blonds, raides comme des baguettes mais ordonnés, et sa peau cuite par le soleil ajoutent de l'éclat à une assurance toute nouvelle. Il est heureux. Heureux ! Un bon patron, un salaire acceptable, une fille qui lui plaît. Il m'a impressionnée. Regard direct, menton redressé, un grand frère, presque. Plus débrouillard que moi, avec un sens pratique qui me fait défaut et avec un parler populo qui tombe pile-poil sur ce que je ne sais pas dire. Comme je lui expliquais mes difficultés à suivre le mouvement, avec le lycée, la Grande Chaumière, Luis pour la peinture à l'huile, la galerie, les travaux pour Taky, les soirées, et comment je ne savais pas m'y prendre pour demander d'arrêter le piano et le solfège, il s'exclame : « C'est pas sorcier, pourtant. Tu n'as plus les moyens de moyenner, t'as qu'à l'dire tout dret. » L'avoir revu seul à seul, ça m'a remuée. M'a fait remonter au visage Vaux, maman Blanche, Denise… Pour les moyens de moyenner, j'ai compris : à force de vouloir faire la preuve de mes dons en tout et partout, je reste tout juste un peu au-dessus de la moyenne. Avant de partir, Michel a demandé la permission de venir avec un copain, la prochaine fois qu'il sera à Paris. Il a eu un air gentil et malicieux en expliquant : « Je lui ai dit combien tu es belle. Il est amoureux de ta photo. » Michel, il m'a flatté le cœur.

J'ai demandé à mes, à eux, la permission de passer mes vacances chez maman Blanche. Yvonne et Taky ont sursauté. « On croyait t'avoir nettoyé l'esprit de tout ce qui s'est passé », ont-ils dit, façon de me montrer leur déception, ou leur jalousie envers mon attachement pour maman Blanche, ou un reproche parce que, au fond, malgré tout ce qu'ils m'offrent, je reste en arrière.

Il y a une raison pour le voyage dans le midi. Une idée de Charpier père et fils, soutenue par le poète et le parti : organiser en Avignon la première grande exposition d'après-guerre de l'art contemporain. Faut voir les lieux. Alors, c'est dit, je vais jouer la quatrième roue du tricycle.

… Je les ai eus ! Un artifice rusé pour tromper ! Dix lignes du *Dormeur du val* mises en musique ! Je ne savais pas que j'en étais capable. De gros accords graves, un fil mélodique piano lentissimo et pédales en tricotage d'échos. Chouette. Fallait que je fasse fort pour frapper un grand coup sec de guillotine. Solfège et piano, *finito* ! J'aurais bien aimé… mais je suis trop écartelée par le reste. Ils ont été d'accord, la musique, faut s'y consacrer en entier. « Alors, tu veux peut-être étudier quelque chose de plus léger ? » ont-ils demandé. J'aurais dit : « Oui, le sanskrit » qu'ils auraient fait venir un bonze pour me l'enseigner. Je suis gavée. Mme Kosma, vexée, déçue. Elle y tenait. Je n'ai plus la force.

Quand Yvonne veut, tout se transforme en fête. Elle a fêté à l'avance notre départ en vacances en rameutant les familiers et a lancé l'idée de l'Exposition du Siècle, là-bas, dans la cité papale. De quoi faire des remous dans notre Landerneau, la maline. On a ouvert grand les portes du petit salon/salle à manger et du bureau de Taky. Une foule ! Des boissons ! Des gâteaux ! Un fusible a sauté et, c'est curieux, je n'ai pas trouvé le fil pour réparer.

On a mis des bougies partout. C'était chouette, la pénombre, les peaux qui brillaient. Léger, Miró, Calder, Brauner, Charbonnier, Valentine, Cooper, Dias, tous les mignons et le maître, Mary, Lely, la de Noailles, la Fini, Langlois, les deux Van de Veld (des nouveaux, ceux-là !), des directeurs-directrices de galeries, un critique d'art italien, Paul et Nusch, Luis et Esther, Castagnier, Giacometti, d'autres encore… les deux Prévert, Jean Wahl, avec son cache-col interminable ; Suzanne Parmelin ; Nicole Vedrès et son mari… Breton, Aragon, Germaine Richier se sont excusés par téléphone. Le clou ! Pablo a fait une apparition, pas longtemps.

Je suis crevée ! C'est certain, je ne trouverai rien de semblable ailleurs. Mais y'a des jours… si on me mettait le marché en main, j'en donnerais pas une rondelle de pomme de terre.

J'ai « dérapé ». Ayant enfin trouvé un artisan capable de réparer un phono à pavillon hors d'usage abandonné chez nous jadis par Nusch et Paul, j'ai pu faire résonner à tue-tête un disque qui me devient une obsession…

Avec l'arrogance de la jeunesse et une foi absolue, j'affirmai « reconnaître » cette œuvre musicale mystérieuse, l'avoir « portée en moi depuis ma naissance et peut-être même avant », ce qui était l'expression la plus juste, la plus précise d'une vérité prégnante, intensément ressentie jusqu'au tréfonds de mes entrailles, dans le réseau de mes nerfs. Notre cercle cosmopolite s'était avéré incapable de découvrir d'où, de quel pays venaient la musique et le chant, ni même de dire de quelle langue il s'agissait. J'avais obtenu le disque en cadeau pour un achat important, au Bon Marché. Après la Libération, ce magasin bazardait des disques anciens dont les étiquettes avaient été sauvagement arrachées, raclées, griffées profond dans le bakélite. Une force étrange avait tiré ma main vers ce disque-là, plus abîmé que les autres.

… La mélopée rageuse retentissait. Un bruit de course dans les escaliers me tira de ma transe. Pierre Loeb, réputé pour son flegme presque anglo-saxon, récemment rentré d'exil, se tenait devant moi, le visage rouge, les yeux écarquillés, les mains agitées par un tremblement. Comme en proie à une colère douloureuse, il releva le bras du phono, s'assit près de moi, me pressa de questions, me traitant comme si j'étais folle, malade ou amnésique. Enfin, je sus : confession et plaidoyer, lamentation et cantique, mon oreille, mon cerveau, mes nerfs, *moi* en entier, avions fait la prière la plus étrange et la plus émouvante de la liturgie juive : le KOL NIDRE.

Écrit en araméen mêlé d'hébreu, le Kol Nidre n'est chanté qu'une fois l'an, à l'entrée de Yom Kippour, le jour du Grand Pardon. Au long des siècles, le passage commençant par les mots *Kol Nidre* (« Tous les vœux »), évoquant en filigrane les conversions forcées des Juifs, à coups de persécution, de torture et de mort, acquit un poids particulier. C'est ainsi qu'il faut entendre la prière, la supplique : *« Tous les vœux que nous avons faits / Tous les engagements que nous avons pris / Tous les serments que nous avons prononcés / Toutes les interdictions que nous nous sommes imposées / Tous les anathèmes que nous avons jetés sur nous-mêmes… »* (… faits sous la contrainte, sont nuls et non avenus.)

Mon Kol Nidre avait été probablement enregistré vers le début des années 30 à la synagogue de Prague, dotée d'un chantre célèbre dont Pierre Loeb avait reconnu la voix.

J'avais jeté la Bible. Le Kol Nidre m'obligea à la reprendre. En peu de temps, l'idée d'une « transmission de pensée » à la Bado entre les pyjamas rayés et moi via le Kol Nidre réchauffa l'appel vers… un Ailleurs, qui m'attendait. Pierre Loeb devint un ami. Il me reconnaissait une « âme juive ».

En avant pour l'aventure ! Pour glisser son corps herculéen dans le spider de notre élégant cabriolet-décapotable-Citroën-gris-métallisé-aux-portes-claquantes, René Char, qui a choisi le côté droit, pose ses fesses sur le rebord arrondi, agrippe d'une main le couvercle relevé et, de l'autre, l'épaisseur de la capote rabattue. Il projette en l'air ses longues jambes et, dans un salto oblique puissant, bascule et s'emboîte tout entier dans le petit habitacle, où je me faufile, sur sa gauche, en me tassant dans la voussure de la carrosserie afin que ni ma cuisse ni mon bras ne touchent les siens.

Avec son buste surdimensionné et sa haute tête, il peut voir le panorama. Moi, pas. Bof ! Jouir de ce qui vient : le gargouillis onctueux du pot d'échappement, le vent en tourbillons chargés de poussière, le jeu du soleil entre les nuages, l'air libre et ses fragrances sylvestres. On traverse la forêt de Fontainebleau pour trouver un rond-point important marqué par un obélisque. Soûle déjà, mais tenant le volant, Yvonne s'inquiète à pleins poumons : « Où est l'odalisque ? Je ne la vois pas ! »

Comment un des doigts de ma main droite se retrouve-t-il dans la bouche de mon voisin… je ne sais pas bien sauf que, l'obélisque-odalisque dépassé, tout à la joie d'avoir trouvé la bonne route, lui et moi nous sommes levés pour crier « Hourrah » et féliciter la « chauffeure ». Rassis, calmés, je l'ai senti tâter mes doigts et, soudain, téter mon index. L'enchaînement de ses gestes a déclenché chez moi stupéfaction et paralysie.

Lui et moi ne nous sommes jamais trouvés ainsi collés l'un à l'autre. Il ne m'a jamais touchée, frôlée à peine, au cours des repas, en passant le poivre et le sel.

Je n'ai jamais entendu parler de doigts qu'on tète. Est-ce une cérémonie particulière aux départs sur les routes pour un long voyage ? Un instant, je pense : « Il a du mérite d'avoir du goût pour le bout de mes doigts. J'ai les ongles en deuil. Oh, mes aïeux, je suis contrariée. »

Si je retire ma main, passera-t-il de son indifférence habituelle à une hostilité manifeste ? Demander des explications à Taky ou à Yvonne ? Impossible maintenant. Ce soir ? Je risque de provoquer un esclandre ou un rire moquant ma bêtise. Mon coude sans soutien se fatigue. Sa main se referme plus fortement sur mon poignet quand mon avant-bras glisse. Ma main est piégée.

J'ose enfin tourner la tête vers lui pour chercher son regard. Visage normal, paupières closes, il semble dormir. Il tète en dormant… N'est-il pas une de ces victimes de Morphée qui font des choses étranges dans leur sommeil et dont on dit qu'il ne faut pas les réveiller sous peine de les voir s'effondrer ? Il suce un doigt, passe à un autre. Revient. Repart. C'est ma faute. Je ne sais pas quoi faire. C'est ma faute. Parce que je suis là.

Par Clermont-Ferrand jusqu'au Roussillon, les Saintes-Maries-de-la-Mer, Monte-Carlo par Le Trayas, l'Isle-sur-la-Sorgue enfin, par des routes défoncées par la guerre, c'est long, chaotique, bizarre et souvent superbe. D'hôtels citadins à rideaux de dentelle et bronzes animaliers à des auberges nichées dans des bois ou en bordure de ruisseaux, de visites de remparts ou de musées endormis à des détours pour contrôler l'état d'un pan de fresque romane dans une église fermée, de baignade du bout du pied dans l'eau glaciale d'un lac au plongeon dans la Méditerranée, au soleil, à l'ombre, sous la lune, nous sommes quatre personnes à prendre au sérieux l'école buissonnière qui, semble-t-il, tenacement, offre à mon âge ingrat des apprentissages à accomplir de chic, dans l'élan, sur le tas, en accéléré, l'un chassant l'autre. Saisir par la peau du dos la sensation précise de l'Amusement, la transformer en une parure ou en un « sésame ouvre-toi ». NE RIEN FAIRE ! Laisser aller le corps, sans penser… Être en vacances, est-ce devenir débonnaire ? Indulgent ? Accessible ? Mes compagnons, extravagants dans la récréation autant que dans la création, paraissent engendrer et cueillir un bonheur promis et trouvé. J'en vois les effets enchanteurs. Je les suis et imite autant que je peux, mais j'ai tant à apprendre, en cachant mes angoissantes ignorances.

Par exemple, sur le chemin des écoliers, Yvonne et son ami consacrent le soir à une longue promenade digestive, me laissant en plan avec Taky. Celui-ci, quand il a conduit dans la journée, n'a pas besoin de mouchage. Le sucement des doigts ajoute peut-être une note mouillée au ronron du moteur qui endort mon voisin ? Dans les soubresauts des dos d'âne et dans les lenteurs grises des crépuscules, n'existe-t-il pas entre nous quatre l'ébauche d'une harmonie ? Je n'aurais pas retenu la date à laquelle mon père adoptif et moi passâmes à l'acte de chair si, le lendemain matin, le poète ne nous avait pas lu la récolte de sa promenade de la veille au soir, le bourgeon d'un poème intitulé *Le Météore du 13 août*.

L'exercice m'avait paru inconfortable, acrobatique et pénible pour un Taky essoufflé. Je n'ai pas senti la pénétration et je serais tombée de haut si une Paupiette native du lieu m'avait dit : « Bindidon, t'as fait l'amour. »

Aux sources de son savoir du genre humain et de sa sagesse solaire, René Char comptait les années de combat dans le maquis ; Éluard et Breton, qui l'avaient accueilli à bras ouverts dans leur cercle en le libérant de son provincialisme ; une jeunesse de vagabond, de crève-la-faim, grand marcheur privé d'ambition, et une longue, dure enfance de martyr. Il insistait sur les mauvais traitements, les privations, sur les fugues. Se réfugiant dans la nature, il y avait rencontré des Humbles, bergers, chemineaux, indigents qui, sans poser de questions et sans esprit de retour, avaient partagé avec lui l'ail ou l'oignon vert, le presque rien de leur misère et le litron de piquette.

Dans cette trame pathétique se dessinait la silhouette, connue seulement par ouï-dire, d'un ancêtre venu d'ailleurs, enfant trouvé, déposé au soleil sur la glèbe connue des serfs. Né coiffé pourtant, cet aïeul avait été nommé Charlemagne. Il fallut trois jours pour que René Char tire du flou de ses réminiscences des réponses à mes questions précises et parvienne à donner le nom « Charles Magne », « Magne », surnom du pauvre gosse un peu lambin de nature que des patrons houspillaient du fort commun « Magne-toi donc, niaye ». Pour d'autres oreilles, son grand-père avait décidé de prendre pour lui la première syllabe, modeste, d'un patronyme trop historique. Voir « de visu » la pauvreté dans laquelle le poète-prophète avait vécu, rencontrer sa mère, la mégère, constituaient pour ma curiosité un morceau de choix.

Dans un petit parc boisé sis le long d'un aimable ruisseau, se dressant sur une part surélevée du terrain et entourée d'un gravier impeccable, la demeure familiale offre à l'œil plusieurs étages d'une architecture décorative de pierres de taille et de briques rouges. « Une maison de pauvre, ça ? » m'exclamai-je, suffoquée. « Il faut faire avec la licence poétique », commenta mon père adoptif. En voyant cette villa, que dis-je, cette Résidence !, nous autres, pupilles de l'Assistance, aurions pensé immédiatement : « Voilà une maison de maîtres trop riches pour jamais prendre chez eux une de nous, pas même en tant que bonne à tout faire après nos quatorze ans car, ici, on ne mélange pas les serpillières au beau linge. » À l'intérieur de ces pénates cossues, Madame Mère.

Douairière (c'est-à-dire vieille dame de la bonne société et héritière d'un douaire laissé derrière lui par un époux travailleur), Mme Char enrobe sa distinguée maigreur et son statut de veuve d'une robe noire faite sur mesure ornée de fine dentelle blanche. D'emblée, à peine les présentations faites, mobilisant la scène, elle nous jette à la figure son mari « simple manuel » entreprenant ou entrepreneur, ses grossesses difficiles, le dernier accouchement fort inconvenant parce que arrivé tard dans l'arrière-saison de son âge, dont le produit non désiré, mal né, ici présent, lui a déchiré les entrailles… L'indécence et la violence de ses paroles figent et crispent nos fesses sur les chaises droites, nos mains qui portent les tasses aux lèvres avec nos petits doigts en alerte. Chacun calcule ses mouvements pour déposer vite et sans faire de bruit l'assiette à dessert ou l'encombrante soucoupe sur la table où s'alignent des sucreries, « de la confiture ou de la marmelade maison, que préférez-vous, mes chers ? ». Brusquement, elle se lève, se dirige vers une chambre à gauche de l'entrée où, sur un signe du fils, nous la suivons. Piano ouvert, doigts étirés, gestes coulés à l'ancienne, elle exécute pour notre bien une *Truite* correcte en ses legato puis, sans s'arrêter, passe à *La Marche turque*, deux pièces de résistance qui, jadis, suffisaient pour se faire une réputation dans les salons bourgeois cultivés.

Nos visites fréquentes s'organisèrent d'elles-mêmes : Yvonne, Taky, les Charpier et quelques fonctionnaires réunis en séances de travail pour l'élaboration détaillée de la grande exposition, et moi avec elle, à écouter les hauts faits de son amère existence due à la naissance jamais acceptée d'un héritier mâle né acromégale.

Mon corps s'est redressé devant les beautés grillées du Comtat Venaissin, *vénicien* pour Yvonne ; devant les hauteurs sèches et les gorges ombreuses du Luberon ; devant les champs de lavande, entre les murs de pierre qui font à la mince couche de terre arable une résille de veines grises ; devant la Fontaine du Vaucluse gardée comme un phare par la tour de Pétrarque. Yvonne aidant, je me crus acceptée le moment où le poète décida de me tenir sous le dos et les fesses pour m'apprendre à faire la planche dans cinquante centimètres d'eau plate.

Nous avons mâchouillé des artichauts crus et calmé l'agacement ferreux des dents en buvant du chasselas pressé ou du sirop d'orgeat. Nous avons cherché entre les rocailles le rare pèbre d'ail et j'ai pu démontrer comment la graine d'avoine se déguise en cuisses de sauterelle pour mieux chercher son destin loin du pied mère.

Avec Braque, nous avons ratissé, entre des haies odorantes, le sol pierreux et sa poussière avec des cannes improvisées pour couvrir le son des pets. Avec Lely, nous nous sommes inclinés devant le château de Sade dans la communion avec les malheurs de la Vertu visiblement déchiquetée, en loques, aux restes ruinés bons tout juste à sustenter des ronces sans fruits, des câpriers et des épineux anémiques. Tous en chœur, en une sorte de bacchanale bon enfant, nous avons déposé chez le blanc barbu Matisse un nouveau modèle aux cheveux blonds, au regard d'azur, à la chair rose, née-native du lieu, cadeau du poète au peintre. Comme en cachette, avec promesse de ne rien révéler, Pablo a sorti pour nous des matrices pour céramique. Taky portait chemise ouverte et carré de soie rouge autour du cou ; Yvonne décolleté plongeant jusqu'au rebondi du giron ; René Char d'invraisemblables shorts, longs jusqu'aux genoux, à l'embouchure large par laquelle l'œil le plus discret surprenait, quand il s'asseyait ou s'allongeait dans l'herbe, des bijoux de famille libérés de leur écrin. On surveillait entre mes bras le renflement sensible du début de mes seins.

Ma présence fortuite au moment d'une conversation téléphonique me valut un choc. Mon sang ne fit qu'un tour – adorable cliché qui rend compte du renversement des liquides intérieurs, mais pas assez du cœur en chamade et des poumons suffoqués : on me permettait d'aller à Vaux... ma sœur de lait se mariait... Elle me voulait... fille d'honneur si j'acceptais ! Ah mes aïeux, mes ancêtres manquants, ma famille dispersée ! Revoir maman Blanche ! Quand ? Tout de suite ! Comment ? Par le train, seule, débrouille-toi « mais passe par La Goulotte. La parure, le collier et bracelet de faux jade sur plaqué or, je te la donne, cadeau pour le mariage. Dis, M'Yvette, tu n'oublieras pas de me revenir ? » chuchota Yvonne. « Prends dans ma bibliothèque le livre que tu voudras. C'est ma contribution. On te laisse aller, tu vois. Je t'attendrai », ajouta Taky.

Quatre jours plus tard, le soir venu, nous nous sommes retrouvés, comme jadis, autour de la petite table, devant la nappe de toile cirée écaillée, sous la lampe unique tirée au bas de son contrepoids, l'abat-jour orné des spirales de deux rubans de papier tue-mouche, éclairant juste ce qu'il fallait pour donner toute son ampleur au trou noir, sur la gauche, où se cache sous un plancher la cuve ancienne par laquelle montent les inondations… Maman a placé sa corbeille à ouvrage, quelques chaussettes et l'œuf aux reprises. Papa roule une cigarette entre ses doigts meurtris et mouille du bout de sa langue blanche le papier Job. Coincé sous son avant-bras, le journal *L'Yonne républicaine* aux romans à épisodes, poliment, reste plié. Cécile sourit et marmonne, marmonne et sourit : « T'es là, hein ! T'es grande ! T'es jolie ! J'suis contente, Vette-mange-ta-soupe ! » Denise a mis les fers à friser dans les braises de la cuisinière : mes longs cheveux raides coiffés à la Madeleine Sologne, pour son mariage, elle n'en veut pas. Ah, nenni ! Ah, nonda ! Pas question ! Elle me fera des anglaises.

Tout est en place. Je ne suis jamais partie. Pourtant, je reviens, me glisse dans la maison aimée et dans le village… Ils sont toujours à ma dimension. Ma taille a-t-elle si peu changé ? Ou bien est-ce Vaux, sa montagne, son fleuve, le pont, le triangle de la rue et le chemin de halage qui ont grandi avec moi, au cours des années ?

Pourquoi les Zervos m'ont-ils menti en affirmant n'être jamais allé à Vaux, n'avoir jamais rencontré maman Blanche ? « Ils nous ont rendu visite avant de signer les papiers pour ton adoption, pour s'enquérir de tes qualités et de tes défauts », dit papa en souriant. « Arrogants, ils avaient le regard satisfait des joueurs qui savent avoir en main tous les atouts », précise maman.

Quelqu'un en moi calcule ce que j'entends : maman et Denise ont écrit aux Zervos il y a plus de six mois, pour m'annoncer les fiançailles, le mariage, et m'inviter… C'est moi qui ramasse le courrier chez la concierge et le distribue, tâche de confiance… Maman a écrit deux fois encore, puis a téléphoné et a été houspillée. Pour son dernier essai, personne ne répondant à l'appartement, elle a essayé la galerie. Robert a transmis à l'Isle-sur-la-Sorgue et j'ai entendu... Pourquoi tout ça ?

Allongée à plat ventre, tête en bas, les jambes en direction de la hauteur, mes yeux suivent la pente broussailleuse d'où s'organise soudain « le champ à maman ». À son bout, entre la clôture de l'école et le long mur aveugle de la maison des cousins Briffaud, la route sur laquelle des commerçants ambulants rameutent leur clientèle à coups de klaxon convenus. Dans le même mouvement qui va vers l'horizon, la rampe terreuse et le plateau voûté du pont dont l'architecture aérienne laisse voir l'Yonne et le canal de Bourgogne. Ici unis, ils portent comme à mains jointes une péniche languide. Plus loin, la canopée des bois de Petit-Vaux et Augy ; en bordure du ciel blanc, la crête poncée, brumeuse, céruléenne, de Saint-Bris-le-Vineux. Entre les deux, dans un creux estompé, nous avons une vigne, des cerisiers et un groupe d'acacias à fleurs blanches dont maman fait des beignets. Cécile abat sur moi son corps balourd : « Sacrée feignante ! C'est-y qu'tu cherches des haricots ?! » Elle se souvient ! Je *biche* ses joues poilues. Elle se souvient ! Par petits morceaux, avec prudence, maman a exprimé son trouble : « Ils t'ont permis de venir parce qu'ils sont sûrs de leur ascendant sur toi... Ils te dominent et t'en imposent... Toi, ma petite-grande fille, tu as quelque chose à me dire ? »

Hier – j'avais revisité le cimetière et la Fosse-aux-Loups – elle me demande : « Tu as trouvé ce que tu cherchais ? » J'ai fait le curé : « Je t'aurais cherchée, maman, si je ne t'avais pas déjà trouvée. » Maman a ri de son rire de grelot, celui qui, dans ma prime enfance et dans mes rêves de cave et de ciel noir, allumait une à une des étoiles scintillantes. Elle m'a enlacée, bercée, comme autrefois. Comme autrefois, sa taille corsetée, amphore et gerbe, a pris la forme d'une coquille de bernard-l'ermite à la mesure de mes bras. Son parfum de foin, de lait caillé et de vanille nourrit mes narines, mes poumons, et me rend le bonheur d'être une petite fille heureuse de grandir chez maman Blanche qui accepte ce que je lui affirme : « Je viens d'Ailleurs, je vais Ailleurs. »

Denise, ma « sœur de lait », navigue entre les félicitations et les altercations sans rien perdre de sa gaîté, de sa vivacité, de sa beauté de femme de plein air à l'aise dans son corps et dans ses mouvements. Papa lui a donné ses yeux noirs langoureux et une chevelure abondante, épaisse, frisée de nature. Maman a ajouté une voix de flûte et le rire de grelot. Denise a voulu quitter la maison, chercher ailleurs. Maman lui a dit : « Oh, non ! Tu es mon seul rayon de soleil. » Denise est restée.

Comme toutes les filles et les gars de la région, à peine sortie de l'enfance, Denise avait fait les bals du samedi soir, remarquant, un jour, un danseur plus distingué que les autres, pratiquant le tango glissé aussi bien que la valse à l'envers. Les jeunes gens ébauchaient un flirt prudent lorsque la mobilisation générale de 1939 vint les séparer. Tôt parti au front et tôt fait prisonnier, Jacques Alliot avait passé cinq ans de captivité, et une tentative d'évasion ratée, chez des familles allemandes dont il n'avait pas « à dire du mal ». Libéré seulement après l'effondrement de Berlin et la mort d'Hitler, il rentrait au pays avec une santé fragilisée et un scepticisme certain quant à la valeur intrinsèque des patriotismes. Aux yeux des gens de Vaux, Jacques Alliot, né-natif de Champs, n'était pas n'importe qui.

Situé à un kilomètre de Vaux pour un oiseau mais à six ou sept par la route, Champs appartenait à un autre monde. Ses terres plates, fertiles, avaient changé les serfs paysans en exploitants agricoles. Mieux ! Une gare, un bureau de poste, une mairie et une église encore en activité avaient haussé la dernière génération au rang de fonctionnaires, de notables détenteurs du mirifique Certificat d'Études et, parfois même, d'un Brevet.

Apprenant le retour de celui qui lui tenait le cœur, peu sûre d'elle-même mais prête à saisir la chance au bond, Denise lui fit savoir qu'elle l'avait attendu, qu'elle s'était réservée pour lui... intégralement. Cupidon fit preuve de bon sens et Jacques tomba amoureux de celle dont il se souvenait vaguement.

Pour Denise, il était question d'apothéose. Pour Cécile, l'occasion d'une robe neuve, de se faire des frisettes et de se bourrer de dragées. Pour maman, derrière la victoire de l'intégrité de sa fille, de se retrouver avec Cécile, pas méchante mais débile, et un mari perdu dans le vin, un sentiment de solitude.

Pour papa, le libre penseur, la satisfaction et l'orgueil de voir sa seule fille mariable casée à bonne hauteur n'adoucissait en rien sa haine envers l'Église Il accompagnerait sa fille chez Monsieur le Maire, oui, avec fierté ; il lui tiendrait le bras pour traverser le village jusqu'au parvis mais, là, stop, elle devrait continuer seule. La honte ! Qu'il accepte de gravir les trois marches qui débouchent sur le portail sans entrer dans le petit narthex ? Nenni ! Nonda ! Que le bon Dieu des cons rigole un bon coup, que les punaises de bénitier pissent de rage. Il n'irait pas à l'église, ni debout ni pieds devant !

Orphelins de leur jeunesse volée-brisée-souillée par la guerre et ses atrocités, Denise et Jacques eurent à cœur de faire un mariage à l'ancienne, respectant des coutumes fort vaillantes et marrantes aux temps rabelaisiens. Repas gargantuesque, boisson à foison, course à la jarretelle, déclamations grivoises, scènes mimées de prouesses mythiques… et le pot de chambre. Les époux fuient. Il faut les trouver avant les premières lueurs du jour. On les déloge du lit, on y cherche les traces… des preuves. L'époux a-t-il fait montre de sa virilité ? La mariée a-t-elle perdu sa virginité ? Tout cela a-t-il bien fonctionné ? Le pot de chambre ! Rempli de vins mélangés, blancs et rouges, avec au fond « de la merde, il y a de la merde » ! (Des bouts de chocolat.) Hourra ! Alléluia ! Il faut en boire à la goulée, à la lampée, en levant haut le pot, en se l'arrachant des mains. On crie, on chante : « Foi d'épousée, foi d'enculé, foi de mordu, foi de cocu, c'est pour la vie, qu'elle soit bénie ! » Le mariage est accompli, il nous reste toute la journée pour fêter les épousailles. La noce commence !

Maman rameute le passé et force dans ma tête des tiroirs que j'ai scellés. Elle cherche : « L'hôpital, c'était quand exactement ? Tu y es restée longtemps… » « C'était après le bouquet d'hiver… Au Premier de l'an de 1941, j'y étais, et ça a duré. »

Maman précise des détails restés flous. Les souvenirs engrangés, jamais revisités, jaillissent en raz-de-marée. Combien de malades ai-je vu prendre la route du non-retour ? Combien ont, comme moi, quitté la salle en étant plus solides sur leurs pieds ? Cinq, dix ? Pas plus. La quantité des morts, jeunes, accidentés, suicidés, vieux, qui m'ont fait vivre une vie vivable… Leurs cadeaux, le retour chez Germaine au pas cadencé du cheval… Je ne veux plus me souvenir. Ma tête éclate. Trop de mémoire – trop de mémoires, faut-il mettre au singulier ou au pluriel ? – c'est trop de tortures. Maman, tais-toi !

Maman s'anime : « Écoute ! Après la guerre, j'ai appris… J'ai compris le mystère… pourquoi le médecin de Puisaye t'avait déposée à la conciergerie de l'hôpital, en te laissant te débrouiller. On m'a dit : c'était un Juif.

Tu sais, à l'époque, les Allemands… Il a fait ce qu'il a pu pour toi, autant qu'il pouvait… c'était un chrétien. » Je suis à mille lieues, l'esprit perdu dans la signification peut-être absurde de la phrase que je viens d'écrire sans réfléchir : « Maman Blanche, tu m'as élevée mais c'est moi qui t'ai enfantée. »

Papa est triste ce soir. « Yvette, tu te souviens de Claude ? » « Oui, papa. » « Placé à Migennes pendant la guerre, il a trouvé un paquet de tracts après un mauvais largage. Son patron l'a dénoncé… » Les larmes ruissellent. Papa cache son large visage dans son grand grand mouchoir. Maman prend la relève : « Claude avait, quoi, quinze-seize ans… Claude arrêté. Claude torturé. Claude fusillé. » Les morts les plus oubliés continuent de vivre tant qu'il reste quelqu'un pour penser à eux.

Maman m'a donné des nouvelles de Simone Cousin. Son patron des Bois-de-la-Madeleine l'a mise enceinte. Elle n'avait que douze ans et demi. L'Assistance l'a mise au Bon-Pasteur, cette institution catholique chargée de remettre sur le bon chemin la graine de vaurien. Nous autres, pupilles, nous disons : le Composteur.

Papa lit son journal. Cécile écosse les haricots. Maman tire une aiguille, une bobine, réfléchit, soupire. La tête sur un galet de la rivière, j'y dessine une sirène. Maman veut dire quelque chose. Je n'ai pas besoin de la regarder pour le savoir. Je sens les vibrations de son corps à distance. Maman et moi, nous sommes comme ça. Elle se lève enfin. Mes oreilles suivent son trajet vers l'armoire de l'entrée. Elle revient et, déposant un paquet sur la table, dit un « Yvette ! » qui m'oblige à lever la tête. Maman défait ficelle jaunie et vieux papier. Devant moi, un parapluie miniature et un vaporisateur.

Dans le tourbillon qui me renvoie aux Chaumots, sous les noisetiers de maman Phrasie, les deux objets échappent aux années, aux images filmées sur ma rétine, et prennent corps sur la table, arrachés à la vision. Mes doigts touchent la résille abîmée qui entoure la petite poire et les paroles de maman doublent mon souvenir : « Raymond Launay, l'ami de ta mère, a apporté le vaporisateur après l'enterrement. Il pleurait tant, le pauvre homme. Il a ajouté le parapluie pour que tu saches qu'il te considérait comme sa fille. Il est mort si vite après… un accident de moto, on a dit. » Et l'autre scène s'impose… marche au soleil sur une route droite dans un paysage désert. Raymond pousse un landau où vagit Michel bébé. Ma mère, haute et large, tire ma main, me force à avancer là où je ne veux pas aller. Puis, comme un flash, la découpe d'un homme aux épaules musculeuses, à la tignasse noire, assis ou appuyé contre un puits, celui de la maison où je suis née. C'est le même homme qui est passé me voir, en voiture. J'ai son poil en bas du pouce de ma main droite. Tout le reste de moi est blond.

Sans un mot, maman a refait le paquet, l'a remis dans l'armoire. Était-ce avant le mariage ou juste après ? Impossible de me souvenir. À partir de ce soir-là, j'eus conscience de quelqu'un en moi qui commençait à se sentir mal.

La joie de papa de me revoir ne suscitait à la maison aucune parole, aucun geste. J'avais été surprise par sa première invitation à aller contrôler loin, très loin, l'état de nos noyers, et j'avais compris.

Nous sommes allés ensemble au puisard de Petit-Vaux, malade de son *keûrchon* (cresson). Outils sur l'épaule, nous avons grimpé Le Poiry pour ravauder le portail à claire-voie d'une barrière qui ne servait plus à rien, parce que papa voulait me montrer le creux du chemin de traverse où la charrette pleine de foin avait basculé, moi dessous, le foin par-dessus et le cheval sur le flanc, incapable de se relever. Sa frayeur, sa frénésie pour me tirer hors de la masse, constater que je n'avais rien et vite secourir le cheval. Quelle belle jaunisse j'avais attrapée ! « Non ? Tu te souviens ! T'étais p'tiote, t'avais pas quatre ans… T'avais toujours froid. Blanche t'allongeait sur le bord de la chaise et te mettait les pieds sur la porte ouverte du four… » Nous sommes montés, lentement, sur la crête de Vaudebout. Notre vieille vigne, à l'abandon, dépérie, plus jamais travaillée après la mort de notre cheval… « C'est vrai, t'as été élevée au lait de chèvre, toi. Il t'en reste quelque chose… » « Papa, tu te rappelles comment je l'ai mise au pas, la chèvre blanche ? Front contre front ! En lui chatouillant l'intérieur des oreilles. Elle me suivait mieux qu'un chien… » « T'as une mémoire, dis donc ! On s'amusait à la voir te rentrer dans les fesses mais, face à face, tu la *minaudais.* »

Papa riait de son rire d'ogre repu quand des passants nous croisaient, s'arrêtaient pour échanger des « Ça va t'y, père Chateau ? Et vous, la Julie ? ». Éberlués, me regardant en fouillant dans leur mémoire, ils s'écriaient : « Mais c'est Yvette-mange-ta-soupe ! C'est pas Dieu possi'be ! » Victimes du syndrome du cheval blanc d'Henri IV, certains se reprenaient. « Excusez-moi, mademoiselle, j'ai oublié votre nom. » Une main possessive sur mon épaule, papa prenait une voix de fonctionnaire – il avait été conseiller municipal, dans ses beaux jours – et présentait « la petite qu'on a élevée, ma troisième fille, Yvette-mange-ta-soupe, présentement Mlle Zervos, en personne, venue de Paris pour assister au mariage ». Derrière notre dos, de bonnes âmes tiraient de leur mémoire des rumeurs longtemps colportées, effacées depuis, mais qui avaient laissé une tache imprécise sur l'honneur de mes chers parents nourriciers.

À l'époque (1938), l'Assistance publique d'Auxerre avait prétendu à une promiscuité et à un manque d'hygiène préjudiciable à la santé d'une pupille (oui, nous dormions à cinq dans la même chambre aérée « seulement » par deux fenêtres) alors que le directeur avait saisi au bond la mort soudaine de mon géniteur pour réunir (soi-disant) les enfants Thomas. Mon retour à Vaux démentait les racontars du temps jadis et nettoyait la lie.

Quand prit fin le tour des caves de ses clients, papa et moi étions fin soûls et incapables de remonter sur nos bicyclettes. Sous la clarté bleuâtre d'une lune pleine montante à travers le Fir-maman, nous avons tangué sur le chemin de halage entre la roche écaillée de la côte aux noyers et le talus bordant l'Yonne aux eaux placides, finement clapotantes et attirantes. Fortement heureux de notre belle tournée grassement arrosée et fortement accrochés l'un à l'autre, nous avons rebâti nos vies. La guerre de 1914 ne l'avait pas fait Ancien Combattant et Gueule Cassée, j'étais devenue Claude encore vivant revenu au pays pour y rester. Sans pouvoir arrêter son fou rire, maman mit papa au lit, moi ensuite, dans la même chambre aux deux fenêtres où elle et Cécile ne tarderaient pas à nous rejoindre. C'était le dernier soir.

Me suis-je endormie ? Un vent de forge brutalise mes côtes au rythme brutal des bielles du train.

Me suis-je réveillée ? Sur ma rétine, contre le paysage qui file, filent des silhouettes entrevues, des noms à peine prononcés, des bouts de phrase, un homme noir au volant d'une voiture, un parapluie, un vaporisateur… Reliques ? Vestiges ? Je suis née à moi au pied d'une touffe de chiendent un jour de mes six ans. Ce qui précède, je le refuse. Est-ce pourquoi je brûle dans l'air glacé ?… Est-ce pourquoi mes nerfs, loups piégés-encagés-lynchés, se tordent et hurlent à la mort ? Quelle voix d'enfant vieillie au cœur battant, au plus aigu du déchirement, invoque son nom primordial, sa plus antique revendication : « Yvette-Marie-Thomas-Moi ?! » et s'arc-boute contre le fracas de ce qui me renvoie aux Zervos, chez qui je ne veux pas retourner ? Privée de base et d'armature, je m'enlise dans le sable de l'épuisement. Vaux, Fougilet, Les Chaumots, Avallon, *Le Météore du 13 août*… La dernière parcelle de mémoire qui me rattache au genre humain affirme-confirme : « Tu n'existes ni là ni ailleurs. »

Le docteur Legendre cherche sur mon véhicule charnel la cause physique de la monstrueuse fièvre qui m'entraîne dans des convulsions et, dans mes paroles incohérentes, les raisons de mon délire. La fournaise intérieure, torrentielle, décuple mon ouïe ; elle caracole sur des phonèmes et des échos cassés. Le docte docteur a déclaré, j'ai bien entendu : « Sept pis, c'est mis… »… « radeau de méninges au gîte »… « colle à lapsus ». Il n'y comprend rien et son désarroi me remplit de satisfaction, cela fait longtemps que je le déteste. Ne serait-ce le sentiment d'offense personnelle qu'Yvonne surtout mais Taky aussi tirent de mon état, je me porterais parfaitement bien. Enfin presque, car ma lévitation désorganisée me donne le tournis. Fatigant d'aller à la lave puis au glacier ! Dans mon crâne quelqu'un regarde quelqu'un être malade offrant, pour ne pas perdre l'équilibre, de quoi se raccrocher à des papi, des papilles, des papillons style balancelle de Fragonard, des libelles-lules-demoiselles sur une balançoire, des colliers ou des cordes de déréli-lili-liction, des passerelles de frisquet à friction, de mixtion à miction, de lyre à lire à des lyres à délire… Un rat ronge mes racines… Une hache fend le bois de ma chair… Ma mémoire dégorge ses pus. Pas nécessaire d'évoquer les graines rouges de jadis : réfugiée dans la non-existence, j'entends et accompagne le rire de Poulain.

Trois semaines plus tard, certaine qu'un train m'était passé dessus ou qu'une puissance ténébreuse avait décidé de me lessiver à l'intérieur aussi bien qu'à l'extérieur sans économiser pierre ponce et eau de Javel, j'avais attrapé une maigreur me permettant de flotter dans un 38 de Schiaparelli et fait un bond extraordinaire vers la hauteur, atteignant, sous la toise, le mètre soixante. Yvonne aima ma transformation. Le quatuor eut de courts éclats de rire lorsqu'elle et moi, parées comme des icônes, faisant notre théâtre style « dans la fumée et dans l'alcool », nous déclarions à « nos hommes » : « Nous sommes des odalisques contrariées. »

Taky avait choisi ses heures pour une attention caressante, mêlant à mes envolées hallucinatoires un mariage entre un geste (mixtion) et un produit (miction). Devenue languide, translucide, et palpitations cardiaques aidant, Yvonne me sacra jeune romantique : un diagnostic de Legendre avait suggéré un syndrome de Wer-dether. Le troisième larron brilla par son détachement.

Je ne me sentais plus la même, cliché qui vaut son pesant d'or. Indéniablement, quelque chose m'avait quitté, me laissant face à des murs et à des vides, mémoire intacte, je pensais, mais volonté ou désirs affaiblis et curiosité affadie. Plus question, jamais, de me laisser aller au galop de la spontanéité, c'est trop fatigant. Et puis, ne rien dire, pratiquer le silence des nonnes d'Avallon car *« pour qui parler ? / puisqu'on ne sait pas / puisqu'on ne veut pas savoir / puisqu'on ne sait plus / par respect / ce que parler veut dire »* (Paul Éluard)… quand parler n'est pas dire. Interdite de gros travaux et d'agitation, je suis entrée dans les livres avec le sentiment d'échapper enfin au « travail de vivre ».

Accordant à l'Ancien Testament le respect dû à un Simenon faiblard quant à l'intrigue, je repris sa lecture en commençant par la fin, et découvris deux personnages bons à fréquenter (Job et l'Ecclésiaste) sans déceler leur lien de parenté avec les pyjamas rayés. Le *Voyage au bout de la nuit* et *Kaputt* m'enthousiasmèrent. Leur compte rendu gaillard, véridique, sans fard, de la cruauté du genre humain apportait de l'eau à mon moulin. L'enfer est sur terre, personne ne pouvait plus rien m'apprendre sur le sujet mais il était bon d'en lire les exposés dialoguant à deux guerres de distance.

J'ai suivi les *Thibault* à la trace, volume après volume, avec passion, avec fascination, y trouvant enfin une femme à mon goût. J'ai cherché longtemps dans des ambres divers le parfum qui aurait pu être celui de Rachel. L'ultime besoin de réconfort de Jean Barois me fit pleurer de honte, de révolte, de compassion aussi.

Karenina, Bovary ? Quelle idée les auteurs de ces romans populaires avaient-ils derrière la tête ? Ils n'avaient fait aucun effort pour hausser leurs personnages au rang des héros et des héroïnes des contes et légendes anciennes. « Tout de même, l'histoire d'adultère d'Hélène de Troie, ça a une autre dimension, non ? » me disais-je sans ressentir le moindre respect pour ces bonnes femmes de la bourgeoisie aisée qui, à cause d'un vague à l'âme et parce qu'elles étaient oisives, allaient courir la prétentaine. Il me paraissait extrêmement malsain que les deux auteurs obligent leur aventurière, tout juste échaudée, à se suicider. L'autopunition et ses relents religieux me hérissaient le poil. Par ailleurs, j'avais ma petite idée concernant les coucheries des uns et des autres, basée sur les habitudes du règne animal. Dans la nature, les bêtes dont la vocation est de vivre en couple restent fidèles jusqu'à la mort du conjoint. Les autres, faites pour fricoter à gauche et à droite, appliquent une loi plus forte qu'elles. La faune dans son ensemble ne s'en trouve pas déstabilisée et ne prétend pas à une morale et une justice immanentes.

Voulant boire le vrai savoir à sa source, dans un mouvement qui exprimait le sérieux de mes préoccupations spirituelles mais aussi mon ineffable prétention, je me procurai une austère édition du *Timée* avec texte original, version française et commentaires. Mon cursus au lycée m'avait introduite au grec et je crus que ma convalescence me permettrait de progresser seule, de réussir au point de pouvoir lire dans le texte. Je comptais un peu sur l'aide de mon père adoptif… mais il s'avéra n'avoir jamais manié le grec ancien. Afin de tester ma machine à mémoire, mise à mal par la maladie et qui, je m'en rendais compte, oubliait d'inscrire à son compteur des jours entiers quand rien de particulier n'était venu leur ajouter un peu d'individualité, j'appris par cœur des pages entières de la traduction alors que la philosophie, les concepts avaient déjà perdu beaucoup de leur attrait. L'infâme Maurras lui-même n'avait-il pas écrit quelque part : il n'est pas une seule idée née de l'esprit humain qui n'ait fait couler du sang sur terre ? Après s'être moqué, Valsa suggéra des auteurs moins spéculatifs, proches de la vie, honnêtes et parfois drôles : Xénophon, mais surtout Tacite, Tite-Live, Suétone et compagnie… Fameuse découverte ! Pas de touillages cérébraux, pas d'écartèlements « éthériques » ou ésotériques ou chimériques ! Aucune hystérie religieuse ou mystique ! Pas de mignardises ! Un œil critique, une pensée claire, une formulation précise, leur système d'adoption, de l'humour à la Clochemerle chez les Césars, une vertu dédorée… Les Latins ? Des contemporains !

Même au plus aigu de la lassitude, mon cerveau

refusa le repos. Gardant dans l'oreille le reproche de mes parents : « Qu'as-tu vécu à Vaux pour rentrer déglinguée ? », mon esprit passablement embrumé passait du monde des Zervos à celui de la pupille placée-déplacée-replacée – à ce que j'avais eu en moi de particulier, privé de sucs maintenant, arrivé me semblait-il au bout des colères et des haines, à l'extinction des sensations et des émotions. Il me restait à entendre et comprendre le mot *désaffection*. Qu'aurais-je fait sans les livres ?

Respiration puissante de *Zarathoustra*, verte oseille du *Gai Savoir*, et *Till Ulenspiegel*, et *Le Baladin du monde occidental* (Synge) et *Le Livre de Monelle*, tristesse, dolence, compagnonnage doux nappant un résidu de frémissements. Puis vint la merveille des merveilles : *Les Mille et Une Nuits*, dans la traduction « intégrale et scientifique » du génial et très intrépide Docteur J.C. Mardrus.

On y parlait de vizirs vicieux pourris par le luxe, de califes fin lettrés, sages et savants tombant en pâmoison devant la beauté des rossignols ; on y décrivait des sultanes décoratives engrossées de fainéantise, de loukoums et de confiture de rose. On y évoquait en tous leurs membres et trésors cachés des houris du paradis aux vulves de grandeur et de profondeur héroïques et leurs petits frères, éphèbes imberbes dotés d'anus solaires qui ne devaient rien à Georges Bataille. On y racontait sans reprendre souffle des histoires carnavalesques de têtes tranchées, de corps empalés dans un charivari de copulation cosmique. Vue à la hauteur des tapis volants, la caravane folle des contes, récits, fables, légendes et poèmes lyriques écrits, chantés, joués, mélangeait dans une langue gaillarde et paillarde rustres et élite dans les champs d'une mythologie persane inouïe qui semblait n'avoir qu'un but : la fornication. Bref, j'ai fait une part de mon éducation sexuelle grâce à

Shéhérazade. *Les Mille et Une Nuits* transformèrent aussi, dans ma tête, le grain de sable de la question de maman Blanche : « Ma petite-grande fille, qu'as-tu à me dire ? », en œuf de puce, de pou ou de cancrelat.

La cabale a débuté par quelques articles ambivalents publiés par *Les Lettres françaises*, le journal culturel du parti, le vade-mecum de tout intellectuel engagé ou non dans lequel Louis Aragon faisait la pluie et le beau temps. Elle s'inscrivit dans les échauffourées de clans, de chapelles, de salons mondains dont les Parisiens semblaient férus, et en déborda car les intentions du parti les dépassaient.

Dès la Libération, à sa façon détournée, timorée, Paul (Éluard) avait fait front commun avec Yvonne et Taky contre les débordements dogmatiques d'Aragon. Un contentieux datant des premières années du surréalisme, jamais réglé, avait perverti la relation des deux poètes, d'opinions proches mais narcissiques et vaniteux à égale mesure. L'inimitié s'était aggravée depuis la fin de la guerre, l'éditeur Christian Zervos publiant parfois, rarement en fait, des textes proposés par Éluard mais refusant instamment ceux d'Aragon. Pour reprendre le style de la rue du Bac, Paul avait écrit sous l'Occupation le chef-d'œuvre de l'Amour. Perceptif plus qu'on le pense, le peuple français y avait trouvé un chant pourvoyeur d'héroïsme, l'avait fait sien en le transformant en hymne de la Résistance et de la Liberté intemporelle. Aragon, lui, avait méprisé un public potentiel en faisant populo, se mettant à tout jamais au rang d'un habile versificateur au ras de la chansonnette.

Entre 1945 et 1947, les grands procès contre les grands et petits collaborateurs avaient fatigué la population qui se débattait pour s'assurer un niveau de vie à peine meilleur qu'au temps de l'Occupation. Plus personne n'osait évoquer à voix haute ou seulement en pensée des *Lendemains qui chantent* sans rire jaune de sa propre bêtise. Des mouvements de mécontentement traversaient comme une houle la masse des sympathisants indécis, des convaincus impatientés, des nostalgiques du Front populaire. Le PCF décida de procéder à sa propre épuration. Dans le domaine culturel, le Comité central trouva un jeune Torquemada prêt à faire ses preuves, Laurent Casanova, disciple de Jdanov et fier de l'être.

Le projet de l'exposition d'art contemporain au palais des Papes, en Avignon, servit de catalyseur. Au début, faisant sans doute confiance à la loyauté de la camarade Yvonne Zervos, Aragon laissa passer dans son journal des articles culturels libéraux. Puis, les semaines passant et la liste des participants subissant corrections et changements, il y eut des rappels à l'ordre au sens unique de l'Histoire, au matérialisme dialectique bien compris, c'est-à-dire celui tiré au cordeau en droite ligne de Moscou. Le recensement final mit le feu aux poudres. On y trouvait: Adam Arp Braque Balthus Brauner Calder Chagall Dufy Ernst Giacometti González Gris Hugo (Val) Kandinsky Klee Lam Matisse Miró Mondrian Ozenfant Picasso Tanguy.

Des artistes importants avaient refusé l'honneur d'exposer sous l'égide du parti (Rouault, De Staël, Hélion, Brancusi, Bonnard, Poliakov, S. Delaunay et d'autres). Pour certains, les marchands attitrés firent le choix entre le rouble et le dollar. Les Zervos tirèrent de leur collection personnelle quelques œuvres d'amis décédés ou vivant à l'étranger. Aucun représentant du réalisme socialiste n'avait été inclus. Pignon, Fougeron, la Parmelin mobilisèrent leurs troupes et le puissant appareil du parti. Les Zervos en vinrent à compter leurs amis, et les amis à trembler devant un choix plein d'embûches.

Pour des raisons stratégiques subtiles, Yvonne prétendit ne pas être directement concernée par le litige politique. Paul servit de messager discret, de négociateur, jouant double ou triple jeu et s'y perdant, s'y égarant avec une naïveté réelle ou douteuse. René Char rameuta une jeune garde active, énergétique, qui fit ses premiers pas dans l'idéalisme mis en pratique. Rappliquèrent aussi des habitués du combat anticommuniste, de France et de l'étranger, des conspirateurs, des comploteurs « ébouriffés de la cervelle », pensais-je, mais sérieux et graves comme des papes. Certains, parlant au nom de Trotsky, décidèrent de la teneur d'un Manifeste collectif. Quelques-uns avaient combattu contre les nazis sans être communistes. Leur haine envers Staline égalait celle qu'ils avaient ressentie envers Hitler. Un seul élément m'étonnait : ne se rendaient-ils pas compte qu'ils s'agitaient comme le Sisyphe de Camus ?

Un esprit échauffé révéla aux gens de L. Casanova des fragments du Manifeste collectif et dévoila le nom de quelques signataires enregistrés… de quoi créer un affrontement avec le PC d'un pays voisin. Des émissaires coururent dans les deux sens. La querelle avait dépassé les limites d'un combat intellectuel centré uniquement sur l'art, sa vocation et sa fonction. Une éminence grise parfaitement inattendue, tombée du ciel, s'attaqua au problème, le traitant comme s'il s'agissait d'une affaire mondaine. Rompue aux finesses des protocoles et maniant les plus hauts fonctionnaires en marquise de l'ancien temps, elle court-circuita L. Casanova et fit se rencontrer Yvonne, Jeannette, Maurice et Taky. L'ordre fut donné de « laisser du mou » à l'éditeur des *Cahiers d'art*. Lorsque celui-ci publia la « Lettre ouverte à Casanova », il en était le seul signataire et la querelle était étouffée. Ce fut cependant le prologue d'un antistalinisme affiché fort téméraire à l'époque, auquel se rallièrent des intellectuels honnêtes et libéraux, des gens de droite aussi, forcément, et pour Christian Zervos l'éloignement de vieux et fidèles compagnons.

Le conflit Zervos-Casanova avait aggravé la dissension entre Paul et Aragon, et aiguisé leur inimitié. Les deux hommes se laissaient aller à de ridicules outrances, puériles et inefficaces chez Paul, précises, venimeuses et renouvelées chez Aragon. Le poète de l'« Hymne à la Liberté », vieilli, à la « spiritualité dissociée » insatisfaite et facilement déchirée, avait fait son temps. Nusch le savait. Elle préféra quitter l'arène. Sa mort ne surprit personne. Je n'ai pas versé une larme. Le thème des fins précoces ayant beaucoup tourné dans nos salons, je plagiai Bellerophon et répétai mezza-voce en litanie consolatrice : « Tu as bien fait de partir, Nusch. Tu as bien fait de partir. » Peu de temps s'écoula avant que Paul ne réapparaisse ragaillardi au bras d'une muse merveilleusement pimpante et « dans la ligne ». Faisant mille manières, il profita d'instants de tête-à-tête pour suggérer à Taky de faire quelque chose... *in memoriam*... « Au nom de Nusch. Chut. Dominique... » Les éditeurs les mieux disposés à son égard lui ayant demandé une participation aux frais de publication, il venait chez nous partager notre « pauvreté ». Le lâche n'utilisa pas son nom de plume (Éluard) ni son nom de famille (Grindel) pour personnaliser le mince recueil mais un pseudonyme obscur, rarement utilisé durant l'Occupation et connu de très peu de personnes. Il s'acquitta des frais d'impression en achetant vingt exemplaires qui lui furent facturés sans remise. Pour moi, Nusch était morte mais Paul n'existait plus.

La cabale avait suscité de l'intérêt chez des intellectuels n'appartenant pas à notre cercle. Leurs noms éveillaient un grand respect. On citait facilement *Le Silence de la mer*. Un de nos familiers y décelait l'écho moderne d'une passion digne des De Clèves. On évoquait *La Marche à l'étoile* en effleurant le sujet. L'auteur du *Mythe de Sisyphe*, chaperonné par René Char, avait fait plusieurs fois le tour de notre salon sans y trouver sa place.

Il paraissait compter avec intensité les lattes du plancher avant de se décider à traverser la pièce comme s'il n'accordait aucune confiance au sol sur lequel il était contraint de marcher. L'homme au corps juvénile mais aux épaules courbées dissimulait son regard derrière des paupières à moitié baissées ou derrière la fumée de sa cigarette et le bas de son visage derrière la main qui la tenait, et parlait peu, lentement, à voix basse, sans jamais se départir d'une exquise politesse, discrètement flirteuse avec les femmes.

Il n'allait pas vers autrui, ne se dégageait pas d'un manteau d'ombre, d'une aura de tristesse ou de fatigue. Les gens le couvaient, lui faisaient la cour. Certains malins jouaient les as de la contradiction afin de détourner son dégoût affiché des courtisans. L'homme se refusait à émettre des oracles : ayant déjà exprimé ce qu'il pensait des relations humaines et des contingences fatales de l'existence, il refusait de se répéter et d'apporter une quelconque consolation du genre « Prenez votre mal en patience » ou « gardez espoir ».

Il ne fut pas question un seul instant qu'Yvonne démissionne du parti. Dans sa cellule, elle discuta avec les camarades du cas de son mari sans que la polémique ne s'abaisse au niveau personnel. À la maison, elle avait collecté activement des signatures pour le Manifeste collectif. Ce respect des libertés individuelles strictement mis en application m'éblouit. Entraînée par Yvonne, j'avais suivi certaines activités des Jeunesses communistes dès 1945, mais en restant dans l'expectative. Convalescente maintenant, il me sembla normal de devenir plus active dans le domaine qui, à mes yeux, constituait une bonne cause.

Franchement, l'engeance humaine dans son ensemble et l'idée de me bonifier en aidant le prolétariat à obtenir plus de bien-être, je m'en foutais, mais œuvrer en faveur des rescapés des fours crématoires, oui, j'avais un devoir envers eux. Ils constituaient la seule humanité avec laquelle je partageais une irrévocable solidarité.

Les journaux, la radio en parlaient haut et fort, le parti le confirmait : les Juifs se trouvaient à un tournant majeur de leur avenir. Nous allions susciter un mouvement d'opinion international afin de les mener jusqu'à ce point de non-retour qui, rétablissant sur terre un droit moral et une équité planétaire, allait leur rendre une patrie antique, un foyer, une nation. Nous autres, Jeunes communistes, nous allions ouvrir pour eux les portes de ce pays mythique sur lequel ils pleuraient depuis deux mille ans. Ils y retourneraient ensemble et mélangés, Hébreux, Israélites, les dispersés de la Diaspora, les survivants de l'atrocité nazie ; ils s'y précipiteraient tous, y compris les barbus de la rue des Rosiers, et moi avec eux. J'y croyais… j'y croyais par altruisme, disons, et dans la mesure où un résidu émotif se permettait de me faire vibrer encore un peu.

Nous avons fait confiance à des guides venus de Palestine, des représentants d'organisations aux noms bizarres : Mapam, Hagana, Soch'noute… Ils ont marché en tête de nos manifestations de rue, côte à côte et coude à coude avec les pyjamas rayés sur lesquels la police n'osait pas taper. N'ayant pas encore en poche ma carte des Jeunesses communistes, passant par une période de probation, je faisais de mon mieux dans le service d'ordre.

Le danger débute dès l'instant où vous vous sentez transmuée en particule essentielle à la communion d'une immensité combattante et chaleureuse. Le vouloir aimer retourne comme un gant vos principes de lucidité. Vous adhérez à la masse, à la base en l'occurrence, si importante pour le parti. Répétant les mots d'ordre, psalmodiant les slogans alternés, suivant les rites codés des applaudissements du culte de la personnalité pratiqué en public dans de grandes salles porteuses d'échos se répondant au rythme d'une respiration haletante criée en multitude, vous subissez un tremblement de la chair étrangement séducteur. C'est une jouissance physique violente. Vous ressentez en vous une foi qui monte.

C'était le soir de la manifestation monstre organisée pour accueillir dans la réjouissance notre cher Maurice Thorez, récemment rentré en France. Sur la tribune, hiératiques, A. Marty, le héros du *Potemkin*, B. Frachon, le grand-père moustachu M. Cachin, l'inévitable Casanova... Nous, les jeunes, nous scandions sur une cadence à deux temps « Mau-Rice Mau-Rice » avec sur le visage des masques d'illuminés, avec des mouvements téméraires du bras droit levé agitant le poing fermé, les plus sportifs d'entre nous y ajoutant des frappes du talon. Quand Maurice Thorez et sa Jeannette apparurent, l'armature métallique du Vel' d'Hiv' sembla se tordre sous l'impact sonore de la phénoménale ovation. Comme frappée par la foudre, prête à m'évanouir sous le choc, je me suis accroupie, glacée jusqu'aux os, secouée violemment par un incoercible tremblement.

J'avais vu l'hystérie posséder mes compagnons et se répandre tout autour dans une contagion paroxysmique. J'avais vu les yeux d'une bête immonde surgir dans leurs regards. La sauvage passion des fanatiques venait de me frôler pour une nanoseconde de brûlure infernale. Un instinct implacable, plus fort que le besoin d'aimer mes prochains et d'être aimée par eux, me rejeta, « m'expulsa » hors du parti comme jadis de l'Église... Ne pas appartenir oblige à faire semblant. J'ai donc continué à vendre par tous les temps, le dimanche matin, les journaux du parti, devant la bouche du métro Rue du Bac, payée de ma fausseté par les remarques acides de passants sortis de la messe. Dans les réunions en faveur des Juifs, j'ai ramassé auprès des camarades de petits sous au cri efficace de « Qui-qui n'en veut, des pirojki ? ».

Le diktat des représentants français de Moscou contre l'art moderne doublait celui des nazis et prouvait une damnation inexorable, réservée au genre humain, génération après génération. Mais ici, mener deux fois le même combat en un laps de temps si court ? Il y fallait une force qui me faisait défaut. Fatalité cosmique ou connerie humaine..., je refusais de jouer le jeu. Comment dominer mon chaos et mon vide intérieur ? La vie ordinaire se chargea de me distraire.

Le hurlement d'Yvonne vrilla le calme ambiant, s'affaissa dans un decrescendo lent, sorti d'outre-tombe, tripes retournées. Tirée de la torpeur bénéfique qui suivait mes activités pourtant réduites, je me précipitai dans les escaliers, le cœur battant déjà à cent trente coups à la minute. Visite du docteur. Achat de laudanum... Yvonne groggy sous les couvertures, mon père adoptif et moi en tête-à-tête. Son masque olympien figé et blafard m'oblige à me taire, à interroger des yeux seulement. Chassant de la main mon regard comme on chasse une mouche, il éructe une nouvelle qui me plonge dans l'imbécillité. Le sang cognant dans mes oreilles m'empêcha de saisir le son des mots prononcés : « Il *est* marié » ou « Il *s'est* marié », *il* étant bien sûr René Char.

Imperceptible au début, une scission s'opéra. Elle mettait d'un côté Char et Yvonne, de l'autre Taky et moi. La nouvelle conjoncture se stabilisa, devint naturelle et resta l'affaire intime et privée de nous quatre exclusivement. Si je m'inclus dans « l'arrangement », c'est que je l'ai vu s'établir et en ai subi les effets.

Toutes insatisfactions ou tous heurts masqués, peu de chose filtra à l'extérieur. Nos familiers les plus intuitifs interprétèrent à leur façon ce qu'ils devinèrent ou ressentirent. Les débordements alcooliques accrus d'Yvonne, sa mise de plus en plus provocante dans le style négligé et son soudain embonpoint furent mis au débit d'une ménopause précoce. On se préoccupa d'un problème cardiaque souvent prétexté mais inexistant chez Christian Zervos. Il permit de justifier ses silences, ses lourdeurs, ses indifférences qui le tenaient audessus de la mêlée.

À la maison, René Char restait le héros, le poète solaire, le maître à penser, le phare du salon. Sa lumière attirait les papillons de nuit mais aussi des représentants avant-gardistes, réputés, de professions adjacentes (danse, théâtre, musique, cinéma) qui, sans lui, ne seraient jamais venus chez nous.

Plus ouvertement compères qu'auparavant (je n'ose pas dire couple) Char et Yvonne travaillèrent ensemble à des projets communs dont Yvonne fut l'instigatrice, l'aiguillon, en partie la réalisatrice et le mécène. Pour elle, il s'agissait d'œuvres accompagnant une communion spirituelle proche de l'ineffable, ainsi qu'elle me l'expliqua en long et en large quand fut venue l'heure des films.

À peine remise du choc – dont la cause ne fut jamais débattue devant moi –, alternant alcool et médicaments, Yvonne lança son premier projet personnel : des épousailles entre l'art et la poésie, des textes de Char uniquement, écrits-calligraphiés par la main du poète, sur de grandes feuilles de beau et solide papier. Des artistes proches de son cœur y ajouteraient un commentaire pictural, rien de médiocrement illustratif mais une sorte de

« réponse », créant un dialogue ou des duos dans un accord de la plus haute tenue. Le projet rima tout de suite avec Vertu. Il permettait un partenariat sans limite dans le temps et associait le nom d'Yvonne à l'œuvre du poète mieux que celui d'une épouse légale. Les feuilles qui furent ainsi produites au long des années, uniques dans les annales des lettres et des arts, intimement associés dès leur conception, dorment aujourd'hui dans les coffres de la Bibliothèque nationale, à Paris. Christian Zervos admirait parfois le résultat, du dehors pour ainsi dire, et repoussa dès le début l'idée d'en publier des reproductions en fac-similé : « Y mettre mon pèze, mon sceau ? Je ne suis pas inféodé ! »

Yvonne s'occupa seule aussi de la réalisation pratique de l'exposition en Avignon, engrangeant dans nos étages les toiles et les sculptures, magnifiques, exemplaires, dont l'ensemble constituait un résumé de l'art contemporain, là, sous les yeux, à portée de la main, que je pouvais examiner de près, comparer, en analyser les lignes de force, en déceler les emprunts, en apprécier la matière, les revisiter autant que je le voulais, le jour ou la nuit, les absorber enfin, les posséder à ma façon, photographie mentale et émotion ficelées en « paquets de souvenirs ». Spécialiste des déménagements, ma mère adoptive surveilla chaque emballage, chaque empaquetage, prenant les dimensions des caisses pour organiser à l'avance le remplissage des camions. Elle se battit avec des assureurs particulièrement gloutons et me confia de plus en plus le soin de la galerie. Les soirées incluaient maintenant des artistes dont les œuvres « un peu à l'encontre de la mode », comme disait Jean Hélion, plaisaient à Christian Zervos, le critique d'art, l'éditeur. L'exotique Wilfredo Lam, la douce et étrange Prinner (des poulains de Pierre Loeb) devinrent des familiers et renforcèrent le noyau *Cahiers d'art*.

Accueillis par les anciens déjà reconnus et établis sur le marché de l'art, ils apportèrent une passion nouvelle aux grands débats sur l'éthique de l'esthétisme dans la révolte contre le réalisme socialiste et contre l'art abstrait. Ils faisaient preuve d'un dynamisme de raz-de-marée, s'improvisaient connaisseurs en des domaines jamais pratiqués, se lançaient dans des voies inconnues avec une assurance qui m'époustouflait. Ayant entrevu un résultat tout imaginaire, ils fonçaient tête baissée, avec savoir-espoir-ambition et vision mobilisés dans la joie du labeur à faire, à refaire, cent fois remis en question, jeté, moqué et repris. Quelle folie créatrice pouvait donner à Luis Fernandez, à qui on avait commandé une couverture comportant, par exemple, le chiffre 121, la force, la ténacité et la débordante imagination pour produire cent vingt et une propositions, toutes différentes, toutes travaillées jusqu'au moindre millimètre ? La vie de bohème des artistes ? Une vie d'infatigables travailleurs, oui ! La même ardeur ensuite, dans la décompression ? D'accord ! Associé de près à la gigantesque entreprise conçue et réalisée de main de maître par Yvonne et, ce, en un an et demi de travail acharné, notre ami solaire sentit intuitivement l'attrait puissant du palais des Papes pour y transférer d'autres activités parisiennes débordant le cadre de l'art. Introduisant chez nous Jean Vilar, Maria Casarès et le reste de la troupe, on se mit à parler d'un programme tout aussi grandiose, pour l'année prochaine, lançant ainsi ce qui est connu aujourd'hui sous le nom de Festival d'Avignon (sur notre petite affiche, il avait insisté pour que nous mettions « *en* Avignon »).

Christian Zervos se consacrait à ses fonctions d'armateur, de capitaine, de pourvoyeur de fret, décidant seul des cargaisons, des croisières et des escales. Ses colères balayaient l'espace d'ondes rugissantes, frappant de plein fouet le pauvre Robert souvent en larmes. Un cliché mal encré constituait l'épicentre d'un tremblement de terre allant secouer le dernier des grouillots.

Il fallait à mon père adoptif cinq à six ans pour établir le sommaire d'un futur numéro de la revue, accumulant « les plats de résistance », des travaux d'experts universitaires ou de longs essais érudits mis en chantier sous l'Occupation, le tout généreusement illustré, réservant une vingtaine de pages pour le sucre : poèmes, photos d'une découverte archéologique, d'un document longtemps perdu ou ignoré, d'une nouveauté de Pablo, le survol des musées et des galeries, etc. Le *Cahiers d'art* publié en 1947 fut un modèle du genre. Fort de 340 pages, il pesait 2 kg 400.

C'était la première fois que mon père adoptif me donnait de voir de près sa façon de travailler ; comment rendre plus contemporain un texte ancien avec, sous le coude et constamment consulté, *La Naissance de la philosophie à l'époque de la tragédie grecque* (Nietzsche). Il ne fut pas anodin d'absorber comme par osmose et avec des caresses le savoir d'autrui sur les chagrins incommunicables qui avaient poussé Van Gogh à se suicider (N'avais-je pas laissé aller la barque ferrugineuse de mon corps dans le flux aimanté de la Polaire, jadis, sous un cerisier ? Van Gogh avait-il vécu jusqu'au bout ce que j'avais commencé à ressentir : la pénétration dans une joie astrale riche de toutes les réconciliations, dont le réveil m'avait privée parce que je ne méritais pas le repos ?) Le texte de Christian Zervos effleurait et contournait, me sembla-t-il :

« ... *Peut-être cette bouleversante liberté d'allure en présence de la mort lui venait-elle du sentiment d'avoir transcendé les conditions de l'ordre humain et d'un seul geste invalidé toutes ses positions spirituelles.*

« *Peut-être lui était-elle dictée par les conclusions*

d'une lucidité qui se renonce par la mise à mort des illusions dont il avait vécu.

« À moins que ce soit là l'euphorie spirituelle de celui dont l'existence est échangée contre le bonheur de se rendre maître absolu de soi-même et d'atteindre l'heure souhaitée des équivalences... »

Conditions humaines, trop humaines, transcendées ou non, le grain de sable mis dans ma tête par maman Blanche (« Qu'as-tu à me dire ? ») se transforma en cancrelat. Avec lenteur, il se força un chemin, en le grignotant. La providence cependant m'ouvrit la porte d'un monde parallèle.

Ida, je l'ai découverte en deux temps : le soir du gala, lorsqu'elle s'était mise en scène, puis le lendemain, en tête-à-tête.

Sous l'éclairage scintillant du grand hall de l'Opéra, voguant comme la voile d'une caravelle, ondoyait une tignasse roussâtre-bronzée-cuivrée coiffée dans le désordre d'un nid de cigogne. Un visage faunesque ; des yeux en amande d'un bleu de glace, céruléum, acier translucide, sabre et vodka ; des lèvres longues, fines, retroussées en un sourire carnassier perlé de dents minuscules entre lesquelles un bout de langue pointait ; un menton fin, angulaire ; un regard bizarrement de travers, comme si elle avait eu une coquetterie, dans un globe oculaire. Ah mes aïeux ! Quelle beauté inconfortable dans cet ensemble fortement typé, délié, arrogant, slavo-juif ! Rien à voir avec ce que Raphaël, Cranach ou Ingres avaient pu proposer. Le souvenir de Paupiette, inconformiste elle-même dans l'excès de ses difformités, se colla à l'image d'Ida.

Un luxueux surtout en velours noir me cachait le reste de sa personne. Quand elle le confia au vestiaire et se positionna pour retirer un de ses longs gants, exposant toute la fluidité de son corps privé de corset, ses hanches larges, sa poitrine abondante, mon admiration se transforma en enthousiasme. Le choc final, l'estocade, vint de l'habit. En ce lieu de bousculade ordonnée, paré de tissus mordorés, pailletés, clinquants, se mouvaient des corps boudinés ou trop maigres de femmes permanentées, intensément maquillées, bijoutées et montées sur hauts talons. Ida Chagall apparut en none janséniste échappée d'un couvent de Port-Royal. Chaussures plates, robe noire sans fioritures mais avec une cornette descendue des hauteurs, un col blanc, simple, immense, enrobant les frêles épaules, un miracle immatériel d'organdi plissé, amidonné. Je crois ne pas m'être trompée, je crois ne pas exagérer : la foule se figea, recula, lui laissa libre le passage. Elle s'y engouffra, écume moirée sur la crête de vagues ondoyantes et cadencées, tendant à baiser aux hommes sa main dégantée dans un jaillissement du bras poursuivi jusqu'au bout des ongles.

Nous fîmes connaissance le lendemain, installées comme des poules de luxe dans un bar fréquenté par une élite intellectuelle américaine. La lumière rosâtre flattait le teint des femmes. À ma surprise, Ida se jeta dans la confidence. Mariée, divorcée et, donc, coupable de faillite, ayant perdu sa mère adorée depuis peu, elle courut d'un détail à l'autre en ponctuant ses pleurs de « Tu sais. Je n'ai pas besoin de te dire… », signalant en passant : « Fais pas attention, c'est mon œil de verre. » Nous étions deux personnes seules au monde, enchaînées à notre sens du devoir, tenues à respecter nos critères d'excellence pour ne pas avoir à nous dégoûter de nous-mêmes. La femme mûrissante prenait à bras-le-corps la vie et l'œuvre d'un papa dénué de sens pratique mais exigeant ; elle remplacerait sa maman morte avant l'âge, elle le lui avait juré. Elle brûlerait sa vie pour tenir son serment. L'adolescente immature empêtrée dans ses brouillards maniait le patois nivernais pour entendre son rire où tintait le hennissement chevalin et le grelot des troïkas. Nous avons partagé le vin blanc qu'elle buvait comme de l'eau. Ida allait repartir aux USA : comment ne pas laisser se clore la porte de ce monde adjacent auquel Ida venait de me faire goûter si intensément ?

La rencontre avec Ida Chagall avait été teintée par l'inattendu et l'anormal dès le début. Yvonne et Taky, ensemble et en émoi, m'avaient transmis une invitation personnelle. En mon nom, ils avaient répondu : « Oui. Très honorés. » Je n'étais plus jamais sortie en soirée sans eux depuis la mort de Nusch. Le nom de Marc Chagall avait été évoqué dans nos soirées, son œuvre analysée et le personnage discuté. Pour moi, ce peintre appartenait à l'avant-guerre, à ces exilés réputés qui, comme Miró par exemple, tardaient à revenir dans un Paris amoindri, et je m'étais raccrochée au mot *fille* en pensant à quelqu'un de mon âge. Voilà qu'il s'agissait d'une dame, la trentaine passée et qui m'avait tutoyée à la première phrase échangée !

Depuis combien de temps n'avais-je pas vu de près des filles ou des garçons de mon âge ? Ma mémoire ne s'occupait plus de grand-chose mais retrouva l'espace vide depuis mon retour de Vaux où j'avais revu René, Jacques, Hélène, Jacqueline et, depuis, rien. Si, pourtant. Pia, Lydia, disparues. Et enfin, des images de robes volantées, de chevelures libres, de types physiques différents, de crachats dans la Seine à la pointe du Vert Galant remontèrent à la surface. Le temps de quelques semaines, nous avions formé un carrousel. Non : un quadrige ! Erreur ! Nous avions été les trois Grâces de Saint-Germain-des-Prés qui, sœurs des Mousquetaires, allaient par quatre certains jours. C'était quand ?

Ma préférée, angulaire, ténébreuse, farouche, exclusive, dont le nez distinctif lui assombrissait le visage, sa chevelure noire, épaisse, raide : Florence, fille de Sylvia et Pierre Loeb. La seconde, petite en hauts talons, ronde, maquillée, déjà femme et petite-bourgeoise, Dolorès, la fille de Miró. La troisième, vaporeuse, floue, secrète : Laurence, la fille de Sylvia et Georges Bataille, belle-fille de Lacan. La dernière, mexicaine, hyperactive… Nous avions fait trois, six, neuf fois ?, des virées dans les hauts lieux de la capitale, dans lesquels je n'avais jamais mis le pied : Sacré-Cœur, Sainte-Chapelle, musée Grévin, catacombes, égouts, Foire de Paris, les Puces, à la tour Eiffel, le dernier étage descendu en courant ; mon effondrement. Elles m'avaient ramenée en taxi. J'avais retrouvé mon lit pour quelques jours. J'avais mis un point d'honneur à ne pas les relancer : elles étaient en bonne santé, elles. Puis, les Zervos susurrèrent : « Ta préférée, Florence… Artaud… drogues. Tiens-la à l'écart. » La porte s'était refermée sur l'idée que, peut-être, dans un domaine inconnu de moi, dont mes parents adoptifs me protégeaient, toutes les filles cueillaient en fraude des trésors douteux. Ida aussi, probablement, de manière plus sournoise, plus avertie. Elle était revenue. Elle s'agitait pour préparer le retour de son père (son *pâh-pâh*), de son amie Virginia et de leur fils David. Je la vis à la sauvette, en cachette des Zervos, qui en furent choqués lorsqu'ils l'apprirent. Ils m'expliquèrent : « T'imagines pas. Elle cherche à remarier son père. Il lui faut quelqu'un qu'elle puisse manier. »

À la maison, la période Ballet tirait à sa fin. La pulpeuse Nathalie Philippart, le beau Babilée et quelques autres ballerins et ballerines quittèrent notre salon dans une conjuration qui me resta mystérieuse. Quand notre soleil se mit à déclamer une suite de dialogues, je crus qu'il se tournait vers le théâtre. Sachant que j'aurais à entendre tous les soirs les versions successives de ce qui lui viendrait sous la plume, je n'écoutais que d'une oreille. Un soir de service pour les amuse-gueules et les boissons, à travers le brouhaha des voix, j'entendis les mots *scénario*, *pellicule*, *rushs* tournoyant autour d'un gros monsieur aux doigts bagués qui prenait conseil d'un père dominicain beau gosse connu à Saint-Germain-des-Prés. On se lançait dans le cinéma !

Avec cette irrésistible impétuosité qui, chez Yvonne, se manifestait quand se présentait la résolution de calculs secrets ou, à l'inverse, quand un engouement inattendu se transformait en passion et en idée fixe, l'art pur et l'essence poétique se trouvèrent strictement canalisés vers le langage cinématographique. Son génie y ferait des miracles. Le gentil Langlois organisa des rencontres avec des gens du métier dont quelques-uns pouvaient se prévaloir d'une certaine réputation mais tous notoirement sans travail et désargentés, parmi lesquels Michel Auclair, Suzanne Flon, Édith Vignaud (connue plus tard sous le nom d'Anne Vernon), Alain Cuny. Des opérateurs se mêlèrent à des décorateurs et à une flopée de journalistes, pigistes alcooliques, mégoteux, au langage acide et, sinon, franchement ordurier. En quelques semaines, l'affaire fut montée : René Char écrivait le scénario. Pierre Boulez composerait l'accompagnement musical. Schiaparelli exécuterait les costumes. On débaucherait le cameraman de Carné. Le producteur obèse acceptait tout d'un hochement de tête. Taky toujours à l'autre bout de l'appartement et moi étions hors du coup. Naviguant entre les deux mondes pour accomplir ici et là des tâches dyslexiques, je cachais mon effarement devant cette nouvelle aventure.

Dans un moment de relaxe, pour une fois en tête-à-tête en face de nos deux verres d'alcool blanc, Yvonne se laissa aller à des confidences. Non seulement le film génial assurerait à son génie une réputation mondiale mais le succès espéré-promis-juré rétablirait notre désastreuse situation financière. Le fameux producteur « y croyait », il y mettait de l'argent ; la gloire et la richesse brillaient au bout d'une route éclairée par l'homme qui marchait dans un rayon de soleil. Ma moue sceptique la fit sursauter et dire : « Tu vas me jeter le mauvais œil ? » À ce niveau-là, il valait mieux que je regagne les toits.

Le *Partage des eaux*, premier titre du film, prit son élan avec les couleurs, l'accent et le bruit d'une Provence où crissaient des cigales en or. Porté haut par son inspiration, les yeux tournés à l'intérieur des paupières, lèvres et langue suçant les mots, Bellerophon s'activait à transformer un fait régional en épopée allusive exprimant l'essence même du combat des hommes pour la Liberté, la Justice, le Bonheur.

Dans sa tour d'ivoire, Taky peaufinait la sortie du énième volume du Catalogue des Œuvres de Pablo Picasso, la seule parution rentable qu'il avait sous la main, et s'enfonçait dans la production en fac-similé, technique fort onéreuse, d'un Carnet de Dessins du même Pablo, destiné spécifiquement au marché américain et qui, certainement, nous apporterait des sous en dollars.

Il y eut l'inauguration de l'exposition en Avignon. Chargée de garder nos étages et la galerie en alternance avec Robert, je profitai de l'absence de l'aigle à trois têtes pour faire un stage à l'Institut de graphologie avec le charmant, le touchant professeur Malespine... sans me douter qu'un jour faramineux son farfelu enseignement me vaudrait de découvrir un membre inconnu de ma famille. Je testai aussi mon sens du décor chez un fleuriste.

Une nuit, vers deux heures du matin, un coup de téléphone affolé me transmet : « Le palais des Papes est en feu ! Le palais des Papes brûle. Les Zervos sont à l'intérieur... » Folle d'épouvante, totalement paniquée, j'appelle qui je peux dans la région d'Avignon, y fous le ramdam, joins enfin Yvonne et Taky juste rentrés à leur hôtel. Une heure plus tard, c'est certain, Oscar Dominguez nous a fait une blague. À la première occasion, à la terrasse de Lipp, je giflai le vaurien. Sa plaisanterie avait aggravé le dilemme qui grignotait son chemin dans mon crâne : je ne supportais plus mes parents adoptifs, mais je les aimais.

Yvonne et Taky rentrèrent de Provence les premiers, Char restant en arrière pour décider des lieux du tournage. Quelques soirs de suite, on dîna à trois autour de la longue table, réembobinant à l'envers un fil qui nous avait été commun, jadis. On parla même de Michel, enlisé en Bretagne depuis plus d'un an. On arriva au film, au scénario dont Yvonne avait apporté la dernière mouture pour la faire taper à la machine. Soudain, mon père adoptif se réveilla, s'intéressa, posa des questions, éclata : « Quoi ? La grosse tête n'a rien prévu pour Yvette ?! Et toi, donc ? Es-tu aveugle, sourde ? Tu me répares ça immédiatement sinon… » Son poing levé parle pour lui. Sur le visage d'Yvonne, aucune gêne mais une expression amusée puis ravie qui, muettement, répond : « Mais voyons, c'est une excellente idée ! » Chez moi naît une de ces stupéfactions trop souvent ressenties, trop répétées, pour que j'écrive : étonnement, surprise, ou que j'emploie mon vieux *poustouplate*. Ce fut une expérience incomparable de voir Yvonne chercher papier et stylo et, de chic, rédiger une lettre de réclamation à son soleil : « Très cher ami… blablabla… mais vu les conditions de notre collaboration, il serait heureux qu'Yvette puisse faire preuve de ses dons et que vous… », etc. *Il serait heureux*… elle est fière de sa formule. Elle me la donne à déguster. Enthousiaste déjà, elle suppute à voix haute mon ascension vers les stars, à la condition première de changer ma coiffure, quelque chose de sobre et aérien, digne d'une jeune première en herbe. Moi, une actrice ?! Jamais une telle idée ne m'avait effleurée et, là, regardant Yvonne mettre la lettre dans la boîte du courrier à envoyer, elle me donnait la nausée. J'ai exprimé une part de mon refus, évoquant mes activités, dessin, peinture, galerie, édition, lycée et… Un vortex me saisit lorsque j'entendis mes parents s'écrier : « Qu'est-ce que tu nous chantes ! Cela fait plus de six mois que tu as quitté Fénelon, voyons ! »

Quand avais-je cessé de faire le trajet Bac-Fénelon ? Depuis combien de temps n'avais-je pas vu Pia et Lydia ? Avais-je été expulsée du lycée pour une grosse bêtise ? Pour cause d'incapacité mentale ? Avais-je jamais déclaré vouloir interrompre mes études ? Quand j'avais la fièvre et délirais ? Le piano, le solfège ! D'un seul coup, les paroles de Michel me revinrent en mémoire : « Avoue que tu n'as plus les moyens de moyenner. » Mais pour le lycée, oubli total. Ce sujet central dans ma vie, primordial pour mes parents, n'avait-il pas fait l'objet de discussions, de reproches ? Avais-je été si gravement annihilée par l'étrange maladie dont les répercussions se faisaient encore sentir ? Espérant avoir la force physique de retourner sur les bancs de l'école, j'ai cherché ma sacoche de chez Hermès, mes cahiers, mes livres de classe… tout avait disparu. Yvonne procédait ainsi, je le savais : faire le vide à l'extérieur quand ça déborde à l'intérieur. Cette éradication absolue… ma mémoire clôturée hermétique. Concevoir un champ de bataille qui a été « nettoyé ». Confronter quoi ? un point d'interrogation. Et une culpabilité personnelle sans rachat autant que le péché originel.

Soumis et contraint, René Char « organisa » pour moi un rôle presque muet mais permettant une présence longue et nuancée à l'écran. Afin de fixer dans l'esprit des futurs spectateurs l'identité de l'actrice, il nomma l'encombrante figurante que je devais incarner Yvette. Le scénario *Le Soleil des eaux* s'avérait définitif.

Anne-Marie Vignaud décrocha le premier rôle féminin. Jouant dans le film des amies d'enfance inséparables, nous nous fréquentâmes le temps de concevoir les costumes, le temps que Schiaparelli les termine, le temps de quelques répétitions de marche bras-dessus, bras-dessous. On organisait les descentes vers le Vaucluse pour les premières prises de vue lorsque la police se présenta chez nous. Le producteur aux doigts bagués avait déménagé à la cloche de bois, avec les poches bourrées de fric après avoir vidé celles d'Yvonne et d'autres naïfs. Ah, les esclandres, la violence, les venins frais ou venus de très loin, les menaces crachées des trois têtes, ennemies maintenant mais toujours inséparables, indissociables. Passons.

Il y eut les traites, les créanciers, l'acrimonie, strictement réservés à nos étages sans que rien ne filtre hors les notaires, les avocats et les huissiers. Nous étions sur la paille. C'est du moins ce que je compris. Il fallait vendre *La Pêche de nuit à Antibes*, œuvre maîtresse de notre ami Picasso, qui pesait « des millions en dollars ». Dans le décompte hargneux des propriétés communes ou acquises qui eut lieu entre Yvonne et Taky, cette toile sembla appartenir tantôt à l'un, tantôt à l'autre. La hargne et le chantage atteignirent un record.

Nos soirées se dépeuplaient. René Char se contentait plus volontiers de mes deux chambres pour y mener ses activités personnelles et s'imposait aux repas moins fréquemment. Par ailleurs, face à des visiteurs inattendus ou espérés, Yvonne et Taky ne changeaient en rien leurs habitudes distinguées. Ils répondirent positivement à ma timide demande de reprendre mes études. Valsa leur promit de me mettre, en deux ans, au niveau de la propédeutique. Sur l'instant, le versatile érudit me passa sa passion toute nouvelle pour… la trigonométrie, appliquée en dessins colorés, en collages gouachés, sur des feuilles en 70 cm sur 1 mètre. Deux exemplaires réussis picturalement, non signés mais encadrés, eurent l'honneur d'être exposés dans notre petit salon-salle à manger. Des visiteurs, dilettantes, y virent des œuvres inconnues de Kandinsky, ou Pevsner, ou Gris, ou Delaunay. La blague se justifiait pour voir Taky souriant même éphémèrement. Pour Yvonne, je concoctai des cahiers-albums de dictons-aphorismes-sophismes intelligents ou drôles, illustrés-enluminés, chargés de lui exprimer ma silencieuse solidarité. Au troisième fascicule, je séchai : les vérités éternelles et les bons mots mis bout à bout deviennent d'un ennui de plomb. Je le terminai avec beaucoup d'espaces blancs et en tombant dans une inconvenance supposée cynique : « Pour tout renseignement, s'adresser à l'auteur, Thomatusthomatathomatum, illustre championne du catch Paris-Vézelay-L'Isle-sur-la-Sorgue, chevalier de la légion des fesses dures, croix de mérite des partisans du chômage et inscrite au parti de l'effervescence mentale. Prix : 100 francs. »

Un jour, un coup de téléphone annonça à mes parents l'arrivée impromptue d'un ami pas revu depuis 1936. Un Palestinien. « Tu prépares le déjeuner : consommé aux croûtons à l'ail, épaule d'agneau rôtie à l'ail, flageolets, tes salades à la Phrasie, avec de l'ail. J'achète le dessert », me dit Yvonne visiblement émue qui ajouta : « Ce sont les esprits qui l'envoient. Il nous a sauvés d'une faillite, en 1934. »

La porte à peine ouverte, Napoléon se précipite sur le téléphone. Il traîne l'appareil partout où ses pas nerveux le poussent sans qu'il prenne ses petits pieds mignonnement chaussés dans le long fil tire-bouchonné. Il ne s'embarrasse pas de salamalecs, ordonne à un ministre français (Pineau, si mon souvenir est bon) : « Un avion ! Donnez-moi un avion ! », passe à l'hébreu avec quelqu'un d'autre, revient au français avec un général ; les termes « envoyé spécial, chargé de mission, urgence » volent dans notre salon-salle à manger, parfait semble-t-il pour en faire un centre de crise, le QG d'une armée invisible. Il obtient l'avion mais… « Pas de problème. Je suis aviateur, je piloterai moi-même. Donnez-moi seulement… » Silence. La bakélite du téléphone frémit sous les insultes proférées à l'autre bout du fil. Il tend l'écouteur à Taky, Yvonne écoute aussi. D'un ton précautionneux, Napoléon articule lentement : « Seriez-vous antisémite, mon général ? Voulez-vous que j'en réfère en haut lieu ? » Puis : « Oui, mon général, vous pouvez compter sur moi… Vous donner ma parole ? Impossible ! Je n'en ai qu'une et ne la prête à personne. » Il claque le téléphone sur son support et éclate d'un rire de chèvre qui n'en finit pas. Mes parents, tous deux hilares, ensemble et pour la même raison, c'est un spectacle.

On passe à table après avoir évacué les kilos de documents qu'il y a dispersés et c'est un monsieur calme, rond de corps, chauve, coquettement mis et cravaté, qui s'installe devant mon rôti reréchauffé. En une demi-heure fourmillante, compacte, le juriste représentant d'autorités juives occultes et conseiller de la représentation diplomatique française en Palestine met à plat les décennies pendant lesquelles les vieux amis avaient perdu le contact. J'eus l'impression que l'Histoire posait sa main sur mes épaules. Impossible pour moi de suivre sa chevauchée à travers les années, son récit parsemé de références évidentes pour mes parents mais dépassant mes connaissances. Sa voix de baryton alto aux modulations maîtrisées me fascine, m'enchante, me berce. Il en joue en virtuose et suggère ce qu'il ne veut pas formuler. Cependant… ne fait-il pas preuve d'un talent particulier pour la galéjade en signalant au passage que, depuis Pilsudsky et René Cassin (des inconnus pour moi) il a refusé à deux reprises, non, trois fois, la Légion d'honneur ? Ne force-t-il pas une impudence qui me va droit au cœur en déclarant : « Nulle honorabilité ne peut être accordée par autrui ; seule la personne est juge de la valeur de ses actes. » Les mots Justice, Vérité, Compassion, Ferveur jaillissent de sa bouche avec une aise étourdissante : dans sa voix, ils sonnent vrais. Il va partir. Mes parents ne vont-ils pas le retenir un peu ? Yvonne insiste pour qu'il reprenne du dessert. Il se fige comme sous l'effet d'une pensée qu'il vient d'attraper, soulève un sourcil et déclare : « Chère amie, je repousse votre proposition du pied gauche ! » Voilà, c'est fini. Il a fait entrer chez nous un monde parallèle ; il s'en va… Sur le pas de la porte, mettant un doigt sur les initiales dorées de sa serviette pleine à craquer, Yvonne le salue comme à la cour, en jetant : « Son Altesse Sérénissime, revenez-nous ! » Un rire caprin descend avec lui les escaliers. Les initiales ? S.A.S., pour Samuel-Alexandre Szczupak.

Le jour où l'ONU vota la naissance du jeune État, un délire s'empara des camarades. On s'embrassa, on courut de cellule en cellule. Dans certains quartiers on fit une ronde appelée Hora avec des inconnus vêtus de manteaux bizarres, coiffés de larges chapeaux de fourrure en dépit du soleil de mai. Leurs bas, leurs mèches tire-bouchonnées devant les oreilles, leur parler grasseyant… était-ce aussi des Juifs ? Quel cordon ombilical rattachait ces Juifs-là à Moïse, Trotsky, Job ou Rothschild, les pyjamas rayés et moi à eux ? En cette heure glorieuse, c'était la naissance d'un pays, appelé république d'Israël.

Mes activités dans le cadre des Jeunesses communistes, fort délitées depuis ma maladie, les manifestations récentes pour l'Exodus et son héroïque cargaison humaine, avaient entretenu mon lien avec les survivants des camps de la mort. J'estimais avoir fait mon devoir. Le chapitre fantasmatique, stérile, se refermait.

Les nus de Cranach l'ancien constituent un miracle d'arabesques féminines qui contrastent de façon canaille avec les mornes méplats des anatomies masculines. Ève, Vénus, femme aimée ou modèle d'occasion, ses femmes portent le même visage délicat et réfléchi. La pose et le regard ne suggèrent rien de racoleur. La torsion des membres inférieurs n'ajoute pas un supplément de grâce, bien au contraire. Les seins ronds, hauts, le ventre allongé privé de hanches font couler un lait de volupté espiègle, nubile à peine. J'avais beaucoup travaillé sur « la polichinelle » de l'album que C. Zervos préparait et transporté les photos préparatoires, en versions diverses et en deux exemplaires entre clicheur, Taky et Picasso. L'Espagnol s'était épris de la transparence et des fluidités germaniques, commençant à s'en inspirer, à les traduire dans sa langue picturale. Un après-midi, Pablo me retint en me poussant vers une petite chaise cannelée défoncée. À genoux sur le plancher, photos des nus de Cranach en éventail à sa gauche, il commence à griffonner, au crayon, puis à la plume, en force, à la poussée, à l'arrachée, à une vitesse difficile à suivre, en prestidigitateur, lançant dans l'espace un rire de hyène lorsque le crayon traverse et déchire le papier. Changeant sa pose, les photos oubliées, il travaille maintenant « de mémoire »… revenant à un Cranach originel idéalement picassien. Trois heures durant j'ai retenu ma respiration et n'ai pas fait un geste. Brusquement, assis sur les fesses, il passe à l'attaque : « Et toi, tu fais quoi ? » J'explique, grosso modo. Il rugit : « Quoi ?! Une fois que tu les as finis, tes dessins t'indiffèrent ? Tu les donnes, tu les jettes ? Tu n'es pas une artiste ! Tu tries ? Tu veux garder le meilleur ? Tu fais du mensonge ! Tu trompes ton monde, *pétite* prétentieuse ! Maintenant tu m'apportes ce que tu fais à la Chaumière. Tout, hein. Je veux voir, et n'en dis rien à personne ! »

Mon corps a descendu son escalier en colimaçon en titubant et a fait le trajet Augustins-Bac en arrachant à chaque pas une ancre de plomb. La joie de le voir travailler m'avait épuisée, écrasée… Certains instants puissamment nourrissants irradient une lumière trop intense, trop dense. La chair et l'esprit ne sont pas capables de les absorber, de les prendre en charge, immédiatement, en entier. Ces trois heures de faste allaient sustenter mes jours sans en épuiser la source, sans que s'efface jusqu'à maintenant l'écho crissant de son ongle qui gratte une tache mal placée. La série inspirée par les nus de Cranach constitue une toute petite parenthèse dans l'œuvre de P. Picasso. Ces nus magiques, dont la beauté reste mystérieuse malgré toutes les exégèses, amenèrent la chute de ma candeur, de mon aveuglement, de mon refoulement volontaire ou inconscient.

Nous en étions à la dernière mouture de l'album lorsque Taky me confia : « J'ai l'intention de te dédier cette édition… » Je crus à une intention de récompenser mon travail, précis, assidu. Malheureusement, il alla jusqu'au bout de sa phrase : « … comme je l'ai fait pour Mary. » Ces mots en rencontrèrent d'autres, prononcés une fois par Yvonne : « Il a dédié une édition à Mary Callery, sa maîtresse. » Dans ma tête, le cancrelat explosa.

Plusieurs jours me furent nécessaires pour mobiliser volonté et courage, monter enfin chez mon père adoptif et le menacer de révéler la vérité à Yvonne. Ricanant presque, il vida son fiel.

« Que crois-tu donc ? Yvonne est au courant, depuis longtemps. Te souviens-tu ? En 1943… elle avait surpris nos caresses. Elle ne voulait plus de toi à la maison… On ne pouvait pas non plus te renvoyer… On a passé un accord… On t'a éloignée, à Avallon… »

Incapable de saisir en entier les implications de ses paroles mais horrifiée à l'idée que d'autres personnes pouvaient être au courant, je balbutiai : « Char ? » Mon père adoptif, visage gonflé, éructa :

« Et alors ? Tu crois que cet acromégale (*sic*) nous gêne ? Il peut peu. Il suce, il tète, il lèche, il titille. Ça s'arrête là. Yvonne, elle est frigide depuis l'avortement, on en a parlé une fois. Elle s'amuse aux bisous, aux chatouilles. Elle masturbe. Bado, Nusch, Paul, Mary, Char et les autres… Tu n'as rien à apprendre à personne. Si ça ne te plaisait pas, fallait le dire dès le début. »

Cette dernière flèche me fit basculer dans une crise de nerfs qui fut appelée syncope et mise au compte de ma santé fragile. Une cardiopathie obligea Taky à s'aliter pour quelques jours. Rien d'autre ne vint perturber notre foyer. Je ne compris pas pourquoi notre laideur intérieure ne provoquait pas des ravages visibles : nos visages n'étaient pas marqués du sceau de l'infamie.

… Impatient, ennuyé, Taky m'ordonne : « Tu vas vite au salon. Quelqu'un veut te voir. » Un monsieur jeune, frêle. Intimidé sans doute car il n'a pas osé s'asseoir. Il m'appelle par mon nom avec un grand sourire et me tend la main. Comment ? Quand ? « Voyons ! J'ai été votre professeur de français, au lycée, à Avallon. Vous souvenez-vous ? Vos dissertations ? Vos illustrations ? J'étais intéressé. Et inquiet. Vous, seule, dans un hôtel… » Le temps d'alors m'éclate à nouveau au visage, avec ce que le nom d'Avallon représente désormais pour moi.

Je l'aimais bien, mon prof, esprit ouvert et bienveillant. On a causé littérature, idées, philosophie, en termes choisis, dans la distinction, la finesse. Pas du tout le style Paupiette. Ça m'équilibrait les méninges. Mais là, maintenant, il tombe mal.

Impossible de tricoter des phrases correctes mensongèrement nostalgiques. Le pus jaillit, met son goudron dans ma gorge. Ne voit-il pas que je suis gangrenée ? Je le pousse vers la porte. Il se laisse faire, réalisant sans doute qu'il y a erreur sur la personne.

Son apparition a introduit des interrogations : les Zervos l'avaient-ils chargé de me surveiller, là-bas, à Avallon ? Pour voir si je me dévergondais ? Si j'avais couru les garçons, ça les aurait bien arrangés, pardi… L'ont-ils sorti de leur manche, maintenant justement, pour me faire comprendre quoi ? Ou est-ce une coïncidence ?…

Cher professeur, pardonnez-moi de ne pas vous avoir fait l'aumône de la plus minime politesse.

La fille ignoble que j'étais ne se lava plus, ne se peigna plus. Je rôdai à Montparnasse, y rencontrant un familier de nos salons (Giacometti, que j'appelais Giamo), vagabond des nuits blanches lui aussi. Nous avons déambulé sans joie rue de la Gaîté, partageant l'assiette de jambon de Paris et l'œuf dur, frôlant d'autres créatures perdues se parlant à elles-mêmes. Sa main crevassée aux pliures encrassées de plâtre ou de terre glaise s'appuyait parfois sur mon épaule lorsque sa jambe (cassée par Oscar), dont il ne se plaignait pas, lui faisait trop mal. Il ne me questionna pas lorsque, une fois seulement, pour un mot qui m'avait touchée, j'éclatai en sanglots.

La faune de Montparnasse, la nuit, à l'époque… *De pauvres hères affûtant des vengeances ponctuées de meurtres, de braquages ou de suicides, s'enfonçaient en titubant dans les limbes de portes cochères mi-closes, cherchant dans le noir inquiet la fusée d'une cuisse appelante.*

Aux tables de cafés d'égout, yeux absents derrière le mégot, des errants s'étaient avachis dans le granit séculaire de leur marche immobile. Philosophes en chambre, des extases droguées leur déployaient, au loin, des aurores exotiques. Ferdinand Lop, déroulant devant eux un boulevard faramineux, brouillait sur place leur désir indécis de s'ébrouer, de se lever, d'aller à pas comblés vers l'absence ou le rien abouti.

Des « Médèmes » écumeuses, maquillages pourrissants, tricotaient devant des portes rouges aux escaliers utilitaires et odorants. Leurs filles aux bouches fondues en trous irréversibles cueillaient leur reflet de bitume dans les miroirs du caniveau. À hauteur de leurs chaussures turbulentes, des chiens se mélangeaient avec bonheur.

Sur le ressac instable de minuit, tous les mots déclinés, Giamo et moi descendions sans ancrage les intensités sonores de la rue de Rennes et semions derrière nous, pour les sourds-muets, le gravier concassé des enfances destituées.

J'ai tenté de me prouver à moi-même ce que j'étais sur les trottoirs de Pigalle. Sans succès. M'habillant différemment, j'ai essayé les Champs-Élysées. Marri mais gentil, un jeune et distingué touriste égyptien sublima sa frustration dans un conseil : « N'essaye plus. Tu n'as pas la tête de l'emploi. » Il m'invita en ami à l'accompagner dans ses soirées du gai Paris. Lido, Moulin Rouge et caves. Je ne pus me faire à la cigarette. Aux alcools variés, oui.

Depuis longtemps, j'avais, pour ainsi dire, « organisé » dans ma tête mon départ de chez les Zervos. De la Bourgogne au Roussillon, je gagnerais mon pain en me louant dans des fermes : aucun problème, je savais ce qu'on y faisait. En hiver, dans de petites villes, je donnerais des cours d'anglais ou de peinture à des enfants de la bonne société. Des aubergistes trouveraient de l'intérêt à mes rôtis, à mes salades à la Phrasie. Si nécessaire, je ferais la manche en dessinant aux craies de couleur sur les trottoirs… Tout ceci prévu, bien sûr, après ma majorité, c'est-à-dire juin 1950. Or, nous étions en 1948 et les lois font des mineurs les prisonniers de leurs parents, adoptifs ou non. Je ne pouvais pas partir demain et me jeter sur les routes de France et de Navarre. On mettrait à mes trousses la police, les gendarmes, les autorités… Personne ne me donnerait du travail ; on me rattraperait, on me ramènerait. Je voulais fuir les Zervos en étant certaine de ne plus revenir chez eux. En outre, ma conception de l'excellence m'obligeait à agir de façon propre, sans créer de scandale mais en étant parfaitement efficace.

L'idée s'imposa, amère mais géniale (!) et, je le croyais, légale : demander mon retour à l'Assistance publique, revenir en arrière, être à nouveau une pupille, en campagne, valet de ferme. Plusieurs brouillons demandèrent à l'ennemi de mon enfance, M. Pierre Monnot, directeur de l'Assistance à Auxerre, de redevenir mon tuteur. Mais pour quelle raison ? Dire : je veux retourner à la queue des vaches de mon plein gré ? Le sale bonhomme en aurait un haut-le-cœur. Incapable de trouver un prétexte convaincant (impossible de mettre en mots la réalité, et je ne le voulais pas), je cachai la version la mieux formulée, soigneusement pliée, dans une fente invisible, au dos de mon écritoire. Le simpliste « Je ne suis pas heureuse chez mes parents adoptifs » ne suffisait pas.

Dans ma soupente, la sonnette grésille. Urgence !

Vite s'habiller chic. Sortir notre cabriolet qu'on utilise pour les longs voyages ou les grandes occasions. Vider le spider. Quoi ? Yvonne et moi en route pour une banque ? Six ou sept millions de francs, en liquide, empaquetés, ça tient de la place. Les mettre dans le spider, et moi par-dessus. Dans notre escalier, une Yvonne réjouie comme jamais s'exclame : « C'est du pèze qui pèse, hein ! Ça t'a fait quoi d'en avoir autant sous les fesses ? » Je réponds : « Vous savez, j'ai travaillé en forêt. Je me suis assise sur des cognées, des coins. J'ai le cul dur. » Elle commente d'un ton soudain rageur, fielleux : « Et moi donc ! Les uns et les autres... ça prend du temps, mais je les encule. »

Alors, donc, le beau Carlo Frua de Angelli (de Agnelli) a acheté *La Pêche de nuit à Antibes* !

À quel prix ? Ce ne fut pas clair sauf qu'Yvonne avait déjà placé la moitié de la somme au compte d'une société de production et de distribution cinématographique (la SPEDIC) dont personne n'avait entendu parler. Ah ! Ah ! L'entourloupette ! Yvonne l'avait fondée en secret, elle en était la seule propriétaire et maîtresse... L'autre moitié de la somme, partagée selon des règles obscures, aiderait Taky. Ce que j'avais eu sous les fesses, représentant un pourcentage ou un bonus, permettrait à ma mère adoptive de faire ce qu'elle voulait, à sa guise et sans dépendre de personne : c'était son argent de poche. Un nouveau film prenait forme ! Notre soleil y travaillait. Comment ne pas rester béate d'admiration devant le courage d'Yvonne, la jamais vaincue ?

Dans le domaine du cinéma comme en tout autre, Yvonne Zervos fit preuve d'une assurance authentique, ravageuse. D'où tirait-elle ce pouvoir de persuasion, de conviction, qui ne permettait à personne de douter du bien-fondé de ses entreprises, de leur valeur intrinsèque et de leur portée sur le destin des arts et des êtres ? Sans conteste, sa grâce féminine, sa roublardise, soutenues peut-être par une transe profonde, lui permettaient de poser un halo de sainteté sur la tête du diable le plus pourri. Qui étais-je pour vouloir égratigner ouvertement le vernis lumineux ou doré ? Paul

Éluard me l'avait dit jadis : les voies du Seigneur sont obscures, celles de la Vertu tout autant. Et comment ne pas fondre quand elle ajoute : « M'Yvette, fais-moi un sourire de printemps ! » ?

Yvonne me fit mon portrait d'actrice : un grand tiers de Garbo, un grand tiers de Claudette Colbert et un petit tiers de rusticité paysanne, à poncer et affiner. Elle m'avait vue, jadis, Perrette et le pot au lait, diamant brut et étoile née. D'abord, les cheveux… Puis, les chevaux, pour l'assiette du corps. Natation pour délier les membres. Danse classique, trop tard. Des claquettes, alors ? Prendre les manières maniérées des gens de la haute en copiant les gestes des donzelles de chez Rumpelmayer, ce lieu haï dans lequel elle ne m'avait jamais emmenée pour ne pas abîmer ma fraîcheur juvénile mais que ne fera-t-elle pas pour me pousser dans la carrière : y aller en Schiaparelli, à l'heure du thé, qu'on nous voie… Photos chez Harcourt, coupe chez Antoine, elle s'occupait de tout, productrice, distributrice, bailleuse de fonds, réalisatrice, inspiratrice et imprésario. La gloire coula à flots écumeux au coin de sa bouche. Pour d'autres raisons, j'avais soif autant qu'elle et connaissais déjà l'état bénéfique de brouillard blanc, doux et moelleux qu'apporte la profonde ébriété, certains soirs difficiles.

De l'autre côté du mur de ma chambre à coucher, René Char avait établi entre la Base et le Sommet la strate infinitésimale dans laquelle le genre humain se devait de s'émouvoir. Mot par mot, concentré, il recueillait les éclats épars de la vie au présent, exprimant une Fureur grandissante face à un Mystère indécorticable. Sa face diurne, d'une luminosité plus tempérée, n'exprimait rien du naufrage du premier film. Sa face nocturne, escamotée chez lui aussi bien que chez mes parents, se débattait avec le pensum, forcé mais accepté : écrire le nouveau scénario. Yvonne le poursuivait dans l'escalier jusqu'à l'hôtel dont l'entrée lui fut interdite après trop de débordements. La solitude d'Yvonne… Elle chercha et peut-être trouva un baume en se glissant furtivement dans l'église Saint-Thomas d'Aquin.

Elle mettait dans son film (le mien, assurait-elle) son ingéniosité, son cœur à l'ouvrage, ses espérances et l'argent qu'elle comptait à sa juste valeur. Plus d'extravagances. On tournerait avec une petite équipe sur les lieux sauvages du Luberon, en logeant chez l'habitant. Elle concevrait et réaliserait elle-même les costumes et servirait de suppléante à la script-girl pendant le tournage. Le poète me fournirait un rôle à la princesse de Clèves à moins que ce fût celui d'une Yseult contemporaine. Pour nos fidèles et pour les disciples, il s'agissait d'une œuvre de René Char qui transformait la fille de la maison en interprète du Maître, en comédienne capable d'incarner Ses transcendances.

Comment répondre à l'attente de ma mère adoptive ? En me soumettant sans réplique à ses desiderata. Comment m'élever au niveau du poète créateur de chimères qui, bien sûr, avait intitulé son film *Sur les hauteurs* ? Comment atteindre de chic l'espace subliminal qui portait mon personnage énamouré à répondre au profond « Je vous aime » de son amoureux par rien d'autre que : « Malheur à celui qui a une hauteur au-dessus de son amour » ? Cette réplique époustouflante avait le poids d'un glas puisque je ne sortais pas vivante de la sombre histoire. Face à mon miroir, concentrée et hiératique, ou bien prenant ma soupente pour une scène du théâtre racinien, à grands gestes, seule toujours, j'ai récité la phrase, l'ai mimée, parodiée, psalmodiée, m'attachant à en exprimer le suc caché, le sortilège secret, à en extraire le lyrisme escompté, sous-jacent. Qu'elle impressionne même si elle reste incompréhensible, faute de quoi, j'en étais certaine, le film s'effondrerait dans le ridicule. J'osai prier l'auteur d'éclairer ma chandelle sur le sens qui m'échappait. À son habitude, regard fixé au-dessus de mon crâne, il bafouilla : « Magie… Cohérence… Crédibilité », pas plus. Du côté d'Yvonne, les choses n'allaient pas non plus d'elles-mêmes. Photographe ou coiffeur, quels que fussent la permanente ou l'éclairage, ma « rusticité » dégradait l'image « sophistiquée, naturelle quand même » qu'il me fallait pour le film. J'ai beaucoup bu pour compenser. Yvonne vit dans l'apparition inattendue de Tiggie Ghika, experte en théâtre grec, revenue en France pour la première fois depuis la guerre, une intervention des puissances occultes favorablement penchées sur le berceau de son entreprise. En cinq-six cours de maintien et de diction, la fée grecque allait me transformer en vétérante de l'écran et des planches.

Impressionnante Médée septuagénaire et callipyge, Mme Tiggie m'apprit la démarche royale en restant affalée dans le divan de l'hôtel Montalembert où elle logeait à trois chambres de distance de René Char. Je la laissais me remettre le menton en place pour projeter la voix hors du masque, elle toujours assise et moi à genoux devant elle, désespérant de lui communiquer mes tourments d'actrice en herbe, n'osant, par respect pour la tragédie, la sortir de son âge en disant : le pathos, aujourd'hui, ça fait comique.

De façon inattendue, Taky me montra qu'il suivait l'affaire sans rien en dire : « Nous ne sommes pas des anges, moineau. La folie d'Yvonne passera. Saisis ta chance si c'en est une. » Pour aider à éponger une dette matérielle ou morale envers Tiggie et « pour me rendre service », il transcrivit en français les poèmes de l'amie grecque ; René Char y ajouta son lyrisme, trouva le titre (*Le Bleu de l'aile*), et la petite plaquette partit pour les rotatives.

Jacques Dupin, le plus jeune et le plus réservé des « mignons » du poète, fut chargé du premier rôle masculin. Yvonne procéda aux essayages des costumes. Le garçon sursauta : la main de la couturière avait atteint son intimité au haut de ses cuisses. Obsédée par la tenue et l'éclat de mes cheveux, mon atout principal parce que visible de loin, les yeux après ou le front avant, elle s'acharna à les brosser, à les poudrer, à les tirer encore et encore avec interdiction absolue de les laver, les permanentes faites par Antoine y ajoutaient des frisous vulgaires, ah quelle horreur ! Muette et soumise, sentant près du mien la chaleur de son corps définitivement plus replet, je ruminais : « Elle sait… Taky et moi… »

Les professionnels des prises de vue en plein air savent ce qu'« attendre le soleil » veut dire et ceux qui sont familiers des bourrasques du mont Ventoux, le bien-nommé, peuvent imaginer le mal que j'avais à rester bien coiffée et à maîtriser une robe de tulle dont les pans diaphanes flottaient et claquaient au-dessus de ma tête. Le tournage devait durer trois semaines ; il en prit cinq. Par chance, l'habitant offrait des chambres charmantes, une auberge des plats épicés, les bosquets leur ombre, les moutons leur rude parfum et le vin de Provence coulait d'abondance. Les fragrances des garrigues émoustillèrent les Parisiens, les figurants du cru se dégourdirent. Ils s'échauffaient, se réchauffaient, se rafraîchissaient, se troussaient à qui mieux-mieux dans une Cythère où deux lesbiennes ramassées en route éveillèrent des idées fixes chez des Pans sourcilleux quant à leurs mâles prérogatives.

Ce fut une foire digne de Dionysos et des contes des *Mille et Une Nuits*. Devant et derrière la caméra nous étions en tout et pour tout : un enfant, deux adolescents et à peine une dizaine d'adultes. Crises de nerfs de filles culbutées déchirant entre leurs dents des mouchoirs salis et des hommes-buffles suant au comble de la satisfaction ou de la frustration, le film *Sur les hauteurs* produisit deux couples qui annoncèrent fiançailles et mariage avant la fin du tournage : deux jeunes femmes souffraient déjà de nausées matinales. Dans un colloque bruyant à la fois éthique, éthylique, anatomique, pratique et hystérique, certains débattirent d'un hic fascinant : par le jeu des mains et des doigts, les lesbiennes avaient-elles le pouvoir de se bousiller la virginité et un homme pouvait-il se glorifier d'en avoir dépucelé une ? Me tenant aussi loin que possible de la partouze, on me désigna vite sous le titre acidulé : Miss Nolli me Tangere, qui me servit de bouclier peut-être, aussi, parce que, quand même, fallait pas trop malmener la vedette, fille de la productrice, elle-même muse un peu défleurie du poète qui enfantait là une grande œuvre.

Hors du cadre ordonné de la rue du Bac, le couple Char-Yvonne ne se ressemblait plus. Dépoitraillée, Yvonne ne cachait plus un ventre arrondi. À mon avis, à Paris déjà et depuis quelque temps, René Char s'était pris à se laisser adorer par des bosquets fraîchement épanouis et ne refusait pas ce qui s'offrait – ce qui expliquait, à mon avis, les débordements d'Yvonne et ses visites furtives à l'église. Avait-elle mis son espérance dans le cadre bucolique, dans l'absence de Taky, dans les parfums melliflus au crépuscule du thym marié à la lavande pour réanimer une flamme fatiguée ? Notre productrice se mêlait de tout, fondait en larmes, n'essuyait pas l'écume de sa pituite. Le poète solaire, roi du lieu, maniait la foudre et l'invective. L'acrimonie antagonisait les techniciens. Un grand gars simple devenu le chef véritable de notre groupe, électricien, crut Yvonne enceinte et pria l'amant de mettre une sourdine à ses coups de gueule. Un rire dément et des gestes firent comprendre qu'il y avait maldonne. Diagnostiquant une grossesse nerveuse, le même électricien alla prier la future maman de mieux couvrir ses seins et de cacher son nombril. Yvonne accrochée à sa robe de phare bleu n'était-elle pas devenue cette « femelle redoutable qui porte la rage dans sa morsure et un froid mortel dans ses flancs » ? Yvonne, sa terrible souffrance…

Pour mieux me démarquer du couple et de leur entreprise, j'avais pris avec moi mon matériel de peintre, pour travailler sur le motif, avec ostentation. Un jour où je ne tournais pas, j'emballai crayons, papier et boîte de couleurs pour peindre là-haut, sur la hauteur du mont Ventoux, une œuvre définitive, une profession de foi ou un testament. Le soleil ascendant me suivait, me poursuivait. Mes pieds dérapaient sur des éclats de pierre qui dégringolaient en avalanches. Écorchée de partout, peau en feu, cœur battant la chamade, je m'effondrai près d'un rocher en surplomb. Transformant en tapis mon short et ma chemisette trempés de sueur, je me glissai dans le peu d'ombre qui existait et, sans doute, m'endormis…

Une feuille apportée par le vent ou un insecte égaré chatouille le côté de mon cou. Avant que j'aie le temps de faire un geste, une odeur de musc caprin emplit mes narines, une toison rousse s'agite devant mes yeux tandis que des mains rugueuses saisissent mes seins. Une langue humide fouille mon oreille, dit : « Je m'appelle Alpine, Alpine… » La bouche goulue investit la mienne. « Une satyre ! » pensai-je avec un éclat de rire intérieur ravi, oui, car « *raptus-rapere*, c'est la même chose »… Velours d'une peau chaude, volumes tendres rebondis. Muscles longs, souples. Aisselles poilues, salées. Jus onctueux de la salive. C'est facile, un corps féminin. Je sais où trouver les rondeurs, la plage tendue du ventre, la courbe du genou, la fourrure de la caverne… Brandissant une gourde, elle boit, m'arrose, laisse tomber des gouttes sur son nombril et le mien. Me tournant le dos, elle offre à la morsure du soleil, à celle de mes dents, les globes jumeaux de son formidable fessier et m'envoie une gifle. Je vais parler mais un doigt sur ma bouche, un autre sur la sienne, imposent « Silence ! ». Le temps d'un battement de paupières, j'entends : « Novice ! » Elle n'est plus là. Ma rétine éblouie a vu des pieds squameux aux ongles laqués de rouge qui fuyaient.

Quelques essais photographiques réalisés dans le beau lieu du Thor avaient permis, à Jacques Dupin et à moi, de faire plus ample connaissance. Les costumes nous encombraient mais plus encore notre timidité. Un soir, sur le quai d'un petit tortillard qui le ramenait à L'Isle-sur-la-Sorgue, il me demanda de le tutoyer. Le *vous* restait pour moi une sorte de protection et, en cinq ans de vie chez les Zervos, j'étais parvenue à tutoyer trois personnes seulement : Nusch, Paul et Ida. Le tutoiement s'avéra facile. Il ajouta quelque chose à la qualité hésitante de nos regards. Au pied du mont Ventoux, dans la touffeur de l'été, dans la sauvage exubérance de l'entourage, Dupin me semblait être resté en marge, non concerné, du moins, non emporté. Les scènes d'amour en plein air filmées et enregistrées, la troupe devait gagner Avignon. Au village, le dernier soir, il me demanda la permission de me raccompagner jusqu'à ma chambre. En marchant côte à côte, muets l'un et l'autre, il posa sa main sur ma nuque, premier véritable attouchement personnel, intime, non lié à nos rôles. J'avais prévu – ou espéré, qui sait ? – un geste semblable, à venir un jour ou l'autre, et j'étais prête : si, sans me toucher ou seulement en me tenant les mains, Jacques déclarait : « Je t'aime », je lui répondrais : « Moi aussi », et ajouterais immédiatement : « Rien n'est possible entre nous, je suis sale et sans honneur. » S'il commençait par une caresse furtive, je couperais son élan. Là, m'arrachant au poids léger de sa main glissée sous mes cheveux, je lui fais face… et, d'un air peu aimable, lui demande l'heure. Ce fut assez pour que ce bernard-l'ermite ultrasensible rentre dans sa coquille. Les jours suivants et jusqu'à la fin du tournage, il me rejoignait lorsque je m'éloignais du brouhaha pour respirer un peu dans le calme et le silence, pour boire aussi ce qu'il me fallait pour tenir le coup sans exploser. Assis côte à côte sans échanger aucune parole, nous avions sans doute l'air d'enfants égarés.

Le tournage dans la grande salle du palais des Papes fut une torture. Monter un escalier, le redescendre en exprimant quoi ? Une tristesse ? Un déchirement ? La fatalité de la mort dans l'amour ? Le metteur en scène, un vieux de la vieille dont le titre de gloire était d'avoir tourné *Le Rosier de Mme Husson* et fait connaître Fernandel, fatigué par les esclandres et les interventions « professionnelles » d'Yvonne, gentil, contrit, me dit : « Tu montes sans hâte les gradins, tu espères l'espoir, tu t'arrêtes en haut. Respire à fond de manière à ce que la caméra attrape le mouvement de l'inspiration et de l'expiration ; tu te tournes sans baisser le menton. Commence à descendre, hiératique, froide… *Alea jacta est,* tu comprends. Ton visage ? Avec l'éclairage que nous avons, plus tu descends, moins on le voit. » D'accord… quoique descendre un escalier papal en tenant son regard sur la ligne bleue des Vosges et en amortissant le balan-cement des hanches, faut l'faire. Une fois, dix fois, quinze fois. À onze heures du soir ? Quand j'ai avalé du gin sur du vin sur du pastis ? Quand, pour le dernier gros plan, se substituant au cameraman, Yvonne colle son œil à la lunette, s'exclame : « Elle a l'air trop jeune ! Faut la vieillir ! Faut la faire femme ! Toute la lumière sur le front ! »

Et encore la dernière scène à mettre dans la boîte… Dans sa pelisse de damoiseau paumé, à genoux, Jacques ouvre des yeux amoureux, les écarquille pour y introduire la touche langoureuse imposée et murmure son « Je vous aime ». C'est déjà la cinquième fois. La sueur perle sur son maquillage et le blanc de ses yeux se persille de veinules sanguines. C'est la sixième ou septième fois que, sous le coup de sa déclaration, je crispe mon corps, le redresse et laisse sortir de ma bouche : « Malheur à celui qui a une hauteur au-dessus de son amour. » Au montage, je le sais, la scène sera suivie de l'image de mon corps sans vie, tué par un loup-garou qui emporte dans l'au-delà des garrigues sa demoiselle… À la douzième fois, caméra, projecteurs, perche du son tendue à bout de bras au-dessus de ma tête, et Yvonne qui m'exalte : « Maintenant, tu es Garbo ! », c'est trop ! L'alcool a purgé mes méninges et le rire fou, incoercible, m'emporte.

Les images développées s'avérèrent de bonne qualité mais il fallait procéder à des raccords et réenregistrer des dialogues rendus inaudibles par le sifflement du vent. Yvonne m'envoya en Vaucluse pour en ramener un enfant qui participait au film. Au retour, à peine descendue du wagon, un monsieur pousse un grand bouquet dans mes bras et devant quelques photographes et journalistes se lance dans un laïus au nom de Mme Z., la fameuse productrice, qui vient de découvrir « la révélation de l'année, au talent inouï, future star, ici présente ». Des voyageurs posent leurs valises, colportent la rumeur : « une actrice de cinéma », tendent des bouts de papier pour les autographes et déjà se bousculent avec sur le visage une expression que j'ai déjà vue, au Vel' d'Hiv'. Leur élan vers le merveilleux, le besoin de s'émouvoir et d'aimer, et l'obligation pour moi de ne pas les décevoir, là, sur l'instant, j'en ai ressenti l'impact avec violence, souriante, serrant des mains et signant tandis que dans ma tête tourbillonnait le mot « Danger !

Danger ! ». Un peu plus loin, Jacques m'attendait. Quel avait été l'itinéraire de ce garçon de vingt ans, bien élevé, discret, gentiment tenace, pour qu'il intitule sa première plaquette de poèmes – que j'avais lue dans le train – *Cendrier du voyage* ? Je n'osai le lui demander, ni lui dire que ses pouces éveillaient en moi un cri de torture.

L'élite de Saint-Germain-des-Prés, les cinéphiles distingués, le brave et chaleureux Langlois parlèrent d'avant-garde, d'art et de poésie génialement intégrés. La distributrice novice ne trouva pas de distributeur ayant pignon sur rue qui voulût bien mettre le film en ouverture de ses programmes. Les projections dans les salles exclusives de cinéma artistique assurèrent au film une petite réputation. Yvonne estima que j'étais « lancée ». Pour le moins, elle pouvait par des visionnages privés faire la preuve de mes dons. Pour l'heure, elle tenta de faire inclure *Sur les hauteurs* dans les circuits de province. S'achetant deux tailleurs de confection pour faire moins riche, elle partit chaque matin pour aller frapper aux portes capables de décoincer le blocus organisé contre elle et son soleil. Elle faisait connaissance avec le lobby mercantile des distributeurs où son nom n'évoquait rien. Aveugle sur son apparence, voulant charmer pour convaincre, elle laissait ouvertes les encolures de ses vestes. Ses seins déshydratés me faisaient mal à voir. La femme aux abois semblait me dire : « Tu vois. Je suis prête au pire pour *notre* bien. » Pendant ce temps, le poète mettait en chantier l'adaptation radiophonique de son premier scénario, *Le Soleil des eaux*. Taky le pria à sa façon d'y maintenir ma présence.

Mon père adoptif venait de subir un revers dont il ne se remettait pas. Malgré de multiples tractations et l'intervention d'un critique d'art réputé aux USA, la censure américaine refusait le visa d'entrée à l'album

Royan de Picasso, pour cause de pornographie caractérisée.

Il s'agissait en fait d'un carnet de travail sur les feuilles duquel Pablo avait jeté les sujets qui l'intéressaient, dans cette démarche concentrée et versatile et ces variations multipliées qui constituaient chez lui la recherche d'une expression picturale à la fois plus complète, plus stylisée et plus personnalisée du sujet. On y retrouvait ses thèmes favoris, des retours sur des problèmes de composition et l'usage de styles anciens. Se servant de son carnet comme d'un journal intime, il y avait mis Kazbek en sieste et à la mine de plomb et aussi, à la date du 11.7.1940, une échauffourée amoureuse.

Un rut brutal mais consenti avait tordu les lignes des corps. Hélas, un lavis mal manié avait brouillé les éléments mâles d'un entrejambe ouvert et vu par en dessous. L'ouvrier contrarié mais consciencieux était retourné sur le motif, le 17 du même mois. Cette fois, il posait là où il le fallait une virilité anatomique respectueuse de la perspective. Ces deux pages offraient de nombreuses exégèses sur leur teneur psychologique et picturale et sur la position de l'acte conçu en un « arrêt sur l'image » particulièrement osé et imaginatif. (À elles seules, ces deux pages justifieraient une soutenance de thèse érotico-artistique !) Les fonctionnaires yankees y virent autre chose : tout est impur aux esprits impurs. Sur les six exemplaires envoyés à la commission d'enquête, un seul nous revint intact. Les autres offraient souillures, commentaires, caricatures, trous ou découpes.

Influencés par leurs collègues américains, les censeurs français, tous des parpaillots, d'après Taky, allaient-ils mettre l'album à l'index ? Pourrait-il se vendre malgré tout ? Sous le manteau, peut-être ? Taky me chargea des premières prospections. Ratage complet : je n'avais pas le bagout. L'imprimeur et les relieurs réclamaient leur argent, menaçaient d'envoyer les huissiers. Tout se passait comme si l'argent de *La Pêche de nuit à Antibes* s'était évaporé. Yvonne vint à la rescousse avec une idée que Taky aurait dû avoir : numéroter un à un les 1 200 exemplaires officiels du tirage et demander à l'auteur d'y apposer sa signature, ce qui hausserait l'édition au rang d'un livre de luxe à valeur marchande ajoutée permettant de vendre le carnet, à cause de ces deux pages, aux amateurs de la chose jamais à court de sous. Rendu furieux par son manque d'à-propos, Taky chargea Yvonne de contacter Pablo.

Prit-elle le Minotaure à rebrousse-poil ? Était-il en difficulté avec Françoise ? L'Espagnol poursuivit Yvonne dans le tournis de l'escalier jusque dans la cour armé d'un long aiguisoir en métal qu'il brandissait au-dessus de sa tête tout en l'injuriant en espagnol plus qu'en français. Sauf pour *puta*, je n'y ai rien compris et n'ai pas vu quand ni comment Yvonne lui enleva l'objet des mains. Tout en courant, elle le sortit de derrière son dos. Une bisbille avec Pablo ? Une catastrophe. Il gardait le pouvoir de nous enlever des exclusivités, hélas tacites, de complaisance, sans autre contrat que celle de la parole d'honneur.

Pablo disputait de plus en plus la position esthétique de Christian Zervos arc-bouté dans son refus de la modernité. Déjà Verve préparait une couverture de l'Espagnol et F. Hazan négociait un volume en couleur consacré aux céramiques. Taky introduisit les photos de ces nouveautés dans un *Cahiers d'art* plus tôt qu'il ne l'avait voulu, en noir et blanc bien sûr, mais enlevant ainsi la primeur au concurrent arrogant, « jude mercantile de mes deux ». Le refus à bras armé de Pablo d'apposer 1 200 fois sa signature pour sauver « l'album Royan » du naufrage démontrait la précarité des relations.

En tête-à-tête dans un instant de camaraderie, Yvonne et moi avons bu autant qu'elle savait le faire. À nouveau, la silhouette du Radeau de la Méduse se dessina à l'horizon. Salive suintante, Yvonne balbutiait… mon front à la Garbo… mon regard juvénile et romantique… mes cheveux à la Carole Lombard (c'était nouveau, ça)… Moi, vedette, j'allais renflouer l'escarcelle. Seuls les rats quittent le pont du bateau en détresse, n'est-ce pas ; je serais donc ce qu'elle voulait que je sois. Jusqu'à mes vingt et un ans.

Taky décida de changer la décoration de son bureau pour meubler le vide laissé par *La Pêche de nuit à Antibes* dont la vente lui restait en travers de la gorge. Ravie par son coup fourré, Yvonne finançait sa SPEDIC à son détriment à lui mais elle laissait couler sur elle les injures et les menaces avec des étincelles de malice dans les yeux. À quel jeu style « je te tiens-je t'ai eu » jouaient-ils ?, je ne voulais pas le savoir. Lorsque, pour une raison de travail (il n'en existait plus d'autres), Yvonne, Taky et moi nous retrouvions en tête-à-tête, la peur qu'une réflexion trop intempestive de ma part déclenche un esclandre, l'explosion de l'abcès, m'obligeait à la plus extrême prudence. La contrainte me plongeait dans des sueurs froides, dans une débâcle des intestins parfois, dans un gel cérébral digne d'une arriérée mentale, souvent. Je m'en tenais désormais à un minimum de paroles – à cette sérénité crispée pour laquelle nous quatre avions du talent. Je ne réagis pas devant un des réduits secrets utilisés sous l'Occupation, ouvert à nouveau, dont la gueule sombre révéla des merveilles, en particulier un certain *Guéridon rouge* de Matisse, entrevu jadis en compagnie d'un petit Renoir. La photo de cette toile avait été incluse parmi d'autres dans une page d'un *Cahiers d'art* sous la rubrique « Recherche de biens d'absents ou disparus ». Deux toiles de Miró, de sa toute première période, des paysages campagnards idylliques, naïfs un peu, fouillés comme des miniatures, remplacèrent *La Pêche de nuit à Antibes*.

Miró, quel étrange personnage.

Il faisait partie des habitués de notre salon mais gardait son quant-à-soi. Je le côtoyais comme Léger, Calder, Brauner, Hélion et les autres, avec politesse mais pas plus. Il faisait partie de ce cercle qui se retrouvait dans le circuit habituel des galeries, des vernissages officiels, des vins d'honneur et dans les cafés de Saint-Germain-des-Prés. Sa fille, fréquentée courtement un an ou deux auparavant, repartie depuis en Espagne, n'avait apporté entre lui et moi aucun élément personnel. Aussi, son invitation à le rejoindre pour un repas de midi me surprit beaucoup. Les Zervos donnèrent leur aval, à leur façon : « C'est Miró, vas-y. Il ne te paiera jamais un repas chez Lipp ou au Relais Saint-Germain. Il est trop avare. »

Les déjeuners au Petit Saint Benoît devinrent vite une habitude. Tout de suite, je sus gré à Miró de ne me faire aucun compliment sur mon apparence physique et de ne jamais me toucher. J'appréciais qu'il me fasse découvrir un restaurant où personne ne venait pour voir ou pour être vu, où le client s'asseyait à côté d'un autre, partageant la même corbeille de pain, venant entre les heures de travail pour manger une nourriture sobre, goûteuse : salade de poireaux, hachis parmentier, boudin. Dans ce cadre sans chichis chez les gens, dans les assiettes ou sur les murs, Miró m'a, d'abord, mise à l'aise. Il a développé un dialogue sans jamais se perdre dans le travers le plus commun, le mieux partagé parmi les intellectuels, l'autosatisfaction et l'égocentrisme. Chez lui, aucun snobisme, aucune arrogance, pas d'esbroufe. Un esprit mal tourné et insensible, sans savoir qu'il s'agissait de Miró, aurait pu penser : « Un homme banal, somme toute. »

Petit corps frêlement charpenté, crâne en boule, les yeux ronds et clairs, Miró cachait derrière son regard lunaire, sa voix tempérée, ses gestes restreints, l'astuce finaude d'un paysan qui est partout chez lui parce qu'il ne se rattache à personne. Avec une efficacité remarquable par sa légèreté et sa finesse, il obtenait des collectionneurs, des marchands, des critiques et des éditeurs exactement ce qu'il voulait tirer d'eux après qu'ils eurent juré leurs grands dieux ne pouvoir le lui donner. Ces gens imbus d'eux-mêmes et de leur argent sortaient des pourparlers avec l'impression d'avoir échappé au pire, d'être victorieux d'un artiste malléable dénué de sens pratique. Miró, lui, avait fixé son prix sans le gonfler outre mesure, comme papa Gustave le faisait avec ses tonneaux, en connaisseur de la belle ouvrage. Il s'en tenait à sa règle : à bon ouvrier, bon salaire. Pas une once de gloriole. Pas de cynisme non plus mais une malice sans méchanceté, forte assez cependant pour se protéger et se faire respecter.

Plus profondément, mais il fallait du temps pour le découvrir, l'incontournable réel lui servait de tremplin pour exister ailleurs. Comme un galet impondérable bien lancé au-dessus des marais du concret, il rebondissait dans l'azur, échappait à la pesanteur, s'accrochait aux formes des étoiles, recueillait leurs sables, transformait les comètes en balancelles du haut desquelles il faisait la nique à la composition, à la perspective, au clair-obscur, à la chimie des couleurs et à la physique terrestre. Il se foutait du palpable et gardait un bon sens vivace, percutant, face à la renommée ou la richesse matérielle sans jamais perdre de vue la distance entre suffisant, confortable et superflu.

Pour mettre une idée en forme, dans un geste qui suppléait à la parole, il tirait de ses poches des bouts de papier, des bouts de crayon, dessinait et coloriait avec une lente application et une jouissance particulière pour « le gras » des rouges à lèvres de sa femme, qui en changeait beaucoup et dont il récupérait les fonds. Ces petites œuvres spontanées ne constituaient pas des amusettes et n'étaient pas destinées à me distraire ou à me charmer. Par elles, à travers elles, il poursuivait le dialogue avec lui-même. Elles soutenaient l'itinéraire secret qui le tenait au-dessus du sol sans se perdre dans les nuages. Poussant les petites feuilles près de ma main, il ne prononça jamais la phrase : « Je t'en fais cadeau. » Dans sa bouche, une telle précision aurait pris l'allure d'une rudesse.

Recevoir Miró dans ma soupente, qu'il s'installe sur la chaise droite et pose pour que je puisse le portraiturer ?! J'en avais le cœur qui battait à cent trente ! Et mille questions tournoyaient dans ma tête : à quelle distance mettre le chevalet pour ne pas avoir à jongler avec mes lunettes ? Préparer des boissons et des amuse-gueules ? Tirer le rideau de tulle pour estomper les contrastes ? Il s'avéra être un modèle parfait, solidement ancré dans sa pose, sans rigidité mais sans bouger d'un millimètre et, surtout, en restant muet. Hélas, trois fois hélas, la tête que j'avais devant moi ne disait rien du Miró causant et papoteur du Petit Saint Benoît. Là-bas, j'avais vu ses mains plus que sa tête et son regard plus que son visage. Que faire avec la tête, le cou, les épaules, l'oreille protubérante dans lesquels le Miró « intérieur » que je voulais dessiner se cachait ? Dans quel pétrin m'étais-je fourrée ! Attraper de chic la ressemblance physique ne faisait pas partie de mes talents. Confrontée à ce que je n'avais pas vu – la complexité de volumes peu parlants, le nez-objet, la bouche indécise mais sensitive, la mèche de cheveux épars sur la rondeur du front dégarni – je procédai comme pour un fruit à décortiquer. Avec une impeccable obligeance, Miró posa pour moi quatre fois, à raison de trois quarts d'heure la séance, jusqu'à ce que le regard des yeux dessinés au crayon Conté soit celui de *mon* Miró. Miró n'a joué ni au maître ni au copain. Il s'est conduit en ouvrier consciencieux un peu introverti qui en rencontre un autre et se sent bien avec lui.

Par ailleurs, chargée de porter à Picasso le matériel des *Cahiers d'art* qui le concernait, j'ajoutais parfois mes nus faits à la Grande Chaumière. Durant quelques semaines, par discipline professionnelle, je travaillai systématiquement la même pose en deux styles différents : le trait fluide, spontané, qui ne permet ni reprise ni remords, et en clair-obscur, souvent surchargé. Le gommage en hachures renforçait le relief mais, plus important et plus personnel, introduisait des lézardes dans le motif. Un effet d'illusion d'optique modifiait et modulait la perspective des plans en amplifiant la dramatique du corps nu vu soudain comme sur des morceaux de miroir cassé, équivalent pictural du Poème pulvérisé, pensais-je, fière de moi.

Picasso ne commentait pas la beauté ou la laideur des corps. Il n'analysait pas le rendu figuratif ou cézannien, ne m'indiquait ni les réussites ni les erreurs mais, simplement, mettait en bas du paquet ce qu'il aimait le moins et au dessus ce qu'il ne rejetait pas. Pablo commenta une fois : « Tes noirceurs… continue. Elles sont à toi. Tes Matisse… La prochaine fois, ne mets pas ton sigle (.YTH.), je t'en achèterai un » et son œil riait de malice. Mes « Matisse » ? Assez bons pour qu'il puisse en faire une blague ?! Il n'avait pas besoin de moi pour imiter. Quand même, c'était un compliment. Malgré le côtoiement physique et les corps exposés, Pablo Picasso n'eut jamais envers moi aucun geste douteux ; il ne prononça jamais non plus de parole équivoque ni ne se laissa aller à une remarque égrillarde. J'eus peur non de lui mais des Zervos lorsqu'il me demanda de poser pour lui.

Le court métrage poético-artistique de René Char n'avait pas trouvé preneur en province, quelques confidentielles projections exceptées, mais Yvonne persévérait dans son idée. Elle jouait sur deux tableaux : d'une part, elle accumulait les scénarii dont elle pensait pouvoir devenir la productrice et, d'autre part, tentait de me faire engager par un metteur en scène actif ayant pognon et pignon sur rue. Je ne sais comment elle s'y prit pour m'inclure dans le fourgon des « jeunes premières promettantes », selon sa formule. Elle s'occupait de tout, m'accompagnait partout et, sauf pour le texte à dire devant la caméra, elle parlait pour moi, ce qui m'allait parfaitement.

Faire des essais en péplum de tissus à rideau, en marchande de violettes ou en soubrette à bonnet blanc, c'est drôle. On rencontre une faune hallucinante de rêveurs, d'égarés, de Rastignac mâles ou femelles affamés parce que sans le sou et prêts à tout… ce qui, dans ce milieu, est toujours le pire. Rôdent les attrapeurs de cachets d'un jour, mémères oxygénées et vieux beaux aux cache-cols ultra-chics ou élimés qui, déjà « en costume », décrochent une silhouette. Des vents vibratoires secouent le plateau traversé par un Lifar obèse, par une Marie-Belle faisant la roue devant une doublure de la Popesco ou une Viviane Romance décatie. On se regarde et on se hait immédiatement. On sue d'émotion et on se couvre de parfum pour atténuer l'odeur. Les spots lumineux cuisent les chairs dans les habits, les émanations se transmuent en brouet puant sur lequel plane la fumée du tabac gris pour les pauvres, celle des cigarettes américaines et quelques rares cigares pour les riches. On se connaît un jour, on s'oublie le lendemain. De triage en triage, la meute s'amenuise et les dilettantes se retrouvent face à face avec Odile Versois ou sa sœur Marina Vlady, des professionnelles, elles.

Enfin, la chance nous sourit et Yvonne en est toute retournée : « Carné, pense donc ! Pour un *Roméo et Juliette* à sa façon… Du classique à la Prévert et musique de Kosma, bien sûr, juste ce qu'il nous faut ! » Après le triage et le passage au tamis effectué par un assistant assisté d'un photographe qui contrôle la réponse de la peau à la lumière, c'est Carné lui-même qui officie. Il n'impose aucun texte mais nous concentre sur une démarche digne de la Haute Renaissance, libérée de ses carcans toutefois, en native de Vérone actualisée. Dans la promenade faussement innocente qu'il filme, la jeune fille doit exprimer l'attrait irrésistible de son corps pour celui du gars de service qui fait Roméo. Une adolescente gracile, gracieuse et retenue, un peu « belle ténébreuse », gagne le rôle et son nom : Anouk Aimée. Mettant ses bonnes relations avec Prévert en avant, Yvonne obtint une entrevue privée avec Carné. Elle en sortit furieuse et déçue par le manque de finesse de son brutal interlocuteur. Il avait remarqué ma « beauté terrienne », utilisable peut-être pour un autre rôle, dans un autre film. Plus professionnellement et plus profondément, avec une clairvoyance percutante selon moi, il ne m'avait pas trouvé « l'esprit assez vacant » pour que je puisse facilement sortir de ma peau et entrer dans une autre. Pas question de m'imaginer une seule seconde qu'Yvonne se le tiendrait pour dit. Il y avait ses scénarii.

Des histoires cousues de fil blanc à faire pleurer de honte les auteurs les plus indigents de romans à l'eau de rose ; des contes autour d'une Résistance extravagante dans des palaces de Palavas-les-Flots, en robe de chambre mal ceinturée, en silhouette aguichante sous la douche, où le « Mourir pour la Patrie », annihilant l'Amour, mettait du sang sur les boas de plumes et les pétales des pâquerettes. Et voilà que Castagnier, ce Maître Jacques, le traître, pond un machin un peu moins idiot, une révolte agraire espagnolante, peu dénudée, où je joue le rôle d'une journaliste. Ça rappelle quelque chose et le glas y sonne aussi mais, somme toute, avec l'accent mis sur un matériau anarcho-folklorique, ça peut marcher.

Où en étais-je ?

À l'image des orvets, ces hôtes furtifs des champs humides, reptiles miniatures, translucides, aveugles, privés de pattes et de poids communément appelés « serpents de verre » parce qu'ils se cassent mais survivent, j'allais de la parenthèse Miró à la parenthèse Pablo, de la parenthèse Jacques Dupin (figée) à la parenthèse Xavier (en bourgeons), de celle de Taky, ses publications, son désir, à celle d'Yvonne, la directrice de galerie, imprésario et productrice, à celle de Bellerophon obsédé par un Mystère qui nourrissait ses Fureurs, de la parenthèse Valsa présentement géomètre de l'espace à celle de la Grande Chaumière, de Mme Jablon pour un camembert parce que j'avais faim à Nicolas parce que j'avais soif, et m'effondrais le soir dans la lune blême des pochards pour retrouver la nuit, sans que je le veuille, dans un entassement à la Prévert, les parts rompues de ma peau d'orvet débilité, les fractions cassées d'images caduques… un homme blond aux épaules affaissées, un parapluie, un vaporisateur, le cri d'un enfant sur une route : « Yvette-Marie-Thomas-Moi ! », un poil noir sur mon poignet, des mésanges étranglées, des lapins noyés, le visage de Bénédicte, la chaîne autour du cou, le fouet qui frappait, et la haine que j'avais eue, et la vengeance que j'avais voulue, qui m'avaient soutenue vers un ailleurs ultime et universel, ma récompense pour quand je serais grande… N'en restait que le cauchemar. Mes forces s'en étaient allées. Restait à gribouiller, marcher, flotter ou ramper comme il fallait quand il le fallait parce que c'était plus facile. J'en prenais l'habitude et, devenue une abstraction de verre, me laisserais faire jusqu'à mes vingt et un ans.

Il y eut la parenthèse radio, l'enregistrement du *Soleil des eaux* grandement enrichi par la musique de P. Boulez. Deux phrases de l'introduction spécialement écrite par l'auteur : « ... *je sais que mon semblable* [...] *possède de déchirantes ressources. Il faut seulement lui permettre avant tout usage, de n'en point rougir* », tournoyaient dans ma tête. Rougir de honte ? Rougir de mépris ? Pour tenir sa promesse envers Taky, René Char m'avait donné deux mots à dire, non, un seul : dégoût. Aurais-je la déchirante ressource de ne pas crever de trac et de jeter « Dégoût-Dégoût-Dégoût-Dégoût » en ses quatre variations à la tête de ceux qui m'écartèlent et me mettent à toutes les sauces ? Pourtant, côtoyer Roger Blin, le noir, et Michel Auclair, le blanc, fut une parenthèse de bonheur. Ils virent ma solitude et ma frayeur. Ils m'ont tenu la main.

Il y eut l'entracte Françoise Michaux.

Sous l'Occupation, les Zervos avaient envoyé mon frère à Lyon, chez les parents de Françoise... Elle sortait d'une jeunesse provinciale contraignante pour révéler à Paris la compétence, l'originalité, la force parfaitement dominée de sa vocation native : la danse moderne.

Yvonne lui prêta l'espace inoccupé de la galerie MAY. J'assistai à quelques répétitions, à un récital, et commençai à travailler sur des masques en papier mâché... Françoise m'était entrée dans le cœur dès la première rencontre mais... qui pouvait encore me regarder avec sympathie ? Certainement pas un être aussi fondamentalement beau, structuré autant, intègre et rigoureux. L'admirer sans lui parler, la frôler sans la toucher, c'était déjà un cadeau.

Flattée à l'idée de me voir poser pour Pablo mais prudente, Yvonne réservait son accord. Taky mit son veto, en privé et à sa façon : « Il te demandera de dénuder tes épaules, puis le buste, comme pour Nusch à l'époque… C'est un vicieux et vous, les *fumelles…* » J'avais trop rêvé à l'aventure. Continuer à lui apporter mes nus de la Grande Chaumière pour ne pas perdre le contact personnel, franc, propre, qui s'était créé entre lui et moi, depuis longtemps, avec le mot *Assassin*, sans qu'il renouvelle son offre ? Transmettre le « Non » auquel Yvonne s'était ralliée sans combattre ? Ajouter par ma faute un malaise à leur relation déjà si délicate ? Cessant l'étude de l'anatomie et de la morphologie du jour au lendemain, j'entamai la parenthèse Gravures malgré un trou noir intérieur envers l'art en général et les artistes, qui allait en s'amplifiant. Johnny Friedlander et l'atelier de la rue Vandrezane me procurèrent des instants d'oubli. Les Zervos complimentèrent mes premiers essais, de pauvres petites choses indigentes à mes yeux. J'entendis le mensonge dans leurs voix et lâchai aussitôt burin et pointe sèche. Mes deux projections spatiales à la Pevsner avaient disparu, de même que deux dessins à la Matisse, des paysages cette fois, inspirés d'une boutade du Maître : « Le paysage de Vézelay, c'est une femme nue allongée sur l'horizon. » Mon incrédulité définitive quant à la fiabilité des réponses que me donnerait l'aigle à trois têtes tuait dans l'œuf les questions. Resté une semaine ou deux en grève de lignes, formes et couleurs, mon cerveau me présenta des mots puis des phrases : *« J'ai vu l'ombre tomber comme un boulet / Son éclat noir a tout éclaboussé soudain / L'effroi alors est monté à ma gorge / Mais qu'ai-je donc à craindre / Je suis derrière mes persiennes / Et d'ailleurs voici mon lit / Puisque je dois mourir / Demain*[1]. »

Le brouhaha dominical provoqué par le naufrage du film *Le Soleil des eaux* puis la sortie du court métrage

1. Yvette Thomas, *Simplement*, Fernand Hazan, Paris, 1953.

dans les salles d'art obligèrent les disciples de René Char à ouvrir les yeux sur la fille de la maison, si discrète dans sa fonction de pourvoyeuse de petits-fours et autres amuse-gueules. À leurs yeux, devenir l'interprète du Poète solaire, ce n'était pas rien. Débuta alors la parenthèse des invitations au cinéma et du sport particulier pratiqué en salle obscure… mouvements serpentins du bras qui, dépassant le cou, s'arrête à l'autre épaule, relâchement de la main qui se laisse aller à la force de la gravitation, descente sous l'aisselle et arrêt de la dérive par un rétablissement sur le sein. N'ayant jamais entendu parler de cette gymnastique intimiste, la première fois je me laissai surprendre. Avec le second garçon, j'annonçai tout de suite : « C'est pour voir le film et rien d'autre », et il se le tint pour dit. Un autre attendit sur l'écran un échauffement amoureux fort bien joué par Suzy Delair il me semble, pour plaquer sa paume au creux de mes cuisses après qu'il eut soulevé ma jupe si vite que je n'avais pas eu le temps de deviner son intention. Un de ces jeunes gens m'avoua après coup que les filles aimaient ça, en redemandaient, se vexaient même si le garçon gardait son quant-à-soi et que lui-même s'était senti obligé de « m'honorer ». Nous pûmes voir ensemble quelques films et rencontrer ensuite ses copains. Ce fut pour moi la découverte d'une tribu parfaitement inconnue, avec sa langue, ses codes, ses tics.

Étudiants de Sciences po, sorbonnards ou futurs carabins, des prix de Rome potentiels, des fils de bonne famille en rupture de ban, oisifs, nantis et paumés venus à Saint-Germain-des-Prés, où rôdaient des gangsters à la Pierrot le Fou, pour y faire « leurs humanités »… J'en compris mieux l'expression populaire : *jeter sa gourme*. Ils s'abattaient en nuées sur certains cafés dans le pourtour Saint-Michel-Montparnasse-Champs de Mars pour ensuite s'égailler dans des caves où je ne les suivais pas.

Xavier de L. rougissait de gêne lorsque quelqu'un prononçait le nom d'un de ses oncles, haut fonctionnaire dont l'arrogance de seigneur belliqueux, magnificent et grande gueule faisait la une des journaux. À première vue, ce rejeton-rejeté se conduisait en brebis galeuse sans rien perdre des belles manières de sa société. Ses longs silences polis suivis par une volubilité hargneuse et cynique, son regard de loup qui s'estompait et disparaissait derrière un rideau opaque, la façon dont les groupes différents l'accueillaient confirmaient la forte impression qu'il m'avait faite après l'avoir entrevu chez nous. Quelque chose d'aimable mais contraint ne lui enlevait pas son sceau d'étranger. L'élément inné qui, jadis, m'avait poussé vers Bado, Paupiette, Ida et vers un remarquable visiteur palestinien apparu-disparu, affirma sans réplique « Oui ! » et me fit aller vers Xavier avec une confiance aveugle.

Pratiquant avec ardeur les promenades, les « Je te raccompagne chez toi » dans un sens comme dans l'autre, prenant nos aises dans des cafés ou des parcs hors des anciens circuits, écaillant un œuf dur ou des cacahuètes devant nos viandox prolo et très dilués, Xavier et moi avons fait connaissance.

Aristocrate de naissance et marqué malgré lui, lettré et diplômé précoce en je ne sais quoi, vieux de vingt-cinq ans, pédéraste, chasseur et chassé, écorché vif derrière des remparts fossilisés, il m'explique les appétits particuliers de son corps. Moi, fausse vierge, je lui décris ma chair muette. *Les Mille et Une Nuits* ne m'avaient pas ouvert le livre du désir féroce, du plaisir ressenti dans la fureur et le dégoût. Nous avons mis nos vies à plat l'un devant l'autre sans nous étonner de nos itinéraires. Nous avons fait des plans et passé des accords.

Sa mine, sa mise et son nom clouèrent le bec aux Zervos. Pratiquant devant eux le « Ma chère » et le vouvoiement, il évoqua les contraintes de sa future carrière, un poste dans lequel lui et moi aurions à tenir notre rang. Yvonne chantonnait, Taky mit les choses au point, dans le creux de mon oreille : « Tu viendras quand même me voir, de temps à autre, n'est-ce pas ? » Un soir, Xavier et moi avons quitté le petit salon-salle à manger dans des rires hystériques et sommes montés dans ma soupente pour boire le coup de l'étrier, jusqu'à ne plus savoir comment bouger. Nous avons dormi ensemble. Au petit matin, certains de n'avoir pas fait ce que nous ne voulions pas faire, nous avons rebu pour requinquer notre gueule de bois légèrement larmoyante. En stratège roublard autant que malicieux, Xavier estima avoir posé les bases d'un intelligent complot destiné à nous servir tous les deux… Il me donnait un alibi pour assagir Taky et dévier l'idée fixe cinéma de la tête d'Yvonne tout en mettant en place les conditions d'une « évasion » sans scandale. Des fiançailles officielles ne lui faisaient pas peur, d'autant plus qu'elles pouvaient lui permettre de réintégrer sa famille, son milieu. À moi maintenant de jouer mon rôle de paravent pour modifier sa réputation, et rencontrer sa mère. Révulsée par la nature de son fils, par ses vices, elle ne refusait pas cependant de lui parler, de temps à autre.

Il y avait Jacques, son accompagnement tenace, sa présence intense. Je l'aimais bien et l'idée de le perdre me chagrinait. Lui révéler le plan, l'y associer ? Xavier n'y voyait pas d'inconvénient majeur à condition que Jacques me précise d'abord… quoi ? Que la porte s'était refermée depuis longtemps ? Qu'elle ne s'était jamais ouverte ?

Taky préparait un déplacement à Colmar. La technique moderne permettrait peut-être de photographier plus en détail le retable de Grünewald qu'il avait fait redécouvrir avant la guerre et qui constituait un de ses titres de gloire. La pensée d'avoir à me retrouver seule avec lui pour trois nuits d'hôtel me faisait peur. L'annonce d'avoir à préparer un autre repas pour l'ami palestinien, devenu israélien, ajouta un grain de malaise et me prouva, s'il en était besoin, combien j'étais fautive en tout et partout. En effet, quelques jours après sa première visite chez nous, l'avocat avait fait déposer à mon nom le livre de Lawrence d'Arabie (*Les Sept Piliers de la sagesse*) avec sa carte et une jolie dédicace : « À l'escargot de Bourgogne, le vin de cactus, Sacha. » Je n'avais pas ouvert le livre ni envoyé un mot de remerciement. Par ailleurs, fatigue et tourments aidant, ma « mission » pro-sioniste s'était évaporée avec l'établissement de la république d'Israël.

Un haut-le-cœur me saisit quand jaillit et se développa plus vite que je ne pouvais suivre l'idée de vacances en Israël ! À entendre mes parents, ils s'étaient mis martel en tête pour me faire un cadeau à la hauteur de ma prestation dans le film, pour honorer le sérieux de mon travail à la galerie et aux éditions, pour mon assiduité à la Grande Chaumière, pour mon opiniâtreté à réaliser les fantasmes trigonométriques de mon précepteur. Avais-je vraiment refusé de passer quelque temps en Angleterre, chez Penrose, comme ils le signalaient l'air de dire : « Pas facile de savoir ce qui lui plaît » ? Lentement, boue grise surgissant hors de la bouche d'un égout, le souvenir m'en revint, collé au jour où Taky m'avait dit : « Yvonne sait. » Taky seul m'avait fait cette proposition. Son regard maintenant m'ordonnait ou m'implorait : « Va ! Va ! », tandis que sa bouche articulait : « Tu as longtemps prétendu être juive, au point de nous inquiéter sur ta santé. Va voir là-bas ce que les Juifs y font. » « Mademoiselle, considérez-moi votre duègne », s'exclama l'avocat. Les éclats de rire scellèrent l'accord.

Les nerfs à vif, le cœur affolé battant et battant,

étouffée par l'ampleur et la soudaineté de l'événement, je suivis les automatismes familiers sans m'occuper de quoi que ce soit. Le matin du départ, poussée par le désir d'être quelqu'un d'autre, plus propre peut-être, je lavai mes sacrés cheveux avec du savon de Marseille en laissant intacts les frisous tire-bouchonnés des permanentes d'Antoine. L'auréole gigantesque de brousse africaine dépigmentée, albinos presque, dans laquelle ni la brosse ni le peigne ne pouvaient pénétrer, laissa pour une fois ma mère adoptive figée et sans voix. Venu me souhaiter bon voyage, Jacques ne dit rien non plus.

Prendre l'avion pour la première fois, à l'époque, ça se fêtait. Le baptême de l'air se présenta sous la forme d'un verre de Campari qui me plongea dans l'angoisse. Oh mes aïeux, qu'allais-je pouvoir boire dans ces pays étrangers ? Où trouverais-je la ration qui me soutenait ? Avec quel argent ? Mes petits sous n'y suffiraient pas. L'avocat-pilote, propriétaire d'un avion privé avant la guerre d'Indépendance de son pays, détaillait les beautés et les dangers des décollages et des atterrissages. Cachant ma préoccupation et mes yeux derrière mes lunettes de jeune première, j'installai sur le haut de ma crinière le béret de Paupiette et décidai de jouer la blasée, la lointaine, la rêveuse, la peu causeuse. En plein vol, ma duègne s'inquiéta de savoir si mes parents avaient l'habitude de me confier à tous ceux qui avaient l'idée de s'offrir pour compagnon. Ma réponse négative n'allégea pas l'expression songeuse de son visage.

Rome vue de haut et de nuit, ce sont des lumières d'allumettes qui brûlent en tremblotant. Pas de quoi s'émouvoir, quand on a oublié comment faire. Reçue avec courbettes accentuées dans le hall d'un hôtel faramineux, j'ai marché droite et hautaine. La suite aurait suffi à loger quinze personnes. Comment s'y retrouver ?

Le dîner avec un représentant diplomatique et sa digne épouse dans une « bibliothèque » à vins a été bien arrosé. La grappa s'avérait plus goûteuse que le gin. À notre retour, M. Sacha me demande : « Quel lit choisissez-vous ? » Imbécile, sans mouvement, je réfléchis à sa question sans être vraiment certaine de la comprendre. Lorsqu'il ajoute avec douceur : « On dort ensemble ? », je réponds : « C'est comme vous voulez. » Sans avoir l'air choqué, me prenant par les épaules, il me pousse vers une chambre, me montre le loquet intérieur et se retire. Assise sur le lit, j'eus l'impression fugace d'avoir survécu à un exercice périlleux. « Ainsi le monsieur a compris tout de suite que je suis une putain, et il me lance cela au front comme Pablo, jadis… » Xavier avait rendu un peu plus large le fil du rasoir sur lequel je me tenais en équilibre, à Paris. Ici, j'étais mise à nu. Plus rien ne pouvait tenir ce qui, dans ma tête, commençait à se désagréger. De Rome, la Ville éternelle, dont cinq jours durant j'ai essayé de retrouver les sept collines, il me resta l'image de deux Greco de la villa Borghèse planant au-dessus d'une cacophonie de gestes, de bruits dantesques et dérisoires.

Athènes ? Ville morose et miséreuse aplatie autour de son port marchand, dockers en loques portant sur leur dos des charges de bœuf ; rues en forme de boyaux pour camions déglingués, charrettes paysannes et moutons égarés ; trottoirs grouillants d'hommes courts sur pattes, débraillés, poilus jusqu'aux ongles, édentés sous les moustaches ; commerces d'olives, feuilles de vigne marinées et Apollon en zinc ; des femmes au visage jaune sous le foulard élimé, sans formes sous les hardes noires, courbées, les mains crispées à hauteur de la gorge ; des popes barbus, ventrus, à chignon, omniprésents, méprisants. Où sont les beaux Andartès pour qui Yvonne, Char et moi avons tant travaillé, en pétitions de solidarité, en ramassage de fonds, en une exposition consacrée à toutes les résistances, sous l'égide du parti ? Le monstre de la guerre s'est-il nourri de leur fierté, de leur audace, de leur grandeur jusqu'à ne laisser aucun survivant ? Sur les collines, les résidences de la haute société en de larges jardins à la flore exotique derrière des murs impeccablement chaulés de blanc, remparts aux portails aveugles, et les beaux pins parasols où piaillent ensemble corbeaux et colombes. Plus haut encore, l'Acropole, gâteau de sucre délabré où les ruines du temps présent recouvrent celles de Praxitèle.

Fin gourmet et connaisseur en boissons, prolongeant ses affaires en déjeunant ou en dînant avec des clients, des confrères ou des fonctionnaires du lieu, distribuant le pourboire avant de parler, M. Sacha s'honorait gaiement des courbettes des restaurateurs, des chefs appelés en renfort, toque et sourire mobilisés, qui proposaient au magnificent client une nouvelle délicatesse, une autre rareté. Il refusait de deux manières et en plusieurs langues : « Je repousse votre proposition du pied gauche », « Non merci, j'ai du kéfir à la maison ».

Le kéfir ? Il m'en fit goûter en tête-à-tête avec les soins dus à des ortolans. La bonne blague ! Du lait caillé à peine fermenté, à peine tamisé ! Un rappel de mon enfance, de quand je marchais en sabots, dont le goût oublié remonte le temps et l'espace à travers mes grottes lombaires, par les tunnels implosés sous le grisou d'un cancrelat… Ses mains posées sur mes poignets coupent mon monologue débordant de résiné. Il articule clairement : « Votre père adoptif a abusé de vous, n'est-ce pas ? » En une seconde fulgurante, les plateaux de la honte déjà parcourus défilent sur ma rétine. Pour la première fois, je regarde l'homme en face et acquiesce à ce que dit son expression calme, benoîte presque : « Oui. Non. Je me suis abusée moi-même. Quand… Je… » Mais ce monsieur dit « Non ! ». Et c'est non. Il ne fouille pas dans les poubelles. Plus tard, après avoir bu et rebu en parlant d'autres choses, dans le hall de l'hôtel, il me demande : « Vous allez bien ? Oui ? Prouvez-le. » Mes yeux cherchent de l'aide en direction du plafond. En cours de route, mes muscles fondent, coulent, glissent dans une ouate humide et tiède où il fait bon ne plus bouger. Le docteur de l'hôtel, un Anglais orientalisé aux mains fines et roses, décline : alcool, dépaysement, fatigue physique et menstrues hémorragiques. Je n'avais plus de règles depuis des mois.

Les puissantes senteurs de bouc, de sueur et d'encens d'Istanbul, son souk de *Mille et Une Nuits* mercantile et chaleureux, le hululement des muezzins firent cortège à des pensées éparpillées sautant du coq à l'âne sans que je puisse les organiser.

Paupiette, tu parlais turc un peu : téchékur-édèrem *pour « merci beaucoup », n'est-ce pas ? Tu ne sais pas pourquoi mes parents adoptifs m'avaient laissée à Avallon… Je peux m'arrêter ici ou n'importe où. Je n'ai pas de famille. Ce que je voulais être n'existe pas… Comme Pablo jadis, M. Sacha a compris ce que je suis… Le raki vaut l'ouzo qui vaut le pastis qui ne valent pas le gin. Ce retour de mes règles, quel choc. Quand exactement se sont-elles arrêtées… M. Sacha sait être direct, sans détours, mais s'il veut taire ce qu'il sait, il est comme un savon mouillé… À Athènes, il m'a dit : « Vous êtes une grande émotive. » Et : « L'émotivité préjudicie les sentiments… » Non ? Plus fouillé… « La perception intuitive alliée au jugement conscient crée les sentiments. En deçà, il y a l'émotivité, qui procède de l'angoisse ; l'angoisse fait barrage aux sensations, ne cristallise pas les émotions, ne libère pas l'affection. » Et puis… Faut que je réfléchisse.* L'éloignement physique des Zervos vidait de moi des pans entiers. Des amoncellements de gravier poussiéreux s'effondraient en des glissements de terrain dont la matière pulvérisée tombait au ralenti à l'intérieur d'un trou noir autour duquel j'existais. Jadis, je m'en souvenais, il y avait eu en moi une base et un tremplin. Jadis, j'avais été une fille bien.

Ma mémoire n'a rien retenu de l'atterrissage à Lydda, rien de mon arrivée à Tel-Aviv excepté une fragrance vraiment écœurante de ciment frais et de fleur d'oranger.

Jour après jour, je sors de l'hôtel Gat-Rimon avec l'idée de me promener un peu dans la ville parce que je l'ai promis à ma duègne mais la lassitude m'écrase. Je ne quitte pas la plage déserte et n'entre pas dans la mer. La minuscule barrière des vagues avec ses mouvements de serpent des sables me repousse, m'hypnotise, m'endort. L'épave défoncée, en partie calcinée, de l'Altaléna dont l'histoire me reste étrangère, symbolise mes naufrages. Jadis, enfant inculte, je savais d'instinct ce qu'étaient le Bien et le Mal. Quand me suis-je dénaturée ? Quand ai-je commencé à manquer à la droiture ? J'essaye d'écrire mais parvenue à la pensée de Taky vicieux, ou d'Yvonne dont le nom se plaque à « collusion », le stylo tombe de mes mains, s'enfonce à moitié dans le sable. Je fais de même. On s'est battu ici. Des cendres se mêlent à de la poussière de tôle rouillée. Dans un ciel atrocement bleu, un soleil d'Apocalypse s'indiffère. Pas un nuage, pas un oiseau. Pas un souffle d'air.

Ma peau s'est transmuée en cuir racorni qui encercle la cage thoracique et contraint à inspirer-expirer petitement, en fraude. Dante, cette torture-là a-t-elle été inscrite au menu de l'Enfer ? Un docteur décrète : « Insolation, déshydratation, anémie. » Quarante de fièvre, mince ! M. Sacha a pu remplacer le cognac par du pastis, c'est plus frais. La fenêtre de ma chambre d'hôtel donne sur la mer entre deux palmiers géants. Front posé contre la vitre, j'écoute la rumeur du sang dans mes oreilles dont la pulsation répète en une cadence lente de flux et de reflux : « Saute. Les anges ont des ailes. » M. Sacha veut me forcer à manger, ordre du médecin, mais mon corps se révulse. « Cette baratte aux excréments de demain a trop l'habitude des vomissements pour s'arrêter par ordre de la Justice. Le corps ne possède qu'une seule fertilité respectable, celle de produire de la merde », c'est ma plaidoirie pour qu'il me foute la paix. La pondération du monsieur a explosé : « Me faire le chaperon d'une fille déglinguée ! Les "Zed" vont m'entendre, je vous prie de croire ! » Bon. On ne dit plus Yvonne, ni Taky, ni les Zervos. Les Zed, ça fait abstrait. Ça m'aide à peler des idées mais comment m'arracher du ventre le cordon ombilical qui m'attache à eux ?

Les amis des Zed n'appartiennent pas au tout-venant. M. Sacha à lui seul vaut le déplacement. Depuis la première nuit à Rome, politesse impeccable. Depuis mon aveu, après le kéfir, aucune allusion. Il s'habille en bourgeois, ne porte pas deux fois la même cravate. Ses yeux vifs, marron sombre, lancent des regards jaillissants comme des harpons ou se retirent derrière un bouclier. Je l'entends converser en polonais, en russe, en yiddish, en français, en anglais, en arabe et en hébreu, citer Cicéron dans le texte et se tromper volontairement pour obtenir par le rire qui en découle un acquiescement. Je le vois tant de fois se moquer d'un interlocuteur sans que celui-ci s'en rende compte… Par exemple, chaque matin, il plonge le petit doigt de sa main gauche dans un flacon de parfum. S'ennuie-t-il pendant une conversation ou des pourparlers ? Il renifle son petit doigt ou le met sous le nez de l'opposant, concluant l'affaire d'un ton fataliste : « Eh oui, c'est de naissance. Je suis né avec un doigt parfumé. »

Le docteur de l'hôtel, un Roumain qui parle aussi plusieurs langues, a hébergé Joseph Kessel venu en reporter pendant la guerre d'Indépendance, il y a moins d'un an. Cela me paraît une décennie. Il vient tous les jours, même s'il ne faut pas. Je suis sa Parisienne. Il cause pour m'anesthésier. « Votre oncle, M. Choux de Pâques (Szczupak), il en fait de belles au tribunal… C'est un Litvak, comme vous… Un Varchaver, d'accord, puisqu'il y est né, mais pas un Galitzianer… » C'est quoi, ça ? J'ai beau lui dire être née en Bourgogne, de parents paysans, sa Parisienne est une Juive qui se cache. Ici, tout le monde a fait ou fait encore partie d'un mouvement de combat clandestin. Le secret, les espions, les « chargés de mission », c'est une hantise.

La fièvre est passée, ma viande grillée reprend ses aises. Respirer sans douleur, c'est paradisiaque. J'apprécie mieux le théâtre du soir. Mon Choux de Pâques apparaît guilleret à l'heure de l'apéritif ou du digestif : pour lever le coude, pas de problème, il n'est jamais soûl. Je peux garder ma petite cagnotte pour plus tard. Il se raconte… dans la troupe de Pilsudski, à dix-huit ans, volontaire, artillerie montée, dix-huit mois à cheval, gravement blessé aux jambes, fuite de l'hôpital militaire (un train) pour échapper à une amputation, puis rattaché à la Mission française en tant que traducteur, première offre de Légion d'honneur qu'il refuse. Les « services rendus à la France » ? Il a accompli son devoir de Polonais, les services devraient rester gratuits… Deux ans plus tard, traversée de l'Europe avec son groupe personnel de *haloutzim* (pionniers sionistes), des lycéens dont il est le chef et le maître à penser, groupe rattaché à un mouvement de gauche (Hachomer Hatzaïr) mais ayant pris son indépendance, groupe nommé Ariel, pour combattre le Caliban, via l'Égypte, en Palestine… assécheur de marais, casseur de pierres pour les routes du futur, planteur d'eucalyptus, vivant sous la tente, malaria, piqûres de lait, réduit à trente-huit kilos… Parfois, il caracole ailleurs avec la même passion. Socrate,

Démosthène, la « Sénéqua », Henri IV, Torquemada, Saint-Simon, Proudhon… Il repousse le fauteuil, et la chambre se transforme en prétoire. Entrent la veuve, l'orphelin, l'esclave ou l'assassin, la Vérité et la Justice, la rigueur ou le vice. Voilà qu'il parle de l'Anarchisme, la forme la plus élevée de la Démocratie, l'ordre social basé sur l'harmonie entre les êtres, entre des citoyens libres mais responsables ; l'Anarchie, équilibre idéal entre contrainte collective et droit de chacun à être ce qu'il est, à condition ah-ah !, Condition sine qua non de renoncer à toute volonté de puissance… Il se dresse sur la pointe des pieds chaque fois qu'il met une majuscule au mot qu'il prononce. Il a jeté comme entre parenthèses deux petits joyaux que ma mémoire a enregistrés en entier : « Tout pouvoir qui n'accorde pas à l'Imagination la place qui lui revient est Inhumain » et « L'Intuition est un instrument qui aide à approfondir la Connaissance ». Fatiguée mais alertée, je me répète les phrases radiantes en inversant les mots à capitale. Voyons ! Cette rhétorique emphatique, elle fait passer n'importe quoi ? Je suis déglinguée, d'accord, mais pas conne, et il va s'en rendre compte ! Débridé, exultant, son rire de chèvre emplit la pièce. L'hilarité le plie en deux. Cette fois, je peux lui faire face sans que ma honte, oubliée pour une seconde, tremblote au fond de mes yeux. Ce monsieur… il ne faut pas que je m'y attache. Aucun des grands amis des Zed, pas même Pablo, ne possède autant de droiture vis-à-vis de lui-même ni ne maîtrise aussi bien l'intelligence, la sensibilité et le rire. Je suis une crotte à côté de lui…

Il ne me reste que deux semaines avant le retour à Paris. Sauf Tel-Aviv, chantier de sable, gravats et béton frais, à l'architecture parfaitement inintéressante pour laquelle on arrache des sycomores séculaires, et Jaffa l'antique, en ruine, je n'ai rien vu d'Israël et ne me sens pas l'énergie de faire la touriste. Je n'ai pas contacté le peintre Marcel Yannecou (Jancu), un ancien du mouvement dada. Taky m'a confié la tâche de collecter avec son aide un matériel représentatif de l'activité artistique du pays. Si le résumé que j'en ferai s'avère valable, il paraîtra sous mon nom dans les *Cahiers d'art* de l'année prochaine, une occasion de monter en grade mais cela ne m'intéresse plus. Je n'ai pas fait un seul croquis, n'ai pas envoyé de cartes postales, rien à Jacques. À Xavier, oui, à Athènes.

Pour lui, je reprends la plume et, avant de penser, la missive est née… *« Nous n'en sommes fait des laines blanches / des avalanches brodées de lune et de pervenche / Nous n'en sommes fait un beau tapis / couleur de comédie garnie de pourpre et de folie / Nous n'en sommes fait de riches atours tout à rebours / sec de gazon avec humour / Dans un ciel de piment, sur la mer pâmée / du parfait amour que nous n'avons pas filé. »* J'ai lu en étrangère les mots écrits de ma main, dictés tels quels par mon cerveau. Ils ont ouvert une voie entre ma crispation insulaire et le monde extérieur. J'ai pris des décisions. D'abord, obtenir des Zed une prolongation de mon séjour et, ensuite, accepter les offres de Choux-Pâques de l'accompagner dans ses voyages d'affaires à l'intérieur du pays.

Je suis prévenue : déplacements en taxi, avec chauffeur. Lui à l'avant travaille sur ses dossiers. Pendant ses rendez-vous, je me débrouille seule là où on se trouve même si c'est dans un village arabe. Il ne me prend que si je suis en jupe longue, les épaules et les bras couverts, avec un chapeau sur la tête et des lunettes noires sur le nez. En outre, que j'emporte une réserve de papier-toilette, les W-C, c'est un gros problème. Soigneuse, j'ajoute des sacs de papier kraft car moi, petite nature, enfermée dans une voiture, je dégobille.

À l'occident, les dunes au pied desquelles crève lentement une végétation absurde de vouloir vivre dans le four ardent d'un soleil assassin, quelques palmiers en plumeaux déplumés, des haies de cactus très *Nolli me tangere*, l'antique Césarée dévastée et Saint-Jean-d'Acre haletante sur son petit port aux bateaux de pêche immobiles. À l'orient, la Galilée, des collines qui se prennent pour des montagnes, hauteurs rocheuses où s'accrochent des chênes-lièges nains, des oliviers torturés ; des éboulis sous les pitons, des marnes compressées, des failles inattendues. En haut, un vent dessiccant qui souffle à rebrousse-poil. En bas, une moiteur torride. Des versants où roule la rocaille, des falaises abruptes persillées de buissons à câpres, et la silhouette érodée d'un volcan. Celui qui a mis fin à Sodome et Gomorrhe ? Le rêve de Jacob revient à ma mémoire : il a dormi sur un oreiller de pierre où toute la Terre promise écrasée, pilée, chiffonnée s'était réfugiée… C'est exactement cela. Une dévastation, un désastre de basalte, de granit et de glaise calcinée. Un tohu-bohu pétrifié, laissé là pour l'exemple. La voiture épouse exactement les dénivellations, l'élan des monticules, les tournants en épingle, les descentes vertigineuses, les brusques remontées, les nids-de-poule, les dos d'âne, traverse au jugé les trous d'obus non comblés, une roue seule attenant encore au peu d'asphalte sain. Le chauffeur, crévain vieux de pute, multiplie les freinages-embrayages, le roulis et le tangage. Dans le rétroviseur, ses yeux cherchent les miens. Il a compris. De temps à autre, sous prétexte de contrôler l'eau du radiateur, il se gare où il peut, de manière à m'être utile. Derrière un buisson, je vomis ce qui vient. Imperturbable, ma duègne travaille. Les feuilles de ses dossiers sont confortées avec des clips ou des pinces à linge. Au troisième arrêt intempestif, il me tend un thermos. À l'intérieur, du pastis très dilué. Sans tourner la tête vers l'arrière de la voiture où la surprise m'écrase, il indique d'une voix neutre : « C'est pour compenser la perte de liquide. Vous transpirez beaucoup. »

Son rendez-vous à Beersheba, la capitale du désert, ayant été reporté à une date ultérieure, il me faut me lancer seule pour voir un bout du Néguev, ce monde mort de monts et de plateaux qu'un Dieu féroce a « essuyé », n'y laissant pas une seule goutte d'eau. Dans l'autobus, omnibus brinquebalant vaille que vaille entre de multiples stations, s'entassent des citadins, des bédouins, des cabas boursouflés, des volailles. Tout cela caquète et mélange ses odeurs dans un air étouffant. Insensiblement, les bédouins se regroupent au fond du véhicule. Cahin-caha, une pensée souriante se forme dans ma tête… Les dieux des trois grandes religions monothéistes se sont *révélés* dans cette région, plus ou moins. Pas de quoi s'étonner. Les messies ont attrapé des coups de soleil sur le crâne. Pour saint Paul, insolation cosmique sur la route de Damas, c'est écrit ! Satisfaite par ce début de fantaisie retrouvée, je ferme les yeux. Soudain, la langue allemande, rauque, crachée, colérique, frappe mes tympans. Les Boches ! Ils sont là ! D'un bond, je me jette vers la porte. On me retient, on me tire. Quelqu'un parlant un mauvais français emprisonne mes bras, m'interroge… Ai-je malaise. Ai-je perdu… De l'eau sur ma tête. Une tasse de thé poussée entre mes dents… Ce sont des Juifs. Ils parlent allemand. Ils m'expliquent et je ne comprends pas pourquoi les victimes n'ont pas renoncé à parler la langue de leurs tortionnaires. Un bras sort du groupe. Le hâle a recouvert les numéros mais ils sont là. Les pyjamas rayés m'ont rattrapée.

Enfin, Jérusalem fut inscrite au programme. M. Sacha me fit comprendre qu'on n'y montait pas sans préparation. Nous y resterions trois ou quatre jours, selon les besoins de ses affaires. Il me fallait m'habiller en dame car nous logerions dans le seul hôtel à peu près digne de ce nom où les députés du Parlement israélien prenaient pension. C'était l'occasion de lui demander pourquoi je ne pouvais pas continuer à être sa « nièce », comme au Gat-Rimon, ce qui eut l'heur de le faire éclater. « Où vivez-vous, mademoiselle ? À Tel-Aviv, je dors chez moi. À Jérusalem, nous passerons nos nuits dans le même hôtel. Voulez-vous persuader ceux qui me connaissent que vous êtes ma maîtresse ? J'en serais honoré et je ferais des jaloux, mais vous êtes mineure, n'est-ce pas. Je suis comme la femme de César. L'ombre d'un soupçon me salit, même s'il est totalement injustifié. La règle vaut pour vous aussi. »

M. Sacha avait tenu à me montrer la « route de Burma », taillée à flanc de coteau pendant le siège de la ville, à peine un an auparavant. Tracée, creusée, aplanie par des vieillards, des femmes, des enfants trop jeunes pour manier les armes, qui avaient travaillé de nuit, derrière la ligne de l'armée jordanienne, elle avait servi à approvisionner la population assiégée, affamée. La camionnette gardant encore des traces de blindage escaladait des terrasses pierreuses, plongeait dans d'étroits oueds à sec, stoppait devant des oliviers renversés aux racines grouillantes enrobées de glaises jaunâtres, plongeait de biais dans des buissons de cactus aux raquettes claquantes qui, arrachées, pleuraient des larmes blanches. Dans ce *« terrain pierreux et arreneux »*, je retrouvais l'image de Vézelay d'où saint Bernard avait proclamé la Seconde Croisade mais bien plus proches de moi et beaucoup plus émouvants à ce moment-là, les textes sumériens que Taky allait inclure (ou avait déjà inclus) dans un numéro des *Cahiers d'art*. Lisant et relisant les épreuves, une émotion bizarre m'avait pénétrée d'un bonheur inexplicable. En particulier, les Lamentations sur Our, la ville natale d'Abraham, invocations qui, plus tard, avaient servi de modèle à Jérémie pleurant sur Jérusalem. J'en savais des passages par cœur…

« Le Seigneur de l'Univers n'a plus souci car sur son bercail le vent s'est abattu N'a plus souci de ses sanctuaires dans Nippour le dieu Enlil car sur son bercail le vent... Le Dieu-Lune de la ville d'Our n'a plus souci car sur son bercail le vent... N'a plus souci de son temple le Dieu-Lune... […] *Ce jour-là quand ;l'orage frappera le Seigneur Quand avec la Souveraine il abattra la ville Ce jour-là quand l'orage brisera le Seigneur Quand ils ruineront Quand ils brûleront ma ville quand ils ruineront quand ils brûleront ma cité d'Our quand ils lanceront l'oracle que ce peuple doit mourir Ce jour-là je n'abandonnerai pas ma ville... »*

« Et pourtant », disais-je à un M. Sacha tourné vers moi, sourire aux lèvres mais regard inquiet, « mais pourtant, ce peuple vit encore, n'est-ce pas ? »

Amoncellement de pierres de taille et de parpaings à peine architecturés, pans de maisons pauvres au crépi grisâtre troué par des impacts de balles ou de mortiers ; terrains vagues entre les bâtisses dont la végétation sauvage retient le musc des moutons, des chèvres et des chacals ; bourgade poussiéreuse enserrée par des fils barbelés, parcellée par des murs de sacs de sable sur lesquels paradent des chats étiques, un centre commercial inscrit dans le triangle de trois courtes rues exposant la pénurie de l'après-guerre, Jérusalem ?

Sur une colline proche, deux ensembles construits en style italo-viennois bâtard, bornés par deux moulins à vent ridicules à cette hauteur et dans ces rochers ; une école religieuse allemande-luthérienne qui a servi de QG à l'armée anglaise, et l'institution Ratisbonne, chargée de convertir les Juifs au christianisme. Ce qui est bâti solide appartient à des ordres religieux de tous les pays, avec pour emblèmes leurs croix multiples qui, quel que soit le détail qui les spécifie, sont des épées plantées dans la chair de l'horizon et au détour de chaque ruelle. Derrière leurs portails à triple battant et leurs enceintes à frise de tessons de bouteille, les ombrelles gracieuses des pins parasols, la pointe usée de cyprès attendant le vent, la pluie par miracle ou la visite d'un oiseau. Le parlement israélien, comme caché dans le ventre d'une bâtisse anonyme, drapeaux exceptés, offre moins de volume et d'écho que la salle de fête du lycée Fénelon. Un ciel immense appuie sa calotte bleu acier sur le dénivellement des collines ; c'est un ciel qu'on découvre en baissant les yeux. La ville historique, celle de Salomon, de Jésus, de Mahomet, totalement aux mains des Jordaniens, laisse du côté israélien cinq cents mètres de remparts infranchissables dont on s'approche en fraude, en courbant le dos un doigt sur les lèvres, en passant sept barrages de béton armé, sept petites ouvertures décalées et sans porte. Dans le dernier mur, deux meurtrières permettent de voir le no man's land et la citadelle du roi David avec pour sentinelle un minaret de mosquée. Je voudrais tout absorber, tout dessiner. Mais… pourquoi me presser ?

Une force souple soutient mes pieds, leur donne une assise. Le long de mes jambes, des tendons se décrispent, des cartilages s'assouplissent, des muscles se décontractent. Le fluide émollient, subtil, monte le long de la colonne vertébrale, dépose un baume dans ses creux, sur ses bosses. Mes épaules se rejettent en arrière, mon cou se tend, ma tête se redresse. Sous la boîte crânienne, le flux franchit les écluses, s'intègre au fleuve de la mémoire, rejoignant en elle le résidu d'une occulte prescience, implantée à même le corps. Mes nerfs me quittent. Un nœud se délie, se dilue. Pourquoi me presser ?

Mon corps explore avec prudence un bien-être étrange, jamais ressenti ou rêvé, qu'il découvre en lui-même. Sans hâte, il feuillette les strates délicates de la quiétude et reconquiert le cristal menu d'une feuille de chiendent, oubliée presque, ensevelie sous des profondeurs insondables, et reconnaît le matériau cohérent dont l'un et l'autre sont faits. La pensée opère dans la chair le tout dernier clivage : l'Ailleurs, c'est ici. Ma quête s'achève. Le lieu physique, au paysage brut et austère, ouvert à tous les vents du malheur et du courage, nommé Jérusalem, *est* mon lieu de vie. L'esprit critique, la raison, le scepticisme, le cynisme, la moquerie interviendront sans pouvoir arracher un seul grain superflu à l'acquiescement.

Mon guide et chaperon sursauta légèrement lorsque, regagnant à pied notre hôtel, je m'assis sur un muret près d'une entreprise nommée Wizo et déclarai : « Voilà, monsieur Sacha, Jérusalem, c'est mon chez-moi. C'est ma maison. Trouvez-moi un travail. Je ne bouge plus d'ici. » L'athéiste me classa dans cette catégorie, connue par les habitants de Jérusalem, des errants à l'esprit vacuitaire ou mystique, en mal de transcendance, victimes du charme magique de la ville. Quelque chose d'impondérable, d'inexprimable, disait-il, les cloue littéralement au sol, leur offrant une sensation d'accomplissement ou de sérénité, des extases aussi, auxquelles ils ne sont pas parvenus dans d'autres lieux sacrés. Que j'aille donc voir à plus haute altitude, à Lhassa, par exemple ! L'air y est d'ozone et d'éther, le vent emporte vers les espaces infinis des prières écrites sur des tissus transformés en drapeaux, c'est moins fatigant. Dans le bar de l'hôtel, après deux Fine Napoléon, il prêta mieux attention à ce que je tentais de formuler de manière précise, de façon pointilleuse, afin que nul malentendu ou fautive interprétation ne fixe sa pensée sur une expérience religieuse. Il me semblait primordial qu'il concentre ses réflexions et ses analyses sur le phénomène physique, tel qu'il avait eu lieu : mon corps et non mon esprit avait reconnu en Jérusalem « son lieu de vie », un point c'est tout. L'avocat réagit par une réflexion songeuse : « Bizarre. Voyez-vous, on se moque de moi lorsque je le dis : je n'irai jamais en Espagne parce que mon corps se souvient de ce qu'il y a subi au temps de l'Inquisition. C'est irréel, n'est-ce pas ? »

Il a accumulé devant moi les obstacles... C'est dur d'être juif. Les Juifs sont maudits parce qu'ils ont été choisis. Étant saine de corps et d'esprit (plus ou moins, signala-t-il en passant) pourquoi me glisser dans le lit d'un malade ? Ma solidarité avec les pyjamas rayés ne découle-t-elle pas du fameux Baiser au lépreux, éminemment chrétien ? Me convertir au judaïsme pour faire partie du peuple juif, sans être religieuse ? Faudrait y réfléchir plus sérieusement. Quel que soit l'impératif intérieur qui me pousse à quitter mon milieu, mon pays natal, Jérusalem ne constitue pas un refuge. Il y a la vie de tous les jours. Le climat, les rations alimentaires, l'hébreu, le coût des logements, le travail physique, car pour l'art ou la littérature, on en crève de faim ici plus qu'ailleurs. En quel cadre ma belle culture parisienne pourrait-elle briller, s'enrichir, être utile ? Et l'armée donc, y ai-je pensé ? C'est beau de rêver mais je ne possède aucun diplôme, n'ai aucun droit, ne peux rien faire sans l'aval de mes tuteurs...

Il est chou, Choux-Pâques. Il a les yeux guillerets. Il m'aidera, j'en suis certaine. Mais pourquoi le ferait-il ? Lui, probe, rigoureux ; moi, sale à ne pas toucher avec des pincettes. Baisse tes yeux, pov' fille, il perce ta honte de son regard de chasseur. Je lui explique mon ancien projet, qui se trouve maintenant renforcé : attendre ma majorité en me préparant à Jérusalem ;

quitter les Zervos, non plus comme avant, en errant sur les routes de France et de Navarre, mais atteindre mon but, même si je dois le faire à pied. Il s'agit de Jérusalem, elle seulement. À Tel-Aviv, ou Beersheba, ou Tibériade, ma peau, mes muscles, mes nerfs, je ne sais pas quoi vraiment, se sentent à l'étranger autant qu'à Paris ou en Puisaye. Un accident de l'Histoire fait que j'y rejoins les pyjamas rayés… « Vous savez plaider lorsque vous vous décidez à parler. Vous pouvez me remplacer dans les dossiers qui ne m'intéressent pas, avec un peu d'entraînement ! N'est-il pas temps de nous tutoyer, dites ? » propose-t-il avec douceur. « Je ne peux pas. » « Encore un blocage ? » s'exclame-t-il. « Oui. Le *tu* me fait des crocs-en-jambe. Je repousse votre proposition du pied droit. » Était-ce pour lui la chose la plus drôle du monde ? De quoi s'esclaffer, chèvre et mouton réunis ?

Forcée par un échange de télégrammes suppliants dans un sens, rageurs dans l'autre, un mois plus tard qu'à la date prévue, je fais mes valises avec, en poche, un parchemin délivré par le consulat général de France à Jérusalem (Merci, monsieur Neuville !) priant les autorités douanières de tous les pays de se mettre à mon service, avec ruban et cachet rouges plaisants à l'œil. Dès le décollage, le Dakota, un vieux combattant retraité, a mal à un de ses deux moteurs. Mayday-Mayday ! Atterrissage forcé sur un terrain d'aviation de l'armée anglaise, à Larnaca. Les soldats de Sa Majesté, nerveux, nous parquent dans un hangar. Le soir tombe. Un bruit violent, court mais d'une rare stridence, puis une explosion à fendre les murs nous jettent instinctivement les uns contre les autres, tympans plombés, bouches ouvertes pétrifiées. À voix basse, chut !, un Israélien explique : secret militaire, motus, avion à réaction, mur du son. On fera la guerre plus vite qu'avant.

Athènes vue du ciel la nuit, c'est comme Rome en plus joli, plus vibrant avec l'avion que l'on a. L'hôtel ?

Bof ! Les cafards sont de très ingénieux insectes, et la chair humaine ne les intéresse pas. Une tournée d'ouzo aux frais de la compagnie. Le breuvage est rêche et tiède. De toute façon, je n'ai pas pour quoi me soûler, ce soir. Je pense et me remémore. Il fait bon s'endormir.

Les cumulonimbus roulent les uns sur les autres, brisant au passage les rayons dorés d'un soleil aux aguets. Notre Pégase de ferraille vibre, grimpe, se repose, se relance, prend appui pour une seconde sur le tapis volant-boulant de plaines cotonneuses qui le laissent choir avec, dans la carlingue, une cargaison enivrante de parfum de fleur d'oranger. Un vent à rebrousse-poil nous renvoie vers le haut, fait tanguer les ailes, ajoute du roulis. Woof ! Un trou d'air. L'avion rame à hauteur de la mer. Relève son nez, rabat sa queue, soulève et éparpille l'écume frisée à la crête des vagues. Dans mon rang, mes voisins vomissent. Derrière aussi. J'exulte, trépigne sur place. En redemande. Je plane ! En avion, j'ai le pied marin ! Ce corps revêche si prompt aux vertiges, aux nausées, danse entre eau et nuages, et laisse pousser ses ailes. Sacha sera heureux ! Je vais remonter dans son estime. S'il parvient à extraire son Seabee du fond du lac de Tibériade où la DCA syrienne l'a descendu, on fera de la voltige. On volera la tête en bas. Ce sera irréel…

Venue de très loin, une réminiscence me tire en arrière, m'assoit à nouveau dans la voiture du fromager, aux côtés de l'Auvergnat. Et sa guimbarde ivre ! Et la bière trop bue ! Et ce voyage fou entre les talus d'Auxerre jusqu'aux Chaumots !… Et cette joie, comblée vraiment, d'avoir là un copain, fréquenté peu de temps, jamais revu, jamais oublié. Pourquoi Colas maintenant ? Un rappel à l'ordre ? La perfection de deux instants équivalents ? Y a-t-il toujours un précédent à tout ? Serait-ce un augure, un présage ? Si

M. Sacha était ici, on en causerait, il adore manier ces matières impondérables…

Quel savon il m'a passé. « Oui, je suis un bourgeois, mademoiselle. Mais un Grand Bourgeois ! C'est un choix que j'ai fait à l'âge de trente ans. Vous vous payez de clichés sur mes costumes trois pièces et mes cravates. Je ne suis pas doué pour les occupations décoratives, mais j'agis ! Je fais de ma vie un poème, un poème en marche. Avez-vous la moindre idée de ce que cela veut dire ? »

Un jour de bonne humeur, il m'a donné un surnom adorable : Air-Bleu. Pourquoi s'est-il montré bougon, ces derniers jours ? Sa façon d'insister. Il a tout compris de la mécanique humaine dès l'âge de seize ans et n'a rien appris de neuf depuis. Personne n'a été capable de le surprendre. Personne n'a pu lui offrir des règles de vie plus respectueuses envers autrui et soi-même que les siennes… Il se défend de tomber amoureux parce que « celui qui aime devient prisonnier d'autrui », et il a ajouté : « Si jamais je l'oublie, j'autorise mes amis à me cracher au visage. » Et se marier ? Impensable ! Et procréer ? « Qui peut assurer un minimum de bonheur à ce qui naîtra ? » Mais plus : « Je ne pourrai pas respecter un être qui ne me demanderait pas pourquoi je l'ai fait naître. Pourrais-je répondre sans mentir : je t'ai fait pour t'avoir, toi, tel que tu es ? Personne ne sait prévoir de quoi sera fait l'enfant qu'il va faire naître. » Je n'ai rien dit de ce que j'ai décidé à Avallon pour ne pas avoir l'air d'une béni-oui-oui. À Avallon, mon intuition m'a guidée ; lui passe tout au filtre cartésien. Il est fascinant. Et puis, ses touchantes drôleries très sérieuses : il m'a eue encore une fois avec la boîte d'allumettes qu'il a toujours dans sa poche alors qu'il ne fume pas. Il la porte « en souvenir de Prométhée » comme disait papa Gustave, autrefois…

En bordure de l'Italie, orage, éclairs, tonnerre, pluie, grêle. Le Dakota fait de son mieux, cahote, s'acharne, se pose en hoquetant, se tait. Hôtel. Chianti. C'est la dernière nuit avant Paris. Le lendemain…

On gèle sur place. Le Dakota garé à l'écart, hélice de guingois, voilée comme mon humeur. Adieu, l'oiseau de fer, l'ami blessé… Un avion trop jeune, inexpérimenté, dans une tempête de neige d'arrière-saison qui déverse un trop-plein de fureur, c'est un brin d'herbe égaré dans une baratte de crème caillée. Inutile de combattre. Marignan nous accueille en urgence. À peine le dernier voyageur descendu, un coup de vent en bourrasque fait tourner l'appareil sur lui-même, sa queue balaye tout sur son passage. Merci aux cieux qui me donnent une nuit de répit. Le pastis qu'on nous sert, je le bois à la santé de ma duègne, de Jérusalem, de certains éclats de rire et des deux lignes de conduite que je me suis tracées. C'est mon premier grand voyage. Je suis seule et me sens forte.

Aux Invalides, parents et amis, mal informés des causes du retard de l'avion, s'abattent à hauts cris et embrassades renouvelées. Mon cœur pompe, se liquéfie, me lâche. Taky seul m'attend. Sa réflexion : « Tu voulais donc nous échapper ?! », sa tendresse ouvertement exprimée me paralysent. Dans le récit de mon voyage, je mets l'accent sur la métamorphose des Juifs. Comment admettre qu'un peuple essentiellement commerçant, qui avait fait preuve d'une passivité fatale face à l'entreprise nazie, se change du jour au lendemain en héros porteurs des vertus propres à la Rome antique : travail physique, vie austère et esprit guerrier ? Je les décrivais tels que je les avais découverts : grands, droits, blonds, poitrail au soleil et cuisses nues, musclés, rieurs, penchés sur la glèbe, faisant refleurir le désert, trayant les vaches, gardant leurs champs armés et à dos de cheval. On complimenta mon hâle de pain brûlé, excellent faire-valoir pour ma blondeur couleur paille, pour l'intensité du bleu de mes yeux. J'avais aussi pris de la hauteur. La toise confirma : 1 m 63 ! Maintenant, passons aux choses sérieuses, veux-tu ? Taky me dit en passant : « Tu es purgée, n'est-ce pas ? », ce qui signifiait : « Les Juifs, on n'en cause plus. »

Ma première ligne de conduite dépendait entièrement des réactions du trio. J'avais rêvé de mobiliser la fascination de ma mère adoptive envers ses chères puissances occultes qui m'avaient fait entendre leur voix dans Jérusalem. En outre, elle y trouverait l'occasion et l'excuse de m'éloigner bien plus sérieusement qu'à Avallon. En toute sincérité, je misais aussi sur son copain, le prophète non démenti des promesses juvéniles, l'oracle altruiste des « déchirantes ressources » tapies au cœur des êtres humains. J'escomptais une intelligence du cœur et une mise en application de principes si lyriquement clamés. Taky aurait suivi, *nolens volens*… Yvonne me refit immédiatement ma coiffure-cinéma : un scénario m'attendait. Taky, respiration plus sifflante que jamais et qui, au mépris de tout bon sens, s'était mis à fumer, m'associa plus lourdement à l'établissement des sommaires des parutions futures. Pris par un besoin de bouger fort inhabituel, il inscrivit dans l'emploi du temps des déplacements en Belgique et en Suisse. Alors, prendre en patience le temps qui va passer, me taire opiniâtrement jusqu'à ma majorité, suivre en tout les règles de mon ghetto parisien pour n'éveiller aucune suspicion, « faire plaisir » manuellement mais plus jamais nue et ne plus être jamais dans la position couchée. J'y arriverai. Michel apparut avant les vacances de l'été. Il gagnait sa vie, en était fier et pensait déjà à son service militaire. Le voir adulte, simpliste mais porteur d'une sagesse de terroir qui m'avait quittée, me rassura sur son avenir. Les onze-douze mois me séparant du droit légal de disposer de moi-même à ma guise auraient pu s'écouler sans anicroche si…

La journée a filé entre la galerie, un clicheur, trois heures de travail à la Grande Chaumière et un dîner dans un boui-boui libanais dont le kéfir approximatif m'a remis en bouche des mémoires vivantes. Exténuée, encombrée par mon carton à dessin, je réfléchis à la proposition renouvelée de Pablo (poser pour lui) en me traitant de conne pour n'avoir pas demandé aussitôt : « Nue ou habillée ? » Plus ça va, plus j'ai l'esprit d'escalier. Je le monte, lentement, cet escalier qui me mène sous les toits…

La porte de ma chambre, entrouverte, laisse filtrer de la lumière. La chimère à six bras a ravagé mon monde. L'antique écritoire est renversé. Les lattes que j'ai ajoutées au cadre de la fenêtre, derrière lesquelles je cache mes petits carnets, gisent sur le sol dans un fouillis de cahiers, de dessins et de vêtements.

Sur le rebord de la cheminée, groupés, mon passeport, les feuillets à rouge à lèvres de Miró, le vélin du consulat de France, des lettres apportées de là-bas : celle du docteur Narkiss parlant d'un bénévolat ou d'un travail à mi-temps mal payé aux archives du musée Bezalel ; celle, en anglais, d'Itzhak Sadeh, retraité du Palmach, patron-maître à penser de jeunes acteurs de théâtre à la recherche d'un costumier-décorateur, *pro bono* ; un certificat en mon nom calligraphié attestant l'achat de dix-huit arbres, cadeaux d'artistes de Tel-Aviv et de Jaffa. Pire : le brouillon jamais achevé de la lettre jamais envoyée au directeur de l'Assistance publique d'Auxerre. Dans un coin, courbé à cause de la soupente, Bellerophon examine un dessin-caricature. Des 69 à volutes style nouilles trop cuites exposent des visages connus. Surprenant ma présence immobile sur le pas de la porte, il met la drôlerie dans sa poche, allume une cigarette avec d'infinies précautions, sans quitter la pièce. Yvonne tire de ses limbes intérieurs des invectives stupéfiantes : scélératesse, chamelle, serpent que j'ai réchauffé dans mon sein… et vlaff-vlaff, la violence de l'envoi exprime le poids de sa haine. Visage violet, Taky agite sous mon nez une feuille de papier craquant. L'encre verte, l'écriture ? Une lettre de l'ami de là-bas ? Arrivée aujourd'hui ? La cause du désastre ? Qu'a-t-il écrit ?

Je n'ai pas crié mon indignation, pas écarté ma tête pour éviter les gifles que je voyais venir. Sans dire un mot, sans prêter attention aux présents, les poussant au besoin comme s'il s'agissait de statues en bois, j'ai ramassé, groupé, lié, ordonné. Ma réaction léthargique surprit-elle les adultes et calma-t-elle leur hystérie ? Taky déposa la lettre sur le rebord de la cheminée ; Yvonne prit la pile préparée ; la chimère à six pieds se dilua. L'écritoire redressé, replacé contre le mur, ses tiroirs remis dans leur creuset, je sentis naître en moi une allégresse subtile : Jérusalem, mon seul vrai grand secret, n'avait pas été exposé. Mais l'ami de là-bas, qu'avait-il écrit ?

« … *Miétek a déposé après ton départ, au nom d'Ayala, une broche en bois d'olivier orné de mosaïque* (qui sont-ils, je ne me souvenais pas d'eux) ; *Hadassa* (oui. La fille du docteur roumain spécialiste des insolations) *a terminé son service militaire. Elle cherche du travail. Le cher David Remez* (le ministre des Transports) *a compris sa "gaffe" en décidant d'abord d'appeler* GAF *(aile de jeune oiseau) la compagnie aérienne nationale en voie de se créer. Il accepte joyeusement ce que j'ai proposé :* EL-AL, *traduit pour toi qui ne connais rien aux finesses de l'hébreu :* EL *= vers, sous-entendu au loin,* AL *= au-dessus. Depuis, le cher homme m'a titré Ba'al Ha Shem = le Maître du Nom. Ma modestie n'est pas atteinte. Le frère de ton copain Brauner, déçu par l'application locale de l'idéal sio-*

niste, quitte le pays. Je suis d'accord avec lui sur un point qui touche à la Grâce : il faut éplucher les oranges à la main. Le couteau blesse... » « Air-Bleu » excepté, rien de personnel. La salutation finale ? *« Embargo sur les extrémités »* ? Une imbécillité ancestrale remonte de mes profondeurs et atomise mes neurones. Que veut-il dire ? Au secours ! Une blague ? Ah oui ! En certaines occasions, quand tout le monde a bien mangé et bien bu, lorsque « la chaleur communicative du banquet » a atteint un niveau propice, il fait le grand baisemain plongeant tout en déclarant : « Chère amie, j'ai l'honneur de vous baiser les pieds. » J'ai déchiffré l'énigme et embrasse la lettre ! Oh mais ?! Il y a autre chose. Je relis : il me tutoie. Même par lettre, je ne pourrais pas. Un monsieur d'une telle envergure.

À la maison, trois jours de suite, calme plat. Je laisse tomber le travail à la cuisine. Yvonne ne l'a pas repris. Je fais en sorte d'être dehors aux heures des repas. Je sens qu'on me surveille sans voir qui me guette ou me suis. Je me méfie des concierges de la venelle. J'ai demandé à reprendre ma chatte Mi-Nusch, en pension chez Mamitte depuis ma maladie. Scap reste chez elle. En quel état étais-je donc pour avoir si totalement oublié mes bêtes ? Je crois avoir commencé à être malade dès le 13 août, cette année-là, la nuit du Météore. Quelque chose d'insidieux était entré en moi. Je l'avais appelé Cancrelat.

Quatrième jour, enquête, en l'absence du troisième larron. Expliquer le brouillon de la lettre à M. Monnot : « Vous voyez bien, je n'ai rien envoyé. » « Mais quand ? Pourquoi ? » Je hausse les épaules. « Dans trois carnets vulgaires, obscènes, E c'est Éluard ? P, c'est Paul ? C'est Pablo ? » Haussement des épaules (par prudence, j'avais décalé de deux lettres les initiales des personnes sur lesquelles j'avais déversé mes rancœurs). « Tes caricatures, marrantes parfois, pornographiques ; tu es une obsédée, vicieuse, pervertie. Qui t'a servi de modèle ? » Haussement des épaules. « Tu nous hais… Szczupak t'a fait des propositions ? » Épaules. « On garde ton passeport et tout ce que tu as ramené de là-bas. » Épaules. Je pense : « Si un jour je fais une révolution, elle sera immobile et totalement silencieuse. »

Adieu, chevelure-cinéma ! J'ai manié ciseaux et bigoudis mais Yvonne a eu le dernier mot : « Ta frange jusqu'aux sourcils, ton fouillis frisottant, rien à dire, tu es jolie. Avant, tu étais belle. » Les livres frappés de l'étoile de David trouvés sur les quais, pas de quoi faire la fête. Les Samaritains, les Caraïtes, les Kouzarim, et quoi encore ? Dans la république d'Israël, les Juifs sont socialistes. Ils ont rejeté les opiums dogmatiques. Quand je me convertirai, je jurerai fidélité au peuple et non à sa religion. Michel est repassé, habillé en citadin cette fois. Les Zed lui ont offert une garde-robe. Pourrai-je l'entraîner dans mon aventure, pour rester fidèle au serment de mon enfance : « Mon frère, je te prendrai par la main et nous irons tous deux de par le monde » ? Le mettre au courant de mon projet secret, s'il jure de se taire ? Il ne me trahira pas, sur son honneur d'homme, affirme-t-il. Je lui raconte Jérusalem. Grave erreur.

Comment m'assurer que plus personne ne mettra son nez dans mon courrier ?

J'ai réussi ! J'ai une poste restante ! Pas facile. Au premier bureau de poste, là où je fais les envois de livres, l'employée a voulu voir ma carte d'identité. Je ne l'avais pas sur moi. Au second, où je passe plus rarement, le guichetier a mis son doigt sur ma date de naissance. Aurais-je par hasard une autorisation parentale ? Merde alors, je suis à onze mois de ma majorité et n'ai pas plus de droits qu'un gosse de quatre ans. Alors, plume Sergent-Major, encre de Chine, grattoir, je falsifie ce qui a besoin de l'être. Il y a une heure, j'étais née en 1929 ; maintenant en 1927. Faut pas regarder à la loupe, évidemment. Je voulais tant vieillir. C'est fait.

Taky a la bougeotte. Dans son état de santé, cela ressemble à une course d'obstacles ou à une danse de Saint-Guy, dans les hôtels. Debout, quand je n'arrive pas à m'échapper, contre les portes communicantes. Mais je suis d'accord avec lui : l'art abstrait d'après-guerre, c'est n'importe quoi. Germaine Richier et Lurçat ne seront pas inclus dans ce numéro des *Cahiers d'art*. Ils veulent qu'on assure au moins les frais du photographe, or Taky ne paye jamais rien, ni article ni photo. J'ai plaidé pour Germaine. Ses sculptures sont aussi bonnes que celles de Giacometti. On pourrait lui faire un nom mais elle nous a dit merde en toutes lettres. Taky, lui, a un a priori contre elle, je ne sais pas pourquoi.

Une connerie. Histoire de marquer des retrouvailles entre anciens du lycée d'Avallon, les responsables organisent une course à bicyclette Avallon-Vézelay-Avallon. J'ai dit non. On m'a crue snob. Alors, en selle. Arrivée la première à Vézelay, je suis tombée dans les pommes. Le docteur du lieu, celui qui a gavé mon frère de phosphore et de je ne sais plus quoi, et posé des électrodes sur son crâne rasé, décrète : « Au lit pour une semaine, sans bouger. Ce cœur n'est pas solide. » Ai-je encore quelque chose qui tient debout en moi ?

Char-Yvonne, ça ne va pas. Sa pituite recommence. Il gueule, elle chiale. Il s'échappe en claquant les portes ; elle le poursuit. C'est pas nouveau mais ça dure et ça devient plus hargneux. Elle lui a demandé d'améliorer le scénario qui l'intéresse, je crois, et elle s'active plus qu'avant sur les feuilles calligraphiées-ornées pour lesquelles elle rameute tous les amis peintres, et Char y ajoute les siens, pas des gros calibres, De Staël excepté.

Après la semaine d'immobilité à cause de l'idiote course à vélo, j'ai eu droit à deux semaines de repos à La Goulotte. Maman Phrasie et papa Gustave ont vieilli. On n'a pas causé de choses intimes mais je sais pouvoir compter sur eux. Eux et mes gens de Vaux, ils font partie de moi. Les Zed ont voulu les effacer de mon existence. Moi, je ne les renierai jamais. Xavier fait le con. Au téléphone, il me dit : « L'opium change ma vie. » Au téléphone aussi, Luis et Esther s'inquiètent et m'offrent de dormir sur leur sofa, dans leur living-room. Eux, si discrets, sentent-ils quelque chose qui m'échappe ? Revu le Croc, les sources, la maison déserte de mère Contant, Bénédicte à qui j'ai demandé pardon mais elle ne se souvient de rien. De toute façon, elle, les mésanges, les lapins, le reste, je les porterai jusqu'au dernier jour de ma vie. L'homme blond aux épaules affaissées, l'homme noir à la voiture, le parapluie et le vaporisateur aussi, quoique je n'en veuille pas. Sitôt les Zed quittés, je reprends contact avec André et Georgette…

De retour à Paris, je cours voir à la poste restante quel courrier est arrivé pendant mes deux semaines d'absence. Quatre lettres. Une de maman Blanche, trois de l'ami de là-bas. Je lis lentement, en marchant dans la rue. La première lettre commence par « Air-Bleu bonjour ». La seconde par « Air-Bleu amie ». La troisième, « Air-Bleu, amie, oserais-je dire chère ». Dans ses drôleries, je sens de la mélancolie. Il me demande de me moquer de lui. Il me manque, c'est pas croyable.

Je me dirigeais vers le magasin d'alimentation des Jablon, situé au coin Université-Bac. Mme Jablon avait survécu à Auschwitz. Jeune encore, sioniste mais à tout jamais apeurée, elle mettait mon courrier à l'abri. Les Zervos s'abattirent sur moi au coin Sébastien-Bottin-Université. Vautours sur une charogne. Me poussent, me traînent, me tirent, m'enferment sous les toits, la clé dans leur poche. J'ai un instant entrevu Bellerophon. C'est lui le traître, le délateur. Il m'a vue avec mon courrier dans les mains. Le mouchard n'a fait ni une ni deux. Il a couru, il m'a vendue.

Trois jours enfermée. Mon sac m'est rendu sans carte d'identité, sans agenda, sans carnet d'adresses et téléphones, sans montre, sans porte-monnaie. Mineure rebelle aux pulsions dangereuses, je serai « incapacitée ». Une visite de mon père adoptif me laisse éberluée. Le poids de son corps contre le mien collé au mur, les dents dehors, il éructe : « Szczupak t'aime. Il t'aime, n'est-ce pas ? » Rien ne m'a laissée soupçonner que, dans ce domaine-là, M. Sacha s'intéresse à moi. Il ne DOIT pas. Il ne FAUT pas. Fuir ! Disparaître ! Vite ! Que personne ne me retrouve.

Tout embrumé qu'il fût par la drogue, Xavier sut se faufiler, de nuit, dans l'escalier de service et fit merveille. Quand je me glissai hors de la venelle du 40 de la rue du Bac, vers les deux heures du matin, un taxi m'attendait au coin du boulevard. J'emportais les vêtements que j'avais sur le dos, mon sac à main, mon grand carton à dessin, des blocs de papier, des crayons, des couleurs. En route pour Auxerre.

Tentez donc de vous faire ouvrir le portail d'une institution française, celle du foyer de l'Assistance publique, à Auxerre, par exemple, à six heures du matin… Tirez-sonnez cloches et matines, cinq fois, dix fois ? Longtemps. Au premier étage d'un immeuble bâti près du portail, à la verticale de la haute muraille, une fenêtre s'éclaire, des volets se poussent, une tête de femme âgée, aux cheveux blancs, embroussaillés, se tend au-dehors. Le dialogue s'engage, surréaliste : « Qu'é qu'c'est-y ? Qu'é qu'vous v'lez ? » J'explique mais la dame est sourde ou encore engluée dans son sommeil. Faut crier : « Je suis une pupille. Je me suis enfuie. Je n'ai pas où aller. M. Monnot me connaît. » La gardienne persille mes phrases de réflexions aux senteurs vocales de la Bourgogne profonde : « À c't heure. C'est-y pas Dieu possib'. Al est pas d'cheù nous. Al a pas l'allure. Faudrait pas qu'a s'moque. » Elle me fait monter dans sa loge. Dans l'établissement, tout le monde dort. Elle m'informe. Elle ne peut pas me donner un lit, c'est interdit. Les pupilles du foyer se lèvent à sept heures et demie ; le bureau du directeur, à un kilomètre de là, ouvre vers les huit heures. Nous avons du temps. « Alors, dit-elle comme si c'était naturel, comme si elle pouvait se le permettre, j'vons déjeuner. » Je me réchauffe à la lumière violente qui éclaire sa petite pièce, regardant au plafond les trois ampoules, « au moins 150 watts chacune », me dis-je, dont la vibration tournoyante rappelle les lumières d'un café de Van Gogh. Surprenant mon regard étonné, la vieille dame déclare : « J'aime qu'il fasse clair », phrase banale au premier entendre mais débordante de sous-entendus et d'abord, dans sa langue d'ancienne villageoise : « J'suis pas chiche » (pingre). Dès cet instant, j'ai su avoir affaire à une fée. Café à la chicorée au lait dans un bol ; sucre en morceaux, en pagaille, à prendre avec les doigts ; biscuits et biscottes ; deux verres biseautés d'un service antique. Entre nos bols, elle pose une bouteille de vin blanc. Son geste est sans réplique mais elle commente en attendant que j'acquiesce : « Pour chasser de nous les frimas de l'automne. » Un alexandrin, presque ! Une résurgence de ses jours sur les bancs de l'école ? Sa manière de naviguer entre sa langue maternelle et le français classique constituerait à elle seule la matière d'un sketch dans une boîte à chansonniers avant-gardistes. Elle zieute ma cape, mon très chic ensemble de Schiaparelli – choisi réversible : deux en un, double emploi, volume restreint, efficacité plus économie ! – et mon bagage qui l'inquiète. Mon explication (« Je suis artiste peintre ») lui arrache un « Ah ! » émerveillé. Les joues rosies, elle installe son corps généreux sur une chaise rembourrée, pose ses bras sur les accoudoirs, niche ses mains gonflées au creux de son giron, les paumes tournées vers le haut, prêtes à recueillir la manne qui viendra du ciel. Son être en entier se prépare à s'émouvoir. Alors, je lui raconte. Vaux, Fougilet, Les Chaumots, l'adoption, Paris, lycée, cinéma, Jérusalem. « Jérusalem ! Oh ma mère ! Vue des yeux vue ? C'est'y pas vrai ! » Un bouchon de champagne a éclaté dans sa tête. Le liquide divin coule dans sa gorge, enrobe son vieux cœur qu'elle presse à deux mains. Elle est si belle dans son extase que je me réfugie contre elle et l'embrasse à pleines joues.

Reparaître devant M. Pierre Monnot, directeur de l'Assistance publique du département de l'Yonne, ce protecteur infâme de l'enfance malheureuse, ce sinistre spécialiste de la marmaille mal née, rejetée, orpheline, ce deus ex machina qui avait régné en maître sur ma vie de pupille ? Sous le joug de mon litige avec mes parents adoptifs et à cause de ma fuite accélérée, je ne m'y étais pas préparée. Huit années s'étaient écoulées depuis que j'avais vu le sinistre personnage pour la dernière fois. J'avais alors douze ans, pesais vingt-trois kilos, et les mauvais traitements m'avaient plongée dans une amnésie partielle, ou dans une sorte d'autisme.

Tout aussi grand, tout aussi décharné qu'avant, aucune once de chair fraîche n'avait gonflé ses joues à la peau jaune. Sa tête de momie, au cou grêle tenu par des tendons apparents et piqué d'une pomme d'Adam aux mouvements de yo-yo, s'ornait de larges oreilles et de cheveux poivre et sel coupés ras. Les globes oculaires encerclaient des iris noir charbon d'oiseau de proie. L'éclat du regard s'adoucissait parfois d'un échauffement de bête repue ou s'engouffrait dans une fixité intense, tournée vers l'intérieur, vers des confins ascétiques, farouches. Son image de Commandeur étranger à toute clémence se brouilla un court instant quand il me vit devant lui et je surpris le haut-le-cœur qui le secoua. D'évidence, je ne cadrais pas avec le souvenir qu'il avait gardé de moi et ne ressemblais en rien à son harpail de pupilles. Sa surprise me donna du courage, renforça aussi la sensation d'avoir devant moi une personne instable avec qui je devais louvoyer. Mon intuition seule pouvait m'aider et me protéger. Je me suis présentée à lui en disant mon nom, mon état de fille adoptée en fuite, sans dire bonjour.

Il consulte mon dossier sans parler, commente toutefois sa lecture par des gestes angulaires expressifs dénotant des évidences, des contradictions, puis une impuissance finale. Il se redresse et s'écrie : « Mademoiselle ! Pour les autorités que je représente, vous nous avez quitté en 1942. Pour nous, vous n'existez plus ! Vos parents adoptifs sont seuls habilités à décider en votre nom et pour votre bien. Vous avez actuellement le statut d'une fugueuse. La loi m'oblige à informer la gendarmerie de votre présence dans nos murs. Comme dans les cas du même genre, l'Assistance héberge le fuyard le temps d'organiser le transfert ou l'arrivée des parents. Rompez ! »

Peu d'indices guidèrent ma réaction, peu de chose, en vérité : la carapace de pierre plaquée sur le visage squelettique ne pouvait pas être totalement imperméable ou indestructible ; le regard oscillait trop, des gestes manquaient de coordination. Avec la distinction d'une femme du monde, je m'assis sur une des chaises droites pratiquées jadis, non en pupille apeurée cette fois. Avec l'élégance enseignée par Tiggie (genoux accolés, jambes à l'oblique, bord de la jupe ostensiblement tiré), je m'accoudai au bureau et, d'un ton de confidence, me lançai avec lenteur : « Voyez-vous, monsieur le directeur, je suis chez vous de passage, pour peu de temps. Dès ma majorité, je quitte la France pour aller vivre à Jérusalem. »

La masse de granit à forme humaine s'ouvrit à l'endroit de sa seule faiblesse, là où s'étranglait une larme d'eau vive. Le nom de Jérusalem fit craquer la chair pétrifiée et révéla un brasier intérieur, une foi religieuse démesurée, outrancière. Foi protestante, qui plus est, militante et arc-boutée autant sur l'Ancien Testament que sur les Évangiles, j'allais l'apprendre le lendemain et vis dans ce fait un signe narquois de mes instances célestes personnelles. Là, sur l'instant, le frénétique personnage opéra un tour complet sur lui-même, balayant dans sa lancée les grains de la jalousie atroce qu'il avait ressentie à l'idée d'une fille échappée de son troupeau parvenue à Jérusalem, là où jamais il n'aurait la possibilité de mettre le pied. Débordé par sa passion, M. Pierre Monnot s'engouffra dans un pèlerinage fantasmatique de substitution. Absorbé comme un élixir, comme un nectar divin, mon itinéraire devint le sien. Plus question de contacter la gendarmerie. Que je revienne demain à l'aube, il y a tant à parler, à analyser, à préparer…

Rolande, la gentille gardienne, conservait de son origine paysanne une sorte de bonhomie réservée, sans fiel ni pitié, dans sa manière de supporter le monde, la vie, les gens. Fille puînée de famille pauvre, manquant trop de foi pour prendre le voile, elle avait fait partie de cette main-d'œuvre bon marché sans formation professionnelle autre que les premiers secours et un usage savant du camphre et de l'arnica que les hôpitaux de province employaient encore pendant la guerre – ces petites sœurs qui m'avaient tant gâtée, à l'hôpital-paradis !

Son intelligence naturelle, son cœur à l'ouvrage mais, plus que tout, une exceptionnelle mémoire l'avaient haussée au rang d'aide-infirmière. Elle me réservait une petite heure le matin, avant de prendre son service, pour un déjeuner en tête-à-tête, un papotage jamais anodin qui m'aidait à mieux comprendre monsieur le directeur, à prendre la mesure du pouvoir de cet homme auprès des autorités du lieu et de la terreur qu'il exerçait encore sur les pupilles, sur les filles en particulier. Racontant à ma bonne fée la séance de la veille, Rolande s'exclama : « Oh ! Il va au temple plus que nécessaire. Ça ne fait pas de lui un chrétien. » Apprenant ainsi l'appartenance du directeur au protestantisme, je décidai de faire une lâcheté : tout à l'heure, sans rien dire, je lui glisserais *ma* bible sous le nez. (Achetée aveuglément alors que j'ignorais l'existence des catéchismes parallèles, elle s'était avérée être une version calviniste ou luthérienne, qu'en sais-je ?) Je ne lisais plus ce livre depuis longtemps. Représentant mon lien avec les pyjamas rayés, j'y voyais un talisman, au même titre que le clou de charpentier soustrait jadis à l'établi de Brancusi. Avant de quitter les Zervos, j'avais glissé les deux objets dans mon sac d'un geste automatique. Voilà qu'elle allait me servir.

La rencontre se transforma en un début de colloque puis, du côté de monsieur le directeur, en monologues exaltés, coupés du monde réel, me sembla-t-il, que je ponctuais par politesse de finesses du style : « Les preuves fatiguent la Vérité », tirées des écrits de Georges Braque, ou « L'Église de Dieu est dans le cœur de l'homme », cliché passe-partout. J'eus la faiblesse de le laisser croire à un appel transcendantal vers Jérusalem. Plus précisément, la paix physique trouvée là-bas se surimprimait trop parfaitement à l'Ailleurs de mon enfance pour que, poussée par un fanatique tout-puissant, je n'accepte pas d'y reconnaître un pan occulte un peu miraculeux. Mais plus : tant que monsieur le directeur croirait m'aider à l'accomplissement d'une prédestination, il ne s'occuperait pas d'autre chose ; les jours me séparant de ma majorité passeraient en débats, en brassages d'idées, en échanges spirituels. Constater avec quelle célérité et quelle ardeur il chevaucha ces chimères angéliques m'ébahit et me prit de court. Trois ou quatre touillages cérébraux et mystiques suffirent pour que je ne puisse plus faire marche arrière. J'étais prise au piège. Le fossé entre son imaginaire et mon irreligiosité s'élargit, se creusa. Comment manier une pensée rationnelle ou le simple bon sens face à un homme qui a foi en la réalité matérielle de l'enfer, du purgatoire et du paradis ? Comment, aussi, rester impassible devant sa vision torturée de la Jérusalem d'En-Haut qu'il me chargeait de représenter, dont il me faisait un écrin ? Ne connaissant rien aux obsessions, je cachais mon inquiétude derrière une convaincante et vaine concordance phonétique : *monnot-manie*. Au début, me dire « Il est complètement fou » ne dépassait pas le niveau de l'expression dont on use face à une personne extravagante. Or, j'allais en subir les contrecoups, M. Monnot déraillait.

Il prenait soin de moi. Par exemple, en chargeant une pupille de m'accompagner dans tous mes déplacements de peur que, appelée par mes Voix, je prenne mon barda et un bâton pour faire un détour par Compostelle ou que, désespérée d'être arrêtée sur ma route sainte, je me jette dans l'Yonne. Il lui sembla normal de mobiliser son épouse. Quelques après-midi par semaine, elle m'enseignerait la cuisine bourgeoise, les manières de la bonne société protestante, le rite des thés de dames.

Haute comme trois pommes, un corps fait au tour compressé par des soutiens-gorge et des gaines d'un autre âge, coincée entre un mari impérieux ayant, se plaignait-elle, « toujours martel en tête » et trois fils copies conformes de leur père, obligée de brimer sa nature foncièrement simpliste et joyeuse afin d'afficher la dignité désincarnée et puritaine de son milieu, Mme Monnot abandonna vite un rôle parfait sans doute pour l'ordinaire des pupilles de son époux qui n'avaient connu que des fermes et des fermiers. Influencée par les descriptions et les prêches hautement personnels de son étonnant mari et maître, elle s'était crue chargée d'une mission destinée à soutenir une exceptionnelle Rédemption. Si je fus surprise de me voir imagée-imaginée en représentante honteuse des modèles pour académies d'art, en vamp de la faune cinématographique, soudainement, miraculeusement mais définitivement touchée par la Grâce, elle s'étonna de rencontrer une fille non maquillée, aux ongles non manucurés, peu préoccupée par l'état de ses cheveux tirés en chignon, et qui maniait avec aise les expressions chantournées de sa région. Une sympathie spontanée joua pour elle autant que pour moi. Elle étouffait dans le carcan protestant coopté par mariage et je vis en elle une grande sœur assoiffée de douceur, de tendresse féminine. Une connivence tacite se mit en place : pour protéger nos personnes, nous allions mentir sciemment et consciencieusement à notre deus ex machina. Certains matins, face au directeur, mon juge et mon soutien, subissant ses tirades qui épuisaient mon énergie, je faillis plusieurs fois rire au nez du pompeux personnage en entendant en écho la voix attendrie de son épouse qui, à l'ordinaire, l'appelait Mon Poireau et, dans les instants d'émoi, « Gibe-ci, la couille » parce qu'il en avait une plus gonflée que l'autre.

Je comptais continuer cette vie quelque peu surréaliste jusqu'à ma majorité en m'appuyant, selon les besoins, sur les trois pôles qui s'étaient présentés : le directeur, son épouse et Rolande, la gardienne. Au fil des jours, la stratégie décidée à Paris confirmait son bien-fondé. Quitter mes parents adoptifs sans toucher à leurs biens et en leur abandonnant les miens leur avait fait comprendre mon intention d'éviter entre eux et moi tout litige matériel. Pour ce qui constituait le cœur du problème, la logique la plus simple m'avait convaincue de leur future extrême prudence : ils ne bougeraient pas et me laisseraient faire ce que je voulais tant que ma fuite ne leur porterait pas un préjudice direct, une atteinte à leur renommée. N'engendrer aucun remous public afin de ne pas déclencher chez eux des réactions d'autodéfense restait mon grand souci mais j'avais confiance en la « propreté » de ma façon de procéder, basée sur le chantage, oui, mais à la guerre comme à la guerre. Rien n'arriverait s'ils n'ouvraient pas eux-mêmes les hostilités. Je sentais le sol sous mes pieds devenir plus solide. Entrée à Auxerre dans un tunnel tourné vers le futur, il me restait encore sept mois pour atteindre le lumignon brillant au bout du chemin. Les soucis actuels s'estomperaient avec le temps.

Xavier tardait à se manifester mais je connaissais et sa malice et sa valeur : lui seul au courant de mon plan, il saurait louvoyer. Sans aucun doute, il avait timbré et envoyé la lettre que je lui avais confiée avant de monter dans le taxi. L'ami de là-bas connaissait donc, si la poste fonctionnait normalement, mon départ de Paris pour aller visiter longuement les deux familles nourricières de mon enfance avec qui j'avais gardé un contact chaleureux et mon intention de renouer des relations parentales avec mon frère André et ma sœur Georgette. Par ailleurs, m'étant interdite de donner signe de vie à nos familiers les plus proches, pas même à ceux que je pouvais considérer être des amis personnels, j'avais laissé aussi maman Blanche sans nouvelles. « Je lui écrirais avant Noël », me promis-je. En attendant, j'avais à enfiler les heures sans créer de heurts. Si la chose s'avérait incontournable, un office au temple, pourquoi pas ? Pour Paris, le bon roi Henri lui-même, l'acrobate, n'avait pas hésité !

Rolande, ma bonne fée, m'accordait un savoir universel. Montrant un intérêt soutenu envers les années de ma prime enfance, elle exposait toutefois un sens inexact et obtus de la chronologie. Fatiguée d'avoir à lui rappeler les dates des morts et des naissances, je lui dessinai un petit arbre généalogique, fixant une fois pour toutes la marche du destin des enfants Thomas.

Prendre avec elle le petit-déjeuner en dérogeant aux lois strictes du foyer constituait l'heure heureuse de la journée. Un soir, elle me supplie de venir la voir, vite-vite, parce qu'elle a quelque chose de très très important à me dire. Alertée par son ton surexcité, je cours à travers les couloirs et les escaliers pour gagner sa loge. Café fumant et ratafia déjà sur la table. La bonne dame ne tient pas en place. Elle tire de sa poitrine des soupirs hachés et, soudain, me dit : « Lis-moi d'abord les lignes de la main. » N'ayant jamais pratiqué cet art, n'y connaissant absolument rien, j'avais toujours repoussé ses demandes réitérées. Ce soir-là, l'entendant s'apitoyer sur elle-même comme jamais elle ne l'avait fait : « Ah, ça me retourne les sangs… Ça m'a donné bin du tintouin », je crus voir sur son horizon l'ombre d'un grand malheur. Alors, main gauche, main droite, je lui raconte une vie dont elle a un peu parlé, y ajoutant ce que je sais des fatalités campagnardes, du combat pour la vie des besogneux, des miséreux, remontant, parce que ses paumes se crispent, au temps de la guerre de 1914… Je calcule… elle devait avoir dans les vingt ans à l'époque… Je parle d'un promis mort au front, jamais oublié, d'un mariage tardif insatisfaisant. Ses hochements de tête confirment mais quelque chose encore la perturbe, lui serre la gorge, lui impose de me demander : « Dis-moi combien d'enfants j'ai eus. » « Oh, mes aïeux ! Comment voulez-vous que je devine ? » ai-je envie de crier. Et cependant la voix du professeur Malespine, le gentil graphologue avec qui j'ai travaillé un été, sortie d'un tiroir jamais visité de ma mémoire, me souffle : *« La tranche »... Oh, oui, cher professeur, les empreintes sur fond de noir de fumée. Ces « impressions » en forme de cygnes, vous en faisiez l'analyse, mais je n'ai pas beaucoup écouté*[1].

J'ordonne : « Rolande, fermez fort vos poings. » Là, sous les auriculaires, entre deux pliures profondes, deux traits longs et un plus court, équivalents à gauche et à droite. Submergée par la conviction de révéler à la lumière une vérité longtemps dissimulée, je dis : « Vous avez eu deux enfants viables et un mort-né. » Le regard de Rolande et le mien se sont pénétrés en une communion de sphinx qui se transmettent l'un à l'autre des secrets énigmatiques... Maintenant, elle et moi, nous nous connaissons. Nous pouvons nous faire confiance totalement. Avec une angoisse qui fait trembler son cou, Rolande prononce des phrases explosives : « J'ai connu ta mère. Poitrinaire au dernier degré, elle est morte à l'hôpital quand j'y travaillais... au début des années 30. Son ami, un grand gars maigre, blond, aux épaules voûtées, chialait comme un gosse... Tu comprends, quand tu me racontais ton grand frère, ta grande sœur, toi, ton petit frère, j'arrivais pas à y croire... Ce que je veux te dire... Quand les Allemands ont réquisitionné l'hôpital, j'y travaillais plus. Ils ont dispersé les archives. J'ai récupéré ce que j'ai pu, mes carnets, pas tous. J'ai fouillé dans ma cave... J'ai retrouvé... J'avais inscrit... Regarde, c'est un peu moisi, ce n'est plus tellement lisible. Anne Auzou, le nom de ta mère, Raymond Launay... un

1. Émile Malespine, *Cahiers d'art*, 1947 (p. 288-292). *(NdA)*

nouveau-né de sexe féminin, on m'avait dit "emmaillotage serré", tu vois ? Et là, pour le baptême probablement, fait vite, "la fillette ne faisait pas le poids"… Tu comprends ? Ta mère a accouché d'une petite fille peu de jours avant de mourir. Tu as une petite sœur. Elle est à l'Assistance d'Auxerre, j'en suis certaine. »

Sous le choc, j'ai failli à mon serment de ne jamais m'exclamer : « Mon Dieu ! » Mon Dieu ! En flashs successifs, la vision du réel s'est reconstituée : sur la route de jadis, l'homme blond pousse le landau où Michel pleure. D'une main, ma mère s'accroche à la poignée parce qu'elle est fatiguée. De l'autre main, elle me tire pour me forcer à marcher. Je revois son ventre rebondi, en contre-jour, et en contrebas à cause de ma petite taille… J'ai cru à une illusion d'optique, à un effet de perspective. Maintenant, je reçois en cadeau ce que le ventre de ma mère portait, dont une partie de moi savait qu'il existait… Ce n'était pas par hasard, n'est-ce pas, que la fillette à moitié autiste à moitié amnésique, dans la bourrasque du jardin carré du foyer, s'était inventée une Petite-Sœur ?!

J'ai aimé tout de suite l'inconnue et la rage s'est déversée sur les adultes manieurs de ténèbres, sur les alphabets du chaos natal, sous les forges du malheur et de la haine. J'ai *vu* ma petite sœur, blanche en moi comme le lait, en son âge d'amande printanière. Nous allions poser nos lampes fraternelles sur les tombes fracassées de nos souvenirs, de notre mémoire… M. Monnot, à nous deux !

« Quand les parents auront mangé des raisins verts, la denture de leur progéniture sera pourrie jusqu'à la cinquième génération », c'est la loi de la Bible et de monsieur le directeur quand, là-haut, Il devient négligent. Son factotum éructe la lie de son âme, il fulmine, lève haut le bras et le poing, se signe, embrasse le bout de ses doigts, frappe son bureau avec des dossiers qui contiennent les existences importunes des enfants Thomas-Launay.

Oui, dit-il, j'ai une demi-sœur, fille illégitime, bâtarde née hors des liens du mariage. Juliette Raymonde Launay paye et paiera toute sa vie la faute de ses géniteurs, comme toute chair damnée sur terre à l'heure même de sa conception.

Mon frère, Michel Raymond Thomas, né en clinique à Aillant-sur-Tholon, à deux pas du sanatorium dans lequel Anne Auzou et Raymond Launay soignaient leur tuberculose – la maladie du diable – est lui aussi un produit du péché. Reconnu officiellement à cause de la faiblesse d'un mari sans principes, il porte le nom de Thomas à tort. C'est le bâtard chanceux d'amours interdites.

Moi ? Née au domicile conjugal, tout comme André et Georgette, deux ans avant le divorce, classée légale, quoique…

« Juliette connaît-elle notre existence ? » « On ne mélange pas les serpillières avec le linge de maison. »

« Donnez-moi, s'il vous plaît, l'adresse de ma sœur. » « Tant que je serai son tuteur, jamais. »

« Qui t'a informée ? » « Personne. J'ai deviné. Dans ma tête, j'ai, j'avais une Petite-Sœur. » « Qui te parlait ? » « Oui. Grande-Sœur est restée plus discrète. » « Parce que tu as aussi une grande sœur en dehors de Georgette ? Tu te moques… » « Non, monsieur le directeur. Elles existaient dans ma tête. Des anges gardiens, je pense… » Plus je m'enferrais et plus il mordait à l'hameçon. Pourquoi lui expliquer Petite-Sœur et Grande-Sœur créées par mon imagination pour meubler ma solitude et détromper la confusion dans laquelle il s'enfonçait ? Plus le directeur dérapait et déviait du sujet central, plus il me fournissait une manière nouvelle d'utiliser ses obsessions mystiques. J'étais même prête à lui apprendre à faire tourner les guéridons ! Trois matinées de suite s'usèrent sur le déploiement et la relecture des jachères du passé.

Oui, Raymond Launay avait payé les premières pensions. À sa mort seulement, l'Assistance nous avait pris en charge, Michel et moi, Juliette bébé restant pour des raisons d'âge et de santé à la pouponnière de l'hôpital. Oui, Georges Thomas, à l'occasion de l'achat d'une voiture, était passé à l'Assistance pour savoir où ses enfants étaient placés. D'où son passage par Vaux. Il a payé d'une phtisie galopante un total manque d'hygiène spirituelle. Oui, monsieur le directeur nous a séparés, mon frère et moi, en 1938 pour que je rejoigne ceux de mon sang et pour que cesse un attachement inacceptable. Oui, monsieur le directeur se souvenait de m'avoir visitée au temps de la moisson, en 1941, à Fougilet, de m'avoir secouée comme un sac vide en estimant : « La carcasse est encore bonne. » Il s'en souvenait à cause d'une lettre de dénonciation pour mauvais traitements excessifs qui avait mis en émoi son comité directeur. Se souvenait-il aussi des morceaux de porc salé qu'il avait acceptés de Germaine pour mettre une sourdine à l'affaire ? Gardait-il en mémoire ce qu'il avait trouvé, au printemps 1942, au Bois-de-la-Madeleine ? Sa pupille (Simone Cousin) âgée d'à peine douze-treize ans, enceinte de son patron qui, le porc, les jambes nues jusqu'aux couilles dans une bassine se faisait laver les pieds par la pupille à genoux, couverte de gnons ? Ne s'était-il pas déplacé à cause d'une lettre de protestation écrite par sa maîtresse d'école, qui était aussi la mienne ? N'était-il pas reparti au vu et au su des voisins avec un jambon et d'autres victuailles dans les bras ? Que devait-il cacher en premier, monsieur le directeur ? Ses yeux révulsés ? Sa bouche béante ? Son hystérie ?

Suivie par la pupille chargée de me ramener au foyer,

je courus chez Mme Monnot. Seule dans sa cuisine et n'attendant pas de visite, elle préparait un repas en liquette, sans soutien-gorge, gaine et culotte. J'ai effarouché la pauvre femme dépiautée de ses carcans vestimentaires, réduite à son joli corps et à sa solitude courageuse. Elle m'écouta et pleura autant que moi. Je ne lui appris rien de vraiment neuf mais elle dessina mieux les démons qui dévoraient l'homme qu'elle aimait. « Écoute, il dort mal. Il se réveille en sursaut, en sueur, en gémissant ou en criant, ça dépend. Il se frappe au front. Parfois, il se lève, commence à s'habiller, me dit : “Telle pupille ne va pas bien. Elle m'appelle”, des choses comme ça. Il va jusqu'à la porte, revient, se déshabille, s'allonge et se rendort comme s'il était juste allé uriner. Ce sont des pupilles filles qui l'appellent… » Quatre jours de déballages de vieux mensonges et de vérités caduques m'épuisèrent. Pour monsieur le directeur, plus question de s'adonner à des finesses spirituelles. Remise à mon rang, dans les bureaux de son institution, avec balais, seaux, serpillières, cire, chiffons, j'ai décrassé et poli, toute satisfaite d'occuper les heures avec une activité physique et en dialoguant… Quelle constance dans l'amour des prénoms, ma mère ! Georgette, Yvette, Juliette. Pourquoi pas Sucette, Sornette, Branlette, Cocufiette ? Ta soubrette époussette et, mazette, fait la risette dans l'eau de la tinette des toilettes.

Rolande se mit en tête de me faire un trousseau dans ses robes de fête imprégnées de naphtaline. Mme Monnot promit « de dégoter quelque part » l'adresse des patrons chez qui ma petite sœur Juliette était placée. M'imaginer en tout lieu la présence fantomatique d'un membre de ma famille âgé de quinze-seize ans transformait la commotion en tourment. Dans le triangle journalier englobant le foyer, les bureaux de l'Assistance et la cuisine de Mme Monnot, j'ai fait et refait le vœu de réunir les enfants Thomas-Launay autour d'une table de banquet. Au bout de quelques jours, rangeant dans leur cagibi mes outils de travail, j'entendis monsieur le directeur me dire d'une voix douce alors que je lui tournais le dos : « Vous avez le cœur à l'ouvrage, Ondine. Je vous trouverai un autre travail. »

Il fit un saut de carpe après un appel téléphonique venu de Paris dont il me transmit la teneur avec une appréhension visible. Un certain maître Blumel, avocat, s'est mis à ma disposition, lui a demandé de me transmettre son adresse et ses téléphones. Comment convaincre le fonctionnaire un tant soit peu ratatiné que je n'ai jamais entendu le nom de Blumel et ne sais pas pourquoi ce monsieur voudrait me parler : « Je ne connais pas ce monsieur, je vous le jure sur la tête de ma sœur Juliette, monsieur le directeur. » Bon. Il me laisse tranquille toute la journée. Se montre le lendemain remarquablement cordial. Voyons ! Un avocat proche des plus hautes sphères, ancien directeur du cabinet de Léon Blum, chef du gouvernement socialiste, entre les deux guerres, certainement je connais, il y a tant de Juifs parmi les artistes… Juif ? Juif ! Le haussement des épaules utilisé par une actrice d'occasion permet de dissimuler le fin bout d'un fil d'Ariane à ne dévider que dans l'obscurité de la nuit, au fond du lit. La filière juive ?! Un lien direct avec l'ami de là-bas ?! Collègues et confrères ?! Mais pourquoi ? La lettre postée par Xavier disait : séjour chez maman Blanche, puis chez maman Phrasie, et détour en Puisaye pour reprendre si possible un contact avec André et Georgette… Quelque chose se trame. Il va y avoir des remous.

Pas le temps de placer un mot. Il m'a prise aux bras et entraînée vers sa voiture. Le long de la rampe qui monte vers la rue, ses paroles chaotiques exposent l'ampleur du désastre. Piqué au vif par l'appel de maître Blumel, il a téléphoné aux Zervos. On a d'abord répondu : « Ces personnes n'habitent plus ici », et la ligne a été coupée. Au second appel, il a crié Assistance publique d'Auxerre. En route pour je ne sais où, dans la voiture, j'attrape : « Instable. Aguicheuse. Intéressée. Mythomane. Falsification de carte d'identité. Mesures pour incapacité. Maître Choupak. Détournement de mineure. Action en justice… »

Cabinet de docteur, monde calme, rangé, blanc, éther et fleur d'oranger. Appareillage inconnu. Table bizarre. Jupe relevée, culotte ôtée. Talons vers le plafond appuyés sur des rigoles ou étriers pleins. Tête chauve entre mes cuisses. Pénétration métallique… Le diaphragme pris de folie pousse vers le haut la charge stomacale. Le vomi traverse la trachée, s'engouffre dans la gorge, l'arrière du nez, jaillit par les narines, la bouche. Membres et corps basculent, entraînant à terre infirmière, plateau d'instruments et linges. Le docteur s'exclame : « Nom de Dieu ! Cette gosse n'a jamais subi un examen gynécologique ! Pouviez pas me prévenir ? C'est une honte, monsieur Monnot. Vous êtes indigne. Fichez-moi le camp. Non, elle n'est pas vierge, et ça ne date pas d'hier. Suffit ! Mon infirmière vous la ramènera. » Pour monsieur le directeur, immédiatement, ce fut quand et avec qui. Deux jours plus tard, il m'inclut dans une visite médicale générale.

J'en ai entendu parler. C'est un rite mensuel. « Ah, ça pour ça, y' s'rince l'œil. Nous, ça nous fait gerber, ont dit mes compagnes du foyer. Comment y as-tu échappé jusqu'à maintenant ? T'es sa choutte ? » En culotte, en file indienne, espacées l'une de l'autre de la longueur d'un bras tendu, en ordre d'âge, une dizaine de fillettes de dix à quatorze ans. Leur nudité les amuse. Puis, cinq filles, des travailleuses des champs au corps formé, aux membres musculeux tavelés et recuits par le soleil. Elles cachent leurs seins à peau de lait caillé derrière les avant-bras hâlés où s'étale parfois une légère fourrure. Les plus âgées, quatre, habituées à la cérémonie, laissent baller leurs bras le long du corps. Pour deux d'entre elles, qui seront majeures dans quelques semaines, il s'agit d'un examen prénuptial. Depuis longtemps, monsieur le directeur marie ses pupilles mâles avec ses pupilles femelles. Rolande m'a dit : « Dans certains cas, si la fille est un peu jolie, il arrange un mariage avec un fils pas réussi d'une connaissance. » Le médecin chenu a beaucoup de mal à placer le bout de son stéthoscope sous et autour des seins. À moi, il susurre : « Approche tes belles cuisses. » De temps à autre, monsieur le directeur prend appui sur le côté gauche de son large et haut fauteuil, puis sur le côté droit, et recroise ses jambes dans l'autre sens.

Dans ce lieu protecteur de l'enfance et de la jeunesse, le désespoir d'être né se tète avec le premier biberon. On y brise tout rameau fleuri avant que les pétales s'ouvrent au souffle du vent. Ailleurs, un poète dit solaire, « justicier à bout de clémence » et délateur, écrivait : « J'ai sauvegardé la fortune du couple. Je l'ai suivi dans son obscure loyauté. » Je pense à lui et me demande : « L'essence d'un être humain, c'est quoi ? »

Dans une séance de mise au point, monsieur le directeur se montre abattu, tendu. Il respire saccadé. Il se désarticule. Son agitation écrase mes dernières forces. « Ondine, vous m'avez malmené plus que personne ne l'a jamais fait. Cessez d'être muette sur ce qui vous est arrivé. Il est urgent de se mettre d'accord. Donnant, donnant. Mettons cartes sur table… Je risque de payer cher, Ondine. Racontez-moi. » Dans le masque écaillé de monsieur le directeur, le timbre en sourdine de la voix sonne vrai. J'acquiesce de la tête mais les mots ne passent pas ma gorge. « Tu peux écrire ? » Il m'installe dans son fauteuil dictatorial, gagne une des chaises droites réservées aux pupilles. J'écris... les premières caresses, le « mouchage », les jeux de main, l'envoi à Avallon, la vie à quatre, le météore du 13 août, l'enchaînement ; m'arrête et réfléchis. Il manque l'atmosphère, l'isolation, les soirées merveilleuses dans nos salons, mon éblouissement, ma bêtise. Je lève les yeux. Il n'a pas bougé. Vu de haut en bas, il ne se ressemble plus. « Tu écris depuis deux heures... Le principal y est ? Alors, ça suffit. » Je lui tends les feuilles, honteuse de mon écriture aux formes lâches et de plus en plus désordonnées. D'un geste de la main, il m'impose de rester dans son fauteuil. Posant délicatement mes feuilles sur le bord du bureau, il parle, lentement, avec effort. « Je ne lis pas maintenant. Nous sommes à égalité... J'ai exploité ton ignorance. Tu constitues un danger... Ondine, quand vous avez débarqué, je vous ai dit : pour l'Assistance, vous n'existez plus. Vous avez perdu votre statut de pupille en 1942. Je vous ai caché... vous n'avez pas reçu le statut d'enfant adoptée. Les Zervos n'ont pas fait le nécessaire... Vous êtes dans les limbes. Ici, plus aucune trace de vous depuis sept ans et, à Paris, aucun formulaire d'adoption entériné n'existe, ni dans nos services ni à la Préfecture... Nos procédures me faisaient le devoir de suivre votre cas, de constater l'état des relations parentales, de clore votre dossier seulement après l'accomplissement de toutes les formalités... Je ne l'ai pas fait. C'est ma tête qui a fauté : impressionné par l'allure et la détermination de Parisiens riches et chics, j'ai conclu à une adoption définitive. Ce que je vous dis est valable pour Michel : vous n'avez *pas* été adoptés ! Attendez ! Les Zervos n'ont aucun droit sur vous ! Ils ne sont pas vos tuteurs. Moi non plus. Non ! Ne reprends pas les feuilles ! Je risque d'avoir notre Conseil de l'Ordre sur le dos mais, au moins, je veux connaître mieux les gens qui m'ont mené en bateau. Ça m'est dû. On a dit donnant, donnant… Ondine, écoutez-moi. Quand vous êtes arrivée ici, j'avais le devoir de signaler la présence dans mes murs d'une mineure fugueuse. Je ne l'ai pas fait. Je voulais vous garder… Tu veux boire quelque chose ? J'ai de l'eau-de-vie. On trinque à nos désastres ? Il y a aussi mon comité directeur. Les gens qui en font partie, des catholiques, tu imagines. Je risque d'être limogé illico. Pour te garder, j'ai tablé sur le temps que prennent les enquêtes, les délibérations, les prises de décision… Écoute, faisons le ménage : les Zervos peuvent te menacer autant qu'ils veulent ; n'importe quel avocat leur dira qu'ils n'ont aucun droit sur toi. Ah, un détail : pour l'adoption d'une pupille, la date limite est seize ans. Après, elle ne s'applique que par consentement mutuel. Pour ce qui est d'un procès en détournement de mineure contre un citoyen étranger, c'est un chantage. Tu me parles de ce monsieur dans tes pages ? Non ? Tu me raconteras plus tard… Pour rester pratique, voici ce que je peux vous offrir : vous contactez qui vous voulez et vous attendez votre majorité à Paris, ou je vous cache en campagne, chez une amie gentille, discrète… Ondine, appelez-moi monsieur Monnot. » Je le mets au courant de mon plan (séjours chez maman Blanche et maman Phrasie, revoir André et Georgette). « Mais avant, je veux rencontrer ma sœur Juliette, la serpillière. » Qu'ai-je dit ! L'épouvantail vivant reprend sa forme, géante, squelettique, noire, hurlante : « Jamais ! Elle n'est pas de votre race. Fous le camp ! » Une trop grande émotivité empêche la formation des sentiments, avait dit l'ami de là-bas… Deux jours de repos puis téléphone : « Arrive tout de suite. Mme Zervos t'attend. » Comment ordonner à mon cœur de revenir à des pulsions de métronome neutre ? Il saute le pas, se fait des crocs-en-jambe, oublie de tambouriner, revient, s'affole, s'arrête, se désintéresse, omet, court pour rattraper le temps perdu. Il me fait des bassesses.

Qu'avaient-ils débattu avant que j'arrive ? Quelle entourloupette M. Monnot me préparait-il ? Yvonne ressemblait à une femme du monde prise dans une rafle sur les trottoirs de Pigalle et passée à tabac par une maréchaussée chargée de faire régner l'ordre, la morale et le droit. Prenant soudain conscience de ma présence, elle bascule son buste en arrière et enroule ses bras autour de sa tête comme on le ferait devant l'assaut d'un python ou comme si j'avais eu l'habitude de la battre. M. Monnot surveille la confrontation. Dans mes nuits sans sommeil, j'ai cent fois retourné des questions torturantes en me mettant à la place de ma mère adoptive, pour revenir toujours au point le plus primaire. « Yvonne, croyez-vous qu'à l'âge de treize ans, j'étais en mesure de comprendre ce à quoi Taky s'amusait ? Le croyez-vous vraiment ? » Fouettée par ses gémissements, le fait qu'elle refuse de me regarder dans les yeux me fait monter le fiel. « Vous nettoyez les saloperies faites par votre mari mais, moi, m'avez-vous aidée une seule fois ? » Elle se dresse de la chaise, plaque contre son ventre sac, manteau, et s'enfuit. En passant devant moi, elle a le temps de jeter : « Il m'avait promis de ne plus recommencer. » Par la fenêtre du bureau, je suis des yeux sa course folle d'oiseau aveugle qui grimpe avec difficulté la rampe et prie pour qu'elle ne tombe pas.

« Vous êtes un monstre. Pas un gramme de pitié. Ça vous fait du bien de maltraiter une dame de la haute ? » Mes paroles glissent sur un homme contrit, défraîchi. « Après avoir lu vos pages, je leur ai dit : "Ou vous venez ici vous expliquer ou je vous envoie la police..." J'ai fait de mon mieux pour que vous ne perdiez rien sur le plan matériel, mon comité sera plus coulant, j'ai voulu vous faire récupérer. C'est raté. Je m'en excuse.

Regardez ce que votre fausse mère adoptive vous a apporté après sept ans d'existence chez elle. C'est honteux. » Il pose devant moi une mallette en osier, le bagage distinctif des pupilles de l'Assistance, en l'occurrence la mallette que j'ai portée à bout de bras entre Les Chaumots et La Goulotte, en 1942. À l'intérieur, la pèlerine d'autrefois, des vêtements de seconde qualité en vrac, quelques-uns de mes grands dessins roulés, des blocs de papier, une dizaine de mes petits carnets dont certaines pages ont été collées, d'autres déchirées ou maculées. Au fond, protégés par un châle tzigane gagné dans une foire au temps de sorties avec des filles, ma carte d'identité falsifiée, la gourmette en or que j'avais préparée pour l'anniversaire de Michel et le vélin du consulat de France à Jérusalem. Si M. Monnot s'agite furieusement en détaillant les restes de mon adolescence, sachant qu'Yvonne ne fait rien par hasard, je réfléchis. La gourmette signifie : attention au sort de ton frère. Le joli parchemin qui fait de moi une persona grata auprès des douaniers ? Ironie ou, cachée, une bonne pensée ? La carte d'identité grâce à laquelle je suis majeure depuis deux ans ? La preuve irréfutable de mes coupables excès ou une suggestion de refaire à l'endroit ce que j'ai fait à l'envers ? « J'en ai pas fini d'analyser des indices avec la minutie d'un entomologiste… Avec le cœur qui, à chaque fois, se retourne sur lui-même ? Eh bien, non-nenni-nonda ! » Pas maintenant. Ne pas touiller dans le fatras. Cadeaux de l'hôpital, vaporisateur ou missel, mouchages ou doigts tétés, offrandes signées Pablo, Calder, Miró, Renoir, tout ce que j'ai gribouillé en mots, pensées, traits et couleurs, pfuit !, rien n'existe. Je suis riche de ce que je suis : non coupable de ma naissance, non coupable de la vie qu'on m'a fait mener. Je suis sur une plage purgée. Debout ! Maintenant, je choisis de grignoter en termite l'âme racornie du goujat geôlier de ma sœur…

vieille de deux mois. Il part en poste dans un pays « où l'opium est la vie » (*sic*). Encouragements, détresses personnelles… Il signe : « Tu es mon homme. » Il attend quoi, M. Monnot ? Non, nenni et nonda, je ne dirai rien de Xavier : « D'abord, donnez-moi l'adresse de ma sœur. » Le scorpion resurgit. Quand les jeux de cirque hallucinatoire prendront-ils fin ?

Le lendemain, deux ou trois jours plus tard, je ne me souviens pas. Convoquée au bureau une nouvelle fois. Je fais le ménage chez mon gentil psychiatre et réponds : « Voyons, je travaille. » M. Monnot insiste : « Une visite. Quelqu'un qui vous aime est venu vous voir. » « Qui ? » « C'est une surprise. » « Je ne bouge pas si vous ne me dites pas… » « Ida Chagall, votre amie. » Mes jambes volent au-dessus du sol. Un cycliste n'irait pas plus vite. J'ai si peu pensé à elle… à cause de la réinstallation de son *pâh-pâh*, trop occupée, et moi trop dans mes marais. Ensuite, je m'étais jurée de ne contacter aucune personne liée de près ou de loin aux Zervos.

M. Monnot, je le jure !, louche en suivant des yeux la tornade rousse et bleu ultramarine qui occupe en ses mouvements de ballerine tout l'espace du bureau. On s'embrasse, elle pleure, je ris, on se colle l'une à l'autre, j'entends : « J'ai tout arrangé. Tu viens chez moi. Un peu avant Noël. *Pâh-pâh* ne va pas bien. Je cours. » En montant avec elle la rampe au bout de laquelle un taxi l'attend, elle me dit : « Pour refaire tes papiers d'identité, s'il le faut, je t'adopte ! » Installée déjà sur la banquette, elle me saisit le cou pour approcher sa bouche de mon oreille et demande : « Zervos t'a-t-il dit une seule fois "je t'aime" ? » Sans doute mon visage a répondu pour moi. Redescendant la rampe, deux questions m'investissent et se battent en duel : « Aurait-il dû ? Aurait-il pu ? » C'est trop violent. La stridence de la pensée m'écrase, ne me prépare pas à confronter encore une fois l'être qui fait les cent pas dans le couloir pour décharger sur le pavement une énergie suractive ou des nerfs électrisés. « Votre amie a tout dit en une seule phrase ! En quelques mots simples ! “Je ne reconnais pas à Christian Zervos la force d'âme qu'il aurait dû avoir pour se retenir.” Ce sont ses paroles exactes. La force pour se retenir ! Moi non plus, je ne l'aurais pas eue. Vous l'avez compris, Ondine ? » Trois jours plus tard, avec un billet de première classe payé par monsieur le directeur et un mot avec une adresse confiés par sa femme à Rolande, en route vers Ida.

À Orgeval, dans le clan Chagall, un Noël juif ?

Ils ne sanctifient pas la naissance d'un Juif crucifié parmi d'autres mais honorent un candélabre fiché de bougies. « On est en retard pour Hanouka, la fête des Lumières », m'explique-t-on entre rugissements slaves, cadences balkaniques, « lamentabilité » yiddish et rythmes de jazz américain.

Leur joie convulsionnaire de survivants névrosés, comment pourrais-je m'y glisser ? Eux seuls ont le droit de s'amuser comme ils le peuvent, quand ils le peuvent. Il y a là, entre eux et moi, un gouffre ou une barrière. Une part de moi ne pourra jamais les franchir. Est-ce la signification de leur expression proverbiale : « Quelle aberration pousse un non-Juif en bonne santé mentale à faire sien le lit d'un (peuple) malade ? »

J'entre ainsi dans le monde qui va être le mien.

Jérusalem. Décembre 1999.

ÉPILOGUE

Ida m'a hébergée, nourrie, habillée, fournie en professeurs d'hébreu et d'histoire juive jusqu'à fin mars 1950. J'ai quitté la France deux mois avant ma majorité et vis depuis lors à Jérusalem. Mon certificat de conversion porte le nº 6 de l'État d'Israël. Sacha et moi nous sommes mariés en novembre de la même année, au rabbinat de Jérusalem. Quatre ans plus tard, voulant nous offrir l'un à l'autre le plus grand des cadeaux, nous avons trahi notre dernier serment solennel. Notre fils Ariel est le père de trois enfants.

Juliette et moi avons d'abord échangé des lettres, à l'insu de l'Assistance. Elle m'a fourni la seule photo que je possède de notre mère. Fidèle à soi-même, monsieur le directeur a imposé à Juliette un mariage avec le fils légèrement débile mental d'une de ses amies, mariage annulé quelques années plus tard par le Vatican pour cause de non-consommation. Diplômée infirmière, Juliette a travaillé auprès des lépreux à Dakar et des aborigènes en Australie. Elle est la seule à être venue me voir en Israël. André et Georgette l'ont accueillie dans leurs foyers après plusieurs années de réflexion. Son vrai frère a tardé plus longtemps.

En 1954, un notaire de Clamecy a clos le dossier Georges Marcel Thomas. L'argent de ses biens qui, en

1938, représentait un pécule respectable, n'avait été ni investi ni utilisé pour le bien des enfants.

Georgette, Sacha puis Juliette sont morts, de maladie. Michel s'est suicidé l'année dernière. André vit encore, en Puisaye[1]. Les enfants Thomas-Launay ne se sont pas retrouvés autour d'une table de banquet.

1. André est mort en 2003. *(NdE)*

POSTFACE

L'adoption se compte au nombre des mœurs les plus applaudies, dont on assure qu'elles cristallisent en elles un summum d'altruisme et d'humanisme. L'enfant adopté détient pour toute richesse son tourment parental, sa soif d'amour, l'immensité de sa gratitude et son âge – qui le rend inapte à déceler les failles dans l'humanisme, dans l'altruisme. La confrontation finale avec la manipulation dont je fus l'objet a rendu précaire mon estime envers les gestes de « bonté ».

Mon récit rend compte des lieux, des cadres affectifs et mentaux, dans les données du quotidien, au plus près de ma mémoire, de ma vérité intérieure – personnelle, individuelle (subjective forcément).

Ma confession expose mes ignorances, mes retards, mes chutes, une autodéfense consciente qui, me semble-t-il, est commune à ceux qui parviennent à « grandir » en dépit d'une adversité franche ou perfide.

De façon sous-jacente, mon plaidoyer propose : société, institutions, parents de sang ou non, ne saccagez plus les floraisons printanières ! Du berceau à l'âge adulte, les enfants, les adolescents vivent en état de dépendance, ils existent en deçà de leur Vie future. Ne les laissez pas dans l'obligation d'avoir à prouver qu'ils portent en eux le don de la résilience.

Les éditeurs tiennent à remercier Edith de la Héronnière ainsi que Madeleine et Antoine Bosshard qui leur ont fait découvrir ce texte.

RÉALISATION : IGS-CP À L'ISLE-D'ESPAGNAC
IMPRESSION : CPI FRANCE
DÉPÔT LÉGAL : OCTOBRE 2009. N° 100492-8 (2038668)
IMPRIMÉ EN FRANCE

Éditions Points

DERNIERS TITRES PARUS

P2450. American Express, *James Salter*
P2451. Le lendemain, elle était souriante, *Simone Signoret*
P2452. Le Roman de la Bretagne, *Gilles Martin-Chauffier*
P2453. Baptiste, *Vincent Borel*
P2454. Crimes d'amour et de haine
Faye et Jonathan Kellerman
P2455. Publicité meurtrière, *Petros Markaris*
P2456. Le Club du crime parfait, *Andrés Trapiello*
P2457. Mort d'un maître de go.
Les nouvelles enquêtes du Juge Ti (vol. 8)
Frédéric Lenormand
P2458. Le Voyage de l'éléphant, *José Saramago*
P2459. L'Arc-en-ciel de la gravité, *Thomas Pynchon*
P2460. La Dure Loi du Karma, *Mo Yan*
P2461. Comme deux gouttes d'eau, *Tana French*
P2462. Triste Flic, *Hugo Hamilton*
P2463. Last exit to Brest, *Claude Bathany*
P2464. Mais le fleuve tuera l'homme blanc, *Patrick Besson*
P2465. Lettre à un ami perdu, *Patrick Besson*
P2466. Les Insomniaques, *Camille de Villeneuve*
P2467. Les Veilleurs, *Vincent Message*
P2468. Bella Ciao, *Eric Holder*
P2469. Monsieur Joos, *Frédéric Dard*
P2470. La Peuchère, *Frédéric Dard*
P2471. La Saga des francs-maçons
Marie-France Etchegoin, Frédéric Lenoir
P2472. Biographie de Alfred de Musset, *Paul de Musset*
P2473. Si j'étais femme. Poèmes choisis
Alfred de Musset
P2474. Le Roman de l'âme slave, *Vladimir Fédorovski*
P2475. La Guerre et la Paix, *Léon Tolstoï*
P2476. Propos sur l'imparfait, *Jacques Drillon*

P2477. Le Sottisier du collège, *Philippe Mignaval*
P2478. Brèves de philo, *Laurence Devillairs*
P2479. La Convocation, *Herta Müller*
P2480. Contes carnivores, *Bernard Quiriny*
P2481. « Je démissionne de la présidence », *suivi de* « Un grand État cesse d'exister » *et de* « Un jour je vous le promets » *Richard Nixon, Mikhaïl Gorbatchev, Charles de Gaulle*
P2482. « Africains, levons-nous ! », *suivi de* « Nous préférons la liberté » *et de* « Le devoir de civiliser » *Patrice Lumumba, Sékou Touré, Jules Ferry*
P2483. « ¡ No pasarán ! », *suivi de* « Le peuple doit se défendre » *et de* « Ce sang qui coule, c'est le vôtre » *Dolores Ibárruri, Salvador Allende, Victor Hugo*
P2484. « Citoyennes, armons-nous ! », *suivi de* « Veuillez être leurs égales » *et de* « Il est temps » *Théroigne de Méricourt, George Sand, Élisabeth Guigou*
P2485. Pieds nus sur les limaces, *Fabienne Berthaud*
P2486. Le renard était déjà le chasseur, *Herta Müller*
P2487. La Fille du fossoyeur, *Joyce Carol Oates*
P2488. Vallée de la mort, *Joyce Carol Oates*
P2489. Moi tout craché, *Jay McInerney*
P2490. Toute ma vie, *Jay McInerney*
P2491. Virgin Suicides, *Jeffrey Eugenides*
P2492. Fakirs, *Antonin Varenne*
P2493. Madame la présidente, *Anne Holt*
P2494. Zone de tir libre, *C.J. Box*
P2495. Increvable, *Charlie Huston*
P2496. On m'a demandé de vous calmer, *Stéphane Guillon*
P2497. Je guéris mes complexes et mes déprimes *Christophe André & Muzo*
P2498. Lionel raconte Jospin, *Lionel Jospin*
P2499. La Méprise – L'affaire d'Outreau, *Florence Aubenas*
P2500. Kyoto Limited Express, *Olivier Adam avec des photographies de Arnaud Auzouy*
P2501. « À la vie, à la mort », Amitiés célèbres *dirigé par Patrick et Olivier Poivre d'Arvor*
P2502. « Mon cher éditeur », Écrivains et éditeurs *dirigé par Patrick et Olivier Poivre d'Arvor*
P2503. 99 clichés à foutre à la poubelle, *Jean-Loup Chiflet*
P2504. Des Papous dans la tête – Les Décraqués – L'anthologie
P2505. L'Étoile du matin, *André Schwarz-Bart*
P2506. Au pays des vermeilles, *Noëlle Châtelet*
P2507. Villa des hommes, *Denis Guedj*
P2508. À voix basse, *Charles Aznavour*
P2509. Un aller pour Alger, *Raymond Depardon avec un texte de Louis Gardel*

P2510. Beyrouth centre-ville, *Raymond Depardon avec un texte de Claudine Nougaret*
P2511. Et la fureur ne s'est pas encore tue, *Aharon Appelfeld*
P2512. Les Nouvelles Brèves de comptoir, tome 1 *Jean-Marie Gourio*
P2513. Six heures plus tard, *Donald Harstad*
P2514. Mama Black Widow, *Iceberg Slim*
P2515. Un amour fraternel, *Pete Dexter*
P2516. À couper au couteau, *Kriss Nelscott*
P2517. Glu, *Irvine Welsh*
P2518. No Smoking, *Will Self*
P2519. Les Vies privées de Pippa Lee, *Rebecca Miller*
P2520. Nord et Sud, *Elizabeth Gaskell*
P2521. Une mélancolie arabe, *Abdellah Taïa*
P2522. 200 dessins sur la France et les Français, *The New Yorker*
P2523. Les Visages, *Jesse Kellerman*
P2524. Dexter dans de beaux draps, *Jeff Lindsay*
P2525. Le Cantique des innocents, *Donna Leon*
P2526. Manta Corridor, *Dominique Sylvain*
P2527. Les Sœurs, *Robert Littell*
P2528. Profileuse – Une femme sur la trace des serial killers, *Stéphane Bourgoin*
P2529. Venise sur les traces de Brunetti – 12 promenades au fil des romans de Donna Leon, *Toni Sepeda*
P2530. Les Brumes du passé, *Leonardo Padura*
P2531. Les Mers du Sud, *Manuel Vázquez Montalbán*
P2532. Funestes carambolages, *Håkan Nesser*
P2533. La Faute à pas de chance, *Lee Child*
P2534. Padana City, *Massimo Carlotto, Marco Videtta*
P2535. Mexico, quartier Sud, *Guillermo Arriaga*
P2536. Petits Crimes italiens *Ammaniti, Camilleri, Carlotto, Dazieri, De Cataldo, De Silva, Faletti, Fois, Lucarelli, Manzini*
P2537. La guerre des banlieues n'aura pas lieu, *Abd Al Malik*
P2538. Paris insolite, *Jean-Paul Clébert*
P2539. Les Ames sœurs, *Valérie Zenatti*
P2540. La Disparition de Paris et sa renaissance en Afrique *Martin Page*
P2541. Crimes horticoles, *Mélanie Vincelette*
P2542. Livre de chroniques IV, *António Lobo Antunes*
P2543. Mon témoignage devant le monde, *Jan Karski*
P2544. Laitier de nuit, *Andreï Kourkov*
P2545. L'Évasion, *Adam Thirlwell*
P2546. Forteresse de solitude, *Jonathan Lethem*
P2547. Totenauberg, *Elfriede Jelinek*
P2548. Méfions-nous de la nature sauvage, *Elfriede Jelinek*

P2549. 1974, *Patrick Besson*
P2550. Conte du chat maître zen
(illustrations de Christian Roux), Henri Brunel
P2551. Les Plus Belles Chansons, *Charles Trenet*
P2552. Un monde d'amour, *Elizabeth Bowen*
P2553. Sylvia, *Leonard Michaels*
P2554. Conteurs, menteurs, *Leonard Michaels*
P2555. Beaufort, *Ron Leshem*
P2556. Un mort à Starvation Lake, *Bryan Gruley*
P2557. Cotton Point, *Pete Dexter*
P2558. Viens plus près, *Sara Gran*
P2559. Les Chaussures italiennes, *Henning Mankell*
P2560. Le Château des Pyrénées, *Jostein Gaarder*
P2561. Gangsters, *Klas Östergren*
P2562. Les Enfants de la dernière chance, *Peter Høeg*
P2563. Faims d'enfance, *Axel Gauvin*
P2564. Mémoires d'un antisémite, *Gregor von Rezzori*
P2565. L'Astragale, *Albertine Sarrazin*
P2566. L'Art de péter, *Pierre-Thomas-Nicolas Hurtaut*
P2567. Les Miscellanées du rock
Jean-Éric Perrin, Jérôme Rey, Gilles Verlant
P2568. Les Amants papillons, *Alison Wong*
P2569. Dix mille guitares, *Catherine Clément*
P2570. Les Variations Bradshaw, *Rachel Cusk*
P2571. Bakou, derniers jours, *Olivier Rolin*
P2572. Bouche bée, tout ouïe… ou comment tomber amoureux des langues, *Alex Taylor*
P2573. La grammaire, c'est pas de la tarte !
Olivier Houdart, Sylvie Prioul
P2574. La Bande à Gabin, *Philippe Durant*
P2575. « Le vote ou le fusil », *suivi de* « Nous formons un seul et même pays », *Malcolm X, John Fitzgerald Kennedy*
P2576. « Vive la Commune ! », *suivi de* « La Commune est proclamée » et de « La guerre civile en France »
Louise Michel, Jules Vallès, Karl Marx
P2577. « Je vous ai compris ! », *suivi de* « L'Algérie n'est pas la France » et de « Le droit à l'insoumission »
Charles de Gaulle, Gouvernement provisoire algérien, Manifeste des 121
P2578. « Une Europe pour la paix », *suivi de* « Nous disons NON » et de « Une communauté passionnée »
Robert Schuman, Jacques Chirac, Stefan Zweig
P2579. 13 heures, *Deon Meyer*
P2580. Angle obscur, *Reed Farrel Coleman*
P2581. Le Tailleur gris, *Andrea Camilleri*
P2582. La Vie sexuelle d'un Américain sans reproche
Jed Mercurio

P2583. Une histoire familiale de la peur, *Agata Tuszy ska*
P2584. Le Blues des Grands Lacs, *Joseph Coulson*
P2585. Le Tueur intime, *Claire Favan*
P2586. Comme personne, *Hugo Hamilton*
P2587. Fille noire, fille blanche, *Joyce Carol Oates*
P2588. Les Nouvelles Brèves de comptoir, tome 2
Jean-Marie Gourio
P2589. Dix petits démons chinois, *Frédéric Lenormand*
P2590. L'ombre de ce que nous avons été, *Luis Sepúlveda*
P2591. Sévère, *Régis Jauffret*
P2592. La Joyeuse Complainte de l'idiot, *Michel Layaz*
P2593. Origine, *Diana Abu-Jaber*
P2594. La Face B, *Akhenaton*
P2595. Paquebot, *Hervé Hamon*
P2596. L'Agfa Box, *Günter Grass*
P2597. La Ville insoumise, *Jon Fasman*
P2598. Je résiste aux personnalités toxiques
(et autres casse-pieds), *Christophe André & Muzo*
P2599. Le soleil me trace la route. Conversations avec Tiffy
Morgue et Jean-Yves Gaillac, *Sandrine Bonnaire*
P2600. Mort de Bunny Munro, *Nick Cave*
P2601. La Reine et moi, *Sue Townsend*
P2602. Orages ordinaires, *William Boyd*
P2603. Guide farfelu mais nécessaire de conversation anglaise
Jean-Loup Chiflet
P2604. Nuit et Jour, *Virginia Woolf*
P2605. Trois hommes dans un bateau (sans oublier le chien !)
Jerome K. Jerome
P2606. Ode au vent d'Ouest. Adonaïs et autres poèmes
Percy Bysshe Shelley
P2607. Les Courants fourbes du lac Tai, *Qiu Xiaolong*
P2608. Le Poisson mouillé, *Volker Kutscher*
P2609. Faux et usage de faux, *Elvin Post*
P2610. L'Angoisse de la première phrase, *Bernard Quiriny*
P2611. Absolument dé-bor-dée !, *Zoe Shepard*
P2612. Meurtre et Obsession, *Jonathan Kellerman*
P2613. Sahara, *Luis Leante*
P2614. La Passerelle, *Lorrie Moore*
P2615. Le Territoire des barbares, *Rosa Montero*
P2616. Petits Meurtres entre camarades. Enquête secrète au cœur
du PS, *David Revault d'Allonnes*
P2617. Une année avec mon père, *Geneviève Brisac*
P2618. La Traversée des fleuves. Autobiographie
Georges-Arthur Goldschmidt
P2619. L'Histoire très ordinaire de Rachel Dupree
Ann Weisgarber

P2620. À la queue leu leu. Origines d'une ribambelle d'expressions populaires, *Gilles Guilleron*
P2621. Poèmes anglais, *Fernando Pessoa*
P2622. Danse avec le siècle, *Stéphane Hessel*
P2623. L'Épouvantail, *Michael Connelly*
P2624. London Boulevard, *Ken Bruen*
P2625. Pourquoi moi ?, *Omar Raddad*
P2626. Mes étoiles noires, *Lilian Thuram*
P2627. La Ronde des innocents, *Valentin Musso*
P2628. Ô ma mémoire. La poésie, ma nécessité, *Stéphane Hessel*
P2629. Une vie à brûler, *James Salter*
P2630. Léger, humain, pardonnable, *Martin Provost*
P2631. Lune captive dans un œil mort, *Pascal Garnier*
P2632. Hypothermie, *Arnaldur Indridason*
P2633. La Nuit de Tomahawk, *Michael Koryta*
P2634. Les Raisons du doute, *Gianrico Carofiglio*
P2635. Les Hommes-couleurs, *Cloé Korman*
P2636. Le Cuisinier, *Martin Suter*
P2637. N'exagérons rien !, *David Sedaris*
P2638. Château-l'Arnaque, *Peter Mayle*
P2639. Le Roman de Bergen. 1900 L'aube, tome I *Gunnar Staalesen*
P2640. Aurora, Kentucky, *Carolyn D. Wall*
P2641. Blanc sur noir, *Kriss Nelscott*
P2642. Via Vaticana, *Igal Shamir*
P2643. Le Ruban rouge, *Carmen Posadas*
P2644. My First Sony, *Benny Barbash*
P2645. « On m'a demandé de vous virer », *Stéphane Guillon*
P2646. Les Rillettes de Proust. Ou 50 conseils pour devenir écrivain, *Thierry Maugenest*
P2647. 200 expressions inventées en famille, *Cookie Allez*
P2648. Au plaisir des mots, *Claude Duneton*
P2649. La Lune et moi. Les meilleures chroniques, Haïkus d'aujourd'hui
P2650. Le marchand de sable va passer, *Andrew Pyper*
P2651. Lutte et aime, là où tu es !, *Guy Gilbert*
P2652. Le Sari rose, *Javier Moro*
P2653. Le Roman de Bergen. 1900 L'aube, tome II *Gunnar Staalesen*
P2654. Jaune de Naples, *Jean-Paul Desprat*
P2655. Mère Russie, *Robert Littell*
P2656. Qui a tué Arlozoroff ?, *Tobie Nathan*
P2657. Les Enfants de Las Vegas, *Charles Bock*
P2658. Le Prédateur, *C.J. Box*
P2659. Keller en cavale, *Lawrence Block*
P2660. Les Murmures des morts, *Simon Beckett*

P2661. Les Veuves d'Eastwick, *John Updike*
P2662. L'Incertain, *Virginie Ollagnier*
P2663. La Banque. Comment Goldman Sachs dirige le monde
Marc Roche
P2664. La Plus Belle Histoire de la liberté, *collectif*
P2665. Le Cœur régulier, *Olivier Adam*
P2666. Le Jour du Roi, *Abdellah Taïa*
P2667. L'Été de la vie, *J.M. Coetzee*
P2668. Tâche de ne pas devenir folle, *Vanessa Schneider*
P2669. Le Cerveau de mon père, *Jonathan Franzen*
P2670. Le Chantier, *Mo Yan*
P2671. La Fille de son père, *Anne Berest*
P2672. Au pays des hommes, *Hisham Matar*
P2673. Le Livre de Dave, *Will Self*
P2674. Le Testament d'Olympe, *Chantal Thomas*
P2675. Antoine et Isabelle, *Vincent Borel*
P2676. Le Crépuscule des superhéros, *Deborah Eisenberg*
P2677. Le Mercredi des Cendres, *Percy Kemp*
P2678. Journal. 1955-1962, *Mouloud Feraoun*
P2679. Le Quai de Ouistreham, *Florence Aubenas*
P2680. Hiver, *Mons Kallentoft*
P2681. Habillé pour tuer, *Jonathan Kellerman*
P2682. Un festin de hyènes, *Michael Stanley*
P2683. Vice caché, *Thomas Pynchon*
P2684. Traverses, *Jean Rolin*
P2685. Le Baiser de la pieuvre, *Patrick Grainville*
P2686. Dans la nuit brune, *Agnès Desarthe*
P2687. Une soirée au Caire, *Robert Solé*
P2688. Les Oreilles du loup, *Antonio Ungar*
P2689. L'Homme de compagnie, *Jonathan Ames*
P2690. Le Dico de la contrepèterie.
Des milliers de contrepèteries pour s'entraîner et s'amuser
Joël Martin
P2691. L'Art du mot juste.
275 propositions pour enrichir son vocabulaire
Valérie Mandera
P2692. Guide de survie d'un juge en Chine, *Frédéric Lenormand*
P2693. Doublez votre mémoire. Journal graphique
Philippe Katerine
P2694. Comme un oiseau dans la tête.
Poèmes choisis, *René Guy Cadou*
P2696. La Dernière Frontière, *Philip Le Roy*
P2697. Country blues, *Claude Bathany*
P2698. Le Vrai Monde, *Natsuo Kirino*
P2699. L'Art et la manière d'aborder son chef de service pour lui
demander une augmentation, *Georges Perec*

P2700. Dessins refusés par le *New Yorker*, *Matthew Diffee*
P2701. Life, *Keith Richards*
P2702. John Lennon, une vie, *Philip Norman*
P2703. Le Dernier Paradis de Manolo, *Alan Warner*
P2704. L'Or du Maniéma, *Jean Ziegler*
P2705. Le Cosmonaute, *Philippe Jaenada*
P2706. Donne-moi tes yeux, *Torsten Pettersson*
P2707. Premiers Romans, *Katherine Pancol*
P2708. Off. Ce que Nicolas Sarkozy n'aurait jamais dû nous dire *Nicolas Domenach, Maurice Szafran*
P2709. Le Meurtrier de l'Avent, *Thomas Kastura*
P2710. Le Club, *Leonard Michaels*
P2711. Le Vérificateur, *Donald Antrim*
P2712. Mon patient Sigmund Freud, *Tobie Nathan*
P2713. Trois explications du monde, *Tom Keve*
P2714. Petite sœur, mon amour, *Joyce Carol Oates*
P2715. Shim Chong, fille vendue, *Hwang Sok Yong*
P2716. La Princesse effacée, *Alexandra de Broca*
P2717. Un nommé Peter Karras, *George P. Pelecanos*
P2718. Haine, *Anne Holt*
P2719. Les jours s'en vont comme des chevaux sauvages dans les collines, *Charles Bukowski*
P2720. Ma grand-mère avait les mêmes. Les dessous affriolants des petites phrases *Philippe Delerm*
P2721. Mots en toc et formules en tic. Petites maladies du parler d'aujourd'hui, *Frédéric Pommier*
P2722. Les 100 plus belles récitations de notre enfance
P2723. Chansons. L'Intégrale, *Charles Aznavour*
P2724. Vie et opinions de Maf le chien et de son amie Marilyn Monroe, *Andrew O'Hagan*
P2725. Sois près de moi, *Andrew O'Hagan*
P2726. Le Septième Fils, *Arni Thorarinsson*
P2727. La Bête de miséricorde, *Fredric Brown*
P2728. Le Cul des anges, *Benjamin Legrand*
P2729. Cent seize Chinois et quelque, *Thomas Heams-Ogus*
P2730. Conversations avec moi-même. Lettres de prison, notes et carnets intimes *Nelson Mandela*
P2731. L'Inspecteur Ali et la CIA, *Driss Chraïbi*
P2732. Ce délicieux Dexter, *Jeff Lindsay*
P2733. Cinq femmes et demie, *Francisco González Ledesma*
P2734. Ils sont devenus français, *Doan Bui, Isabelle Monnin*
P2735. D'une Allemagne à l'autre. Journal de l'année 1990 *Günter Grass*
P2736. Le Château, *Franz Kafka*

P2737. La Jeunesse mélancolique et très désabusée d'Adolf Hitler
Michel Folco
P2738. L'Enfant des livres, *François Foll*
P2739. Karitas, l'esquisse d'un rêve, *Kristín Marja Baldursdóttir*
P2740. Un espion d'hier et de demain, *Robert Littell*
P2741. L'Homme inquiet, *Henning Mankell*
P2742. La Petite Fille de ses rêves, *Donna Leon*
P2743. La Théorie du panda, *Pascal Garnier*
P2744. La Nuit sauvage, *Terri Jentz*
P2745. Les Lieux infidèles, *Tana French*
P2746. Vampires, *Thierry Jonquet*
P2747. Eva Moreno, *Håkan Nesser*
P2748. La 7e victime, *Alexandra Marinina*
P2749. Mauvais fils, *George P. Pelecanos*
P2750. L'espoir fait vivre, *Lee Child*
P2751. La Femme congelée, *Jon Michelet*
P2752. Mortelles Voyelles, *Gilles Schlesser*
P2753. Brunetti passe à table. Recettes et récits
Roberta Pianaro et Donna Leon
P2754. Les Leçons du Mal, *Thomas Cook*
P2755. Joseph sous la pluie. Roman, poèmes, dessins
Mano Solo
P2756. Le Vent de la Lune, *Antonio Muñoz Molina*
P2757. Ouvrière, *Franck Magloire*
P2758. Moi aussi un jour, j'irai loin, *Dominique Fabre*
P2759. Cartographie des nuages, *David Mitchell*
P2760. Papa et maman sont morts, *Gilles Paris*
P2761. Caravansérail, *Charif Majdalani*
P2762. Les Confessions de Constanze Mozart
Isabelle Duquesnoy
P2763. Esther Mésopotamie, *Catherine Lépront*
P2764. L'École des Absents, *Patrick Besson*
P2765. Le Livre des brèves amours éternelles, *Andreï Makine*
P2766. Un long silence, *Mikal Gilmore*
P2767. Les Jardins de Kensington, *Rodrigo Fresán*
P2768. Samba pour la France, *Delphine Coulin*
P2769. Danbé, *Aya Cissoko et Marie Desplechin*
P2770. Wiera Gran, l'accusée, *Agata Tuszyńska*
P2771. Qui a tué l'écologie ?, *Fabrice Nicolino*
P2772. Rosa Candida, *Audur Ava Olafsdóttir*
P2773. Otage, *Elie Wiesel*
P2774. Absurdistan, *Gary Shteyngart*
P2775. La Geste des Sanada, *Yasushi Inoué*
P2776. En censurant un roman d'amour iranien
Shahriar Mandanipour
P2777. Un café sur la Lune, *Jean-Marie Gourio*

P2778. Caïn, *José Saramago*
P2779. Le Triomphe du singe-araignée, *Joyce Carol Oates*
P2780. Faut-il manger les animaux ?, *Jonathan Safran Foer*
P2781. Les Enfants du nouveau monde, *Assia Djebar*
P2782. L'Opium et le Bâton, *Mouloud Mammeri*
P2783. Cahiers de poèmes, *Emily Brontë*
P2784. Quand la nuit se brise. Anthologie de poésie algérienne
P2785. Tibère et Marjorie, *Régis Jauffret*
P2786. L'Obscure Histoire de la cousine Montsé, *Juan Marsé*
P2787. L'Amant bilingue, *Juan Marsé*
P2788. Jeux de vilains, *Jonathan Kellerman*
P2789. Les Assoiffées, *Bernard Quiriny*
P2790. Les anges s'habillent en caillera, *Rachid Santaki*
P2791. Yum Yum Book, *Robert Crumb*
P2792. Le Casse du siècle, *Michael Lewis*
P2793. Comment Attila Vavavoom remporta la présidentielle avec une seule voix d'avance, *Jacques Lederer*
P2794. Le Nazi et le Barbier, *Edgar Hilsenrath*
P2795. Chants berbères de Kabylie, *Jean Amrouche*
P2796. Une place au soleil, *Driss Chraïbi*
P2797. Le Rouge du tarbouche, *Abdellah Taïa*
P2798. Les Neuf Dragons, *Michael Connelly*
P2799. Le Mécano du vendredi (illustrations de Jacques Ferrandez), *Fellag*
P2800. Le Voyageur à la mallette *suivi de* Le Vieux Quartier *Naguib Mahfouz*
P2801. Le Marquis des Éperviers, *Jean-Paul Desprat*
P2802. Spooner, *Pete Dexter*
P2803. « Merci d'avoir survécu », *Henri Borlant*
P2804. Secondes noires, *Karin Fossum*
P2805. Ultimes Rituels, *Yrsa Sigurdardottir*
P2806. Le Sourire de l'agneau, *David Grossman*
P2807. Le garçon qui voulait dormir, *Aharon Appelfeld*
P2808. Frontière mouvante, *Knut Faldbakken*
P2809. Je ne porte pas mon nom, *Anna Grue*
P2810. Tueurs, *Stéphane Bourgoin*
P2811. La Nuit de Geronimo, *Dominique Sylvain*
P2812. Mauvais Genre, *Naomi Alderman*
P2813. Et l'âne vit l'ange, *Nick Cave*
P2814. Les Yeux au ciel, *Karine Reysset*
P2815. Un traître à notre goût, *John le Carré*
P2816. Les Larmes de mon père, *John Updike*
P2817. Minuit dans une vie parfaite, *Michael Collins*
P2818. Aux malheurs des dames, *Lalie Walker*
P2819. Psychologie du pingouin et autres considérations scientifiques, *Robert Benchley*

P2820. Petit traité de l'injure. Dictionnaire humoristique
Pierre Merle
P2821. L'Iliade, *Homère*
P2822. Le Roman de Bergen. 1950 Le Zénith – tome III
Gunnar Staalesen
P2823. Les Enquêtes de Brunetti, *Donna Leon*
P2824. Dernière Nuit à Twisted River, *John Irving*
P2825. Été, *Mons Kallentoft*
P2826. Allmen et les libellules, *Martin Suter*
P2827. Dis camion, *Lisemai*
P2828. La Rivière noire, *Arnaldur Indridason*
P2829. Mary Ann en automne. Chroniques de San Francisco, épisode 8, *Armistead Maupin*
P2830. Les Cendres froides, *Valentin Musso*
P2831. Les Compliments. Chroniques, *François Morel*
P2832. Bienvenue à Oakland, *Eric Miles Williamson*
P2833. Tout le cimetière en parle, *Marie-Ange Guillaume*
P2834. La Vie éternelle de Ramsès II, *Robert Solé*
P2835. Nyctalope ? Ta mère. Petit dictionnaire loufoque des mots savants, *Tristan Savin*
P2836. Les Visages écrasés, *Marin Ledun*
P2837. Crack, *Tristan Jordis*
P2838. Fragments. Poèmes, écrits intimes, lettres,
Marilyn Monroe
P2839. Histoires d'ici et d'ailleurs, *Luis Sepúlveda*
P2840. La Mauvaise Habitude d'être soi
Martin Page, Quentin Faucompré
P2841. Trois semaines pour un adieu, *C.J. Box*
P2842. Orphelins de sang, *Patrick Bard*
P2843. La Ballade de Gueule-Tranchée, *Glenn Taylor*
P2844. Cœur de prêtre, cœur de feu, *Guy Gilbert*
P2845. La Grande Maison, *Nicole Krauss*
P2846. 676, *Yan Gérard*
P2847. Betty et ses filles, *Cathleen Schine*
P2848. Je ne suis pas d'ici, *Hugo Hamilton*
P2849. Le Capitalisme hors la loi, *Marc Roche*
P2850. Le Roman de Bergen. 1950 Le Zénith – tome IV
Gunnar Staalesen
P2851. Pour tout l'or du Brésil, *Jean-Paul Delfino*
P2852. Chamboula, *Paul Fournel*
P2853. Les Heures secrètes, *Élisabeth Brami*
P2854. J.O., *Raymond Depardon*
P2855. Freedom, *Jonathan Franzen*
P2856. Scintillation, *John Burnside*
P2857. Rouler, *Christian Oster*
P2858. Accabadora, *Michela Murgia*

P2859. Kampuchéa, *Patrick Deville*
P2860. Les Idiots (petites vies), *Ermanno Cavazzoni*
P2861. La Femme et l'Ours, *Philippe Jaenada*
P2862. L'Incendie du Chiado, *François Vallejo*
P2864. Rêves de Russie, *Yasushi Inoué*
P2865. Des garçons d'avenir, *Nathalie Bauer*
P2866. La Marche du cavalier, *Geneviève Brisac*
P2867. Cadrages & Débordements
Marc Lièvremont (avec Pierre Ballester)
P2868. Automne, *Mons Kallentoft*
P2869. Du sang sur l'autel, *Thomas Cook*
P2870. Le Vingt et Unième cas, *Håkan Nesser*
P2871. Nous, on peut. Manuel anticrise à l'usage du citoyen
Jacques Généreux
P2872. Une autre jeunesse, *Jean-René Huguenin*
P2873. L'Amour d'une honnête femme, *Alice Munro*
P2874. Secrets de Polichinelle, *Alice Munro*
P2875. Histoire secrète du Costaguana, *Juan Gabriel Vásquez*
P2876. Le Cas Sneijder, *Jean-Paul Dubois*
P2877. Assommons les pauvres !, *Shumona Sinha*
P2878. Brut, *Dalibor Frioux*
P2879. Destruction massive. Géopolitique de la faim
Jean Ziegler
P2880. Une petite ville sans histoire, *Greg Iles*
P2881. Intrusion, *Natsuo Kirino*
P2882. Tatouage, *Manuel Vázquez Montalbán*
P2883. D'une porte l'autre, *Charles Aznavour*
P2884. L'Intégrale Gainsbourg. L'histoire de toutes ses chansons
Loïc Picaud, Gilles Verlant
P2885. Hymne, *Lydie Salvayre*
P2886. B.W., *Lydie Salvayre*
P2887. Les Notaires. Enquête sur la profession la plus puissante de France, *Laurence de Charette, Denis Boulard*
P2888. Le Dépaysement. Voyages en France
Jean-Christophe Bailly
P2889. Les Filles d'Allah, *Nedim Gürsel*
P2890. Les Yeux de Lira, *Eva Joly et Judith Perrignon*
P2891. Recettes intimes de grands chefs, *Irvine Welsh*
P2892. Petit Lexique du petit, *Jean-Luc Petitrenaud*
P2893. La Vie sexuelle d'un islamiste à Paris
Leïla Marouane
P2894. Ils sont partis avec panache. Les dernières paroles, de Jules César à Jimi Hendrix, *Michel Gaillard*
P2895. Les Dessous des mots d'amour. 100 énigmes, anagrammes et jeux de mots surprenants
Jacques Perry-Salkow, Frédéric Schmitter